Das Buch

Elsa scheint ein Glückskind zu sein. Als einzige Tochter des »Kiesbarons« Georg Heller führt sie das Leben einer Prinzessin – mit einem eigenen Pferd im Stall und Meißener Porzellan im Puppenhaus. Doch emotionale Sicherheit erfährt Elsa nicht: Ihr Vater ist ein Patriarch mit Hang zum Größenwahn, dessen Zuwendung für Elsa zwischen dem Versprechen auf eine goldene Zukunft als seine Nachfolgerin und cholerischen Wutausbrüchen schwankt.
Als Heller Elsa und ihre Mutter verläßt, um mit seiner Geliebten und dem gemeinsamen Sohn in Ostpreußen ein neues Leben zu beginnen, bricht für Elsa eine Welt zusammen. Kann sie den gesellschaftlichen Abstieg verkraften und ihr Leben wieder in den Griff bekommen?

»Einfühlsam und detailreich erzählt Tania Schlie die Geschichte einer außergewöhnlichen Frau, die allen Überraschungen des Lebens gewachsen ist.« *Bücher*

Die Autorin

Tania Schlie, 1961 geboren, hat viele Jahre als Verlagslektorin gearbeitet. 2001 erschien ihr Roman *Die Spur des Medaillons*, der viele begeisterte Leserinnen fand. Sie ist heute freie Lektorin und Autorin, hat zwei Kinder und lebt mit ihrer Familie in Glückstadt.

Von Tania Schlie ist in unserem Hause bereits erschienen:

Die Spur des Medaillons

Tania Schlie

Elsas Erbe

Roman

Ullstein

Besuchen Sie uns im Internet:
www.ullstein-taschenbuch.de

Umwelthinweis:
Dieses Buch wurde auf chlor- und säurefreiem Papier gedruckt.

Ungekürzte Ausgabe im Ullstein Taschenbuch
1. Auflage August 2005

Umschlaggestaltung: Büro Hamburg
Umschlagabbildung: © Summer, Berndtson, Gunnar (1854–95) /
Turku Art Museum, Finland / www.bridgeman.co.uk
Der Abdruck der Postkarte auf Seite 6 erfolgt mit
freundlicher Genehmigung des Stadtarchivs Mölln
Gesetzt aus der Sabon
Druck und Bindearbeiten: Ebner & Spiegel, Ulm
Printed in Germany
ISBN-13: 978-3-548-26237-6
ISBN-10: 3-548-26237-6

Für Hertha Gellers, Omi

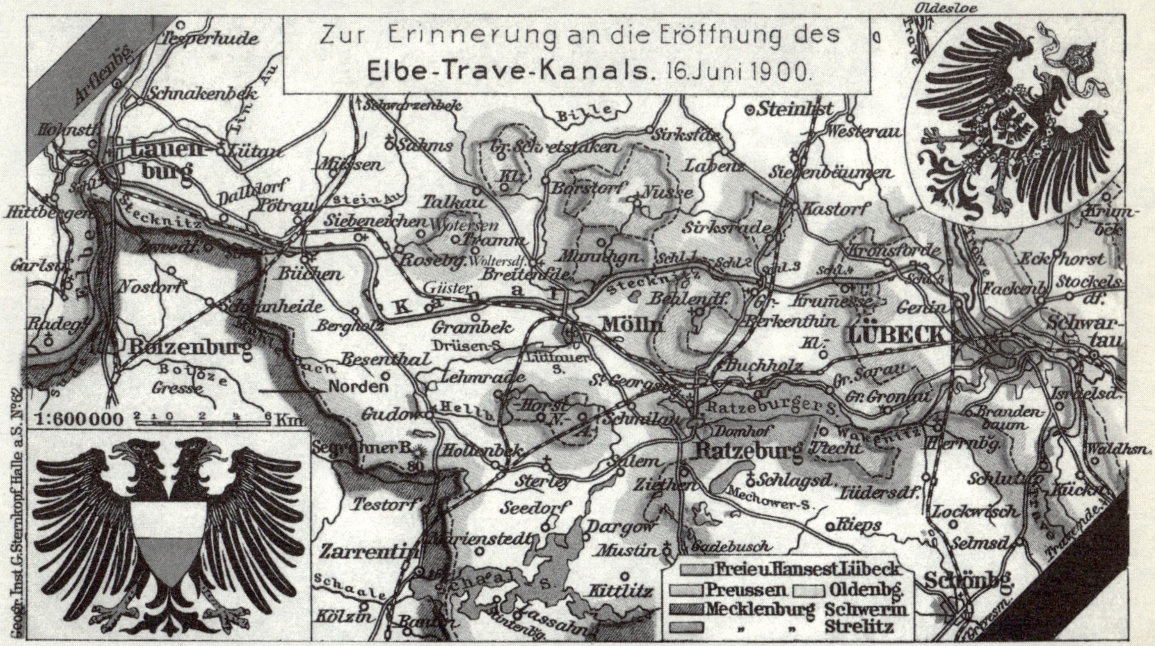
Zur Erinnerung an die Eröffnung des
Elbe-Trave-Kanals. 16. Juni 1900.
Lauenburg
Boizenburg
Büchen
Mölln
Ratzeburg
Lübeck
Schwartau
Zarrentin
Schönbg.
Oldesloe
Ratzeburger S.
Schaal S.
Stecknitz
Kanal
1:600000
Km
Freie u. Hansest. Lübeck
Preussen
Oldenbg.
Mecklenburg Schwerin
„ „ Strelitz
Geogr. Inst. G. Sternkopf, Halle a. S. No. 62

Auf den ersten Blick war Georg Heller ein Mann voller Würde. Angetan mit einem pelzgesäumten Mantel, der die untersetzte Gestalt noch breiter machte, schritt er die Stufen seines Hauses hinab. Die hochherrschaftliche Villa war das größte Haus in Roseburg. Man verfügte dort über den einzigen Fernsprechanschluß in der ganzen Gegend, was man schon daran sah, daß die Telefonnummer schlicht »1« lautete. Unter den drei mächtigen Kastanien, die, zwei rechts und eine links, am Fuß der Treppe standen und deren Asymmetrie er jeden Morgen aufs neue als Angriff auf seine Herrlichkeit empfand, zündete Heller sich die erste Zigarre des Tages an und paffte den Rauch in die Morgenluft. Nachdem er auf diese Weise seine Duftmarke gesetzt hatte, marschierte er auf die Kutsche zu. Er mußte nicht auf die Uhr sehen, um zu wissen, daß es genau fünf Uhr zweiundfünfzig war, wenn er nach einem knappen »Moin« neben dem Kutscher Platz nahm, gerade rechtzeitig, damit er um sechs Uhr am Bahnhof eintraf, wo der Zug bereits wartete.

Elsas Rolle in dieser morgendlichen Zeremonie bestand darin, ihrem Vater von einem Fenster im oberen Stockwerk aus zuzusehen. Sie durfte sich nicht von ihm verabschieden, eigentlich durfte sie um diese frühe Stunde noch gar nicht aufsein. Aber die Angst trieb sie aus dem Bett. Sie stand am Fenster, die kalten Füße gegeneinanderreibend, weil sie wußte, daß es ihren Vater beschützen und ihn abends sicher wieder nach Hause bringen würde, wenn sie ihn nicht aus den Augen ließ, bis die Kutsche hinter dem großen Mühlteich nach rechts abbog und aus dem Blickfeld verschwand.

Jahre später, als die kindliche Magie ihre Zauberkraft verloren hatte, verließ Georg Heller eines Tages das Haus, um ein neues Leben anzufangen, in dem für Elsa kein Platz war, und um mutwillig zu zerstören, was sein Vermächtnis sein sollte.

Kapitel 1

»Jetzt hör doch um Gottes willen auf, so herumzuzappeln.« Bevor sie entwischen konnte, griff Hulda nach Elsas Arm und zog sie zu sich heran. Am Fuß der Treppe, die sich über zwei Stockwerke nach oben wand, hörten sie Georg Heller ungeduldig mit dem Spazierstock auf das Eichenparkett pochen.

»Hulda, was treibt ihr da oben? Wann können wir denn nun endlich?« rief er ungeduldig.

»Wir sind gleich soweit!« rief die Kinderfrau zurück. »Jetzt bleib doch mal stehen«, fuhr sie Elsa an. »Sonst fährt er noch ohne dich.« Unsanft stellte sie das Mädchen vor sich hin und ging in die Knie, um ihm die seitlich angebrachten silbernen Knöpfe des knielangen Mantels zu schließen. Während Elsa mit vor Aufregung zusammengekniffenen Augen stillhielt, überprüfte ihre Kinderfrau den Sitz des weißen Matrosenkragens und zupfte mit raschem Griff eine Locke unter dem weiten, ebenfalls weißen Hut hervor. Nach einem letzten prüfenden Blick gab sie ihr einen Klaps auf den Po und schubste sie in Richtung Tür.

»Viel Spaß!«

Elsa drehte sich noch einmal um und warf ihr einen Luftkuß zu. Sie rannte aus dem Zimmer. An der Treppe schwang sie sich auf das auf Hochglanz polierte Geländer und rutschte hinunter, direkt in die Arme ihres Vaters, der sie unten auffing, während von oben Hulda mit dem Finger drohte. An normalen Tagen würde Elsa niemals das Geländer hinabrutschen, wenn sie dabei beobachtet wurde, aber heute war ein besonderer Tag. »So geht's schneller«, flüsterte sie ihrem Vater ins Ohr. Der schnippte mit einem gespielt bösen Blick die Asche seiner Zigarre von dem schwarzen doppelreihigen Mantel.

Hulda schimpfte oben an der Treppe. »Elsa, ich hab dir doch schon tausendmal gepredigt, daß das Geländer nicht zum Rutschen da ist! Aber wenn dein Vater auch nichts dazu sagt ... So benimmt sich doch kein Mädchen, Herr Heller ...!« Als die beiden unten grinsen mußten, wuchs ihr Zorn. Hulda war die einzige, die sich ihrem Herrn gegenüber einen respektlosen Ton herausnehmen durfte. Meistens quittierte er ihr Gezeter mit einem hilfesuchenden Blick zur Decke, was sie noch wütender machte. »Elsa, jetzt sieh doch nur mal dein Kleid. Gerade frisch angezogen und schon wieder kraus!« Sie wollte die Treppe hinuntereilen, um sich erneut an Elsas Garderobe zu schaffen zu machen, doch Georg ergriff die Hand seiner Tochter, und dann waren beide aus dem Haus, wo Franz Heinrich bereits in seiner Kutsche wartete.

Sie fuhren durch das Tor auf die Straße und dann rechts an der niedrigen Mauer aus großen Feldsteinen entlang, hinter der sich der parkähnliche Garten befand, der zur Villa gehörte. Der Garten war der ganze Stolz von Elsas Mutter. Karoline Heller richtete sich auf, um ihrem Mann und ihrer Tochter nachzusehen. Elsa rief ihr einen Gruß zu, als die Kutsche auf dem kurzen Weg zum Bahnhof vorüberfuhr. Karoline winkte kurz, dann beugte sie sich wieder über ihre Rosen.

Vor einer Woche war Elsa Heller neun Jahre alt geworden, und an diesem Sonnabend nahm ihr Vater sie zum erstenmal mit nach Hamburg. Sie bestiegen in Roseburg den Frühzug, nach wenigen Minuten stiegen sie in Büchen um in den Expreßzug, der sie innerhalb einer guten Stunde nach Hamburg bringen sollte. Während der Fahrt saß Elsa beinahe die ganze Zeit still. Stolz und Vorfreude auf den Ausflug ließen sie ihre Zappeligkeit vergessen.

»Moin, Herr Heller«, rief der Kontrolleur und legte die Hand an die Mütze. »Wat höbt Sei denn dor vön hübsches Fleken bi sick?«

»Dat ist miene Dochter, Elsa. Dei ist nu ok all so grot worn.«

Elsa nahm das Lob nur zerstreut wahr. Sie wartete gespannt darauf, ob ihr Vater die Billetts aus der Tasche ziehen würde oder ob es wieder einmal auf einen Eklat hinausliefe. Georg Heller machte sich nämlich einen Spaß daraus – und hielt es nebenbei auch noch für sein gutes Recht –, auf das Lösen der Fahrkarte zu verzichten. »Wer hat denn schließlich die Schienen von Güster nach Roseburg verlegen lassen, wenn nicht ich?« erregte er sich bei solchen Gelegenheiten. »Hätte ich damals nicht investiert, die Güsteraner müßten immer noch zu Fuß gehen oder sogar den Umweg über den Kanal nach Lübeck machen!«

Dem Schaffner, der durch das Kompliment für die Tochter gute Stimmung verbreiten wollte, war die Erleichterung anzusehen, als Georg Heller, nachdem er so getan hatte, als suche er in allen Taschen, mit einem verschmitzten Augenzwinkern die Fahrkarten hervorzog und sie mit einem lauten »Ach, da sind sie ja!« dem Kontrolleur unter die Nase hielt, der sie abknipste und mit einem »Schönen Dach ok!« das Abteil verließ.

»Eigentlich schade, daß Mama nicht dabei ist«, sagte Elsa etwas später, da fuhren sie schon durch Hammerbrook.

Ihr Vater blickte sie kurz über den Rand seiner Zeitung hinweg an, dann schüttelte er das Blatt wütend, um einen Knick herauszubringen. Elsa wußte, daß sie etwas Falsches gesagt hatte. Ihre Eltern waren nicht gerade wie gute Freunde, und es gab nicht viele Gelegenheiten, bei denen man sie gemeinsam sah. Trotzdem ließ sie nicht locker.

»Ich würde es schön finden, wenn wir mal alle zusammen irgendwohin fahren«, sagte sie in Richtung der Zeitung.

Georg faltete das Blatt mit einem Brummen zusammen und sah Elsa an. »In Ordnung, ich habe sie gefragt, ob sie mitkommen will, und sie hat abgelehnt. Irgendwas mit Nachbarinnen und Häkeln, du kennst das ja. Und wenn ich recht weiß, bist du ganz froh, daß du nicht dabeisein mußt.«

»Sticken, Papa, nicht häkeln«, murmelte sie und sah ihn mißtrauisch an, weil sie ihm nicht glaubte.

»Jetzt komm mal rüber zu mir. Gleich kannst du die Elbe und die großen Schiffe sehen.«

Sie setzte sich neben ihren Vater und ließ sich von ihm die Hafenanlagen erklären.

Kurze Zeit später lief der Zug im Hamburger Hauptbahnhof ein. Beim Aussteigen nahm Elsa die Hand ihres Vaters und ließ sie nicht mehr los. Der Lärm in der riesigen Bahnhofshalle, die vielen Menschen, die in unterschiedlichen Sprachen redeten und von denen einige Kleidung trugen, die sie noch nie gesehen hatte, machten ihr angst. Noch nie hatte sie so viele Menschen an einem Ort gesehen. Als direkt neben ihr ein

Lautsprecher losdröhnte, schrie sie erschrocken auf und umklammerte Georgs Arm. Er drückte sie an sich, und gemeinsam bahnten sie sich ihren Weg durch die Menge.

»Ich verstehe nicht, warum man den Bahnhof nicht größer gebaut hat. Hier ist doch gar nicht genug Platz für alle.«

Ihr Vater lachte. »Doch, der reicht schon aus. Guck dir nur mal die Bahnsteige an: so lang wie drei Fußballfelder. In der Stadt haben die Leute nun mal nicht so viel Platz wie bei uns in Roseburg.«

Heller berührte die Geschäftigkeit um ihn herum nicht. Er fuhr oft in die Hansestadt, mindestens jede Woche einmal, der Geschäfte wegen. Seit die Stadt vor kurzem mit dem Bau der Hamburger Hochbahn begonnen hatte, für deren Tunnel, Brücken und Bahnhöfe die Hellerschen Werke den Kies lieferten, war er womöglich noch häufiger unterwegs.

Elsa mochte die Hand ihres Vaters auch nicht loslassen, während sie mit ihm die Mönckebergstraße entlangspazierte. Der imposante Straßendurchbruch zwischen Hauptbahnhof und Rathaus war durch den Abriß der anliegenden Gängeviertel entstanden. Seit über drei Jahren wurde hier schon gebaut.

»Hier haben früher die Hamburger Arbeiterfamilien gelebt, zig Familien mit unzähligen Kindern in einem Haus. Und für alle nur ein Klosett auf dem Hof!« Der Stolz in Georg Hellers Stimme war unüberhörbar. Schließlich hatte er in seiner Roseburger Villa die erste Toilette mit Wasserspülung einbauen lassen. »Aus dem Wasserhahn kam das dreckige Elbwasser, und daneben alle möglichen Tiere, sogar Aale. Stell dir mal vor, du willst dich waschen, und dann glibbert so ein Fisch in deine Hände.« Er kitzelte ihre Handinnenflächen mit den Fingerspitzen.

Elsa schüttelte sich.

Vater und Tochter hatten das Klöpperhaus passiert, als sich rechts vor ihnen das majestätische Gebäude des Warenhauses Karstadt erhob, das gerade eröffnet worden war, und auf der anderen Straßenseite, in einer Linie mit der Front der Bürogebäude, der Turm von St. Petri. Elsa legte den Kopf in den Nacken, um nach oben zu sehen, zu den imposanten Fassaden mit den riesigen Fensterfronten und umlaufenden Balkonen, die auf sie herabzustürzen drohten, wenn sie sie lange genug fixierte. Georg Heller hatte keinen Blick für die moderne Architektur. Er hielt die Augen auf das Trottoir gerichtet und inspizierte voller Stolz die Bepflasterung. »Gleichzeitig hart und elastisch, elegant und praktisch, wie das neue Jahrhundert«, schwärmte er. Er tänzelte ein wenig auf den Zehenspitzen umher und machte einen kleinen Hüpfer. Elsa bemerkte dieses für ihren Vater ziemlich ungewöhnliche Verhalten und lachte laut heraus.

Er machte eine letzte Drehung und sagte: »Lach du nur ruhig. Worüber du hier gerade läufst, ohne einen Blick daran zu verschwenden, ist bester Kies aus Güster. Mein Kies! Ich ...«, bei diesem Wort tippte er sich mit dem Daumen gegen die Brust, »ich habe ihn nach Hamburg geschafft, per Zug, versteht sich, und nicht über den ollen Kanal. Ich hatte eben den richtigen Riecher. Alles bester Kies, das merkt man sofort«, versicherte er wiederholt, »alles feinster Heller-Kies aus Güster, ha!«

Elsa sah auf den Boden und versuchte zu begreifen, wie sich die körnige Masse, die im Werk ihres Vaters in riesigen Mengen aus tieferen Erdschichten gebaggert wurde, in die hell und dunkel gemusterten Steine verwandelt haben konnte. Heller sah ihr an, daß sie zweifelte. Übermütig griff er nach ihrer Hand und wirbelte sie einmal um die eigene Achse. »Komm, wir gehen fliegen!« Jetzt verstand Elsa gar nichts mehr, aber er zog sie einfach hinter sich her, wobei er hin und wieder seine kleinen Hüpfer machte.

Sie betraten eines der neuerbauten Kontorhäuser und durchquerten die elegante, in weißem Marmor gehaltene Eingangshalle, bis sie vor einem Kasten standen, in dem sich holzgetäfelte Kabinen auf der linken Seite langsam nach oben, auf der rechten Seite ebenso langsam abwärts bewegten. Auf dem Schild links daneben stand ein Wort, unter dem Elsa sich absolut nichts vorstellen konnte: »Stetigförderer« und darunter »Hinweise zur Benutzung des Gefährts«.

Elsa blieb nichts übrig, als hinter ihrem Vater, der ihre Hand nicht losließ, in eine der Gondeln zu springen. Sie kreischte auf, als es plötzlich dunkel wurde und dicht vor ihr eine Wand nach unten wegrutschte. Sekunden später erreichten sie das nächste Stockwerk und sahen den hellen Fußboden eines langen Korridors aufblitzen, dann wurde es wieder dunkel. »Das ist ein Paternoster«, sagte Heller in das Schwarze hinein. »In der nächsten Etage steigen wir aus.« Als sich das Loch wieder auftat, warteten sie, bis der Kabinenboden auf der Höhe des Linoleums war, dann machten sie einen großen Schritt und standen wieder auf festem Boden.

»Noch mal!« bettelte Elsa, und sie stiegen wieder ein.

»Es kommt noch besser«, sagte Georg Heller triumphierend. Sie fuhren zwei Stockwerke aufwärts, dann las Elsa im Vorbeifahren ein Schild »Ende der Fahrt«. Die Kabine fuhr weiter nach oben und bewegte sich mit einem lauten Rumpeln plötzlich zur Seite. Elsa schrie vor Aufregung, während ihr Vater lachte. Einen Augenblick später fuhren sie wieder abwärts. Im Erdgeschoß stiegen sie aus und wollten sich vor Lachen ausschütten.

»Noch mal«, sagte Elsa wieder. Sie fuhren noch dreimal rauf und runter, das letzte Mal fuhr Elsa sogar allein, während ihr Vater unten wartete.

»Wir müssen gehen«, sagte er, als sie stolz und glücklich über ihren Mut wieder vor ihm stand.

Sie verließen das Kontorhaus und sahen zwei Querstraßen weiter die glitzernde Oberfläche der Binnenalster, in deren Mitte sich die künstliche Kaiserinsel auf ihren siebenhundertfünfzig in den Grund gerammten Pfählen erhob. Elsa wäre gern mit einem der weißen Boote gefahren, die rechter Hand unter der Lombardsbrücke hervorkamen und die Binnenalster überquerten, um dann vor der Fassade des Warenhauses Tietz festzumachen, das ebenfalls gerade erst seine Pforten geöffnet hatte. Gegenüber von Tietz, an der Wasserseite, befand sich der von den Hamburgern wegen seiner Architektur »Kachelofen« genannte Alsterpavillon. Das Traditionscafé war Ziel vieler Einheimischer und Auswärtiger, die sich bei einer Tasse Kaffee und einem Stück Sahnetorte von ihren Einkäufen ausruhten, Geschäfte machten oder eine der vierhundert ausliegenden Tageszeitungen lasen. Hierher lenkte auch Georg Heller seine Schritte. Auf dem breiten Trottoir mußten sie sich einen Weg durch die vielen Menschen bahnen, die ihnen entgegenkamen oder in Gruppen zusammenstanden. Ständig fuhren Kutschen und manchmal auch eins der ersten Autos vorbei oder hielten an, um Leute aussteigen zu lassen. Elsa mußte Sonnenschirmen, kleinen Kindern und Hunden an der Leine ausweichen. Sie überquerten die palmenbestandene Terrasse vor dem Haus, und Elsa bestaunte die Jugendstilfiguren in der großen Halle, während sie hinter ihrem Vater herging, der auf einen Tisch in einer der ruhigeren Veranden auf der Wasserseite zustrebte. Erleichtert, der übergroßen Hektik entkommen zu sein, ließen sie sich in die tiefen Korbstühle fallen. Eine Minute später stand ein Kellner vor ihnen. Er begrüßte ihren Vater mit Namen und fragte: »Einen Kaffee, wie immer? Nummer siebenhundertdreizehn, wenn ich nicht irre?«

»Sie irren nicht«, antwortete Heller gutgelaunt. »Und für meine Tochter eine Tasse Schokolade.«

»Was meinte er denn damit?« fragte Elsa, nachdem der Kellner gegangen war.

»Wichtige Stammkunden haben hier ihre eigene Tasse.« Georg machte ein bedeutsames Gesicht, als er Elsas große Augen sah, dann mußte er lachen. »Man sollte meinen, die haben diese Sitte, weil sie die Dinger nicht spülen.«

Elsa war unsicher, ob sie ihm Glauben schenken durfte, traute sich dann aber doch nicht, den Kellner danach zu fragen, der schwarzbefrackt vor ihnen stand und eine mit Kirschen bemalte Tasse, die tatsächlich in verschnörkelter Schrift die Nummer siebenhundertdreizehn trug, vor ihrem Vater abstellte. Sie löffelte die steife Sahne von ihrer heißen Schokolade und sah den Booten und den Schwänen zu. Trotzdem bemerkte sie, wie ihr Vater sich immer wieder suchend umblickte. Nachdem sie ihn zum dritten Mal auf einen der Ausflugsdampfer aufmerksam gemacht hatte, der gerade unten festmachte, und er abwesend genickt hatte, ohne auch nur hinzusehen, wurde sie ärgerlich.

»Wo guckst du denn immer hin?« fragte sie.

Zu ihrer Empörung reagierte Georg Heller auch diesmal nicht. Statt dessen erhob er sich, knöpfte eilig sein

Jackett zu und eilte einer Frau entgegen, um ihr die Hand zu küssen und sie an seinen Tisch zu führen.

Elsa starrte die Fremde unverhohlen an. Sie war groß, vielleicht sogar ein paar Zentimeter größer als ihr Vater, und sehr schlank. Ihr weißes Kleid war keineswegs üppig mit Volants und Spitze versehen, sondern fiel schlicht an ihr herunter, was ihre Figur sehr betonte. Sehr gewagt, aber sehr schick, fand Elsa. Das Gesicht war ebenmäßig, die Haut fein. Unter der kecken Nase kräuselte sich jetzt ein Mund, der so rot geschminkt war, daß Elsa zweimal hinsehen mußte.

»Und du bist wohl Elsa?« fragte sie an Stelle einer Begrüßung. »Mein Name ist Anna Köster.« Dabei strich sie sich eine Locke ihres hellbraunen Haares aus der Stirn. Sie trug keinen Hut!

Elsa nickte nur mit offenem Mund. Die Frau verschlug ihr die Sprache. Sie wußte nicht genau, ob sie sie einschüchterte oder faszinierte. Noch nie hatte sie eine derart attraktive Frau vor sich gehabt, die den Kopf so hoch trug. Einen Moment fragte sie sich, ob sie wohl eines von diesen liederlichen Frauenzimmern sein könnte, von denen die Erwachsenen manchmal redeten, aber das war ja wohl unmöglich, schließlich schien ihr Vater sie gut zu kennen. Aber trotzdem: Ihre Mutter wäre niemals ohne Begleitung in ein Café gegangen. Und erst recht nicht ohne Hut!

Mit der größten Selbstverständlichkeit setzte sich die fremde Frau auf den Platz am Fenster, den vorher ihr Vater innegehabt hatte, und ließ sich von ihm den Stuhl an den Tisch rücken. Sie hielt ihm eine Einkaufstüte hin, in der hellgelbes Seidenpapier raschelte. Er nahm sie, hielt sie ein wenig ratlos an sich gedrückt und stellte sie dann neben seinen Stuhl.

Auch Frau Köster hatte hier ihre numerierte Tasse,

und Elsa kam aus dem Staunen gar nicht wieder heraus. Man bestellte dreimal Schwarzwälder Kirsch, Kaffee und noch eine heiße Schokolade für Elsa.

Später gingen sie zu dritt die Großen Bleichen hinunter. Georg Heller hatte Frau Köster seinen rechten Arm geboten, und so blieb für Elsa nur die ungewohnte linke Hand. Am Ende der Straße betraten sie das Atelier eines Fotografen, von dessen Fenster aus man auf das Wasser des Fleets sehen konnte.

Georg nahm auf einem Lehnstuhl Platz, der unter seiner schweren Gestalt fast völlig verschwand. Er war immerhin schon ein Mann von einundvierzig Jahren, kein schöner Jüngling mehr, aber doch eine imposante Gestalt, ein Mann in der Blüte seiner Jahre, der durch Reichtum und Einfluß beeindruckte. Der Bowler war zu klein für seinen massigen Kopf, zwischen Krempe und Ohren blieben gut fünf Zentimeter Raum und gaben den Blick auf das dunkle Bürstenhaar frei. Der Hut wurde so lange auf seinem Kopf zurechtgerückt, bis Frau Köster zustimmend nickte. Heller legte die Füße übereinander, so daß die Knie leicht gespreizt waren. Die Linke hielt die Zigarre, die Rechte hatte er ursprünglich auf den edlen Spazierstock gestützt, sich dann aber anders besonnen und ihn beiseite gelegt. Die Hand ruhte nun in seinem Schoß, nachdem sie die schwere goldene Uhrkette ins Bild gerückt hatte. Seine Miene mit den fleischigen Wangen, die von dem ausladenden Zwirbelschnauzer geteilt wurden, war ernst, erst im letzten Augenblick ließ er ein kleines, selbstzufriedenes Lächeln sehen. Am auffälligsten in seinem Gesicht war die mächtige Grube, die senkrecht am Kinn verlief und jedesmal hervortrat, wenn er an seiner Zigarre zog.

An seiner Seite, ihm zugewandt, den Kopf auf der

Höhe des seinen, stand Elsa, deren Gesicht einen träumerischen, beinahe verlorenen Ausdruck annahm. Ihre linke Körperhälfte verschwand hinter ihrem Vater, der rechte Arm hing kraftlos herunter, der Ärmel ihres weiten Mantels mit dem weißen Aufschlag ließ die Hand frei, die noch ein wenig Babyspeck zeigte. Der Matrosenkragen war von Anna Köster noch einmal gerichtet worden, sie hatte sogar die runden Silberknöpfe mit einem Spitzentaschentuch poliert – wobei sie vorher nicht in das Tuch gespuckt hatte, wie Elsa dankbar feststellte. Am auffälligsten an ihrer Mädchengestalt war der große weiße Hut, der mit seiner abstehenden Krempe wie der Kelch eines Schneeglöckchens aussah. Elsa hatte einen schön geformten Mund, doch auch in ihrem Gesicht zeichnete sich bereits das charakteristische Kinn ab, das die untere Gesichtshälfte beherrschte und ihrer späteren Schönheit einen kleinen Makel versetzen würde.

Elsa gab sich Mühe, dem Ernst der Ateliersituation gewachsen zu sein. Sie stand bewegungslos, so wie der Fotograf sie postiert hatte, und schaute angestrengt in die Kamera. Im letzten Moment jedoch, als der Fotograf den Auslöser drückte, wandte sie die Augen ganz leicht ab und sah auf einen Punkt schräg hinter ihm. Dort stand im Halbdunkel Anna Köster. Ihre Gegenwart und mehr noch ihre offensichtliche Vertrautheit mit dem Vater machten sie unruhig. Sie hatte sehr wohl bemerkt, wie ihr Vater kurz nach der Hand von Anna gegriffen und sie sie ihm, nachdem sie einen Blick von Elsa aufgefangen hatte, hastig entzogen hatte.

Am Abend saß Karoline Heller am Bett ihrer Tochter, um ihr gute Nacht zu sagen. Elsa berichtete noch einmal ausführlich über alles, was sie an diesem Tag in Hamburg erlebt hatte. Sie übertrieb den Mut, den es gekostet hatte, allein mit dem Paternoster zu fahren, und machte die Portion Eis, die sie gegessen hatte, noch größer, als sie ohnehin schon gewesen war. Karoline fragte, ob ihr der Tag gefallen habe, und Elsa dachte daran, ihr von Anna Köster zu berichten. Aber sie sagte nichts. Als das Licht gelöscht war und sie allein in ihrem Bett lag, spürte sie im Bauch die Faust ihres schlechten Gewissens.

Kapitel 2

Karoline Heller, geborene Jakobi, war eine einfache Frau. Ihre Herkunft aus einem Bauernhaushalt war an ihrer kräftigen und breithüftigen Gestalt abzulesen. Sie bewegte sich ohne Grazie und trat mit schweren Füßen auf, aber sie besaß ein edles Profil mit einer geraden Nase, die in der flachen, hohen Stirn endete. Ihr dunkelbraunes Haar war zeit ihres Lebens nicht geschnitten worden und reichte ihr bis zu den Fersen. Jeden Abend vor dem Schlafengehen wurde es sorgfältig gebürstet. Kurz vor ihrer Verlobung bedrängte ein Lübecker Haarwuchsmittelfabrikant sie, der mit ihrem Foto auf seinen Fläschchen werben wollte, doch sie lehnte ab.

Als sie im ersten Jahr des neuen Jahrhunderts neben Georg Heller unter den sieben mächtigen Bäumen, dem der Ort Siebeneichen im Volksmund seinen Namen verdankte, auf die aus groben Feldsteinen erbaute Kirche zuschritt, um dort ihr Jawort zu geben, war sie einundzwanzig Jahre alt, neun Jahre jünger als der Bräutigam. Sie betrat die Kirche und blickte um sich, während sie den seitlichen Gang zum Altar entlangging. Die Hochzeitsgemeinde saß in den leuchtendblauen Bänken zu ebener Erde und auf beiden Seiten der hölzernen Empore. Schräg links oben konnte sie in ihrer Loge hinter Glas die alte Gräfin vom Schloß Wotersen erkennen. Sie bildete sich ein, daß die Gräfin nicht wie gewöhnlich zum sonntäglichen Gottesdienst erschienen war, sondern um ihrer Trauung die Ehre zu geben. Schließlich arbeitete ihr Zukünftiger seit einigen Wochen neben seinem eigentlichen Beruf als Roseburger Müller als Forstverwalter auf dem Schloß und fing gerade an, den dortigen Holzhandel neu zu organisieren. Karoline grüßte verhalten nach hier und dort. Sie fühlte Dank und Stolz angesichts der vielen Anwesenden. Aber auch ohne daß es im Angesicht Gottes unschicklich gewesen wäre, Hochmut zu zeigen: In diesem Augenblick kannte sie keinerlei Ehrgeiz und hatte sich auf ein bescheidenes Leben an der Seite eines Müllers mit Neigungen zum Holzhandel eingerichtet.

Ihr Mann hatte Größeres im Sinn, das wurde rasch nach der Eheschließung deutlich. Er war das vierte von fünf Kindern, und als ältestem Sohn stand ihm die Weiterbewirtschaftung der Umtauschmühle zu. Doch selbst dieses Erbe, das ihm ein sicheres Einkommen ermöglichte, war ihm nicht genug, und wenn er sich ansah, was aus seinen Geschwistern wurde, dann packte ihn die kalte Verachtung. Seine Schwestern hatten Bauern genommen und sein jüngerer Bruder in Hamburg in ein Fischgeschäft eingeheiratet. Heller sah das Übel in den alten familiären Strukturen, die immer noch Handel und Produktion bestimmten. Für die überkommene Denkungsart der ansässigen Bauern und Kaufleute, die immer schön vorsichtig, in überschaubaren Größen und mit den immer gleichen Handelspartnern Geschäfte machten, so wie ihre Väter und Vorväter es gehalten hatten, konnte er nur Geringschätzung empfinden. Mit derartiger Korinthenkackerei wollte der zum Emporkommen Entschlossene sich nicht abgeben.

Heller hatte seine eigene Theorie, warum die Leute hier, ganz im Norden des Deutschen Reiches, nicht über ihren Horizont hinausdenken konnten. Für ihn lagen die Motive in der Landschaft Schleswig-Holsteins begründet: Das Land von drei Seiten begrenzt, im Osten und im Westen von zwei Meeren, im Norden von Dänemark, mit dem die Schleswig-Holsteiner eine wechselvolle, oft kriegerische Geschichte verband. Da blieb man lieber unter seinesgleichen. Dem südlich gelegenen kleinen Herzogtum Lauenburg, eingekreist von den reichen Hansestädten Hamburg, Lübeck und Lüneburg, fehlte die räumliche Größe, um es durch die Jahrhunderte zu Macht und Einfluß zu bringen. Die vielen schnurgeraden Alleen und ebenso geraden Knicks auf den Weiden und Feldern taten ein übriges. Da gab es keine Kurven, keine unerwarteten Ausbuchtungen, weder Häfen noch Förden, ja, nicht einmal größere Hügel, die das Denken von der Schmalspur hätten ablenken können. Hamburg und Lübeck lagen so nahe, und doch fuhr kaum jemand dorthin. Deshalb blieb in diesem Landstrich alles, wie es immer schon gewesen war.

So dachte Georg Heller seit einem zufälligen Zusammentreffen mit einem Mühlenbesitzer in Rathsforde, dessen Steckenpferd die Geologie war. Georg verbreitete seine neugewonnenen Ansichten lautstark im Dorfkrug und fühlte sich bestätigt, als niemand ihm zuhören wollte. Er beschloß, in größeren Kategorien zu denken und zog dem Analysieren von staubtrockenen Zahlenkolonnen und Absatzstatistiken künstlerische Visionen seines künftigen Imperiums vor. Hilfreich waren dabei sein unbedingter Ehrgeiz und die brennende Energie, die ihn Tag und Nacht umtrieb. Sein Vorbild waren die großen Wirtschaftsführer, deren Unternehmen staatswichtig waren und die sogar vom Kaiser empfangen wurden. Mit Alfred Ballin, dem Chef der Hamburg-Amerikanischen Paketfahrt-Actien-Gesellschaft, kurz HAPAG, fühlte er sich seelenverwandt – natürlich bis auf den einen Unterschied, daß Ballin Jude war.

1896 wurde mit dem Ausbau des Elbe-Trave-Kanals begonnen, um die nach über fünfhundert Jahren eingestellte Fahrt auf dem Flüßchen Stecknitz zu ersetzen, die bisher die Städte Lauenburg und Lübeck miteinander verbunden hatte. Besonders die alte Hansestadt Lübeck forcierte den Kanalbau, um sich in der Konkurrenz mit Hamburg zu behaupten.

Der Kanalbau führte zu tiefen Einschnitten im Leben der Roseburger. Während der vierjährigen Bauzeit bis zur feierlichen Eröffnung 1900 waren die Sitten wegen der durchziehenden Kanalarbeiter, die aus ganz Deutschland und sogar aus Polen und Österreich kamen und an Wochenenden die Kneipen und Erntefeste heimsuchten, durchaus lockerer geworden. Und dann wurden während der Bauarbeiten in Güster, das nur wenige Kilometer von Roseburg entfernt direkt am Kanal lag, umfangreiche Kiesvorhaben gefunden, die auf dem neuen Kanal billig und unkompliziert abtransportiert werden konnten.

Was sich jahrhundertelang als Nachteil für die Gegend erwiesen hatte, nämlich die sandigen, wenig fruchtbaren Böden, die das Gletscherschmelzwasser während der letzten Eiszeit, als die Grenze zwischen eisfreiem und eisbedecktem Land genau durch das Herzogtum lief, hier abgelagert hatte, wurde nun zum Vorteil. In bis zu zwanzig Meter mächtigen Sandern ruhte der Kies entlang der früheren Endmoränen, an deren Grenzen sich dann die Stecknitz ihren Weg suchte. Mit dem Kanalbau sank der Wasserspiegel um einen halben Meter. Aus sumpfigen Niederungen wurden fruchtbare Wiesen und Ackerland, unter denen das gekörnte Gold darauf wartete, geschürft zu werden. Auch die Geschichte schien manchmal so etwas wie ausgleichende Gerechtigkeit zu kennen.

Die Kiesfunde zogen Investoren aus Lübeck und Travemünde an, die ein Geschäft witterten. Plötzlich sah man in Roseburg gut gekleidete Geschäftsmänner mit Hut und Gehpelz, die sich von Hof zu Hof kutschieren ließen, um den Bauern ihr Land abzukaufen. Nicht wenige gaben alles her und schimpften hinterher auf die Kiesbarone, die sie über den Tisch gezogen hatten.

Georg Heller stand in der unüberschaubaren Zuschauermenge, als der Kaiser am 16. Juni 1900 in einer feierlichen Zeremonie in Lübeck den Kanal eröffnete. Mit seinen gut sechzig Kilometern Länge und den sieben Schleusen verkürzte der künstliche Wasserweg die Fahrt zwischen Lauenburg und Lübeck von mehr als sieben Tagen auf weniger als einen.

Gut möglich, daß Heller bereits damals, als er den Herrscher in seinem Prunk sah, seinen Plan fertig im Kopf hatte. Er mußte jedoch noch drei Jahre warten, bis er das notwendige Kapital beisammenhatte, um acht Hektar Land nördlich von Güster zu erwerben. So gehörte er gewiß nicht zu den ersten, die mit dem Kiesabbau Geld verdienen wollten, aber Hellers Geniestreich lag darin, daß er gleich nach dem Erwerb der Grube eine eingleisige Anschlußstrecke nach Roseburg bauen ließ, um eine Verbindung zur Bahnlinie Berlin–Hamburg zu schaffen. Die nur fünfzig Kilometer entfernte Hansestadt Hamburg wuchs in diesen Jahren sprunghaft, dazu kam die neue Errungenschaft des Betonbaus, für den man Kies benötigte. Den Kies wollte Heller liefern, und zwar über den Schienenweg und damit wesentlich schneller als über den trotz allem langsamen Kanal.

Der florierende Holzhandel, den er in den letzten Jahren aufgebaut hatte, hatte ihm ein anständiges Kapital beschafft. Um ein Unternehmen dieser Größe aufzuziehen, reichte es jedoch nicht aus. So nahm er Otto Lüders als Juniorteilhaber auf. Lüders war einer der reichsten Bauern Roseburgs. Nur besaß auch er nicht Hellers Geschäftssinn und die kühne Abenteuerlust. Er war damit einverstanden, sich am Kauf des Stücks Land für den Kiesabbau zu beteiligen, der Verlegung der Gleisstrecke widersetzte er sich anfangs. Lüders wollte nicht einsehen, warum sie nicht wie alle anderen ihren Kies über den Kanal nach Lübeck oder Lauenburg verschiffen sollten.

»Paß auf«, erklärte Heller ihm, wobei er ihm den Rauch seiner dicken Zigarre in die Augen blies: »Was geschieht mit dem Sand, wenn er aus der Erde kommt? Richtig, er wird auf Loren geladen und zum Kanal transportiert, wo er auf Lastkähne umgeladen wird. Das ist ein Arbeitsgang zuviel. Wenn der Kies schon auf den Schienen ist, warum läßt man ihn dann nicht dort und fährt ihn auf diesem Weg bis Hamburg? Zumal das auch noch mindestens einen Tag Transportweg spart?«

Lüders wußte nichts darauf zu antworten und rieb sich die brennenden Augen.

Der Erfolg der nächsten Jahre gab Heller recht, die aufschneiderische Art, mit der er alles besser machen wollte und auf seine Konkurrenten herabsah, ging Lüders nach wie vor gegen den Strich. Lüders konnte nicht wie die meisten Roseburger darüber lachen, daß sein Partner tagtäglich in Güster, das noch keinen Bahnhof hatte, die Notbremse zog und mit einer Behendigkeit, die man seiner schweren Gestalt nicht zutraute, aus dem Zug sprang, um dann schimpfend »Wer hat denn schließlich das verdammte Gleis verlegt? Die Reichsbahn oder ich?« die Strafe zu zahlen.

Obwohl die persönliche Verbindung zwischen Lüders und Heller von Anfang an unter keinem besonders guten Stern stand, lief das Unternehmen bestens. Hellers Idee war genial und richtig gewesen, innerhalb kürzester Zeit hatte er mit seinem Schienentransport eine Monopolstellung unter den Kiesbaronen erreicht. In den nächsten Jahren verdiente er mehr Geld, als er ausgeben konnte.

Als seine einzige Tochter Elsa im September 1907 ihren vierten Geburtstag feierte, war ihr Vater der reichste Mann der Gegend geworden.

Eines Tages im März des Jahres 1906 war Georg Heller nach Hause gekommen und hatte seiner Frau beim Abendessen verkündet, er werde den alten Jakobischen Hof, von dem Karoline stammte, verkaufen und mit dem Erlös ein neues Haus bauen, in Sichtweite der alten Mühle, auf der anderen Seite des Mühlendamms. Karoline war entsetzt gewesen.

»Sein Elternhaus ohne Not verkaufen bringt Unglück!« rief sie aus. »Wer seine Eltern verrät, den trifft Gottes Zorn!«

»Deine Eltern sind tot, die kannst du nicht mehr verraten«, erwiderte Georg, den die Gottesfurcht seiner Frau, die bisweilen in finsteren Aberglauben umschlug, zur Raserei trieb.

»Mama ist noch kein Jahr unter der Erde. Außerdem geht es um ihr Andenken. Was werden die Leute sagen!«

Ihr Mann drehte sich zu ihr herum und sah sie gereizt an: »Es ist mir egal, wenn die Leute sich das Maul zerreißen. Sie reden sowieso. Ich weiß nur, daß ich keine Lust habe, länger in diesem Loch zu wohnen. Ich habe bereits einen Käufer gefunden, der einen guten Preis zahlt, damit basta.« Er war im Begriff, den Raum zu verlassen, kam dann aber noch einmal zurück. Er stützte seine Hände schwer auf den Tisch und brachte sein Gesicht dicht vor das von Karoline. »Laß dir sagen, daß ich mich von meinem Entschluß nicht abbringen lasse. Nimm endlich zur Kenntnis, daß wir keine kleinen Leute mehr sind. Wenn du dich nicht da hineinfügen kannst oder willst, dann denke wenigstens an Elsa.«

Karoline schlug einen versöhnlichen Ton an. »Aber Georg, uns geht es doch gut, und ich bin stolz auf das, was du erreicht hast. Schließlich mußte dein Großvater sich noch als Tagelöhner verdingen, um seine Kinder durchzubringen.« Ihr Einwand machte Georg Heller nur noch wütender. Aus der Angst, ein Leben wie das seiner Vorfahren zu fristen, kam doch sein brennender Ehrgeiz, der ihn immer weiter vorantrieb!

Er hob beide Arme und machte eine wegwerfende Bewegung. Dabei riß er die große Vase mit den ersten Tulpen des Jahres vom Tisch. Mit lautem Krachen zerschellte sie auf dem gefliesten Boden. »Genug! Du weißt ja nicht, wovon du sprichst. Du kannst dir nicht vorstellen, was es bedeutet, morgens noch nicht zu wissen, ob es am Abend etwas zu beißen gibt!«

Karoline achtete nicht auf das Wasser, das vom Tisch auf den Boden rann. Mit einem leisen Anflug von Ironie, den ihr Mann zum erstenmal an ihr bemerkte, entgegnete sie: »Dein Vater war schon Müller, bevor du zur Welt kamst. Ihr habt nie gehungert. Vielleicht entscheidest du dich mal, was du mir eigentlich vorwirfst. Einmal bin ich dir nicht gut genug, weil ich eine Bauerntochter bin. Und dann machst du mir den Vorwurf, nicht dein angebliches Elend geteilt zu haben.«

Seine Augen waren kalt, als er, mehr zu sich, sagte: »Nein, wahrscheinlich liegt der Fehler bei mir. Ich habe eben die falsche Frau geheiratet.« Mit energischen Schritten verließ er das Zimmer. Karoline starrte ihm zornig hinterher, dann holte sie einen Lappen, um die Bescherung aufzuwischen.

Karoline fuhr ihr schwerstes Geschütz auf. Sie setzte Georgs älteste Schwester in Kenntnis. Zwei Tage später erschien Minna Heller, verheiratete Brinckmann, hoch aufgerichtet und schnellen Schrittes, wobei die Federn auf ihrem üppigen Hut auf und ab wippten, in Georgs Kontor in Güster. Schon als Kind hatte Georg ein besonderes Verhältnis zu ihr gehabt. Minna war beinahe zehn Jahre älter als er und hatte nach dem frühen Tod der Mutter, die starb, als Georg gerade drei war, die Erziehung der jüngeren Geschwister übernommen. Aus den Briefen, die er ihr 1892, als gut Zwanzigjähriger, während seiner Militärzeit als Matrose auf dem Kreuzer *Leipzig* aus Hongkong und Jokohama geschrieben hatte, sprachen Heimweh und eine Liebe, die eher an einen Sohn als einen Bruder denken ließ. Wenn Georg sich je einem Urteil beugte, dann dem ihren. Aber was das neue Haus betraf, ließ er sich nicht einmal von Minna etwas sagen. Unverrichteter Dinge marschierte sie wieder aus seinem Kontor.

Im Sommer des Jahres wurde mit dem Bau begonnen. Dazu wurde der See, der zur Mühle gehörte, stark vergrößert. Sechs – Karoline raufte sich die Haare. Sechs! – kleinere Teiche wurden entlang des Wasserlaufs ausgehoben und durch gewölbte, mit kleinen Geländern versehene Stege miteinander verbunden. Das ausgehobene Erdreich wurde zu einem flachen Hügel aufgeschüttet, auf dessen Kuppe die dreistöckige Villa entstand. Von den Fenstern der Wohn- und Schlafräume aus konnte man auf die Teichlandschaft sehen, die aus der Luft wie eine Schnur unregelmäßig großer Perlen wirken mußte, bedeckt mit Seerosen, Enten und Schwänen. Gespeist wurde alles durch das Wasser des Bachs, der auch die Mühle antrieb. Ein Wehr am jenseitigen Ende des Mühlenteichs verhinderte, daß die ausgesetzten Fische sich davonmachten.

Es war, als sollte Karoline mit ihrer bösen Vorahnung recht behalten. Über dem Bau des Hauses stand kein glücklicher Stern. Als man den Mühlenteich aushob, fand man im tiefen Schlick die skelettierte Leiche einer Frau. Die Polizei stellte Untersuchungen an, und bald erzählte man sich im Dorf, es handele sich um die ehemalige Mühlenmagd, die, wie lange war das jetzt her, zehn Jahre oder doch erst acht?, verschwunden war, nachdem man sie mit ihrem schwangeren Bauch in Schimpf und Schande davongejagt hatte. An einem Abend in der Wirtschaft war Ernst Jakobi, der Schwager von Georg Heller, so unvorsichtig, ihm das Gerücht zuzutragen, das im Dorf umging: Er, Heller, sei damals der Schuldige gewesen. Hellers Hals lief rot an, er schnaubte und schlug den Bruder seiner Frau mit einem einzigen krachenden Fausthieb zu Boden.

Kurze Zeit darauf fuhr der Blitz in eine der vier uralten Kastanien. Sie waren als einzige von dem einst imposanten Baumbestand auf der Straßenseite des Grundstücks verschont geblieben. Sie wuchsen am Fuß des aufgeschobenen Hügels, und der Bauherr plante, sie rechts und links unterhalb des säulenbestandenen Eingangs zu Repräsentationszwecken stehen zu lassen. Doch nun mußte der Baum gefällt werden, und die entstehende Lücke bildete eine so auffällige Asymmetrie, daß Georg Heller immer wieder danach gefragt wurde.

Als schließlich beim Richtfest der Zimmermann vom Dach stürzte, mitten in seiner Rede vom zukünftigen Glück der Hausbewohner und dem Segen, der über dem eigenen Heim liege, und seitdem verkrüppelt blieb, da fühlte Karoline Heller sich bestätigt.

»Wären wir drüben geblieben, wo wir hingehören, dann hätte das Glück uns nicht verlassen«, wiederholte sie bei jeder sich bietenden Gelegenheit und erzürnte damit ihren Mann aufs äußerste.

Georg war ein viel zu bodenständiger Mann, als daß er für derartige Gedanken empfänglich gewesen wäre. Einmal schleuderte er ihr entgegen: »Ich habe mein Glück verloren, als ich dich geheiratet habe. Du mit deinem stumpfsinnigen Aberglauben und deinen bäuerlichen Manieren! In deiner Rückständigkeit erinnerst du mich an eine verdammte Katholikin.«

Das größte Unglück sollte aber erst noch geschehen. Es war die Totgeburt, die Karoline kurz vor ihrem Umzug in die Villa hatte, und die Nachricht des Arztes, daß sie keine weiteren Kinder bekommen würde. Bereits während der Geburt hatte die Hebamme mit dem Schlimmsten gerechnet, denn das Kind lag falsch herum im Bauch. Einen Tag und eine Nacht lang hatte Karoline in höchsten Qualen geschrien, dann fehlte ihr die Kraft dazu, und die plötzliche Stille machte allen noch mehr angst. Als der kleine Junge dann endlich heraus war, war sein Körper blau angelaufen. Das Kind mußte bereits längere Zeit tot gewesen sein. Die Hebamme wollte den kleinen Leichnam rasch aus dem Zimmer tragen, da sie glaubte, Karoline sei vor Erschöpfung bewußtlos, doch die bestand darauf, ihr totes Kind zu sehen und ihm zum Abschied die winzige feuchte Stirn zu küssen. Nachdem sie sich erholt hatte, besuchte sie mehrmals täglich das Grab auf dem Siebeneichener Friedhof, dann faßte sie sich, besonders als ihr bewußt wurde, daß ihr Mann ihr keinen Vorwurf machte, weil sie ihm keine Kinder mehr gebären würde.

Georg Heller hatte in der Tat genug an Elsa. Hin und wieder bekam er seinen »Rappel«, wie das im Haus genannt wurde. Dann verfügte er, seine Tochter müsse wie ein Junge aufgezogen werden. Ohne Rücksicht auf die Vorwürfe von Karoline und Hulda bestand er darauf, daß sie in Hosen ritt und im kalten Wasser des Mühlenteichs Schwimmen lernte. Bei Regen und Kälte nahm er sie mit ins Kieswerk, wo sie neben ihm stand, wenn er den Männern Anweisungen gab und den Kies prüfend durch seine Hände rieseln ließ. Ihr Vater ließ sie an allem teilhaben und machte sich einen Spaß daraus, sie abends naß und schlammverschmiert wieder zu Hause abzuliefern. Auch Elsa gefielen diese Ausbrüche aus der Mädchenerziehung sehr. Sie liebte das Gefühl für die eigene Stärke, das sie empfand, wenn sie mit ihrem Pferd über Zäune setzte und sich bis zur Erschöpfung körperlich forderte. Und natürlich war sie glücklich, an diesen Tagen ihren Vater ganz für sich zu haben. Leider waren sie zu selten. Es kam häufig vor, daß ihr Vater sie unwirsch fortschickte, wenn sie sich ihm näherte.

Daß es einen weiteren Grund dafür gab, daß er das Ausbleiben eines Sohnes in Roseburg verschmerzte, davon ahnte jahrelang niemand etwas.

Ein anderes Atelierfoto, aufgenommen im Studio Bernhard Prill in Lübeck, bezeugt den Tag des Umzugs in die rotgeklinkerte, dreistöckige Krüppelwalmdachvilla mit den Gauben und Wiederkehren. In der Mitte der Schwarzweißaufnahme steht Karoline Heller hinter einem Tisch, das üppige Haar in einem Kranz um den Kopf gelegt und den Rest darüber getürmt. Aus den weichen Wangen sticht die gerade Nase hervor. Den Kopf nach unten geneigt, wirkt sie kein bißchen triumphierend oder auch nur freudig an diesem Tag. Sie trägt eine weiße Lochstickerei-Bluse, deren mächtige Puffärmel bis knapp oberhalb des Ellenbogens reichen und in handbreiten Manschetten knapp über dem Handgelenk enden. Darüber ein Kleid mit Korsage und eine locker fallende Weste, deren Ränder eine weitere Spitzenbordüre verziert. Die überladene Garderobe, die schwere Kette, die ihr bis auf die Taille fällt, machen deutlich, daß sie noch nicht daran gewöhnt ist, ihren Reichtum beiläufig zu zeigen. Ihre Gedanken sind bei ihrem toten Sohn und bei den mißglückten Vorbereitungen zu dem Fest, dem ersten im neuen Haus, das sie morgen geben wird. Als Georg ihr gesagt hat, wen er alles zur Einweihung eingeladen hat, ist sie unsicher geworden. Sie ist es nicht gewohnt, Gastgeberin für so viele wichtige Leute zu sein. Sie weiß nicht, was sie anbieten soll, wie sie alles zu organisieren hat. Irgendwann hat ihr Mann die Geduld verloren und das beste Möllner Delikatessengeschäft mit der Lieferung von Champagner und Canapés beauftragt. Weder das eine noch das andere kannte Karoline bisher, doch als sie die Rechnung gesehen hat, ist ihr schwindlig geworden.

Links neben ihr sitzt Georg Heller auf einem geschnitzten, mit rotem Samt bezogenen Stuhl, von dessen Sitzpolster Troddeln herabhängen. Den linken Unterarm hat er auf den Tisch gelegt. Sein Haar ist voll und schwarz wie der mächtige Kaiser-Wilhelm-Bart. Über dem Vatermörderkragen trägt er ein offenes Jackett, darunter die Weste, auf der die Uhrkette blitzt, die er sich zur Feier des Ereignisses zugelegt hat. Rechts von Karoline, auf dem Tisch, auf den Georg seinen Unterarm gelegt hatte, sitzt Elsa, die Füße auf einen Gobelinhocker gestützt. Sie ist vier Jahre alt. Ihre Strümpfe sind nach unten gerutscht und stecken in schwarzen Knöchelstiefeln, die auf Hochglanz poliert sind. Sie trägt ein kariertes Kleid in den Farben weiß und dunkelrot, darüber den obligatorischen weißen Spitzenkragen, auf dem eine Korallenkette liegt. Ihr Haar ist noch halblang, auf der Seite gescheitelt und mit einer weißen Schleife zurückgehalten. Sie sieht aufmerksam-kritisch in die Kamera, denn es ist das erste Mal, daß sie fotografiert wird. Georg Heller hingegen blickt nach links aus dem Bild heraus, als gehöre er nicht zu den anderen, obwohl er doch so dicht bei ihnen sitzt. Dafür halten sich Mutter und Tochter an der Hand. Müssen sie sich gegenseitig Mut machen für die unbekannte Zukunft, die auf sie wartet?

Am folgenden Tag erschien tatsächlich ganz Roseburg, und die Dörfler, die dem Haus schon lange den respektvollen Namen »Mühlenvilla« gegeben hatten, traten staunend vor dem Wasserklosett von einem Fuß auf den anderen, während die Ehrengäste, der Bürgermeister und der Pfarrer sowie der Direktor der kleinen Schule, Geschäftsfreunde und allen voran die Gräfin, im Salon, der die ganze Länge des Hauses einnahm und zum großen Mühlteich in einer Veranda endete, Champagner tranken. Otto Lüders kam mit seiner Frau Hermine, die bewundernd auf die bodenlangen Stores sah und über die glänzenden Möbel strich. Von Karolines Familie war ihr jüngerer Bruder Ernst Jakobi gekommen, der Georg uneingeschränkt bewunderte, sogar dafür, daß er ihn niedergeschlagen hatte. Georgs Vater war drei Jahre zuvor gestorben, doch seine Geschwister waren fast vollzählig erschienen: Da war natürlich Minna, die die Bewirtschaftung der väterlichen Mühle übernommen hatte, seitdem Georg sich seinen anderen Geschäften widmete. Dann die zweitälteste Schwester Emilie, die einen Bauern aus Güster zum Mann genommen hatte. Aus Hamburg war sein jüngerer Bruder Wilhelm angereist. Emma-Louise, die mittlere, fehlte, sie lebte mit ihrem Mann in der Nähe von Flensburg und hatte den weiten Weg gescheut.

Im Laufe des Nachmittags begann Elsa sich zu langweilen. Sie kam auf die Idee, mit einem kleinen Spartopf, den ihr Vater ihr geschenkt hatte, zu ihren Onkeln und Tanten, später von Gast zu Gast zu gehen und Münzen einzufordern. Karoline versuchte sie daran zu hindern, doch Georg bestärkte sie unter dröhnendem Gelächter.

»Laß sie doch«, rief er quer durch den großen Raum. »Sie kommt eben ganz nach ihrem Vater. Wer Geld verdienen will, der muß was dafür tun, und wer Geld hat, der soll es zeigen. Nicht wahr, Herr Pfarrer?«

Er schlug dem Pfarrer, der zufällig neben ihm stand, seine große Rechte auf die Schulter, und der Pfarrer verschluckte sich heftig an seinem Champagner.

»Nun ja«, antwortete er mit so viel Würde, wie sein Hustenanfall zuließ, »ein wenig Mildtätigkeit gehörte wohl auch schon immer zu den besonderen Pflichten der Besitzenden. Und Bescheidenheit ist bekanntlich eine Zier.« Damit wollte er sich abwenden.

Doch Georg brach erneut in wieherndes Gelächter aus und hielt ihn am Arm fest. »Im Grunde tut die Kleine doch nichts anderes als Sie auch: Immer mit der offenen Hand herumlaufen, ob nicht irgendwo eine Spende einzuheimsen ist!«

Minna eilte herbei, um den armen Mann aus Georgs Umklammerung zu befreien. Sie warf ihrem Bruder einen sehr mißbilligenden Blick zu. Georg übersah ihn.

Elsa liebte die Villa vom ersten Tag an, und durch die Nähe zu ihrem früheren Zuhause fühlte sie sich keinen

Augenblick fremd. Sie bekam ein eigenes Zimmer, einen sonnendurchfluteten Raum mit Balkon im ersten Stock über der Veranda, mit hellen Buchenmöbeln, die aus den Wäldern ihres Vaters stammten, und bunten, gewebten Teppichen und Kissen, während der Rest des Hauses mit den wuchtigen dunkelholzigen Repräsentationsmöbeln der Zeit eingerichtet wurde. Vor ihrem Fenster dehnten sich die Teiche und dahinter die große Obstwiese. Wenn sie sich weit über das hölzerne Geländer beugte und nach links schaute, konnte sie den jenseits des großen Sees liegenden Mühlenhof sehen, auf dem sie ihre ersten Jahre verbracht hatte.

Der große Teich war aber nicht ihr Lieblingsteich. Zu dem erkor sie den Modderteich ganz am Ende des Zuflusses, bevor die Obstwiese begann. Er wurde so genannt, weil er im Sommer als erster austrocknete und sich in ein feuchtes, muffig riechendes Schlammloch verwandelte, in dem sich Frösche und Kröten mit Vorliebe aufhielten. Nur in sehr wasserarmen Zeiten mußten die Tiere ihn verlassen, dann roch er intensiv nach Verwesung. Zum Seerosenteich ging sie ungern, seitdem sie sich dort in den Wurzeln der Pflanzen verfangen hatte. Dann schon lieber zum Blauen Teich. Er hatte seinen Namen von den blaugestrichenen Gartenmöbeln, die dort zwischen Buchsbaumhecken standen.

Über diesen Blauen Teich schwang die riesige Schaukel, die Georg im Geäst der Eiche rechts vor der Veranda anbringen ließ. Die Seile hingen gute zehn Meter herab, durch das an dieser Seite zum See hin abschüssige Gelände konnte man sehr gut Schwung holen und dann durch die Luft fliegen, beinahe wie ein Vogel. Bisher hatte sich niemand getraut, am höchsten Punkt, direkt über dem See, abzuspringen, aber Elsa hatte sich fest vorgenommen, es eines Tages auszuprobieren.

Das Haus hatte Abecken, tote Winkel zwischen den Zimmerwänden und der Dachschrägung, in die man durch halbhohe Türen hinter Betten und Schränken gelangte und die zur Aufbewahrung all dessen dienten, was man nur zu besonderen Gelegenheiten benötigte oder dort in Vergessenheit geraten lassen wollte: der eiserne Fuß für den Weihnachtsbaum, ein paar alte Stühle und andere Kleinmöbel, die noch aus der Mühle stammten und die Georg aus dem neuen Haus verbannt hatte, Schlittschuhe, die niemandem mehr paßten. Und leider auch Hunderte von hölzernen Schusterleisten, die Georg im Jahr zuvor aus Hamburg mitgebracht hatte. Er wollte weder sagen, wie er an die Leisten gekommen war – im Spiel gewonnen, vermutete Karoline –, noch was er mit ihnen vorhatte. Sie kamen in eine der Abecken, aus der sie in Zukunft hervorquollen, sobald jemand die Tür öffnete, als hätten sie sich in der Abgeschiedenheit noch weiter vermehrt. Diese Abecken liefen hinter allen Zimmern der oberen Stockwerke entlang, und in den dämmrigen Räumen, die nur durch kleine Dachluken spärlich erhellt waren, saß Elsa oft und lauschte auf die Geräusche im Haus.

Eines Tages, Elsa mochte sieben Jahre alt gewesen sein, kam Otto Lüders, um etwas mit ihrem Vater zu besprechen. Sein Sohn Paul, der einige Jahre älter war als Elsa, begleitete ihn. Paul verdrehte den Kopf, um der breiten, gewundenen Wendeltreppe mit dem blankpolierten Handlauf von der großen Diele bis hinauf unters Dach mit den Blicken zu folgen. Sobald die Väter im Arbeitszimmer verschwunden waren, rannte er die Stufen hinauf, setzte sich rittlings auf das Geländer und rutschte hinunter. Auf den Gedanken war Elsa vorher noch nie gekommen! Paul landete mit einem kleinen Sprung vor ihr, grinste sie an und lief die Treppe wieder hinauf. Er machte ihr ein Zeichen, es ihm nachzutun. Es ging wie von selbst, nur in der Mitte eines Stockwerks, wo die Treppe eine Kehre machte, wurde die Fahrt verlangsamt. Die beiden Kinder verbrachten die nächste halbe Stunde damit, das Geländer hinabzurutschen und die Treppe wieder hochzustürmen, um möglichst als erster wieder oben zu sein. Dann erschien Hulda und jagte sie davon. Paul nahm Elsa an die Hand, und lachend rannten sie aus dem Haus, um Huldas Schimpfen zu entkommen.

Als Otto Lüders seinen Sohn rief, weil er gehen wollte, war Elsa unsterblich in Paul verliebt.

Die Treppe wurde zu ihrem Lieblingsort im Haus. Wenn sie von dort vertrieben wurde, ging sie in die große Küche, die sich zur Straßenseite hin befand. Hier machte sich immer jemand zu schaffen – Hulda oder die Köchin oder auch die Waschfrau, die einmal die Woche kam, oder Franz Heinrich, der auf ihren Vater wartete. Im Winter brannte den ganzen Tag über ein wärmendes Feuer im Herd, und es gab immer etwas zu naschen.

Sobald Elsa den Finger in einen der Töpfe steckte, nahm Hulda sie auf den Schoß, den Geruch von warmem Kuchen verströmend. »Lütten Finger, Golden Ringer, Lange Mann, Pöttenlicker, Luschenknicker!« reimte sie, während sie Elsas Finger abzählte, erst die rechte Hand, dann die linke und dann wieder von vorn. Zur Obsternte folgte unweigerlich der Vers vom Daumen, der die Pflaumen schüttelte, und der beim kleinen Finger endete, der sie alle aufaß, wobei sie Elsas Finger in den Mund nahm und so tat, als würde sie ihn nicht wieder freigeben. Hulda hatte für jede Gelegenheit den passenden Spruch, die meisten auf Platt, denn auf Hochdeutsch ließen sie sich nicht sagen. Für Elsa gehörten sie zu ihrem Leben wie das Plätschern des Mühlrads.

Auch Karoline Heller schien sich am Ende mit dem Umzug abgefunden zu haben. Sie war erleichtert, die Mühle verlassen zu können, auf der die Erinnerung an ihr totes Kind lastete. Das neue Haus bot Annehmlichkeiten. Die alten Öllampen wurden fortgeworfen, weil die Villa »elektrifiziert« war, wie Georg sich großspurig ausdrückte. Trotzdem stand an ihrem Bett noch eine Petroleumlampe für Notfälle.

Die Teiche und der Garten wurden Karolines ganzer Stolz. Sie ließ Spazierwege aus allerfeinstem Sand anlegen. Auf der großen Brücke über den Bach entstand ein Pavillon, wie sie ihn in einer englischen Zeitschrift gesehen hatte. Er war sechseckig, nach Süden und Westen offen, zu den anderen Seiten verglast. Sie ließ eine Sitzgruppe und vor allem eine komfortable Chaiselongue hineinstellen, die nur sie allein benutzen durfte. An jedem Sonnabend wurden sämtliche Wege zwischen den Teichen geharkt, vor Festtagen mußten sogar Linien und Muster eingearbeitet werden, und wenn das Wetter hielt, so ließ sie an den Wochenenden Kissen und Tischdecken im Pavillon auflegen, um dort den Kaffee zu nehmen. Ein Ruderboot wurde für den Sommer angeschafft, und im Winter lief ganz Roseburg auf dem großen Mühlenteich Schlittschuh, sogar Georg Heller, bei dem man immer befürchten mußte, er würde aufgrund seines Gewichts einbrechen.

Das parkähnliche Gelände rund um das Haus eignete sich wunderbar zum Herumtollen, zum Versteckspielen. Nachdem ihr Vater Elsa zu ihrem sechsten Geburtstag ein eigenes Ponygespann geschenkt hatte, unternahmen sie dort sogar kleine Kutschfahrten.

Georg Heller vergötterte und verwöhnte seine Tochter über alle Maßen. Seit er in einer unruhigen Nacht davon geträumt hatte, sein Vermögen sei verloren und Elsa mittellos, gab es für ihnen keinen Grund mehr, seinen Launen nicht nachzugeben. Er schenkte ihr in diesen Jahren, was immer ihm einfiel. Zum Karneval bekam sie die schönsten Kostüme geschneidert, die regelmäßig auf dem Maskenball in Mölln den ersten Preis einheimsten. Er ließ für sie eine Puppenstube anfertigen, in der das winzige Porzellan aus Meißen stammte und die Bilder Originale eines Möllner Landschaftsmalers waren.

Wenn Elsa krank im Bett lag, brachte er ihr zur Aufmunterung mit Vorliebe lebende Tiere, die Anlaß für die größte Verwirrung im Haus boten. Einmal war es ein Esel, der offensichtlich schwer verliebt war oder an unheilbarem Bauchweh litt. Auf jeden Fall hielt sein nächtliches Geschrei ganz Roseburg wach, bis er nach drei Tagen dem Verkäufer zurückgebracht wurde. Ein andermal verfiel Heller auf die Idee, seiner Tochter, die mit Mumps im Bett lag, einen jungen Ziegenbock ins Schlafzimmer zu bringen. Hulda war noch dabei, schimpfend die Hinterlassenschaften des Viechs von der großen Treppe zu fegen, als ein lautes Klirren und dann folgendes irres Meckern sie nach oben stürzen ließ: Der Ziegenbock war wütend auf den Rivalen losgegangen, den er im Spiegel entdeckt hatte. Karoline war vor Angst wie gelähmt, als sie an die sieben Jahre Pech dachte, die ein zerbrochener Spiegel brachte.

Es hatte sich eingebürgert, daß Heller mindestens einmal im Monat seine Tochter mit nach Hamburg nahm. Sie fuhren Paternoster, machten Einkäufe, tranken Kaffee und aßen Eis, gingen in Hagenbecks Tierpark oder sahen sich die Ozeanriesen im Hafen an. Und immer wieder schloß sich ihnen Anna Köster an.

Für Elsa Heller hätte das Leben nicht schöner sein können.

Leider blieb nicht alles so unbeschwert. Elsa wurde älter, und die gemeinsamen Unternehmungen mit ihrem Vater wurden seltener. Sie spürte, daß er sich zurückzog. Wenn sie insistierte, verlor er die Geduld.

An ihrem zwölften Geburtstag bekam Elsa von ihrer Mutter einen wunderschönen Haarkamm in Gestalt eines Schmetterlings. Sie hatte das Geschenk gerade ausgewickelt und ins Haar gesteckt und drehte sich damit vor dem Spiegel, als ihr Vater zur Tür hereinkam. Mit einer einzigen Bewegung entriß er ihr den Schmuck und zerdrückte ihn.

»Meine Tochter ist kein Püppchen!« brüllte er.

Karoline antwortete ihm mit schneidender Stimme: »Warum beleidigst du sie, wenn du eigentlich mich meinst?«

Georg gab keine Antwort. Er schleuderte die Reste des Kamms zu Boden und ging.

Elsa blieb starr vor Schreck zurück. Sie wußte, daß ihr Vater doch sie gemeint hatte. Er war in der letzten Zeit oft grundlos gemein zu ihr, und sie fragte sich immer wieder, was sie falsch machte. Sie hatte ihre Mutter um Rat gefragt, doch Karoline hatte nur ausweichend geantwortet.

»Dein Vater ist nun mal ein sehr launischer Mensch. Er hat große Gefühle, die er leider nicht immer beherrscht. Und jetzt macht ihm der Krieg große Sorgen ...«

Elsa sah ihr an, daß sie nicht die ganze Wahrheit sagte. Sie wurde unsicher.

Ihre Welt schrumpfte. Die Eindeutigkeit der Zeichen und Worte, auf die bisher Verlaß gewesen war, galt nicht mehr. Nie wußte sie, in welcher Stimmung sie ihren Vater antreffen würde. Mal war er jovial, herzlich und großzügig, dann wieder verschlossen und voller unverständlicher Ablehnung. Sie bemühte sich, wie eine Erwachsene zu sein, wenn sie mit ihm zusammen war, aber sie wußte nicht genau, was darunter eigentlich zu verstehen war. Sie glaubte, es bedeutete das Verstecken von Gefühlen, besonders von positiven Gefühlen, eine leichte Arroganz im Umgang mit anderen, ein vornehmer Rückzug in innere Welten. Ein Stück Unbeschwertheit ihrer Kindheit ging zu Ende.

Drei Monate später war Weihnachten. An den Tagen vor dem Fest stieg eine flirrende Spannung im Hause auf. Die Nervosität wurde täglich spürbarer, und ein winziger Funke, ein unbedachtes Wort, eine Ungeschicklichkeit in der Küche, eine zerbrochene Weihnachtskugel, brachte alles zur Explosion. In der Villa fragte man sich ängstlich, ob Georg Heller in diesem Jahr zur Bescherung und zum großen Diner am ersten Weihnachtstag erscheinen würde. Würde er am Tisch fehlen und sie vor den Gästen brüskieren? fragte sich Karoline. Würde die Hausherrin einen ihrer depressiven Anfälle bekommen und sie mit der Verantwortung für all die Vorbereitungen allein lassen? war die Angst, die Hulda umtrieb. Elsa ließ die hitzigen Ausbrüche über sich ergehen, ohne die Besorgnis zu verstehen, die sich ihr in halbausgesprochenen Sätzen mitteilte. Ihr Vater war doch jedes Jahr dagewesen und hatte ihr das größte Geschenk gebracht, um dann den ganzen Abend mit ihr unter dem Weihnachtsbaum damit zu spielen. Warum sollte das in diesem Jahr anders sein? Sie wagte sich kaum zu rühren, stand in ihrer Zappeligkeit doch allen im Weg und gab am Ende sich die Schuld, als ihr Vater kurz vor der Bescherung mit schweren Schritten erschien, einen verächtlichen Blick auf den Tannenbaum warf, der in der Diele stand und dessen Spitze immerhin mühselig über das Treppengeländer des ersten Stockes geschmückt worden war. »Mickerig und schief«, schnaubte er verächtlich. Karoline wies die Beleidigung empört von sich, es folgte ein haßerfüllter Wortwechsel. Mit einem wütenden Aufschrei stürzte Georg plötzlich auf den Baum zu, rüttelte an ihm und brachte ihn mitsamt dem schweren, eisernen Fuß zu Fall. Unter dem Bersten und Klirren der gläsernen Kugeln verließ er das Haus. Elsa hatte die Szene von oben beobachtet. Sie stand in ihrer Zimmertür, als die Baumspitze vor ihren Augen schwankte und dann zu Boden krachte. Außer sich vor Angst und Enttäuschung, wollte sie sich in die Arme ihrer Mutter werfen, doch Karoline ging mit steifen Schritten an ihr vorüber in ihr Zimmer und schloß die Tür hinter sich.

Ihr Vater kam erst drei Tage später zurück und brachte ihr sein Geschenk, eine Puppenküche. Elsa kam es vor, als würde sie sich an dem winzigen Herd die Finger verbrennen. Das Spielzeug flößte ihr Angst ein. Sie weigerte sich, damit zu spielen, und einige Tage nach Weihnachten verschwand es in einer der Abecken.

Zu Ostern und zu Weihnachten im Jahr darauf kam es zu einem ähnlichen Krach. Ihr Vater verschwand, nicht ohne vorher einen Streit vom Zaun zu brechen, der den anderen die Schuld zuweisen sollte. Elsa ahnte, daß alle genau wußten, wo er war, doch niemand sagte ihr etwas. Das Schlimmste war, daß die angespannte Stimmung auch an den Tagen blieb, an denen Georg zu Hause war. Niemand wagte sich zu rühren, aus Angst, ihn zu verstimmen und aus dem Haus zu vertreiben.

In der größeren Distanz zu ihrem Vater konnte Elsa

ein Gespür für die feindselige Stimmung entwickeln, die im Haus herrschte. Sie nahm die Phasen von eisigem Schweigen und wütenden Streitigkeiten zwischen ihren Eltern viel genauer als Bedrohung wahr. Nachts lag sie jetzt oft wach im Bett und versuchte, die Auseinandersetzungen auf der anderen Seite des Flurs zu überhören. Wenn ihr Name fiel, gezischt oder gebrüllt, zog sie sich die Decke über ihre Ohren. War sie der Grund für den Krach? Warum sagte ihr Vater so gemeine Dinge zu ihrer Mutter? Bedeutete Erwachsenwerden, daß sie selbst nun Ziel seiner Attacken würde? Manchmal meinte sie auch den Namen von Anna Köster herauszuhören. Elsa mochte die fröhliche Frau, und sie genoß, daß die Treffen mit ihr immer etwas Geheimnisvolles an sich hatten. Aber was hatte diese Frau eigentlich mit ihrem Vater zu tun? Wie schaffte sie es nur, daß er im Umgang mit ihr derart unbeschwert und charmant war? Diese Fragen marterten sie, doch ein Instinkt hielt sie davon ab, ihre Mutter danach zu fragen.

Seit Ostern 1913 besuchte Elsa die höhere Töchterschule in Mölln. Weil Karoline und Georg in diesem Punkt ausnahmsweise einer Meinung waren, ging Elsa mit einem guten Gefühl dorthin. Jeden Morgen brachte Franz Heinrich sie in die zwölf Kilometer entfernte Kleinstadt, jeden Nachmittag wurde sie wieder abgeholt. Auch Johanna, die Tochter von Otto Lüders, ging auf die Schule in Mölln, und so wurden sie und Elsa Freundinnen.

An manchen Tagen, wenn Georg Heller in Mölln zu tun hatte, nahm er die Mädchen mit nach Hause. Er hatte dann eine Süßigkeit in den Taschen seines Anzugs bei sich. Während sie Pfefferminzbonbons lutschten, mußten Elsa und Johanna ihm genauestens berichten, was sie an diesem Tag gelernt hatten. Besonders interessierte er sich für die Fächer, von denen er keinen Schimmer hatte, wie Französisch und Literatur. Elsa mußte ihm den Inhalt der gelesenen Klassiker bis ins kleinste nacherzählen. Georg war geradezu gierig danach, die Geschichten zu hören, und trotzdem weigerte er sich zeit seines Lebens, selbst ein Buch zur Hand zu nehmen. Dann gab er sein – meist vernichtendes – Urteil über die Romanfiguren ab. »Aber dieser Instetten ist ja von allen guten Geistern verlassen. Wegen einer sieben Jahre alten Affäre ein Duell beginnen und wissentlich sein Leben und das seiner Familie zerstören? Wegen einer kleinen Affäre! Der Mann ist ja irre! Aber in deinen Büchern muß ja sowieso am Ende immer einer wegen einer Lappalie sterben. Weiß der Teufel, was daran genial sein soll und warum eure Lehrer euch damit quälen ... Was hast du noch gelesen? Erzähl schon!« Die abfällige Meinung ihres Vaters erregte Elsas Widerspruch, und sie setzte alles daran, die Bücher zu verteidigen. Sie war eine gute Schülerin, und sie war intelligenter als Johanna. Ihr blieb viel Zeit, die sie allein verbrachte und in der sie sich, oft aus purer Langeweile, mit ihren Büchern beschäftigte.

Dennoch beneidete Elsa ihre Freundin Johanna dafür, daß sie so perfekt nach Roseburg paßte, und für ihren Bruder Paul, mit dem sie unzertrennlich verbunden war, während sie selbst die einzige Tochter des reichsten Mannes im Ort war, der mit seinem Geld ungeniert protzte.

Es kam vor, daß andere Kinder sich um die Teiche und im Park rund um die Villa versammelten, um dort ihre wilden Spiele zu spielen. Sie hatten nichts dagegen, wenn Elsa dabei war, und sie nahmen gern von den Kuchen und Säften, die Hulda verteilte. In einem bestimmten Augenblick jedoch pflegte die ausgelassene Stimmung zu kippen. Jemand aus der Gruppe baute sich vor Elsa auf und sagte gehässig: »Du hast uns gar nichts zu sagen, auch wenn du die Tochter des Kiesbarons bist!« Dann liefen alle johlend davon, und Elsa sah ihnen wütend nach.

Wie jedes Jahr nahm Georg auch im Jahr von Elsas Einschulung auf der Möllner höheren Töchterschule am alljährlichen Herbstschießen in Roseburg teil. Der dreitägige Wettkampf hatte eine lange Tradition und zog viele Auswärtige an. Am Sonntag nachmittag standen nur noch Georg Heller und der Gastwirt Johann Schmaljohann im Rennen um den Königstitel. Die beiden Rivalen um den Pokal hatten ordentlich gezecht und mit ihren Schießkünsten geprahlt. Heller war die Anspannung anzusehen, er bemühte sich schon seit Jahren vergeblich um den Titel. Schließlich schoß Schmaljohann den Vogel ab, Heller war wieder nur Vizekönig geworden. Vor Wut schäumend, pflügte er durch die umstehenden Zuschauer, die ihm schadenfroh hinterhersahen oder ihm aufmunternd auf die Schulter klopften. Durch den Tumult wurde Franz Heinrich aufgeschreckt. Rasch nahm er einen letzten Schluck, um seinen Herrn nach Hause zu fahren. Doch Heller vertrieb den Kutscher mit einer Armbewegung und wuchtete seinen schweren Körper auf den Bock, um selbst zu lenken. Er hetzte die Pferde in wildem Galopp über den Festplatz, um das kleine Karussell herum, während die Menschen sich in Sicherheit brachten. Mit der Rechten griff er immer wieder in seine Tasche, um Münzen und sogar kleine Scheine in die Menge zu schleudern. Die Bauern johlten und warfen sich in den Dreck, um an das Geld zu kommen. Dazu brüllte Heller: »Auch wenn Hannes Schützenkönig geworden ist, das Fest schmeiße ich für euch!«

Er drehte eine letzte Runde um den Platz, wobei er sein Geld in hohem Bogen von sich warf, dann schwang er die Peitsche und fuhr über die Straße nach Siebeneichen davon. Sein Grölen war noch zu hören, als der Wagen bereits unter den Bäumen, die die Straße säumten, verschwunden war.

Auf dem Festplatz blieben die Menschen zurück, einige bückten sich immer noch nach vergessenen Münzen. Vor dem Eingang zum Schützenzelt stand Otto Lüders breitbeinig in einer Gruppe von Männern. Elsa meinte vor Scham im Boden versinken zu müssen, als er sich schulterzuckend umdrehte und leise sagte: »De olle Kiesbaron. Geld mach he je hebben, övers Ort het he nich.«

Nein, Stil hatte ihr Vater tatsächlich nicht.

Kapitel 3

Der große Krieg dauerte nun schon das zweite Jahr, doch an Roseburg schien er kein Interesse zu haben. Hier nahm das Leben seinen ruhigen Gang wie zuvor. Georg Heller war nicht mobilisiert worden, mit dreiundvierzig Jahren war er bei Kriegsbeginn zu alt gewesen, zudem war das Kieswerk als bedingt kriegswichtig eingestuft. Auch von den anderen Männern im Dorf mußte kaum einer ins Feld. Nur wenige waren im wehrfähigen Alter, und die Bauern blieben ohnehin zu Hause, damit die Lebensmittelknappheit nicht zusätzlich verschärft wurde.

Zu den wenigen Roseburgern, die gleich im August 1914 einberufen wurden, gehörte Karolines einziger Bruder Ernst Jakobi. Johann Schmaljohann, der im letzten Jahr Bürgermeister geworden war, Pfarrer Jütten im Ornat und die meisten Roseburger fanden sich am Bahnhof ein, um ihn zu verabschieden. Von vielen glühend beneidet und unter lauten Jubelrufen bestieg Ernst den Zug nach Hamburg. »Spätestens Weihnachten bin ich zurück!« rief er den Zurückbleibenden auf dem Bahnsteig übermütig zu. Heller gab sich keine Mühe, die Stimme zu senken, als er sagte: »Na ja, leider ist es im Krieg bis heute nun mal so, daß einer ins Gras beißen muß. Entweder dein Gegenüber oder du selbst.«

Nach der ersten Marneschlacht schrieb Ernst einen langen Feldpostbrief, der rechtzeitig zu den ersten

Kriegsweihnachten in Roseburg eintraf. Mittlerweile war durchgesickert, daß die Schlacht keinen Sieger gekannt hatte, nur riesige Verluste auf beiden Seiten. Die völlig erschöpften Armeen der Mittelmächte und die Alliierten gruben sich auf einer Frontlinie von siebenhundert Kilometern, von der belgischen Küste bis in die Schweiz, in den Schützengräben ein. Das zermürbende Warten begann, für Ernst in seinem schlammverschmierten Unterstand, für Karoline zu Hause. Im Juni 1916 kam der Brief mit der Todesnachricht. Aus Geheimhaltungsgründen erfuhr Karoline nicht einmal, wo ihr Bruder gefallen war. Roseburg hatte seinen ersten Kriegshelden.

In Hamburg hinterließ die Katastrophe größere Spuren im Alltag. Elsa machte sich keine Vorstellung davon, als sie an einem warmen Märztag 1916 nach langer Zeit wieder einmal mit ihrem Vater dorthin fuhr. Als der hoffnungslos überfüllte Zug in den Hauptbahnhof einfuhr, sah alles noch beinahe so aus wie immer, nur daß die weitaus meisten Reisenden Männer in Uniform waren. Doch die sonst so belebten Einkaufsstraßen boten einen verlassenen Anblick: Die Trottoirs waren wie leergefegt, auch Autos waren nur sehr wenige unterwegs. Die Straßenbahnen – von Frauen geführt, wie Elsa bewundernd feststellte – waren statt mit den leuchtenden Werbetafeln mit patriotischen Parolen beklebt. Nur wenige Passanten nahmen sich die Zeit, vor den Schaufenstern der großen Kaufhäuser zu flanieren. Was hätten sie auch betrachten sollten? Von dem üppigen Angebot an Kleidern oder anderen Waren, die vor dem Krieg hier präsentiert wurden, war nicht viel geblieben. Wer hatte schon Lust, sich Mäntel und Kostüme im Einheitsgrau anzusehen, zwischen denen Gasmasken dekoriert waren? Vor den Türen von St. Petri drängten sich die Menschen, hauptsächlich Frauen und Alte. Als Elsa neugierig näher trat, erkannte sie, daß sie vor einem Aushang zusammenstanden, der Gefallene und Vermißte auflistete. Bedrückt wandte sie sich ab.

»Tut mir leid, ich wünschte, ich könnte dir den Anblick ersparen. Aber du hast ja unbedingt mitkommen wollen.« Georg drückte ihre Hand, und sie war ihm dankbar für sein ungewohntes Mitgefühl. Die größte Enttäuschung an diesem Tag stand ihr allerdings noch bevor. Elsa konnte nichts dagegen tun, daß sich ihre Augen mit Tränen füllten, als sie am Arm ihres Vaters durch die großen gläsernen Drehtüren des Kaufhauses Tietz an der Alster trat: Die Messinggeländer in dem fünfstöckigen, von einer riesigen Glaskuppel überdachten Treppenhaus, in denen sich bisher die sechzehnarmigen Lichtkronen spiegelten, waren abmontiert. Beim Anblick der nackten Treppen mußte sie an gerupfte Hühner denken.

»Messing ist zum wichtigen Kriegsmaterial geworden. Alles wird eingezogen«, sagte ihr Vater. »Ich wußte allerdings nicht, daß sie auch vor den Warenhäusern nicht haltmachen. Es ist trostlos.«

»Ich will nach Hause fahren und nie wiederkommen«, sagte Elsa an Stelle einer Antwort.

Einige Tage später sattelten sie die Pferde, übrigens die letzten beiden Pferde, die noch im Stall standen, nachdem alle anderen requiriert worden waren, und verließen Roseburg in südlicher Richtung. Sie nahmen den Weg durch den Wald, der nach Wotersen führte, und folgten den ausgetretenen Waldwegen, bis sie das Schloß vor sich sahen. In der Schwemme vor dem dreiflügeligen Herrenhaus tränkten sie die Pferde, dann wendeten sie und ritten auf die Allee zu, welche zum Nachbarort Kankelau führte.

Georg Heller brachte seinen Fuchs am ersten Haus der Gutsarbeitersiedlung zum Stehen und stieg ab.

»Komm mit«, sagte er zu Elsa.

Verwundert folgte sie ihm durch einen Blumengarten, in dem das Gelb der Leberblümchen sich mit dem Rot von Tulpen und wilden Krokussen mischte, die sich hier selber gesät hatten. Der Garten war in einem etwas verwahrlosten Zustand, doch der üppigen Blumenpracht tat das keinen Abbruch. Sie klopften an die niedrige Tür der Kate. Sie wurde geöffnet, und Anna Köster stand vor ihnen.

»Ach, Georg, ich bin ja so froh, daß wir endlich hier sind. In Hamburg war es einfach nicht mehr zum Aushalten. Diese Unruhe wegen der ständigen Truppenbewegungen und die Angst, das ständige Anstehen ...« Sie wollte die Arme um ihn legen, entdeckte dann Elsa, die hinter ihrem Vater stand, und trat einen Schritt zurück.

»Hallo, Elsa«, begrüßte sie sie. Dann wandte sie sich an Georg: »Warum bringst du das Kind mit?«

»Warum denn nicht?« brummte der und trat ins Haus. Suchend sah er sich um: »Ludwig, willst du mir nicht guten Tag sagen? Wo steckst du?«

Eine Tür öffnete sich, und ein Junge, den Elsa auf sechs oder sieben Jahre schätzte, kam heraus. Er war schmal und trug die üblichen kurzen Hosen zu einem weißen Hemd. Gesenkten Kopfes trat er vor Georg Heller hin und reichte ihm die Hand. »Guten Tag.« Seine ganze Haltung drückte Abwehr und Trotz aus.

»Na, Junge, willst du mich nicht anschauen, wenn du mich begrüßt?« lachte Georg und schüttelte ihm so kräftig die Hand, daß der Ruck durch den ganzen Körper des

Kindes lief. Ludwig versuchte, seine Hand frei zu bekommen.

»Papa, du tust ihm ja weh!« rief Elsa.

»Ach, wie denn! So ein Junge wird doch wohl einen Händedruck vertragen!« Heller ließ aber dennoch los.

Ludwig sah sie überrascht und neugierig an, und Georg sagte zu ihm: »Das ist Elsa, meine Tochter. Wie wär's, wenn ihr zwei euch ein wenig miteinander bekannt macht?«

»Georg, du bist immer so direkt. Nun laß den beiden doch etwas Zeit.« Anna Köster war plötzlich nervös, so hatte Elsa sie noch nie erlebt. Doch nur für eine Sekunde, dann setzte sie wieder ihr liebenswürdiges Lächeln auf und sagte: »Ludwig ist mein Sohn. Du hast ihn bisher noch nicht kennengelernt. Weißt du, in Hamburg herrschen zur Zeit sehr schwierige Verhältnisse, wegen des Krieges ...«

»Ich weiß«, unterbrach Elsa sie. »Ich war in der letzten Woche dort. Es war trostlos ...«

Anna schien erleichtert. »Genau. Und in dieser Situation hat dein Vater uns geholfen, dieses Haus zu finden. Hier auf dem Land müssen wir hoffentlich keine Angst mehr haben, und es wird auch leichter sein, sich die Dinge des täglichen Lebens zu beschaffen.«

Elsa mußte ihre elegante Erscheinung bewundern, als sie sehr aufrecht und doch mit einem leichten Schwung in den Hüften vor ihnen herging. Sie schien gerade dabei zu sein, das Haus herzurichten. Einige Strähnen hatten sich aus ihrer Frisur gelöst und fielen in ihr leicht gerötetes Gesicht. Ihr Kleid von einem elfenbeinfarbenen Weiß war in der Taille sehr eng und zeigte leichte Staubspuren. Aber Anna Köster sah überaus schön darin aus. In Gedanken hörte Elsa ihre eigene Mutter sagen: »Wie kann man nur ein Kleid tragen, das heller als hellgrau ist.

Und dazu noch bei der Arbeit. Das ist doch barer Unsinn!«

Wenig später saßen sie zu viert in dem kleinen Wohnzimmer vor einer Tasse Ersatzkaffee. Die Tassen hatte Anna aus einer großen Holzkiste hervorgeholt und mit einer anmutigen Bewegung den Staub herausgepustet. Sie war die einzige, die sich in dieser Situation ungezwungen benahm, alle anderen fühlten sich unwohl, auch Georg, dessen schnelle Blicke zwischen Elsa und Ludwig pendelten.

»Ja, nun sitzen wir hier und fühlen uns fehl am Platze«, sagte Anna mit einem entwaffnenden Lachen und entspannte damit die Atmosphäre. Elsa hatte von Anfang an gemocht, wie offen sie mit ihr umging, ohne die Doppelzüngigkeit, mit der viele Erwachsene Kindern begegneten, und sie hatte das Gefühl gehabt, daß sie absolut ehrlich zu ihr war. Sie spielte ihr weder Überraschung noch Freude vor, sondern gab sich so, wie sie wirklich war. Elsa ertappte sich bei dem Gedanken, daß sie Ludwig beneidete. Dieser Gedanke erfüllte sie mit Scham, und sie dachte böswillig, ob Anna es wohl je schaffen würde, den Garten wieder in Ordnung zu bringen? Niemals! Und schon gar nicht so effizient wie ihre Mutter Karoline.

Sie war froh, als ihr Vater kurz darauf zum Aufbruch drängte.

»Ich habe gehört, wie mein Vater gestern abend zu Mama gesagt hat, diese Frau sei die Geliebte deines Vaters, er hat noch ein anderes Wort benutzt, das ich mir nicht merken konnte, aber auf jeden Fall heißt das, sie leben zusammen, als ob sie verheiratet wären, und der Junge, dieser Ludwig, soll sein Sohn sein!«

»Ich weiß, was eine Geliebte ist, und das andere Wort

ist wahrscheinlich Mätresse«, entgegnete Elsa scharf. Sie spürte ganz deutlich, daß in Johanna zwei Gefühle miteinander kämpften: Mitgefühl für Elsas Kummer, aber auch ein bißchen neidische Sensationslust.

Elsa sah ihre Freundin von der Seite an und dachte gehässig, daß Johanna Lüders von ihrem Aussehen her ein typisch norddeutsches Mädchen war: groß, kräftig, die beiden dicken blonden Zöpfe um den Kopf gelegt, von gesunder Gesichtsfarbe.

»Du hast mich schließlich danach gefragt«, verteidigte Johanna sich mit einem leicht aggressiven Unterton. »Vielleicht ist das ja auch gar nicht wahr. Du weißt doch, wie gern die Leute sich das Maul zerreißen.«

Neben ihrer Freundin sah Elsa immer ein bißchen zarter aus, als sie tatsächlich war, und sie wirkte in ihren teuren Kleidern eleganter und älter. Jetzt überzog eine fahle Blässe ihr Gesicht, unterbrochen von einzelnen roten Flecken am Kinn und am Hals. In diesem Augenblick war der Kontrast zwischen den Freundinnen noch augenfälliger. Sie lagen im Gras und ließen sich von der Sonne wärmen, die an diesem Tag zum erstenmal im Jahr kräftig schien. Elsa fixierte den ziemlich auffälligen Leberfleck, den Johanna unter dem rechten Auge trug und den sie haßte, noch mehr als Elsa ihr Grübchen am Kinn. Sie atmete scharf ein, weil sich in ihrem Bauch plötzlich ein Schmerz breitmachte, als hätte sie ein Faustschlag in den Magen getroffen. Sie fror trotz der Hitze, und ihr Mund fühlte sich trocken an. In ihrem Kopf wirbelten die Gedanken umher. Nach einer Weile sagte sie mit einer brüchigen Stimme: »Wird schon stimmen, was die Leute sagen. Ich bin froh, daß ich endlich weiß, was los ist. Ich wollte dich schon lange fragen, ob du Bescheid weißt, habe mich aber bisher nicht getraut. Ich wollte es nicht wahrhaben.« Ihre Stimme wurde schneidend. »Mein Gott, bin ich dumm gewesen. Jahrelang schleppt Papa mich mit zu dieser Frau, schließlich kauft er ihr sogar ein Haus nur wenige Kilometer von Roseburg entfernt, er stellt mir ihren Sohn vor und sagt mir, ich soll mich gut mit ihm vertragen ... und ich merke immer noch nichts!«

Wut über sich selbst, vor allem aber Zorn auf ihren Vater, der sie jahrelang hintergangen hatte, stiegen in ihr auf. Er betrog ihre Mutter, und das schon seit Jahren. Und er zeigte deswegen nicht die Spur von schlechtem Gewissen. Daher rührten die Auseinandersetzungen zwischen den Eltern, und deshalb hatte ihre Mutter diese Phasen abgrundtiefer Traurigkeit und Melancholie. Wie in einem Puzzle fügten sich die Erfahrungen der letzten Jahre zu einem Bild zusammen. Elsa fing an zu weinen.

Johanna legte ihr einen Arm um die Schulter. »Immerhin bedeutet das, daß du einen Bruder hast!« sagte sie leise. »Das war doch immer dein größter Wunsch.«

»Danke, daß du mich trösten willst. Aber ich glaube, jetzt brauche ich keinen mehr. Und so einen schon gar nicht.«

Johanna setzte sich auf. »Wie ist er denn so? Hier in Roseburg hat ihn ja noch niemand zu Gesicht bekommen.«

»Das fehlte auch noch!« rief Elsa wütend und schniefte. Aber dann gab sie doch eine Beschreibung von Ludwig: ein kleiner Junge, wortkarg, stur.

»Also ganz das Gegenteil von dir«, sagte Johanna aufmunternd.

Elsa mußte lachen, obwohl ihr nicht danach zumute war.

In diesem Augenblick tauchte Paul Lüders auf, und seine Anwesenheit machte es Elsa nicht eben leichter, ihre Gedanken zu ordnen. Sie schwärmte immer noch für den schlaksigen Jungen, der schon beinahe erwachsen war und sie dennoch mit seiner Unbekümmertheit verzauberte.

»Wer flüstert, der lügt!« rief er fröhlich und ließ sich neben die beiden Mädchen ins Gras fallen.

»Wir haben etwas zu besprechen, hau ab«, herrschte Johanna ihren Bruder an, aber der tat, als hätte er nicht gehört.

»Worum geht's denn?« wandte er sich an Elsa. »Doch nicht etwa um mich?«

Elsa wurde rot. Sie legte die Hände über die Augen, wie um sich vor der Sonne zu schützen, damit er ihre Tränen nicht sah.

»Laß sie doch in Ruhe.« Johanna kniff ihn in den Arm.

»Ist ja schon gut«, sagte er versöhnlich und sprang auf. »Kommt, es ist heiß heute. Laßt uns eine Runde schwimmen.« Damit zog er Hose und Hemd aus und warf sich in den Mühlenteich.

»Willst du etwa da reinspringen?« fragte Johanna entgeistert, als Elsa sich ebenfalls bis aufs Hemd auszog. »Das Wasser ist noch eiskalt!«

Elsa hörte nicht auf sie. »Glaubst du, Papa hat mich als ... als eine Art Alibi mitgenommen, damit Mama nichts merkt?«

»Nein«, entgegnete Johanna entschieden. »Deine Mutter weiß seit langem Bescheid, ich hab' genau gehört, wie Papa das gestern abend gesagt hat. Und mal ehrlich: Kannst du dir vorstellen, daß dein Vater einen Pfifferling darauf gibt, wie andere Leute sein Verhalten finden?«

»Nein, kann ich nicht«, antwortete Elsa, bevor sie einen Kopfsprung in den See machte. Das eisige Wasser nahm ihr den Atem. Sie tauchte unter, bis der Druck in der Lunge unerträglich wurde. Als sie mitten auf dem See waren, schwamm sie mit aller Kraft zurück ans Ufer, nahm ihre Sachen und rannte nach Hause, bevor Johanna und Paul sehen konnten, daß sie weinte.

In der Nacht bekam sie hohes Fieber und verfiel in einen regelrechten Schreikrampf, als ihr Vater an ihr Bett trat. Sie beruhigte sich erst, als er wieder gegangen war.

Am darauffolgenden Sonntag fuhren Elsa und Karoline in die Kirche. Wie üblich begleitete Georg sie nicht. Kirche war nichts für ihn. Als sie an der Felssteinmauer hielten, die die sieben Eichen und die Kirche umgab, glaubte Elsa ihren Augen nicht zu trauen. Direkt vor ihnen stiegen Anna Köster und Ludwig aus einer Kutsche.

»Mama«, sagte Elsa, doch Karoline hatte die beiden auch schon gesehen. Ohne auf die helfende Hand von Franz Heinrich zu warten, der wie angenagelt auf seinem Bock sitzen blieb und in Richtung der anderen Kutsche stierte – er weiß also auch Bescheid, dachte Elsa –, stieg sie aus und ging mit raschen Schritten auf das Gefährt vor ihr zu. Sie baute sich vor ihrer Nebenbuhlerin auf.

»Wie können Sie es wagen, in meine Kirche zu kommen! In diesem Haus Gottes haben mein Mann und ich geheiratet.« Andere Kirchgänger wurden auf die Szene aufmerksam und traten neugierig näher. Karoline ließ sich dadurch nicht stören. »Nehmen Sie Ihren Sohn und verschwinden Sie. Hier haben Sie nichts zu suchen!«

Elsa stellte sich neben ihre Mutter und sah in die schadenfrohen Gesichter der Umstehenden. Als ihr Blick auf Ludwig fiel, erschrak sie. Er hatte die Fäuste geballt und schien sprungbereit, in seinen Augen loderte blanker Haß. Er sah aus, als wolle er sich im nächsten Moment auf sie stürzen. Elsa griff nach der Hand ihrer Mutter und sah dem Geschehen hilflos zu. Für einen Augenblick standen sich die vier Kontrahenten, zwei Mütter und zwei Kinder, wie Kampfhähne gegenüber, während sich um sie herum ein enger Kreis von Schaulustigen bildete. Wer weiß, was geschehen wäre, wenn nicht in diesem Augenblick Pastor Jütten dazugetreten wäre.

»Der Gottesdienst beginnt in wenigen Minuten. Ich bitte alle Gemeindemitglieder« – das Wort »Gemeinde« betonte er dabei sehr deutlich – »in die Kirche.« Dabei sah er Anna Köster eindringlich an.

Aus ihrem Gesicht wich alle Farbe, ihre Lippen wurden schmal. Sie wandte sich ab. Ludwig nutzte die Gelegenheit, wortlos schnellte er herum und kniff Elsa mit aller Kraft in den Oberarm. Gleichzeitig trat er nach ihr und traf sie am Schienbein. Elsa schrie auf, und Anna packte Ludwig und schubste ihn in den Wagen. Der Kutscher trieb die Pferde an, kaum daß die beiden saßen. Karoline sah ihnen nach, dann machte sie kehrt und ging direkt hinter dem Pastor in die Kirche. So konnte sie die Grimassen und vielsagenden Blicke der anderen Kirchgänger nur ahnen.

Elsa versuchte vergeblich, sich auf die Predigt zu konzentrieren. Sie war immer noch erschrocken über den Haß, den sie in Ludwigs Augen gesehen hatte. Wieso richtete er sich gegen sie? Was konnte sie dafür, daß sie seine Stiefschwester war? Mußte nicht eher sie ihn hassen? Schließlich war sie zuerst dagewesen. In jedem Fall hatte er so hart nach ihr getreten, daß die Haut unterhalb des Knies großflächig abgeschürft und noch zwei Wochen später ein großer blauer Fleck zu sehen war.

Die Ereignisse vor der Kirche waren Dorfgespräch. Auch Georg erfuhr davon, aber er erwähnte sie nicht mit einer Silbe, obwohl er natürlich der eigentliche Schuldige war und Elsa so dringend auf ein klärendes Wort von ihm wartete. Ein weiterer Beweis für seine grenzenlose Gleichgültigkeit! Wäre sie noch ein Kind gewesen, dann hätte die Angst, ihn an Ludwig zu verlieren, sie vielleicht zu besonderem Wohlverhalten getrieben. Aber sie war kein Kind mehr, und bei all seiner Großzügigkeit, was teure und ausgefallene Geschenke betraf, hatte ihr Vater sie doch in den letzten Jahren so oft enttäuscht und ihre Gefühle verletzt, daß Trotz und Ablehnung ihm gegenüber überwogen. Georg ließ sich ihr mürrisches Verhalten einige Zeit gefallen, dann stellte er sie zur Rede, als sie auf der breiten Bank des Küchenfensters saß und ihr Pferd, das den Kopf durch das offene Fenster steckte, mit Brot fütterte.

»Du benimmst dich ungehörig mir gegenüber. Warum weichst du mir aus? Und wann willst du endlich einsehen, daß ein richtiges Pferd keine Küchenabfälle frißt?« In seiner Stimme lag kein verständnisvolles Mitfühlen, sondern unverhohlene Wut.

Elsa schubste den Kopf des Tieres von sich und stand auf. Sie wollte ihrem Vater auf gleicher Höhe begegnen.

»Du traust dich, dich als Vater aufzuspielen, dem ich Respekt schulde? Bist du denn ein guter Vater? Oder ein guter Ehemann? Und was ist mit Frau Köster? Was ist mit Ludwig?«

Mit dem Gefühl der Siegerin wußte sie, daß sie zu weit gegangen war. Ihr Vater holte aus und schlug ihr ins Gesicht. Elsas linkes Ohr fühlte sich taub an. Sie wollte auf keinen Fall vor ihm weinen und wandte sich zur Tür, doch er stellte sich ihr in den Weg.

»Was weißt du denn schon von diesen Dingen«, stieß er hervor.

Elsa wollte an ihm vorbei, doch ihr Vater hielt ihren Arm fest und zwang sie, ihn anzusehen. »Ich verspreche dir als Ehrenmann, dich und Mama nie allein zu lassen. Ich werde immer für euch sorgen, wie es nun einmal meine Pflicht ist. Aber deine Mutter ist nicht die Frau, die ich liebe. Meinst du nicht, ich habe auch ein Recht auf ein bißchen Glück? Ganz zu schweigen von der Verantwortung für meinen Sohn?«

In Elsa kochte eine blinde Eifersucht auf ihren Stiefbruder. »Ludwig! Immer nur Ludwig!« schrie sie. »Und was ist mit mir? Warum mußtest du mich auch noch mit dieser Frau bekannt machen? Und mit meinem Stiefbruder? Jeder andere hätte sich so diskret wie möglich verhalten. Und was machst du? Holst sie nach Wotersen! Das ganze Dorf weiß Bescheid. Woher nimmst du das Recht, immer alles haben zu müssen, ohne Rücksicht auf andere? Warum hast du dabei nicht an mich und an Mama gedacht?« Sie stieß die Sätze in rascher Folge von sich, bevor sie doch anfing zu weinen.

Ihr Vater antwortete nicht. Gut möglich, daß er sich zum erstenmal die Frage stellte, wie seine Frau und seine Tochter sein Verhalten empfinden mußten. Elsa rannte weinend aus dem Zimmer.

In den nächsten Tagen war Georg betont höflich zu Elsa. Er bemühte sich um sie, versuchte sich in harmlosen Scherzen, doch er brachte es nicht über sich, sie einfach in den Arm zu nehmen, um ihr zu zeigen, daß er sie liebte. Er verließ noch häufiger als sonst das Haus.

Die folgenden Wochen waren äußerst schwierig. Elsa war in einem Alter der überbordenden Gefühle, die sie zwischen unerklärlichen Wutausbrüchen und Anfällen von Verzweiflung hin und her trieben, unterbrochen lediglich durch Zeiten hilfloser Schwärmerei für Paul, der für sie unerreichbar blieb. Sie sehnte sich nach ihrem Vater, wünschte sich die frühere unbeschwerte Gemeinsamkeit mit ihm zurück, gleichzeitig wußte sie, daß es dafür zu spät war. Das Verhältnis zu ihm beschränkte sich auf kühle Notwendigkeiten. Leider konnte sie nicht auf die Hilfe ihrer Mutter hoffen. Mehr als einmal dachte Elsa daran, ihr zu sagen, daß sie über alles Bescheid wußte. Aber sie tat es nicht, weil sie um nichts in der Welt ihre Komplizin und Leidensgenossin in dieser Sache werden wollte. In Gedanken warf sie ihrer Mutter vor, sich in all den Jahren nicht gegen die Demütigung gewehrt zu haben, auf welche Art auch immer. In ohnmächtiger Wut sah Elsa zu, wie Karoline statt dessen immer wieder in Zustände von Melancholie verfiel, die sie auf ihr Zimmer verbannten. Niemand durfte sie dann stören, und Elsa saß an diesen Tagen stumm mit ihrem Vater am Tisch. In diesen Momenten verachtete sie ihre Mutter. Anna Köster würde sich eine solche Behandlung nicht gefallen lassen. Aber konnte Anna Köster denn ein Vorbild für sie sein, nach allem, was sie ihrer Familie angetan hatte?

Später dachte Elsa, daß es die Ereignisse jener Monate waren – die öffentliche Zurückweisung von Anna vor der Kirche in Siebeneichen und die wachsende Entfremdung, die Karoline zwischen Elsa und ihrem Vater wahrnahm –, die die nicht zu übersehenden Veränderungen bewirkten. In jedem Fall waren die Auswirkungen im ganzen Haus zu spüren.

Karoline krempelte nämlich die Ärmel auf und machte aus ihrem großen Blumengarten eine Gemüsezucht. Ohne mit der Wimper zu zucken, grub sie all die sorgfältig angelegten Blumenrabatten um. Fast alle Rosensträucher und jede Blumenzwiebel, deren sie habhaft werden konnte, hatten Karolines neuer Herausforderung zu weichen. Mit viel Sachverstand bestellte sie die Erde, organisierte Samen und Setzlinge, pflanzte und besorgte Mist. Schließlich war sie einmal Bäuerin gewesen. Elsa mußte täglich helfen, wenn die Schulaufgaben erledigt waren, und auch Hulda wurde zur Gartenarbeit herangezogen. Anfangs war Elsa die ungewohnte, zum Teil schwere Arbeit zuwider gewesen, aber sie sah ein, daß sie getan werden mußte. Schließlich halfen auch alle anderen Roseburger Kinder auf den Feldern. Als die ersten Keimlinge hellgrün aus dem Boden kamen, begann sie sich zu freuen, und als sie Karolines neue Zufriedenheit sah, wenn sie nach getaner Arbeit auf einer ihrer ehemals so gepflegten Bänke saß und ihr Werk betrachtete, freute sie sich noch mehr.

»Jetzt werden hier mal Tiere gekauft, die auch von Nutzen sind!« Mit diesen Worten stellte Karoline eine Kuh und zwei Ferkel neben den Reitpferden in der Scheune ein. Eine Schar Hühner kratzte um die Villa herum im Rasen und sorgte für beschmutzte Schuhsohlen bei allen Bewohnern und Besuchern.

Oft war es Männerarbeit, die getan werden mußte, nur gab es keine Männer mehr im Haus, nachdem Franz Heinrich eingezogen worden war. Mit vereinten Kräften schufteten Karoline, Hulda und Elsa einen ganzen Tag, um einen einzigen Fliederstrauch, der über die Jahre groß geworden war und nun einem Kartoffelacker im Weg stand, auszugraben. Wenn sie abends völlig erschöpft ins Haus kamen und Georgs gutmütiges Grinsen sahen, hätten sie ihn alle drei erwürgen können. Als es beim nächsten Mal darum ging, einen der alten Obstbäume auszureißen, und die Frauen am Ende ihrer Kräfte waren, ging Karoline kurzentschlossen in den Stall und holte Georgs Fuchs, um ihn vor den Baumstumpf zu spannen. Als er das sah, kam er empört angelaufen und erregte sich über die Tierquälerei. Elsa und Hulda hörten staunend mit an, wie Karoline ihn zurechtwies: »Wenn du in Zukunft darauf verzichtest, in diesem Haus zu essen, kannst du den Gaul wieder mitnehmen.« Wütend zog er ab, unter dem Gelächter der Frauen.

Im Spätsommer begann es in ganz Mitteleuropa ungewöhnlich stark zu regnen, und bis zu den ersten Frösten hörte es nicht wieder auf. Der folgende Winter war der kälteste seit Menschengedenken, und er dauerte bis in den Mai 1917 hinein. Ein solches Klima vertrugen die Kartoffeln nicht, eines der wichtigsten Nahrungsmittel im hungernden Deutschland. Die Hälfte der Ernte fiel aus, weil die Knollen in der Erde verfaulten. Die meisten Menschen, besonders in den Städten, litten Hunger. Außerdem froren sie, weil auch Kohle jetzt zu den äußerst knappen Gütern zählte.

Karoline bewies in dieser Situation ihren sechsten Sinn: Als der Regen einfach nicht wieder aufhören wollte, beschloß sie, nachdem sie tagelang mit kritischem Blick den Himmel studiert hatte, eine Art Gewächshaus in den Obstwiesen zu bauen. Im strömenden Regen arbeitete sie, bis ein knapp mannshohes Gerüst für eine Art Dach stand, auf das sie so viele Glasplatten legte, wie sie beschaffen konnte. Die verbleibende Dachfläche deckte sie mit Reet ab. Dann schleppte sie alles an Pflanzen und Setzlingen hinein, was Platz hatte – gerade noch rechtzeitig, denn zwei Tage später konnten die Mühlenteiche das Wasser nicht mehr fassen und traten über die Ufer. Alle Beete, die sie nahe am Ufer angelegt hatte, wurden überflutet und trockneten erst spät im nächsten Frühjahr wieder ab. Durch die sintflutartigen Regenfälle fiel ihre Ernte in diesem ersten Jahr zwar magerer aus, als sie sich erhofft hatte, doch es reichte bequem für das Überleben der Familie.

»Warum machst du dir die ganze Mühe?« fragte Georg abends seine Frau, als sie durchnäßt aus dem Gewächshaus zurückkam, einen Korb mit leuchtenden Karotten und – in Ermangelung der Kartoffeln – leider auch Rüben in der Hand. »Du kannst dir doch alles kaufen, was wir brauchen, meinetwegen auf dem Schwarzmarkt, wenn es anderswo nicht zu bekommen ist.«

»Auch auf dem schwarzen Markt wird es bald nichts mehr geben. Außerdem: warum sollten wir Geld zum Fenster hinauswerfen? Danke, mein Lieber, aber dafür bist in dieser Familie du zuständig.«

»Aber die viele Arbeit ...«

»Na und? Was sollten wir denn sonst den lieben langen Tag tun? Vor allem Elsa? Die Heeresberichte lesen, in denen ohnehin beinahe jedes Wort gelogen ist? Wer Arbeit hat, kommt nicht auf dumme Gedanken, so ist es doch.« Sie wollte nach oben gehen, um den Dreck abzuwaschen, drehte sich dann jedoch noch einmal zu ihrem Mann um. »Übrigens, wenn du weiterhin die Früchte meines Gartens nach Wotersen trägst, dann solltest du dich ab und zu an der Arbeit beteiligen.«

Georg sah sie zögernd an. »Ich hatte keine Ahnung, daß du es weißt ...«

»Der Junge kann ja schließlich nichts dafür«, sagte sie knapp.

In den nächsten Wochen war Georg tatsächlich manchmal dabei anzutreffen, wie er sich am Gewächshaus zu schaffen machte und hier und dort etwas ausbesserte.

Als Elsa das erste selbstgezogene Gemüse erntete und es abends auf ihrem Teller hatte, wußte sie, daß die viele Arbeit es wert war, getan zu werden. Und Karoline hatte recht: Womit hätte Elsa, die im September dreizehn geworden war, auch sonst ihre Tage ausfüllen sollen? Die Schule fand nur noch selten statt, weil die Räume nicht geheizt und die meisten Lehrer eingezogen waren. Einmal die Woche fuhren sie und Johanna nach Mölln und bekamen dann Aufgaben für die ganze Woche.

Weil der Krieg viel länger dauerte als geplant und ungeheure Mengen an Ressourcen, Menschen wie Material, verschlang, wurde am 2. Dezember 1916 im Reichstag das Gesetz über den Vaterländischen Hilfsdienst angenommen. Alle Männer zwischen siebzehn und sechzig wurden zur Arbeit in der Rüstungsindustrie oder in kriegswichtigen Einrichtungen verpflichtet, kriegsunwichtige Betriebe wurden kurzerhand geschlossen.

Nie hätte Georg damit gerechnet, daß die neue Verordnung auch ihn treffen könnte. Es war nicht so, daß er kein Patriot gewesen wäre, aber er mißtraute der Führung in Berlin, besonders dem Kaiser, dem er vorwarf, Deutschland diesen Krieg nicht erspart zu haben, der ihn daran hinderte, seine Geschäfte weiterhin zu führen, wie er es für richtig hielt. Allein das Wort »Kommandowirtschaft« versetzte ihn in biblischen Zorn. Er war der Meinung, mit der großzügigen Zeichnung von Kriegsanleihen genug für den Sieg getan zu haben.

An dem Morgen, als seine Einberufung kam, tobte er. Für ihn war es eine persönliche Demütigung, daß man seinen Kies nicht als kriegswichtig einstufte. Daß er sein Werk schließen und statt dessen in einer Sägerei in Lübeck schuften sollte, bewies ihm einmal mehr, daß die da oben von nichts eine Ahnung hatten.

»Kies oder Holz, was ist denn nun wichtiger?« rief er. Und: »Das werden wir ja sehen.«

Er setzte sich mit Ole Hansen in Hamburg in Verbindung. Früher war er hoher Beamter im Bauamt gewesen und hatte mit Heller gute Geschäfte beim Bau der Hochbahn gemacht. Seit kurzem war er Leiter des neugeschaffenen örtlichen Kriegsamtes, das für den Vaterländischen Hilfsdienst zuständig war. Und dann rief er seinen alten Freund Gustav Hessler von der Handelskammer an.

Vorerst blieb ihm nichts übrig, als sich jeden Morgen unter den schlimmsten Verwünschungen auf den Weg nach Lübeck zu machen, während die Arbeit in seinem Werk ruhte. Dann trugen seine Beziehungen endlich Früchte. Nach sechs Wochen saß er wieder in seinem Büro in Güster, er bekam sogar vier seiner Arbeiter zurück, die ihm ewig dankbar dafür waren, daß er sie vor der Front bewahrt hatte.

Heller zeigte sich erkenntlich. In diesem ersten Hungerwinter kam viel Besuch aus Hamburg. Es begann mit Ole Hansen und Gustav Hessler. Die Männer kamen regelmäßig nach Roseburg und ließen sich bewirten. Dann brachten sie Kollegen mit. Eines Tages auch Fritz Neumeyer von der Neumeyer Baumaschinen KG. Resultat dieser Bekanntschaft war, daß Georg gleich nach dem Krieg besonders günstige Konditionen für den Kauf seines ersten Schwimmbaggers eingeräumt wurden.

Während des Krieges wurden in der Villa bei einem guten Essen und einem anschließenden Cognac Beziehungen gepflegt und Geschäfte ausbaldowert. Anfangs kamen die Männer allein, dann begannen sie ihre Frauen mitzubringen, und schließlich kamen die Frauen immer häufiger ohne Männer. »Die fressen sich alle bei uns durch!« rief Elsa eines Tages, während sie Hulda half, den Tisch für zwölf Personen zu decken. Karoline betrat in dem Moment den Raum und nickte nur. »Genau das würde ich auch tun, wenn ich Hunger hätte, du etwa nicht?« Sie brachte für alle etwas auf den Tisch und gewöhnte sich daran, für die Abreisenden einen Korb mit Lebensmitteln zu packen. Die Frauen, die in Hamburg kaum wußten, wie sie ihre Familien satt bekommen sollten, waren ihr unendlich dankbar. Viele von ihnen wurden durch Karolines Großzügigkeit zu lebenslangen Freundinnen, die für sie durchs Feuer gegangen wären. Auch in Roseburg bewies Karoline ihre offene Hand. Wer zu ihr kam, weil er etwas brauchte, dem gab sie.

Im Sommer darauf machten Elsa und Georg es sich zögernd zur Gewohnheit, abendliche Ausritte zu unternehmen. Ohne daß sie ein Wort darüber verloren hätten, machten sie einen großen Bogen um das Schloß in Wotersen und die angrenzenden Häuser. Die Rede kam auch niemals auf Anna Köster und Ludwig. Es war nicht so, daß Elsa sie vergessen hätte, aber manchmal schien es ihr, als hätte sie die außergewöhnliche Situation akzeptiert. Auf jeden Fall war es besser, nicht an sie zu rühren. Für Elsa waren diese Ausritte durch die sommerliche Landschaft so bedeutend, weil sie einen Rest der Vorkriegsnormalität nach der manchmal harten Arbeit im Garten vorgaukelten. Und wenn sie neben ihrem Vater herritt, passierte es manchmal, daß sie seine andere Familie nicht so wichtig nahm.

An diesem Abend ritten sie wie so oft nach Güster. Wenn in der Kiesgrube die Schaufelräder ruhten und die Vögel in der Dämmerung ihre letzten Lieder sangen, zeigte Georg ihr, an welchen Stellen die Vorbereitungen für einen neuen Aushub vorgenommen wurden, erklärte in kenntnisreichen Worten, von welcher Qualität der Kies sein würde und für welches Bauvorhaben er Verwendung finden würde. Sie standen an den schwindelerregend hohen Abbruchkanten und sahen in die Tiefe der Gruben hinab, wo das Grundwasser aufgestiegen war und eine Seenlandschaft bildete, auf deren Oberfläche sich die Wolken spiegelten.

»Wie schön. Ich hätte große Lust, da hineinzuspringen und mich abzukühlen«, sagte Elsa. »Es ist so heiß heute abend.«

Ihr Vater stutzte, dann schlug er sich mit der Hand vor die Stirn. »Weißt du, was du da gerade gesagt hast? Na klar, das ist das Ei des Kolumbus. Daß ich da nicht selber drauf gekommen bin! Du bist mein Fleisch und Blut, daran besteht kein Zweifel. Steckst genauso voller brillanter Ideen wie dein Vater! Aus dir wird mal eine erfolgreiche Entrepreneurin.«

Elsa wußte nicht, was eine Entrepreneurin war, aber das Wort klang gut in ihren Ohren.

»Irgendwann wird der gesamte Kies hier abgebaut sein. Was soll dann mit dem Gelände geschehen? Darüber zerbreche ich mir schon seit geraumer Zeit den Kopf. Und du hast mir gerade die Lösung für das Problem präsentiert: Wenn es hier nichts mehr gibt, dann machen wir eine Art Sommerfrische daraus. Für die kleinen Leute. Die nicht mal eben an die Ostsee oder in die Kurbäder fahren können. Aber hier haben sie alles, was sie brauchen: Frische Luft in schöner Umgebung, Unterkunft, sauberes Wasser zum Schwimmen und Baden. Mensch, ein kleiner Wannsee vor den Toren Büchens oder Möllns, was sage ich: Lübecks und Hamburgs!«

»Aber Papa, wir haben Krieg!«

Ihr Vater hörte nicht auf sie. »Der ist bald vorbei, glaub mir. Die halten nicht mehr lange durch. Und danach wollen die Leute sich erst recht mal wieder ein bißchen Vergnügen gönnen.«

Er begann aufgeregt hin und her zu gehen und wies mit den Armen immer wieder in die Landschaft. Dort drüben, wo die Straße verlaufe, sei der ideale Platz für die Pension und den Biergarten. Natürlich müßte eine Bootsvermietung her ... eine Laubenpiepersiedlung ... Platz genug sei ja vorhanden ... Den ganzen Weg zurück nach Roseburg machte Georg Heller Pläne für seinen Amüsierpark. Dann setzte er sich an den Tisch und aß das, was seine Frau angebaut hatte.

Kapitel 4

Das Fieber schlich sich hinterrücks an, um Elsa dann mit ganzer Kraft zu überfallen. Sie kam mit starken Kopfschmerzen und Nasenbluten aus der Schule nach Hause, gegen Abend war ihre Temperatur bereits auf über neununddreißig Grad gestiegen. Die ängstliche Spannung, die im Haus herrschte, sagten ihr, daß es mehr als eine normale Erkältung sein mußte. Am Tag darauf nahm sie noch wahr, wie Karoline an ihrem Bett saß und ihr besorgt die Stirn fühlte. Dann versank sie in der Hitze des Fiebers. Doktor Burmester erschien täglich, schüttelte bedenklich den Kopf und betonte, man müsse unbedingt das Fieber senken, das die Patientin über alle Maßen schwäche. »Ein schlechter Zeitpunkt, Frau Heller«, sagte er, »ein ganz schlechter Zeitpunkt. Das Mädchen wächst, das nimmt ihr viel Kraft, Sie wissen schon, sie wird zur Frau, das bringt sie aus dem Gleichgewicht ..., und dann die schlechte körperliche Verfassung durch den Krieg. Ach, es ist zum Verzweifeln. Ich behandle fast nur noch Patienten, die an der Spanischen Grippe leiden. Als wenn wir nicht schon genug Unglück zu ertragen hätten!« Der Arzt wirkte so hilflos, daß Karoline sich fragte, ob er überhaupt etwas für ihre kranke Tochter tun konnte.

Einmal in der Woche schlachtete sie eins der Hühner aus der arg geschrumpften Schar und kochte eigenhändig eine kräftige Suppe. Allerdings konnte sie Elsa nie mehr als ein, zwei Löffel einflößen.

Elsa sah ihr von der Zimmerdecke aus dabei zu. Sie sah sich selbst im Bett liegen und beobachtete aus ihrer Schwebeposition, wie Karoline oder Hulda an ihrem Bett saßen und alle halbe Stunde die Wadenwickel wechselten. Als die Tür sich öffnete und Ludwig Köster erschien, hatte sie gerade wieder ihren Platz im Bett eingenommen. Ludwig kam auf sie zu und lächelte sie auf eine Weise an, die ihr falsch vorkam. Elsa wollte sich aufsetzen und ihn fragen, was er hier wolle, doch ihr fehlte die Kraft dazu. Als er das bemerkte, grinste er böse und begann, mit der rechten Faust in seine linke Handfläche zu schlagen, immer wieder, wobei er ein klatschendes Geräusch erzeugte, das in ihren Ohren klang wie Höllengelächter. Er würde sie wieder treten wie damals vor der Kirche. Er sah, wie sie sich vor ihm fürchtete, und näherte sich ihrem Bett, um sie noch mehr zu quälen. Elsa war erleichtert, als die Tür sich erneut öffnete und ihr Vater eintrat. Er legte Ludwig die Hand auf die Schulter, und nach einem »Leb wohl« gingen sie hinaus, wobei Ludwig noch einige Dinge aus dem Zimmer mitnahm, die ihr gehörten.

Ludwig kam immer wieder, in wechselnden Gestalten, manchmal erkannte sie ihn nicht gleich, er verstellte sich, und wenn sie Vertrauen gefaßt hatte, zeigte er seine Bosheit und seinen Haß. Oft nahm er ihr etwas fort, voller Siegeszuversicht – und immer schlug er drohend mit der Faust in seine Handfläche. Einmal gelang es ihr, sich aus einem dieser Alpträume zu befreien und aufzuwachen. Karoline beugte sich über sie und versuchte sie zu beruhigen: »Hier ist kein Ludwig. Nur Hulda und ich sind bei dir.«

»Aber er will mich schlagen. Hör doch das Klatschen ...«

»Hulda, laß das sofort sein. Mach das draußen«, sagte Karoline, und Elsa sah Hulda in der Zimmerecke stehen und die gebrauchten Wadenwickel, die auf ihrer heißen Haut angewärmt und beinahe getrocknet waren, in Wasser tauchen und auf den Rand der Schale schlagen. Das war es also! Erleichtert ließ sie sich zurück in den Schlaf sinken, den alsbald neue furchtbare Träume bevölkerten. In einem immer wiederkehrenden Bild sah sie ihren Vater in einer Kutsche vorbeifahren. Sie winkte wie eine Verrückte, um seine Aufmerksamkeit zu erregen. Ihr Vater drehte nur ganz leicht den Kopf in ihre Richtung und ließ seinen Blick für einen Moment auf ihr ruhen. Dann schüttelte er leicht den Kopf, und die Kutsche verschwand in einem überdimensionierten Paternoster.

Nach acht Tagen hatten sie Gewißheit, daß auch die Lunge befallen war. Dr. Burmester kam nun zweimal täglich an Elsas Bett, setzte das Hörrohr an, ohne ihr wirklich helfen zu können. »Sie muß die Kraft zur Genesung in sich selber finden. Wir können nur versuchen, das Fieber herunterzubekommen ...«

»Aber wie denn bloß?« rief Karoline verzweifelt aus.

Drei weitere Tage vergingen, und auch Karoline war am Ende ihrer Kraft. Dr. Burmester war gerade bei der Patientin gewesen und hatte den Kopf geschüttelt. »Ich fürchte, diese Nacht ist die entscheidende. Wenn das Fieber nicht bis morgen früh herunter ist ...« Er hatte seine Tasche gepackt, Karoline umständlich die Hand gegeben und war gegangen. Unten hörte sie ihn mit Georg sprechen, der ein tiefes Stöhnen von sich gab und dann mit schweren Schritten die Treppe heraufkam.

Er legte seiner Frau die Hand auf die Schulter. »Was können wir nur tun? Ich würde meinen rechten Arm dafür geben, wenn sie dadurch gesund werden könnte.«

»Wir können nur beten«, flüsterte Karoline.

Etwa eine Stunde später läutete es an der Haustür, und Karoline schreckte aus einem leichten Schlummer auf. Automatisch galt ihr erster Blick Elsa. Ihre Augäpfel zuckten unter den lila verfärbten Lidern, mehr Kraft hatte sie nicht mehr, um sich gegen ihre Träume zu wehren.

Karoline ging auf den Korridor hinaus und hörte, wie Hulda unten öffnen ging und barsch fragte: »Was wollen Sie hier?« Sie schien vor das Haus getreten zu sein und die Tür hinter sich zugezogen zu haben, denn Karoline vernahm nur die erregt flüsternden Stimmen zweier Frauen, ohne verstehen zu können, was sie sprachen.

Dann kamen eilige Schritte die Treppe herauf, unten rief Hulda: »Frau Heller, sie hat sich einfach nicht abweisen lassen.«

Einige Sekunden später stand Anna Köster vor ihr.

Für Begrüßungsfloskeln nahm sie sich nicht die Zeit: »Wie geht es ihr? Ich habe gehört, es steht schlecht um sie?«

»Ich wüßte nicht, was Sie das anginge«, stieß Karoline zwischen zusammengepreßten Lippen hervor. Aber sie ließ Anna an das Bett ihrer Tochter treten und ihr die Stirn fühlen. Elsa schien zu spüren, daß jemand ins Zimmer gekommen war. Sie warf sich unruhig hin und her und versuchte, die Bettdecke abzustreifen. Darunter kam ihr magerer Körper zum Vorschein, auf dem rote Flecken glühten.

»Die Lunge ist angegriffen.«

»Ich weiß, Georg hat es mir erzählt«, antwortete Anna. Dann griff sie in ihre Handtasche, die über und über mit Perlen bestickt war, und Karoline fragte sich voller Erbitterung, ob sie die wohl von ihrem Mann bekommen hatte. Ihr selbst hatte er schon lange keine Geschenke mehr gemacht. Sie wunderte sich, daß sie am Bett ihrer sterbenden Tochter zu solchen Gedanken fähig sein konnte. Das mußte die Erschöpfung sein.

Anna holte ein merkwürdiges kleines Päckchen hervor, kunstvoll gefaltetes Papier, beinahe so dick wie Pappe, das mit einer einfachen Schnur zusammengehalten wurde. Auf dem Papier waren seltsame Zeichen zu lesen, die Elsa an die Schriftzeichen auf einem Foto erinnerte, das Georg während seiner Militärzeit in Hongkong zeigte.

»Was haben Sie da?« fragte sie, und in ihr keimte so etwas wie Hoffnung auf.

»Es sind Kräuter, aus China. Wurzeln oder andere Teile von Pflanzen. Fragen Sie mich nicht, was alles dabei ist, die meisten Dinge sind bei uns ohnehin völlig unbekannt. Es gibt einen alten Chinesen im Hamburger Hafen, der aus diesen Dingen Medizin zusammenbraut. Er hat mir einmal geholfen, als ich nicht weiterwußte.« Annas Blick verlor sich für ein paar Augenblicke in der Ferne, es war deutlich, daß die Erinnerung schmerzhaft war. Dann wandte sie sich wieder dem Päckchen zu. »Die Kräuter werden mit kochendem Wasser übergossen wie Teeblätter, dann läßt man sie eine halbe Stunde stehen, dann werden sie abgeseiht und wieder aufgewärmt. Elsa muß alle zwei Stunden mindestens eine halbe Tasse davon zu sich nehmen, insgesamt zehnmal.«

Karoline nahm das Paket an sich und öffnete es vorsichtig. Sie sah unförmige Stückchen, einige von der Größe eines Daumennagels, andere so klein wie ein Stecknadelkopf, einige waren hart wie Holz, andere pelzig oder faserig. Sie roch an dem Inhalt und wich angewidert zurück. »Das stinkt ja entsetzlich! Wie reines Gift.«

»Ich habe Ihnen schon gesagt, ich weiß nicht, was für Pflanzenteile in dem Päckchen sind. Aber ich kann Ihnen etwas über die Wirkung sagen, die sie haben: Es ist eine Art Schimmelpilz, der die Krankheitskeime in Elsas Lunge bekämpft. Und dann hat der alte Mann noch andere Dinge zur Kräftigung zugesetzt. Erschrecken Sie nicht: Wenn Sie die Mischung aufkochen, wird sie noch stärker riechen.«

Karoline roch ein weiters Mal an dem merkwürdigen Paket. »Schimmelpilze! Und was ist, wenn ich ihr damit schade?«

Anna sah erst Elsa an, dann Karoline. »Glauben Sie wirklich, daß Sie ihr in diesem Zustand noch schaden können? Haben Sie sich gemerkt, wie Sie den Tee zubereiten müssen?«

»Ja, aufgießen, dreißig Minuten stehen lassen, dann abseihen und alle zwei Stunden eine halbe Tasse, aufgewärmt. Sagen Sie mir: Warum tun Sie das?«

Anna warf ihr ein kleines Lächeln zu. »Müssen wir nicht zusammenhalten, wenn es um unsere Kinder geht? Meinen Sie, ich weiß nicht, woher unsere Lebensmittelkörbe kommen? Außerdem mag ich Elsa sehr. Ich habe das bestimmte Gefühl, daß sie noch Großes im Leben leisten wird. Und außerdem, wenn Sie schon danach fragen: Ich kann nicht mit ansehen, wie Georg leidet.« Sie wendete sich zur Tür. »Noch ein Letztes: Sagen Sie niemandem, was Sie Elsa da geben. Der chinesische Heiler hat keine Approbation. Er würde in Schwierigkeiten kommen – und ich auch. Danke, ich finde selbst hinaus.« Damit war sie aus der Tür.

Karoline blieb zurück und starrte abwechselnd auf das stinkende Etwas in ihrer Hand und auf ihre Tochter, die mit zusehends schwindender Kraft gegen den Tod kämpfte. Dann schob sie den Stuhl so heftig zurück, daß er umkippte, und ging in die Küche, um den Tee aufzugießen.

Der Geruch des brodelnden Gebräus trieb Hulda herbei, weil sie meinte, im Vorratskeller sei etwas explodiert. Als Karoline berichtete, was sie da trieb, bekam sie Angst. »Seien Sie bloß vorsichtig. Sie kennen diese Person doch gar nicht ...«

»Schon komisch, keiner will sie kennen, eigentlich gibt es sie gar nicht, und doch weiß jeder über sie Bescheid, nicht wahr?«

»Haben Sie ihren Aufzug gesehen? Ganz schön überkandidelt! Schließlich sind wir hier in Roseburg und nicht in Hamburg.«

»Nun, vielleicht hat sie sich besondere Mühe gegeben, um uns zu beeindrucken?« Aber eigentlich glaubte Karoline das nicht. Anna Köster machte sich jeden Tag so sorgfältig zurecht, dessen war sie sich sicher. Wahrscheinlich war es das, was ihrem Mann so an ihr gefiel.

»Wenn Sie wollen, koste ich vor, nur für den Fall ...«

Karoline mußte lachen. »Das glaubst du doch selber nicht!«

Kurze Zeit später erschien auch Georg. »Was treibt ihr denn da?« schimpfte er. »Es stinkt, als würdet ihr verwesende Pferdeköpfe rösten.«

Karoline antwortete ganz sachlich: »Ich koche einen Tee für Elsa. Er wird sie gesund machen.«

»Tee? Was für einen Tee? Wo hast du den her?« fragte Georg.

»Von Anna Köster«, antwortete Karoline knapp.

Damit hatte er nicht gerechnet. Er schnappte nach Luft, dann polterte er: »Was habt ihr Weiber da wieder ausgeheckt? Aber macht nur so weiter! Alles hinter meinem Rücken ...«

Karoline hörte nicht hin. Sie war damit beschäftigt, das kostbare Gebräu vorsichtig in eine Porzellankanne zu gießen und dann eine kleine Tasse abzufüllen. Als sie kurze Zeit später wieder an das Krankenbett ihrer Tochter trat, saß Georg bei Elsa, ihre leblose Hand umklammernd, weinend.

»Tu, was du für richtig hältst«, sagte er und ging.

Bereits nach der zweiten Tasse, die sie ihr einflößte, tröpfchenweise aus der Spitze eines Tuches auf die Lippen geträufelt, wurde Elsas Schlaf ruhiger. Die vierte Tasse trank sie bereits in kleinen Schlucken selbst, als wisse sie, daß diese Medizin ihr das Leben retten würde.

Als Doktor Burmester am nächsten Morgen wiederkam, auf das Schlimmste gefaßt, traute er seinen Augen nicht. Er hörte die Patientin ab, maß die Temperatur, besah sich die Haut, wunderte sich über den strengen Geruch, der im Zimmer herrschte, und glaubte an ein medizinisches Wunder.

»Es ist ihre innere Kraft gewesen, der Wille, dies zu überstehen«, wiederholte er ein ums andere Mal.

Am Morgen darauf wachte Elsa kurz auf, als der alte Hausarzt an ihr Bett trat. Sie erkannte und begrüßte ihn, bevor der Schlaf sie wieder übermannte.

Es begann eine lange Rekonvaleszenz. Elsa blieb noch fast drei Wochen im Bett liegen, da sie zu schwach zum Aufstehen war. An schönen Tagen trug Georg sie auf den Balkon, damit sie auf den spätsommerlichen Park und die Seen hinaussehen konnte. Sie begann wieder zu essen und wurde langsam, langsam kräftiger.

Karoline schrieb einen Brief an Anna Köster, das war sie ihr schuldig. Sie berichtete von Elsas Heilungsfortschritten, als wüßte sie nicht, daß Anna durch Georg genauestens darüber informiert war. Als sie ihr dafür dankte, daß sie Elsa das Leben gerettet hatte, war sie jedoch von Herzen aufrichtig.

Am Tag darauf erschien Anna in der Mühlenvilla. Georg war in Güster, Karoline war an diesem Tag zum erstenmal wieder auf den Friedhof nach Siebeneichen gefahren, wofür sie in den letzten Wochen keine Zeit gefunden hatte. Hulda wußte nicht, was sie tun sollte, und ließ Anna herein.

Als Karoline kurz darauf nach Hause kam, war sie außer sich vor Zorn. Ohne Hut und Mantel abzulegen, lief sie die Treppe hinauf und riß die Tür zum Zimmer ihrer Tochter auf. Als erstes fiel ihr Blick auf einen riesigen dunklen Hut, so groß, daß Elsas Kopf dahinter verschwand.

»Mein Hausmädchen hat mir gesagt, daß Sie hier sind. Sie hatte nicht die Erlaubnis, Sie hereinzulassen, und ich möchte Sie bitten zu gehen.« Karoline konnte nicht verhindern, daß ihre Stimme ein wenig atemlos und zu schrill klang.

Anna Köster stand auf und drehte sich langsam um. »Ich wollte nur nach Elsa sehen ...«

Karoline schnitt ihr das Wort ab: »Verlassen Sie das Zimmer meiner Tochter. Jetzt gleich.«

Elsa richtete sich in ihren Kissen auf: »Mama, ich habe sie gebeten zu bleiben. Ich wollte wissen, wie sie und Papa sich kennengelernt haben.« In ihren Worten schwang eine Entschuldigung mit, aber auch Trotz.

Ihre Mutter überhörte, was Elsa sagte. Sie trat einen Schritt von der offenen Tür zurück, um ihrer Rivalin Platz zu machen. »Gehen Sie bitte vor ... Ich möchte unten noch eine Minute mit Ihnen reden.«

Ihre Hände zitterten, als sie hinter Anna die Treppe hinunterging. Daß diese Frau es gewagt hatte, noch einmal in ihr Haus zu kommen! Was bildete sie sich ein? Versuchte sie etwa, Elsa auf ihre Seite zu ziehen? Dazu hatte sie kein Recht! Karoline fühlte wilden Zorn in sich aufsteigen, als sie die elegante Erscheinung der Geliebten ihres Mannes vor sich sah. Sie schien sich so sicher zu fühlen in all ihrer Schönheit. An dem Abend, als Anna das Medikament gebracht hatte, war Karoline zu müde gewesen, um sie genau anzusehen, aber jetzt mußte sie sich eingestehen, daß Anna perfekt war. Wie leicht sie sich bewegte, ihre Schritte waren kaum zu hören, lediglich das Rascheln der Seide an ihrem Rock, das etwas zu verheißen schien. Sie war groß und hielt sich sehr gerade, ihr Haar unter dem großen Hut schimmerte in hellen Kastanientönen, als ein Sonnenstrahl aus einem der bunten Fenster darauf fiel, leuchtete es auf wie poliertes Kupfer. Sie sah aus wie die Frauen in den Modejournalen, stellte Karoline fest. Sie strahlte Zielstrebigkeit und Unabhängigkeit aus. Woher nahm sie das? fragte Karoline sich, während sie ihr gegenüber in einem der Korbsessel in der Veranda Platz nahm. Von hier aus hatte man den schönsten Blick in den Garten. Karoline sah, wie Anna Köster die perlenbestickte Tasche, die ein Ensemble mit ihrem Kleid bildete, vor sich in den Schoß legte, und konnte dabei ihre gepflegten Hände bewundern. Karoline widerstand dem Impuls, ihre eigenen, großen und durch die Gartenarbeit mitgenommenen Hände zu verstecken.

»Schön haben Sie es hier«, sagte Anna und riß Karoline aus ihren Betrachtungen. »Das große Haus und der Park, die schönen Möbel ...«

Karoline hatte sich wieder in der Gewalt. Und sie hatte nicht vor, höfliche Konversation zu betreiben. Knapp erwiderte sie: »Vom Park ist nicht mehr viel übrig. Der mußte in den letzten Jahren weichen, damit wir zu essen hatten.«

»Ich weiß, wieviel Arbeit Sie das gekostet hat. Georg hat immer sehr bewundernd davon gesprochen. Ja, Kriegsjahre sind schwere Jahre.«

»An Ihnen sind sie offensichtlich spurlos vorübergegangen.« Karoline sagte das so, daß Anna Köster der vorwurfsvolle Unterton nicht entgehen konnte.

»Was wollen Sie damit sagen?« fragte sie gereizt.

»Daß Sie sich in Wotersen in ein gemachtes Nest gesetzt haben und sich von meinem Mann aushalten lassen. Und mich nebenbei in eine unmögliche Situation bringen. Glauben Sie mir, es hat lange gedauert, sich an die Blicke zu gewöhnen. Einmal ganz abgesehen von den Gefühlen, die ich für Georg habe, immer noch ...«

Anna setzte sich noch gerader hin, wenn das überhaupt möglich war. »Nun, ich erinnere mich an ganz andere Blicke, die mich und besonders meinen Sohn getroffen haben. Den Kirchgang in Siebeneichen werde ich mein Leben lang nicht vergessen.«

Karoline zeigte ein bitteres Lächeln. »Ich konnte mir schlechterdings nicht bieten lassen, daß Sie immer weiter in mein Leben und das von Elsa eindringen.«

»Glauben Sie denn, daß ich es in Hamburg leicht hatte? Ludwig und ich haben gehungert. Es war gefährlich. Ich hätte jede Hilfe angenommen, um uns durchzubringen. Sogar die des Teufels, wenn es nötig gewesen wäre. Aber das werden Sie nie verstehen! Sie sitzen doch hier in Ihrer Villa und kennen keine finanziellen Sorgen. Noch haben Sie die geringste Ahnung, was es bedeutet, als ledige Frau einen Sohn zu haben!«

»Als ich Georg geheiratet habe, war nicht abzusehen, daß er einmal reich sein würde. Das mag anders gewesen sein, als Sie ihn kennenlernten.« Karoline vergewisserte sich, daß der Hieb gesessen hatte, bevor sie weitersprach. »Zudem kann ich mir nicht vorstellen, wie irgend jemand Sie gezwungen haben sollte, ausgerechnet von meinem Mann ein Kind zu bekommen.« Karoline wußte nicht, woher sie den Mut nahm, so direkt zu werden, aber als sie sah, wie Annas Gesicht aschfahl wurde, beglückwünschte sie sich dazu. Frau Köster verlor für einen Moment die Kontrolle und sackte sichtlich in sich zusammen.

»Wenn ich damals so klug gewesen wäre ...«

Karoline hatte genug gehört.

»Mag sein, daß meine Tochter an Ihrer Vergangenheit Interesse hat, ich jedenfalls nicht. Ich habe Sie um dieses Gespräch gebeten, um Ihnen zu verbieten, sich an Elsa heranzumachen.«

»Heranzumachen! Aber so kann man die Dinge doch nicht betrachten! Ich wollte nur einen Krankenbesuch machen. Und Elsa hat offensichtlich nichts dagegen gehabt.«

»Ich verbiete es Ihnen!« sagte Karoline in aller Schärfe und so laut, daß Elsa in ihrem Zimmer es hören mußte.

Anna hatte sich wieder gefaßt. Jetzt war auch sie wütend. »Schließlich habe ich Ihnen Ihre Tochter zurückgegeben.«

»Stimmt, aber dafür haben Sie mir meinen Mann genommen.«

Anna atmete scharf ein, dann stand sie ohne ein weiteres Wort auf und verließ die Veranda. Karoline hörte, wie sie unter ihrem verheißungsvollen Rascheln die Diele durchquerte. Hulda mußte das Gespräch mit angehört haben, denn sie stand bereits mit Anna Kösters Mantel über dem Arm an der Eingangstür, die wenig später ins Schloß fiel.

Karoline stand auf und streckte sich. Sie versuchte, eine ähnliche Haltung wie ihre Rivalin einzunehmen, ahmte die Handbewegung nach, mit der sie ihr Täschchen geöffnet und wieder geschlossen hatte. Als es ihr nicht gelang, schüttelte sie lächelnd den Kopf und ging hinauf in ihr Zimmer.

Auf einem großen Tisch, dem zentralen Möbelstück, stapelten sich die Pflanzenteile, die sie in den letzten Tagen aus dem Garten und dem Wald heimgebracht hatte. Sie warteten darauf, unter der Blumenpresse getrocknet zu werden. Der Arbeitstisch stand vom Fenster abgewandt, damit kein Sonnenstrahl die zerbrechlichen Gebilde traf und sie ausbleichte oder ihnen vor der Zeit ihren Duft nahm. Karoline sah leuchtendes Rot von Beeren und verfärbtem Laub neben unterschiedlichen Braun-, Orange- und Gelbtönen. Schließlich hatte der Herbst bereits begonnen. Doch der Sinn stand ihr nach anderen Farben, und sie öffnete eine Truhe, in der sie in unzähligen Schachteln und Döschen das aufbewahrte, was Frühling und Sommer ihr beschert hatten. Karoline entnahm der Truhe mit sicherem Griff einige stoffbezogene Kassetten und setzte sich an den Arbeitstisch. Sie schob die Ernte des Herbstes an den Rand und entnahm den Behältern einzelne Blätter, die sie in einer Reihe vor sich auf den Tisch legte. Dann stand sie noch einmal auf, um einen der dicken, faserigen Papierbögen zu holen, die in einem Stapel im Regal neben der Tür lagerten. Sie ließ ihre Gedanken schweifen, dann nahm sie dies und das aus den vor ihr liegenden Häufchen. Beinahe von selbst entstand eine weibliche Silhouette auf dem weichen Papier. Die Frau war schlank, anmutig, von fragiler Schönheit. Das Gesicht verschwand beinahe unter dem großen Hut, der aus dem gebogenen Blättern der Kornblume gemacht war, während das Gesicht aus den Früchten einer Linde entstand, ebenso wie die Hände. Zwei winzige Mohnsamen waren die Augen, die Lippen schnitt sie aus einer dunkelroten Rosenblüte zurecht. Lediglich die winzige

Nase deutete sie durch einen Pinselstrich an. Damit war der Kopf fertig. Zarte Zwiebelhäutchen, durchsichtig, bildeten ein Oberteil, das in der Taille von einem fast weißen Holzspänchen gehalten wurde, der Rock bestand aus vier schwingenden Blättern der blauen Glockenblume, an seinen Enden die unendlich feinen Samen des Löwenzahns, die wie Spitze daherkamen. Darunter Stiefel, die sie aus der getrockneten Haut von reifen Pflaumen geschnitten hatte. Über dem Kopf des Wesens eine Aura aus winzigen und winzigsten Blütenteilchen in Weiß und Hellblau. Karoline betrachtete ihre Arbeit, dann stand sie auf und suchte etwas in der Truhe. Schließlich fand sie die blau schimmernden Flügel des Apatura. Der Schillerfalter kam nur äußerst selten in Europa vor, Karoline hatte ihn tot in einem Spinnennetz gefunden. Sie hatte lange in ihren zoologischen Folianten suchen müssen, um ihn überhaupt zu identifizieren, und sie stellte sich vor, wie er mit einem der großen Schiffe aus Asien nach Hamburg gekommen war und von dort den Weg nach Roseburg gefunden hatte. Mit größter Behutsamkeit nahm sie die Kornblumen von dem Papier ab und setzte die Flügel als Hut ein.

Pallas Athene, ging es ihr durch den Kopf. Sie hatte gerade in einem Buch über die Göttin gelesen, und jetzt war sie auf dem Papier vor ihr entstanden. Dem Haupt ihres Vaters, Zeus, entsprungen, lehrte Pallas Athene die Frauen das Spinnen und Weben, brachte den Menschen Pflug und Ackerbau und den Ölbaum, bewahrte den inneren Frieden, erfand das Trojanische Pferd ... Dieser letzte Gedanke ließ sie noch einmal einen Blick auf ihre kleine Feengestalt werfen, und ihr fiel auf, daß sie nicht nur Pallas Athene, sondern auch Anna Köster ähnlich sah. Kein Wunder, daß diese Frau ihr nicht aus dem Kopf ging. Daß es sie gab, wußte Karoline schon seit einigen Jahren. Aber sie war bisher immer unsichtbar geblieben. Nun, wo sie sie kannte, hatte sie aufgrund ihrer Erscheinung und ihres Auftretens etwas Rätselhaftes bekommen, etwas Fremdes, das Karoline nicht ergründen konnte. Was hatte sie damit gemeint, als sie gesagt hatte: »Wenn ich damals so klug gewesen wäre ...«? Und was war das für eine Geschichte, als sie den chinesischen Heiler getroffen hatte? Es mußte furchtbar gewesen sein, der Schrecken, den diese Erinnerung in Anna auslöste, hatte ihr an jenem Tag im Gesicht gestanden.

Karoline warf einen letzten Blick auf ihr Geschöpf, bevor sie es vorsichtig, weil der Leim noch nicht an allen Stellen getrocknet war, in einen Schrank legte, in den sie viele kleine Laden hatte einsetzen lassen, um ihre Kunstwerke aufzuheben. Dann ging sie nach unten in den Raum neben der Küche, in dem sie die Gartengeräte aufbewahrte, und suchte ihre Gärtnerhandschuhe.

Elsa kehrte nur langsam ins Leben zurück, das sich in der Zeit ihrer Krankheit verändert hatte.

Als sie zum erstenmal wieder das Haus verließ, war der Sommer längst vorüber. In diesem Jahr hatte sie kaum bemerkt, daß er gekommen und gegangen war. Jetzt hingen bereits schwere Novemberwolken am Himmel, die Luft war feucht und kühl. Sie zitterte trotz ihrer warmen Kleidung, wie Karoline ängstlich bemerkte, aber Elsa wollte auf keinen Fall gleich wieder hineingehen. Wie sehr hatte sie die Bewegung in der Natur und die frische Luft in den letzen Monaten vermißt! Untergehakt zwischen ihrer Mutter und Johanna unternahm sie einen Spaziergang um die Teiche, wobei sie vorsichtig um die großen Pfützen herumgingen, die auf den Wegen standen.

»Du hast den Garten vernachlässigt«, sagte sie zu ihrer Mutter.

»Dafür war keine Zeit. Aber warte, bis du die Gemüsegärten siehst, dort ist alles in bester Ordnung.«

Viel wuchs nicht mehr in den Beeten, nur noch Lauch und natürlich der Grünkohl, der auf den ersten Frost wartete, um geerntet werden zu können. Aber die abgeernteten Flächen waren säuberlich umgegraben, die schwarze Erde glänzte feucht. An den Bäumen hingen noch vereinzelte Birnen, Karoline wollte sie in den nächsten Tagen abnehmen und zu Kompott verarbeiten. Elsa pflückte sich eine Frucht und biß hinein. Sie hatte sich auf etwas Saftig-Süßes gefreut, doch die Birne war hart und ziemlich sauer.

»Wie steht es bei euch zu Hause?« fragte Karoline Johanna.

»Wir kommen zurecht«, erwiderte sie. »Aber ohne Vater ist es schwer. Die letzte Ernte mußten wir ohne ihn und die Hofknechte einbringen, wir haben alle geschuftet wie die Tiere, um es so gut wie möglich zu machen. Mama sagt, wir würden einen guten Preis bei der Genossenschaft bekommen, aber wir haben nur die Hälfte der sonstigen Ernte eingefahren.«

An diesem Tag gingen sie nur bis zur Obstwiese, dann war Elsa erschöpft, und sie kehrten um.

Eine Woche später – Elsa war einige Wochen zuvor fünfzehn geworden – ging der große Krieg endlich zu Ende. Die Reproduktionen des Kaisers in Öl verschwanden von den Wänden der Rathäuser und Salons, man hängte zwar nicht den Reichspräsidenten an seine Stelle, aber der hatte nun das Sagen. Die überlebenden Soldaten kehrten nach Roseburg zurück, viele von ihnen an Leib und Seele krank. Vielleicht hätte es den vielen Landwirten unter ihnen geholfen, sich gleich wieder in die Arbeit zu stürzen, aber der Winter verurteilte sie zum Nichtstun, und so verharrten sie in den Erinnerungen an die Schützengräben und den verlorenen Krieg, wurden sich selbst und ihren Familien fremd.

Am schlimmsten war es mit Friedrich Rademacher. Eines Tages sahen die Kinder einen grotesk aussehenden Fremden, der unter einem bleiernen Dezemberhimmel aus Richtung Mölln ins Dorf kam. Vor Angst schreiend, liefen sie weg und alarmierten ihre Mütter. Die kamen auf die Straße gerannt und sahen Rademacher auf sie zuwanken. Wo früher seine linke Gesichtshälfte gewesen war, klaffte nun ein an den Rändern ausgefranstes, rosafarbenes Loch mit eitrigen Stellen. Die Haut über der Wunde war so dünn wie Papier, man sah die Reste seiner Zähne und die Zunge, die dagegenstieß, wenn er sprach. Rademacher schwankte gefährlich hin und her, es war aber nicht auszumachen, ob es der Alkohol war, seine Verletzung oder Schwäche. Als immer mehr Leute zusammenliefen, um den Heimkehrer, der mittlerweile erkannt worden war, anzustarren, fing der an zu brüllen wie ein Tier, wobei sich der zerschossene Kiefer auf groteske Weise verschob. Die kleineren Kinder suchten heulend Schutz hinter den Erwachsenen, während die größeren sensationsgierig näher traten, was Rademacher nur noch mehr aufbrachte. Er habe schließlich für Deutschland gekämpft und seine linke Kopfhälfte in Rußland gelassen, brüllte er. Und was sei nun der Dank dafür? Daß die Kinder vor ihm davonliefen. Verraten habe man ihn, in Berlin, ganz genau! Er hätte den Krieg schon gewonnen, wenn die da oben nicht einfach Deutschland seinen Feinden ausgeliefert hätten. Warum ihm Ebert nicht gleich persönlich die Wange weggeschossen habe, aber dafür sei der ja zu feige ... Schließlich ging Bürgermeister

Schmaljohann zu ihm hin. Er redete ihm gut zu, bis Rademacher sich nach Hause bringen ließ. Seine Mutter, bei der er immer noch lebte, erfuhr erst jetzt, daß ihr Sohn heimgekehrt war und in welcher Verfassung. Sie bekam einen Weinkrampf, der Rademacher zu neuerlichen Ausfällen gegen die Verräter in Berlin provozierte. Wo immer man ihn in den nächsten Monaten sah, stieß er speichelsprühende Haßtiraden gegen die Republik aus.

Johanna besuchte ihre Freundin Elsa in diesen Wochen der Genesung täglich. Sie bemühte sich, unbeschwert zu wirken, doch sie war voller Sorge um ihren Vater. Otto Lüders war noch Anfang 1918 für die Ludendorff-Offensive eingezogen worden, der letzte verzweifelte Versuch der Obersten Heeresleitung, den Stellungskrieg im Westen zu gewinnen. Ausgerechnet nach Verdun hatte man ihn geschickt. Man schätzte, daß eine halbe Million deutscher Soldaten bei den sinnlosen Kämpfen umgekommen waren, und niemand schien Eile zu haben, die Gefallenen zu identifizieren und die Vermißten zu katalogisieren. Johanna befürchtete das Schlimmste.

Kurz vor Weihnachten erschien sie zwei Tage hintereinander nicht in der Villa, also machte sich Elsa auf den Weg zum Lüdersschen Hof. Dazu mußte sie nur über die Brücke am Ende des Mühlenteichs gehen und die Obstgärten durchqueren. Dann kam sie an die Straße, die zum Bahnhof führte. Hier lag rechter Hand der Hof von Otto Lüders. Als sie in die Küche kam und die versteinerten Gesichter um den Tisch sah, wußte sie gleich, was passiert war.

»Die Nachricht kam gestern«, sagte Johanna mit erstickter Stimme.

»›Gefallen für Volk und Vaterland‹«, stieß Paul voller Haß hervor und hieb mit der Faust auf den Tisch.

Hermine Lüders flüsterte die ganze Zeit vor sich hin: »Begraben in fremder Erde. Nicht mal eine Grabstelle haben wir für ihn. In fremder Erde begraben ...«

Otto Lüders' Name wurde neben dem von Ernst Jakobi und fünf weiteren in den großen Stein gemeißelt, den die Roseburger zu Ehren der Toten vor der Gastwirtschaft aufstellen ließen.

Georg zahlte Hermine Lüders mit einer nicht unerheblichen Summe aus. Der Tod seines Partners betrübte ihn, doch er konnte es nicht lassen, Elsa aufzuziehen: »Nun brauchst du Paul Lüders nicht mehr zu heiraten, um mein Geschäft zu retten.« Elsa sah ihn fassungslos an, als er das sagte. Neben dem Anteil, den die Witwe seines Kompagnons bekam, verlor er ein kleines Vermögen mit den Kriegsanleihen, die wertlos geworden waren. Er verbrachte einige schlaflose Nächte vor den Rechnungsbüchern, doch dann war er zuversichtlich: Auch wenn sie während des Krieges Geld verloren hatten – das hatten schließlich alle –, so lebten er und seine Familie doch in sehr angenehmen Verhältnissen, und dank seiner guten Beziehungen, die nicht zuletzt im Krieg entstanden waren, würde er bald erneut ganz oben sein. Im ganzen Land war die Wirtschaft in den letzten vier Jahren auf den Krieg ausgerichtet gewesen. Jetzt würde es mit der zivilen Bauwirtschaft wieder aufwärtsgehen. Er würde die Ärmel hochkrempeln und sich ein Stück vom Kuchen holen. Beinahe freute er sich auf die neue Herausforderung, die seinem unsteten Geist entgegenkam.

Wenn Georg Heller sich in den feinen Zwirn warf, wußten alle Bescheid: Er holte Anna und Ludwig in Wotersen ab und fuhr mit ihnen nach Hamburg, um zu sehen, was es dort schon wieder zu kaufen gab, oder um auf der Horner Rennbahn sein Geld auf Pferde zu setzen. Seine zweite Familie lebte immer noch in Wotersen. Anna machte keine Anstalten, nach Hamburg zurückzukehren. Der Krieg war zwar aus, doch in Hamburg war die Versorgung der hungernden Bevölkerung so miserabel wie in den letzten Kriegsjahren, und zudem hausten in der Stadt bewaffnete Banden. In den Nächten kam es zu Schießereien, mehr als einmal versuchte die hungernde Menge die Lagerhallen am Hafen zu stürmen. Die Polizei und die neugebildeten Freikorps griffen rücksichtslos ein und schossen auf die Demonstranten, dabei trafen sie manchmal auch unbeteiligte Zivilisten. Nein, dorthin wollte Anna nicht zurück.

Natürlich wußte Karoline, wo ihr Mann sich aufhielt. Ganz Roseburg wußte es, und mehr als einmal machte Minna Brinckmann ihr schwere Vorwürfe. Sie würde ihre Ehe nicht ernst genug nehmen und ihren Mann aus dem Hause treiben. Irgend etwas müsse ja los sein, wenn er es bei Frau und Kind nicht aushalte. Die Parteilichkeit ihrer Schwägerin traf Karoline hart. Fortan zog sie Minna nie wieder ins Vertrauen. Aber sie spürte mit leiser Genugtuung, daß Georg nicht mehr ganz freiwillig ging. Mehr als einmal hatte es für sie den Anschein, als würde er aus der Villa fliehen wollen, in der sich die Stimmung zunehmend gegen ihn wendete. Karoline hatte aufgehört, ihm Szenen wegen Anna Köster zu machen, doch daß sie unter seinem Verhältnis nicht länger zu leiden schien, gefiel ihm ganz und gar nicht. Seit jenem Abend, als Anna Köster bei seiner Frau gewesen war, beschlich ihn manchmal die Angst, die beiden Frauen könnten sich gegen ihn verbünden. Und Elsa ließ ihn ihre Mißbilligung spüren. Sie sprach nicht mit ihm, wenn er sich mit Anna und Ludwig getroffen hatte. Georg verdarb dieser Starrsinn den Spaß. Es störte sein Bild von der Welt und seiner Rolle darin, daß er nicht mit seinen beiden Kindern gleichzeitig zusammensein konnte.

Karoline hatte sich mit der Situation arrangiert. Sie bewohnte zwei ineinander übergehende Zimmer im ersten Stock der Villa, kümmerte sich um den Garten und ihre Blütencollagen. Daneben forderte ein wachsender Bekanntenkreis ihre Aufmerksamkeit. Auch nach dem Krieg kamen die Ehefrauen von Georgs Geschäftspartnern gern zu ihr nach Roseburg hinausgefahren, und oft brachten sie Freundinnen mit. Karoline richtete einen Jour fixe ein, der jeden Mittwoch stattfand. Im Sommer wurde er im Park abgehalten, man fuhr mit dem Boot auf dem Teich, manchmal wurde auch geschwommen. Man setzte sich in Grüppchen zusammem und plauderte. So manche Flasche Rotwein, von den Hamburgern liebevoll »Schattooh« genannt, wurde an diesen Tagen geleert. Die Zusammenkünfte waren ungezwungen und fröhlich, und auch Elsa und Johanna nahmen oft teil.

Karoline begann die Vorteile zu genießen, die Georgs Geld und Beziehungen mit sich brachten. Und sie war längst nicht mehr die eingeschüchterte Frau, die dem rasanten Aufstieg ihres Mannes hinterherhinkte. Wenn sie an den Tag des Umzugs in die Villa zurückdachte, mußte sie schmunzeln. Mittlerweile wußte sie sehr genau, was von einer perfekten Gastgeberin erwartet wurde. Sie bekannte sich nach wie vor zu ihrer bäuerlichen Herkunft, und daß sie zu etwas nütze war, hatte sie im Krieg bewiesen. Aber sie wußte auch, daß dies allein nicht zählte in der Welt, in der sie sich jetzt bewegte.

Sie wurde Mitglied in der Deutschen Hausbücherei und las sich durch das Programm. Anfangs fühlte sie sich dazu verpflichtet, doch das Vergnügen beim Lesen stellte sich bald ein. Sie suchte in der Literatur etwas, das sie lange vermißt hatte: Beispiele dafür, wie andere Frauen mit dem Leben, mit seinen Widrigkeiten zurechtkamen. Sie bewunderte die Heldinnen, die den Kampf aufnahmen und am Ende triumphierend als Siegerinnen dastanden. Aber ihre geheime Sympathie gehörte denen, die sich, ohne zu klagen, in ihr Schicksal fügten und hier und da einen kleinen Etappensieg verzeichneten. Verachtung hatte sie nur für diejenigen, die aufgaben und mit einer Verzweiflungstat sich und ihre Familien ins Unglück stürzten. Natürlich galt ihr besonderes Interesse den Stoffen, in denen es um Ehebruch und unglückliche Liebe ging. Während all der Jahre hatte sie niemanden gehabt, mit dem sie über ihre Ehe reden konnte, keine Freundin, keine Schwester. Nun suchte sie Hilfe und Trost in den Büchern. Sie teilte ihre wahre Lesewut mit Elsa, und abends saßen die beiden oft beisammen und lasen sich gegenseitig vor. Die Liebe zur Literatur wurde zu einem Band, das Karoline und ihre Tochter miteinander verknüpfte.

Karoline gewöhnte sich an, sehr genau zuzuhören, wenn Leute sprachen, die mehr wußten als sie. Sie war intelligent, und es fiel ihr leicht, Gelesenes und Gehörtes zu behalten und miteinander in Verbindung zu bringen, weil sie sich für viele Dinge wirklich interessierte. Durch ihren Esprit und ihre natürliche Warmherzigkeit wurde Karoline Heller eine beliebte Gastgeberin und eine gesuchte Freundin. Es kam nicht selten vor, daß zu ihrem Jour fixe zwanzig und mehr Gäste in der Villa erschienen, die an diesen Tagen von dem Kommen und Gehen, von Lachen, Gesprächen und Musik erfüllt war.

Vielleicht war es Zufall, daß Georgs Besuchstag bei seiner Geliebten und Karolines Jour fixe auf denselben Wochentag fielen. Hulda, die an diesem Tag dafür zuständig war, daß alles reibungslos verlief und darüber in erbittertem Streit mit der Köchin lag, glaubte nicht daran. Am Anfang, ziemlich bald nachdem der Friede eingekehrt und der offene Salon eingerichtet war, hatte auch Georg im großen Wohnzimmer herumgesessen und die Gäste begrüßt. Er wartete auf die Gelegenheit, sich mit dem einen oder anderen der Herren in ein Nebenzimmer zurückzuziehen, um Geschäftliches zu besprechen, auf jeden Fall »Dinge, die Hand und Fuß hatten, und nicht dieses Tralala«. Aber damit kam er nicht durch. Dieser Mittwoch bei Karoline Heller gehörte dem intelligenten Gespräch, der Musik oder einem Stück Literatur, das jemand vortrug, oder man saß zusammen, um Karten zu spielen. Nachdem Friede Kistner einmal ihren Mann, einen Kapitän bei der HAPAG, sehr mißbilligend angesehen hatte, als der den Kartentisch verließ, dem Drängen Hellers folgend, der schon seit geraumer Zeit versuchte, ihn durch geheimnisvolle Winkzeichen und mehr laute als leise »Pst!, Psssst« von dort fortzulocken, untersagte ihm Karoline abends, als die Gäste gegangen waren, ihre Kreise zu stören. »Ich habe nichts dagegen, wenn du an meinem Mittwoch dabei bist, wirklich nicht, aber ich bitte dich, dann auch die Regeln zu respektieren, die an diesem Tag gelten. Wenn du Geschäfte machen willst, warum tust du das nicht in Hamburg, im Club oder auf der Jagd?« Sie sagte das mit so großer Bestimmtheit, daß Georg nichts darauf zu erwidern wußte als: »Ihr Frauen mit euren fixen Ideen. Jour fixe!« Wobei er das »J« aussprach wie in »Junge« und dann ein langes »O« folgen ließ.

Von nun an verließ er das Haus, wenn seine Frau Gäste hatte.

Kapitel 5

Georg war aufs äußerste gereizt. Er kämpfte um einen lukrativen Auftrag aus Hamburg. Für die Befestigung der Insel Helgoland wurden immense Mengen Kies benötigt. Der Auftrag würde die Verluste, die durch den Krieg und die Auszahlung von Otto Lüders' Anteil entstanden waren, mit einem Schlag tilgen. Außerdem brauchte er Kapital für einen großen Schwimmbagger. Ein geologisches Gutachten seiner Gruben hatte nämlich ergeben, daß die Kiesvorkommen eine Mächtigkeit von ungefähr zwanzig Metern hatten. Heller war bereits bis auf den Grundwasserspiegel vorgestoßen und brauchte den Schwimmbagger, wenn er den tiefer liegenden Kies abbauen wollte. Um an das notwendige Geld zu kommen, vermietete er bei Bedarf seine Gleise und Kipploren an die Konkurrenz, doch der Helgoland-Auftrag würde ihn mit einem Schlag liquide machen.

Trotz allem ging es ihm nicht nur um den finanziellen Aspekt. Sein Stolz war getroffen. Die Entscheidung wurde nun schon über Wochen immer wieder aus ihm unerfindlichen Gründen verschoben. Für ihn war es eine Prestigefrage, den Zuschlag zu bekommen, und die Aussicht, übergangen zu werden, machte ihm schwer zu schaffen. Gegen seine Gewohnheit erzählte er Karoline davon, als sie abends vor dem bereits abgeräumten Tisch saßen.

»Wenn ich nur wüßte, wer die anderen Anbieter sind.

Irgend etwas ist da im Busch, das spüre ich. Entweder ist jemand billiger, oder Hansen ist ihm verpflichtet. Verdammt und zugenäht!«

»Ist Ole Hansen für die Auftragsvergabe zuständig?« fragte Karoline. »Dann verstehe ich, warum du so wütend bist.«

»Ja, Hansen! Wir haben doch bisher immer bestens zusammengearbeitet, und während des Krieges haben wir ihn und seine Familie durchgefüttert. Und jetzt will er mir nicht einmal sagen, warum es nicht vorangeht. Ihm seien in diesem Fall die Hände gebunden, sagt er. Schöner Freund! Ich glaube, er mauschelt mit den Lübecker Kieswerken. Seitdem Fitzen junior dort das Sagen hat ... Ständig hocken die beiden zusammen.«

»Laß nur, ich bringe das in Ordnung«, sagte Karoline, als wäre das die einfachste Sache der Welt.

Der nächste Tag war ein Mittwoch, und Corinna Hansen erschien wie immer als eine der ersten in der Mühlenvilla. Auch während des Krieges war sie einmal, wenn nicht zweimal die Woche nach Roseburg gekommen, damals war sie allerdings schlanker gewesen. Jetzt hatte sie ihre Vorkriegskorpulenz wiedergefunden und frönte ihrem Hang zu auffälligen Hüten, die auf einem Nest von Kringellöckchen tanzten. Ihr auffallendes Äußeres stand im Gegensatz zu ihrem inneren Wesen. Sie war nämlich sehr gebildet, spielte ausgezeichnet Klavier und sammelte Gemälde, vorzugsweise noch unbekannter Maler, wobei sie ein untrügliches Urteil bewies.

»Na ja, Bilder waren doch das einzige, was man im Krieg kaufen konnte. Sonst gab's ja nichts«, lachte sie, wenn man sie auf ihre Sammlung ansprach, die ihr inzwischen einigen Ruhm eingebracht hatte.

Nach dem Krieg, als es nicht mehr die Not war, die

sie zusammenbrachte, war sie von all den Hamburger Frauen Karolines beste Freundin geworden.

Jetzt bat sie sie, einen Augenblick mit in ihr privates Zimmer zu kommen, sie wolle ihr etwas zeigen, bevor die anderen kämen.

Corinna war die erste Fremde, die Karolines Klebebilder zu sehen bekam, anfangs die Blätter, auf denen sie ähnliche Blüten nebeneinandergeklebt hatte, um zu prüfen, ob und wie sie Farbe und Struktur hielten. Dann kamen die ersten Collagen, die aber noch nicht gegenständlich waren, reine Spielereien mit Farbe und Form. Am Schluß die Porträts, die Landschaften und kleinen Szenen, in denen sie immer neue Materialien verarbeitete: Blüten- und allerfeinste Staubblätter, Stiele und Stengel, Früchte, Samen ... Sie erzählte Corinna, wie sie lange vor dem Krieg begonnen hatte, Blütenblätter zu pressen, wenn im Garten alle Arbeit getan war. Mit irgend etwas mußte sie sich doch beschäftigen, wo sie keine weiteren Kinder zu versorgen hatte und ihr Mann sich anderen Frauen zuwendete.

»Und über die Jahre ist aus dem Verlegenheitssteckenpferd eine Passion geworden, die du zur wahren Meisterschaft gebracht hast«, sagte Corinna bewundernd. »Warum hast du mir nicht früher davon erzählt!«

Karoline sah sie erstaunt an. Aber es stimmte wohl: Niemand wußte besser als sie, welche Kelchblätter besonders gut die Farbe hielten und in welchem Blütestadium man sie ernten durfte.

»Ich danke dir für dein Vertrauen ... Dafür, daß du mir das alles erzählt hast und ich deine Schätze bewundern durfte.« Corinna Hansen nahm Karoline an beiden Oberarmen und zog sie für eine Umarmung zu sich heran. Beide Frauen spürten, daß in diesem Augenblick ihre Freundschaft für alle Zeiten gefestigt wurde.

»Jetzt zeige ich dir auch noch mein neuestes Werk«, sagte Karoline. »Es bedeutet mir viel.«

Und sie holte das Bild der Pallas Athene hervor. Corinna war angerührt von der Zartheit und Echtheit, die von dem Geschöpf ausging.

»Leider ist sie das ganze Gegenteil von uns beiden«, seufzte sie. »Oh, du meine Güte, da habe ich aber etwas ganz Dummes gesagt«, rief sie erschrocken, als Karoline weinend die Hände vor das Gesicht schlug.

Karoline schüttelte den Kopf und antwortete fest: »Nein, du hast ja recht. Feengleich sind wir nun mal beide nicht.« Sie begann übermütig zu lachen, und Corinna fiel erleichtert ein.

»Gehe ich recht in der Annahme, daß die ... Mätresse deines Mannes so aussieht wie sie?« fragte Corinna vorsichtig und wies mit der Hand auf die Figur. Es war das erste Mal, daß sie Karoline direkt auf Georgs Untreue ansprach – obwohl natürlich alle Hamburger Freunde Bescheid wußten.

»Ja. Ich fürchte, sie ist in meinem Kopf gewesen, als ich meine Pallas geschaffen habe.«

»Du glaubst doch nicht, daß du die einzige Frau bist, die von ihrem Mann hintergangen wird?«

»Nein«, antwortete Karoline. »Aber deshalb tut es nicht weniger weh. Und obwohl Georg ist, wie er ist, möchte ich dich darum bitten, ihm einen Gefallen zu tun ...«

Einen Tag darauf flatterte die Bestätigung für den Helgoland-Auftrag ins Haus.

Georg Heller konnten die Veränderungen, die in seiner Frau vorgegangen waren, nicht verborgen bleiben. Er hatte Respekt vor der Entwicklung, die sie genommen hatte. Mehr noch erfüllte sie ihn jedoch mit Dankbarkeit. Er war froh, weil sie durch ihre neuen Aktivitäten beschäftigt war. So konnte er sich leichteren Herzens seiner zweiten Familie zuwenden. Und gleichzeitig voller Stolz auf Karolines gesellschaftliche Verbindungen hinweisen. Sie paßten doch wirklich aufs beste zusammen, so dachte er: Er mit seinem Geschäftssinn, sie mit ihrer von Herzen kommenden Art, mit der sie überall gute Stimmung für seinen Namen und seine Firma machte.

Zu lautstarken Auseinandersetzungen kam es nur noch selten zwischen den Eheleuten, gerade so, als ob sie sich der Sinnlosigkeit ihrer ewigen Kämpfe bewußt geworden waren. Wenn es dafür nicht seit Jahren zu spät gewesen wäre: Jetzt hätten sie vielleicht zueinanderfinden können.

Daß es neben ihrem angenehmen Leben im Wohlstand ein ganz anderes gab, davon erfuhr Elsa durch Paul Lüders. Er lebte mit seiner Mutter und seiner Schwester Johanna nach wie vor auf dem väterlichen Hof, doch er war nicht bereit, Bauer zu werden wie sein Vater. Den Hof bewirtschaftete Hermine Lüders mit Hilfe von zwei Knechten und einer Melkmagd, die auch in der Küche zur Hand ging. Paul träumte von einem ganz anderen Leben. Er wollte die Welt verändern und sich zu diesem Zweck in Hamburg an der Universität einschreiben, um Naturwissenschaften zu studieren. Er fuhr oft in die Stadt, um erst Tage später zurückzukehren, jedesmal erfüllt von den Dingen, die sich dort ereigneten. Davon erzählte er dann Elsa und Johanna, und er lachte dabei und blitzte sie aus seinen schönen Augen an. Die Mädchen bewunderten ihn wegen der glühenden Begeisterung, die aus seinen Worten sprach, wegen seiner absoluten Präsenz, die alle anderen Jungen neben ihm verblassen ließ. Für sie war er eine Art Schatzsucher, der sie durch seine Schilderungen an seinen Abenteuern teilhaben ließ. Es war kein Wunder, daß Elsa in ihn verliebt war.

An diesem Tag, Ende Juni 1919, stieg Paul in Roseburg aus dem Zug, als Elsa und Johanna gerade dort vorbeikamen. Seine Kleidung war zerrissen, er sah aus, als hätte er sich seit Tagen nicht gewaschen oder rasiert. Seine hagere Gestalt, das Aufgewühlte in seinem Gesicht, das sonst immer voller jugendlicher Unbekümmertheit war, versetzten Elsa einen Stich. Am liebsten hätte sie ihn in die Arme genommen und getröstet. Wenn Johanna doch nur aufhören würde, ihn mit ihren Fragen zu bestürmen! Warum ließ sie ihn nicht erst einmal zur Ruhe kommen? Elsa sah das Flackern in Pauls hellblauen Augen, als sein Blick sie traf. Er antwortete nicht auf Johannas Fragen, sondern machte sich ohne ein Wort auf den Weg zum Lüdersschen Hof. Johanna lief ihm hinterher und zog Elsa mit sich. Zu Hause angekommen, warf Paul sich auf einen Küchenstuhl und stopfte wahllos in sich hinein, was vor ihm auf dem Tisch stand, der bereits für das Nachmittagsbrot gedeckt war. Als er endlich satt war, trank er in großen Zügen Milch direkt aus dem Krug, den die Magd aus dem Stall hereinbrachte. Noch nie hatte Elsa jemanden auf eine solch drängende Art und Weise essen sehen. Es berührte sie, und sie spürte schon wieder den Wunsch, die Arme um ihn zu legen.

Paul wischte sich den Mund und lehnte sich auf seinem Stuhl zurück. Er sah die Mädchen lange an und suchte nach Worten für das, was er erzählen wollte.

Er war wie so oft nach Hamburg gefahren, um sich dort mit den Genossen von der Partei zu treffen, als die Nachricht von verdorbener Sülze in der Stadt aufkam, die einige Fleischfabriken herstellten. Wie ein Lauffeuer verbreitete sich die Neuigkeit, innerhalb weniger Stunden war der Volksaufstand da. Die Menschen sammelten sich vor den Wurstfabriken in der Kleinen Reichenstraße und der Oberaltenallee. Die Stimmung kochte immer höher, und schließlich wurden die Fabriken gestürmt. In den nächsten Tagen kippte die aufgebrachte Menge große Kübel mit stinkenden Fleisch- und Gewürzvorräten in die Hallen und auf die Straße. Die Arbeiter in den Fabriken wurden verprügelt und gezwungen, die gammelige Pampe zu essen. Benachbarte Läden wurden geplündert, und als endlich die Polizei erschien, wurden die Beamten angegriffen. Die Aktivisten der Kommunistischen Partei wollten versuchen, den Zorn der Menge in politische Forderungen zu kanalisieren. Sie zogen zum Rathaus, um den Senat zur Rede zu stellen. Auch Paul war unter ihnen. Vor dem Rathaus trafen sie auf einen Trupp dort aufmarschierter Freiwilliger aus Bahrenfeld, die die Demonstranten mit Waffengewalt zurückdrängten. Beide Seiten verschanzten sich, es kam zu Feuergefechten mit Verwundeten auf beiden Seiten. Daß auch ein kleines Kind und mehrere unbeteiligte Passanten angeschossen wurden, peitschte den Zorn der Menge zusätzlich auf.

»Schließlich, nach drei Tagen, vereinbarten wir einen Waffenstillstand und den freien Abzug der Bahrenfelder. Sie kamen raus, einer nach dem anderen, mit erhobenen Händen, und dann lief plötzlich eine Bewegung durch die Menge, sie bewegte sich auf die Soldaten zu ... es waren viele ganz junge Männer, so alt wie ich, und dann hatten plötzlich einige aus dem Mob Stricke in der Hand, und sie stürzten sich auf die Bahrenfelder und ergriffen sie und hängten sie auf.« Paul stützte den Kopf in die Hände und raufte sich stöhnend die Haare. Als er wieder aufsah, blickte er in die schreckensstarren Gesichter der Mädchen. »Es war widerwärtig. Sie haben die Seile über die Laternen vor dem Rathaus geworfen und die Männer, die den Strick um den Hals hatten, hochgezogen. Es war unmöglich einzugreifen. Was hätten wir denn tun sollen?« rief er aus.

»Waren deine Freunde von der KPD dabei?« fragte Johanna.

Paul straffte sich. »Nein, natürlich nicht. Wir sind gegen spontane Aktionen. Selbstverständlich muß der Klassenfeind ohne Rücksicht vernichtet werden, wenn in Deutschland die Revolution siegen soll, aber diese Grünschnäbel aus dem Wachbataillon gehörten sicherlich nicht dazu. Wie der Genosse Thälmann auf dem letzten Plenum der Zentralkomitees zu diesem Thema ...« Er brauchte nicht in die verständnislosen Gesichter der beiden zu sehen, um zu erkennen, daß er sich in seinen Parteijargon verrannt hatte. »Das versteht ihr ohnehin nicht! Die Leute sind tot, und wir konnten nichts dagegen tun. Und jetzt herrschen in Hamburg die Freikorps, die fackeln nicht lange, wenn sie einen von uns in die Finger kriegen.«

»Paul, ich bitte dich, dann bleib in der nächsten Zeit hier, fahr nicht nach Hamburg!« Johanna hatte nach seinen Händen gegriffen, doch er entzog sie ihr.

»Ich kann nicht zusehen, wie die Reaktion die Macht in Deutschland übernimmt. Wozu hat Vater sich denn im Schützengraben abschlachten lassen? Damit die alten Cliquen weiter herrschen und alles bleibt, wie es war?«

»Immerhin hat der Kaiser abgedankt«, wagte Elsa einzuwerfen.

»Ja, stimmt, der macht sich in Holland ein feines Leben. Mit seinen sechs Söhnen, von denen keiner im Krieg geblieben ist. Und bei uns geht auch ohne ihn alles so weiter wie bisher.«

»Aber du bist doch auch nicht im Krieg gewesen.«

Paul fühlte sich nicht angegriffen, als er antwortete: »Nein, eben deshalb muß ich jetzt an der Heimatfront kämpfen.«

Johanna wiederholte einen Satz, den ihre Mutter oft auf den Lippen führte, wenn sie unterschiedlicher Meinung mit ihrem Sohn war. »Lebte Vater noch, du hättest dich nicht so verändert.«

Als Elsa sich wenig später verabschieden wollte, dämmerte es bereits, und Paul bot an, sie nach Hause zu bringen. Elsa war nicht überrascht, sie hatte in der letzten Stunde immer wieder seinen Blick auf sich ruhen gefühlt, und sie ahnte, daß es zwischen ihnen etwas zu sagen gab.

Während sie nebeneinander hergingen, konnte sie den Aufruhr spüren, der immer noch in ihm war. Er ging schnell mit großen Schritten und fragte sich und Elsa immer wieder, was er denn hätte tun sollen, um die Lynchjustiz zu verhindern. Sie wußte selbst nicht, woher sie den Mut nahm, seine Hand zu ergreifen, um ihn zu beruhigen. Sie wollte gleich wieder loslassen, aber er nahm ihre Hand in seine, und sie gingen schweigend weiter durch den Obstgarten, inmitten des Summens und Zirpens der Insekten. Schon bald, viel zu bald, fand Elsa, deren Hand in der von Paul feucht wurde, erreichten sie das Ende des Obstgartens. Am ersten Teich blieb Paul plötzlich stehen und zog sie an sich. Seine Lippen fühlten sich warm und trocken an, so wie der ganze Tag gewesen war. Elsa wurde vor Glück ganz weich, sie ließ sich gegen ihn fallen, und er legte die Arme um sie und zog sie noch näher an sich heran. Da wagte auch Elsa, ihn zu umarmen und seinen hageren, muskulösen Rücken zu streicheln, während seine Lippen die ihren liebkosten.

Sie hörte seinen Atem, der schneller ging, und spürte sein Haar auf ihrer Wange. Der Kuß mochte einige Sekunden gedauert haben, Elsa kam er vor wie eine Ewigkeit. Als sie die Schritte von Karoline Heller hörten, die wie jeden Abend einen kleinen Spaziergang durch ihren Garten machte und nach dem Rechten sah, lösten sie sich hastig voneinander und traten einen Schritt zurück.

»Guten Abend, Paul«, sagte ihre Mutter, als sie die beiden entdeckte. »Das ist nett, daß du Elsa nach Hause begleitest. Elsa, wir können dann zu Abend essen.«

Elsa mußte sich das Kratzen aus dem Hals räuspern, bevor sie antworten konnte. »Ich komme.« Sie warf Paul einen letzten Blick zu, dann folgte sie ihrer Mutter, die sie auf die Schönheit der letzten Pfingstrosen hinwies. Sie drehte sich noch einmal um und sah Paul immer noch dort stehen, die Hände in den Hosentaschen, wie er Steinchen ins Wasser kickte.

In dieser Nacht suchte Elsa vergeblich den Schlaf. Sie legte die Arme um den eigenen Körper, um sich daran zu erinnern, wie es in Pauls Armen gewesen war, und sie versuchte das berauschende, schwach machende Gefühl wieder heraufzubeschwören, das sein Kuß in ihr ausgelöst hatte. Wenn doch nur ihre Mutter sie nicht gestört hätte, wenn sie doch nur mit ihm hätte reden können, wie es nun weitergehen sollte! Sie fragte sich, ob sie Johanna alles erzählen sollte, doch kurz vor dem Einschlafen entschied sie sich dagegen. Sie würde ihr Geheimnis vorerst für sich behalten, so lange, bis sie Paul wiedergesehen hätte.

Doch erst einmal ließ Paul sich nicht blicken. Er war zwar nicht wieder nach Hamburg gefahren, arbeitete aber ganz gegen seine Gewohnheit auf dem Hof. Früher hatte Elsa ihn beinahe täglich gesehen, wenn sie bei

Johanna war, nun beschlich sie das Gefühl, daß er ihr auswich. Elsa dachte in den folgenden Tagen nur noch an ihn. Sie war fahrig und nervös, bei Tisch nahm sie kaum etwas zu sich. Karoline fing bereits an, sich Sorgen zu machen.

Georg Heller wollte den Abschluß des Helgoland-Auftrags und den Erwerb des neuen Schwimmbaggers gebührend feiern. Ein Wochenende im berühmten Hotel Atlantic in Hamburg schien ihm der passende Rahmen zu sein. Er schwärmte von Theater und Cabaret-Besuchen und Diners in feinen Restaurants. Er bestand darauf, daß Elsa mitfuhr. Die Aussicht, Roseburg zu verlassen, versetzte Elsa in Schrecken. Was, wenn sie die Gelegenheit verpaßte, Paul zu sehen?

Johanna konnte ihre Gewissensnöte nicht verstehen. Sie war erst einmal in der Hansestadt gewesen, kurz nach ihrer Konfirmation. Das Atlantic hatte sie noch nicht einmal von außen zu Gesicht bekommen.

»Du mußt mir unbedingt etwas mitbringen, irgendwas, wo ›Atlantic‹ draufsteht. Einen Schuhlöffel oder eine Kaffeetasse ...«

»Und wie soll ich das machen? Etwa stehlen?«

»Warum nicht? Glaubst du, die gehen daran bankrott?«

»Gut, ich überleg's mir. Ist Paul eigentlich auch gerade in Hamburg?« Elsa wurde heiß, während sie auf die Antwort wartete.

»Im Atlantic?« Johanna prustete los.

»Du hast recht, die Vorstellung ist wirklich absurd.«

Sie wollten den Zug am Sonnabendmittag nehmen, am Freitag abend klingelte Johanna noch ziemlich spät in der Mühlenvilla. Als Elsa sich ein Tuch nahm und ihr in den Garten folgte, stand plötzlich Paul vor ihr. Elsas Herz machte einen Satz.

»Ich habe meine Schwester vorgeschickt, um dich sehen zu können«, sagte er verlegen.

»Weiß sie Bescheid?«

»Wie hätte ich sie sonst dazu bringen können?«

Er machte einen Schritt auf sie zu und legte den Arm um sie. Elsa schloß die Augen und ließ sich von ihm küssen. Sie schmeckte seine Lippen und seine Zunge. Noch nie hatte sie etwas Berauschenderes erlebt. Paul legte seine Hand in ihren Nacken und spielte mit ihrem Haar. Seine Finger fuhren ihren Hals entlang, an den Schlüsselbeinen, etwas tiefer.

»Darf ich?« fragte er.

Elsa öffnete den ersten Knopf ihrer Bluse und fühlte seine Zärtlichkeiten.

»Elsa? Bist du hier?« Das war Karoline, die von der Verandatür rief. »Komm bitte ins Haus, es ist spät.«

»Sofort«, rief sie zurück und drängte sich noch ein letztes Mal in Pauls Arme.

»Sehe ich dich morgen?« fragte er.

»Nein, ich muß mit meinem Vater nach Hamburg. Wir wohnen im Atlantic«, sagte sie aufgeregt.

Paul machte sich abrupt los, und Elsa kam sich plötzlich verlassen vor. »Wir wohnen im Atlantic«, äffte Paul sie nach. »Na denn mal viel Spaß!« Er drehte sich um und ging.

»Paul!« rief sie ihm nach. »Jetzt warte doch.«

Aber er drehte sich nicht mehr um und verschwand in der Dunkelheit.

Am nächsten Tag, nach einer Nacht, in der Elsa sich größtenteils schlaflos in ihrem Bett gewälzt hatte, fuhren Georg und seine Tochter nach Hamburg. Auf dem

Hauptbahnhof patrouillierten Freikorpsmänner, die Elsa Angst einjagten, und kontrollierten ruppig einzelne Reisende, insbesondere junge Männer, die allein unterwegs waren. Die Hellers beachteten sie nicht und ließen sie passieren.

Auf den Straßen hatte sich seit dem Krieg nicht viel geändert. Leere Regale und Menschen, die müde und hungrig durch die Straßen hetzten, immer auf der Suche nach einem Geschäft, in dem sie ihre Lebensmittelmarken einlösen konnten.

Ein Taxi brachte sie zum weißglänzenden Hotel Atlantic mit seinen grünen Kupferdächern. Georg gab dem Fahrer ein Trinkgeld, das zu hoch war, wie Elsa an der überschwenglichen Art bemerkte, in der er seine Mütze schwenkte. Dann hielt ihnen schon ein livrierter Page die Tür auf, und Elsa glaubte, auf einem fremden Planeten gelandet zu sein. Das Innere des großen Hotels war elegant und üppig eingerichtet, rote Teppiche auf weißem Marmor, Messingklinken und mannshohe Spiegel. Ihre Zimmer lagen im vierten Stock, mit Blick auf die Außenalster, die Segelboote und Ausflugsdampfer, die dort kreuzten.

Elsa glaubte ihren Augen nicht zu trauen, als sie die Schale mit importiertem Obst und Schokolade sah, die auf dem niedrigen Tisch zur Begrüßung der Gäste stand, doch Georg sagte, sie hätten keine Zeit, unten in der Halle würde jemand auf sie warten.

Im Fahrstuhl hatte Elsa ein ungutes Gefühl. Als sie an der Seite ihres Vaters den Wintergarten des Hotels betrat, wußte sie, daß sie sich nicht getäuscht hatte: An einem Tisch saßen Anna Köster und Ludwig.

Elsa hatte nicht erwartet, daß ihr Vater die Unverfrorenheit für diesen Affront aufbringen würde. Er hatte sie grob getäuscht, als er von einem Wochenende mit ihr in Hamburg gesprochen hatte. Von Anna Köster war mit keinem Wort die Rede gewesen.

»Uns ist bereits zu Ohren gekommen, daß Sie wieder in Hamburg leben. Ist Ihnen Wotersen doch zu langweilig geworden?« fragte sie bebend vor Zorn, als sie vor dem Tisch stand.

Ihr Vater reagierte mit aller Schärfe. »Ich verbitte mir deine Frechheit! Jetzt sagt euch doch erst einmal guten Tag. Ludwig!«

Ludwig erhob sich aus seinem Sessel. Er war hochgeschossen in den drei Jahren, die Elsa ihn nicht gesehen hatte. Sein Mißmut war nicht zu übersehen, als er einen Schritt auf seinen Vater und seine Stiefschwester zu machte. Er streckte ihnen die Hand entgegen, den Blick auf den Boden geheftet.

Anna Köster atmete scharf ein, dann wandte sie sich mit einer Fröhlichkeit, die zum erstenmal aufgesetzt war, an Elsa. Sie hat auch nichts von diesem Zusammentreffen gewußt, fuhr es Elsa durch den Kopf.

»Du bist groß geworden, und sehr hübsch. Ich bedauere es sehr, daß wir uns so lange nicht gesehen haben.« Sie sah hilfesuchend zu Georg hinüber, der ihrem Blick auswich. Schließlich sagte sie: »Wollen wir nicht versuchen, das Beste aus dieser unangenehmen Situation zu machen?«

Elsa suchte nach einer Antwort. Schließlich stieß sie hervor: »Sie wissen doch genau, daß das nicht möglich ist.«

Mit diesen Worten wandte sie sich zum Ausgang. Sie achtete nicht auf ihren Vater, der sie aufbrausend zum Bleiben aufforderte.

»Laß sie, Georg. Ich glaube, in diesem Fall bist du wirklich zu weit gegangen.«

Elsa brauchte ihre ganze Kraft, um nicht in Tränen

auszubrechen. Die quälende Unsicherheit wegen des verpatzten Abends mit Paul, die schlaflose Nacht, die sie völlig erschöpft hatte, und jetzt noch die unerwartete Begegnung mit Anna und Ludwig waren einfach zuviel. Wie auf Stelzen verließ sie den Raum, und in ihrem Rücken spürte sie den höhnischen, siegessicheren Blick ihres Stiefbruders.

Oben in ihrem Zimmer warf sie sich aufs Bett und schluchzte ihre Enttäuschung hinaus. Wie konnte ihr Vater ihr das antun! Würde er denn nie begreifen? Nur wegen dieses Ausflugs hatte sie ihren ersten Streit mit Paul gehabt. Aber sie würde sich diese Bevormundung nicht gefallen lassen!

Elsa verließ das Hotel und lenkte ihre Schritte automatisch in Richtung Innenstadt, wo sie sich auskannte. Sie überlegte, wie es wohl wäre, wenn sie ganz allein in den Alsterpavillon ginge und dort eine Tasse Schokolade tränke. Oder sogar einen Schnaps. Den könnte sie jetzt brauchen! Auf halber Höhe des Ballindamms angekommen, immer noch unschlüssig, wohin sie eigentlich wollte, bemerkte sie, daß sich vor dem Rathaus eine Menschenmenge versammelt hatte. Sie hörte einzelne Rufe, ohne sie verstehen zu können, und sah Transparente, die geschwungen wurden. Ihre Gedanken waren sofort bei Paul. Neugier und Furcht hielten sich die Waage. Was, wenn es ein neuerlicher gewalttätiger Aufruhr war? Vielleicht wurde wieder geschossen? Sie war unschlüssig, was sie tun sollte, und wurde von dem Strom der vielen Menschen, die zum Rathaus wollten, mitgezogen. Als sie genauer hinsah, erkannte sie, daß es Frauen waren, die demonstrierten. Einige von ihnen hatten Kinder an der Hand oder auf dem Arm. Sie marschierten im Kreis auf dem Platz vor dem Rathaus und trugen Schilder vor sich her, auf denen stand: »Weg mit dem Paragraphen 218!« oder »Für die Selbstbestimmung der Frau«. Elsa hatte keine Ahnung, was dieser Paragraph zu bedeuten hatte, aber sie blieb stehen, weil etwas in den Gesichtern dieser Frauen sie anrührte und mit Stolz erfüllte, die Ernsthaftigkeit und gleichzeitige Fröhlichkeit, mit der sie ihr Anliegen vortrugen, der Witz, mit dem sie die rüden Bemerkungen der Männer parierten, die sie vom Rand schmähten.

Eine Frau um die Dreißig kam auf sie zu und drückte ihr ein Schild in die Hand. »Komm, mach mit, schließlich geht es auch um deine Interessen!«

»Was soll denn das? Ich will nicht!« rief Elsa verwirrt und versuchte sich freizumachen. Doch die Frau hakte sie einfach unter und zog sie mit sich. Elsa wehrte sich immer noch, während sie neben ihr herlief. »Aber ich weiß doch gar nicht, wofür hier demonstriert wird. Was steht denn in diesem Paragraph 218 überhaupt?«

Die Frau blieb so abrupt stehen, daß die nach ihnen Marschierenden ihnen auf die Schuhe traten. »Nun hör sich einer das an! Ich sag's ja immer wieder, daß wir mehr aufklären müssen. Die Frauen, die es am meisten betrifft, haben einfach keine Ahnung. Wie alt bist du?«

Elsa wurde es nun zu bunt. »Ich bin fast sechzehn. Und sagen Sie mir jetzt bitte, worum es hier geht?«

Die andere lachte. »Na los, lauf mit, dann erkläre ich es dir. Weißt du, wie Kinder entstehen?«

Während sie weitergingen, erfuhr Elsa, daß die Frau Ärztin war. Sie erklärte Elsa in deutlichen Worten, wie sie schwanger werden konnte und was für Mittel es gab, um das zu verhindern. Elsa hörte staunend und dankbar zu. Die Ärztin traf genau den richtigen Ton, sie war sachlich, aber machte ihr keine Angst, sie redete nicht um den heißen Brei herum und stellte die Sache nicht als größtes Mysterium aller Zeiten dar.

»Aber wir demonstrieren hier nicht gegen die körperliche Liebe, die ist schließlich etwas sehr Schönes. Wir wehren uns dagegen, daß Frauen ungewollte Schwangerschaften austragen müssen und darüber ins Elend stürzen.« Die Ärztin erzählte vom Recht der Frauen auf Selbstbestimmung über ihren Körper, über die Last, die ungewollte Schwangerschaften mit sich brachten, und daß der Paragraph 218 lediglich ein Instrument sei, mit dem Männer die Frauen weiterhin in Schach halten wollten und der Staat Arbeitskräfte und Soldaten produzierte.

Elsa kam sich plötzlich sehr erwachsen vor. Endlich nahm sie einmal jemand ernst. Und endlich verstand sie, was gemeint war, wenn in ihren Romanen geschrieben stand, daß der Held und seine Heldin sich in die Arme sanken. Sie hatte das Gefühl, als habe sich eine ganz neue Welt für sie aufgetan. Die Forderungen der Frauen erschienen ihr absolut gerecht. Sie hatte doch selbst schon mitbekommen, wie junge Mädchen aus Roseburg Hals über Kopf verheiratet wurden oder das Dorf verließen, weil sie »in Schande gekommen« waren. Und noch etwas erfuhr Elsa an diesem Nachmittag, ohne den Begriff zu kennen: Solidarität unter Frauen. Die Ärztin, die ihr nicht einmal ihren Namen genannt hatte und die ihr doch eine Freundin geworden war, hatte ein anderes Opfer für ihr Werben gefunden. Sie drückte Elsa ihr Schild in die Hand, zwinkerte ihr aufmunternd zu und entfernte sich. Elsa nahm das Schild und hob es hoch über den Kopf. Lautstark skandierte sie die Parolen der anderen Demonstrantinnen.

Stunden später kehrte sie zurück ins Hotel, hinterließ am Empfang eine knappe Nachricht für ihren Vater und nahm den Zug zurück nach Roseburg. Die besorgte Karoline glaubte ihr, als sie sagte, sie fühle sich nicht wohl. Völlig erschöpft fiel sie ins Bett.

Am nächsten Tag, kurz vor dem Abendessen, klopfte ihr Vater an ihre Zimmertür. »Du hast deiner Mutter doch nichts gesagt?« fragte er. Elsa beruhigte ihn.

»Es war dumm von dir, gestern einfach so wegzufahren«, sagte er, als sie gemeinsam um den Tisch saßen.

Elsa antwortete nicht gleich, und ihr Vater schilderte ausführlich, was für ein unübertreffliches Diner bei Pfordte sie verpaßt habe, als sei dies alles gewesen, was in Hamburg schiefgelaufen sei. Pfordte war das weltberühmte Restaurant, das zum Atlantic gehörte. Franz Pfordtes Kochkünste waren geradezu legendär. Mittlerweile war er gestorben, und seine Nachfolger wirkten im Restaurant, aber jeder kannte den Namen, und auch Elsa war bereits bei den klangvollen Namen der kulinarischen Kreationen das Wasser im Munde zusammengelaufen: Crème de volaille Hortense; Turbot bouilli, Sauce Brantôme; Selle de chevreuil Lord Raglan, Roastbeef purée Trianon, Framboise Miramare ...

Abrupt unterbrach sie die Schwärmereien ihres Vaters. »Ich hatte Wichtigeres zu tun. Ich war auf einer Demonstration gegen den Paragraphen 218«, sagte sie und sah ihm dabei fest in die Augen.

Karoline ließ ihr Besteck mit einem lauten Klirren auf den Teller fallen, und Georg fehlten in seiner Verblüffung die Widerworte.

Kapitel 6

Die Osterferien 1921 waren besonders. Es waren die letzten, bevor Elsa Roseburg verlassen und ein Internat im Oberharz besuchen würde. Im September würde sie achtzehn werden, eigentlich ein wenig zu alt für das Institut, aber durch ihre lange Krankheit hatte sie ein Schuljahr verloren. Für Müßiggang oder gar die Ehe war sie entschieden zu jung, da waren sich ihre Eltern einig. Georg machte den Vorschlag, sie im Kieswerk einzuarbeiten, doch Karoline wies das entschieden zurück. Dafür sei später immer noch Zeit. Erst einmal sollte Elsa ihre Schulbildung vervollkommnen und aus Roseburg herauskommen. Sie hörte sich bei ihren Freundinnen nach einer guten Adresse um, und Friede Kistner machte den Vorschlag, Elsa in das Mädchenpensionat in Wernigerode zu geben. Ihre beiden Töchter, einige Jahre älter als Elsa, waren dort gewesen, und noch immer schwärmten die Kistners von der ebenso grundsoliden wie gewinnbringenden Ausbildung. Dort würden keine adligen Töchter zu Püppchen herangezogen, dort zählten handfeste Werte und Kenntnisse. Und hatten nicht beide Mädchen später glänzende Partien gemacht? Karoline vertraute dem Urteil ihrer Freundin Friede und meldete Elsa in Wernigerode an.

Für Karoline hatte eine möglichst breite Ausbildung einen Wert an sich. Sie konnte sich nicht ernsthaft vorstellen, daß ihre Tochter lediglich eine Schule besuchte, um ihre Aussichten auf dem Heiratsmarkt zu verbessern.

Zum einen hatte sie am eigenen Leib erfahren, wie sehr ihr Leben durch Bildung und Lektüre bereichert wurde. Zum anderen hatte sie mit angesehen, wie alles, was vor einigen Jahren noch auf ewig festgeschrieben schien, in Auflösung geraten war. Kaisertum und adlige Gesellschaft waren von den neuen gesellschaftlichen Strömungen einfach hinweggefegt worden. Auch wenn die alten Eliten in der Verwaltung, in Armee und Justiz sich bemühten, die Fäden weiterhin in der Hand zu halten, so waren doch nicht wenige von ihnen ruiniert. Von den ehemals zahlreichen Kiesbaronen zwischen Güster und Lübeck waren nur noch eine Handvoll im Geschäft, von denen die Lübecker und die Hellerschen Kieswerke die größten waren. Die anderen waren im Krieg oder kurz danach bankrott gegangen. Die Overbecks aus Hamburg hatten ihren verbliebenen Reichtum im letzten Jahr in geradezu selbstmörderischer Weise in den Spielbanken verpulvert und sich dann über Nacht aus dem Staub gemacht. Nach Amerika, so wurde gemunkelt. Und die Rüschs waren bei Verwandten in Süddeutschland untergekommen, als Anton Rüsch sich eine Kugel in den Kopf geschossen hatte, nachdem seine Beteiligung an einem Rüstungsunternehmen über Nacht das Papier nicht wert war. Es gab niemanden von ihren Freunden, der nicht schlimm gerupft aus dem Krieg hervorgegangen wäre, einige hatten alles verloren. In solchen unsicheren Zeiten war es gut, Kenntnisse auf möglichst vielen Gebieten und eine gute Ausbildung zu haben, davon war Karoline zutiefst überzeugt. »Das kann einem niemand mehr nehmen«, pflegte sie zu sagen.

In dieser Hinsicht mußte sie Georg bewundern: Er warf mit seinem Geld manchmal schamlos um sich, nicht nur auf der Rennbahn, und sie vermutete, daß auch ihn zeitweise arge finanzielle Nöte gedrückt hatten. Doch er war vorausschauend gewesen, und mit dem Geld aus dem Helgoland-Auftrag hatte er sich in eine Geflügelzucht eingekauft und Anteile an einer Reederei erworben. Gut möglich, daß er weitere Beteiligungen hatte, von denen Karoline nichts wuße. Auf jeden Fall hatte er sein Vermögen gestreut und war in der Lage, Verluste in einem Geschäft mit einem anderen auszugleichen. Und jetzt war wieder mehr Geld im Haus, als sie ausgeben konnten. Trotzdem: Die vielen Pleiten um sie herum waren Karoline eine Warnung, und wer konnte garantieren, daß es beim nächsten Mal nicht ihren Mann traf? Bei den unsicheren Verhältnissen, die in Deutschland herrschten?

Niemand konnte wissen, wohin das alles führen sollte. Natürlich würde Elsa irgendwann einen Mann heiraten, der für sie sorgen würde. Aber was, wenn er sich als ebenso unzuverlässig in Gefühlsdingen herausstellte wie Georg? Und zudem vielleicht ungeschickt in Geschäften war? Karoline vertraute darauf, daß Elsa mit einer möglichst umfassenden Bildung am besten mit derartigen Widrigkeiten zurechtkommen würde.

»... Schließlich bist du klug«, schloß sie ihre Ausführungen. »Weißt du, daß ich mir manchmal ausmale, wie meine einzige Tochter eine Schriftstellerin wird? Eine berühmte Ärztin oder eine Mäzenin ...?«

»Du weißt doch gar nicht, wohin es mich treiben wird«, sagte Elsa und lächelte ihre Mutter verschmitzt an.

»Mir ist nicht nach Scherzen, ich möchte, daß du verstehst, warum wir dich nach Wernigerode schicken«, antwortete Karoline ernst. »Und ich bitte dich, die Möglichkeiten, die dir dort geboten werden, auch zu nutzen.«

»Ist ja schon gut, Mama, ich werde mir Mühe geben.«

Karoline stand auf und küßte ihre Tochter leicht auf die Stirn. Dann verließ sie Elsas Zimmer.

Elsa wandte sich wieder dem großen Spiegel zu und betrachtete sich kritisch. Von der Grippe, die sie beinahe das Leben gekostet hätte, war ihr nichts mehr anzumerken, sie hatte sich vollständig erholt. Sie war groß und schlank und hielt sich sehr gerade. Von dem bäuerlichen Aussehen ihrer Eltern hatte sie zum Glück nichts geerbt. Gesäß und Oberschenkel waren zwar muskulös, ein Ergebnis der vielen Stunden, die sie auf dem Rücken ihres Pferdes Palida verbrachte. Ihre Taille wirkte dagegen fast zerbrechlich. Sie freute sich auf den Tag, an dem sie ihren Busen, der die richtige Größe hatte, in einem dekolletierten Kleid präsentieren konnte. Ihr Gesicht war weich und ebenmäßig bis auf die kräftige Furche im Kinn. Früher hatte sie diesen Makel verflucht, doch jetzt fand sie manchmal, daß ihr energisches Kinn sie davor bewahrte, wie eine Puppe auszusehen. Und Paul liebte diese Stelle, die er immer wieder küßte. Am auffälligsten war ihr Haar, das in den letzten Jahren immer heller geworden und nun von einem honiggelben Blond war. Es war ebenso kräftig wie das ihrer Mutter, aber natürlich trug sie es viel kürzer. In Wellen reichte es ihr bis auf die Schulter, und meistens trug sie es offen. Sie strich sich eine Strähne hinter das Ohr, drehte sich noch einmal um sich selbst und ging dann hinaus, um Johanna zu treffen.

Elsa freute sich auf Wernigerode. Das letzte Jahr in Mölln hatte sie gelangweilt, sie war begierig auf eine Herausforderung, auf das Abenteuer des Lebens. In Roseburg, zwischen ihrem Vater, der sie mit seiner Autorität und seiner Selbstsucht erdrückte, und ihrer defensiven Mutter, die sich gegen ihn nicht wehren mochte, würde sie das nicht finden.

Wenn da nicht Paul wäre. Elsa liebte ihn, wie man mit siebzehn liebt, schwärmerisch und voller Bewunderung. Sie liebte sein Gesicht, in dem die weichen Bartstoppeln hell in der Sonne glänzten, seine blauen Augen mit den dunklen Einsprengseln, die meistens voller Übermut leuchteten. Seine hagere, muskulöse Gestalt hatte es ihr angtan, an die sie sich so gut anschmiegen konnte. Sie liebte ihn für die Festigkeit, mit der er seine politischen Überzeugungen vertrat, auch wenn sie der Grund waren, daß er wenig Zeit für sie hatte. Wenn er in Roseburg war, machten sie gemeinsame Ausritte, bei denen oft Johanna dabei war. Manchmal verabredeten sie sich allein abends an den Teichen, aber Elsa fürchtete, daß Karoline Verdacht geschöpft hatte. Immer wieder tauchte sie plötzlich auf, und sie mußten sehr vorsichtig sein. Elsa versuchte ihn zu überreden, mit ihr in die Tanzstunde nach Mölln zu fahren, sie hätten den Hin- und Rückweg für sich gehabt, doch Paul lehnte entrüstet ab. »Tanzen? Das ist doch dekadent. Da verbringe ich meine Zeit lieber auf vernünftige Weise.«

Wenn Paul sie küßte oder ihr die Hand auf die Brust oder den Bauch legte, dann wurde sie in ihrem Inneren ganz schwach und fühlte sanfte Wellen durch ihren Körper rollen.

Elsa geriet in Panik, wenn sie an die lange Trennung dachte, die Wernigerode bedeutete. Aber sie wollte unbedingt auf das Internat und war bereit, dieses Opfer zu bringen. Schließlich machte auch Paul sich rar, und sie hatten oft Streit deswegen. Während des Semesters war er nur manchmal am Wochenende in Roseburg, und wenn sie vorschlug, ihn in Hamburg zu besuchen – sie würde zu Hause einen Vorwand erfinden –, dann hatte er immer neue Einwände. Wenn sie sich dann sahen, war er oft voller unterdrücktem Zorn und immer in Eile.

Ganz selten kam es vor, daß sie mehr als eine Stunde gemeinsam hatten, und nur dann kam so etwas wie Vertrautheit und Unbekümmertheit in ihrem Zusammensein auf.

Paul strengte sich ihrer Meinung nach zuwenig an, damit sie zusammensein konnten. Er bestimmte, wann sie sich sahen, und wenn sie sich beklagte, wurde er wütend. Konnte er da von ihr verlangen, daß sie in Roseburg auf ihn wartete? Abgesehen davon, daß er sie nie gebeten hatte zu bleiben. Im Gegenteil, wenn sie ehrlich zu sich war, dann ahnte Elsa, daß er insgeheim froh war, daß sie fortging. Elsa spürte, daß etwas eindeutig nicht stimmte. Sie hoffte, daß sich alles ändern würde, wenn sie die Schule und er sein Studium abgeschlossen hätte. Dann würden sie heiraten – daran hatte Elsa nicht den geringsten Zweifel.

Kurz vor Ostern fuhren Elsa und Karoline nach Bad Oeynhausen, um sich in den dortigen heilenden Solquellen zu erholen. In den letzten Jahren hatten Mutter und Tochter nach und nach die Heilbäder in Böhmen und Sachsen besucht, die in Mode waren, diesmal entschieden sie sich für den Harz, weil Bad Oeynhausen nicht weit entfernt von Wernigerode lag. Karoline wollte sich die Schule ansehen, auf die ihre Tochter gehen sollte.

In Wernigerode stellte die Direktorin ihr Institut vor. Sie hieß Eva Sperling. Ihr Name brachte Elsa zum Lachen, denn sie war alles anderes als zierlich, und ihre Stimme hatte nichts von dem Piepsen eines Spatzes. Sie war eine Frau um die Vierzig, gekleidet in ein modernes, bequemes Kostüm. Frau Sperling saß hinter einem riesigen Schreibtisch auf einem geschnitzten Lehnstuhl, der wohl auch das Wort »thronen« gerechtfertigt hätte. Elsa und ihre Mutter saßen ihr gegenüber auf hochlehnigen, unbequemen Stühlen und lauschten ihren Erläuterungen über das pädagogische Konzept der Einrichtung. Die Direktorin sprach mit ehrlicher Begeisterung von ihrer Schule, Elsa beschloß, sie zu mögen.

»Unser erstes Ziel, meine Damen«, begann Frau Sperling und lehnte sich eifrig vor, »unser erstes Ziel ist es, aus unseren Zöglingen verantwortungsbewußte junge Damen zu machen. Wir möchten sie in die Lage versetzen, Verantwortung für sich und für andere, die ihnen anvertraut sind, zu übernehmen. Wir wollen aus ihnen nützliche Glieder der Gemeinschaft machen, in die sie eines Tages entlassen werden. Diese große Gemeinschaft üben wir hier im kleinen. Um sich im späteren Leben zurechtzufinden, ist es natürlich unsinnig, daß Mädchen in erster Linie Stricken und Nähen lernen sollen. Der Platz in der Gemeinschaft soll ja wohl nicht auf den Platz im Inneren des Hauses beschränkt sein ... was nicht heißt, daß wir auf diese Fertigkeiten überhaupt keinen Wert legen«, fügte sie mit einem maliziösen Lächeln an Elsa gewandt hinzu, die hörbar ausgeatmet hatte. »Wir glauben jedoch, daß es andere Unterrichtsfächer gibt, die wichtiger sind. Natürlich legen wir Wert auf das Erlernen von mindestens einer Fremdsprache, wir fördern die Kenntnisse in Literatur und Geschichte, daneben scheinen uns aber die naturwissenschaftlichen Fächer, allen voran die Mathematik, von größter Wichtigkeit zu sein. Dazu kommen viel Bewegung in unterschiedlichen Sportarten, rhythmische Erziehung und die Beschäftigung in unseren Gärten und Ställen.« Frau Sperling machte eine wohlstudierte Pause, um Karoline und Elsa Gelegenheit zu geben, sich verwundert anzuschauen. Und tatsächlich fragte sich Karoline, ob sie es hier wohl mit einer Art »Steckrübenschule« zu tun hatte, die es seit einigen Jahren auch in Mölln gab und in der im Winter den Söhnen der umliegenden Bauern landwirtschaftliche Kenntnisse beigebracht wurden. Frau Sperling sprach bereits weiter: »Unser Haus baut auf zwei Prinzipien auf: Erstens das kameradschaftliche Miteinander von Lehrkräften und Schülerinnen. Wir sind keine Zuchtanstalt. Bei uns gibt es weder Uniformen noch die Prügelstrafe. Unsere Schülerinnen dürfen Kontakte außerhalb der Schule haben und Briefe schreiben und empfangen. Allerdings«, wieder sah sie Elsa bedeutungsvoll an, »haben wir unsere Mittel und Wege, um Mißbräuche dieser Freiheiten aufzuspüren und zu ahnden. Unsere Schule ist fortschrittlich, aber wir treiben diese Fortschrittlichkeit nicht auf die Spitze. Wir meinen nur, daß es nach dem uniformierten Drill der unseligen Kriegsjahre an der Zeit ist, unseren Zöglingen individuelle Neigungen zuzugestehen.« Jetzt wandte sie sich an Karoline: »Aber Sie können versichert sein, daß wir dennoch Müßiggang und mangelndem Respekt mit gebotener Härte entgegentreten werden. Wir haben da unsere Mittel, von denen die montags stattfindenden Prüfungen nur eines sind.« Wieder ein liebenswürdiges Lächeln für Elsa. »Das zweite Prinzip betrifft das Leben im rhythmischen Einklang mit der Natur. Sie werden nachher einen Spaziergang über das Gelände unternehmen, dort werden Sie unsere landwirtschaftlichen Versuchsanlagen und Viehställe bemerken. All dies soll uns dazu dienen, die Naturwissenschaften anschaulich zu machen. Wissen Sie«, sagte Frau Sperling, und an der Art, wie sie sich straffte und ihre Stimme hob, erkannte Elsa, daß sie nun etwas Wichtiges sagen würde, »wir lernen an dieser Schule vom Leben, indem wir studieren, wie pflanzliches und tierisches Leben entsteht und sich entwickelt. Zu diesem Zweck unternehmen wir auch regelmäßige Besuche im örtlichen Heim für alleinstehende Frauen und auf der Wöchnerinnenstation des Krankenhauses. Wir lernen hier für das Leben, wenn Sie wissen, was ich meine.«

Karoline warf einen unsicheren Seitenblick auf Elsa, die sich den Anschein gab, möglichst unschuldig zuzuhören.

»Nun ja, eine Freundin, Frau Kistner ...«

»Ja, ja, die liebe Frau Kistner. Wir hatten das Vergnügen, ihre beiden Töchter bei uns unterrichten zu dürfen.«

»Nun, sie hat mir Ihr Institut empfohlen. Ich finde es begrüßenswert, daß hier auch die Landwirtschaft nicht zu kurz kommt. Ich stamme nämlich selbst von einem Bauernhof und bin während des Krieges zur Selbstversorgung zurückgekehrt. Ob man allerdings so weit gehen muß ...«, sagte Karoline.

Frau Sperling griff kurz über den riesigen Schreibtisch nach ihrer Hand und drückte sie fest, um ihr Mut zu machen. »Gott sei Dank sind diese schweren Zeiten vorüber, aber dann werden Sie am eigenen Leib erfahren haben, wie wichtig solche grundlegenden Kenntnisse über die Vorgänge in der Natur sind«, sagte sie liebenswürdig. »Machen Sie sich keine Sorgen, wir werden selbstverständlich dafür sorgen, daß gewisse Grenzen respektiert werden.«

Karoline nickte, aber beruhigt war sie doch nicht so ganz.

»Wir wollen doch nicht, daß sich unsere Mädchen durch einen falschen Schritt ihre Zukunft verbauen, nicht wahr?«

Schwer zu sagen, wer von ihnen mehr erleichtert war, als Frau Sperling das Gespräch endlich beendete.

Sie fuhren weiter nach Bad Oeynhausen, wo sie eine Woche blieben und durch den von Lenné geplanten Kurgarten spazierten. Abends aßen sie in einem Restaurant und tranken Wein. Mutter und Tochter waren sich in dieser Woche so nahe wie schon lange nicht mehr. Es mochte an der bevorstehenden Trennung oder am Wein liegen, der Zungen und Herzen löste.

An ihrem letzten Abend beschlossen sie, zum Abschied in ein Nachtcafé zu gehen. Elsa machte den Vorschlag.

»Schickt sich das denn?« fragte Karoline. »Wir sind doch ohne männliche Begleitung.«

»Aber Mama! Wir leben schließlich in modernen Zeiten. In Hamburg ist das völlig selbstverständlich.«

Sie wußten beide, an wen Elsa bei dieser Bemerkung dachte. Karoline überlegte kurz, dann sagte sie: »Warum eigentlich nicht? Tun ja schließlich alle.«

Sie bestellten eine Flasche Champagner und waren bald übermütig und ausgelassen. Mehr aus den Augenwinkeln bekam Elsa mit, daß einige Männer zu ihrem Tisch herübersahen. Sie ging davon aus, daß ihr Interesse ihr, Elsa, gelten würde, und spürte einen winzigen Stich in der Herzgegend, als ihre Mutter als erste zum Tanz aufgefordert wurde. Sie hatte den Mann, der Karoline in aller Form um das Vergnügen bat, im Laufe der Woche schon einige Male in ihrer Nähe gesehen. Erst an diesem Nachmittag war er ihnen entgegengekommen und hatte ihrer Mutter einen langen Blick zugeworfen. Sie sah zu, wie ihre Mutter mit ihm tanzte, und war überrascht, wie leichtfüßig sie sich in seinen Armen bewegte. Sie warf lachend den Kopf zurück, eine Strähne ihres Haars hatte sich gelöst, und mit einer anmutigen Bewegung steckte sie sie wieder fest. So hatte sie Karoline noch nie gesehen. Schließlich war sie schon einundvierzig! Und woher konnte sie eigentlich so gut tanzen, mit Georg hatte sie ja wohl kaum die Gelegenheit dazu gehabt. Jetzt legte sie auch noch einen Shimmy aufs Parkett und schüttelte sich wild in den Schultern. Woher konnte sie das bloß? Das war ja unglaublich!

Als sie selbst aufgefordert wurde, kam sie ins Stolpern und hätte sich dafür ohrfeigen können. Dabei war sie in der Tanzschule eine der Besten gewesen.

»Aber ich bitte Sie, das war doch ein entzückender kleiner Fauxpas«, sagte ihr Tänzer mit süßlicher Stimme zu ihr, als er sie an den Tisch zurückbrachte. Elsa mochte ihn auf einmal nicht mehr, und sie konnte sich nicht verkneifen zu erwidern: »Mein Herr, das war ein simpler Stolperer, ein Fauxpas meint doch wohl eher einen moralischen Fehltritt, den ich mir niemals leisten würde« – sie sah ihn mit der größtmöglichen Geringschätzung an –, »jedenfalls nicht mit Ihnen.«

Der Mann deutete eine Verbeugung an und verließ den Tisch. Elsa freute sich über ihre Boshaftigkeit. Sie wußte selbst nicht, woher die auf einmal rührte. Als ihre Mutter am Arm ihres Tänzers an den Tisch zurückkam, die Wangen leicht gerötet und glückstrahlend, bestand Elsa darauf, sofort zu gehen.

»Wenn du willst«, sagte Karoline, und Elsa sah, wie sich für eine Sekunde Enttäuschung auf ihrem Gesicht zeigte. Sie verabschiedete sich von dem fremden Mann, der mit ihnen das Café verließ und ihnen lange nachsah.

»Nun sag schon, Mama, was ist los?« fragte Elsa am nächsten Morgen am Frühstückstisch, nachdem sie sich mit der Serviette die letzten Krümel des Schokoladenkuchens aus dem Mundwinkel gewischt hatte. »Ich war gestern ziemlich ungnädig. Ich habe dir den Abend verdorben. Bist du deshalb so aufgebracht?«

Dies war das Allerschönste an ihren gemeinsamen Reisen: In der veränderten Atmosphäre, fern von Georg Heller, der sie durch seinen Jähzorn, seine Sprunghaftigkeit und seine einsamen Entschlüsse in Schach hielt, kam es zu einer seltenen, kostbaren Intimität zwischen Elsa und ihrer Mutter. An diesen Tagen redeten sie offener miteinander, wagten auch, sich Dinge zu sagen, für die in Roseburg kein Platz war. Beide waren sich bewußt, wie wertvoll dieses Gefühl der Zugehörigkeit war, und sie gaben sich Mühe, Reste davon nach Roseburg zu retten. Bei ihrer Rückkehr spürte Georg, daß er nicht mehr der alleinige Lebensmittelpunkt »seiner« Frauen war, und benahm sich immer besonders rüpelhaft. »Hat man euch wieder Flausen in den Kopf gesetzt? Und ich muß das nun wieder ausbaden. Aber wie der Volksmund schon sagt: ›Was man liebt, das läßt man am besten zu Hause‹!«

Karoline rührte so heftig in ihrem Mokka – schon die dritte Tasse, obwohl er sie immer so nervös machte –, daß das dünne Porzellan gefährlich klapperte, gegessen hatte sie noch nichts. Sie holte tief Luft und sah Elsa dann ins Gesicht. »Kind, ich muß etwas mit dir besprechen. Etwas, was Frau Sperling bereits angedeutet hat.«

»Was meinst du?« Damit hatte Elsa nicht gerechnet.

»Nun ja, du wirst bald dein Elternhaus verlassen und allein in der Welt stehen ...«

»Mama, nun übertreib mal nicht. Ich bin in einem Mädcheninternat im Harz, nicht in der afrikanischen Wüste!«

»Trotzdem. Ich möchte, daß du über bestimmte Dinge Bescheid weißt, die eine Frau wissen sollte.« Karoline rutschte auf ihrem Stuhl hin und her und wußte nicht weiter. Elsa war plötzlich unendlich erleichtert, weil es nicht ihr Verhalten vom Vorabend war, welches Karoline Kopfschmerzen bereitete, und sie griente sie an.

»Ich hätte nicht übel Lust, dich hier zappeln zu lassen und mir anzuhören, wie du mir erklärst, was bei der Liebe zwischen Mann und Frau geschieht, ich meine die körperliche Liebe ...«

»Um Gottes willen, sprich nicht so laut, die Leute werden ja aufmerksam auf uns!« Karoline sah sich unruhig um.

»Mutter, hier sitzt doch außer uns niemand mehr. Und was meinst du, was die Kellner hier alles zu hören bekommen? Bei den vielen alleinstehenden Kurgästen? Da habe ich gestern abend einen ganz guten Einblick bekommen.«

Karoline schnitt ihr das Wort ab: »Keine Frechheiten, bitte! Das tut hier nichts zur Sache. Ich möchte vielmehr wissen, woher du dieses Wissen hast. Bist du dafür nicht noch zu jung? Gibt es da etwas zwischen dir und Paul, das ich wissen sollte?«

Elsa wurde rot. »Zwischen Paul und mir gibt es etwas, aber nichts, was dich beunruhigen müßte. Ich bin doch schon fast erwachsen, Mama. Und was die ›Dinge‹ zwischen Mann und Frau angeht, da kann ich dich beruhigen. Ich weiß über jede Einzelheit Bescheid. Kannst du dich an mein letztes Wochenende mit Papa in Hamburg erinnern? Als ich vorzeitig nach Hause gekommen bin und vorher auf der Demonstration gegen den Abtreibungsparagraphen war?«

Karoline nickte.

»Damals habe ich eine Ärztin getroffen, sie war unter den Demonstrantinnen und hat mich einfach mitgerissen. Sie hat mir alles erzählt, wirklich alles, männliche und weibliche Anatomie, Zyklus, Sexualität, Schwangerschaft und so weiter. Hätte sie Papier und Stift bei sich gehabt, hätte sie mir alles wahrscheinlich noch aufgemalt.«

»Meine Güte, was für Ausdrücke!« Plötzlich kicherte Karoline in sich hinein. »Da martere ich mich und suche seit Monaten nach der passenden Gelegenheit, um dich an dieses Thema heranzuführen – wobei ich es ganz bestimmt nicht so ausführlich gekonnt hätte –, und du weißt längst über alles Bescheid. Ich glaube, ich bin der Frau dankbar, daß sie mir diese Pflicht abgenommen hat.«

»Ja, ich bin wirklich restlos aufgeklärt. Wenn ich daran denke, in was für blumigen Worten Frau Sperling davon gesprochen hat, könnte ich jetzt noch laut herauslachen. Wer nicht sowieso schon Bescheid weiß, bekommt doch gar nicht mit, von was sie da faselt.« Elsa wollte sich ausschütten vor Lachen. Karoline nahm ihre Hand.

»Einverstanden, von den technischen Dingen weißt du vielleicht sogar mehr als ich. Aber hat deine Ärztin dir auch gesagt, was für Gefühle zwischen Mann und Frau entstehen, sie geradezu überwältigen können? Das ist es doch, was Liebe ausmacht.«

»Du meinst dieses Ziehen im Bauch und man bekommt feuchte Hände?« fragte Elsa und dachte an Paul.

»Ja, so fängt es an.«

Elsa nahm ihren ganzen Mut zusammen. »Hast du solche Gefühle für Papa?«

»Ich hatte sie einmal, und ich vermisse sie«, antwortete ihre Mutter und wendete den Blick ab.

Als sie nach Roseburg zurückkamen, war es Mitte April. Georg hatte bereits eine Hamburger Schneiderin kommen lassen, die eine komplette Garderobe für Elsa herstellen sollte. In den besten Hamburger Geschäften waren Termine für sie vereinbart, um Schuhe und Reisegepäck, außerdem Sport- und Reitkostüme sowie zwei Abendkleider auszuwählen. Und Elsa bekam den Auftrag, ihre Wäsche persönlich mit ihren Initialen zu versehen.

»Du meine Güte, warum muß Papa sich in alles einmischen? Und warum muß es eine Schneiderin aus Hamburg sein? Es geht doch nicht um meine Aussteuer«, rief Elsa eines Nachmittags aus, als Karoline ihr wortlos ein feines Unterhemd hinhielt, das noch ohne Initialen war und bestickt werden wollte.

»Nein, um deine Aussteuer geht es nicht, aber wenn du einen Blick auf die Liste der Anschaffungen geworfen hättest, die Frau Sperling empfiehlt, dann wüßtest du, daß alle diese Dinge notwendig sind und erwartet werden. Und wenn du sie wider Erwarten doch nicht brauchen solltest, dann kannst du sie ja immer noch zu deiner Aussteuer legen.« Sie legte Nadel und Faden beiseite und lächelte ihre Tochter an. »Jetzt mach kein Theater. Die Sachen sind wunderschön, das mußt du zugeben. Und ändern kannst du es ohnehin nicht. Wenn dein Vater darauf besteht ...«

Elsa stöhnte und warf einen Blick in den Garten, in dem die ersten Knospen eine wahre Explosion an Grüntönen aufführten. Der Spott in ihrer Stimme war nicht zu überhören, als sie sagte: »Vater hat mir erzählt, daß du anfangs gar nicht einverstanden warst mit dem Umzug in das große Haus und daß du dich an den plötzlichen Reichtum nur schwer gewöhnen konntest. Aber wenn ich mir ansehe, wie üppig du deine Gäste bewirtest und wie gern du die Angestellten ein wenig herumscheuchst, ganz zu schweigen von dem Hang zu teuren Einkaufsbummeln in Hamburg, den ich in letzter Zeit bei dir feststelle, dann muß ich sagen, daß du dich ganz gut damit abgefunden hast.«

Karoline sah ihr rasch ins Gesicht, und als sie die spöttisch gekräuselten Lippen erkannte, nahm sie ein weiteres Hemdchen vom Stapel, der vor ihr auf dem Tisch lag, und sagte: »Zur Strafe für dein vorlautes

Reden wirst du ein weiteres Hemd besticken.« Aber sie konnte kaum ernst dabei bleiben.

Elsa legte bittend die Hände zusammen und sagte: »Also gut, aber erst heute abend. Ich muß vorher noch Palida bewegen.« Damit warf sie ihrer Mutter das Kleidungsstück in den Schoß und rannte die Treppe hinunter, bevor Karoline protestieren konnte.

Am Vorabend ihrer Abreise saß Elsa mit Johanna unter dem Dach des Pavillons, während um sie herum die Bäume von immer stärkeren Böen gepeitscht wurden. Sie hatte einen letzten Ausritt mit Palida gemacht, der bereits abgerieben im Stall stand. Noch jemand, den sie im Internat vermissen würde. Palida war nicht ihr erstes Pferd. Sie konnte noch nicht einmal reiten, da hatte ihr Vater ihr das erste Pony geschenkt. Aber Palida war etwas Besonderes. Ein charakterstarker Fuchs, sehr hohes Stockmaß, dabei außergewöhnlich grazil und sprungmächtig. »Ein bißchen wie du«, hatte Georg gesagt, als er ihr das Pferd gekauft hatte.

»Na, dann tanz mal schön mit den Hexen auf dem Blocksberg.« Johanna mußte schon gegen den Wind anschreien, während sie versuchte, die Tischdecke am Davonwehen zu hindern.

Elsa lachte sie aus. »Ach, du wieder mit deinen Geistern. Du weißt doch, daß ich darauf nichts gebe. Aber laß das nicht meine Mutter hören, dann meldet sie mich gleich wieder ab. Sie gerät schon in Panik, wenn Hulda ihr aus Versehen mit dem Besen über die Füße fährt.«

»Das bringt ja auch Unglück, weißt du das denn nicht?« rief Johanna erschrocken aus und hob, ohne zu überlegen, die Füße an. Mit ihren Geschichten von Geistern und Gespenstern war sie Karoline, die ihren bäuerlichen Hang zum Aberglauben trotz ihrer neuerworbenen Bildung nicht ablegen konnte, viel ähnlicher als Elsa. Die lachte Johanna jetzt gutmütig aus, bevor sie wieder ernst wurde.

»Schade, daß du nicht mitkommst«, sagte sie traurig. »Wir werden uns lange Zeit nicht sehen können.«

»Ist wohl nichts für mich. Aber wir schreiben uns, und in den Sommerferien sind wir beide wieder in Roseburg.«

Johanna würde im nächsten Schuljahr die Hauswirtschaftsschule in Lübeck besuchen. »Puddinggymnasium«, schnaubte sie. Aber es war wohl die einzig richtige Wahl, denn alle gingen davon aus, daß sie eines Tages den Lüdersschen Hof führen würde.

»Was ist mit Paul?« wagte Elsa zu fragen.

»Er ist in Hamburg. Aber ich soll dich von ihm grüßen.«

»Pah, grüßen! Wieso überhaupt grüßen? Hast du ihn denn gesehen?«

»Er war gestern abend kurz bei Mama.«

»Und warum ist er nicht zu mir gekommen, um sich zu verabschieden?«

»Du weißt doch, daß Männer nicht fürs Abschiednehmen taugen.«

Kapitel 7

Am nächsten Tag betrat Elsa das Internat, in dem sie die nächsten zwei Jahre verbringen sollte. Erst jetzt nahm sie sich die Zeit, es genauer anzuschauen: ein beinahe quadratisches Gebäude aus roten Ziegeln, das sich um einen großen, dreistöckigen Innenhof erhob. Wenn man in seiner Mitte stand, die Arme ausbreitete und sich um die eigene Achse drehte, sah man um sich herum lauter hohe Fenster in weißen Rahmen. Ganz oben lagen die Schlafsäle, einer für sechs Mädchen. Jeweils drei Betten standen nebeneinander, an der gegenüberliegenden Seite des Raumes die anderen drei. Zwischen den Fußenden lief ein schmaler Gang auf die Tür zu, seitlich zwischen den Betten gab es Platz für einen Schrank und einen kleinen Tisch. Die Betten waren von einem Vorhang umgeben, der das wenige an Privatheit garantierte, das unter so vielen Mädchen möglich war. Im ersten Stock lagen die Unterrichtsräume, im Erdgeschoß Küche und Verwaltungstrakt sowie die Aula.

Karoline hatte sie herbegleitet. An der Tür wurde sie von Frau Sperling in sanften Worten zurückgeschickt. Ab hier müsse Elsa allein zurechtkommen, das sehe die Hausordnung so vor. Elsa umarmte ihre Mutter fest, dann folgte sie der Direktorin ins Innere des Hauses.

Fast wäre sie zu spät zur Begrüßungsansprache von Frau Sperling erschienen. Sie hatte einen falschen Treppenabgang genommen und sich im weitläufigen Küchentrakt wiedergefunden. Endlich fand sie die doppelflügelige Tür zur Aula, öffnete sie, stürzte hinein und blieb atemlos mitten im Gang stehen, während hinter ihr die schwere Tür krachend ins Schloß fiel. Die Köpfe flogen herum, die ersten Mädchen begannen unterdrückt zu kichern. Meine Güte, wie peinlich, und das gleich am ersten Tag, dachte Elsa und merkte, wie sie rot wurde. Sie wollte sich möglichst rasch irgendwo hinsetzen, damit nicht mehr alle sie so anstarrten, konnte aber keinen freien Stuhl entdecken. Endlich stand ein großes Mädchen auf der anderen Seite des Saales auf und winkte sie auf den freien Platz neben sich. Elsa nickte ihr zu, während sie hinter den Stuhlreihen entlanghastete. In ihrer Nervosität stieß sie an einen hölzernen Papierkorb, der mit einem Scheppern, das ihr wie Donnerhall in den Ohren klang, umkippte. Elsa dankte Gott, daß er leer war, sonst hätte sie sich auch noch nach verstreuten Papieren bücken müssen. Als sie endlich saß und außer Reichweite der Blicke von Lehrerinnen und Schülerinnen war, wußte sie nicht, ob sie lachen oder weinen sollte. Ihre Nachbarin flüsterte ihr zu: »Alle Achtung, bühnenreifer Auftritt.« Elsa erkannte Martina von Halsten, die das Bett neben ihr hatte. Als sie in ihr grinsendes Gesicht sah, wußte sie, daß sie die Geschichte von der komischen Seite betrachten mußte.

»Ich weiß, der erste Tag ist für viele von Ihnen ungewohnt und schwer, vielleicht macht er einigen unter Ihnen sogar angst. Aber das wird sich geben, da bin ich sicher.« Frau Sperling ließ ihren Blick über die Mädchen vor ihr schweifen, und auf Elsa ruhte er unangenehm lange, bevor sie weitersprach. »Die Gemeinschaft, die wir an dieser Einrichtung pflegen, wird Ihnen helfen, sich zurechtzufinden ...« Die Direktorin wiederholte, was sie bereits während des Eingangsgespräches gesagt hatte, und Elsas Gedanken glitten davon.

Der erste Schultag lief an Elsa vorüber wie ein Film, der zu schnell abgespielt wurde. Die Mädchen wurden in ihre Klassen aufgeteilt und folgten ihren Lehrerinnen. Die redeten von Stundenplänen und Klassenzielen, verteilten Bücher und Hefte und was sie sonst noch alles brauchten. Dann kam die nächste Stunde, eine neue Lehrerin, die wieder von vorn anfing. Der herrschende Ton war freundlich. Die Mädchen wurden mit »Fräulein« und ihrem Nachnamen angesprochen, sie mußten aufstehen, bevor sie eine Antwort gaben, aber glücklicherweise zwang man sie nicht, in Zweierreihen in die Klassen zu gehen. Jede Schülerin saß neben ihrer Bettnachbarin, und so bekam Elsa den Platz neben Martina von Halsten zugewiesen.

Erst am Abend, als sie in ihrem Bett lag, um sich herum den leinenen Vorhang, und das Licht gelöscht war, kam Elsa ein wenig zur Besinnung. Den ganzen Tag lang war sie beschäftigt gewesen, war hierhin und dorthin gelaufen, hatte ständig neue Gesichter gesehen. Jetzt, in der Dunkelheit des Bettes, wurde ihr bewußt, daß ihre Familie, alles, was sie kannte, weit weg war. Sie horchte in sich hinein, suchte nach Spuren von Traurigkeit oder Heimweh. Sie hoffte, daß ihre Mutter nach dem hastigen Abschied wieder gut in Roseburg angekommen war. Und sie dachte an Paul, von dem sie sich gar nicht verabschiedet hatte. Warum war er nicht gekommen? Würde er ihr wenigstens schreiben? Und würde man den Brief zu ihr durchlassen?

Aus einem der Betten hörte sie unterdrücktes Weinen. Sie fragte sich, welches der Mädchen wohl Heimweh hatte. Am ehesten wohl Lieselotte von Blausen, die den ganzen Tag mit hängendem Kopf herumgelaufen war. Diese Mathilde Bledbeck sicher nicht, die strotzte vor Selbstbewußtsein und Fröhlichkeit. Elsa versuchte sich an die Namen und Gesichter der anderen Mädchen zu erinnern, mit denen sie den Schlafsaal teilte. Eine hieß Augusta, die andere Constanze, die beiden hatten die Betten direkt an der Tür ... Vor Erschöpfung schlief sie schließlich ein.

Erst an einem der nächsten Abende blieb der Vorhang zwischen ihrem Bett und dem von Martina von Halsten einen Spalt geöffnet. Martina kam aus einer ähnlichen Familie wie Elsa, auch sie gehörte zum vermögenden industriellen Mittelstand. Ihr Vater war im Krieg gefallen, und vor einem Jahr hatte ihre Mutter sich wieder verheiratet, mit einem Mann, den Martina von ganzem Herzen haßte. Elsa erfuhr nicht einmal seinen Namen. »Er« wohnte jetzt mit im Haus, schlief im Bett ihres Vaters und saß an seinem Platz bei Tisch. Martina war es nur recht gewesen, daß sie hier in Wernigerode gelandet war. »Sie wollten mich los sein. Ich störe ihre Harmonie, wie meine Mutter immer sagt. Dabei ist er es, der die Luft verpestet! Er ist ganz anders als Papa, spielt den großen Herrn und kommandiert das ganze Haus herum, mich eingeschlossen ... Was ist los? Wo bist du mit deinen Gedanken?«

Elsa fuhr hoch. »Entschuldige bitte. Ich habe gerade an meinen Vater gedacht.« Sie konnte nichts dafür, aber plötzlich stellte sie sich vor, wie es gewesen wäre, wenn auch ihr Vater in den Krieg gezogen und nicht zurückgekommen wäre ... Wären sie und ihre Mutter dann freier gewesen? Würde dann so einer wie der Verehrer ihrer Mutter ins Haus kommen? Sie erschrak über diesen Gedanken. Sie wünschte sich doch nicht den Tod ihres Vaters! Sie erzählte Martina, wie es bei ihr zu Hause aussah. »Mittlerweile kann ich ganz normal darüber reden«, sagte sie, als sie zu Ende war. »Vor einigen Jahren hatte ich noch Angst, es würde mir das Herz zerreißen, wenn ich an meine leidende Mutter und die Rücksichtslosigkeit meines Vaters dachte.«

»Irgendwann wird man erwachsen und hängt nicht mehr mit jeder Faser an daheim«, vermutete Martina. »Hast du einen Verehrer?«

Sie flüsterten so lange, bis die anderen Mädchen zischten, sie sollten endlich ruhig sein.

Die Tage waren ausgefüllt mit der morgendlichen Andacht und dem Unterricht, dann kam das Mittagessen, das immer gut und frisch war, außer wenn es am Freitag Fisch gab, den die Mädchen wegen seines muffigen Geruchs und der undefinierbaren Konsistenz haßten, besonders Mädchen wie Elsa, die von der Küste kamen und wirklich frischen Fisch gewohnt waren. Montags und donnerstags nachmittags standen Sport und Musik auf dem Plan, dienstags und freitags waren die Mädchen abwechselnd für die Versorgung von Gärten und Hühnerställen zuständig. Für Elsa war die Gartenarbeit ein leichtes. Mit geübten Händen rechte, säte und pflanzte sie, aber sie konnte die anderen Mädchen verstehen, die sich gequält den Rücken hielten und anklagend auf ihre Hände sahen. Dafür haßte Elsa die Arbeit im Hühnerstall. Ihre Abneigung ging so weit, daß sie sich weigerte, weiterhin Eier zu essen. Gegen Abend war Zeit für Hausaufgaben, nach dem Abendessen saßen sie noch eine Weile im Gemeinschaftsraum beisammen, um zehn Uhr wurde das Licht gelöscht. Am Wochenende und einen Nachmittag in der Woche hatten sie frei und durften das Schulgelände verlassen, allerdings nur die Mädchen eines Schlafsaals gemeinsam. Weiter ging die Freizügigkeit von Frau Sperling denn doch nicht. Die Mädchen gingen in ein Kaffeehaus oder in die Badeanstalt, im Winter rodelten sie auf den Hängen des Harzes. Diese freie Zeit ohne Beaufsichtigung war ihnen heilig, und sie waren immer auf der Hut, nicht ihren Lehrerinnen oder womöglich Frau Sperling zu begegnen. Nur Fräulein Martens, die Englisch gab, und Herr Hollein, der Sportlehrer, wurden von den Mädchen immer gern gesehen. Herr Hollein war zwar schon über dreißig, aber weil er weit und breit der einzige Mann war, wurde er von vielen glühend verehrt.

Zwei Wochen nach ihrer Ankunft kam endlich eine Postkarte von Paul. »Johanna sagt, du bist im Internat. Ich wünsche Dir alles Gute. Paul.« Elsa las sie wohl hundertmal, ohne sie zu verstehen. Der unpersönliche Ton kränkte sie über die Maßen, und sie war wütend darüber, daß Paul so tat, als habe er nicht gewußt, daß sie Roseburg verlassen würde.

»Er kann dir schließlich nicht seine Liebe schwören, dann hätten sie dir die Postkarte nie ausgehändigt«, versuchte Martina sie zu beruhigen.

»Er hätte einen Brief schreiben können. Den kann man zukleben.«

Der Gedanke an Paul machte sie schier verrückt. Sie begann, an seinen Gefühlen zu zweifeln, und war abwechselnd zornig auf ihn und dann wieder todunglücklich.

Es gab ein weiteres Mädchen mit Liebeskummer im Schlafsaal. Constanze Hertzel war ein zartes Geschöpf von durchscheinender Schönheit. Sie liebte den Freund ihres Bruders, der ihr Hoffnungen gemacht, sich dann aber mit einer anderen verlobt hatte, mit einer Nichtjüdin. Anfangs tauschten sie und Elsa sich über ihr Unglück aus, sie redeten praktisch über nichts anderes. Dann zog Elsa sich zurück. Es erschien ihr plötzlich nicht mehr richtig, ihr Leben gänzlich durch Paul bestimmen zu lassen. Sie konnte ohnehin nichts tun. Sie beschloß auszuhalten, bis sie persönlich mit ihm sprechen könnte.

Die zweieinhalb Monate bis zu den Ferien brachten viel Arbeit und viele neue Erfahrungen. Anfang Juli stieg Elsa in Roseburg aus dem Zug und freute sich auf einen langen heißen Sommer. Gleich am nächsten Tag ging sie zu Hermine Lüders hinüber. Johanna würde erst in drei Wochen aus Lübeck zurückkommen, so lange konnte Elsa nicht warten.

»Ich muß Paul sprechen«, sagte sie. »Unbedingt.«

Hermine sah sie fragend an. »Paul ist gestern überraschend nach Hamburg gefahren, vorher war er die ganze Zeit hier. Wir konnten seine Hilfe gut gebrauchen ...«

»Wo kann ich ihn erreichen?«

»Ich würde es dir gern sagen, aber ich weiß es nicht. Er hat ständig neue Adressen, frag mich nicht, warum. Ich sage ihm, daß er sich bei dir melden soll, wenn ich etwas von ihm höre.«

In sich gekehrt und nachdenklich wanderte Elsa zwischen den Teichen auf und ab. So hatte sie sich die Ferien nicht vorgestellt. Nach den ausgefüllten, anstrengenden Tagen in der Schule war hier in Roseburg plötzlich nichts für sie zu tun, und sie war allein. Sie unternahm weite Ausritte mit Palida und kehrte völlig erschöpft zurück. Ihren Vater sah sie kaum, höchstens einmal zum Frühstück. Er hatte viel Arbeit in Güster, die Wochenenden über war er in Hamburg. Elsa verbrachte Stunden mit Karoline und half ihr, die schönsten Blüten zu sammeln und unter die Pressen zu legen. Ihre Mutter kam ihr verändert vor, sie hatte in den letzten Jahren viel von ihrer Traurigkeit verloren, aber jetzt erschien sie ihr geradezu lebenslustig. Sie lachte viel und war mit einer solchen Begeisterung bei ihrer Arbeit, daß sie Elsa damit ansteckte. Es machte wirklich Spaß, sich an den Hunderten von verschiedenen Formen und Farben zu versuchen. Und die ruhige Hand, die sie benötigte, um die zarten Gebilde zu bearbeiten, lenkte sie von ihrer Schwermut ab.

»Stell dir vor, es gibt Leute, die meine Collagen für Kunst halten und viel Geld dafür ausgeben wollen«, erzählte Karoline. Sie war dabei, ein winziges Rotkäppchen unter Glas zu bannen. Seine Kleidung bestand aus Klatschmohnblüten und in hauchdünne Scheiben geschnittenen Hagebutten, es trug einen Korb aus einer Walnußschale, der mit den nicht einmal stecknadelkopfgroßen Samen der Beeren gefüllt war. Elsa hielt unwillkürlich den Atem an, während sie ihr bei dieser delikaten Beschäftigung zusah.

»Willst du deine Bilder etwa verkaufen?«

»Ich weiß nicht. Im Grunde habe ich so viele gemacht, daß ich sie schon gar nicht mehr unterbringen kann.« Das stimmte. In Karolines Zimmer waren immer neue Regale angebracht worden, in denen sie ihr Material und die fertigen Collagen sammelte. Jetzt war jeder Meter Wand belegt, und das Zimmer wirkte mit all seinen Farben und Gerüchen wie ein botanischer Garten. »Aber ich mag mich nicht von meinen kleinen Werken trennen. Jedenfalls von einigen nicht. Wie gefallen dir meine Märchenfiguren? Ich habe schon eine ganze Serie fertig. Schneewittchen, Rapunzel mit Haaren aus Maisbart, Rumpelstilzchen ...«

»Ich finde sie wunderschön. Aber was ist das mit den Verkaufsplänen?«

»Corinna hat vor, in Hamburg eine Art Ausstellung mit meinen Bildern zu machen. Du kennst ihr Faible für Kunst, und weil sie selber kein Talent hat, will sie sich an mir schadlos halten.«

»Und? Hast du zugestimmt?«

»Noch nicht, aber ich werde es tun. Ich kann mir dann immer noch überlegen, ob ich verkaufen will oder nicht. Stell dir vor, ich soll sogar Kurse geben, um anderen meine Technik beizubringen. Das kommt aber gar nicht in Frage. Die Zeit würde mir für meine eigene Arbeit fehlen. Schließlich muß ich dieses große Haus mit seinen vielen Gästen führen.«

»Was sagt Papa denn dazu?«

Karoline lachte, aber kein bitteres Lachen, sondern ein fröhliches. »Fragst du das im Ernst? Du kannst dir doch denken, daß er mein Hobby für Firlefanz hält und die Idee, die Bilder zu zeigen, für ausgemachten Blödsinn. Aber das ist mir vollkommen egal.« Ihre Augen sprühten vor guter Laune. »Und wer weiß, wenn er sich eines Tages doch noch um Haus und Hof bringt, habe ich vielleicht etwas Geld auf der hohen Kante.«

Elsa fragte sich, was der Grund für die Veränderung in ihrer Mutter war.

»Weißt du«, sagte Karoline, während sie das fertig gerahmte Rotkäppchen betrachtete, »oft ist es besser, sich mit den Gegebenheiten abzufinden. Sie hinzunehmen und nach vorn zu schauen.« Sie sah Elsa vielsagend in die Augen, und die fragte nicht, was sie damit meinte.

Es war der letzte Abend vor ihrer Abfahrt. Am nächsten Morgen mußte Elsa zurück nach Wernigerode. Irgendwann in diesen Ferien hatte die Roseburger Routine sie wiedergehabt, und die Wochen waren viel zu schnell vergangen. Elsa hatte jeden Tag mit größerer Verzweiflung auf eine Nachricht von Paul gehofft. Doch sie hatte nichts gehört. Sie war mit Johanna nach Hamburg gefahren, ohne Augen für die Geschäfte und Cafés zu haben. Sie hatte nur nach Paul Ausschau gehalten. Ohne Erfolg.

Am Nachmittag verabschiedete sie sich von ihrer besten Freundin, und wie immer sprachen sie von Paul. Auch Johanna konnte das Verhalten ihres Bruders nicht verstehen. Und Hermine Lüders begann sich Sorgen um ihren Sohn zu machen.

»Wir wissen ja nicht einmal, wo er steckt. Er gibt uns keine Adresse. Manchmal habe ich den Verdacht, er versteckt sich. Vor dir, vor seiner Familie«, sagte Johanna bitter.

Elsa fing plötzlich hemmungslos an zu weinen. »Ich will ihn nie wiedersehen!« schrie sie.

Jetzt stand sie vor ihrem geöffneten Koffer und legte die letzten Sachen hinein. Es stimmte nicht, was sie am Nachmittag zu Johanna gesagt hatte. Sie hatte die Hoffnung, Paul würde kommen, immer noch nicht aufgegeben. Sie dachte sich ständig neue Entschuldigungen für ihn aus, wichtige Gründe, die ihn in Hamburg festhielten. Gerade malte sie sich aus, daß seine politischen Aktivitäten ihn vielleicht sogar ins Gefängnis gebracht hatten. Sie machten ihm Vorwürfe, und er saß hinter Gittern ...

In diesem Moment läutete es. Elsa erkannte seine Stimme unten an der Haustür sofort, noch bevor Hulda rufen konnte, wer da sei. Sie flog die Treppe hinunter und blieb atemlos vor ihm stehen. »Paul ...« Sie wunderte sich, daß er ihrem Blick auswich. Er sah erschöpft aus, so als hätte er nicht viel geschlafen. Sein Haar, das sie so liebte, stand ihm wirr um den Kopf. Er bat sie, mit ihm ein Stück spazierenzugehen. Sobald sie außer Sichtweite des Hauses waren, wollte Elsa ihn umarmen. Doch er wehrte sie ab, so vehement, daß sie einen Schritt nach hinten fiel.

»Was ist los?« fragte Elsa verwirrt.

Paul sah sie nicht an, während er sprach, schnell und ohne Rücksicht: Es gebe in Hamburg ein Mädchen, die Schwester eines Genossen. Sie hätten sich häufig gesehen, gemeinsam demonstriert und studiert. Sie sei ganz anders als Elsa, sie würde ihn viel besser verstehen, seine politische Überzeugung teilen. »Außerdem bekommt sie ein Kind von mir!« Trotzig stieß er das hervor. »Ich werde zu meiner Verantwortung stehen. Wir heiraten nächste Woche.«

Elsa fühlte, wie ihre Beine nachgaben. Sie lehnte sich an einen Baum. »Und was ist mit uns?« fragte sie tonlos.

»Ich mag dich sehr, glaub mir. Aber wir passen nicht zusammen, wir sind zu verschieden.«

»Wieso sind wir zu verschieden? Wir kommen beide aus Roseburg, unsere Väter waren Partner. Und wir haben uns immer gut verstanden. Wieso sind wir zu verschieden?« Ihre Stimme war schneidend geworden.

»Dein Vater ... Er verkörpert das, was ich am meisten hasse. Ein Emporkömmling, neureich, ein Protz ...«

Daß Paul ihren Vater beschimpfte, konnte Elsa nicht ertragen. Ihre Stimme überschlug sich, als sie rief: »Kann ich etwas für meinen Vater? Bin ich etwa so wie er? Hat er dir jemals geschadet? Soll ich dir etwas sagen? Es ist dein Stolz, der dich hindert. Du hast Angst, nicht neben ihm bestehen zu können. Angst, daß ich neben dir größer bin. Ich weiß, daß du mich liebst. Warum mußtest du dann mit dieser anderen etwas anfangen? Weil ich nicht da war? War sie eher bereit, dir auch das Letzte zu gewähren? Du hättest mich fragen sollen, ich hätte auch ja gesagt.« Sie stand jetzt aufrecht vor ihm, die Fäuste erhoben, als wollte sie ihn schlagen. Doch dann ließ sie die Hände sinken. »Und vor noch etwas anderem hast du Angst gehabt: Davor, mir die Wahrheit zu sagen, so ist es doch! Am Tag bevor ich kam, bist du geflohen, nach Hamburg, und nun erscheinst du in allerletzter Sekunde. Du Feigling! Du hast unsere Liebe verraten. Und jetzt schiebst du die Schuld meinem Vater zu ...« Sie wollte ihm in die Augen sehen, doch wieder wandte er den Blick ab. »Jetzt sag doch endlich etwas!« rief sie.

Paul blieb stumm. Er stand vor ihr, seine Arme hingen an ihm herunter, jede Kraft schien ihn verlassen zu haben.

»Du hast meine Liebe nicht verdient«, sagte Elsa in einer plötzlichen Erkenntnis. Sie drehte sich um und rannte zurück zum Haus.

Im Salon wartete Karoline. »Die erste Liebe zu verlieren ist das Schlimmste. Man fürchtet, die Welt geht unter, aber glaub mir, das bleibt nicht so. Bald wirst du darüber hinweg sein. Die Erinnerung an diese überwältigende Sehnsucht aber wird bleiben.«

Elsa glaubte ihr kein Wort. Mit zitternden Lippen und einem tonnenschweren Herzen bestieg sie am nächsten Morgen den Zug.

In den Wochen darauf erholte sie sich nur schwer von ihrem Liebeskummer. Sie fühlte sich wie nach einer schweren Grippe: ohne jede Energie, ohne Lebensfreude, ohne Appetit. Sie war unaufmerksam während des Unterrichts und brach zu den unmöglichsten Gelegenheiten in Tränen aus. Martina von Halsten und Mathilde Bledbeck kümmerten sich sehr um sie und versuchten zu trösten. Einmal nahm auch Fräulein Martens sie beiseite. Sie sagte ihr auf den Kopf zu, daß sie unglücklich verliebt sei, und Elsa nickte nur, während ihr schon wieder die Tränen kamen.

»Für den Moment sieht es so aus, als würde der Himmel einstürzen und das Leben nie wieder schön werden, aber dem ist nicht so. Versuchen Sie sich auf den Unterricht zu konzentrieren, sich abzulenken, Sie werden sehen, bald ist der Kummer vergessen.«

Konnten denn alle Erwachsenen immer nur dasselbe sagen? Hatten sie auch nur die geringste Ahnung, wie es in ihr aussah? Ausgerechnet ihre Mutter und Fräulein Martens! Die eine in einem Mädchenpensionat festgenagelt, ohne jeden Kontakt zu Männern, die andere eine betrogene, verbitterte Ehefrau. Nicht gerade Paradebeispiele für Frauen, die sich vor Liebe verzehrten! Als ihre Wut verraucht war, horchte sie in sich hinein und stellte fest, daß der Schmerz um Paul tatsächlich kleiner geworden war.

Als das Laub an den Bäumen sich zu verfärben begann, wandte Elsa sich langsam wieder dem Leben zu.

Diese Wandlung war Mathilde nicht recht. Thilda war groß und kräftig, eine herbe Schönheit mit wildem Haar. Sie besaß außergewöhnliches Einfühlungsvermögen und eine Liebenswürdigkeit, die man ihr beim ersten Ansehen nicht zugetraut hätte. Wer sie näher kannte, der verfiel ihr mit Haut und Haaren. Zu Thilda kamen alle, die Kummer hatten, und sie hatte ein offenes Ohr und versuchte zu helfen.

In den Wochen nach den Ferien kümmerte sich Thilda mitfühlend um Elsa, die das alles über sich ergehen ließ. Thilda kämmte ihr die Haare, schüttelte ihr das Bett auf, hielt ihren Schrank in Ordnung und blieb mit ihr im Internat, wenn die anderen ausgingen. An diesen Nachmittagen referierte sie für Elsa die vielen Liebesromane, die sie gelesen hatte, und sie verglichen die Schicksale von Anna Karenina, der Kameliendame oder der Courths-Mahler-Heldinnen mit dem von Elsa. Thilda genoß diese Stunden der vertraulichen Gemeinsamkeit, und sie bedauerte es, als Elsa ihre Unbeschwertheit wiederfand.

Als die anderen Mädchen ein Eis essen gehen wollten, beschloß Elsa, sich zum erstenmal seit langem wieder anzuschließen. Weil die anderen schon unten warteten, zog sie rasch ihre Jacke über und bemerkte dann erst, daß Thilda immer noch unbeweglich auf ihrem Bett saß und sie anstarrte.

»Kommst du nicht mit?« fragte sie erstaunt, schon auf dem Weg zur Tür. Thilda stand zögernd auf und stellte sich ihr in den Weg.

»Es war doch immer so wundervoll, wenn wir beide allein hier waren und ich dir Geschichten erzählt habe«, sagte sie, und in ihren Augen flackerte es unruhig.

»Ja, natürlich, aber heute ist so schönes Wetter. Los, komm«, rief Elsa unbekümmert. Dann bemerkte sie das Leuchten in Thildas Augen und hielt inne. Langsam ging sie an Mathilde vorbei, als sie plötzlich ihre Arme spürte, die sich von hinten um sie legten. Es war eine leichte, zögerliche Umarmung, die Erinnerungen an Paul wachrief. Ohne nachzudenken, genoß Elsa die ungewohnte körperliche Berührung. Sie lehnte sich sogar leicht gegen die Freundin und drehte sich zu ihr herum. Mathilde fühlte sich dadurch ermutigt, zog Elsa noch dichter zu sich heran und begann sie zu küssen. Jetzt erst wurde Elsa bewußt, was hier geschah. Panik stieg in ihr auf. Sie fühlte Thildas Lippen in ihrem Gesicht und versuchte sich loszumachen. Ihre Zähne schlugen auf Mathildes Lippen. Sie schmeckte Blut. Elsa wehrte sich weiter und trat mit den Füßen um sich, aber weil die andere sie weiterhin umklammert hielt, gerieten sie ins Stolpern und fielen schließlich gemeinsam zu Boden.

Keuchend landeten sie nebeneinander auf den Dielen. Elsa rollte instinktiv ein Stück weg und setzte sich auf. Thilda lag neben ihr, einen Unterarm über den Augen, in ihrem Mundwinkel bildete sich ein dicker Blutstropfen, der sich mit ihren Tränen vermischte. Sie wirkte so verletzlich, daß sie Elsa leid tat.

»Meine Güte, du blutest, hier, nimm ein Taschentuch.« Thilda reagierte nicht, und so tupfte Elsa vorsichtig das Blut ab.

»Es tut mir leid, was geschehen ist. Ich wollte dich auf keinen Fall erschrecken. Ich habe mich in dich verliebt, Elsa«, sagte Thilda mit einer Stimme, die brüchig klang.

»Aber ... Wir sind doch zwei Frauen, das geht nicht«, sagte Elsa in größter Verwirrung.

»Ich kann nicht anders«, sagte Thilda. Sie sah Elsa immer noch nicht an, ihre Augen waren weiterhin bedeckt. »Ich habe noch nie etwas für Jungen empfinden können. Bisher habe ich dagegen angekämpft, aber seit ich dich kenne, weiß ich es einfach. Ich liebe dich!«

Elsa war wie vor den Kopf geschlagen. »Tut mir leid, aber ich will jetzt zu den anderen.« Hastig stand sie auf und zupfte ihre Kleidung zurecht. Dann lief sie den anderen nach.

Elsa sagte kein Wort über das Vorgefallene, obwohl sie den ganzen Nachmittag an nicht anderes denken konnte. Schließlich ging sie unter einem Vorwand zurück, um nach Mathilde zu sehen. Die lag im Schlafsaal auf ihrem Bett und war offensichtlich voller Verzweiflung. Wieder entschuldigte sie sich für den Angriff und flehte Elsa an, ihr zu vergeben.

»Es wird nie wieder passieren, das verspreche ich dir. Ich weiß ja selbst nicht, was über mich gekommen ist«, sagte sie unter Tränen.

»Ich habe nie etwas gemerkt, ich meine, daß du ...«, sagte Elsa.

Mathilde sah ihr ins Gesicht und sah keine Verachtung, sondern Interesse. Sie faßte Mut. »Ich weiß es doch selber erst so richtig, seit ich hier bin. Vorher war es nur ein unbestimmtes Gefühl. Ich konnte nie verstehen, was die anderen Mädchen für ihre Verlobten und Verehrer empfanden und warum sie für einige Schauspieler schwärmten. Ich hatte meine eigenen Träume, und in denen gab es immer nur andere Frauen. Ich war schon ganz verzweifelt, doch dann bekam ich vor einigen Monaten zufällig eine Zeitschrift in die Hände, in der von Frauen berichtet wurde, die Frauen lieben. Da wußte ich plötzlich, was mit mir los war. Anfangs war es ein Schock. Aber dann fühlte ich so etwas wie Befreiung.« Thilda richtete sich auf. »Verstehst du, ich schäme mich nicht dafür, anders zu sein. Ich bin daran gewöhnt. Schon als Kind wußte ich, daß ich nicht so war wie meine Geschwister. Aber es tut mir leid, daß ich es vorhin so weit kommen ließ. Kannst du mir verzeihen? Ich möchte deine Freundschaft nicht verlieren.« Mathilde nahm Elsas Hände in ihre und zog sie, als sie sich dessen bewußt war, hastig wieder zurück. »Entschuldigung!«

Elsa legte ihre Hand auf Thildas Unterarm und sagte: »Wollen wir nicht versuchen, so zu tun, als sei das vorhin nicht geschehen?«

Der Sturm der Gefühle, den die Mädchen durchlebt hatten, ließ sie zusammenrücken, bis sie unzertrennlich waren. Immer saßen sie nebeneinander, und zumindest Thilda suchte den körperlichen Kontakt zu Elsa, sie umarmte sie oft oder nahm ihre Hand. Elsa hatte nichts dagegen, sie genoß die warmen Berührungen eines Menschen, den sie mochte. Sie wußte, daß Thilda dies nicht noch einmal ausnutzen würde. Die beiden wurden Freundinnen fürs Leben. In den folgenden Jahren litt Elsa mit ihr, wenn Thilda sich wieder einmal unsterblich verliebte – immer in Frauen. Die Freundschaft zu Martina von Halsten trat ein wenig in den Hintergrund. Sie war ein viel schlichterer Charakter als Mathilde, ließ sich leicht beeinflussen und war weniger zuverlässig. Elsa war sich nicht sicher, wie Martina reagieren würde, wenn sie um Thildas Geheimnis wüßte.

Die zwei Jahre in Wernigerode verliefen für Elsa als anregende Zeit, die ihr neues Wissen und neue Freundschaften bescherte. Die Wochen und Monate gingen nach einem festen Rhythmus dahin, der Sicherheit und Stabilität gab und dessen Unterbrechungen als wohltuend empfunden wurden. Elsa ergriff die Möglichkeiten, die sich ihr boten. Das Fach Kaufmannslehre wurde in den Stundenplan aufgenommen. Die Mädchen lernten die Grundzüge der Buchhaltung kennen, und Fräulein Weber, die das Fach unterrichtete, leistete sich daneben immer wieder lange Ausflüge in die allgemeine Wirtschaftskunde. Sie war von den ökonomischen Gegebenheiten der jungen Republik offensichtlich fasziniert und verstand es, durch lebendige Schilderungen der Zusammenhänge oder unterhaltsame Biographien der Wirtschaftsführer die Mädchen ebenfalls zu fesseln. Die Stunden bei Fräulein Weber gehörten zu den interessantesten für Elsa. Jetzt, im nachhinein, bekam sie eine Ahnung, worum es bei den Geschäften ihres Vaters ging. Die ebenfalls neuen Schreibmaschinen- und Stenographiekurse befriedigten ein anderes Bedürfnis in ihr: das nach möglichst perfekter Beherrschung gewisser Fertigkeiten. Jetzt bedauerte sie, daß ihr Vater nie auf den Gedanken gekommen war, sie ein Musikinstrument spielen zu lassen. Sie wäre sicherlich keine Virtuosin geworden, aber ihr musikalisches Handwerk hätte sie verstanden.

Das Schicksal von Frederike von Papen verursachte den Mädchen eine Gänsehaut. Nach den Weihnachtsferien wurde in der ganzen Schule über sie getuschelt. Sie sah elend aus, und von einem Tag auf den anderen war sie verschwunden, ohne sich zu verabschieden. Es wurde erzählt, sie erwarte ein Kind ... Frau Sperling nahm den Skandal zum Anlaß, noch intensiver darauf hinzuweisen, wie wichtig es sei, »vom Leben« zu lernen, und alle Schülerinnen wurden dazu verdonnert, einen freien Mittwoch auf der Wöchnerinnenstation und einen weiteren im Hühnerhof zu verbringen, wo sie allerlei blumige Andeutungen der Direktorin über sich ergehen lassen mußten. Elsa konnte das Drumherumgerede nicht länger ertragen und erzählte abends im Schlafsaal allen, die es wissen wollten, was sie von der Ärztin in Hamburg gelernt hatte.

Martina von Halsten würde gleich am ersten Wochenende nach der Zeugnisvergabe heiraten. Wilhelm Döpfer war ein unverschämt gut aussehender Mann mit tiefschwarzen, glänzenden Haaren und einem ebensolchen Schnauzer über den schönen Lippen. Er hatte die Schneidigkeit eines Offiziers, obwohl er für den Krieg noch zu jung gewesen war.

Mit seiner Schwester besuchte er seine zukünftige Braut an einem Wochenende in Wernigerode und lud die sechs Mädchen ihres Schlafsaals zu einem Eis ein. Am Sonntag abend waren sie alle in ihn verschossen, nicht einmal Thilda wußte etwas an ihm auszusetzen. Martina zappelte vor Stolz auf ihrem Stuhl, als sie die anderen Mädchen über ihn schwärmen hörte.

»Es gibt nicht mehr viele Männer, nachdem ganze Jahrgänge im Krieg geblieben sind, und die meisten von denen, die zurückgekommen sind, sind nicht zu gebrauchen. Du hast wirklich Glück gehabt mit deinem Wilhelm«, sagte Augusta Vollenbeek schüchtern.

»Warum heiratest du ihn eigentlich? Du bist doch nicht etwa schwanger?« Elsa stellte die Frage, und alle sahen sie erstaunt an.

Martina machte große Augen. »Nein, wo denkst du hin? Ich weiß genau, bis wohin ich gehen darf. Ich möchte unberührt in die Ehe gehen. Auch Wilhelm legt großen Wert darauf. Er würde mich nie zu etwas drängen, was sich nicht gehört.«

»Wirklich nicht?« Thildas Stimme troff vor Ironie.

»Aber wenn du kein Kind von ihm erwartest, warum heiratest du ihn dann? Du hast doch gerade erst die Schule abgeschlossen. Wofür denn?« bohrte Elsa weiter.

Wieder sahen die anderen Mädchen aus dem Schlafsaal sie an, als hätte sie gerade ein Wunder verkündet.

»Wofür? Glaubst du, ich bin nach Wernigerode gegangen, weil ich vorhabe, für mein Geld zu arbeiten? Und als was? Was haben wir hier denn schon groß gelernt?«

»Na ja, einige habe mehr gelernt, andere weniger«, sagte Augusta mit einem anzüglichen Blick auf Martina, und alle kicherten.

»Stimmt genau«, konterte die. »Ich will ja auch heiraten und Kinder kriegen. Das ist doch wohl die Bestimmung der Frau. Alle Mädchen heiraten! Aber nicht jede kriegt so einen wie meinen Wilhelm!«

»Ich meine, natürlich heiratet man eines Tages, aber muß es so schnell sein?« fragte Elsa in die Runde. »Gibt es wirklich keine anderen Ziele, als sich so schnell wie möglich in die Hände eines Mannes zu begeben?«

»Nun, es ist zumindest das bequemste«, warf Lieselotte von Blausen nüchtern ein.

»Von dir hätten wir auch nichts anderes erwartet«, sagte Martina, und alle lachten, Lieselotte eingeschlossen.

»Also ich werde ganz bestimmt nie heiraten. Ich gehe nach Berlin und werde dort berühmt.« Das waren Thildas Worte.

»Du wirst auch irgendwann den einen kennenlernen, der dich deine guten Vorsätze vergessen läßt«, sagte Lieselotte spitz.

»Das glaube ich kaum«, meinte Elsa und fing einen warnenden Blick von Thilda auf.

Constanze Hertzel sagte mit einem traurigen Blick aus ihren großen dunklen Augen: »Wenn dein Paul dich noch haben wollte, dann würdest du jetzt auch Hochzeitspläne schmieden, meine Liebe.«

Elsa dachte nach. »Vielleicht hast du recht. Vor zwei Jahren hätte ich bestimmt ja gesagt. Aber heute nicht mehr. Was wirst du eigentlich machen, Constanze?«

Sie senkte den Kopf. »Mein Vater will, daß wir Deutschland verlassen. Er hat nur abgewartet, bis ich diese Schule abgeschlossen habe. Wir gehen nach Amerika oder Argentinien, es ist mir ohnehin gleich.«

»Auswandern? Aber wieso denn das?« fragte Martina.

Thilda antwortete mit ungewohnter Schärfe: »Es gibt Menschen, die andere Probleme haben, als sich den nächstbesten Mann zu suchen. Schon mal was von Judenfeindlichkeit gehört?«

»Ist schon gut«, sagte Constanze. »Sie kann ja nichts dafür.«

»Sie könnte es wenigstens wissen«, sagte Mathilde.

»Ach, du immer! Immer mußt du die Gebildete spielen«, wehrte sich Martina.

»Was wird aus dir, Augusta?« fragte Elsa rasch.

»Ich möchte Lehrerin werden. Ich habe schon einen Platz im Seminar.« Augusta machte selten den Mund auf, aber wenn, dann hatte sie sich ihre Sache sehr genau überlegt.

»Und was willst du tun, Elsa?«

Elsa seufzte: »Ich habe absolut keine Ahnung.«

Martina hatte sie und Thilda zur Hochzeit eingeladen. Die beiden nahmen gemeinsam den Zug von Wernigerode an den Rhein, wo Martinas Familie lebte. Die Zeremonie in der Kirche war sehr bewegend, und als die Orgel den Hochzeitsmarsch spielte und die in hellgelbe Tüllkleider gehüllten Brautjungfern das Ehrenspalier für die Braut bildeten, konnte Elsa sich den Gedanken nicht verkneifen, wie es wäre, wenn sie an Martinas Stelle ... Nun, eines Tages würde es auch bei ihr soweit sein.

Es war ein wunderschönes Fest. Bei strahlendem Sonnenschein fuhren die etwa hundert Gäste in offenen Wagen von der Kirche an den Rhein. Zum Essen und zum anschließenden Tanz bestieg man ein Schiff, das den Fluß bis Koblenz hinunterfuhr. Martina sah wunderschön aus und hing glücklich am Arm ihres Bräutigams, wenn man sie denn ließ. Ständig zupften ihre Mutter oder ihre Schwiegermutter an ihrem Kleid herum oder riefen sie, weil sie einen Gast begrüßen oder verabschieden mußte, weil es ein besonders schönes Geschenk zu bewundern oder der Anekdote eines alten Onkels zu lauschen galt. Elsa fing die Blicke von Männern auf, die fragend und interessiert auf ihr ruhten. Auch auf Thilda, aber die tat so, als bemerkte sie nichts.

Am nächsten Tag verabschiedete Elsa sich von ihrer Freundin. »Ich wünsche dir alles Glück der Welt mit deinem Mann«, sagte sie zu ihr. Martina lächelte dankbar.

»Nach unseren Flitterwochen muß Wilhelm erst einmal für längere Zeit in die Staaten. Er ist eben viel in Geschäften unterwegs.«

»Und du wohnst in der Zeit im Haus deiner Schwiegereltern? Mögen sie dich denn?«

»Ach, wir werden uns schon aneinander gewöhnen«, antwortete Martina unbekümmert. »Und spätestens im Oktober ist unser Haus fertig, dann sind wir ganz für uns.«

Der Abschied von Mathilde Bledbeck fiel Elsa schwerer, als sie gedacht hatte. Mit Tränen in den Augen sagten sich die Mädchen, die zu Frauen geworden waren, auf dem Hamburger Hauptbahnhof adieu. Aber sie versprachen, sich regelmäßig zu schreiben und sich zu besuchen.

In den nächsten Monaten war Elsa noch zu vielen Hochzeiten eingeladen. Alle schienen zu heiraten: einige der Mädchen, die sie aus dem Internat kannte, unter ihnen auch eine überglückliche Lieselotte von Blausen, und die Kinder der Männer, mit denen ihr Vater Geschäfte machte. Bald darauf flatterten die ersten Geburtsanzeigen ins Haus. Die meisten ihrer Mitschülerinnen aus Wernigerode waren jetzt glücklich verheiratet und Mutter. Es kamen aber auch vereinzelte Briefe, aus denen Elsa Langeweile und das Gefühl der Nutzlosigkeit herauslas. Wie sollte sie sonst das Heimweh verstehen, das die jungen Ehefrauen nach der Gemeinschaft von Wernigerode hatten? Martina Döpfer schrieb einen wehmütigen Brief. Ihr Wilhelm war fast nie zu Hause, so wenig, daß sie noch nicht einmal schwanger geworden war ...

Elsa war unendlich dankbar dafür, daß sie nicht gleich in die Ehefalle gegangen war. Das Wort stammte von Mathilde, die es in jedem ihrer Briefe mindestens einmal erwähnte. »Geh bloß nicht dem Falschen in die Ehefalle!«

Auguste berichtete aus dem Lehrerinnenseminar. Es gefiel ihr dort. Daß ihr kaum eine andere Wahl geblieben war, weil ihre Familie im Krieg alles verloren hatte und sie für ihren Unterhalt und den einer jüngeren Schwester aufkommen mußte, nahm sie gelassen. Doch auch dieser Schritt wäre nichts für Elsa. Sie konnte sich nicht vorstellen, nur unter Frauen zu sein und Frauen zu unterrichten.

Thilda hatte als einzige den großen Schritt gewagt. Sie war tatsächlich nach Berlin gegangen, ganz allein, und schrieb begeisterte Briefe aus der Stadt. Sie versuchte von kleineren Beiträgen für das Feuilleton, Kino- und Theaterbesprechungen zu leben, weil das aber meistens nicht ausreichte, arbeitete sie auch als Zigarettengirl, natürlich in einem Café, in dem hauptsächlich Frauen verkehrten. In jedem Brief flehte sie Elsa an, sie doch endlich einmal zu besuchen.

Richtig glücklich und zufrieden war Elsa nicht gerade. Sie hatte die Schule beendet, eigentlich wollte sie einen beherzten Schritt ins Leben tun, nur in welche Richtung? Niemand drängte sie zu irgend etwas, niemand schien sich Gedanken um ihre Zukunft zu machen. Glaubten ihre Eltern tatsächlich, sie bliebe für alle Ewigkeiten in der Villa und ließe das Leben an sich vorüberziehen? Manchmal wünschte sich Elsa geradezu, ihr Vater würde ihr potentielle Ehemänner präsentieren.

Nach den Jahren im Internat war Elsa als ein anderer Mensch nach Roseburg zurückgekommen. Sie stand an einem Kreuzweg ihres Lebens und hatte keine Ahnung, wohin die nächsten Schritte sie führen sollten.

In ihrer Abwesenheit war ein mannshoher Spiegel in

einem Mahagonirahmen gegenüber dem Treppenaufgang aufgehängt worden. Zu Weihnachten spiegelten sich dort die vielen Kerzen des Weihnachtsbaumes und tauchten den ganzen Raum in ein flackerndes Lichtermeer. An allen anderen Tagen des Jahres gab der Spiegel das Bild desjenigen zurück, der die Treppe herunterkam. Mehr als einmal blieb Elsa erschrocken stehen, wenn sie sich selbst dort entdeckte, und fragte sich, wen sie eigentlich vor sich hatte.

Kapitel 8

Elsa saß in dem zum Garten hin liegenden Zimmer, dessen dicke Vorhänge es immer ein wenig in Dunkelheit tauchten. Der Duft der Zigarren des vergangenen Tages mischte sich mit dem Geruch von Papier und Tinte. Dazu das leise Knirschen der Feder über das Papier, das Knarren der rechten Schreibtischtür, hinter der ihr Vater die Kontobücher aufbewahrte. In diesem Moment fielen die ersten Strahlen der Herbstsonne durch das Fenster. Elsa ließ den schweren Deckel des mit schwarzem Leinen bezogenen Kontobuchs zufallen, und winzige Staubkörnchen wirbelten im Licht. Sie liebte das Zusammenspiel von Farben, Gerüchen und leisen Geräuschen in diesem Zimmer, obwohl es nicht ihres war. Es war ihr in den letzten Monaten, seit sie aus Wernigerode zurück war, zur Gewohnheit geworden, ganz früh am Morgen, bevor die anderen aufstanden, im Arbeitszimmer ihres Vaters über den Büchern zu sitzen und die Zeitungen zu lesen. Ihr besonderes Augenmerk lag auf den Wirtschaftsseiten. Das Interesse, das in Wernigerode für diese Themen geweckt worden war, ließ sie nicht mehr los. Der zweite Blick galt dann den Theaterkritiken, wo sie auf Thildas Namen zu stoßen hoffte.

Sie schlug das schwarze Buch noch einmal auf und vergewisserte sich, daß sie die ungelenken Buchstaben und Zahlen, die Georg hier eingetragen hatte, richtig gelesen hatte. Seine Schrift war die eines Kindes, ihr fehlte jede Leichtigkeit und jedes Charakteristikum. Am Ende der Zeile verloren sich die Buchstaben in der darunterliegenden, sie waren wie mit größter Anstrengung abgemalt, mit ausgeprägten Auf- und Abstrichen, an denen sie sich festzuhalten schienen. Es gab viele Streichungen und Überschreibungen, so daß einige Zahlen nur mit Mühe zu entziffern waren. An seiner Schrift konnte man erkennen, daß ihr Vater nur mühsam Lesen und Schreiben gelernt hatte.

Aber nicht das war es, was Elsa beim Betrachten der Zahlenkolonnen dachte. Sie ging die Ziffern noch einmal durch, obwohl sie sicher war, daß sie sie richtig gedeutet hatte. Mit einem lauten Knall klappte sie den Deckel des Kontobuchs wieder zu und pustete den Staub weg, der sie in der Nase kitzelte. Wie konnte diese Frau derart viel Geld verschlingen! Denn bei den vielen Einträgen unter der Spalte »A.K.«, manchmal auch »L.K.«, konnte es sich nur um Anna Köster und ihren Sohn Ludwig handeln. Daß ihr Vater ihr eine monatliche feste Summe für Wohnung und Kleidung sowie für die Ausbildung von Ludwig zahlte, mochte ja angehen, obwohl sie höher war als der Betrag, der Karoline für den Unterhalt des Villenhaushaltes zugestanden wurde. Aber im letzten Jahr waren merkwürdige Posten auf Annas Namen dazugekommen: Reisekosten, Theaterabonnements, Clubbeiträge, Rechnungen der besten Möbel- und Juweliergeschäfte Hamburgs. Und wozu brauchte Anna zwei Autos?

Die zweite Frau ihres Vaters verfügte über eine monatliche Summe, die beinahe doppelt so hoch lag wie der Betrag, der für Karoline und sie, Elsa, vorgesehen war. Und gleichzeitig wurden die Investitionen, die in Güster dringend nötig waren – auch dies hatte Elsa aus dem ausführlichen Briefwechsel zwischen dem Verwalter des

Kieswerks, der Bank und ihrem Vater herausgelesen –, hinausgezögert. Am meisten wunderte sie sich über die riesigen Beträge, die seit einem Jahr in unregelmäßigen Abständen auf eine Bank in Schippenbeil flossen. Sie mußte erst in ihrem alten Schulatlas nachschlagen, um zu wissen, das Schippenbeil eine Stadt in Ostpreußen war.

Elsa war empört über die Ungerechtigkeit, die ihr Vater ihr und ihrer Mutter antat. Noch mehr beunruhigte sie die Nachlässigkeit, mit der er in diesen schwierigen Zeiten, in denen Unternehmen reihenweise bankrott gingen, das Kieswerk in Gefahr brachte. Sie beschloß zu handeln.

Zwei Tage später ritt sie die wenigen Kilometer nach Güster hinüber. Palida mochte den weichen Untergrund in den Gruben nicht, und der Lärm, den Maschinen und Menschen bei der Arbeit verursachten, machte das Pferd nervös. Elsa band ihn oben nahe der Abbruchkante an und ging den Rest des Weges zu Fuß. Sie marschierte direkt in das Büro des Verwalters, den ihr Vater vor rund zwei Jahren, während sie in Wernigerode war, eingestellt hatte. Trotz seiner untersetzten, kräftigen Gestalt sprang Heinrich Laaken eilfertig auf, als sie eintrat und sich vorstellte. Er verbarg sein Erstaunen nicht, plötzlich die Tochter des Chefs vor sich sitzen zu haben. Und er war noch erstaunter, als sie von ihm einen genauen Bericht über die wirtschaftliche Lage des Kieswerks verlangte. Es sei ziemlich ungewöhnlich, daß sich eine Frau, zudem eine so hübsche, junge wie sie, für derart unweibliche Dinge interessiere, sagte er und legte dabei die Fingerspitzen aneinander. Ob sie im Auftrag ihres Vaters hier sei? Elsa wurde für einen Moment unsicher, denn sie hatte Georg nichts von ihrem Vorhaben gesagt, aber dann dachte sie an das, was sie in den Büchern gelesen hatte, und erklärte ihrem Gegenüber mit fester Stimme, sie sei schließlich die Erbin und verlange umgehend den Bericht.

Laaken fing an, ganz allgemein vom Kiesabbau zu sprechen, bis Elsa ihn freundlich unterbrach.

»Herr Laaken, ich bin lange vor Ihnen durch diese Kiesgruben gelaufen. Ich möchte Sie nicht unnötig von Ihrer Arbeit abhalten, sondern von Ihnen wissen, wann der neue Schwimmbagger abbezahlt ist und bis in welche Tiefe wir derzeit abbauen. Weiter, warum die Arbeiter letzten Monat gestreikt haben. Außerdem möchte ich die Unterkünfte der Kiesarbeiter sehen und die Auftragsbücher für das nächste halbe Jahr. Dann interessiert mich, ob Sie von der neuen Kiessortiermaschine gehört haben, die die Lübecker Kieswerke vor einem Jahr gekauft haben, und ob sie sich auch hier rentieren würde. Ach ja, und dann hätte ich gern Ihre Meinung dazu, wie es bei der Konkurrenz steht, Sie wissen schon, Auftragslage, Kunden und so weiter ...« Sie machte eine kleine Pause und sah Laaken an, der mit offenem Mund vor ihr saß. »Soweit meine dringlichsten Fragen. Glauben Sie, daß Sie mir diese Auskünfte geben können?« fügte sie so freundlich hinzu, daß Laaken sich auf den Arm genommen fühlen mußte.

Der Verwalter sah auf den Schreibtisch vor sich und begann, die Bleistifte vor ihm exakt auszurichten. Elsa fragte sich, wann er ihr antworten würde. Statt dessen legte er in langsamen Bewegungen die Stifte mit der Spitze zur gleichen Seite. Er atmete mühsam und beherrscht. Schließlich hob er den Blick, und ein breites Grinsen erschien auf seinem Gesicht. Er stand auf, kam um den Tisch herum und gab ihr feierlich die Hand. »Ich freue mich, endlich wieder einen Chef – oder vielmehr eine

Chefin – zu haben, die sich für unsere Arbeit hier interessiert. Die Zeiten sind schwer, da braucht ein Unternehmen eine feste, ordnende Hand.«

Erst einige Stunden später machte Elsa sich auf den Heimweg. Sie war stolz und glücklich darüber, wie sie sich an diesem Tag geschlagen hatte. Sie hatte Laaken und auch die Kiesarbeiter, mit denen sie gesprochen hatte, mit ihrem Wissen und ihrem echten Interesse beeindruckt, das hatte sie deutlich gespürt. Nur leider war dabei herausgekommen, daß die Zustände im Kieswerk alles andere als zufriedenstellend waren.

Endlich, endlich war Johanna zurück. Nach dem Puddinggymnasium in Lübeck hatte sie ein Haushaltsjahr bei einer Familie in Brandenburg absolviert, jetzt kam sie nach Hause. Elsa konnte es kaum erwarten, ihre Freundin wieder täglich um sich zu haben.

Viel Zeit würde ihnen allerdings nicht bleiben. Auch Johanna würde heiraten. Sie hatte ihren zukünftigen Mann in Brandenburg kennengelernt, er war der Verwalter des Guts, auf dem sie ihr Haushaltsjahr absolvierte. Die Hochzeit sollte auf dem Lüdersschen Hof in Roseburg stattfinden. Es sollte das letzte Fest sein, das dort gefeiert wurde. Das Anwesen war bereits verkauft, lediglich Hermine Lüders würde ihr Altenteil behalten.

»Tut dir das nicht in der Seele weh? Ich meine, den elterlichen Hof aufzugeben?« fragte Elsa Johanna.

»Leicht ist uns der Schritt nicht gefallen. Aber ich bin sicher, daß es das beste für alle ist. Der Hof ist zu groß, Mama kann ihn allein nicht mehr bewirtschaften, Paul ist in Hamburg und ich bin bald in Angermünde.« Aus Johannas Worten sprach die pure Unbekümmertheit. Es war offensichtlich, daß ihr das Glück den Kopf verdreht hatte und sie nicht sehen wollte, wie sehr Hermine Lüders darunter litt, den Hof abzugeben. Wenigstens durfte sie dort wohnen bleiben und mußte nicht auf ihre alten Tage noch umziehen. Johanna hatte ihrer Mutter vorgeschlagen, doch zu ihr und ihrem Mann nach Brandenburg zu ziehen, doch Hermine hatte abgelehnt. In Roseburg sei sie geboren, hier wolle sie auch sterben! Eine alte Eiche könne man nicht verpflanzen.

»Es scheint Johanna nicht das geringste auszumachen, ihr Elternhaus zu verlieren«, erzählte Elsa am Abend ihrer Mutter, als sie gemeinsam im Pavillon des Mühlenteiches saßen, nach all den Jahren immer noch Karolines Lieblingsplatz. »Wenn ich mir vorstelle, in der Villa würden fremde Leute wohnen und jemand anders hätte im Kieswerk das Sagen ... Schrecklich!«

»Johanna ist verliebt. Da kocht der Verstand manchmal auf Sparflamme«, versuchte Karoline zu erklären. »In diesen Jahren verlieren so viele Leute das, wofür sie ein Leben lang gearbeitet und gekämpft haben. Wir leben in Zeiten des Umbruchs. Da ist es nicht gut, sein Herz zu sehr an die Dinge zu hängen. Man weiß nie, wie lange man sie noch behalten darf.«

Das wollte Elsa nicht gelten lassen.

»Ich würde kämpfen wie eine Löwin, wenn irgend jemand hier die Hand drauflegen sollte, darauf kannst du dich verlassen.«

»Hoffen wir, daß es nie dazu kommt«, antwortete ihre Mutter.

Doch furchtbare Nachrichten aus Hamburg zeigten Elsa, daß auch das Schlimmste nie auszuschließen war. Corinna Hansens Mann Ole hatte sich das Leben genommen, nachdem ein großer Teil seiner Staatspapiere wertlos geworden war. Bei der Beerdigung auf dem Ohlsdorfer Friedhof stand Corinna fassungslos vor dem offenen

Grab. Sie würde allein sein, denn die Ehe war kinderlos geblieben. In einem Abschiedsbrief, den sie Karoline zu lesen gab, hatte ihr Mann geschrieben, daß es für ihn eine Frage der Ehre sei, die Konsequenzen aus seinen geschäftlichen Mißerfolgen zu ziehen. Georg war ungewöhnlich still in den nächsten Tagen. In seinem Arbeitszimmer lag die Todesanzeige für seinen Freund oben auf seinem Schreibtisch. »Was blieb dem Mann auch sonst übrig?« fragte er und hob in einer hilflosen Geste die Arme.

Ole Hansen war die finanzielle Puste ausgegangen, weil er bis zum Schluß an seinen Staatspapieren festgehalten hatte. Hansen hatte zu denen gehört, für die alte Freundschaften mehr galten als wirtschaftliche Realitäten. Er hatte sein Aktienpaket auf Anraten von Freunden gehalten, und jetzt hatten sie alle verloren. Georg Heller war für derartige Argumente immer unempfänglich geblieben. Nicht, weil er sie mit Absicht ignorierte, sie waren ihm in seinem tiefsten Wesen fremd. Was hatte er mit den alten Monarchisten zu schaffen, die immer noch dem Kaiser nachtrauerten und ihre Geschäfte nach politischen Gesichtspunkten tätigten? Die ihr Geld in politische Parteien und manchmal, so ahnte er, auch in republikfeindliche Kräfte investierten? Wilhelm war nicht sein Kaiser gewesen, und Ebert war nicht sein Präsident. Sollten die da oben doch machen, was sie wollen, er, Georg Heller, wollte nur dafür sorgen, daß er gut durch die Inflation kam. Und er würde sich allein durchbeißen. Zu der Hilfe von irgendwelchen Seilschaften oder politischen Freunden in Berlin hatte er kein Zutrauen. Er verließ sich lieber auf sich selbst und seine gute Nase. Er hatte sich früh von allen ideellen Besitztümern getrennt, um Häuser, Grund und Beteiligungen zu erwerben, und er hatte das auch allen geraten, die ihn danach fragten.

War es seine Schuld, wenn sie dann doch anders handelten?

Hansens Freitod war besonders tragisch, weil er nur wenige Tage vor der Einführung der Rentenmark erfolgte. Im November 1923 wurden dann tausend Milliarden Papiermark gegen eine einzige Rentenmark getauscht. Endlich waren die Zeiten vorüber, in denen Hulda einen alten Kinderwagen mit Geldscheinen beladen mußte, um ein Brötchen für zwanzig Milliarden Mark zu kaufen. Die neue Währung versprach Stabilität. Ein hoffnungsfrohes Aufatmen ging durch die deutsche Industrie.

Elsa befürchtete, es würde auffallen, aber sie konnte nicht verhindern, daß sie die ganze Zeit zur Tür starrte. Als sie Paul dann endlich kommen sah, neben sich seine Frau, den jüngeren seiner Söhne auf dem Arm, tat ihr Herz einen Sprung. Wenn sie ehrlich war, dann hatte die Aussicht auf dieses Wiedersehen mit Paul sie mehr elektrisiert als Johannas Hochzeit.

Paul stand in der Tür und suchte mit den Augen den Raum ab. Als er sie entdeckte, nickte er ihr zu. Er hatte nichts von seiner jugendlichen Schlaksigkeit verloren, die Elsa so an ihm mochte. Sein Lächeln war breit und fröhlich wie früher, aber die Grübchen um seinen Mund waren schärfer geworden. Beim Essen waren sie beide am Tisch des Brautpaars plaziert, aber es saßen zu viele Menschen zwischen ihnen, als daß sie ein richtiges Gespräch hätten führen können. So tauschten sie nur immer wieder Blicke.

Johannas weißer Tüllschleier umwehte sie wie eine Wolke des Glücks. Ihr Mann, mit dem sie seit gerade mal drei Stunden verheiratet war, rief einen Toast nach dem anderen aus, und nach jedem Trinkspruch umarmte und küßte er seine Frau. Die beiden liebten sich aufrichtig, das konnte jeder sehen. Jürgen Bode war neunundzwanzig Jahre alt und galt als tüchtiger Verwalter, der seinen Weg machen würde. Er war strohblond, und auch seine buschigen Augenbrauen hatten diese Farbe. Jetzt, im Sommer, waren sie ausgeblichen und kaum in seinem gebräunten Gesicht zu erkennen. Dafür fiel ein dunkles Muttermal auf der rechten Wange um so mehr in den Blick. Er war keine Schönheit, aber sein Aussehen strahlte Gutmütigkeit und Verläßlichkeit aus. Bode war noch im letzten Kriegsjahr eingezogen worden, als er zurückkam, waren beide Eltern tot, Geschwister hatte er keine. Er wandte sich an seinen Vorgesetzten aus dem Krieg, einen Gutsbesitzer aus dem Brandenburgischen, der beide Söhne im Krieg verloren hatte. Der nahm sich Bodes an, bildete ihn auf seinem Hof aus und machte ihn schließlich zum Verwalter. Nach seinem Tod würde er das Gut übernehmen, das stand bereits geschrieben.

Das Fest war fröhlich und laut. Bereits zum Essen wurde Schnaps getrunken. Als das Brautpaar seinen Ehrentanz bekam und dann alle anderen auf die Tanzfläche gebeten wurden, sah Elsa mit freudigem Erstaunen, daß auch ihre Eltern einen gemeinsamen Walzer tanzten. Elsa drehte sich nach Paul um, der am Tisch sitzen geblieben war. Plötzlich wurde es ihr zuviel. Ihr war heiß, der Lärm machte ihr zu schaffen und ebenso die Schnäpse, die sie getrunken hatte. Sie verließ den Saal, um für ein paar Minuten an die frische Luft zu gehen. Vor Schmaljohanns Gasthaus standen überall Paare zusammen, die wie sie der Hitze drinnen entflohen waren. Der Anblick tat Elsa weh, und sie ging die wenigen Schritte zum Lüdersschen Hof hinüber. Sie lehnte sich an einen der alten Apfelbäume, die schon seit Jahrzehnten hier standen, und spürte die knotige Rinde des Baumes in ihrem

Rücken. Tief atmete sie die milde Luft dieses Sommerabends ein und sah hinauf zu den Sternen am Himmel.

»Weißt du noch, wie viele Körbe Äpfel wir von diesen Bäumen gepflückt haben?« fragte eine Stimme hinter ihr. Pauls Stimme. Sie fuhr herum und spürte, wie die rauhe Rinde des Baumes an dem Spitzeneinsatz ihres Kleides zerrte.

»Wie geht es dir?« fragte sie ihn, ohne auf seine Frage zu antworten.

»Und dir?« fragte er zurück, und sie mußte feststellen, daß seine Stimme noch immer dieses Vibrieren hatte, das etwas in ihr zum Klingen brachte.

»Gut«, sagte sie. »Bis auf den Umstand, daß ich hier an eurem Apfelbaum festhänge.« Sie versuchte sich freizumachen.

»Warte mal. Du zerreißt dir ja dein Kleid.« Er griff um sie herum, und Elsa atmete den Duft seiner Halsbeuge. Der vertraute Geruch war in den Jahren schärfer geworden, männlicher. Er stürzte sie in einen Tumult der Erinnerungen. Obwohl sie wußte, daß es dafür zu spät war, überließ sie sich für einige Sekunden der Vorstellung, wie es mit Paul hätte sein können. Dann hatte er die Spitze von der Rinde gelöst, sie war wieder frei, der magische Moment vorüber. Paul trat einen Schritt zurück.

»Man sagt, du hast die Geschäfte deines Vaters übernommen?« Er fragte das eher beiläufig, während er sich eine Zigarette anzündete.

»Ich versuche das Kieswerk wieder rentabel zu machen. Dort liegt einiges im argen.«

»Du bist eben doch eine waschechte Kapitalistin.«

»An dem Werk hängen siebenundfünfzig Menschen, die Arbeiter und ihre Familien. Warum ist es schlecht, wenn ich versuche, ihnen die Arbeitsplätze zu erhalten?« brauste sie auf.

»Ist ja schon gut. Ich wollte dich auf den Arm nehmen, das ist alles. Du hast einige Leute ganz schön vor den Kopf gestoßen.« Er grinste. »Haben sie wieder was über die Hellers zu reden.«

»Das ist mir egal. Das Werk steckt in finanziellen Schwierigkeiten, und Papa kümmert sich seit Monaten nicht mehr richtig darum. Soll ich in einer solchen Situation etwa Rücksicht darauf nehmen, was die Leute sagen?«

»Fast ein bißchen wie dein Vater, findest du nicht?« Er sah sie so an, daß sie wußte, er wollte sie schon wieder provozieren. Irgend etwas an dem Vergleich mit ihrem Vater gefiel ihr plötzlich.

»Woher weißt du das eigentlich so genau?« fragte sie gedehnt. »Du bist doch weg aus Roseburg. Jedenfalls sieht man dich hier nicht mehr.«

»Ich beobachte dich aus der Ferne«, sagte er und sah sie auf ganz merkwürdige Weise dabei an.

Elsa wußte, sie bewegten sich auf gefährlichem Gebiet. Leichthin sagte sie: »Nun, dann hättest du mich damals vielleicht doch heiraten sollen.«

Paul sah zu Boden und trat immer wieder auf der Zigarette herum, die mittlerweile schon völlig zerfetzt war und bestimmt nicht mehr brannte. Dann wandte er sich zum Gehen.

»Bleib doch«, bat sie ihn leise. »Erzähl mir, wie es dir geht. Was macht die Politik?«

»Du hast wirklich ein seltsames Talent dafür, unangenehme Themen anzusprechen.« Mit einem schiefen Grinsen drehte er sich wieder zu ihr um. Dann sagte er: »Du hast sicher davon gehört, daß die KPD im letzten Oktober versucht hat zu putschen. Die Polizeiwachen in Hamburg zu überfallen, um an Waffen zu kommen! Ich habe damals dagegen gestimmt, also hat man mich aus der Partei geworfen. Sonst wäre ich ausgetreten. Ich habe jetzt viel Zeit«, sagte er mit einem bitteren Lächeln. »Keine Parteiversammlungen mehr, keine Schulungen, keine Protestaktionen.«

»Und deine Frau? Wie ist sie?«

Über Pauls Gesicht ging ein bitteres Lächeln. »Lore? Sie ist gut für mich. Sie liebt mich und die Kinder, ich habe ihr viel zu verdanken. Sie hätte was Besseres verdient.«

»Warum sagst du das? Bist du nicht gut zu ihr? Hast du etwa andere Frauen neben ihr?«

»Nein, nein, etwas Derartiges würde ich ihr nie antun.« Paul sah sie noch einmal auf diese eindringliche Art an, die sie unsicher machte. »Aber ich weiß, daß ich sie nicht so liebe, wie ich eine andere Frau hätte lieben können.«

Nach Johannas Hochzeit fühlte Elsa eine Mischung aus Traurigkeit und ungekanntem Tatendrang. Sie vermißte Johanna, die gleich am nächsten Tag mit ihrem Mann nach Angermünde aufgebrochen war. Auch Paul war wieder in Hamburg, Elsa blieb allein in Roseburg zurück. Und doch hatte das Wiedersehen mit ihrer alten Liebe sie beflügelt. Sie liebte Paul nicht mehr, trotz des Prickelns, das seine Berührung in ihr ausgelöst hatte. Das Aufblitzen dieses Gefühls war wohl mehr einer melancholischen Erinnerung geschuldet als echter Leidenschaft, und doch hatte es sie beschwingt. Elsa wurde unternehmungslustig.

Jetzt fand sie den Mut, ihren Vater auf die Dinge anzusprechen, die sie aus seiner Korrespondenz und den Büchern herausgelesen hatte. An einem regnerischen Abend ging sie zu ihrem Vater hinüber, der mit der Zeitung in dem großen Ohrensessel in seinem Arbeitszimmer saß. Sie fragte Georg, woher sein fehlendes Interesse an dem Werk rühre, das er doch schließlich selbst aufgebaut und immer als sein Lebenswerk betrachtet habe. Sie sprach ihn auf die dringend notwendigen Investitionen an, die sich nach spätestens einem Jahr amortisieren würden. Auf die überaus schlechte Stimmung im Werk, die Unzufriedenheit der Arbeiter, die sich im Stich gelassen fühlten. Und sie teilte ihm mit, daß Laaken, ohne den gewiß gar nichts mehr funktionieren würde, ginge, wenn sich nichts ändere.

Georg sagte für einen Augenblick gar nichts. Er hatte ihr die ganze Zeit, während sie sprach, halb den Rücken zugewandt, ohne eine Regung zu zeigen. Jetzt drehte er sich ein wenig zu ihr herum, und in seinen aufeinandergepreßten Lippen erkannte Elsa die Anspannung.

»Woher weißt du all diese Dinge?« Er sprach leise, so leise, daß Elsa darunter seine mühsam unterdrückte Wut spürte.

Elsa begehrte auf. »Nun tu doch nicht so, als wüßtest du nicht, daß ich an deinem Schreibtisch arbeite. Ich war auch einige Male in Güster und habe mir vor Ort ein genaues Bild gemacht. Das hat Laaken dir doch sicher erzählt.«

Georg ging nicht auf das ein, was sie sagte. Immer noch gefährlich beherrscht sprach er weiter: »Ich schätze es nicht, wenn man sich hinter meinem Rücken in meine ureigensten Dinge einmischt. Ich schätze es auch nicht, wenn man meine Angestellten madig macht und ihnen verrückte Flausen in den Kopf setzt.«

Mit dieser Reaktion hätte Elsa am allerwenigsten gerechnet. Wie konnte sie nur glauben, ihr Vater würde sich freuen über ihr Interesse an seinen Geschäften? Hoffen, sie könnte ihm zeigen, was in ihr steckte, und ihm dadurch ein wenig näherkommen? Schließlich hatte er doch früher, als sie noch ein Kind war, immer voller Stolz behauptet, seine Tochter würde einmal das Kieswerk übernehmen und sie würde ihre Sache genauso gut machen wie jeder Sohn. Und dann verstand sie. Ludwig! Natürlich! Georg wollte Ludwig das Kieswerk vermachen. Aber warum hatte der dann nicht schon längst die Fäden in die Hand genommen? Ludwig wollte nicht, das war es. Weil er nichts wollte, was von seinem verhaßten Vater kam. In wenigen Sekunden wurde Elsa all dies bewußt, ohne daß ihr Vater es ihr erklären mußte. Daher stammte seine mühsam unterdrückte Wut. Jemand verhielt sich nicht so, wie er, Georg Heller, sich das gedacht hatte.

Sie sagte ihm alles auf den Kopf zu. »Soll ich darunter leiden, daß dein Sohn dich ablehnt? Habe ich nicht ein größeres Recht auf das Werk als er? Und ich will es. Mir macht es Spaß, die Geschäfte dort zu leiten. Und wenn du dir nur einmal die Mühe machtest, meine Aktennotizen zu lesen, dann wüßtest du, daß meine Vorschläge gut sind. Ich kann eine gute Unternehmerin werden, wenn du mich läßt.« Ihr fiel der abendliche Ausritt nach Güster ein, als ihr die Idee mit den Badeseen gekommen war. Hatte ihr Vater da nicht gesagt, aus ihr würde einmal eine erfolgreiche Entrepreneurin werden? Sie würde dieses Wort mit Leben füllen.

»Du bist eine Frau. Frauen gehören nicht in ein Kieswerk!«

Elsa schnappte nach Luft. »Und das sagst ausgerechnet du? Du selbst hast mich doch erst auf die Idee gebracht mit deiner Prahlerei von meinem Talent in Geschäftsdingen! Du hast immer behauptet, du brauchst keinen Sohn, du hast ja mich. Wieso jetzt auf einmal Ludwig?« Den letzten Satz schrie sie heraus.

Sie war im Zimmer herumgegangen, weil ihre Wut sie nicht länger auf dem Stuhl hielt, und stand jetzt hinter seinem Ohrensessel. Beim letzten Satz drehte sie sich um und erschrak: Immer hatte der Kopf ihres Vaters über die Rückenlehne dieses wuchtigen Möbels hinausgeragt. Er war immer so groß und präsent gewesen, daß nicht einmal dieser Sessel ihn ganz aufzunehmen vermochte. Elsa hatte diesen Anblick: die Sesselkante mit der oberen Hälfte seines Kopfes schon Hunderte Male gesehen. Doch jetzt war ihr Vater in dem Möbel zusammengesackt. Verwirrt lenkte sie ein: »Papa, nun laß es mich doch versuchen. Ich werde alles mit dir absprechen, nichts geschieht ohne deine Einwilligung. Ich will doch nur, daß das Werk nicht bankrott geht.« Sie wurde eifrig und zog einige Schriftstücke und Pläne aus einem größeren Stapel auf dem Schreibtisch hervor, um sie ihm zu zeigen. »Sieh mal hier, wenn man die einzelnen Förderbänder hintereinanderfügt, dann ...« Georg hörte ihr nicht zu. Mühsam erhob er sich und ging zur Tür. Im Hinausgehen sagte er: »Tu, was du für richtig hältst. Mich interessiert das alles nicht mehr.«

»So habe ich Papa noch nie erlebt. Wie von einer Axt gefällt. Irgend etwas muß ihn über alle Maßen getroffen haben.«

Elsa und ihre Mutter waren vor dem plötzlich hereinbrechenden Gewitter geflüchtet. Sie hatten nicht einmal mehr die Zeit gehabt, die Kissen und Decken in Sicherheit zu bringen, die sie mit an die Teiche genommen hatten. »Laß alles liegen. Wir holen es später«, schrie Karoline und raffte nur die Blüten, die sie am Nachmittag abgezupft hatte, in ihrem Hut zusammen. Jetzt saß sie mit unordentlichem Haar, das sich aus dem Knoten gelöst hatte und klatschnaß ihren Rücken hinabhing, in einem der großen Korbsessel und sah dem Unwetter draußen zu.

»Er hat Angst, diese Frau zu verlieren«, sagte sie.

Elsa wußte sofort, wer gemeint war. Karoline hatte sich immer geweigert, Anna Köster anders als »diese Frau« zu nennen. »Was sagst du da?«

»Sie will aus Hamburg weg. Sie träumt von einem Leben auf dem Land. Ihr Sohn ist krank, die Lunge, er braucht eine Luftveränderung.«

»Was fehlt ihm? Er ist doch nicht etwa schwindsüchtig?«

»Doch, die Krankheit ist vor einigen Wochen festgestellt worden. Es geht ihm nicht gut.«

»Woher weißt du das alles?«

»Oh, glaube nicht, daß ich nicht auch meine Quellen habe.« Bitterkeit umspielte ihren Mund. »Da Georg sich keine Mühe gibt, sein Verhältnis zu verbergen, und sich ständig in Hamburg mit dieser Frau zeigt, werden sie natürlich auch gesehen. Stell dir vor, Georg hat sie den Kistners vorgestellt, und sie hat ihnen von ihrem Sohn erzählt.«

»Und Friede Kistner hatte nichts Besseres zu tun, als alles an dich weiterzutragen«, schnappte Elsa.

»Sie hat es nur gut gemeint«, antwortete Karoline müde. Dann lächelte sie Elsa an. »Obwohl sie für einen guten Klatsch alles stehen- und liegenlassen würde.«

»Wie kannst du diese Frau nur zu deinen Freundinnen zählen?«

»Ich mag sie, auch wenn sie ein bißchen einfach gestrickt ist. Sie meint es jedenfalls nie böse.«

Sie schwiegen, während eine Windböe die großen Bäume vor dem Fenster peitschte. Dann sprach Karoline leise weiter: »Diese Frau tut mir leid, trotz allem, was sie mir angetan hat. Ich weiß, wie es ist, ein Kind zu verlieren. Ich kann verstehen, daß Papa derart niedergedrückt ist, wahrscheinlich denkt er nur noch an seinen todkranken Sohn. Sie hat mir damals geholfen, als es dir so schlecht ging. Ohne sie würdest du wahrscheinlich nicht mehr leben ...«

»Ich weiß, und das macht das Verhältnis zu ihr so schwierig. Ich kann sie doch nicht einfach hassen oder verachten, nach dem, was sie für mich getan hat. Tut mir leid, Mama. Damals hat sie dir doch dieses Kräuterzeug von ihrem chinesischen Wunderdoktor gebracht. Kann der denn nicht auch ihrem Sohn helfen?«

»Woher soll ich das wissen? Vielleicht war sie ja schon bei ihm, und er konnte nichts tun? Oder er ist nicht mehr Hamburg, wer weiß?«

Wieder sahen sie eine Weile schweigend nach draußen, wo Blitz und Donner sich inzwischen gelegt hatten, nur der Regen fiel immer noch rauschend vom Himmel. Elsa dachte an das andere, was ihre Mutter wissen mußte.

»Hast du eigentlich eine Ahnung, wieviel Geld Anna und Ludwig Köster monatlich von Papa bekommen?«

»Nein, wieso? Ich kümmere mich nicht um die Finanzen, das würde Papa als Zeichen von mangelndem Vertrauen auslegen. Außerdem interessiert es mich nicht.«

»Das sollte es aber. Papa überweist nämlich nach Hamburg beinahe doppelt soviel, wie du hier für die Haushaltsführung zur Verfügung hast.«

Karoline sah sie fassungslos an. »Was? Aber wofür brauchen sie soviel Geld, um Himmels willen?«

»Zum Beispiel für zwei Autos. Und im letzten Herbst hat sie gleich zwei Pelze gekauft. Ob sie die wohl übereinander trägt? Und in ihre Schmuckschatulle würde ich auch gern einmal hineinschauen. Da muß ein Vermögen drinliegen.«

Karoline dachte an perlenbesetzte Täschchen. »Mein Vermögen und dein Erbe«, sagte sie grimmig. »Jetzt ist er zu weit gegangen. Eine solche Ungerechtigkeit werde ich nicht hinnehmen.«

Am Abend kam Georg aus Hamburg zurück. Karoline hörte das Schlagen der Autotür sofort, weil sie auf das Geräusch gewartet hatte.

Vor zwei Jahren hatte Georg die Ford-Limousine angeschafft, das erste Auto in Roseburg. Kurz darauf hatte auch Bürgermeister Schmaljohann ein Auto gekauft, aber den Triumph des ersten hatte in diesem Fall Georg Heller davongetragen. Mit schweren Schritten betrat er die Diele, wo Karoline auf ihn wartete.

»Ich muß mit dir reden.« Sie nahm ihm den Mantel ab und stellte fest, daß er ungut roch, nach Krankenhaus und Alkohol.

»Nicht heute, nicht jetzt. Ich habe gerade andere Sorgen.«

»Was ich dir zu sagen habe, duldet keinen Aufschub. Ich mache dir etwas zu essen, und dann wirst du mir zuhören.« Ihre Stimme ließ keinen Widerspruch zu.

Kurze Zeit später saßen sie sich im Eßzimmer gegenüber. Während Georg den kalten Braten verzehrte, trug Karoline ihm die Liste mit den Ausgaben vor, die Elsa ihr fein säuberlich untereinandergeschrieben hatte. Georg saß da, die Gabel auf halbem Weg zum Mund.

»Ist es tatsächlich soviel?« fragte er nur.

»Die Geschenke, die du ihnen sicherlich noch obendrein machst, will ich gar nicht dazurechnen. Ich verlange von dir, auch im Namen deiner rechtmäßigen Tochter, die Nachzahlung genau dieser Summe«, dabei reichte sie ihm den Zettel mit den Notizen, »und in Zukunft werde ich mich mit nicht weniger zufriedengeben als diese Frau. Elsa wird darauf achten, daß alles mit rechten Dingen zugeht. Du wirst bemerkt haben, daß sie dazu durchaus in der Lage ist.«

Georg wollte aufbegehren, aber Karoline schnitt ihm das Wort ab. »Muß ich dich an das Versprechen erinnern, welches du deiner Tochter gegeben hast, als sie die Wahrheit über dich und diese Frau herausgefunden hatte? Glaubst du etwa, sie hat mir davon nicht erzählt? Du hast ihr dein Ehrenwort gegeben, die anderen niemals zu bevorzugen. Wenn du ein Ehrenmann bist, dann stehe nun auch dazu!«

Sie stand auf und ging zu seiner Seite des Tisches hinüber. Leicht legte sie ihm die Hand auf die Schulter. Sie brachte es nicht über sich, ihm mehr Trost für seinen kranken Sohn zu spenden.

Eine Woche später überreichte Georg Heller seiner Frau ein notarielles Schreiben, in dem sie und die gemeinsame Tochter Elsa als Eigentümerinnen eines gut vermieteten Kontorhauses in der Hamburger Innenstadt ausgewiesen waren.

Kapitel 9

Als Elsa den Mann unter den vielen Gästen der Vernissage entdeckte, mußte sie keine Sekunde überlegen, um zu wissen, wo sie ihn schon einmal gesehen hatte. Der gutaussehende Mann, der die meisten anderen um einen Kopf überragte, war der Fremde, mit dem ihre Mutter in Bad Oeynhausen getanzt hatte. Sie suchte mit den Augen nach Karoline, die von Bewunderern umringt war und zum zwanzigsten Mal erklärte, wo sie die Blumen fand, wie sie sie konservierte und verarbeitete. Der Mann hatte sie jetzt auch gesehen, ging zu ihr hinüber und küßte ihr die Hand, hielt sie dann sogar noch einige Sekunden in der seinen.

In diesem Augenblick stand Corinna Hansen vor ihr.

»Na, gefällt dir die Ausstellung? Hast du die vielen Leute gesehen? Sogar ein Reporter vom *Hamburger Fremdenblatt* ist da!« Aus ihren Worten sprach Stolz, schließlich war das alles ihre Idee gewesen. Was hatte sie auf Karoline einreden müssen, bis sie endlich einverstanden gewesen war! »Ja, das war ein großes Stück Arbeit, aber es hat sich gelohnt, findest du nicht? Oh, da kommen Oldachs und von Allwördens. Oldach ist ein hohes Tier bei Blohm & Voss.« Sie ging ihnen mit ausgestreckten Armen entgegen, um sie zu begrüßen. »Kommen Sie, ich zeige Ihnen mein Lieblingsstück.«

Elsa sah wieder auf die andere Seite des Raumes, wo eben noch ihre Mutter gestanden hatte, aber Karoline war nicht mehr zu sehen. Und auch ihren Vater konnte sie nirgends entdecken, dabei hatte er versprochen, an diesem Tag an der Seite seiner Frau zu sein.

Unschlüssig schlenderte sie durch die Räume der Ausstellung. Nach dem Tod ihres Mannes hatte Corinna den Mut gefaßt, sich ihren Traum zu erfüllen. Sie hatte die unteren Räume ihrer klassizistischen Villa in Hamburg-Rotherbaum in eine Galerie verwandelt, die dank ihrer Beziehungen und ihres Kunstsinns ein Erfolg zu werden versprach. Die Ausstellung mit den Collagen von Karoline Heller war bereits die dritte in diesem Jahr.

Elsa erkannte die meisten Exponate nach einem zerstreuten Blick. Sie hatten ihre Jugend begleitet, sie waren ihr vertraut und erzählten ihr bekannte Geschichten. Vor ihrem Lieblingsbild blieb sie stehen: eine riesige Collage in der Größe von ein mal ein Meter. Sie war überhaupt nicht zart oder verspielt wie viele andere Werke ihrer Mutter. Die gesamte Fläche war bedeckt mit Materialien in Rot- und Brauntönen, die sogar über den Rahmen hinauszuwuchern schienen. Auf den ersten Blick sah es aus wie etwas Abstraktes, aber Elsa hatte von Anfang an die hinter Bäumen verborgenen Umrisse der Roseburger Villa in dem Bild erkannt. Sogar den Mühlenteich konnte man ahnen, der in hellgelblichen Tönen wie im fahlen Mondlicht liegend aussah.

»Gibt es für dieses Haus ein reales Vorbild?« fragte jemand neben ihr.

Elsa drehte sich zu einem Mann um, der nicht sie, sondern die Wand betrachtete.

»Welches Haus?« fragte sie verständnislos.

»Na, das da, auf dem Bild«, antwortete er.

»Ja, sehen Sie es denn?«

»Ich bin doch nicht blind! Das sieht man doch, nicht auf den ersten Blick, dafür ist es zu abstrakt, aber daß es ein Haus ist mit einer Art Turm, ist doch deutlich zu erkennen. Ich frage mich, was diese schimmernde Fläche dahinter zu bedeuten hat.«

»Das ist ein Teich, der Mühlenteich, genaugenommen.«

Jetzt sah er sie verständnislos an. »Also, daß das ein Teich ist, das sehen Sie, aber das Haus sehen Sie nicht?«

Sie mußte lachen. »Ich habe das Haus gesehen, ich habe nur gedacht, jemand anderem würde es verborgen bleiben. Schließlich ist es das Haus meiner Familie«, fügte sie hinzu.

»Es scheint kein besonders glücklicher Ort zu sein, etwas Bedrückendes geht von ihm aus, meinen Sie nicht? Sehen Sie nur die Farben, das beinahe schon gewalttätige Rot, und die Linien, hier, in den Bäumen, als würde ein Sturm darüber hinwegfegen ... Entschuldigung, jetzt habe ich Ihnen die Stimmung verdorben, das wollte ich nicht. Es war einfach nur ein Eindruck, den ich beim Betrachten des Bildes hatte. Haben Sie es gemacht?«

»Nein, meine Mutter.« Elsa fragte sich, ob es möglich war, daß Karoline mit diesem Bild einer Ahnung von künftigen Stürmen über dem Haus Ausdruck gegeben hatte. Ludwigs Tuberkulose und die Tatsache, daß ihr Vater seine Geschäfte sträflich vernachlässigte, waren keine guten Zeichen. Oder hatte sie die dramatischen Umstände beim Bau des Hauses auf das Bild gebannt? Sie nahm sich vor, bei nächster Gelegenheit danach zu fragen.

Der Mann riß sie aus ihren Gedanken. »Die Bilder sind von großer Kraft. Einige zeugen nur von solidem handwerklichem Geschick, aber in anderen hat die Künstlerin ihr Innerstes nach außen gekehrt. Erstaunlich, wie sie das mit dieser Technik schafft. Sie hat so etwas Weibliches ...« Er hätte wohl noch länger gesprochen, wenn Elsa ihn nicht unterbrochen hätte.

»Woher kennen Sie sich so gut aus?«

»Ich male. Erfolglos, aber gut. Für eine Ausstellung in einem solchen Rahmen würde ich meine rechte Hand geben.«

»Nun, vielleicht nicht gerade die Hand, die werden Sie brauchen, um den Pinsel zu halten.«

»Touché«, sagte er anerkennend und sah sie zum erstenmal richtig an.

Elsa hatte immer noch die Angewohnheit, alle Männer mit Paul zu vergleichen. Dieser hier schien auf den ersten Blick das Gegenteil ihrer Jugendliebe zu sein. Er war dunkel, hatte glattes, zurückgekämmtes Haar und trug einen beinahe schwarzen Schnauzer. Elsa betrachtete fasziniert seine Hände, die feingliedrig, aber dennoch kräftig waren und mit denen er beim Reden heftig gestikulierte. Es konnte nur ein Wort für seine Erscheinung geben: Er war schön. Trotz des Kontrasts im Aussehen erinnerten sie seine große, schlanke Gestalt und die Respektlosigkeit seiner Rede doch an Paul. Elsa fand ihn sympathisch.

»Ich heiße übrigens Konrad Lührssen.« Er sah sie mit einem gewinnenden Lächeln an, als er ihr die Hand hinhielt, und unter seinem Bart sah sie zwei feste Lippen über sehr weißen Zähnen.

»Elsa Heller«, sagte sie. »Meine Mutter hat die Collagen gemacht, aber das wissen Sie ja schon, und wir leben in dem Haus auf dem Bild.«

Er pfiff leise durch die Zähne. »Alle Achtung.«

Elsa fragte sich, wie er in diese Gesellschaft geraten sein mochte. Er machte keinen großbürgerlichen Eindruck wie all die anderen Gäste, dafür war seine Kleidung zu leger und waren seine Manieren nicht geschliffen genug. Ihr die Hand zu geben! Die meisten Männer hätten sie ohne Zögern zum Mund geführt. Aber wie ein richtiger Künstler oder Bohemien sah er auch nicht aus. Obwohl er malte ...

Konrad Lührssen sah auf die Uhr und sagte dann: »Ich muß gehen. Es war sehr anregend, mit Ihnen zu plaudern.«

Sie sah ihm nach, wie er in Richtung Ausgang ging, mit großen Schritten und zielstrebig, ohne nach links oder rechts zu sehen. Nur bei Corinna Hansen blieb er kurz stehen, um sich zu verabschieden.

Corinna kam auf sie zu. »Nimm dich in acht vor Konrad. Er ist ein großer Maler und ein noch größerer Zyniker.«

Elsa wollte sie fragen, wie sie das meine, aber Corinna hatte bereits einen Neuankömmling entdeckt, der unbedingt begrüßt werden mußte. Also machte sie sich wieder auf die Suche nach ihrer Mutter. Statt dessen entdeckte sie ihren Vater. Sie war erleichtert, daß er, wenn auch spät, gekommen war. Sie wußte, daß es Karoline wichtig war. Sie ging mit ihm durch die Ausstellung und erklärte ihm die Bilder. Georg hörte interessiert zu. Es war offensichtlich, daß er sich noch nie damit beschäftigt hatte, was seine Frau schon seit Jahren tat. Elsa fühlte Genugtuung, als sie sah, wie überrascht er die anerkennenden Kommentare der Besucher hörte. Dann fielen sie Frau Kistner in die Hände, die sie für die nächste Stunde mit Beschlag belegte.

»Du hast ein Verhältnis mit diesem Mann!«

»Natürlich. Wenn du unter Verhältnis verstehst, daß er ein sehr guter Freund ist, auf den ich mich unter allen Umständen verlassen kann.«

»Du weißt genau, daß ich das nicht meine.«

Elsa machte diese Unterredung langsam wütend. Wie gelassen ihre Mutter auf ihre Frage reagierte, die ja so alltäglich nicht war. Warum gab sie keine klare Antwort, auf die sie als Tochter doch wohl ein Recht hatte? Elsa hatte den ganzen Abend darauf gewartet, endlich mit ihrer Mutter allein zu sein, um sie nach dem fremden Mann fragen zu können. Nach der Ausstellung waren Elsa und ihre Eltern mit Corinna Hansen und Friede Kistner, deren Mann auf See war, in Schümanns Austernkeller am Jungfernstieg gegangen. Sie hatten in der Zeppelin-Koje gesessen und Austern und Champagner bestellt. Georg hatte gemeint, nach einem so erfolgreichen Tag sei auch ein außergewöhnliches Diner angebracht. Es wurde ein lustiger Abend, Karoline war beschwipst vom Wein und von ihrem Erfolg, und Elsa beobachtete, wie stolz ihr Vater seine Frau ansah. Sie fürchtete den ganzen Abend, der Fremde würde auch hier auftauchen, und war erleichtert, als das nicht der Fall war. Aber nun, nach der langen Fahrt zurück nach Roseburg, wollte sie endlich Klarheit, obwohl sie erschöpft war. Georg hatte sich gleich in sein Schlafzimmer zurückgezogen, und Elsa war mit in das Zimmer ihrer Mutter gegangen.

»Also, was ist das für eine Geschichte?« wiederholte sie ihre Frage in Richtung des Badezimmers, in das ihre Mutter verschwunden war.

»Mein liebes Fräulein, du bist impertinent«, sagte Karoline gutgelaunt. »Ich weiß sehr genau, bis wohin ich gehen darf, und ich habe nicht die Absicht, diese Grenze zu überschreiten, wenn du das meinst.«

»Aber warum denn nicht?«

Karoline sah sie voller Verblüffung von der Tür her an. Sie hatte den Knoten in ihrem Haar gelöst. Elsa stellte fest, daß es ihr nur noch bis zur Taille reichte. Wann hatte ihre Mutter es abgeschnitten? Bevor sie danach fragen konnte, sprach Karoline weiter: »Wie soll ich das nun wieder verstehen? Ich dachte, du wolltest mir hier eine Standpauke halten, weil ich eine außereheliche Affäre habe. Statt dessen wirfst du mir vor, daß ich keine habe?«

»Genau! Seit wie vielen Jahren bist du mit Papa verheiratet?«

»Seit beinahe einem Vierteljahrhundert.«

»Und seit wann betrügt er dich?«

»Ungefähr genauso lange.«

»Und wann hat er aufgehört, dein Ehemann zu sein, du weißt, was ich meine?«

»Das geht dich nichts an.«

»Na gut, entschuldige. Aber verstehen kann ich es dennoch nicht. Dieser andere Mann liebt dich, das sieht ein Blinder – bloß Papa merkt natürlich nichts davon.«

»Ich liebe ihn auch«, sagte Karoline leise. »Schon seit einigen Jahren.«

»Auch schon, als ich meinen großen Kummer mit Paul hatte? Und in Bad Oeynhausen?«

»Ja, da hat es angefangen.«

»Aber warum weist du ihn ab? Du mußt dich doch wirklich nicht Papa verpflichtet fühlen, oder tust du das etwa? Was er dir angetan hat, ist nicht wiedergutzumachen. Du hast doch auch ein Anrecht auf ein Stück vom Glück.«

»Willst du, daß ich mich scheiden lasse?«

Bei der Vorstellung wurde Elsa unwohl. »Nein, keine Scheidung, aber warum machst du ihn nicht zu deinem Geliebten, es muß ja nicht gleich jeder wissen wie bei Papa.«

Karoline setzte sich und begann, ihr Haar für die Nacht zu einem dicken Zopf zu flechten. Sie schien ganz in dieser alltäglichen Verrichtung aufzugehen, während sie sprach. »In meinem Leben ist soviel kaputtgegangen, so viele Werte sind zerbrochen, und die Ideen, die ich mir vom Leben, besonders von der Ehe, gemacht habe, sind alle zerplatzt wie Seifenblasen. Als Ausgleich muß ich in meiner Welt alles zusammenhalten. Etwas in meinem Leben muß Bestand haben, sonst werde ich selbst auch zerbrechen. Ich bringe ein großes Opfer, und Thomas fordere ich ein noch größeres ab, aber es ist die einzige Möglichkeit für mich zu überleben. Georg hat Schuld auf sich geladen, als er derart leichtfertig mit unserer Ehe gespielt hat, und er wird seine Strafe dafür bekommen. Ich kann denselben Weg nicht gehen. Ich bin es mir selber und dir schuldig.« Sie lehnte sich zurück und sah Elsa an.

»So siehst du die Dinge ...«

»Vielleicht klingt das altmodisch. Aber ich kann mich nicht damit abfinden, daß es keine so große Rolle spielt, ob man sich treu ist oder nicht.«

»Dieser Mann muß dich wirklich sehr lieben, wenn er all das auf sich nimmt«, sagte Elsa.

»Ja, er liebt mich und ist der Trost meines Lebens. Neben dir natürlich, Elsa.«

»Erzähl mir von ihm.«

Sie erfuhr, daß Thomas Heuer früher Pferdezüchter gewesen war. Sein Gestüt lag in der Nähe von Hannover. Nachdem seine Frau bei einem Reitunfall zu Tode gekommen war, hatte er die Zucht seinem Bruder überlassen. Seit jenem Tag haßte er Pferde. Jahrelang hatte er sich treiben lassen und um seine Frau getrauert. Dann hatte er Karoline in Bad Oeynhausen getroffen. Er hatte gleich in ihrem Blick gelesen, daß auch sie an einer unglücklichen Liebe litt. »Wir haben uns gegenseitig alles von der Seele geredet, und dabei haben wir festgestellt, daß wir uns sehr ähnlich sind und viele gemeinsame Interessen haben. Auch er interessiert sich für Gartenbau. Er hat weite Reisen gemacht und von überall her Setzlinge mitgebracht. Vor einem Jahr hat er sich in der Lüneburger Heide niedergelassen und versucht dort Bäume und Sträucher anzusiedeln, die normalerweise in unseren Breiten nicht wachsen. Sein Traum ist ein Arboretum, eine Art Park oder Botanischer Garten, für jedermann zugänglich. Er steckt sein ganzes Vermögen in dieses Unternehmen, auch wegen seiner vielen Reisen.«

»Er muß viel von der Welt gesehen haben, darum beneide ich ihn«, sagte Elsa.

»Er ist bereits auf allen fünf Kontinenten gewesen. Was er von der Wüste Mexikos erzählt hat, hat mich derart hingerissen, daß ich am liebsten auch dorthin fahren würde.«

»Und ich würde mitkommen«, seufzte Elsa. Sie stand auf, um zu ihrer Mutter hinüberzugehen und ihr über das Haar zu streichen. »Wann hast du es abgeschnitten?« fragte sie.

Karoline lächelte sie im Spiegel an. »Oh, das war schon nach deiner Krankheit. Ich hatte ein Gelübde abgelegt. Wenn du wieder gesund würdest ... Es ist mittlerweile schon wieder ein gutes Stück gewachsen.«

Kapitel 10

Die schweren Herbstregen wollten in diesem Jahr kein Ende nehmen. Am Morgen hatte es so ausgesehen, als würde der Himmel endlich aufreißen, doch nun zogen von Osten bereits weitere Wolken heran und brachten eine neue Sintflut.

Elsa saß im Arbeitszimmer ihres Vaters, das sie inzwischen als das ihre betrachtete. Sie verglich die eingegangene Rechnung über sechs neue Förderbänder mit der Auftragsbestätigung, die sie verschickt hatte. Dieser Auftrag war der erste, der auf dem neuen Briefpapier des Kieswerks gedruckt war:

Georg Heller et Filia
Holzhandlung
Besitzer der Kieswerke »Güster«
mit Bagger-Betrieb,
Hafen- und Gleisanschluß
Fernsprecher Nr. 1

Dieses »et Filia«, das war sie. Als sie ihren Vater aufgefordert hatte, sie auch offiziell in die Firma aufzunehmen, schließlich würde sie auch die ganze Arbeit tun, hatte er zugestimmt, und sie hatte sofort neues Geschäftspapier drucken lassen. Die Beteiligung an dem Unternehmen war sein Geburtstagsgeschenk im September 1926 gewesen. Mit dreiundzwanzig schon Unternehmerin, dachte Elsa stolz und strich mit den Fingerspitzen über das Papier. Wobei die Möllner Druckerei den ersten Andruck falsch geliefert hatte, nämlich mit »et Filius«, und erst nach einem klärenden Telefongespräch dazu zu bewegen war, tatsächlich die weibliche Form einzusetzen.

Die Förderbandanlage war neu, und sie war Elsas Idee gewesen und ihre erste große Investition. Die Bänder sollten die Strecke zwischen den sich immer weiter ins Gelände fressenden Kiesbrüchen und den Gleisanlagen überbrücken und somit die Arbeit erleichtern und wesentlich rentabler machen. Laaken war dagegen gewesen. Niemand von den anderen Grubenbesitzern hatte Bandförderer, der Kies wurde auf Karren geschoben, und so sollte es bleiben. Aber Elsa hatte sich durchgesetzt.

Als sie in Güster eingetroffen waren, sechs funkelnagelneue Bänder aus grasgrünen Stahlverstrebungen mit dunkelglitzernden Gummimatten, aneinandergereiht beinahe einhundert Meter lang, hatten die Arbeiter gemurrt. Es hatte abfällige Bemerkungen darüber gegeben, daß eine Frau eben doch von solchen Dingen keine Ahnung habe. Was sollten sie mit diesen Ungetümen anfangen. Elsa wurde ungeduldig. Kurzerhand ließ sie das erste Band an den LKW hängen. Dann setzte sie sich persönlich hinter das Steuer und manövrierte das Ungetüm rumpelnd und scheppernd durch die Grube, bis an die Abbruchstelle, direkt unter den Schwimmbagger. Sie setzte das Förderband in Bewegung. Der Schwimmbagger ließ den nassen Kies auf das Band klatschen, wo er über gute zehn Meter transportiert wurde. Am Ende des Bandes fiel der Kies auf die Erde. »Hier müßt ihr das zweite Band anhängen«, rief Elsa den Arbeitern zu, »und dann das dritte, so lange, bis ihr die Gleisanlagen erreicht!« Mit zitternden Knien kletterte sie vom Fahrersitz. Sie hatte zwar gewußt, daß es funktionieren mußte, aber ganz wohl war ihr doch nicht gewesen. Als sie nun vor den Leuten stand und sich den Schweiß von der Stirn wischte, sah sie in die grinsenden Gesichter der Männer. Einige schwenkten ihren Hut und klatschten. Elsa sah fragend zu Laaken, der neben ihr stand, und er wies abwechselnd auf ihre Hände und ihre Stirn und grinste dabei. Elsa sah an sich herab und entdeckte verblüfft die dicke Schicht Maschinenschmiere, die an ihren Fingern klebte. Jetzt konnte sie sich vorstellen, wie sie im Gesicht aussah. Sie war so stolz und erleichtert über die geglückte erste Bewährungsprobe, daß sie in das wilde Gelächter der Leute einstimmte.

In Gedanken an jenen Moment strich sie sich über die Stirn und besah danach ihre Hände. Keine Schmiere!

Das Telefon klingelte. Irgend etwas an dem Klingeln war dringlich. Mit einem unguten Gefühl nahm sie den Hörer ab.

Eine halbe Stunde später traf sie in Güster ein. Sie hatte sich nicht die Mühe gemacht, sich vor dem prasselnden Regen zu schützen, sie spürte auch nicht die Kälte, die durch ihren Mantel drang. Laaken rannte ihr entgegen, und gemeinsam hasteten sie zum neuen Abbruch. Sie versanken knöcheltief in den Pfützen, und mehr als einmal rutschte Elsa aus. Laaken ging es ebenso, und schließlich nahmen sie sich bei den Händen und hielten sich gegenseitig fest, um schneller zu sein. Als sie an der Einsturzstelle ankamen, bot sich ihren Augen ein Inferno. Von der oberen Kante, ungefähr fünfzehn Meter über ihren Köpfen, war ein mehrere Meter breites Stück Erdreich abgebrochen und hatte das am nächsten stehende Förderband fast in der ganzen Länge unter sich begraben – und mit ihm mehrere Männer. Die Abbruchkante über ihnen sah aus wie ein riesiges Maul, bereit, alles zu verschlingen. Oben standen einige Arbeiter hilflos gestikulierend herum und versuchten, die Verschütteten zu finden. Unten, wenige Meter vor Elsa, waren einige andere dabei, mit Schaufeln und bloßen Händen die Erde abzutragen, doch wenn sie einen winzigen Teil der riesigen Sandmenge fortgeräumt hatten, rutschte von oben sofort neuer Boden nach.

»So hat das keinen Sinn. Wir müssen uns etwas anderes überlegen. Wir müssen die Männer da rausholen«, schrie sie Laaken durch die Regenwand hindurch an.

»Ich habe bereits zwei Leute in Halde D geschickt, um den Bagger zu holen. Männer, laßt das sein, das ist viel zu gefährlich und außerdem sinnlos!« brüllte er den Arbeitern vor ihm zu.

»Wann kommt der Bagger?« Elsa sah sich um, und da entdeckte sie das schwere Gefährt. Langsam, viel zu langsam bewegte es sich auf sie zu, während rechts und links Fontänen schmutzigen Wassers emporspritzten.

Mit einem dröhnenden Geräusch, das ihr widerlich war, löste sich oben ein weiteres Sandbrett und krachte zwanzig Meter neben ihnen herunter. Zum Glück hielt sich dort niemand auf. »Wir müssen erst oben abstützen, sonst werden wir hier unten alle begraben!«

»Gute Idee«, rief Laaken und fing sofort an, den Plan umzusetzen. »Zwei Männer bleiben hier unten und achten auf Lebenszeichen von den Verschütteten. Alle anderen holen Holz, alles, was ihr kriegen könnt! Nehmt die Baumstämme, die wir gesägt haben, reißt meinetwegen die Holzpflöcke von den Zäunen. Wir rammen sie an der Abbruchstelle in den Boden, damit die verdammte Kante hält.«

Elsa hastete zurück ins Büro. Wieder kam ihr der Weg unüberwindlich vor, weil sie kaum vorankam. Als sie endlich das Telefon erreichte, konnte sie vor Anstrengung kaum sprechen. Sie rief die benachbarten Kiesgruben an und bat um Hilfe. Die Männer sollten auch verfügbare Bagger mitbringen. »Und Lampen brauchen wir, es wird bald dunkel!« Nachdem sie alle angerufen hatte, ließ sie sich auf den Stuhl fallen und schluchzte haltlos. Sie dachte an die Männer, die unter dem Sand begraben waren. Hatten sie überhaupt eine Überlebenschance? Der nasse Sand war tonnenschwer, wenn sie nicht gleich von seinem Gewicht erschlagen worden waren, drohte ihnen der Tod durch Ersticken. Nein, jetzt nur nicht darüber nachdenken. Sie würde nicht aufgeben, bis sie die Verunglückten gefunden hätte! Sie stürzte wieder nach draußen und schloß sich den Männern an, die jetzt aus allen Richtungen gelaufen kamen, um zu helfen.

Zurück an der Unglücksstelle, sah sie oben ungefähr fünfzig Arbeiter, die dabei waren, schnell und präzise Pfähle in den Boden zu rammen. Der Sand war durch den Regen aufgeweicht, und die Männer arbeiteten mit der Kraft der Verzweiflung. Sie kamen rasch voran, die Hälfte der Abbruchstelle war bereits gesichert.

»Sie sollen rechts und links noch einige Meter weiter absichern, dort ist der Boden auch rissig. Wenn bloß der verdammte Regen aufhören würde!«

»Hat doch schon fast aufgehört. Ein gutes Zeichen!« brüllte Laaken sie an und setzte sich auf einen der bereits laufenden Bagger, um mit dem Abtragen zu beginnen. »Aber dafür wird es dunkel.«

Elsa hielt ihr Gesicht nach oben und stellte fest, daß es tatsächlich kaum noch regnete. Sie mußte nicht mehr gegen den prasselnden Regen, aber dafür gegen das Hämmern der Männer und den Lärm der Bagger anschreien.

Nach zwei Stunden in einer gespenstischen Szenerie von Motorenlärm und panikartigem Geschrei, die nur von den scharfen Strahlen einzelner Laternen erhellt wurde, fanden sie den ersten Toten.

Als die Männer merkten, daß direkt vor ihnen etwas anderes war als Sand, blieb es für ein paar Sekunden ganz still. Die Umstehenden hörten für einen Moment auf mit dem Graben. Die Frauen und Kinder der vermißten Arbeiter und ein paar Neugierige, die etwas abseits standen, rückten in atemloser Spannung näher heran. Im nächsten Augenblick wühlten alle wie wahnsinnig mit den Händen im nassen Sand, bis er einen seltsam verrenkten Arm freigab. Auf dem Ellenbogen der Arbeitsjacke war ein schwarzer Flicken zu sehen. Fanny Mertens stieß einen einzigen gellenden Schrei aus, der von den Wänden der Grube widerhallte. »Johann!« Sie hatte ihren Mann vor allen anderen an ihrem Flickwerk erkannt. Elsa ging zu ihr und legte ihr den Arm um die Schultern. Gemeinsam sahen sie zu, wie Johann Mertens aus seinem feuchten Grab befreit wurde.

In dieser Nacht geschah doch noch ein Wunder. Zwei Überlebende konnten geborgen werden. Sie hatten sich zum Zeitpunkt des Unglücks in unmittelbarer Nähe des Transportbandes befunden, unter das sie von den Sandmassen geschleudert worden waren. Dort hatte sich eine Luftblase gebildet, in der sie genug Luft zum Atmen fanden, und so hatten sie überlebt. Die Retter zogen sie bewußtlos, aber nur leicht verletzt hervor. Fehlten noch zwei Männer, die vermißt waren. Sie wurden kurze Zeit später tot geborgen. Mit tonloser Stimme dankte Elsa allen, die geholfen hatten, und schickte sie nach Hause.

Laaken verabschiedete sich mit einem langen Händedruck von ihr. »Das haben Sie sehr gut gemacht. Daran wird man hier noch lange denken.«

Ihr blieb noch die Aufgabe, den Toten das Geleit in ihre Häuser zu geben und mit den Familien zu sprechen. Elsa fürchtete sich vor dieser Aufgabe, der sie sich nicht gewachsen fühlte. Sie war von ganzem Herzen dankbar, als sie das Auto ihres Vaters entdeckte. Karoline hatte nach Hamburg telefoniert – sie mußte im Haus von Anna Köster anrufen, und das würde sie ihrem Mann so schnell nicht verzeihen –, um ihm zu sagen, was in Güster passiert war. Er hatte sich sofort in sein Auto gesetzt, doch er traf erst ein, als die Rettungsaktion vorüber war, und das stieß vielen bitter auf.

Als erstes gingen sie zu Fanny Mertens. Die junge Witwe saß in der Küche der Zweiraumkate, von denen Georg Heller in den letzten Jahren einige in unmittelbarer Nähe seiner Gruben aufgestellt hatte. Fanny hatte ihre kleine Tochter auf dem Schoß. In der Hand hielt sie die Jacke, die man ihrem toten Mann ausgezogen hatte. »Erst gestern habe ich seine Jacke ausgebessert. Ich habe mir große Mühe mit der Flickerei gemacht. Sehen Sie, hier, an den Ecken habe ich einen Stern hineingestickt ...«

Elsa fand die Vorstellung tröstlich, wieviel Liebe Fanny auf diese Näharbeit verwandt hatte und daß diese gestickten Sterne ein unverwechselbares Zeichen ihrer Zusammengehörigkeit bildeten. Das sagte sie Fanny, die daraufhin wieder anfing zu weinen.

»Entschuldigen Sie, wenn ich gewußt hätte, daß ich mit meinen Worten Ihren Kummer noch größer mache, hätte ich den Mund gehalten«, sagte sie, und eine Welle der Panik überrollte sie.

»Was soll denn jetzt aus Marie und mir werden?« Fanny schluchzte auf und sah Elsa in wilder Verzweiflung an.

Georg hatte bisher die ganze Zeit stumm dabeigesessen. Wahrscheinlich hielt er es für richtiger, diese Gefühlsdinge den Frauen zu überlassen. Doch jetzt meldete er sich zu Wort: »Machen Sie sich keine Sorgen, wir werden Sie nicht allein lassen. Ich will Ihnen heute abend noch keine konkreten Versprechungen machen, aber wir werden für Sie und die Familien der anderen sorgen. Darauf gebe ich Ihnen mein Wort.« Er hielt Fanny Mertens seine Hand hin, und als sie sie ergriff, schüttelte er sie kräftig und nickte ihr aufmunternd zu.

Elsa sah ihren Vater dankbar an. »Ist heute nacht jemand bei Ihnen?« fragte sie Fanny.

»Ja, die Nachbarin kommt gleich herüber, für die Totenwache.«

»Dann werden wir jetzt gehen. Wir müssen noch zu den anderen Familien.« Elsa und Georg gingen hinüber ins andere der beiden Zimmer und erwiesen dem toten Johann Mertens die letzte Ehre. Er lag im Ehebett aufgebahrt, der linke Arm mußte gebrochen sein, er lag seltsam verrenkt auf seinem Oberkörper. Elsa sah sich verstohlen in dem Zimmer um. Wie klein es war, und doch diente es einer ganzen Familie als Schlafzimmer. Der Raum, in dem sie eben gesessen hatten, war das Wohnzimmer, an das sich hinter einer halben Wand die winzige Küche anschloß. Für drei Personen mochte die Kate gerade groß genug sein, aber Elsa wußte von Familien, die vier und mehr Kinder hatten, und sie fragte sich, wie sie in diesen kleinen, niedrigen Räumen alle Platz finden sollten. Die Kate war nur mit den nötigsten Möbeln ausgestattet, Elsa sah lediglich eine einzige Fotografie, ein Hochzeitsfoto, und eine Babyrassel. Kein Bild, kein Buch, kein Dekor. Sie warf einen letzten Blick auf den Toten und auf das leere Bett neben ihm. Mit Schaudern stellte sie sich vor, wie es für Fanny sein mußte, neben ihrem toten Mann zu schlafen.

Die Behausungen der anderen beiden Familien, die einen Toten zu beklagen hatten, waren noch deprimierender. Drangvolle Enge und schlechte Luft empfingen sie, dazu verzweifelte Witwen und weinende Kinder.

Der Morgen graute schon, als sie endlich in Roseburg ankamen. Karoline und Hulda waren noch auf und boten Kaffee und etwas zu essen an. Elsa wollte nur einen Kaffee, um sich aufzuwärmen. Sie saßen um den Tisch herum, und Elsa und Georg berichteten den anderen in dürren Worten, was passiert war.

»Johann Merters hat es erwischt«, sagte Georg zu seiner Frau. »Du hast ihnen vor zwei Jahren ein Geschenk gemacht, zur Kindstaufe. Und den ollen Pallaske und Hermann Behnensiek, der hatte erst bei uns angefangen.«

»Der alte Pallaske? Der war doch von Anfang an bei uns! Warum war der noch nicht in Pension?«

»Nächsten Monat wäre es soweit gewesen«, antwortete Elsa bitter.

»Die armen Hinterbliebenen«, seufzte Karoline.

»Ich werde mich um sie kümmern, das haben wir versprochen«, sagte Elsa leise. Sie war plötzlich zu Tode erschöpft, jeder Knochen tat ihr weh, und sie zitterte so, daß der Kaffee aus ihrer Tasse schwappte.

»Unsere Tochter hat heute nacht die Ehre unserer Familie gerettet. Ich weiß nicht, was geschehen wäre, wenn sie nicht dort gewesen wäre.«

»Laaken hätte das auch gekonnt«, antwortete Elsa müde.

»Nein, hätte er nicht. Es war wichtig, daß einer von der Familie da war. Du hast das Kieswerk gerettet. Die Leute nehmen solche Dinge sehr ernst. Erinnerst du dich, damals bei Bechters, als die Unterkünfte brannten und es Tote gab ...«

»Die Leute haben um ihr Leben und ihre Häuser gekämpft, und Bechters war unterdessen auf der Jagd. Obwohl er Bescheid wußte!« Aus Huldas Worten sprach Empörung.

»Ja, und da haben sie ihm in ihrer Wut seinen neuen Schaufelbagger demoliert.« Georg sah Elsa an. »Ich bin stolz auf dich. Und jetzt bringe ich dich nach oben. Du siehst aus, als würdest du keinen Schritt mehr gehen können.«

Elsa nickte dankbar. Sie wollte nur noch ins Bett.

»Ist es unsere Schuld?« fragte sie ihren Vater, der ihr mit einer unbekannten Fürsorglichkeit die Treppe hinaufhalf.

Georg verneinte. Schließlich könne niemand etwas für den Regen.

»Aber hätten wir nicht schon vor einigen Tagen die Arbeit unterbrechen müssen? Die Abbruchkanten abstützen?«

Er zuckte mit den Schultern. »Ich habe bisher noch nicht von einem solchen Unfall gehört. Wer hätte ihn vorausahnen können? Du hast heute abend alles Menschenmögliche getan. Den Anspruch auf das Werk hast du dir redlich verdient.« Sie waren vor ihrer Zimmertür angelangt. Er öffnete für sie die Tür. Zuerst wollte er ihr die Hand geben, doch dann drückte er ihr einen verlegenen Kuß auf die Stirn und wünschte ihr eine gute Nacht.

Elsa wusch sich den gröbsten Dreck ab und legte sich in ihr Bett, eine unsägliche Müdigkeit im Körper und in der Seele tiefste Verzweiflung. Am Himmel zeigte sich ein rötlicher Schein. Mit Erbitterung stellte sie fest, daß der Regen endgültig aufgehört hatte und es ein sonniger Tag werden würde.

Die Hamburger Assekuranz zahlte. Das beruhigte Elsas Gewissen. Wenn die Unfallversicherung, die Georg Heller für seine Arbeiter abgeschlossen hatte, für die Hinterbliebenen aufkam, dann konnte von ihrer Seite kein schuldhaftes Verhalten vorliegen. Aber die Versicherungssumme würde zum Lebensunterhalt nicht ausreichen, und so beschloß Elsa, noch etwas draufzulegen. Damit war auch Georg einverstanden. Er hatte immer sozial für seine Arbeiter gedacht. Der Bau der Katen mit den kleinen Gemüsegärten entsprang diesem Denken. Er versicherte seine Arbeiter gegen Krankheit und Unfall und bestärkte Karoline darin, die Kinder zu fördern und für ihren Schulbesuch zu sorgen. Er hatte die Gründung eines Konsumvereins in Güster angeregt, wo seine Leute billige und gute Lebensmittel kaufen konnten. Diese Haltung entsprang nur zum Teil seinem Gerechtigkeitssinn, schließlich war er selbst aus der Arbeiterklasse aufgestiegen. Aber er fürchtete sich vor den Gewerkschaften und den radikalen politischen Parteien. »Wer gut ißt und nicht die Nächte durchsäuft, der arbeitet zuverlässig und kommt nicht auf dumme Gedanken« war sein Credo.

Auch Fanny Mertens bekam eine kleine Summe, aber sie mußte aus der Kate ausziehen, die nur für die Kiesarbeiter und ihre Familien vorgesehen waren. Und sie hatte ein Kind zu versorgen. Elsa hatte die hübsche Frau mit den lockigen Haaren in ihr Herz geschlossen. Sie machte den Vorschlag, sie zur Entlastung von Hulda in der Villa zu beschäftigen. Sie sollte sich um die Wäsche kümmern und kleinere Schneiderarbeiten übernehmen, denn die Waschfrau, die bisher einmal die Woche gekommen war, hatte sich aufs Altenteil zurückgezogen.

Fannys Tochter, die kleine Marie, brachte vom ersten Tag an Leben ins Haus. Ständig war sie auf Erkundungstour in Haus und Garten, oft standen alle kopf, weil sie sich wieder irgendwo versteckt hatte und sich einen Spaß daraus machte, wenn alle sie suchten. Besonders Karoline nahm sich der Kleinen an. Marie begleitete sie bei ihren Streifzügen, und bald kannte das Kind die ersten Blumen und Bäume beim Namen.

Elsas Tage waren ausgefüllt. Nach dem Frühstück machte sie einen Spaziergang oder ließ Palida satteln. Die späten Vormittagsstunden verbrachte sie im Arbeitszimmer. Sie erledigte mittlerweile die gesamte Korrespondenz, die mit dem Kieswerk zu tun hatte. Sie hatte sich so weit eingearbeitet, daß sie nicht nur für die Abwicklung bereits bestehender Aufträge sorgte, sondern auch neue Lieferaufträge annahm, Preise und Transportbedingungen aushandelte. Sie erschien an der Stelle ihres Vaters zu einer Sitzung der anderen Kiesgrubenbesitzer, die sich in einem Möllner Restaurant trafen, um über ein gemeinsames Vorgehen und die Zusammenlegung bestimmter Kapazitäten zu verhandeln. Als sie den Raum betrat, fühlte sie das Mißtrauen der Männer wie eine Wand vor sich, doch gegen Ende des Abends hatte sie die meisten von ihrem fachlichen Können überzeugt, und einer verabschiedete sich von ihr, indem er sie respektvoll »Kiesbaronin« nannte.

Nach wie vor las sie sehr genau die Wirtschaftsseiten der *Möllner Zeitung* und des *Hamburger Fremdenblatts*. Zudem brauchte sie Zeit für ihre Korrespondenzen mit Thilda, Martina und Johanna, die sie ihrerseits über ihr jeweiliges Leben auf dem laufenden hielten. Nach dem Mittagessen, das sie in der Regel mit Karoline einnahm – nur ganz selten einmal war Georg zu Hause und kam dazu –, gönnte sie sich eine Stunde Ruhe. Jetzt, im Winter, saß sie auf der Veranda oder vor dem Kamin im Salon. Am Nachmittag fuhr sie nach Güster. Ihr Vater hatte es früher immer so gehalten, daß er einmal am Tag im Werk anwesend war. Um über alles Bescheid zu wissen, um notwendige Entscheidungen sofort treffen zu können, aus Interesse, um den Arbeitern zu zeigen, wer das Sagen hatte ... Diese sinnvolle Tradition nahm sie wieder auf.

Die Verschüttung war sechs Wochen her, die Verunglückten hatten ihre Zahlungen von der Versicherung und das Draufgeld der Familie erhalten, und Elsa hatte Sicherheitsvorkehrungen treffen lassen: Ab sofort wurde die obere Abbruchkante mit eingerammten Pfählen abgestützt, solange dort noch gearbeitet wurde. Jede ausgebeutete Baggerkuhle wurde rundum mit Kiefern, Erlen und Pappeln bepflanzt, um die Kanten dauerhaft zu befestigen. Zudem wurde bei langanhaltendem Regen eine Grubenwache abgestellt, die die Schwere und Brüchigkeit des Sandes regelmäßig kontrollierte. Diese Vorkehrungen wurden auch von anderen Grubenbesitzern übernommen, worauf Elsa besonders stolz war.

»Damit haben wir doch alles getan, um eine Wiederholung der Katastrophe zu vermeiden, oder nicht?« In ihrer Stimme schwang Unsicherheit mit. Hatte sie doch etwas vergessen?

Laaken beugte sich über den Schreibtisch nach vorn und hielt sie mit seinen Augen so fest, daß sie sich nicht traute, sich zurückzulehnen, um seinem Atem zu entkommen, der über ihr Gesicht strich. »Ganz ehrlich, ich glaube nicht, daß wir, Sie oder ich, mehr für die Sicherheit der Arbeiter tun können.«

Sie saßen sich in dem kleinen Büro gegenüber. Laaken hatte ihr schon mehrfach angeboten, doch seinen Platz hinter dem Schreibtisch einzunehmen. Aber Elsa hatte abgelehnt. Sie wollte ihm nicht seinen angestammten

Platz nehmen und ihn womöglich gegen sich aufbringen, sie war auf seine Arbeit angewiesen.

Jetzt mußte sie sich jedesmal umdrehen, wenn einer der Arbeiter hereinkam, um seinen Lohn abzuholen und sich zu verabschieden.

»Schönen Sünndach ook, Laaken, und för di ook, Elsa!« Gustav Hölker war reingekommen. Er gehörte zu denjenigen, die von Anfang an dabei waren. Er stammte ursprünglich aus dem Rheinland, war für den Kanalbau gekommen und geblieben. Elsa kannte ihn schließlich, seit sie ein Kind war. »Nu goh man nach Hus. Wat wist du di hier afrackern. Dat is doch nix för sö'n Fieken!« Der alte Hölker sprach Plattdeutsch mit leichtem rheinischem Einschlag. Er war der einzige, der Elsa noch duzte, obwohl auch die meisten anderen sich erinnerten, wie sie als kleines Mädchen an der Hand ihres Vater ins Kieswerk gekommen war. Die Männer gaben ihr Grüße für Karoline mit auf den Weg, die die Familien schon seit Jahren unterstützte: Sie schenkte Kleidung oder ein Spielzeug für die Kinder zu Weihnachten, packte Lebensmittelkörbe, und für begabte Kinder übernahm sie die Kosten der Schulspeisung sowie für Bücher und Griffel. Dies war ihr Beitrag zur Arbeit im Kieswerk. Und nicht der geringste, denn sie wurde von den Familien der Arbeiter dafür verehrt. Es gab auch welche, die diese »Almosen« zornig ablehnten, doch Karoline kümmerte das nicht. Sie kannte die meisten Frauen noch aus der Zeit, als sie selbst manchmal nicht genug gehabt hatte. Mehr als eine Frau kam hinter dem Rücken ihres Mannes zu ihr und bat sie um Hilfe, wenn es um ein kleines Darlehen, einen Rat oder sonst etwas ging.

Laaken unterbrach Elsa bei diesen Gedanken: »Wenn Sie so weitermachen, bin ich bald überflüssig. Sie haben schnell durchschaut, wie hier alles funktioniert, und Ihre

Verbesserungsvorschläge greifen jetzt schon. Wir fördern mehr Kies als in den Jahren zuvor. Ich muß zugeben, daß Sie mit den Förderbändern recht hatten. Die Lübecker Kieswerke haben auch welche bestellt ...«

Die Art, wie er das sagte, ließ Elsa aufhorchen. So, als forderte er sie geradezu zum Widerspruch heraus. »Nun stellen Sie Ihr Licht mal nicht so unter den Scheffel, Laaken. Wenn Sie nicht von morgens bis abends hier wären, würde wahrscheinlich gar nichts laufen. Ich brauche Sie. Und Sie wissen selbst, daß die Leute sich gewisse Dinge nie von einer Frau sagen lassen würden.«

Beide dachten an die hygienischen Probleme, die in den Sammelunterkünften herrschten. Und an die leichten Mädchen, die dort ein und aus gingen und Anlaß für Streit und Prügeleien waren.

»Wie ich Sie kenne, würden Sie sie auch noch dazu kriegen, den halben Tag umsonst zu arbeiten.« Dabei sah Laaken sie wieder so an, wie er es in der letzten Zeit häufiger tat. Anerkennend, aber auch eindringlich, so, wie ein Mann eine Frau ansah, nicht ein Vorarbeiter seine Chefin.

Elsa lachte. »Das wollen wir lieber nicht auf einen Versuch ankommen lassen.« Sie verabschiedete sich früher, als sie vorgehabt hatte.

Ich glaube, er ist in mich verliebt, dachte sie, auch das noch! Sie konnte sich nicht über diesen Verehrer freuen. Irgend etwas an Laaken störte sie, machmal glaubte sie Arglist in seinen Augen zu sehen, eine Art Überwindung, wenn er ihr Komplimente machte. Außerdem spürte sie weder eine körperliche Anziehungskraft so wie bei Paul, noch reizte er sie auch nur im entferntesten intellektuell, wie – sie suchte nach einem Namen –, wie dieser Konrad Lührssen es getan hatte.

Obwohl das Wetter wenig zum Ausgehen einlud, waren fast alle Hamburger zu Karolines Jour fixe erschienen. Jetzt hasteten sie durch Sturm und Regen zu ihren Autos. Elsa und ihr Vater saßen vor dem noch unabgeräumten Eßtisch, auf dem leere Gläser und abgegessene Teller von einem guten Essen zeugten. Hulda und Karoline halfen den Gästen in die Mäntel, es war wohltuend still nach dem Lärm der Gesellschaft.

»Ist etwas?« fragte Elsa ihren Vater vorsichtig. »Warum bist du heute überhaupt hier?« Ihr fiel auf, wie schlecht Georg aussah, müde und mit leerem Blick saß er vor ihr.

Er zuckte leicht zusammen. »Ludwig hatte heute wieder eine Untersuchung. Die sind immer ziemlich anstrengend für ihn, weißt du, und ich wollte ihm nicht zuviel zumuten. Anna ist bei ihm ...«

In Elsa regte sich das schlechte Gewissen. In den letzten Wochen hatte sie nur flüchtig an ihren Stiefbruder gedacht, und es hatte nicht nur an der vielen Arbeit gelegen. Sie mochte Ludwig nicht, aber jetzt berührte sein Schicksal sie doch, vor allem wenn sie sah, wie es ihren Vater mitnahm.

»Wie geht es ihm?« fragte sie vorsichtig.

Ihr Vater sah sie für einen Augenblick dankbar an, dann erlosch sein Blick wieder.

Wo war nur seine unerschöpfliche Tatkraft geblieben, wo die Energie, die ihn Tag und Nacht Pläne machen ließ? Wo seine umtriebige Präsenz, die ihn rasch in jeder Gesellschaft zum Mittelpunkt werden ließ und anderen das Luftholen neben ihm oft so schwer machte? In diesem Augenblick tat ihr Vater ihr unendlich leid. Wieder kam Elsa das Bild eines Baumes in den Sinn, wenn sie an ihn dachte: Eine starke alte Eiche, der man den Haupttrieb gekappt hatte und die nun verzweifelt versuchte, über die kleineren Äste genügend Lebenssaft zu produzieren. Die Krankheit seines Sohnes hatte ihn in höchstem Grade verwundbar gemacht. Die Sorge um Ludwig ließ ihn Gefühle zeigen, etwas, das er früher als Schwäche abgelehnt hätte. Er ist weich geworden, dachte Elsa. Unter anderen Umständen hätte sie sich darüber gefreut, jetzt machte es ihr angst.

»Sein Zustand verschlechtert sich. Komm mit mir, einmal nur«, bat er sie und nahm ihre Hand in seine.

Sie wollte ihm ihre Hand entziehen, weil die drängende Berührung ihr unangenehm war, doch er verstärkte noch den Druck seiner Finger.

»Ich weiß ja, daß es damals falsch war, die Wahrheit vor dir zu verbergen und darauf zu warten, daß du sie von anderen erfährst. Ich habe meinen Fehler eingesehen, und ich bereue ihn. Es tut mir in der Seele weh, wenn ich daran danke, daß ihr zwei euch nicht versteht. Ihr seid doch beide meine Kinder.«

»Ludwig haßt mich.« Sie traute sich nicht zu sagen, daß auch sie ihren Stiefbruder nicht mochte.

»Das glaube ich nicht. Er ist ein schwieriges Kind gewesen, das gebe ich zu. Aber du hast ihn seit Jahren nicht gesehen. Und jetzt ist er todkrank.«

Elsa kamen die Gelegenheiten in den Sinn, bei denen sie Ludwig getroffen hatte. Die erste Begegnung war noch die einfachste gewesen. Damals in Wotersen hatte sie nicht gewußt, daß er ihr Bruder war. Sie hatte in ihm lediglich einen wortkargen, wenig sympathischen Jungen gesehen. Dann kam das Aufeinandertreffen vor der Kirche in Siebeneichen. Möglicherweise wußte Ludwig damals noch nicht, daß Elsa seine Schwester war, aber daß er und seine Mutter damals davongejagt wurden, hatte den Haß in ihm gesät. Die letzte Begegnung im Hotel Atlantic lag schon einige Jahre zurück, doch noch immer spürte Elsa seinen brennenden Blick in ihrem Rücken. Die Erinnerung war ihr so unangenehm, daß sie sich unwillkürlich schüttelte. Trotzdem sagte sie: »Gut, ich fahre mit dir nach Hamburg.«

Georg war diese Aussöhnung so wichtig, daß er darauf bestand, gleich am nächsten Morgen aufzubrechen. Elsa saß neben ihrem Vater im Fond der Limousine, und der gute Franz Heinrich, der auf seine alten Tage noch das Chauffieren eines Automobils gelernt hatte, fuhr sie. Die Zeiten, als sie wie alle anderen den Zug nach Hamburg genommen hatten, waren endgültig vorbei. Sie mußten nicht bis in die Stadt hineinfahren, denn Ludwig lag im Krankenhaus Barmbek, am östlichen Rand der Hansestadt.

Elsa erschrak, als sie ihn sah. Ihr Stiefbruder lag allein in einem abgedunkelten kleinen Zimmer. Neben dem Bett war Platz für zwei Stühle, auf dem Georg und sie Platz nahmen. Auf der anderen Seite des Bettes war die Wand, an der eine Postkarte aus London und ein Foto von Anna Köster hingen. Wenigstens etwas Ablenkung fürs Auge, dachte Elsa. Dafür machte ihr der Geruch in dem Zimmer zu schaffen: muffige, abgestandene Luft, durchsetzt mit Spuren von scharfen Desinfektionsmitteln und Äther. Elsa atmete flach, sie wollte sowenig wie möglich von diesem Raum in sich aufnehmen.

Ludwig hatte das Gesicht zur Wand gedreht, aber er schlief nicht. Langsam drehte er sich zu ihnen herum.

»Guten Tag, Ludwig. Wie geht es dir heute? War der Arzt schon da? Sieh nur, wen ich dir mitgebracht habe!« Ihr Vater bemühte sich, Fröhlichkeit in seine Stimme zu legen.

Ludwig sah Elsa an, und es zuckte in seinem Mundwinkel. Obwohl er offensichtlich sehr schwach war, gelang es ihm, ein böses Funkeln in seine Augen zu bringen. Auch Georg sah es.

»Kinder, nun tut doch nicht so. Ich lass' euch mal für ein paar Minuten allein, bin gleich wieder zurück.«

»Aber Papa, das finde ich nicht ...« sagte Elsa, doch Georg war bereits aufgestanden und auf dem Weg zur Tür. Mit einem Seufzer drehte sie sich wieder zu Ludwig um, der sie ansah, während sein Atem rasselnd ging.

»Sieht so aus, als hättest du gewonnen.« Es kostete ihn Kraft, die Sätze hervorzustoßen. »Bald hast du ihn ganz für dich allein. Wobei du nicht glauben mußt, daß ich ihn haben wollte. Er war ganz bestimmt nicht der Vater, den ich mir gewünscht hätte.« Ein wütender Hustenanfall brachte ihn zum Schweigen.

Elsa erschrak. »Du solltest dich nicht so anstrengen. Und was unseren Vater angeht, so weiß ich gar nicht, was du mir vorwirfst. Ich müßte böse auf dich sein, schließlich enthält er mir viel vor, um es dir zu geben.«

»Ach, und was könnte das sein, deiner Meinung nach?« Trotz der Anstrengung, die ihn das Sprechen kostete, war der Sarkasmus nicht zu überhören.

»Nun, zum Beispiel sehen wir ihn kaum mehr in Roseburg. Er kümmert sich auch nicht um seine Firma, weil er seine Zeit lieber mit dir und deiner Mutter verbringt als mit uns. Ganz abgesehen von dem Geld, welches du und deine Mutter seit Jahren von ihm bekommen. Und beinahe hätte er dir auch noch das Kieswerk vermacht, auch wenn er es nicht zugibt ...« Sie schämte sich plötzlich, weil sie sich so habgierig anhörte, und verstummte.

Ludwig bemerkte das. »Na, dann ist es ja ein Glück für euch, daß ich krank geworden bin, nicht wahr? Und jetzt bist du die Kiesbaronin. Ich kann es nicht mehr hören, wie er davon schwärmt, wie du alles organisierst und mit den Leuten umgehst und wie gewieft du Verträge aushandelst ...« Ein neuerlicher Hustenanfall schüttelte ihn. Er langte nach einer flachen Schale auf dem Nachttisch und spuckte etwas hinein.

Elsa wich instinktiv zurück.

»Ich bin nicht ansteckend«, bellte er. »Glaubst du, sonst dürftet ihr mich besuchen?« Mit einem Taschentuch wischte er sich die Lippen. Elsa sah die Flecken in dem Tuch und die fahle, schweißbedeckte Hand, die es zusammenknüllte.

»Glaub nur nicht, daß ich freiwillig hier bin. Nur um ihm einen Gefallen zu tun.« Sie wies mit einer vagen Bewegung zur Tür.

»Und ich habe um deinen Besuch nicht gebeten! Um seinen übrigens auch nicht. Jeden Tag taucht er hier auf, er quält mich mehr als die verdammten Ärzte!«

»Wir haben keinen einfachen Vater«, sagte Elsa plötzlich, bevor sie sich eines Besseren besinnen konnte.

»In alles muß er sich einmischen! Bestimmt über das Leben von Mutter und über meines, als wenn es sein eigenes wäre. Er hat sie mit Versprechungen geködert, hat ihr ein Kind gemacht und sie dann nicht geheiratet. Ihr ganzes Leben lang war sie immer nur die Mätresse, auf die jeder herabschauen konnte, die man nicht einlud, die man schnitt und hinter deren Rücken man tuschelte. Und ich bin immer nur der Bastard gewesen!« Seine Augen glänzten jetzt von der Anstrengung oder vom Fieber.

»Aber ...«

»Halt den Mund! Kannst du dir vorstellen, wie das ist? Anfangs sind noch alle ganz normal zu dir, aber dann erfährt es irgendeiner und erzählt es rum, und dann geht es los: die Sticheleien, das Geschnittenwerden, die anzüglichen Bemerkungen. Und am schlimmsten sind die, die meinen, Mitleid haben zu müssen. Soll ich dir sagen, wie oft ich deswegen die Schule gewechselt habe? Weil man es mir nahelegte oder weil ich es nicht mehr ertragen konnte? Du hast ja keine Ahnung. Du führst doch das Leben einer Prinzessin!« Er ließ sich in die Kissen zurückfallen und schloß die Augen, während sein Atem rasselte.

Elsa antwortete nicht. Ludwig war am Ende seiner Kräfte, und die Heftigkeit, mit der er ihr sein Leid vortrug, erschreckte sie. Sollte sie ihm sagen, daß ihre Kindheit so behütet nicht war, mit einem Vater, von dessen zweiter Familie jeder im Dorf wußte, und einer Mutter, die ihr in all den Jahren keinen Halt geben konnte? Daß sie immer an der Liebe ihres Vaters gezweifelt hatte und sich heute noch fragte, ob er für sie dieselben Gefühle hatte wir für ihn, Ludwig?

Warum nach jemandem treten, der bereits am Boden lag?

Eine Woche später stand ein weiterer Besuch in Hamburg an, diesmal wollte Elsa ihrer Mutter helfen, die Ausstellung abzuhängen. Fast die Hälfte der Bilder war verkauft, einige zu einem ziemlich guten Preis. Beinahe alle Motive aus der griechischen Mythologie hatten Interessenten gefunden. Corinna Hansen ging mit Karoline die Listen durch. Sie war auf den Erfolg der Ausstellung stolzer als Karoline selbst.

»Wer hat nur all die Collagen gekauft?« wunderte sich Karoline. »Sie sind doch nichts Außergewöhnliches.«

Elsa stampfte wütend mit dem Fuß auf: »Doch, Mama, das sind sie. Du hast ein unbestreitbares künstlerisches Talent. Jetzt mach dich doch nicht immer so klein!«

Corinna sah Elsa verwundert an und versuchte zu vermitteln. »Ganz meine Meinung, liebe Karoline. Du hast keinen Grund, unbescheiden zu sein. Die Frau des Bürgermeisters hat von deinen Arbeiten geschwärmt und ein Bild gekauft. Den gestiefelten Kater, wenn ich richtig weiß.« Sie blätterte in ihren Listen. »Sag ich's doch. Ich gehe ihn gleich holen. Wir haben verabredet, daß ich ihn ihr persönlich vorbeibringe. Willst du nicht mitkommen?« Ohne Karolines Antwort abzuwarten, ging sie, um das Bild von der Wand zu nehmen.

»Tut mir leid, ich wollte nicht so heftig sein. Aber ich finde, es reicht, wenn Papa dich niedermacht.« Elsa küßte ihre Mutter leicht auf die Wange, dann schlenderte sie noch einmal an den Wänden entlang, wo Corinna schon dabei war, die Bilder abzuhängen, zuerst die, die laut Liste verkauft waren und verschickt werden sollten, dann den Rest. Vor der Collage, die die Roseburger Villa zeigte, blieb Elsa stehen. Sie war froh, daß das Bild nicht verkauft war. Es gefiel ihr immer besser, je öfter sie es betrachtete.

»Sie sollten Ihre Mutter fragen, ob sie es Ihnen schenkt. Sieht so aus, als würde es eine Saite in Ihnen berühren.«

Elsa erkannte die sanfte Stimme in ihrem Rücken sofort wieder. In den letzten Wochen war ihr ein paar Mal das anregende Gespräch mit Konrad Lührssen in den Sinn gekommen, aber niemals hätte sie damit gerechnet, ihn wiederzusehen.

»Was für eine nette Überraschung, daß wir uns wiedertreffen«, sagte sie erfreut. »Was treibt Sie hierher?«

»Ehrlich gesagt bin ich Ihretwegen gekommen. Als Conny – ich meine Frau Hansen – mich gebeten hat, ihr beim Packen zu helfen, habe ich sofort zugesagt, weil ich gehofft habe, Sie würden auch dasein!«

Elsa sah ihn forschend an. Sie freute sich über das Kompliment, war sich aber nicht sicher, wie aufrichtig es war. Konrad Lührssen machte auf sie den Eindruck des geübten Schmeichlers, der es verstand, durch seinen Charme von den Frauen zu bekommen, was er wollte.

Jetzt nahm er mit seinem strahlenden Lächeln, das er nie abzulegen schien, wenn er mit ihr sprach, ihre Hand. »Nein, im Ernst, ich darf es mir mit ihr nicht verderben, weil sie vorhat, eine Ausstellung mit meinen Bildern zu machen. Dafür muß ich ihr ab und zu einen Gefallen tun. Zum Beispiel Bilder verpacken.« Er versuchte sich ausnahmsweise in einem gequälten Gesichtsausdruck, der Elsa zum Lachen brachte.

»Können Sie von Ihrer Kunst leben?« fragte sie ihn.

»Dann wäre ich wohl schon verhungert. Manchmal verkaufe ich etwas oder male kitschige Porträts im Auftrag. Ansonsten verzehre ich das Erbe meines Vaters. Aber ich bin ein unverbesserlicher Optimist. Meine Bilder ernähren mich nicht – noch nicht!« fügte er mit erhobenem Zeigefinger hinzu. »Aber ich bin fest entschlossen, es dahin zu bringen. Und Frau Hansen wird mir dabei helfen. Dafür hänge ich für sie noch hundert Ausstellungen auf und wieder ab.« Diesmal mißlang sein strahlend-unbekümmertes Lächeln.

Elsa gefiel seine Offenheit. Sie faßte Vertrauen zu ihm.

»Sind Sie wie Ihre Mutter eine Künstlerin?« fragte er.

»Nein. Ganz im Gegenteil.« Sie erzählte ihm von ihrer Arbeit im Kieswerk, und er pfiff leise durch die Zähne.

»Donnerwetter, wer hätte das gedacht?« Er betrachtete sie mit einer gewissen Neugier, in der Respekt lag. »Das scheint mir nicht gerade eine Domäne zu sein, in der man Frauen erwartet. Aber ich kann mir gut vorstellen, daß Sie sich dort durchsetzen. Ich würde Sie gern mal auf einem Ihrer Bagger sehen«, sagte er.

»Auf dem Bagger. Wir haben nur einen in Güster. Ich mußte andere Investitionen tätigen, und seit der Rentenmark sind zwar die Preise stabil, aber die Löhne sind enorm gestiegen. Und so rosig laufen die Geschäfte nun einmal nicht.«

»Und? Machen Sie Ihre Arbeit gern?«

Elsa antwortete ohne Zögern. »Ja, das tue ich. Wenn man mich vor ein paar Jahren gefragt hätte, ob ich eine Kiesbaronin sein will ...«

»Eine was?«

»So nennt man bei uns die Leute, die aus Sand Geld machen.«

Er lachte, und seine dunklen Augen blitzten. »Was wäre gewesen, wenn man Sie vorher gefragt hätte?«

Elsa schüttelte den Kopf. »Damals kam ich aus dem Internat zurück und habe mir die Frage gestellt, was ich wohl mit meinem Leben anfangen könnte. An die Leitung einer Kiesgrube habe ich dabei ehrlich gesagt nicht gedacht.«

»Ist es nicht das Wichtigste, daß wir etwas tun, was uns ausfüllt und unserem Leben einen Sinn gibt?« fragte Konrad.

Elsa nickte zustimmend. »Und für Sie ist das Ihre Malerei ...« Ihr gefiel die Zielstrebigkeit, mit der er seine Berufung zur Kunst verteidigte. In dieser Beharrlichkeit fühlte sie sich ihm sehr ähnlich. Sie hätte die Unterhaltung gern fortgesetzt, doch in diesem Augenblick kam Corinna Hansen auf sie zu. In der Rechten wedelte sie mit ihrer obligatorischen Liste.

»Konrad, Elsa, wie ich sehe, habe ihr euch bekannt gemacht. Wie wäre es jetzt damit anzupacken? Dafür sind wir doch schließlich hier, nicht wahr? Und wenn wir heute noch fertig werden wollen, müssen wir uns beeilen.«

Elsa achtete darauf, in Konrads Nähe zu sein, während sie die Bilder von der Wand hängten und verpackten. Sie mochte die Art, wie er sich bewegte. Rasch und doch vorsichtig erledigte er seine Arbeit. Sie betrachtete seine schönen Hände, die behutsam, beinahe zärtlich mit den Collagen umgingen.

Nach drei Stunden war alles in Transportkisten verstaut. Franz Heinrich würde am nächsten Tag kommen und die nicht verkauften Bilder nach Roseburg fahren. Zu viert gingen sie danach in ein Restaurant und aßen Hamburger Aalsuppe. Karoline, Elsa, Corinna und Konrad verbrachten einen vergnügten Abend, an dem sie so manchen Schnaps auf die geglückte Ausstellung tranken. Konrad Lührssen war überaus charmant und unterhielt die Frauen mit Komplimenten und Anekdoten. Es war schon nach Mitternacht, als Karoline und Elsa nach einer ziemlich beschwipsten Autofahrt zu Hause ankamen.

Georg hatte im Arbeitszimmer auf sie gewartet. Er war ungehalten, weil er den Abend allein zu Hause verbracht hatte. Wütend zog er an seiner Zigarre. Karoline, noch ganz im Hochgefühl ihres Erfolges, begegnete seinen Vorwürfen mit einem scharfen »Wie konnten wir denn ahnen, daß du ausgerechnet heute abend hier sein würdest?«

Aber er hatte es wieder einmal geschafft, ihnen die ausgelassene Stimmung zu verderben.

Kapitel 11

Berlin! Elsa konnte es kaum fassen, daß sie endlich hier war. Fast vierundzwanzig Jahre hatte sie alt werden müssen, um die Metropole zu sehen. In den letzten vier Jahren, seit sie aus Wernigerode weg war und das Kieswerk leitete, hatte Thilda sie jeden Sommer eingeladen. Doch Elsa hatte die Ferien regelmäßig mit ihrer Mutter in einem der Bäder verbracht. Erst die Ereignisse des letzten Jahres – ihre Beteiligung am Kieswerk, das schreckliche Unglück und Ludwigs schwere Krankheit – hatten ihr vor Augen geführt, wie schnell ein Leben vorüber sein konnte, und sie hatte beschlossen, daß der Sommer 1927 Thilda und Berlin gehören würde.

In Güster würden die Geschäfte weiterlaufen wie bisher, sie hatte alles genauestens mit Laaken besprochen. Er würde gut ohne sie zurechtkommen.

»Passen Sie auf sich auf. Berlin ist ein gefährliches Pflaster«, hatte er gesagt, und dabei rückte seine untersetzte Gestalt wieder auf unangenehme Weise nahe an sie heran.

»Waren Sie denn überhaupt schon einmal dort?« fragte sie, wobei sie ihren schnippischen Unterton im letzten Moment durch eine kokette Neigung des Kopfes korrigierte. Am liebsten hätte sie ihn wegen seiner anmaßenden Art angefahren. Was ging es ihn an, wohin sie fuhr? Als er verneinte, lachte sie heraus: »Na also! Was soll mir schon passieren. Andere fahren doch auch nach Berlin!«

Sie hatte ihm nicht gesagt, daß sie allein mit dem Auto – mit ihrem eigenen Auto noch dazu – fahren wollte, seine Vorwürfe hätten keine Grenzen mehr gekannt. Sie schnaubte verächtlich bei der Erinnerung daran, wie er reagiert hatte, als sie zum erstenmal mit ihrem eigenen Automobil, einem Chrysler Phaeton mit Ballonbereifung, für den sie zehntausend Mark hingelegt hatte, in Güster vorgefahren war. Er hatte nur mißbilligend die Augenbrauen hochgezogen und kein einziges Wort dazu gesagt. Als wenn es alltäglich wäre, daß eine Frau ihr eigenes Automobil chauffierte. Aber diese stumme Mißbilligung war erträglicher gewesen als das, was dann kam: Ganz allmählich hatte Heinrich Laaken eine Art Besitzrecht auf Elsa geltend gemacht. Er nahm sich die Dreistigkeit heraus, sie auszufragen, wenn sie in Hamburg gewesen war. Er bestand darauf, genau zu wissen, wo sie gewesen war und wen sie getroffen hatte. Wenn sie die Auskunft verweigerte, wurde er wütend wie ein eifersüchtiger Ehemann. Oder er versuchte ihr auf eine altväterliche Weise gut zuzureden. Spätestens dann fiel der Satz, daß eine derart dreckige, männliche Umgebung wie ein Kieswerk doch nichts für eine so junge und hübsche Frau sei. Anfangs waren seine Bemerkungen wie Komplimente dahergekommen, aber mit der Zeit wurden sie schärfer. Elsa fragte sich, was aus seiner anfänglichen ehrlichen Bewunderung für ihre Tatkraft geworden war. Oder war auch die nur gespielt gewesen? Ob er in der Zwischenzeit seine Meinung über ihre Anwesenheit in Güster geändert oder seine anfängliche Zustimmung nur vorgegaukelt hatte: Durch gutgemeinte Ratschläge und mehr oder weniger versteckte Drohungen wollte er sie dazu bewegen, zu Hause zu bleiben und ihm die Leitung des Werks zu überlassen. Elsa wartete auf den Tag, an dem er um ihre Hand anhalten würde. Sie konnte sich gut vorstellen, wie das aussehen würde: Er würde ihr befehlen, sie zu heiraten, weil dies das beste sei – für sie und das Werk.

Laaken war ein guter Verwalter, einer der besten, doch er nahm sich immer mehr heraus. Vor wenigen Wochen erst hatte er einen guten Arbeiter entlassen, weil er persönliche Differenzen mit ihm hatte, und ihn darüber hinaus bei allen anderen Kiesgrubenbesitzern schlechtgemacht, so daß niemand den Mann einstellte. Als Elsa dahinterkam, hatte er Güster bereits verlassen. Sie hatte Laaken Vorhaltungen gemacht, er war ausfallend geworden und hatte ihr dann mit eisigem Blick einen Brief hingehalten, in dem ihr Vater sein Einverständnis zu der Kündigung gegeben hatte. Elsa hatte sich gedemütigt gefühlt und nicht gewußt, was sie sagen sollte. Zum Glück war in diesem Augenblick einer der Arbeiter zur Tür hereingekommen. Sie hatte die Gelegenheit genutzt, um zu verschwinden. Sie hatte plötzlich Angst davor bekommen, mit Heinrich Laaken allein in einem Raum zu sein. Er hatte sich verändert. Er war gefährlich geworden. Und sie fand nicht den Mut, ihn in seine Schranken zu weisen.

Den ganzen Weg nach Berlin grübelte sie über Laaken nach, ohne eine Lösung zu finden. Ein Mann an ihrer Stelle hätte ihn wahrscheinlich kurzerhand wegen seiner Unbotmäßigkeit entlassen. Warum ließ sie sich seine anmaßende Art bieten? Wenn sie ehrlich war, fürchtete sie sich vor dem Gedanken, allein mit den zum Teil sehr bärbeißigen Arbeitern klarkommen zu müssen. Und auch die Vorstellung, Laaken die Kündigung zu präsentieren, machte ihr angst. Was, wenn er auf ihre gute Zusammenarbeit hinweisen würde, darauf, wieviel sie ihm verdankte? Sie müßte ihm recht geben. Wenn er wieder seine falsche väterliche Art hervorkehrte und sie vor diesem Fehler zu bewahren suchte? Ihr fiel nichts ein, um seine Argumente zu entkräften. Was, um Gottes willen, wenn er zornig wurde und womöglich auf sie losging?

Ihre Knöchel traten weiß hervor, weil sie vor Anspannung das Lenkrad fest umklammerte, und sie fuhr viel zu schnell. In Ludwigslust hielt sie vor einem Gasthof an, um einen Kaffee zu trinken und sich zu beruhigen. Sie beschloß, Thilda um Rat zu fragen. Die kannte sich ja komischerweise am besten mit Männern aus. Thilda genoß Auseinandersetzungen mit Männern. Sie würde ihr Mut machen.

Sie brauchte fast einen Tag für die Autofahrt, und es dämmerte bereits, als sie nach Berlin hineinfuhr. Sie öffnete das Wagenfenster, um die vielbesungene Berliner Luft zu schnuppern, und fuhr die baumbestandenen, eleganten Boulevards mit ihren überbreiten Trottoirs entlang. Ihr wurde ein wenig mulmig, als sie sich zwischen den vielen Personenkraftwagen, den Doppeldeckern und Trambahnen ihren Weg suchte. Wie viele Menschen um diese Stunde unterwegs waren! Vor den Kinos und Varietés standen sie in langen Schlangen, und die Plakate auf Litfaßsäulen und an Häuserwänden riefen sie zu immer neuen Vergnügungen. Hamburg war schön und weltoffen, gewiß, aber Berlin war eine Weltstadt, in der in Politik und Kunst der Ton angegeben wurde. Was hier am Abend in den Caféhäusern besprochen wurde, zwischen Homosexuellen und narzißtischen Dandys, zwischen radikalen Kommunisten und unpolitischen Künstlern, zwischen Pennern und Moralaposteln, war am nächsten Tag Thema in New York oder Paris. Alle sahen auf Berlin, die einen sehnsüchtig, die anderen angewidert. Berlin war Menetekel und Verheißung, Avantgarde und Abgrund.

Als Elsa vor dem Haus in Charlottenburg hielt, in dem Thilda wohnte, fühlte sie sich stark und unbesiegbar. Sie ganz allein in Berlin, ein berauschendes Gefühl! Die Schwierigkeiten, die in Roseburg auf sie warteten, schob sie beiseite.

Thilda erwartete sie in Hosen, die so eng waren, daß Elsa sie nicht einmal zum Reiten angezogen hätte, und einer weißen Bluse, die sehr genau ihre Rundungen zeigte, obwohl sie hochgeschlossen war. Über der Bluse, die vielleicht auch ein Herrenhemd war, trug sie einen Schlips wie ein Mann. Elsa mußte zweimal hinsehen, um ihre alte Freundin zu erkennen. Thilda war natürlich immer noch groß, aber ihre leichte Stämmigkeit hatte sie komplett verloren. Sie mußte seit Wernigerode mindestens zehn Kilo abgenommen haben. Auch aus ihrem Gesicht war jene Weichheit verschwunden, mit der sie damals so mühelos das Vertrauen der Mädchen gewonnen hatte. Jetzt lagen ihre Augen tief in den Höhlen, ein Eindruck, der durch die schwarze Kajalumrandung verstärkt wurde. Darüber türmten sich die Locken, völlig ungezähmt, hochtoupiert und durch Straßkämme betont. Thilda sieht krank aus, dachte Elsa erschrocken, als sie sich umarmt hatten und voreinander standen. Auf jeden Fall war von ihrer sprühenden Lebenslust, die sie im Internat zum Liebling aller gemacht hatte, nichts zu spüren. Ihre Wohnung, die aus zwei Zimmern bestand, war ein einziges Chaos. Überall, nicht nur auf den Möbeln, sondern auch auf dem Fußboden, stapelten sich Zeitungen und Schellackplatten, dazwischen Wäschestücke und Rotweingläser. Auf dem Eßtisch die Schreibmaschine, in der noch Papier steckte, darum herum zerknüllte Fetzen Papier. Was war passiert? Thildas Leben mußte aus den Fugen geraten sein. Elsa bezwang ihre Neugier, die Freundin gleich danach zu fragen. Sie hatten sich so lange nicht gesehen, sie mußten erst die alte Vertrautheit wiederfinden. Die Zeit für ein klärendes Gespräch würde kommen.

Elsa hatte sich vorgenommen, die Wochen in Berlin ausgiebig zu genießen und alles mitzumachen. Und das tat sie auch.

Sie konnte nicht genug von der Stadt bekommen. Tagsüber lief sie durch die Straßen, ging in Museen und saß in Cafés. Begierig schnappte sie Gesprächsfetzen der Menschen um sich herum auf. Sie wollte alles wissen: Wie sie lebten, was sie gerade getan hatten, was ihre Pläne für den freien Sonntag waren, die Schwierigkeiten im Büro oder in der Liebe. Alles interessierte sie. Berlin verhielt sich zu Roseburg ungefähr so wie die Erde zum Mond. Wenn sie einem ihrer neuen Bekannten erzählte, woher sie kam, daß dort nur Bauern und Handwerker lebten und daß sie jeden Einwohner persönlich kannte, dann erntete sie ungläubige Verwunderung oder Mitleid. Elsa erzählte vom Alltag der Bauern und der Kiesarbeiter: Schuften von sieben bis fünf, danach selten ein Bier in der Gastwirtschaft, Heimweg, Abendessen, ein bißchen reden oder spielen mit Frau und Kindern. Und am Sonntag die Arbeit im kleinen Garten, der gehegt wurde, um die Haushaltskasse aufzubessern. Als spärliche Vergnügungen Familienfeste wie Hochzeiten oder Taufen, dann und wann der Rummelplatz mit seinen Wichtigtuern, kleinen Betrügern, Suffköppen und Liebeshungrigen.

Am meisten hatten es Elsa die Berlinerinnen angetan, die sie neugierig bestaunte. Wie hoch sie die Köpfe trugen, wie selbstverständlich sie ihr eigenes Geld verdienten und sich schön kleideten. Sie traf reiche Frauen aus begüterten Häusern wie sie selber, aber auch viele Angestellte, Künstlerinnen, einige Arbeiterinnen waren auch darunter.

»So herrlich unabhängig, wie du dir ihr Leben vorstellst, ist es leider nicht«, sagte Thilda leicht ungehalten, als sie spät nach Hause kamen und Elsa von den Berliner Frauen schwärmte. »Seit der Inflation ist der Achtstundentag wieder abgeschafft, bis zu neunundfünfzig Stunden in der Woche müssen sie schuften – für weniger Geld als die Männer, versteht sich. Und dann bleiben ihnen auch nur die niederen Arbeiten. Möchtest du etwa den ganzen Tag abtippen, was ein womöglich beschränkter Chef dir diktiert? Oder Schuhkartons schleppen und dich von eingebildeten Kundinnen herumschubsen lassen oder gar in der Fabrik am Band sitzen?« Thilda redete sich in Rage.

»Aber immerhin haben sie eine Arbeit und sind unabhängig ...« wandte Elsa ein.

Thilda schnitt ihr ärgerlich das Wort ab: »Aber nur so lange, bis sie heiraten. Dann ist nämlich Schluß mit lustig. Dann will der Mann zu Hause verwöhnt werden, und wenn erst die lieben Kinder kommen, gute Nacht!«

»Du bist verbittert«, sagte Elsa zu ihr. »Weil es dir selbst gerade nicht besonders gut geht. Aber immerhin hast du es doch geschafft, deinen Platz hier in Berlin zu finden, ganz allein!«

»Ja, ich hab's geschafft«, antwortete Thilda und warf stolz ihren Kopf zurück. »Aber manchmal frage ich mich, ob der Preis, den ich für mein Leben hier zahle, nicht zu hoch ist.«

Elsa wollte sich ihre gute Laune nicht verderben lassen. Sie wollte nur ausgelassene, selbstbewußte junge Frauen wahrnehmen. In den Kinos saßen sie zu zweit oder zu dritt nebeneinander und sahen die neuesten Filme, in den

Eisdielen zeigten sie provozierend ihre Beine und taten völlig unbeteiligt, wenn die Männer sie bewundernd ansahen, Arm in Arm spazierten sie über den Ku'damm, heftig gestikulierend und die Auslagen betrachtend. Wenn die Nächte dann später wurden, sah sie sie wieder, in den Bars und Cabarets, lachend, wild tanzend und sich betrinkend. Erst allmählich lernte Elsa, auch die fahlen Gesichter zu sehen, die müden Blicke oder die Tränen in den Waschräumen, wenn die eine oder andere die Maske für eine kleine Sekunde fallen ließ, bevor Lippenstift und Rouge die Zerstörung wieder übermalten. Sie sah das viel zu grelle Licht, das die erschlafften Züge ausleuchtete, und hörte die ohrenbetäubende Musik, die in ihrer kreischenden Fröhlichkeit jede menschliche Stimme erstickte.

Tanz auf dem Vulkan nannte Mathilde das.

Auch Thilda tanzte am Rand des Abgrunds. Schon im Internat war sie wegen ihrer Unangepaßtheit aufgefallen. Hier in der Berliner Anonymität nahm sie sich alle Freiheiten. Sie kleidete sich extravagant, und wenn Leute auf der Straße stehenblieben, um ihr nachzustarren, war ihr das nur recht. Aber selbst innerhalb der Avantgarde von Berlin schwamm sie gegen den Strom. Während alle anderen Frauen sich bemühten, jede Weiblichkeit aus ihrem Aussehen zu vertreiben, indem sie untaillierte Röcke oder gleich Männerhosen und Herrenhaarschnitte trugen, betonte Thilda ihre Reize durch tiefe Dekolletés und hochhackige Schuhe.

Erst nach einigen Tagen erfuhr Elsa, woher Mathildes an Selbstzerstörung grenzendes Verhalten rührte. Thilda konnte sich endlich dazu aufraffen, ein wenig Ordnung in der Wohnung zu schaffen. Als sie einen Unterrock aufhob, fing sie plötzlich hemmungslos an zu weinen. Sie mußte sich erst beruhigen, bevor sie Elsa erzählen konnte, was sie bedrückte. Sie liebte eine Frau, Karen, die bis vor kurzem mit ihr in der Wohnung gelebt hatte. Doch eine monogame Liebe, und sei es auch zwischen Frauen, war in ihren Kreisen nicht vorgesehen. Leidenschaft und Eifersucht galten hier als altmodisch und kleinbürgerlich, wenn nicht gleich als peinlich. Karen war ausgezogen, aber viele ihrer Sachen waren noch da, und ihr Anblick stürzte Mathilde immer wieder in tiefe Verzweiflung.

Jetzt verstand Elsa, daß Thildas betont flapsige Art der Versuch war, sich vor ihrem Schmerz zu schützen. »Bloß keine Sentimentalitäten!« war Thildas Lieblingskommentar. Sie stürzte sich in ihre Arbeit und schrieb jeden Tag wie besessen Feuilletons und Kritiken über die neuen Filme oder eines der Stücke, die an den unzähligen Berliner Theatern gespielt wurden. Aber nicht einmal die Hälfte von ihnen wurde gedruckt, oft hatte sie umsonst geschuftet. Abends zog sie sich auf eine Weise aufreizend an, die Elsa unangenehm war. Sie schleifte Elsa, die sich neben ihr wie die Unschuld vom Dorf vorkam – »Das bist du ja schließlich auch«, sagte Thilda ihr erbarmungslos –, hinter sich her, von einer Bar in die andere. Hemmungslos flirtete sie mit Männern wie Frauen, ließ sich küssen und berühren. Aber sie war nie bei der Sache. Unablässig suchte sie den Raum nach ihrer verlorenen Geliebten ab.

Sie gingen selten nach Hause, bevor der Morgen graute. Oft mußte Elsa sie stützen, weil sie betrunken war. Am nächsten Tag ging es Thilda schlecht, und Elsa machte sich allein auf ihre Streifzüge durch Berlin. Und abends begann alles wieder von neuem.

Es tat Elsa weh, Thilda so verletzlich zu sehen. Ihre starke Thilda, die treueste Freundin, die sie sich vorstellen konnte, die immer für alle anderen dagewesen war und ihnen geholfen hatte, mit ihren Problemen fertig zu werden. Jetzt war sie dabei, sich in ihrer selbstgewählten Ruhelosigkeit zu verlieren, wenn nicht zu zerstören. Denn ihr provozierendes Verhalten war nicht ungefährlich. Am Abend zuvor hatte nur ein zufällig daherkommender Passant sie vor den Zudringlichkeiten eines Mannes bewahren können, mit dem sie in einer Bar auf das heftigste geflirtet hatte und der sich nicht abweisen lassen wollte.

Irgendwann reichte es Elsa.

»Ich möchte heute ins Grüne fahren. Einmal einen Tag in Ruhe mit dir verbringen, mit dir reden. Laß uns doch irgendwohin schwimmen gehen.« Mit fester Stimme fügte sie hinzu: »Und ich will heute mal nüchtern ins Bett!«

Sie fuhren in Elsas Chrysler nach Halensee hinaus. Als sie die Häuser hinter sich ließen und das erste Grün sahen, merkte Elsa, daß Thilda neben ihr sich entspannte. Sie hatte den Kopf zurückgelegt und die Augen geschlossen. Auch ihr selbst tat die Ruhe gut. Jetzt erst fiel ihr auf, wie anregend, aber auch anstrengend die Großstadt war: die ständigen Autos, der Lärm und der Dreck, die vielen Menschen und nachts die Lichter und die Musik.

Am See fanden sie einen Platz unter Bäumen, wo das Ufer sanft abfiel. Sie packten das mitgebrachte Picknick aus, fingen aber nicht gleich an zu essen, sondern lagen nur still nebeneinander und hörten den Insekten zu. Erst nachdem sie schwimmen gewesen waren, machten sie sich hungrig über die Vorräte her.

»Ist das schön hier! Endlich mal keine wildfremden Menschen, mit denen ich reden muß, keine laute Musik, keine laufenden Bilder ...« Elsa schloß für einen Moment die Augen und nahm dann eine von den Zigaretten, die Thilda ihr anbot. Sie mochte das Gefühl des leichten

Schwindels, das sie bei den ersten Zügen überkam. Sie war sich noch nicht sicher, ob sie diese neue Angewohnheit in Roseburg beibehalten würde. Der Unwillen Karolines wäre ihr sicher. Und ihr Vater würde wahrscheinlich toben. Der erlaubte ja nicht einmal, daß Anna Köster rauchte. Jedenfalls hatte Elsa sie noch nie mit einer Zigarette gesehen, und sie glaubte einfach zu wissen, daß Anna Köster genau der Typ der passionierten Raucherin war.

Sie nahm einen letzten tiefen Zug. Dann drückte sie die Zigarette in dem weichen Sand aus und erzählte Thilda von den Schwierigkeiten, die sie mit Heinrich Laaken hatte.

»Er ist in dich verliebt und will dich kontrollieren. Abgewiesene Männer können gefährlicher sein als wilde Tiger. Ich gebe dir den Rat, schmeiß ihn raus!« Für Thilda war die Sache absolut eindeutig.

»Aber wer soll die Arbeit tun? Wo soll ich einen anderen Verwalter herbekommen? Laaken leitet das Werk wirklich gut.« Elsa war nicht überzeugt.

»Indem er Leute rauswirft, nur weil sie ihm gefährlich werden? War das etwa zum Wohl der Firma?«

»Nein. Da hat er völlig überzogen reagiert. Aber nur, weil er ihn nicht leiden konnte.«

»Wieso versuchst du ihn zu entschuldigen? Ist er weniger schuld, weil er aus persönlichen Motiven heraus gehandelt hat? Das sind die Schlimmsten, das kannst du mir getrost glauben. Er liebt dich. Persönlicher geht's ja wohl nicht. Hast du dir mal überlegt, wie er reagiert, wenn du ihm klipp und klar sagst, daß du kein Interesse hast? Hast du keine Angst, daß er ... ich weiß nicht, explodiert oder überreagiert?«

»Ich hätte es ihm bestimmt schon gesagt, wenn ich nicht ohnehin schon Angst vor ihm hätte.«

Elsa nahm sich eine weitere Zigarette und fing unvermittelt an zu lachen.

»Was ist?« fragte Thilda.

»Ich stelle mir gerade Laakens empörten, kalten Blick vor, wenn er mich so sehen könnte. ›Aber liebste Elsa, das ist doch nichts für eine Dame wie Sie. Halten Sie sich vertrauensvoll an mich. Ich werde Ihnen diese böse komplizierte Welt erklären und Ihnen genau sagen, was Sie dürfen und was nicht.‹« Sie äffte Laakens Stimme nach.

Thilda warf die Hände in die Luft und ließ sie auf ihre Oberschenkel klatschen. »Wirf ihn raus und mach dem ein Ende – sofort! Du findest einen neuen Verwalter. Oder mach am besten gleich alles selbst. Schließlich bist du schon einige Jahre dabei und kennst den Laden aus dem Effeff.« Thilda schwieg für einen Moment. »Ist schon komisch ...« begann sie dann versonnen.

»Was ist komisch?«

»Komisch, daß ich dir Ratschläge im Hinblick auf verliebte Männer gebe. Ausgerechnet ich.«

»Mit Männern scheinst du dich besser auszukennen als mit Frauen. Das war früher schon so«, gab Elsa zurück.

Thilda lachte auf. »Da könntest du recht haben. Weil Männer mich emotional nicht so berühren. Bei ihnen kann ich einen kühlen Kopf behalten. Aber was die Liebe angeht, bin ich eine absolute Versagerin. Da hat mir schon immer das Glück gefehlt. Du warst schließlich mein erster Reinfall auf diesem Gebiet.«

»Ich glaube, ich werde auch nie den Richtigen finden«, sagte Elsa.

»Ach herrje. Na, dein Verwalter wird's jedenfalls nicht«, stellte Mathilde nüchtern fest. »Also, was wirst du mit ihm machen?«

Elsa setzte sich gerade hin, stützte die Ellenbogen auf

die Knie und sagte mit allem Nachdruck: »Ich muß das vorher mit meinem Vater besprechen, aber ich werfe ihn raus, sobald ich zurück bin.«

Auf dem Rückweg nach Berlin wollte Mathilde den Chrysler fahren. Sie hatte noch nie am Steuer eines Autos gesessen.

»Es gibt also etwas, was ich bereits gemacht habe und du noch nicht?« Elsa wollte es nicht glauben.

»Los, zeig's mir!« befahl Mathilde, und sie holperten und quietschten über die Straße und wollten sich ausschütten vor Lachen.

KaDeWe und Woolworth, der erste Einheitspreisladen in Deutschland, alle Artikel für fünfundzwanzig oder fünfzig Pfennig; Berliner Wintergarten und Revolutionäres Theater, der Ufa-Palast am Zoo, Lubitsch-Touch, Atelierfeste und Premieren, Café Kranzler und Kaschemmen, Bücher und Zeitungen, *Der Zauberberg, Der Steppenwolf* und *Vatermord*, Dada und Nackttänze, Pergamonaltar und Picknick am Wannsee, durchtanzte Nächte und verkaterte Morgen, Flirts, Lektionen in Charleston auf dem Dach eines Berliner Hochhauses, Arbeitslosen-Proteste und Sahnetorten, die Tiller-Girls und roter Wedding ... Die Wochen in Berlin flogen nur so dahin, und Elsa fürchtete manchmal, ihr ganzes Leben in diesen wenigen Wochen leben zu müssen.

An diesem Morgen las sie in der Zeitung von einer der unzähligen Künstlervereinigungen, die eine Ausstellungseröffnung am selben Abend ankündigten. Elsa stutzte, als sie auf den Namen Konrad Lührssen stieß. Also war er in Berlin gelandet. Sie hatte sich schon gefragt, was wohl aus ihm geworden war, denn in Hamburg hatte sie ihn nie wiedergesehen. Auch die Ausstellung in Corinna Hansens Galerie war nicht zustande gekommen, und irgendwann hatte Elsa nicht mehr an ihn gedacht. Jetzt war sie neugierig auf seine Bilder, und auch auf den Mann, und weil sie noch keine anderen Pläne für den Tag hatte, beschloß sie hinzugehen.

Die Bilder wurden in einer großen ehemaligen Fabrikhalle gezeigt, die durch Industrielampen grell beleuchtet war. In dem gleißenden Licht waren die Rauchschwaden der vielen Zigaretten und die umherwirbelnden Staubpartikel deutlich zu sehen. Elsa spürte den Drang, zu husten und sich die brennenden Augen zu reiben. Es waren nicht viele Leute anwesend, nur im hinteren Teil des Raumes stand eine Gruppe von Männern und Frauen zusammen vor einem Gemälde. Elsa war allein gekommen, weil Thilda einen Artikel schreiben mußte. Sie ließ sich an den Wänden entlangtreiben in der Hoffnung, auf Konrad Lührssen zu treffen. Als sie seine Initialen auf einigen der Bilder entdeckte, blieb sie stehen, um sie zu betrachten.

Sie war unangenehm berührt. Hatte Konrad damals nicht gesagt, er sei Optimist? War er nicht ein charmanter, lebensfroher Mann gewesen, der sie mit seiner sprühenden Intelligenz zum Lachen gebracht hatte? Die Bilder, die sie hier hängen sah, sprachen eine ganz andere Sprache. Zerhackte Schädel, bei denen man ins Gehirn sehen konnte – so sieht Friedrich Rademacher aus, dachte Elsa –, abgehalfterte Prostituierte in den Armen feister alter Männer, tote Soldaten und Arbeitslose, verwahrloste Kinder mit leerem Blick ... Elsa kam zu dem Schluß, es müßte einen zweiten Maler des Namens geben, und wollte gehen.

Da sah sie ihn. Er stand in einer Gruppe, in der lautstark und gestenreich über die politische Aussagekraft eines bestimmten Gemäldes gestritten wurde. Elsa erkannte ihn sofort an seiner eleganten Haltung und den

Bewegungen der schönen Hände. Lediglich das charmante Lächeln vermißte sie. Sie sah ihn so intensiv an, daß er ihren Blick spüren mußte. Er drehte sich zu ihr herum, stutzte für eine Sekunde, in der er seine Erinnerung durchforstete, und kam mit ausgebreiteten Armen auf sie zu.

»Elsa Heller! Entschuldigen Sie, ich dachte eben, ich hätte eine Halluzination. Sind Sie etwa meinetwegen hier?« Er nahm ihre Rechte in beide Hände und schüttelte sie.

»Ich habe Ihren Namen in der Zeitung gelesen und wollte sehen, was Sie malen.«

»Das freut mich. Gefällt es Ihnen?«

Elsa zögerte keine Sekunde, ihm die Wahrheit zu sagen: »Um ehrlich zu sein: Ich bin entsetzt. Ihre Bilder passen kein bißchen zu Ihnen. So wie ich Sie kennengelernt habe ... Ich habe geglaubt, Sie seien ein Lebenskünstler, und auf Ihren Bildern sehe ich nichts als Zerstörung.«

Konrad Lührssen lachte. »Das wird gerade sehr gewünscht, müssen Sie wissen. Zerrissene Gesellschaft, Zerstörung der vertrauten Ordnung, ungewisse Zukunft und so weiter. Außerdem ist es das Thema der Ausstellung. Ich habe mich lediglich angepaßt. Und jeden Wahrheitsgehalt kann man diesen Bildern nicht absprechen, was meinen Sie?« Seine Stimme war plötzlich hart geworden.

Elsa wußte nicht, was sie davon halten sollte. Sie hatte immer gedacht, ein richtiger Künstler würde für seine Kunst leben und lieber verhungern, als dem Markt zu gehorchen. Während sie darüber nachdachte, sah sie Konrad mit hochgezogenen Augenbrauen und nachdenklich geschürzten Lippen an.

Ein Lächeln kehrte auf sein Gesicht zurück. »Jetzt

nehmen Sie diese Dinge doch nicht so ernst. Die Bilder sind eine Auftragsarbeit. Das ist kein Verbrechen. Und ich finde sie, unter uns, handwerklich gar nicht schlecht. Ich zeige Ihnen gern meine anderen Arbeiten, um Ihre romantische Seele zu befriedigen. Ich habe sehr viel gearbeitet, seit wir uns bei Corinna gesehen haben. Wann war das ...? Vor einem Jahr, nicht wahr? Wie dem auch sei. Ich fange an, Bilder zu verkaufen. Wollen Sie sie sehen?«

»Gerne«, erwiderte Elsa erleichtert.

Sie hatte gedacht, er würde sie seinen Freunden vorstellen, doch das tat er nicht. Er gab ihr einige knappe Erklärungen zu seinen Bildern und den Zielen der Ausstellung, dann entschuldigte er sich, er müsse wieder zu den anderen.

Trotzdem wußte Elsa, als sie auf die Straße hinaustrat, daß sie sich unaufhaltsam in Konrad Lührssen verlieben würde.

Sie hatten vereinbart, daß sie ihn zwei Tage später in seinem Atelier besuchen würde, wo er auch wohnte. Sie ging allein hin. Während sie die Schönhauser Allee hinuntereilte, auf der Suche nach dem richtigen Haus, spürte sie eine ungekannte Euphorie. Sie war noch nie ohne Begleitung in die Wohnung eines Mannes gegangen. Doch sie war schließlich in Berlin, und niemand war hier, der es in Roseburg herumerzählen würde. Sie war bereit, auf die Konventionen zu pfeifen, aber ein ganz reines Gewissen hatte sie dennoch nicht. Wenn sie in den letzten beiden Tagen an Konrad Lührssen gedacht hatte, dann mit einem seltsamen Ziehen im Bauch. Sie hatte von seinen feingliedrigen Händen geträumt, die auf ihrem Körper waren, und von seinen weichen Lippen auf ihrer Haut. Elsa versuchte diese Gedanken zu verscheuchen, aber sie kamen immer wieder. Gab es einen Grund für die Befürchtung, daß sie Dinge tun würde, die eine unverheiratete Frau aus gutem Hause nicht tat? Bevor sie ging, hatte sie vorsichtshalber Thilda gefragt, ob sie sie begleiten würde. Thilda hatte derart schallend gelacht, daß es wie eine Ohrfeige in Elsas Ohren klang. Schließlich war sie in ihr wildes Gelächter eingefallen. Die Vorstellung einer Anstandsdame war angesichts ihrer nächtlichen Streifzüge wirklich absurd.

Trotzdem konnte sie nicht verhindern, daß sie um sich spähte, als sie vor dem Haus stand. Er wohnte ziemlich nobel, das Haus war in gutem Zustand. Hier wohnte kein armer Maler.

Sie mußte einige Sekunden warten, nachdem sie in den dritten Stock hinaufgelaufen war und geläutet hatte. Die Zeit kam ihr wie eine Ewigkeit vor. Sie bemerkte, daß sie ängstlich auf seine Schritte hinter der Tür wartete, ihre Finger wurden feucht. Eine unglaubliche Enttäuschung machte sich in ihr breit. Er war nicht zu Hause. Sie klingelte noch einmal, lange und eindringlich. Endlich öffnete er und stand vor ihr. Sie konnte nicht anders, als seine sehr roten Lippen unter dem gestutzten Bart anzustarren.

»Ich ... ich wollte gerade wieder gehen, ich dachte, Sie wären nicht da ...«

In seinen Augen las sie Bestürzung. »Entschuldigung, ich war gerade dabei, Tee zu machen, und habe eine Tasse zerbrochen. Ich habe das Klingeln nicht gehört. Ich bin so ungeschickt in solchen Dingen. Wollen Sie nicht hereinkommen?«

Er bot ihr Tee an, dann saßen sie sich an einem riesigen Eßtisch aus Mahagoniholz gegenüber und rauchten. Sie sprachen nicht viel. Konrad Lührssen sah sie lange an, und sie konnte erkennen, daß seine Augen, die hinter dichten Wimpern lagen, mehr braun als grün waren. Er trug sein Haar länger als in Hamburg, nicht mehr streng gekämmt. Dunkle, beinahe schwarze Locken fielen ihm ins Gesicht. Schließlich schlug er vor, ihr seine Bilder zu zeigen. Elsa war froh, seinen Blicken zu entkommen, und stand so heftig auf, daß ihr Stuhl mit einem häßlichen Geräusch über den Fußboden scharrte.

»Ich bin wohl auch eher ungeschickt«, sagte sie, während er sie angrinste.

Sie gingen in den angrenzenden Raum, den er als Atelier nutzte. Von Norden und Osten fiel aus riesigen Fenstern Licht hinein. Jetzt am Nachmittag lag alles in einem diffusen Halbschatten.

Die Bilder, die hintereinander an den Wänden lehnten, zeigten fast ausschließlich Frauen, die in dicken Strichen und kräftigen Farben gemalt waren. Die Ölfarbe war an einigen Stellen, besonders in den Gesichtern, geradezu pastos aufgetragen und unterstrich durch die so entstandene plastische Modellierung die Besonderheiten der Physiognomie. An einigen Stellen sah es aus, als hätte Konrad sehr schnell gemalt, das Zuviel an Farbe war weder verdünnt noch abgestreift. Die Porträts bekamen dadurch eine bestürzende Unmittelbarkeit und Echtheit. Elsa sah keine geglätteten Formen, sondern das pralle Leben mit seinen Ecken und Kanten.

Konrad sah ihr zu, während sie die Leinwände eine nach der anderen umklappte. Ihr Blick fiel auf weibliche Figuren, groß, oft lebensgroß. Die Gesichter zeigten starke Gefühle: Angst, Haß, Zweifel, aber auch Liebe und erotische Hingabe. Elsa glaubte, sie alle schon einmal gesehen zu haben, wenn nicht die dargestellten Frauen, so doch ihre Gefühle.

Aber etwas fehlte. Sie mußte nachdenken, bis sie darauf kam, daß es der Hintergrund war. Es gab weder

Sofas noch Kissen, auf denen die Frauen lagen, sie saßen weder in Autos noch in Cafés. Es gab keine anderen Gegenstände, weder Buch noch Hund, noch Blume um sie herum. Die Frauen waren aus ihrer Umgebung herausgerissen, man konnte nicht erkennen, woher ihre Empfindungen rührten.

»Aber das ist ja Frau Hansen!« rief sie vor einem Brustporträt aus. »Und wie immer voll unter Segel!« Das Bild zeigte die Freundin ihrer Mutter in einer Pose der Geschäftigkeit. Sie schien eilig auf den Betrachter zuzukommen, der unvermeidliche große Hut wippte energisch. Die Hände waren leer, aber in Gedanken sah Elsa sie mit irgendeiner Liste wedeln. »Es ist gut getroffen«, sagte sie bewundernd. »Sie scheinen sie zu mögen, zumindest läßt Ihr Porträt darauf schließen.«

»Na ja«, lachte er, »es ist eine Auftragsarbeit, und da ist man als Maler natürlich gnädig. Aber es stimmt, ich mag sie. Sie hat viel für mich getan, und sie glaubt an mich. Ich habe das Bild erst kürzlich fertiggestellt. Ich muß es in den nächsten Tagen nach Hamburg schicken, sie wartet ganz ungeduldig darauf.«

»Ich muß das fragen«, sagte Elsa. »Warum haben Ihre Modelle keinen Hintergrund? Es sieht so aus, als stünden die Frauen ohne irgendwelchen Bezug zu ihrer Umgebung in Ihren Bildern herum.«

»Sie haben Corinna doch erkannt, oder nicht? Und ihren Charakter auch, dies immer Eilige, Geschäftige. Wie hätte ich diesen Eindruck auf andere Weise wiedergeben sollen? Etwa durch eine Uhr? Oder dadurch, daß sie einem Zug hinterherläuft? Nein, ich möchte, daß meine Figuren nur aus sich selbst heraus erkennbar werden. Nichts soll meinen Blick – und den des Betrachters – ablenken. Das zwingt mich übrigens dazu, genau hinzusehen und nicht zu pfuschen.«

»Verstehe«, antwortete Elsa.

»Gefallen Ihnen die Bilder nicht?«

»Oh, doch, sehr«, beeilte sie sich zu sagen. »Ich mag Ihre Frauen. Sie scheinen mitten im Leben zu stehen – auch wenn es um sie herum nichts gibt.«

»Nun, vielleicht brauchen sie nichts? Vielleicht genügen sie sich selbst?«

Elsa antwortete nicht und sah weiter auf das Porträt.

»Wie gehen die Geschäfte? Was war es doch gleich, eine Kiesgrube?« fragte Konrad.

Elsa hatte keine Lust, jetzt daran zu denken. Sie drehte sich halb zu ihm herum, um ihm zu antworten. »Ich kann nicht klagen. Wir arbeiten an einer großen Lieferung für Hamburg, Stopfkies für die Hochbahn, es ist alles gut vorbereitet, und mein Verwalter kümmert sich um die Abwicklung.«

»Dann bleiben Sie noch eine Weile in Berlin?«

»Nein. In einer Woche muß ich zurück. Ich bin schon den ganzen Sommer hier. Und der ist leider bald vorbei.«

»Wie bedauerlich, daß wir uns nicht früher getroffen haben ...« Wieder dieser intensive Blick aus den dunkelumkränzten Augen. »Und? Gefällt Ihnen die Stadt?«

Elsa lächelte ihn an. »Die letzten Wochen waren die bewegtesten in meinem ganzen Leben. Nicht einmal im Internat habe ich so viele neue Eindrücke gesammelt. Ich bin in den letzten Wochen durch die Stadt gelaufen wie gehetzt. Weil ich einfach alles sehen wollte. Mein Gefühl sagt mir, daß ich nicht so bald wieder die Gelegenheit zu einer langen Reise haben werde, und so muß ich mir eben alles, was Berlin ausmacht, in wenigen Wochen anschauen. Bevor ich wieder in mein Dorf gehe ... Und seit wann sind Sie hier? Was hat Sie aus Hamburg vertrieben?«

»Vertrieben nicht gerade. Wenn ich könnte, würde

ich Berlin lieber heute als morgen verlassen. Die Stadt ist ein Moloch ...«

Er lud sie mit einer Handbewegung ein, sich auf ein altes Sofa zu setzen, das über und über mit dicken Kissen gepolstert war. Elsa lehnte sich zurück, während Konrad in einem abgeschabten Ledersessel ihr gegenüber Platz nahm. Dann erzählte er von seiner Familie. Er war der jüngere Sohn, sein älterer Bruder war im Krieg geblieben. Sein Vater, ein Getreidehändler, mit dem ihn ein schwieriges Verhältnis verband, hatte während der Inflation sein Vermögen verloren. Die Familie hatte einige schwierige Jahre hinter sich. »Das muß die Zeit gewesen sein, als ich Sie zum erstenmal in Hamburg getroffen habe.« Kurz darauf hatte Konrad – übrigens durch die Vermittlung von Corinna Hansen – ein paar sehr lukrative Aufträge bekommen. Er hatte mit dem Geld gespielt und gewonnen, den Gewinn spekulativ angelegt und in einer einzigen Transaktion so viel Reichtum angehäuft, wie sein Vater in einem arbeitsreichen Leben nicht zusammengebracht hatte.

Konrad stand auf und begann erregt auf und ab zu gehen. »Ist das nicht verrückt? Da arbeitet mein Vater sein ganzes Leben lang hart, und plötzlich ist alles weg. Und sein Sohn, in Geschäften völlig unerfahren, macht über Nacht ein Vermögen!«

Elsa war erschrocken über seine plötzliche Heftigkeit und versuchte ihn zu beruhigen. »Ja, wir haben eben verrückte Zeiten.«

»Verrückt?« stieß er böse hervor. »Die Zeiten sind wahnsinnig. Und Berlin ist der perfekte Ausdruck des Irrsinns. Auf was kann man sich denn noch verlassen? Alles, woran die Generation unserer Eltern geglaubt hat, ist plötzlich nichts mehr wert. Arbeitseifer? Sparsamkeit? Nützlichkeit? Alles Dinge, die aus der Mode gekommen sind. Mein Vater hat dafür und für den Kaiser meinen Bruder geopfert! Er war schon früher ganz vernarrt in ihn, und nach seinem Tod hat er eine Ikone aus ihm gemacht, neben der ich nie bestehen konnte. Für meine Malerei hatte er immer nur Verachtung. Als ich dann innerhalb weniger Tage soviel Geld verdient hatte wie er in dreißig Jahren, ging ich zu ihm und erzählte ihm alles. Ich habe ihm seine Werte vor die Füße geworfen und war auch noch stolz darauf.« Er machte eine kleine Pause. »Heute bin ich es nicht mehr.« Konrad atmete schwer.

»Haben Sie sich mit ihm versöhnt?« fragte Elsa und hoffte, daß er ja sagen würde.

»Er ist vor einem Jahr gestorben. Als ich an sein Sterbebett wollte, hat er sich geweigert, mich zu sehen. Er war ein geschlagener, verbitterter alter Mann.«

»Das tut mir leid. Und ...«

»Meine Mutter? Sie lebt in Hamburg. Ich besuche sie regelmäßig, seitdem ich in Berlin lebe.«

Elsa wünschte sich plötzlich, seine Mutter hätte ihn in Hamburg gehalten.

»Für Künstler gibt es keine anregendere Stadt als Berlin«, versicherte sie ihm statt dessen eifrig. Sie legte den Kopf in den Nacken und schloß für einen Moment die Augen. Mit ihren Gedanken war sie bei Vätern und ihren Kindern ...

Konrad blieb eine ganze Weile stumm, und plötzlich fiel es ihr auf. Sie öffnete die Augen und sah fragend zu ihm hinüber. Er war aufgestanden und stand an seiner Staffelei, wo er mit weit ausholenden Bewegungen eine Skizze machte. Sie wollte sich aufrichten, doch er bat sie: »Bitte, bleiben Sie noch eine Minute so. Sehen Sie das Licht, das hinter Ihnen durch das Fenster fällt?« Elsa wendete den Kopf und sah die Sonnenstrahlen, die von den Fenstern des gegenüberliegenden Hauses in das

Atelier geworfen wurden. »Sie sitzen mitten darin, es scheint nur für Sie dazusein.« Er machte einige Striche, dann hielt er inne. »So geht es nicht«, sagte er unwillig, kam mit schnellen Schritten auf sie zu und nahm ihr den breitkrempigen Hut ab, den sie tief in die Stirn gezogen hatte. »Nicht bewegen«, befahl er. »Der blöde Hut – verzeihen Sie den Ausdruck – hat einen Schatten geworfen. Nicht bewegen, lassen Sie das Haar so, wie es ist!«

Elsa ließ den Arm wieder sinken, mit dem sie eine Strähne, die er mit der Hutnadel herausgezogen hatte, feststecken wollte. Sie lehnte sich wieder ganz leicht zurück und überließ sich seinen Blicken.

Als er fertig war, stand sie auf, um zu sehen, was er gezeichnet hatte. Sie erkannte sich sofort, nicht an ihren Gesichtszügen, sondern an der Neigung des Kopfes und am Profil, das vor dem Licht stark hervortrat.

»Ich möchte Sie gern malen«, sagte Konrad Lührssen, und er mußte sich räuspern, damit seine Stimme ihren normalen Klang hatte. Sein Gesicht war aufgewühlt. »Ich muß Sie malen«, wiederholte er, und er sah sie diesmal nicht an wie der Maler, der sein Modell taxiert, sondern wie ein Mann, der zum erstenmal die Frau sieht, die er lieben wird.

Als Elsa seine Wohnung einige Stunden später verließ, waren all die Liebesszenen, die sie mit Mathilde in Wernigerode gelesen hatte, Wirklichkeit geworden.

Kapitel 12

Elsa trat auf die Straße hinaus, und das Leben hatte sich verändert: Die Luft hatte alles Stickige, Verbrauchte verloren und war plötzlich süß und schmeichelnd wie im Frühling, die sich verfärbenden Blätter leuchteten intensiv in Gold und Orange. Elsas Gang war anders, kraftvoll federnd, beinahe schwebend. Einige Passanten sahen sie wissend an, und sie senkte nicht etwa den Kopf, sondern schenkte ihnen ein bezauberndes Lächeln.

Als sie in Mathildes Wohnung zurückkehrte, mit roten Wangen und nachlässig frisiertem Haar, ein seliges Lächeln auf den Lippen, war sie fieberhaft erregt.

Thilda mußte nur einen kurzen Blick auf ihren merkwürdigen Zustand werfen, um Bescheid zu wissen.

»Hast du ...?«

»Ich habe gerade meine Unschuld verloren, stell dir vor.«

Thilda sah sie spöttisch an: »Na, dann war es ja nur gut, daß ich dich nicht begleitet habe. Im übrigen wurde es aber auch Zeit. Noch ein paar Jahre, und du wärst als eingetrocknete Jungfrau geendet.«

»Aber hör mal, ich bin schließlich erst dreiundzwanzig!«

»Und bald wirst du vierundzwanzig!«

Elsa war ehrlich empört, und Thilda lenkte ein.

»Ich habe es doch gar nicht so gemeint«, beschwichtigte sie. »War es denn schön?«

»Unglaublich schön«, entgegnete Elsa. »Ich könnte

die ganze Welt umarmen!« Vorerst begnügte sie sich damit, Thilda zu umfassen und sich mit ihr im Kreis zu drehen. Bei dem Gedanken, wie Konrad sich ihr auf dem alten Sofa genähert hatte, an seine vorsichtigen, geübten Hände, seine zarten, dann leidenschaftlichen Küsse, fühlte sie wieder diese Wärme zwischen ihren Beinen.

»Hoffentlich wirst du es nicht bereuen«, flüsterte Thilda ihr verschwörerisch zu. »Habt ihr aufgepaßt?«

»Konrad hat gesagt, ich muß mir keine Sorgen machen, und ich vertraue ihm. Und außerdem weiß ich Bescheid.«

»Das sagen sie alle«, antwortete Thilda nur. »Beim nächsten Mal wirst du selber vorsorgen.«

Elsa hielt in ihren Tanzbewegungen inne und nahm ihre Freundin bei den Oberarmen. »Nun sei doch nicht so schrecklich vernünftig. Ich bin verliebt! Ich habe gerade zum erstenmal die Liebe mit einem Mann erlebt, und ich fand es einfach, einfach ... unbeschreiblich! Mir war nicht bewußt, daß ich so empfinden kann, daß mein Körper mir eine derartige Lust verschaffen kann, wie erregend es ist, einem anderen Lust zu bereiten ... Und du versuchst mir angst zu machen. Das ist nicht fair! Du tust, als sei es bei dir Jahrzehnte her!«

Thilda sah sie an, dann legte sie die Arme um Elsa. »Entschuldige, du hast ja recht. Ich habe schon beinahe vergessen, wie es damals war, die erste große Liebe.«

»War es bei dir ein Mann oder eine Frau?«

»Eine Frau natürlich, was denkst du denn? Eine Redakteurin der *Arbeiter-Illustrierten-Zeitung*, für die ich geschrieben habe, als ich neu in Berlin war. Ich hielt sie für unerreichbar, sie war etwas älter, hatte einen festen Posten bei der Zeitung und eine große Wohnung. Ich wollte so sein wie sie, kein Wunder, daß ich mich in sie verliebte. Wir hatten eine sehr schöne Zeit. Fast ein Jahr hat es gedauert. Dann begann ihr Putz abzubröckeln. Ich wußte plötzlich nicht mehr, was so besonders an ihr sein sollte. ständig liefen mir Frauen über den Weg, die ich viel aufregender fand. Und irgendwann war es vorbei.«

»Aber du erinnerst dich noch gut an sie?«

»Ich glaube, man muß ziemlich kaltschnäuzig sein, um die erste Liebe zu vergessen.«

»Wer kam dann? Ein Mann?«

»Ein oder zwei.« Sie sah Elsa kokett an. »Ich hab's wirklich mit Männern versucht, aber es geht einfach nicht. Ich komme nicht mit ihnen zurecht. Ich verstehe sie nicht, und sie verstehen mich nicht. Und unsere Körper wollen nicht zusammenpassen.«

»Und dann hast du dich richtig verliebt. In Karen.«

Bei der Erwähnung des Namens wurden Thildas Lippen schmal.

»Karen – bei ihr konnte ich mir sogar vorstellen, gemeinsam alt zu werden. An ihrer Seite kam ich zur Ruhe. Ich konnte einfach neben ihr sitzen und reden, lesen oder gar nichts tun. Der Drang, ständig unterwegs zu sein, ständig an die Grenzen zu gehen, war verschwunden. Bei ihr habe ich mich wohl gefühlt.« Sie stöhnte auf. »Wahrscheinlich hat sie mich am Ende genauso gesehen, wie ich damals meine Redakteurin gesehen habe: alt und bequem. Ich wollte mich bei ihr ausruhen, und das fand sie spießig.«

Elsa mußte daran denken, daß von Ausruhen in Thildas gegenwärtigem Leben keine Spur war.

»Dann warst du also bisher zweimal verliebt? Oder gab es zwischendurch noch andere?«

»Oh, bestimmt ein Dutzend! Manchmal hat es nur eine Nacht gedauert, manchmal etwas länger.«

»Kann man dieses Gefühl denn mehrfach im Leben

haben? Ich werde nach Konrad jedenfalls nie wieder einen anderen Mann lieben!«

Thilda lächelte nachsichtig. »Du mußt jetzt so denken, sonst wärst du nicht richtig verliebt. Es soll ja Leute geben, die die eine große Liebe treffen, der sie ein ganzes Leben lang treu bleiben. Obwohl ich glaube, daß das besonders häufig in Filmen und Romanen der Fall ist. Oder kennst du jemanden, dem es so ergangen ist?«

Elsa dachte nach. Vielleicht Fanny Mertens und ihr Mann? Aber der war viel zu früh gestorben, und Fanny war immer noch eine junge Frau. Gut möglich, daß sie ein weiteres Mal heiratete. Ihre Mutter fiel ihr ein. Die Geschichte mit Thomas Heuer. Wäre er früher gekommen, bevor sie ihren Vater geheiratet hatte ...

»Johanna und Jürgen Bode!« sagte sie triumphierend.

»Weißt du das genau? Hast du sie nach der Hochzeit gesehen?«

»Ja, sie war einmal in Roseburg bei ihrer Mutter, mit ihren beiden Kindern. Sehr viel Zeit zum Reden hatten wir nicht. Aber ich hatte den Eindruck, daß sie sehr zufrieden war«, fügte sie trotzig hinzu.

»Zufrieden oder leidenschaftlich verliebt und glücklich?«

»Ich weiß gar nicht, was du mir einzureden versuchst. Warum willst du diese Idee kaputtmachen? Hast du mir nicht gerade erzählt, mit Karen wärst du alt geworden, wenn sie dich gelassen hätte? Du bist eine kleine Zynikerin, Mathilde Bledbeck.«

Thilda reagierte nicht darauf, daß Elsa den verhaßten Namen gewählt hatte. Mit Bedauern in der Stimme sagte sie: »Vielleicht wird man so, wenn man in der Liebe enttäuscht wurde.«

»Und vielleicht kenne ich nicht genügend Leute, um das beurteilen zu können. Aber«, Elsa wartete, bis sie wußte, daß Thilda ihr genau zuhörte, »ich werde meiner Liebe eine Chance geben, denn ich war noch nie so glücklich wie mit Konrad Lührssen.«

Die nächsten beiden Wochen würde Elsa nie vergessen.

Bereits im Treppenhaus in der Schönhauser Allee begann sie, den Hut abzunehmen und die Jacke aufzuknöpfen, nur damit es danach schneller ging. Sie war süchtig danach, ihre nackte Haut an der von Konrad zu spüren, sich an ihm zu reiben, ihr Haar über seinen Körper streichen zu lassen. Kaum hatte sich die Tür seiner Wohnung hinter ihr geschlossen, warf sie sich in seine Arme, um sich küssen zu lassen. Die nächsten Stunden verbrachte sie zwischen beseligender Zärtlichkeit und Wollust.

Nach der Liebe zog Konrad sich rasch eine Hose über, sie blieb nackt liegen, auf dem alten Sofa, dem Fußboden, wo es gerade geschehen war, und er malte sie. Elsa wäre lieber in seinen Armen geblieben, um umwölkt von seinem Geruch einzuschlafen oder leise mit ihm zu flüstern.

»Du gehst jedesmal so schnell von mir weg«, klagte sie. »Manchmal glaube ich, du schläfst nur mit mir, um mich hinterher malen zu können.«

»Ich bin Maler, Elsa«, antwortete er.

Sie sah ihn erschrocken an, und er merkte, daß er etwas Falsches gesagt hatte.

»So habe ich es nicht gemeint«, entschuldigte er sich und küßte sie hinter das Ohrläppchen, eine Berührung, von der sie eine Gänsehaut bekam. »Du bist so entspannt, wenn wir uns geliebt haben, beinahe entrückt. So natürlich und ohne Scheu, als hättest du deine Kleider noch an. Es reizt mich einfach, dich so zu malen.«

»Aber es gibt genügend Modelle, die nackt stehen.«

»Bei denen ist es etwas anderes. Sie sind gelangweilt und abgebrüht. Es ist ihnen egal, wer sie malt und wie. Aber in deinen Augen, auf deinem Körper sehe ich die Spuren unserer Liebe. Es ist die Verbundenheit zwischen dir und mir, die ich einfangen will.«

»Du könntest einfach mit deinen Modellen schlafen, bevor du sie malst.«

»Du willst von mir hören, daß ich dich liebe, daß unsere Beziehung viel stärker ist als die zu anderen Frauen, die ich gemalt habe.« In seine Augen trat der spöttische Ausdruck, den sie so an ihm mochte. »Du bist einfach unersättlich!«

Elsa drehte sich auf den Bauch, legte die Wange auf ihre Unterarme und sah ihn mit ihrem verführerischsten Lächeln von unten her an. »Ist das schlimm?« fragte sie.

In ihrem ganzen späteren Leben würde Elsa nie wieder so intensiv und so oft die körperliche Liebe erleben. Es gab Tage, an denen sie Konrads Bett nur verließ, weil der Hunger sie dazu trieb. Wenn es ihr nicht gelang, ihn wieder zu sich zu ziehen, weil er sie malen wollte, dann lag sie schläfrig da und sah ihm zu. Weil sie keine Verpflichtungen hatte, niemanden, auf den sie Rücksicht nehmen mußte – bis auf Thilda, die sehr verständnisvoll war –, konnte sie ihre Zeit ausschließlich mit Konrad verbringen.

Nur einmal in der ersten Woche gingen sie aus, zu Otto Schulz, einem Bildhauer, der in sein Atelier eingeladen hatte. Schulz gehörte zu Konrads engsten Freunden, sie hatten zusammen die Ausstellung organisiert, auf der Elsa Konrad wiedergetroffen hatte. Allein deswegen mochte sie ihn. Er hatte einige Figuren verkauft und wollte den plötzlichen Geldsegen nun feiern. Etwa zwanzig Freunde waren gekommen und füllten den kleinen Raum. Alle Lampen waren mit Tüchern verhängt, die Skulpturen, auf denen Kerzen im tropfenden Wachs standen, warfen bizarre Schatten. Die Atmosphäre war gelöst, und die Gesichter waren weich. Konrad stellte sie einigen Leuten vor, der Gastgeber begrüßte sie mit einem »Endlich lerne ich Sie kennen, ich dachte schon, Konrad wollte Sie ganz für sich allein behalten«. Der Gedanke, daß Konrad seinem Freund von ihr erzählt hatte, machte sie froh. Schulz nahm sie beim Arm, um ihr seine Arbeiten zu zeigen. Elsa wußte, daß Konrad ihr nachsah, und hatte Mühe, sich auf das zu konzentrieren, was Schulz ihr erzählte: Daß er aus einem Kaff bei Frankfurt kam und nie wieder dorthin zurückkehren wollte. Als er ihr einige seiner Skulpturen erklärt hatte, entschuldigte sie sich und ließ ihn stehen.

Sie hatte an diesem Morgen einen dunkelroten Lippenstift gekauft, weil sie das Gefühl hatte, sie müßte ihr neues Ich durch eine Veränderung in ihrem Äußeren deutlich machen. Die Parfümverkäuferin im KaDeWe war hübsch und vorwitzig, sie wollte nicht glauben, daß Elsa noch keinen Lippenstift besaß. Schließlich seien die Zeiten vorbei, in denen nur sehr reiche und vor allem sehr emanzipierte Frauen wagten, ihre Lippen anzumalen. Elsa hatte den Ausführungen der Verkäuferin gelauscht, die ihr zu einer kußechten, tiefroten Farbe geraten hatte. Elsa ließ sich den Lippenstift auftragen und kaufte ihn, wischte ihn jedoch gleich im nächsten Waschraum wieder ab, weil er ihr zu rot erschien.

Als sie jetzt die Toilette aufsuchte, die ebenfalls nur von Kerzen beleuchtet war, fand sie den Stift zuunterst in ihrer Damentasche. Sie nahm den Verschluß ab und betrachtete das satte, leicht glänzende Rot, roch den leichten Hauch von Parfüm und Talg. Sie drehte den Stift heraus und fuhr sorgfältig die Konturen ihres vollen Mundes nach. Dann preßte sie leicht die Lippen aufeinander, um die Farbe zu verteilen. Sie war überrascht von der Wirkung im Dämmerlicht. Ihre schön geformten Lippen traten unübersehbar aus dem Gesicht hervor und zogen den Blick an, das Grübchen am Kinn verschwand beinahe darunter. Das blonde Haar, das dick und glänzend in großen Wellen ihre Wangen umrahmte, bekam durch den Kontrast zu den roten Lippen geradezu Leuchtkraft. Stumm dankte Elsa der Verkäuferin.

Sie betrachtete noch einmal ihr Gesicht im Spiegel, dann sah sie an sich herunter. Ein langer Rock von undefinierbarer Farbe, Hauptsache dunkel, dazu die übliche weiße Bluse, bis oben geknöpft. Sie trug immer noch die Farben, die Hulda ihr schon als kleines Mädchen angezogen hatte. Bloß nicht auffallen oder überspannt wirken, das war Huldas große Sorge gewesen! Und hinter der Tür liefen Frauen in Hosen und mit tiefen Dekolletés herum, die verrieten, daß sie nichts darunter trugen. Wenn hier jemand auffiel, dann war sie es, und zwar wegen ihres puritanischen Aussehens. Elsa beschloß, am nächsten Tag neue Kleidung zu kaufen. Für heute mußte es reichen, daß sie die oberen drei, nein, vier Knöpfe der Bluse öffnete und den Kragen bis weit über die Schultern nach außen zog. Der Ansatz ihrer Brüste war jetzt deutlich zu sehen, sie beugte sich nach vorn, um die Wirkung zu überprüfen. Sie probierte einen Schmollmund, befeuchtet die Lippen ein letztes Mal und ging zum Angriff über.

Konrad saß in einem tiefen Sessel in der Ecke des Raums. Sie wartete, bis er sie gesehen hatte, dann ging sie aufreizend langsam auf ihn zu und hielt ihn mit den Augen fest. Er beobachtete sie über den Rand seines Glases hinweg, in den Augen Bewunderung und diesen

Spott, der sie so liebte. »Die kleine Veränderung steht Ihnen außerordentlich gut«, murmelte Otto Schulz, als sie an ihm vorüberstrich, so dicht, daß ihr Rock raschelnd sein Bein streifte. Sie schenkte ihm ein kurzes Nicken, dann stand sie vor Konrad. Sie nahm ihm das Glas aus der Hand, wobei sie sich leicht nach vorn beugte und ihm ihr Dekolleté darbot. Konrad atmete schwer.

»Du siehst umwerfend aus«, murmelte er, ohne den Blick von ihr zu lassen.

»Nur für dich«, antwortete sie, nahm einen winzigen Schluck aus seinem Glas und reichte es ihm zurück.

Er nahm ihre Hand, führte sie zum Mund und liebkoste deren Innenseite. Elsa hatte das Gefühl, sich setzen zu müssen, bevor ihre Beine nachgaben. Sie ließ sich auf der Lehne des Sessels nieder, beugte sich zu ihm und küßte ihn auf den Mund. Sie fühlte seine Hand auf ihrer Schulter, die dann zu ihren Brüsten herunterglitt, und sie ließ sich noch ein wenig tiefer in den Sessel sinken, bis sie fast auf seinem Schoß saß.

»Wir sollten gehen«, sagte Konrad heiser. Elsa bemerkte die Blicke der anderen Gäste, aber es war ihr egal. Eng umschlungen verließen sie das Fest und nahmen sich eine Droschke, um in Konrads Atelier zu fahren. In der Dunkelheit des Gefährts drängten sie sich aneinander, küßten und berührten sich und nahmen sich Dinge heraus, für die ein weniger diskreter Kutscher sie hätte anzeigen können. »Wo bleibt dein Schamgefühl?« fragte Konrad sie zwischen zwei Küssen. »Ich kann nicht anders«, entgegnete Elsa atemlos und führte seine Hand wieder an ihren Busen. Die Treppen zum Atelier nahmen sie im Laufschritt. Sie konnten es nicht erwarten, sich endlich der Kleider zu entledigen und sich ganz zu spüren, ineinander aufzugehen. Von den Nächten, die sie hier oben teilten, unter dem Sternenhimmel, der durch die großen Fenster hereinfiel, und im Rauschen der Großstadt, war dies diejenige, in der sie am innigsten vereint waren.

Irgendwann war Elsa erschöpft eingeschlafen, und als sie Stunden später erwachte, war der Tag angebrochen. Sie drehte sich im Bett herum, um Konrad zu suchen, aber der Platz war leer.

»Guten Morgen, meine Schöne.« Er saß am Fußende des Bettes und sah müde, aber glücklich aus. Sein nackter Oberkörper war voller Farbtupfer.

»Du hast mich gemalt, während ich geschlafen habe!«

»Willst du es sehen?«

Sie sprang aus dem Bett und zog das Laken mit sich, weil es an diesem frühen Morgen kühl war. Drüben im Atelier blieb sie vor der Leinwand stehen, die noch feucht glänzte. Tief atmete sie den Geruch der Farbe ein.

»Das soll ich sein?« fragte sie ungläubig.

»Ich nenne es *Erwachen.*«

Das Bild war groß, ein Querformat von ein mal eineinhalb Meter. Es zeigte Elsa auf dem Bett liegend. Sie war gerade aus dem Schlaf erwacht und dabei, sich dem Betrachter zuzuwenden. So entstand eine halb auf dem Rücken, halb noch auf der Seite ruhende Position. Ihr unterer Rücken war muskulös und zeichnete eine deutliche Rundung, die im Po auslief. Sie hatte den linken Arm über den Kopf erhoben, so als würde sie sich aus dem Schlaf räkeln. Das Gesicht lag offen da, die Augen wie zum erstenmal geöffnet, Stirn und Wangen halb von zerzausten Haaren bedeckt, ein Lächeln spielte um die blutroten Lippen. Das Gesicht drückte Glück aus, Wohlbehagen, aber auch ein beunruhigendes Wissen um die eigene Macht. Der Maler schien sie genau zu spüren, vielleicht war deshalb der Pinselstrich kräftig, um nicht zu sagen wütend, die Konturen waren deutlich herausgearbeitet, ebenso wie ein scharfes Spiel von Licht und Schatten auf ihrem Körper. Die Frau auf dem Bild strahlte Schönheit und Sinnlichkeit aus, und sie schien in sich selber zu ruhen, von keinem Zweifel berührt. Die Erkenntnis tat Elsa weh.

»So wäre ich gern«, sagte sie leise. »So schön ...«

Konrad trat von hinten an sie heran und schlang die Arme um sie. »Du bist wunderschön, wußtest du das nicht?«

Elsa blieb länger in Berlin als geplant. Wegen Konrad. Sie telefonierte erst mit ihrer Mutter, dann mit Laaken in Güster. Er reagierte merkwürdig, vorsichtig, abweisend. Es gebe da gewisse Dinge, die entschieden werden müßten, anstehende Veränderungen ...

Elsa wurde ungehalten. »Auf eine Woche früher oder später wird es nicht ankommen«, sagte sie und legte auf. Sie hatte von Konrads Atelier aus angerufen, aus einem plötzlichen Entschluß heraus. Nach dem Gespräch hatte sie für eine Sekunde die Ahnung, einen Fehler gemacht zu haben. Doch als Konrad sie in die Arme nahm, schob sie das Gefühl zur Seite.

An ihrem letzten gemeinsamen Tag bestand Elsa darauf, daß sie einen Spaziergang machten. Sie wollte ernsthaft mit Konrad reden, und das war unmöglich, wenn sie allein in einem Raum waren. Wie andere Liebespaare schlenderten sie durch die Straßen, und der Zufall trieb sie in den Tiergarten. Sie gingen Hand in Hand unter den großen Linden und sahen den Kindermädchen zu, wie sie ihre Schützlinge in hochbeinigen Wagen spazierenfuhren oder sie davon abzuhalten versuchten, irgendwelchen Unfug zu machen.

»Ich muß morgen fahren«, sagte Elsa plötzlich. »Ich

kann meinen Aufenthalt nicht noch einmal verlängern. Aber ich will nicht weg, und ich weiß nicht, ob ich es fertigbringe.«

Konrad blieb stehen und sah sie an. »Du wirst fahren. Schließlich hast du eine Firma zu leiten. Ich habe schon verstanden, wie wichtig dir das ist. Ohne diese Aufgabe wärst du doch nur ein halber Mensch.«

»Wie geht es mit uns weiter?« fragte sie und sah ihn aus Augen an, die verräterisch glänzten.

»Nun, ich werde mir einfach ein anderes Modell suchen.«

Sie war ärgerlich über seine Witzelei. »Ich meine es ernst«, sagte sie leise. »Wenn ich mir vorstelle, bald wieder in Roseburg zu sein, ohne dich, ohne deine Liebe, könnte ich vor Angst verrückt werden.«

»Elsa, wer sagt denn, daß du ohne meine Liebe sein wirst? Wir sind nicht mehr täglich zusammen, aber das hat doch keine Auswirkungen darauf, daß wir uns lieben.«

»Ich will dich um mich haben, will dich sehen und anfassen können. Wie stellst du dir das vor? Daß wir miteinander telefonieren oder uns Briefe schreiben?« Sie stampfte zornig mit dem Fuß auf, und eine junge Frau, die auf ihrer Höhe war, beschleunigte ihren Schritt.

»Es gibt viele Liebende, die Trennungen durchmachen müssen. Wir sind da nicht die ersten.«

»Gibt es eine Möglichkeit, daß du nach Hamburg zurückkommst? Vielleicht für eine gewisse Zeit?«

»Wir werden sehen«, antwortete er, aber es klang sehr vage.

Beim Abschied hielten sie sich lange stumm im Arm. Bevor Konrad ging, schenkte er ihr das Bild, auf dem sie erwachte. Elsa nahm es als Beweis seiner Liebe.

Kapitel 13

Zwei Tage später fuhr Elsa die Auffahrt zur Villa hinauf. Sie hielt vor dem Haus und sah an dem Backsteinbau hoch, den sie so liebte. Auf den Stufen des überdachten Eingangs sammelte sich das Laub der Eichen und Kastanien, die bereits ihre Blätter verloren. Meine Güte, war ich tatsächlich so lange fort? dachte Elsa.

Die Tür wurde aufgerissen, und Hulda stolperte so schnell sie konnte die Stufen herunter, den einen Arm zur Begrüßung ausgestreckt, mit der anderen Hand stützte sie sich am Geländer ab. In ihren Augen, die trotz ihrer zweiundsiebzig Jahre ihr leuchtendes Blau nicht verloren hatten, las Elsa aufrichtige Erleichterung.

»Da bist du ja endlich. Du glaubst nicht, wie still dieses Haus war, als du weg warst. Wie auf dem Kirchhof.« Die alte Frau schloß Elsa in die Arme und drückte sie. Elsa spürte, wie schwer sie atmete.

»Hulda, du bist ja ganz aufgelöst«, rief Elsa lachend. »Jetzt bin ich doch wieder hier!«

»Ach«, meinte Hulda nur und ließ die Arme sinken.

Elsa stutzte. »Was ist los? Und wie sieht es hier überhaupt aus? Warum ist das Laub nicht geharkt? Man kommt ja kaum zur Tür herein. Warum hat Franz Heinrich sich nicht darum gekümmert?«

Hulda wandte den Blick ab.

»Wo ist meine Mutter?« fragte Elsa, die plötzlich Angst bekam.

»Nein, nein, keine Sorge, Frau Heller ist oben und hat sich hingelegt. Aber unser guter Franz Heinrich ...«

»Was ist mit ihm?«

»Er hatte vor drei Wochen einen Schlaganfall und liegt seitdem. Er wird nicht wieder, sagt der Arzt.«

»Mein Gott«, entfuhr es Elsa. Der alte Kutscher war zur gleichen Zeit wie Hulda ins Haus gekommen und gehörte dazu, so lange sie überhaupt denken konnte. Wie hatte er sich gesträubt, als Georg Heller damals ein Auto gekauft hatte und er das Chauffieren lernen sollte. Elsa mußte ihm gut zureden, damit er es versuchte, sonst hätte ihr Vater ihn entlassen. Die letzten Jahre hatte er einen Großteil seiner Zeit damit zugebracht, die Ford-Limousine mit einem weichen Tuch zu polieren und jeden noch so kleinen Aschekrümel von Georgs immer brennenden Zigarren sofort aufzuspüren und zu entfernen ... Und er erledigte kleinere Arbeiten rund um das Haus.

»Elsa, endlich!« hörten sie Karolines Stimme aus dem Inneren des Hauses.

»Mama, wie schön, wieder bei dir zu sein. Hulda sagt, du schläfst. Haben wir dich geweckt?«

»Ach was! Ich konnte sowieso keine Ruhe finden, weil ich auf dich gewartet habe.« Auch sie nahm Elsa lange in die Arme, dann trat sie einen Schritt zurück, um ihre Tochter anzusehen. »Hm, neues Kleid. Sehr schick. Bist du sicher, das paßt nach Roseburg?« fragte sie nach einem Blick auf das schmal geschnittene, hellgrüne Kleid, das an der heruntergezogenen Taille und am Saum, der kurz unterhalb des Knies endete, eierschalenfarben abgesetzt war.

»Warte, bis du erst meine Hosen siehst«, antwortete Elsa übermütig.

Hulda schlug die Hände vor den Mund. »Büxen för de Deern. Nu ward de Katt 'n Hex!«

Elsa mußte ihre Koffer selbst vom Auto ins Haus tragen. Nicht, daß ihr das etwas ausgemacht hätte, aber ungewöhnlich fand sie es schon. Fanny Mertens, die ihr sonst hätte helfen können, war nicht mehr im Haus. Sie war mit Marie bei ihrer Schwester in Güster untergekommen.

»Aber dort ist doch viel zuwenig Platz für alle!« rief Elsa aus, während sie den Kofferraum des Chryslers öffnete und begann, Koffer und Taschen auszuladen. »Warum ist sie denn nicht geblieben?« Sie sah die beiden Frauen vorwurfsvoll an, die neben dem Auto standen. »Habt ihr euch etwa verkracht? Hast du sie hinausgeworfen?«

Karoline nahm eine der leichter aussehenden Taschen vom Boden hoch. »Du weiß noch nicht alles. Es hat sich einiges verändert, während du weg warst«, murmelte sie.

»Nun erzähl schon, was ist passiert? Du machst mir angst! Hulda, sag du doch mal was!«

Hulda verknotete ihre Finger ineinander und begann, die Taschen anzuheben und sie einen halben Meter weiter wieder abzustellen.

Karoline machte dem unangenehmen Schweigen ein Ende: »Wir räumen jetzt erst einmal deine Sachen nach oben, und Hulda macht uns einen Kaffee. Dann erzähle ich dir alles in Ruhe.«

Es stand nicht gerade zum Besten in Roseburg, das erfuhr Elsa in dem folgenden Gespräch mit ihrer Mutter. Wie üblich saßen sie in den tiefen Korbsesseln auf der Veranda. Auch Hulda war dabei, weil es in dem großen Haus nichts für sie zu tun gab. Dann fingen die beiden Frauen, Elsas Mutter und ihre alte Kinderfrau, zu erzählen an.

Franz Heinrich war neben dem Automobil einfach umgefallen, es war nur gut, daß Hulda in der Nähe war und sie gleich den Arzt holen konnten. Sonst wäre es aus mit ihm gewesen. Jetzt pflegte ihn seine Tochter, die in Gudow, auf der anderen Seite des Kanals, lebte. Karoline und Hulda besuchten ihn einmal die Woche, aber sie konnten nicht sagen, ob er sie überhaupt erkannte. Bei diesen Worten schluchzte Hulda auf. Eine Woche nach Franz Heinrich hatte Fanny mit ihrer kleinen Tochter das Haus verlassen. Sie hatte es nicht freiwillig getan, und Marie hatte beim Abschied bittere Tränen geweint.

»Aber warum habt ihr sie denn fortgeschickt, um Gottes willen?« rief Elsa aufgebracht aus.

»Was soll sie denn hier? Hulda und ich brauchen kein Dienstmädchen.«

Wieso Hulda und sie, dachte Elsa flüchtig. Ihr Vater war immerhin auch noch da, die Pferde mußten versorgt werden, der Garten ...

»Das bißchen Wäsche und Kochen schaff' ich gut allein«, unterbrach Hulda ihre Grübeleien.

»Fanny kommt für den Jour fixe zum Helfen ins Haus, so hat sie wenigstens eine kleine Einnahmequelle. Am Mittwoch kommt zudem Sophia.«

»Hast du die Köchin etwa auch entlassen?«

Karoline nahm die Schultern zurück, was sie größer und entschlossener aussehen ließ. »Wie gesagt, für uns kann Hulda sorgen. Und abgesehen davon, daß es keine Arbeit mehr im Haus gibt, müssen wir aufs Geld schauen«, sagte sie und ließ ihren Blick lange auf dem Gesicht ihrer Tochter ruhen.

»Wir müssen was?«

»Das Geld wird knapp. Das Schlimmste weißt du nämlich noch gar nicht. Dein Vater ist nicht mehr da. Er hat das Kieswerk verkauft und ist vor zwei Wochen mit dieser Frau und ihrem Sohn weggegangen. Nach Ostpreußen, soweit ich weiß.«

Später konnte Elsa nicht mehr sagen, mit welchen Gefühlen sie auf diese Nachricht reagiert hatte. Ein heißer Schreck und Tränen, unbändiger Haß auf ihren Stiefbruder Ludwig und Anna Köster, besonders aber auf ihren Vater, der einfach verschwand und seine Familie im Stich ließ. Fassungslosigkeit, weil er das Werk, das ihr Leben darstellte, verkauft hatte, ohne sie zu informieren. Ungläubigkeit; der Versuch, eine harmlose Erklärung für sein Verhalten zu finden. War es nicht möglich, daß er nur für einige Zeit nach Ostpreußen gegangen war, wo es, wie sie wußte, Sanatorien für Lungenkranke gab und wo die Seeluft Wunder wirken sollte? Vielleicht begleitete er seinen Sohn und kehrte dann zurück? Aber warum hatte er dann das Werk verkauft?

»Er wird nicht zurückkommen«, sagte Karoline plötzlich laut und bestimmt in ihre Gedanken hinein, und Elsa wußte, daß sie recht hatte. Ihr Vater hatte sich aus dem Staub gemacht, trotz all seiner Schwüre und Versicherungen, daß er immer zu ihnen halten würde.

»Er hätte warten können, bis ich zurück bin. Er ist nicht nur verantwortungslos, sondern auch feige!« stieß sie hervor.

Karoline, die neben ihr saß, legte ihr die Hand auf den Arm. »Es tut mir leid für dich. Es ist unverzeihlich, was er dir antut.«

»Na, wenigstens kann ich noch Haß für ihn empfinden. Das scheint bei dir nicht der Fall zu sein«, antwortete Elsa scharf.

Karolines rechte Hand zitterte, sie versuchte sie ruhig zu halten, indem sie mit einer langen goldenen Kette spielte, die ihr bis an die Taille reichte. »Ich hatte jahrzehntelang Zeit, mich an den Gedanken zu gewöhnen, daß ich nur auf dem Papier verheiratet war. Jetzt herrschen wenigstens klare Verhältnisse. Mir ist es beinahe lieber so.« Hulda, der das Gespräch eine zu persönliche Richtung nahm, wollte aufstehen und gehen, doch Karoline hielt sie zurück. »Jetzt bleib doch sitzen, du weißt doch ohnehin genauso gut wie wir, was sich in diesem Haus abspielt.«

»Der Herr Heller ist schon ein merkwürdiger Mensch«, sagte Hulda und nahm umständlich wieder Platz. »Tut, was er will, und kümmert sich nicht darum, was er damit anrichtet.«

Was auch immer seine Gründe gewesen sein mochten, im August 1927 hatte Georg Heller mit seiner zweiten Familie einen Zug bestiegen, der ihn ziemlich genau in die Mitte Ostpreußens gebracht hatte, in eine Kleinstadt namens Schippenbeil.

Nachdem er gegangen war, konnten die zurückgebliebenen Frauen die ungekannte Unruhe besser deuten, die sich Wochen vorher in der Villa bemerkbar gemacht hatte. Georg hatte nervös gewirkt, beinahe gehetzt, dann wieder euphorisch. Er zog sich in sein Schlafzimmer zurück, in das er einen großen Tisch stellen ließ. Er telefonierte viel, studierte Landkarten und ein ums andere Mal die Auftrags- und Rechnungsbücher. Und er hatte Bücher über Pferdezucht gekauft, das hatte Hulda gesehen. Am Abend vor seiner Abreise hatte er mit Karoline geredet und ihr seinen Entschluß mitgeteilt. Sein Sohn brauche ihn jetzt. Mit diesen Worten war er gegangen.

Elsa war froh, als sie endlich den Morgen vor ihrem Fenster dämmern sah. Sie hatte nicht schlafen können, wie auch, nach den Nachrichten des vorangegangenen

Tages? Berlin, Thilda, Konrad – sie hatte Mühe, sich daran zu erinnern, was noch vor zwei Tagen gewesen war. In ihrem Kopf herrschte ein Rauschen von einander sich hetzenden Gedanken, von denen sie keinen festzuhalten vermochte, um ihn zu Ende zu denken. Ihre Augen brannten vor Müdigkeit, und doch konnte sie keine Ruhe finden. Sie stand auf und warf sich den Morgenmantel über, eines der Kleidungsstücke ihrer neuen Garderobe, die sie in den letzten Tagen in Berlin erworben hatte. Ob sie sich diese Ausgaben geleistet hätte, wenn sie früher Bescheid gewußt hätte?

Sie ging hinunter ins Erdgeschoß und setzte sich an den Schreibtisch ihres Vaters, den sie so lange als ihren angesehen hatte. Alles lag an seinem Platz. Die sorgfältig geführten Ordner standen in den Regalen, wie sie sie verlassen hatte. Sie fuhr mit dem Zeigefinger über die Akten, jemand hatte sie abgestaubt. Die grauen und dunkelblauen Buchrücken, fein säuberlich nach Jahreszahlen oder dem Alphabet geordnet, halfen ihr, sich zu beruhigen. Sie sah suchend um sich, öffnete die Laden des Schreibtisches und schloß sie wieder. Es mußten doch nach ihrer Abreise Briefe gekommen sein, Auftragseingänge, Anfragen, Rechnungen ... Wo war der Vertrag, der den Verkauf des Kieswerks besiegelte? Georg mußte doch an seine Familie gedacht haben, mußte Vorsorge getroffen haben, er konnte sie doch nicht mittellos in Roseburg sitzenlassen? Mehr als alles andere hoffte Elsa einen Brief ihres Vaters zu finden. Ein paar Zeilen, in denen er alles erklärte und sie seiner Zuneigung versicherte. Aber sie wußte, daß diese Hoffnung vergeblich war. Ihr Vater war aus ihrem Leben verschwunden und hatte nicht einmal eine Adresse hinterlassen.

Das Knarzen der Stufen verriet, daß jemand die Treppe herunterkam, der sich Mühe gab, keinen Lärm zu machen. Kurz darauf wurde behutsam die Tür zur Vorratskammer geöffnet, die neben der Küche lag.

Als Elsa nachsehen ging, stieß sie auf ihre Mutter.

»Du bist schon auf?« Karoline fuhr herum und wischte sich rasch die Hände am Morgenmantel ab.

Elsa sah, daß der hölzerne Deckel auf dem großen Senftopf fehlte. Aß ihre Mutter etwa puren Löwensenf? Bevor sie danach fragen konnte, kam Karoline ihr zuvor.

»Kannst du auch nicht schlafen?« fragte sie, legte den Deckel auf den Senftopf, als sei nichts, und schob Elsa zur Tür hinaus.

»Nein, mir gehen zu viele Fragen durch den Kopf.«

»Na ja, ich hatte ja schon ein bißchen Zeit, mich an die Katastrophe zu gewöhnen.«

»Warum hast du mich nicht in Berlin angerufen?«

»Wozu? Du hättest ohnehin nichts ändern können. Du kennst schließlich deinen Vater. Und so hast du die schlechten Nachrichten noch früh genug erfahren.«

»Hat Papa wirklich keinen Brief für mich hinterlassen? Irgend etwas, aus dem wir ersehen könnten, wie es für uns weitergehen soll?«

»Nein, so leid es mir tut. Dein Vater hatte es in den letzten Tagen, die er hier im Haus verbracht hat, sehr eilig. Für uns blieb keine Zeit.«

Ein Gedanke schoß Elsa durch den Kopf. »An wen hat er Güster eigentlich verkauft?«

»Wieso fragst du? Soviel ich weiß, an Laaken.«

Elsa fuhr herum. »Dieser Widerling! Ich wußte immer, daß er ein gefährlicher Mann ist. Woher hatte er das Geld?«

»Ich weiß es nicht. Die Leute reden, er habe eine Erbschaft gemacht.«

»Die Leute ...« Elsa lachte bitter. »Die haben mal wieder Gelegenheit, sich über uns das Maul zu zerreißen, nicht wahr?«

Karolines Lippen wurden schmal. »Wir haben uns nichts vorzuwerfen.«

»Wissen deine Freunde in Hamburg Bescheid? Papas Geschäftspartner? Haben sie Hilfe zugesagt?«

»Soweit sind wir noch nicht. Ich habe mir gedacht, du schaust dir erst mal die Bücher an, und wir machen einen Überschlag, was wir noch haben. Dann sehen wir weiter.«

Elsa zuckte mit den Schultern. »Das wollte ich gerade tun. Aber ich finde nichts. Wo sind die Unterlagen, der Kaufvertrag, die Eingänge der letzten Wochen, als ich in Berlin war?«

»Das wird alles in Güster liegen. Hierher ist jedenfalls nichts gekommen.«

»Laaken«, stieß Elsa hervor, und ihre Augen funkelten vor Wut.

Sie gönnte sich nur ein schnelles Frühstück im Stehen, dafür nahm sie sich sehr viel Zeit für ihre Garderobe. Erst zog sie das aufreizendste ihrer neuen Kleider aus dem Schrank, doch dann entschied sie sich mit einem bösartigen Lächeln für ein Paar sehr weiter Hosen mit einem weißen Hemd und einer roten Satinweste darüber. Sie mußte zugeben, daß diese Aufmachung wirklich nicht passend für ein Kieswerk war, aber sie wollte Laaken mit ihrer Aufmachung zeigen, daß es ihr Spaß machte, ihn zu brüskieren. Sie bürstete ihr blondes Haar, bis es mähnenartig ihren Kopf umstand, und trug den Lippenstift auf, der wie ein blutiger Fleck in ihrem Gesicht leuchtete. Bevor sie ging, warf sie einen Blick auf das Porträt, das Konrad gemalt hatte. Sie mußte es zu diesem Zweck aus seinem Versteck im Kleiderschrank holen. Als sie es betrachtete, fühlte sie, wie die Kraft des Bildes sich auf sie übertrug. In diesen Momenten war sie genauso stark und schön, wie Konrad sie gesehen hatte.

Sie kam die Treppe herunter, um sich von Hulda und Karoline zu verabschieden, die noch beim Frühstück saßen. Ihrer alten Kinderfrau entfuhr: »Wie du aussiehst! Wie diese Amerikanerin aus dem Film, den ich neulich gesehen habe, diese – wie hieß die doch gleich ...«

Karoline nickte ihr zu: »Zeig's ihm!«

Heinrich Laaken blieb der Mund offenstehen, als sie, ohne anzuklopfen, in sein Büro kam und die Tür mit einem lauten Knall hinter sich zuschlug. Aber er faßte sich schnell.

»Berlin scheint Ihnen nicht bekommen zu sein«, sagte er, während er sie geringschätzig von oben bis unten betrachtete. Sie blieb für einen Augenblick in der Tür stehen, um ihm Zeit für seine Betrachtung zu geben, dann kam sie auf seinen Schreibtisch zu und setzte sich. Sie lehnte sich langsam zurück und schlug ein Bein über das andere. Meine Aufmachung bringt ihn tatsächlich aus der Fassung, stellte sie befriedigt fest.

Sie war zu wütend, um sich durch seine offensichtliche Mißbilligung einschüchtern zu lassen. Wie er da hinter dem Schreibtisch thronte, im neuen Anzug, eine dicke Uhrkette über dem Bauch, die Daumen in den Westentaschen! Er sah aus wie eine schlechte Kopie ihres Vaters.

»Ihnen scheint es in meiner Abwesenheit aber verdammt gut ergangen zu sein. Zu gut, wie ich finde.«

»Was wollen Sie damit sagen?« fragte er gefährlich leise.

»Wieviel haben Sie meinem Vater gegeben, damit er Ihnen das Werk überläßt, mein Werk, um das ich die letzten Jahre unermüdlich gekämpft habe?« fragte sie plötzlich laut. Sie stand auf und stützte die Hände auf den Schreibtisch, so daß er ihr teures Parfüm riechen konnte.

»Wie gesagt, Berlin ist Ihnen offensichtlich nicht bekommen. Sonst würden Sie sich nicht derart undamenhaft benehmen. Darf ich Sie darauf aufmerksam machen, daß Sie trotz Ihres angeblichen unermüdlichen Einsatzes gerade in den letzten Wochen, die sehr kritisch waren, nicht hier an Ihrem Platz waren, sondern sich in Berlin amüsiert haben, mit zweifellos schlechtem Umgang?« Seine Stimme war süffisant. »Wollen Sie nicht wieder Platz nehmen?«

Für eine Sekunde wurde Elsa unsicher. Sie hatte sich ja selber schon vorgeworfen, das Werk zu lange in fremde Hände gegeben zu haben. Doch dann dachte sie daran, was Thilda ihr über Laaken gesagt hatte: ein unglücklich verliebter Mann, den die Zurückweisung bösartig macht und der die Gelegenheit zur Rache nutzt. Der Gedanke gab ihr das Selbstvertrauen wieder. Sie setzte sich und zündete sich eine Zigarette an, obwohl ihr davon am frühen Morgen beinahe schlecht wurde. Als sie sah, daß Laaken vor Wut blaß wurde, fühlte sie sich noch besser. Ihre Stimme war schneidend und ohne jede Unsicherheit, als sie zu ihm sagte: »Ich verlange die Unterlagen, die mir zustehen.«

»Wie bitte?«

»Ich will die Geschäftsunterlagen der letzten beiden Monate.«

»Das Werk ist in meinen Besitz übergegangen, wie Sie eben selbst richtig bemerkten.«

»Und wann war das?« Sie waren an dem zweiten kritischen Punkt ihrer Verhandlungen angelangt, den Elsa vorhergesehen hatte und auf den sie vorbereitet war. Sie wußte ja nicht einmal, ab wann der Verkauf gültig war, weil sie den Vertrag bisher nicht gesehen hatte. Aber sie ging davon aus, daß ihr Vater die Dinge erst kurz vor seiner Abreise geregelt hatte, wie es seine Art war.

Laaken räusperte sich. »Seit Anfang des Monats gehört es offiziell mir.«

Na also! Elsa wußte, daß sie gewonnen hatte. »Der erste war vor zwei Wochen. Darf ich also um die Unterlagen der sechs Wochen davor bitten, als das Werk noch mir gehörte!«

Laaken erhob sich und kam um den Schreibtisch herum auf sie zu. Er setzte sich auf die Schreibtischkante direkt vor sie, seine Stimme klang versöhnlich. »Hören Sie, Elsa, es tut mir leid, was passiert ist. Aber Ihr Vater kam zu mir, weil er unbedingt verkaufen wollte, und das möglichst schnell. Ich glaube, er befand sich in einer finanziellen Notlage.«

»Reden Sie keinen Unsinn! Mein Vater hat sich noch nie in einer finanziellen Notlage befunden! Jedenfalls in keiner, aus der ausgerechnet Sie ihn befreien könnten.«

Laaken spielte nicht den Beleidigten. »Wie dem auch sei, ich habe versucht, ihn davon abzuhalten, habe auch darauf hingewiesen, daß Sie es doch waren, die in den letzten Jahren die Geschäfte geführt hat und ihn gebeten, sich vor der Transaktion mit Ihnen zu besprechen ...«

»Sie hätten mich anrufen können!«

Ein häßliches Triumphieren trat in seine Augen. »Wir haben telefoniert, wenn Sie sich erinnern wollen. Ich habe Sie auf anstehende Transaktionen hingewiesen, aber Sie haben aufgelegt ...«

Elsa senkte den Kopf.

»... und Ihr Vater wollte nichts dergleichen hören. Als

ich nun sah, daß er fest entschlossen war, da versuchte ich zu retten, was zu retten war. Ich hatte eigenes Kapital, dazu kam eine Erbschaft ...«

»Wie passend!« warf Elsa bissig ein.

Laaken ließ sich auch diesmal nicht aus dem Konzept bringen. »Ich dachte mir, wenn ich die Firma übernehme, dann bleibt alles beim alten. Und wenn Sie wollen, dann bleibt das Werk sogar in der Familie.«

Elsa sah ihn ungläubig an, während Laaken sich aufrichtete und zum letzten Teil seiner Rede kam.

»Sie wissen, Elsa, was ich für Sie empfinde, schon seit Jahren. Und wir haben uns doch immer gut verstanden. Das Werk gehört nun mir, aber mir fehlen Ihre Beziehungen, und – ich gebe es gern zu – manchmal vermisse ich Ihren Charme in den Verhandlungen, der mehr als einmal auch den verbissensten Kunden weichgemacht hat. Ganz zu schweigen von Ihrem guten Verhältnis zu den Arbeitern hier ...«

»Ach, haben Sie bereits jetzt Schwierigkeiten mit ihnen? Das wundert mich nicht bei Ihrem nicht vorhandenen Einfühlungsvermögen.«

Er wischte den Einwand ungeduldig weg. »Darum geht es jetzt nicht, Elsa. Ich glaube, daß wir beide füreinander bestimmt sind. Ich gebe zu, daß Ihre neue Art, sich zu kleiden, und die Tatsache, daß Sie Zigaretten rauchen, mir wenig passend für eine Frau erscheinen, aber ich wäre bereit, dies hinzunehmen, wenn auch Sie sich ein wenig bemühen würden. Bisher, sozusagen als Ihr Untergebener, hätte ich niemals den Mut zu diesem Schritt gefaßt, aber nun ...« Er kam ein wenig ins Stocken.

»Nun?« fragte Elsa kühl.

»Kurz: Ich möchte Sie bitten, meine Frau zu werden. Zum Wohle des Werkes.«

Die lange befürchteten Worte nun tatsächlich aus seinem Mund zu hören, machte sie doch für einen Augenblick sprachlos.

»So, so, zum Wohle des Werkes!«

Sie nahm einen letzten tiefen Zug von ihrer Zigarette und blies ihm den Rauch aus ihren roten Lippen mitten ins Gesicht.

»Nur damit Sie wissen, wie gut mir Berlin getan hat: Ich habe mich dort verlobt. Und selbst wenn es anders wäre: Sie könnten der letzte Mann auf Erden sein, und ich würde Sie dennoch nicht heiraten.« Sie warf die brennende Zigarette in den Aschenbecher, stand auf und ging zur Tür. Dort drehte sie sich noch einmal um. »Schicken Sie mir die Unterlagen, die mir zustehen. Heute noch.«

Sie setzte sich in ihr Auto und fuhr so rasant an, daß der Sand hinten wegspritzte. Eine letzte Provokation für Heinrich Laaken. Sie hatte ihn sich gerade zum Todfeind gemacht. Aber sie spürte keine Angst, vielmehr wilden Triumph.

Einige der Arbeiter grüßten, die Mütze in der Hand, als sie, langsam jetzt, entlang der aneinandergereihten Kipploren fuhr, auf denen noch mit Kreide geschrieben ihr Name prangte. Rechter Hand sah sie den riesigen Schwimmbagger, den die Lübecker Kieswerke Aktiengesellschaft unter ihrem Chef Eugen Preuß im letzten Jahr aufgestellt hatte, nachdem die Firma ein weiteres großes Stück Land südlich von Güster gekauft hatte. Man hatte sogar einen schiffbaren Stichkanal zum Elbe-Trave-Kanal ausgebaggert, der dann wiederum eine Eisenbetonbrücke erforderlich machte, damit der Treidelweg entlang des Kanals erhalten blieb. Die Lübecker Kieswerke setzten im Gegensatz zu den Hellerschen immer noch auf den Kanal als Transportweg und nicht auf die Eisenbahn. Elsa hörte das an- und abschwellende dumpfe Brummen der Motoren und das Nacheinander von Saugen und Klatschen, wenn eine der mit Sand gefüllten Schaufeln nach oben geführt wurde, um ihre nasse Last in die bereitstehenden Kähne zu werfen. Sie fragte sich, ob sie diese Geräusche je würde vergessen können.

Daß sie sie vermissen würde, stand für Elsa außer Frage, als sie sich nach links in die Straße nach Roseburg einfädelte.

Die vertraute Umgebung des Arbeitszimmers, das Rauschen des Windes in den großen Bäumen und das Knarren der Eichendielen, wenn sie aufstand, um etwas aus den Regalen zu holen, taten ihr gut. Sie war froh, etwas zu haben, das ihre Gedanken ausfüllte. Gegen ihren Willen überfiel sie die Sehnsucht nach Konrad. Dann war sie erfüllt von Erinnerungen, geriet ins Träumen, und wenn ein lautes Geräusch im Haus sie wieder zu sich brachte, erschrak sie und mußte sich zwingen, sich auf ihre Arbeit zu konzentrieren. Daß Konrad nicht bei ihr war, bereitete ihr Qualen, und im selben Augenblick rettete das Wissen um seine Liebe sie. Weil sie seine Liebe hatte, fiel es ihr leichter, den neuerlichen ungeheuren Vertrauensbruch ihres Vaters zu überstehen.

Was sie vor sich in den Büchern sah, gab keinen Anlaß zu Träumereien. In den Unterlagen, die Laaken geschickt hatte, waren vornehmlich Rechnungen: Transportrechnungen, Rechnungen für Treibstoffe und ein neues Förderband. Rechnungen für die Instandsetzung der Arbeiterkaten. Insgesamt knapp zwanzigtausend Mark, eine riesige Summe. Laaken hatte die Aufträge vergeben, kurz bevor er das Werk übernahm. Elsa geriet vor Wut außer sich, als sie auf allen Aufträgen das Kürzel ihres Vaters entdeckte. Also hatte er die Ausgaben genehmigt, und Elsa würde sie begleichen müssen. Laaken, du Heuchler! dachte sie. Von wegen, du konntest nicht anders. Übers Ohr gehauen hast du mich!

Dazu kamen die üblichen Ausgaben für die Haushaltsführung der Villa, die in den letzten beiden Monaten nicht bezahlt worden waren. Elsa fand offene Rechnungen vom Schneider und vom Weinhändler, Rechnungen für Lebensmittel, Strom und für den Gärtner. Bisher war es nicht nötig gewesen, aber jetzt überschlug sie, wieviel der Unterhalt des Hauses im Monat kostete: mit Löhnen für die Angestellten beinahe tausend Mark. Das war angemessen für den Lebensstil, der in der Villa gepflegt wurde. In ihrer derzeitigen völlig ungeklärten finanziellen Situation war es aber eindeutig zuviel.

Elsa versuchte eine komplette Aufstellung der ausstehenden Zahlungen, was schier unmöglich war, weil in den nächsten Wochen immer neue Rechnungen aus Hamburg eintrafen, die sie nicht vorhersehen konnte: für Hotelübernachtungen, Kleidung und Notariatskosten. Die letzteren erbitterten Elsa besonders. Ihr Vater fing ein neues Leben an, ohne sie und ihre Mutter, aber sie durften für die rechtliche Beratung zahlen. Dann kam sogar eine Rechnung für einen Rollstuhl. Ein Rollstuhl, also mußte es wirklich schlecht um Ludwig stehen. Elsa konnte dennoch kein Mitleid für ihren Stiefbruder aufbringen. Ihre große Sorge war, wie viele Schulden ihr Vater noch hinterlassen haben mochte. Sie würde die allerletzte Rechnung abwarten müssen, um genau zu wissen, wie hoch die Außenstände waren, aber sie setzte fürs erste eine Summe von fünftausend Mark an.

In einem Anfall von Verzweiflung rief sie Gustav Hessler, den Freund ihres Vaters, Jurist bei der Handelskammer, an, um von ihm zu erfahren, welche Rechte sie und Karoline gegen ihren Vater geltend machen konnten. Hessler lehnte es rundweg ab, ihr zu raten. »Meine

Loyalität in diesem Fall gehört ausschließlich Ihrem Vater«, erklärte er knapp. Auch ein junger Anwalt, den Corinna empfohlen hatte, konnte keine guten Nachrichten bringen. Vor seinem Tod sei Georg nur gerichtlich zur Offenlegung seiner Finanzen und Unterstützung seiner Familie zu zwingen, der Ausgang eines solchen Prozesses sei jedoch äußerst ungewiß. Wenn Karoline sich zu einer Scheidung entschließen könnte, wären die Chancen besser, daß wenigstens sie Anrecht auf Unterhaltszahlungen hätte.

»Aber was ist mit diesem Notar? Wie konnte er den Verkauf legalisieren, obwohl meine Einwilligung fehlte?«

Der Anwalt sah sie kummervoll an. »Wir leben leider in einer Zeit, in der Frauen nicht besonders viele Rechte haben. Sie und Ihre Mutter dürfen nicht einmal ein Bankkonto besitzen ohne Einwilligung des Ehemanns oder Vaters. Natürlich hat der Notar sich rechtswidrig verhalten, und Sie könnten ihn theoretisch verklagen. Aber die Richter sehen es nicht gern, wenn eine Frau einen Mann verklagt, und dann noch den Vater. Sie müßten schon sehr großes Glück haben, an einen verständnisvollen Richter zu geraten. Und Sie müßten sich auf einen langwierigen, teuren und vielleicht auch unangenehmen Prozeß einstellen. Wollen Sie das wirklich?«

Elsa wollte nicht. Ihr Vater würde in seiner Sturköpfigkeit ohnehin kein Urteil anerkennen, sie würde immer weiter prozessieren müssen.

Auf der Einnahmenseite sah es weit übersichtlicher aus. Da waren die Mieteinnahmen aus dem Hamburger Kontorhaus. Elsa dankte ihrer Mutter im stillen, daß sie damals darauf bestanden hatte, dieselbe Summe zu erhalten wie die Kösters. Dazu kamen die Erlöse aus der Beteiligung an der Hühnerfarm. Ihr Vater hatte verfügt, daß das Geld monatlich an Elsa fließen sollte.

»Na also«, sagte Karoline hoffnungsfroh. »Hat er doch an dich gedacht.«

Elsa schnaubte verächtlich. »Wo denkst du hin? Die Summe reicht gerade aus, um den Unterhalt der Villa zu bestreiten. Und das auch nur, wenn wir uns einschränken. Aber sieh mal hier: Die Reedereibeteiligung hat er veräußert und den Erlös, fast achtzigtausend Mark, ein Vermögen!, auf ein Konto in Ostpreußen eingezahlt, auf das wir leider keinen Zugriff haben. Von wegen, er hat für uns gesorgt!«

Zu Elsas Bestandsaufnahme gehörte auch eine genaue Besichtigung des Hauses. Die Villa war jetzt mehr als zwanzig Jahre alt, da wurden die ersten Reparaturen fällig. Die Holzverkleidung an der rückwärtigen Giebelseite war morsch und mußte erneuert werden, bevor die Feuchtigkeit das Mauerwerk schädigte. Und der große Kachelofen im Salon war nicht mehr zu benutzen, weil die Lüftung defekt war. Statt zu wärmen, pustete der Ofen im Winter nur Ruß in die gute Stube.

Elsa setzte ihre Hoffnungen auf den Kaufvertrag über das Werk in Güster. Dort mußte festgelegt sein, wieviel des Erlöses für sie bestimmt war. Doch der Vertrag fehlte in den Unterlagen, die Heinrich Laaken ihr geschickt hatte. Sie überwand sich und rief ihn deswegen an. Laaken sagte ihr mit eiskalter Stimme, ihr Vater habe sämtliche Unterlagen den Kauf betreffend an sich genommen, sein eigenes Exemplar könne er bedauerlicherweise nicht aus der Hand geben. Ohne ein weiteres Wort hängte er ein.

An diesem Abend ging die Sonne blutrot jenseits des Mühlenteichs unter. Elsa und Karoline hatten ihr Gespräch für einen Augenblick unterbrochen, um das Naturschauspiel zu bewundern. Jetzt wandten sie sich wieder ernsteren Dingen zu.

»Wir könnten den Gartenbetrieb wieder aufnehmen, wie im Krieg, und im großen Stil Gemüse verkaufen«, schlug Karoline vor.

»Wir haben keinen Krieg. So schlimm steht es noch nicht«, antwortete Elsa entschieden.

»Na gut, dann sag mir, wie lange wir von neuntausend Mark leben können.«

»Wieso neuntausend Mark? Hast du etwa soviel Geld?« fragte Elsa überrascht.

Ihre Mutter sah sie mit einem feinen Lächeln an. »Na ja, irgendwo mußte ich doch mit den Erlösen aus dem Verkauf der Bilder hin. Und manchmal blieb auch so etwas übrig. Mit Zinsen und so weiter insgesamt fast neuntausend Mark. Liegen auf der Bank in Hamburg.«

»Gut, und dazu kommt die Miete für das Kontorhaus aus den letzten Jahren. Für den gesamten Zeitraum vierzehntausend Mark. Das Geld liegt bei Neehls in Mölln auf der Sparkasse. Im nächsten Jahr können wir mit drei- bis viertausend Mark Mieteinnahmen rechnen, wenn alles so bleibt, wie es ist ...«

Hulda kam herein und wurde gebeten, sich dazuzusetzen.

»Das Auto von Herrn Heller steht übrigens immer noch nutzlos in der Remise herum«, sagte sie und sah die anderen erwartungsvoll an.

»Noch eine gute Idee«, antwortete Elsa mit einem anerkennenden Lächeln. »Wir werden es verkaufen. Wir haben mein Auto, das reicht. Ich fahre morgen nach Mölln und spreche mit Pohrau. Schließlich hat Papa den Wagen dort gekauft. Sie werden ihn zurücknehmen.«

»Ich wüßte nicht, was wir sonst noch veräußern könnten. Seine verdammten Pferde hat er mitgenommen.«

Elsa sah ihre Mutter an. »Wir müssen nichts verkaufen, Mama. Wir haben genug zum Leben, allerdings müssen wir uns mit langen Kuraufenthalten und üppigen Festen in der nächsten Zeit etwas zurückhalten.« Sie sah Karolines erschrockenen Blick, und sie bedauerte, was sie gesagt hatte. Der Jour fixe, der regelmäßige Austausch mit ihren Freunden, war für Karoline in den Jahren immer wichtiger geworden. Was blieb ihr denn sonst auch? Eine gescheiterte Ehe und eine unerfüllte Liebe. Hastig korrigierte Elsa sich. »Nein, nein, das war nur ein kleiner Seitenhieb auf deine Verschwendungssucht, was Kerzen, Champagner und Canapés angeht. Dein Mittwoch bleibt selbstverständlich. Wir profitieren schließlich alle von deinen Beziehungen.« Sie überlegte einen kurzen Moment, dann setzte sie hinzu: »Und morgen fahre ich nach Güster und hole Fanny und Marie zurück. Für Hulda allein ist der Haushalt zu groß, auch wenn Sophia ab und zu aushilft.«

»Du mußt das nicht meinetwegen machen, Elsa«, sagte Karoline. »Ich kann sehr gut auf ein bißchen Bequemlichkeit verzichten. Es macht mir nichts aus, im Haus zu arbeiten. Schließlich habe ich das früher auch getan. Arbeit ist keine Schande. Das einzige, woran ich wirklich hänge, sind die Treffen mit meinen Freunden.«

Sie sagte das selbstverständlich, ohne jede Heuchelei, und Elsa spürte einen ungekannten Stolz auf ihre Mutter. Sie räusperte sich. »Ich weiß doch, Mama. Und ich hole Fanny nicht deinetwegen zurück. Aber gerade jetzt müssen wir aufpassen, was die Leute so reden. Ich will mir nicht unterstellen lassen, daß wir bankrott sind. Deshalb: Es wird niemand vom Hauspersonal entlassen, und damit Schluß!«

Hulda warf ihr einen dankbaren Blick zu.

»Ich wußte gar nicht, daß du so stolz bist«, sagte Karoline.

»Nenne es, wie du willst. Aber ich werde verhindern, daß dieses Haus unter den Hammer kommt. Ich werde mir etwas einfallen lassen, und wenn es meine ganze Kraft kostet!« Sie war laut geworden.

»Das hast du schon einmal zu mir gesagt«, antwortete Karoline. »Ich glaube, du meinst es ernst.«

Elsa sah das Vertrauen in den Augen ihrer Mutter, und auch Hulda nickte ihr zu. Mit einem Wimpernschlag wurde Elsa deutlich, daß die beiden Frauen von ihr erwarteten, alles in Ordnung zu bringen und zukünftig ihre Geschicke zu lenken. Karoline mochte kompetent in vielen Dingen sein, sie hatte den Garten so perfekt geplant, daß sie durch den Hungerwinter gekommen waren. Während ihrer Feste spürte man ihre unsichtbare Hand, die alles im Griff hatte und dafür sorgte, daß alle sich wohl fühlten. Und in ihren Collagen bewies sie ihr künstlerisches Talent. Aber ein Wirtschaftsunternehmen zu führen – und die große Villa mit den Angestellten und wirtschaftlichen Verflechtungen war eines –, das traute sie sich nicht zu. Und Hulda? Sie war es zeit ihres Lebens gewohnt, daß jemand anderes für sie die Entscheidungen traf. Sie lebte seit fast einem Vierteljahrhundert in diesem Haus und wollte nur, daß auf ihre alten Tage alles so blieb, wie es immer gewesen war. Elsa straffte den Rücken und sah die beiden mit einem aufmunternden Lächeln an.

»Ja, ich hole Fanny und das Kind zurück. Ich glaube, daß wir alle ein bißchen Fröhlichkeit gut brauchen können.«

Nach über vier Wochen kam endlich ein Brief aus Ostpreußen. Allerdings nicht von Georg, sondern von Anna Köster, die ihre Zeilen an Karoline richtete.

Sie teilte eine Adresse mit, unter der sie und Georg

wohnten, bis das neue Haus fertiggestellt sei. Sie gab kurze Nachricht von Ludwig, dem es in den ersten Wochen so schlecht gegangen sei, daß sie das Schlimmste befürchtet hätten. Dies sei auch der Grund, warum Georg nicht schreibe, die Sorgen und die Pflege seines Sohnes hätten ihn völlig erschöpft und er brauche selbst Ruhe. Jetzt scheine sich aber eine leichte Besserung einzustellen, das Klima sich positiv auszuwirken. Anna bat um Verständnis für Georgs Haltung. Sie selbst habe nur das Beste für ihren Sohn gewollt, an dessen Überlebenschancen sie in Hamburg kaum noch geglaubt habe. Die leichten gesundheitlichen Fortschritte ließen sie glauben, daß ihre Entscheidung richtig gewesen sei. Am Schluß ließ sie Elsa herzlich grüßen.

Karoline las den Brief abends vor, dann wurde er nicht mehr erwähnt.

In den milden Spätsommernächten, nach einem langen Tag vor den Büchern, mit Telefonaten, in denen sie sich nach der Richtigkeit ihr unbekannter Rechnungen erkundigte, um Rabatte und Zahlungsaufschub feilschte und die Herrenausstatter ihres Vaters davon zu überzeugen suchte, die Rechnungen doch bitte an seine neue Adresse in Schippenbeil zu schicken; wenn sie mit ihrer Mutter zusammengesessen hatte, um die notwendigen Einkäufe für den Mittwoch zu besprechen; wenn sie mit den Gästen geplaudert und dabei immer die Ohren gespitzt hatte, sobald es um geschäftliche Dinge ging, kurz, nach einem anstrengenden Tag erlaubte Elsa sich abends den Gedanken an Konrad. Sie hätte es nicht für möglich gehalten, daß ein Körper einen anderen derart vermissen kann. Als hätte man ihr ein Glied abgetrennt. Sie berührte sich, so wie er sie berührt hatte: zärtlich, dann wieder leidenschaftlich, doch alles, was sie spürte, war eine kurze Welle der Erleichterung, die sofort danach versandete. Sie vermißte das Überraschende, das Spontane, das er in der Liebe hatte, sie sehnte sich nach seinem Geruch und nach seiner Stimme an ihrem Ohr, nach seinen Küssen, die mal so sanft, dann feucht und fordernd waren.

In solchen Nächten, wenn die Sehnsucht schier unerträglich wurde, schlich sie sich hinunter ins Arbeitszimmer, wo das Telefon stand, um ihn anzurufen. Um diese Zeit traf sie ihn am ehesten zu Hause an, es war die Zeit, in der er malte, und während sie mit ihm sprach, fragte sie sich, wen er bei sich hatte, welches Modell ... Sie war eifersüchtig auf die anderen, die bei ihm sein durften, sein Lachen hörten, seine intensiven Blicke spürten. Meistens waren ihre Gespräche kurz. Wenn Konrad malte, dann malte er und ließ sich nur ungern stören. Einmal telefonierte sie ihn am Morgen an, nach dem Frühstück, und er war ungehalten, weil er gerade erst ins Bett gekommen war. Versuchte sie es abends, ging er nicht an den Apparat, weil er ausgegangen war. Sie mußte sich wieder ins Gedächtnis rufen, wie anders der Lebensrhythmus eines Künstlers in der Großstadt war. Jedesmal versuchte sie mit ihm über die Möglichkeit zu sprechen, wie und wo sie sich sehen könnten. Und jedesmal wich er aus. Einmal hatte sie ihm in Andeutungen von ihrer gegenwärtigen finanziellen Misere und ihren Sorgen um die Zukunft erzählt, es hatte ihn völlig gleichgültig gelassen. Elsa spürte, daß etwas nicht stimmte.

Als sie alle Rechnungen bezahlt hatte, die aus Güster und aus Hamburg, die Außenstände für Konfekt und Spirituosen, für kalte Buffets und teure Kleider, da waren die Rücklagen fast gänzlich aufgezehrt. Das Konto bei Neehls in Mölln und auch das von Karoline in Hamburg. Sogar der größte Teil des Erlöses für den Verkauf des Ford wurde gleich für ausstehende Benzinrechnungen und die neuen Ledersitze einbehalten, die Georg nachträglich zwar hatte einbauen lassen, die er aber keineswegs schon bezahlt hatte. Was für eine sinnlose Verschwendung! dachte Elsa und biß sich auf die Lippen.

Sie würden also von den Einkünften aus der Hühnerfarm und den Mieteinnahmen des Hamburger Kontorhauses leben müssen – zumindest so lange, bis sie mit ihrem Vater gesprochen hatte. Denn daß das, was sie zur Verfügung hatten, zuwenig war, wenn sie nicht ihren Lebensstandard drastisch einschränken würden, das war Elsa nur allzu bewußt.

Der Herbst kam früh und unerbittlich. Als die ersten Stürme um das Haus fegten, drängten sich die Frauen – mittlerweile waren sie zu viert: Elsa, Karoline, Hulda und Fanny, die sehr gern mit Marie in ihr Dienstbotenzimmer unter dem Dach zurückgekehrt war – im Arbeitszimmer. Der Schreibtisch war an die Wand gerückt worden. Möbel wurden umgestellt, zwei Sessel und das bequeme Sofa aus dem Salon mit vereinten Kräften hereingewuchtet. Es war zwar eng, aber wenigstens warm. Die großen hohen Räume von Salon und Eßzimmer waren nur schwer und teuer zu heizen. Außerdem wartete der Kamin immer noch darauf, repariert zu werden.

Die Frauen rückten zusammen, und es hatte sich eingebürgert, daß sie die Abende gemeinsam in dem kleineren Raum verbrachten. Sie redeten und lachten oder waren traurig über die Geschichten des Alltags. Hulda strickte, Karoline sortierte ihre Blüten, Fanny besserte Wäsche aus, worin sie eine absolute Meisterin war. Elsa las an diesen Abenden vor. Sie hatte aus Berlin viele neue

Bücher von ihr bisher unbekannten Schriftstellern mitgebracht, und es bereitete ihr eine boshafte Freude, die anderen damit zu schockieren. Schickte es sich tatsächlich, die Reportagen des rasenden Reporters Kisch zu lesen? Oder einen Roman wie *Professor Unrat* von Heinrich Mann oder gar Oskar Maria Graf mit seinen Helden, die sich so gar nicht in die Gesellschaft fügen wollten und verdächtige politische Meinungen vertraten? Als sie Bronners *Vatermord* auch nur erwähnte, zuckten alle zusammen, um dann gemeinschaftlich abzuwehren. Ein Buch mit einem solchen Titel! Elsa las diese Bücher dann abends im Bett. Auch die Autobiographie des amerikanischen Autobauers Henry Ford und *Die vollkommene Ehe* von Hendrik van de Velde, das Aufklärung über die sicheren Tage und Verhütungsmaßnahmen bot.

»Seht euch doch an, mit was man uns hier in der Provinz für dumm verkaufen will. Allein von den Titeln der Fortsetzungsromane in der Zeitung wird mir übel: *Der jungen Seelen bittres Weh*!; *Wem nie durch Liebe Leid geschah*; *Wahn und Leidenschaft*! Pah!« Elsa zerknüllte das Blatt und warf es in die Ecke.

Hulda stand auf, bückte sich nach der Zeitung und strich sie sorgfältig wieder glatt. »Aber was da in deinen Büchern steht ... Es geht doch nicht, daß ein ordentlicher Lehrer etwas mit einer Tänzerin hat! So etwas will ich nicht wissen, wenn du mich fragst. Bei uns gibt es so etwas nicht.«

»So was gibt's bei uns nicht? Und wo ist mein Vater?«

Es ließ sich nicht vermeiden, daß es in der Villa auch zu Streit kam. Aber meistens saßen sie in diesen Wochen allabendlich zusammen und übten sich in der Geduld der Frauen: Sie warteten ab, was das Schicksal mit ihnen vorhaben mochte. Eine kleine Unterbrechung der Langeweile war Elsas Geburtstag Ende September. Alle gaben sich Mühe, ihr einen schönen Tag zu bereiten. Karoline schlug vor, einige Leute einzuladen, doch Elsa lehnte ab. Die Menschen, die sie gern um sich gehabt hätte, wie Mathilde oder Johanna, waren zu weit entfernt. Sie hoffte auf einen Glückwunsch ihres Vaters, der aber ausblieb. Wahrscheinlich hatte er ihren Geburtstag vergessen. Hulda kam mit der Post ins Zimmer und überreichte Elsa eine Karte von Konrad. Wie elektrisiert riß sie sie an sich, aber es waren keine Glückwünsche, woher hätte er auch wissen sollen, wann ihr Geburtstag war? Statt dessen teilte er ihr mit, daß er eine Zeitlang in Dresden sein werde, um dort eine Ausstellung vorzubereiten. Er werde in absehbarer Zeit nicht nach Hamburg kommen.

Karoline sorgte für Beunruhigung. Fanny kam eines Tages zu Elsa, um zu berichten, daß jemand sich in der Speisekammer zu schaffen machte und wahllos die Vorräte aufbrach und naschte. Für Elsa war das nicht neu. Auch sie hatte schon gesehen, daß hier und da bei einem Weckglas der Deckel fehlte, daß ein Glas Gurken halb leergegessen in einer hinteren Ecke vor sich hin schimmelte, daß ein Stück von der Wurst fehlte. Bei Tisch gewöhnte Karoline sich an, Unmengen von Pfeffer und immer wieder Senf auf ihr Essen zu geben. Die anderen konnten schon gar nicht mehr hinsehen, wenn sie ihre geradezu höllisch gewürzten Gerichte aß.

»Das muß doch brennen und weh tun! Als ob sie keine Geschmacksnerven hat«, wunderte sich Fanny.

»Vielleicht will sie, daß es weh tut«, antwortete Elsa.

Karoline tat, als sei nichts, aber ihre neuen Angewohnheiten blieben nicht unbemerkt und nahmen ungekannte Ausmaße an. Sie stand vom Tisch auf, um sich in die Speisekammer zu schleichen und dort weiterzuessen, Scharfes und Salziges, niemals Marmelade oder Kuchen, die natürlich auch dort standen. Wenn sie jemand dabei sah, tat sie, als würde sie nur nach dem Rechten sehen. Es war beängstigend.

Die *Möllner Zeitung* brachte einen großen Artikel über den Verkauf des Hellerschen Kieswerks. Sogar ein Foto des neuen Besitzers war zu sehen: Laaken posierte mit stolzgeschwellter Brust vor dem neuen Förderband.

»Das Band habe ich bezahlt«, fauchte Elsa, nachdem sie den Artikel gelesen hatte. Die anderen hatten ängstlich um sie herumgesessen, während sie las, und auf ihre Reaktion gewartet.

Hulda seufzte einmal tief auf und sagte dann hastig: »Der olle Fritze Rademacher ist nun völlig verrückt geworden, wo seine Mutter tot ist. Er flucht noch mehr als früher, ich habe jedesmal Angst, wenn ich ihm auf der Straße begegne.«

»Und meistens ist er völlig betrunken. Auch wenn seine Wunden einigermaßen verheilt sind, in seinem Kopf ist damals bestimmt etwas kaputtgegangen«, pflichtete Fanny ihr bei.

»Jedes Wochenende geht er zu diesen Hitleristen und prügelt sich für die. Ein liederliches Pack. Überhaupt kein Benehmen«, ließ sich nun auch Karoline vernehmen.

Die Frauen hörten nicht auf, über Rademacher und seine tote Mutter und die Nazis zu reden, bis Elsa mißtrauisch wurde.

»Warum versucht ihr so krampfhaft, mich zu unterhalten und von dem Artikel abzulenken? Gibt es noch etwas, das ich wissen sollte?« fragte sie in die Runde.

Niemand antwortete.

»Nun sagt schon!«

»Nichts weiter, Elsa«, sagte Karoline, aber sie sah ihre Tochter dabei nicht an.

»Doch!« ließ sich Hulda vernehmen und trat laut mit dem Fuß auf. »Der olle Bruhns erzählt in seinem Laden, wir wären pleite. Wir müßten alles verkaufen und als nächstes sei das Haus dran.« Ihre Stimme bebte vor Empörung.

Elsa lachte auf. »Bruhns? Zu dem gehen die Leute doch sowieso nicht wegen eines Haarschnitts, sondern weil sie den neuesten Klatsch hören wollen. Stellt euch doch nur mal vor, der würde plötzlich sein Schandmaul halten, dann wäre er pleite.« Sie kicherte in sich hinein. »Wißt ihr noch, wie er mal dem Bürgermeister das halbe Ohrläppchen abgesäbelt hat, weil er unbedingt gucken mußte, was vor seinem Haus vor sich ging?«

»Das war, als Herr Heller zum erstenmal mit dem Auto bei ihm vorfuhr.«

Alle bis auf Fanny kannten die Geschichte und lachten, denn die Neugierde des alten Friseurs, der seinen Salon gegenüber vom Bahnhof hatte, war tatsächlich sprichwörtlich. Mehr als einmal hatte er seinen Kunden blutige Wunden beigebracht, weil er seine Augen und Ohren überall hatte, nur nicht bei ihren Frisuren oder Bärten.

Fanny druckste herum, bis Karoline sie aufforderte, zu sagen, was sie zu sagen habe: »In Güster wird auch viel geredet. Laaken macht euch schlecht, wo er nur kann. Die Grube wäre bankrott gewesen, wenn er sie nicht rechtzeitig übernommen hätte. Und er schimpft überall über unsere Weiberwirtschaft. Wir brauchen einen Mann im Haus, sonst tanzen wir wie die Mäuse auf dem Tisch, sagt er.«

»Und der Mann wäre er am liebsten selber. Aber da hat er sich geschnitten«, sagte Elsa.

Einige Tage später hatte Elsa sich nach dem Frühstück mit der *Möllner Zeitung* in die Veranda gesetzt. Die Sonne schien noch einmal warm herein, vielleicht zum letztenmal in diesem Jahr. Sie überflog wie üblich die Anzeigen. Die Karstadt AG in Mölln pries ihre Möbel-Sonderangebote an, die Firma Muratti ihre ganz besonderen Zigaretten für den Mann von Welt, Alleinmädchen und Vertreter für Futtermittel, Frauen zum Kartoffelaufnehmen und entlaufene Hühner gegen Belohnung wurden gesucht. Ein Heilkundiger zeigte die Eröffnung seiner Praxis in Mölln an, in der nach den Grundsätzen der Tellurgie gift- und operationsfrei, nach den Neigungszeichen von Gesicht, Schädel und Händen die Schwierigkeit der Berufswahl aus dem Wege geschafft und Heiratskandidaten für die Kinder gefunden würden. Elsa wollte die Seite herausreißen und verbrennen. Karoline würde diesen Scharlatan unverzüglich aufsuchen, wenn ihr die Anzeige in die Hände fiele. Sie blätterte weiter auf die letzte Seite, und ihr Blick fiel auf eine weitere Anzeige, die wegen der fetten Umrandung und der großen Schrift unübersehbar auf der Seite prangte:

Villa in Roseburg,
herrschaftlich am See
gelegen, inkl. Stallungen
und Garage, kurzfristig
wg. Notlage zu verkaufen.
Makler Studt, Lübeck

»Das gibt's doch nicht!« entfuhr es ihr, und für einen Augenblick wurde ihr schwindlig. Sie ging kurz die Möglichkeiten durch, wie es zu dieser Anzeige gekommen sein konnte. Daß ihr Haus gemeint war, daran gab es keinen Zweifel. Es gab keine andere Villa am See in

Roseburg. Sollte ihr Vater ...? Nein, sie traute ihm zwar viel zu, aber daß er seiner eigenen Familie das Dach über dem Kopf weg verkaufte? Nein. Ein Versehen? Ein Druckfehler? Vielleicht war das Gut im Nachbarort Woltersdorf gemeint, für das man schon seit längerer Zeit einen neuen Besitzer suchte? Das war schon eher möglich. Oder ein böswilliger Zeitgenosse, der sich auf ihre Kosten einen Scherz erlaubte? Ein Verdacht tauchte in ihr auf. Jemand könnte versuchen, sie in Verruf zu bringen, weil er sie haßte. Laaken!

»Jetzt reicht's!« hörte sie sich laut und deutlich sagen.

Eigentlich mußte sie dem Witzbold, der diese Anzeige aufgegeben hatte, dankbar sein. Die Ahnung, daß es so nicht weitergehen konnte, hatte sie schon des öfteren beschlichen: Tagsüber lebte sie in der engen Welt der Villa, ohne daß etwas geschah, und nachts quälte sie sich mit der Sehnsucht nach Konrad, die ihr jede Energie raubte. Diese Anzeige machte ihr nun klar, daß es genug des Selbstmitleids war, daß sie handeln mußte. Sie brauchte eine Idee, um ihre eigene Zukunft und die der Menschen, die sich ihr anvertraut hatten, zu sichern.

Sie ging hinüber ins Arbeitszimmer und nahm sich einen Bogen weißes Papier und ihren Füller. Sie notierte alles, was ihr durch den Kopf ging: Verdienstmöglichkeiten, über die sie in den letzten Wochen nachgedacht hatte. So hatte Corinna Hansen ihr angeboten, in der Galerie zu helfen. Elsa hatte vorerst abgelehnt. Sie mochte Corinna Hansen wegen ihrer Gutmütigkeit und Ehrlichkeit, aber die Vorstellung, täglich mit dieser etwas überkandidelten Frau zusammenzusein ... Eugen Preuß aus Güster hatte ihr eine Bürostellung bei den Lübecker Kieswerken angeboten. Das Angebot ihres ehemaligen Konkurrenten hätte reizvoll sein können, wenn sie nicht in seinem Gesicht gelesen hätte, daß er es eher für seine

Pflicht hielt. Und so weit, daß sie für Almosen dankbar sein mußte, war sie noch nicht.

Sie schrieb auch den Namen von Friedrich Neumeyer auf das Papier vor ihr. Und strich ihn gleich darauf so zornig wieder aus, daß das Papier zerriß. Friedrich Neumeyer hatte sie drei Wochen zuvor um ein geschäftliches Treffen gebeten. Sie kannte bisher nur seinen Vater Fritz, den Maschinenfabrikanten, von dem ihr Vater den Schwimmbagger erworben hatte. Fritz Neumeyer war ihr als integrer und fairer Geschäftsmann in Erinnerung, und so sagte sie zu. Obwohl sie sich wunderte, daß Neumeyer junior sie in der Lobby eines Hotels treffen wollte.

In der Hotelhalle standen rote Sessel unter künstlichen Palmen. Fritz Neumeyer erwartete sie bereits. Er kam mit ausgebreiteten Armen auf sie zu, er sah gut aus, nur die leicht hängenden Augenlider mochte sie nicht. Sie gaben ihm abwechselnd ein schläfriges, dann wieder ein niederträchtiges Aussehen.

»Schön, daß Sie kommen konnten«, sagte er und küßte ihr die Hand.

Elsa fand, daß er sie ein wenig zu lange festhielt und entzog sie ihm.

»Ich nehme an, Sie haben die Firma Ihres Vaters erst kürzlich, nach seinem Tod übernommen?« begann sie das Gespräch. Der Mann war ihr unsympathisch, und sie wollte möglichst schnell zum Wesentlichen kommen.

»Meine Güte, Sie haben es aber eilig«, sagte er. »Ich dachte, wir trinken erst einmal ein Glas Champagner auf unsere Bekanntschaft und die zukünftige Zusammenarbeit?«

»Seien Sie mir nicht böse, aber ich würde vorher gern wissen, worum es sich überhaupt handelt. Ich nehme an, Sie wollen von meinen persönlichen Bekanntschaften zu den Kiesgrubenbesitzern profitieren?«

Er lehnte sich zurück und ließ seinen Blick über sie gleiten. »Nun ja, Sie kennen die meisten Kiesbarone entlang des Kanals ...«

»Richtig, als mir die Grube noch gehörte, haben wir uns regelmäßig getroffen. Eine Art Interessengemeinschaft ...«

»Sehen Sie, und diese Verbindungen würde ich gern nutzen. Ich habe mir gedacht, Sie könnten als eine Art Handelsreisende unsere Maschinen anbieten und die Konditionen aushandeln.« Er schwieg und beugte sich nach vorn. Wieder dieser lange taxierende Blick aus den verhangenen Augen. »Dazu müßte ich allerdings erst einmal ausprobieren, welche Fähigkeiten in Ihnen stecken, ich meine, wie weit Sie einem Kunden entgegenkommen würden.« Seine Stimme wurde nun eine Spur härter. »Ich habe uns ein Zimmer reservieren lassen. Wenn es Ihnen recht ist, gehe ich schon einmal vor. Nummer 241.«

Elsa fehlten die Worte. Dieser widerliche Mensch schien tatsächlich zu glauben, ihre augenblickliche Situation würde ihm das Recht geben, sie für käuflich zu halten. Er ging selbstverständlich davon aus, daß sie mit ihm auf sein Zimmer gehen würde, weil sie Geld brauchte. Der Gedanke kam ihr, ihm bis zum Fahrstuhl nachzugehen und ihn vor aller Welt zu ohrfeigen. Sie ließ es sein, weil so ein öffentlicher Affront ohnehin zwecklos gewesen wäre. Sollte er lieber oben in seinem Zimmer vergeblich auf das Schäferstündchen warten. Sie stand auf und verließ das Hotel.

Die Erinnerung an diese Demütigung trieb Elsa noch einmal die Röte ins Gesicht. Sie schüttelte sich, dann wandte sie sich wieder ihrer Arbeit zu.

Sie notierte die Namen von weiteren Freunden, die helfen konnten, mit Rat oder mit Geld, und strich sie nacheinander alle wieder aus. Sie hatte nicht genügend Kapital, um sich irgendwo einzukaufen, zudem war sie wegen der Bedingungen, die Männer stellen konnten, vorsichtig geworden. Sie zog in Betracht, die Villa tatsächlich zu verkaufen und mit dem Geld etwas Neues zu beginnen, verwarf den Gedanken allerdings gleich wieder, weil ihr die passende Geschäftsidee fehlte. Den verlockenden Gedanken, einfach nach Berlin zu Konrad zu gehen, ließ sie nicht zu. Es gelang ihnen ja nicht einmal, sich für ein paar Stunden zu sehen. Einen reichen Mann zum Heiraten suchen? So reich konnte keiner sein. Lieber würde sie eine Stellung annehmen. Am Ende ihrer fruchtlosen Überlegungen gab sie sich der Vorstellung hin, mit dem Messer auf Laaken loszugehen.

Einige Stunden später rieb Elsa sich den schmerzenden Nacken. Vor sich hatte sie einige in hastigen Strichen bekritzelte Bögen Papier, auf denen beinahe alles durchgestrichen war.

Aber es war ihr gelungen, die nächsten Schritte festzulegen. Den ersten Punkt unterstrich sie gleich doppelt und lehnte sich erleichtert zurück. Sie hatte die losen Enden eines Plans in der Hand, dessen Inhalt sie selber mehr ahnte als mit Bestimmtheit wußte. Aber sie hatte erkannt, mit welchen Schritten sie ihre Unternehmung beginnen mußte.

Als erstes ließ sie eine Anzeige in die *Möllner Zeitung* setzen, die sich schließlich im Untertitel *Amtliches Publikationsorgan für den Kreis Herzogtum Lauenburg* nannte:

Der Verkauf der Villa
in Roseburg findet nicht statt.
Der Vollstreckungsbeamte

Vier Tage später kaufte sie ein Dutzend Exemplare und verteilte sie in Roseburg und Güster. Es war ihr egal, ob die Leute sie dabei sahen und was sie denken mochten.

Dann tat sie etwas, das mit der Verwirklichung ihrer Idee nur am Rande zu tun hatte, das aber absolut notwendig war, bevor sie sie in Angriff nehmen konnte. Sie mußte wissen, was mit ihr und Konrad war. Sie spürte, daß ihre Gefühle für ihn und das Unausgesprochene ihrer Situation sie blockierten. Sie verbrachte viel zuviel Zeit damit, über ihn nachzugrübeln, als sich ihrer eigentlichen Aufgabe zu widmen. Sie mußte endlich wissen, woran sie mit ihm war, und deshalb mußte sie nach Berlin, zu ihm.

Kapitel 14

Diesmal regnete es, als sie nach Berlin hineinfuhr. Die Häuser verschwanden hinter Nebelschleiern, die Trottoirs waren leergefegt.

Das trübe Wetter drückte auf Elsas Stimmung. Je näher sie nach Berlin kam, desto unruhiger wurde sie. Sie begann zu schwitzen, ihre Hände um das Lenkrad wurden feucht. Die Freude, Konrad endlich wiederzusehen, war begleitet von einer unbestimmten Angst vor der Begegnung. Sie hatte lange gezögert, ob sie ihm ihre Ankunft mitteilen sollte, hatte es dann aber nicht getan. Sie redete sich ein, daß sie ihn überraschen wollte. Doch eine böse Stimme flüsterte ihr ein, daß sie kontrollieren wollte, was er in ihrer Abwesenheit tat.

Der Entschluß, nach Berlin zu fahren, war in jenen Stunden, als sie vor ihrem Blatt Papier saß und über ihre Zukunft nachdachte, unausweichlich geworden. Sie hatte Konrad beinahe täglich angerufen, obwohl sie spürte, daß ihm diese Anhänglichkeit lästig zu werden begann. Jeden Tag aufs neue hatte sie sich vorgenommen, ihn an diesem Abend nicht anzutelefonieren, und es dann vor lauter Sehnsucht, wenigstens seine Stimme zu hören, doch getan. Sie hatte ihm geschrieben, Liebesbriefe, Beschwörungen, ihr zu sagen, wie es mit ihnen weitergehen solle, sie hatte ihn eingeladen, sie in Roseburg zu besuchen. Sie hatte ihm sogar vorgeworfen, sie nicht zu lieben, und ihm mit dem Bruch gedroht. Konrad blieb ausweichend. Einmal hatte sie ein Treffen in Hamburg vorgeschlagen, sogar ein Hotelzimmer reserviert, als er sein Kommen angekündigt hatte, doch dann hatte er kurz vorher wieder abgesagt und berufliche Verpflichtungen vorgeschützt. Böswillige Zungen hätten behaupten können, sie wäre ihm nachgelaufen, aber es gab niemanden, der von ihren Seelenqualen wußte. Sie telefonierte heimlich und brachte ihre Briefe eigenhändig zur Post. Karoline fragte mehrfach, was denn mit ihr los sei, warum sie nachts durch das Haus geistere, und Hulda legte ihr die Hand unter das Kinn, und sie mußte ihr in die Augen sehen, und die alte Kinderfrau sagte ihr auf den Kopf zu, daß sie verliebt sei. Elsa gab keine Antwort. Sie konnte keinen Trost im Gespräch finden. Dann hätte sie zugeben müssen, wie weit sie mit Konrad gegangen war. Sie mußte da allein durch, und jetzt fuhr sie nach Berlin, um von Angesicht zu Angesicht eine Antwort zu verlangen.

Elsa war unendlich erleichtert, Thilda zu sehen. Die nächsten zwei Stunden redete sie ohne Pause. Endlich konnte sie jemandem in aller Aufrichtigkeit von dem erzählen, was sie in den letzten Wochen umgetrieben und geängstig hatte, und es sprudelte förmlich aus ihr heraus: der Verrat, den ihr Vater an ihr begangen hatte, ihr Haß auf Ludwig und Anna, für den sie sich manchmal schämte, die finanzielle Misere, in der sie steckte, und die Last der Verantwortung für ihre Mutter und die anderen Frauen in der Villa. Mathilde hörte zu und rauchte. Manchmal fragte sie nach, wenn Elsa in ihrer Gehetztheit etwas übersprang.

»Du Ärmste, da hat sich ja einiges über dir zusammengebraut. Gut, daß du gekommen bist, um dir alles von der Seele zu reden«, sagte sie jetzt. »Und was ist mit Konrad?«

Elsa schüttelte den Kopf.

»Die Sache entwickelt sich wohl nicht so, wie du dir das wünschst?«

Elsa wunderte sich, wie machtlos sie gegenüber ihren Tränen war. Jetzt, wo sie ihre Zweifel an Konrads Gefühlen zum erstenmal in Worte faßte, überfiel sie der Liebeskummer mit aller Heftigkeit.

»Seit ich aus Berlin weg bin, habe ich ihn nicht mehr gesehen. Ich habe ihm unzählige Briefe geschrieben und ihn beinahe täglich angerufen, doch von ihm kam kein Wort.« Ihre Stimme wurde böse. »Nur eine Karte hat er mir in der ganzen Zeit geschrieben. Ausgerechnet an meinem Geburtstag traf sie ein. Aber da stand nur drin, daß wir uns vorläufig nicht sehen können. Ach, Thilda, ich bin so schrecklich unglücklich«, stieß sie unter Tränen hervor.

»Das hört sich nicht gerade so an, als würde er dich heiraten wollen«, sagte sie und sah den Schmerz in Elsas Augen. Sie bereute, was sie gesagt hatte, auch wenn sie nur aufrichtig war. »Was hast du denn jetzt vor?«

»Ich gehe morgen zu ihm. Ich will ihm ins Gesicht sehen und ihn fragen, wie es mit uns weitergehen soll.«

»Und wenn er dich zurückweist?«

»Du glaubst, es geht schief«, sagte Elsa leise. »Im Grunde weiß ich es ja auch. Aber ich brauche einfach Gewißheit. Ich werde sonst noch verrückt!«

Mathilde zögerte mit ihrer Antwort. »Ich glaube gar nichts. Ich weiß nur, daß Künstler oft ein sehr eigenwilliges Verhältnis zu ihren Frauen haben. Für sie sind sie Modelle oder im besten Falle Musen. Aber sie haben selten an einer genug. Konrad hat sich in den letzten Wochen nicht gerade darum gerissen, dich wiederzusehen ... Komm, jetzt trink erst mal einen Schluck Rotwein. Wie lange kannst du überhaupt bleiben?«

»Ich muß Anfang nächster Woche zurück sein. Ach, Thilda, bei mir geht im Moment alles schief. Ich habe das Gefühl, die Fäden meines Lebens sind heillos verheddert. Wenn ich nur eine Sekunde nicht auf sie achte, gleiten sie mir für immer aus der Hand.«

Thilda schwieg eine Weile. Dann setzte sie ihre koketteste Stimme ein: »Ich nehme an, du hast keine Lust auszugehen?«

Elsa sah zu ihr hoch und wischte sich die Tränen aus dem Gesicht. »Doch, gerade jetzt. Ich muß unbedingt auf andere Gedanken kommen!«

Sie gingen in eine typische Berliner Kaschemme, in der Arbeiter und kleine Leute ihren Schnaps tranken und Buletten dazu aßen. Jemand spielte Klavier, es wurde getanzt und gelacht und geredet und vor allem getrunken. Erst am frühen Morgen kamen sie ins Bett.

Es war schon früher Nachmittag, als Elsa am nächsten Tag endlich in die Schönhauser Allee aufbrach. Nur einen Tag in Berlin, und schon die alten Gewohnheiten wieder angenommen, dachte sie ärgerlich. Der fehlende Schlaf und besonders der pochende Schmerz in ihrem Kopf hätten jedes frühere Aufstehen unmöglich gemacht. Sie nahm eine Droschke bis zum Alexanderplatz und ging den Rest des Wegs zu Fuß, um einen klaren Kopf zu bekommen. Als sie dann die Treppen hochgelaufen war und vor der Tür stand, hinter der Konrad lebte, raste ihr Herz, und das Pochen in ihrem Kopf war wieder da. Sie wollte klopfen, da wurde die Tür von innen geöffnet, und Otto Schulz stand ihr gegenüber. Er war offensichtlich schwer betrunken und starrte sie mit hervorquellenden Augen an. Er war so verdutzt, sie zu sehen, daß er sich polternd gegen den Türrahmen fallen ließ und dabei die Frau, um die er seinen Arm gelegt hatte, mit sich riß.

Otto schnaufte und wollte etwas sagen. Er nahm den Arm von der Frau und schubste sie, die ebenso betrunken war wie er, in Richtung Treppenhaus. Elsa konnte ihre Alkoholausdünstungen riechen, als sie an ihr vorbeistolperte.

»Guten Tag, Otto«, sagte Elsa und reichte ihm die Hand. »Es ist wohl spät geworden bei euch. Ist Konrad da?« Und sie wollte an ihm vorbei durch die Tür.

»Sie sollten da besser nicht reingehen«, lallte Schulz und hielt ihre Hand fest.

»Warum denn nicht?« Ihre Stimme war plötzlich viel zu hoch.

»Sie sollten da besser nicht reingehen.« Er war zu betrunken, um weitere Erklärungen geben zu können.

»Lassen Sie mich durch«, rief Elsa, machte sich los und ging durch den kleinen Korridor, der ins Atelier führte.

»Ich habe Sie gewarnt«, brüllte Otto hinter ihr her. Sie achtete nicht auf ihn und hörte die Wohnungstür ins Schloß krachen.

Im Atelier war niemand. Sie sah sich um und glaubte, in ein Spiegelkabinett geraten zu sein. Sie stand sich selbst gegenüber, sie sah ihr Gesicht, schlafend, in Ekstase, in ein Buch versunken. Und ihren Körper, der sich ihr von allen Seiten entgegenstreckte. Auf einigen der Bilder war sie nackt, auf anderen trug sie Kleider, die nicht ihre waren. Und immer ihr roter Lippenstift, der meistens als provozierender Bildmittelpunkt gewählt war. Konrad hatte sie immer und immer wieder gemalt, nachdem sie Berlin verlassen hatte. Der Gedanke machte Elsa für eine Sekunde glücklich. Dann fiel ihr Blick auf das Porträt einer anderen Frau. Das Bild stand noch auf der Staffelei. Auch diese Frau war blond, üppiger als sie selbst, und aus ihrem lasziven Blick sprach eine herablassende Teilnahmslosigkeit, die Elsa einen Stich versetzte.

Elsa rief nach Konrad, ohne eine Antwort zu erhalten. Schließlich ging sie hinüber ins Schlafzimmer. Sie schob die milchverglasten Doppeltüren so weit auseinander, daß sie hindurchschlüpfen konnte, und blieb wie angewurzelt stehen.

Konrad lag im Bett, und mit ihm die Frau von dem Bild, das sie gerade gesehen hatte. Er lag halb auf ihr, den Arm um ihren Hals gelegt, das rechte Bein besitzergreifend über ihren Oberschenkeln. Beide waren nackt und schliefen fest. Um das Bett war ein Chaos von leeren Flaschen, Kleidungsstücken und halb leergegessenen Tellern. Der Anblick tat Elsa derart weh, daß sie einen kleinen Schrei ausstieß. Sie legte eine Hand auf den Mund. So stand sie für einige Minuten, als wolle sie sich den Anblick in allen Einzelheiten für immer einprägen. Dann drehte sie sich um und verließ die Wohnung wie eine Diebin.

Unten auf der Straße lief sie einfach los, ohne auf den Weg zu achten. Das Bild von Konrad und dieser Frau hatte sich derart in ihrem Kopf festgesetzt, daß sie keinen klaren Gedanken fassen konnte. Er ist weg, dachte sie immer wieder. Er ist weg. Ich habe ihn verloren. Als sie sich Stunden später vor Thildas Haus wiederfand, war sie sicher, nicht geweint zu haben, doch als sie mit der Hand über ihr Gesicht fuhr, war es ganz naß. Thilda war erschrocken, als sie Elsa so aufgelöst sah. Sie sorgte dafür, daß sie sich hinlegte. Elsa schlief fast augenblicklich vor Erschöpfung ein.

Als sie später erwachte, saß Mathilde neben ihr.

»Erzähl, was passiert ist«, sagte sie.

Elsa setzte sich im Bett auf.

»... Wie die beiden dalagen, in dem Bett ... Es sah so selbstverständlich aus, als hätten sie schon hundertmal zusammengelegen. Konrad hat mir gesagt, daß er für gewöhnlich niemanden in sein Schlafzimmer läßt. In diesem Raum schützt er seine Privatsphäre, weil sein Atelier öffentlich ist. Wenn er diese Frau in sein Bett läßt, dann meint er es ernst mit ihr. Mit den anderen tut er es nur in seinem Atelier, weil sie für ihn nicht mehr sind als künstlerische Vorlagen ... Ich habe es auch gleich an dem Bild gesehen. Sie ist nicht irgendein Modell. Ich hätte ja gar nichts dagegen gehabt, wenn er in meiner Abwesenheit ...«

Mathilde sah sie erstaunt an.

»Warum versuchst du sein Verhalten zu erklären oder zu entschuldigen? Er macht mit dieser Frau genau das, was er mit dir und mit vielen anderen vorher getan hat. Er ist es doch gar nicht wert, daß du um ihn weinst. Glaub mir, es gibt viele Männer von seiner Art. Bist du bei ihnen, dann sind sie charmant und liebenswert, aber sie schaffen es nicht, ihre Gefühle über eine längere Zeit oder gar über eine Distanz hinweg aufrechtzuerhalten.« Thilda räusperte sich. »Ich wollte es dir eigentlich nicht sagen ... Ich habe Konrad neulich gesprochen, ein gemeinsamer Bekannter hat uns vorgestellt. Ich war einfach neugierig auf den Mann, in den du dich verliebt hast. Hast du gewußt, daß er in Hamburg war, im letzten Monat? Er hat sogar die Unverfrorenheit gehabt, es mir selbst zu erzählen. Ich habe ihm gesagt, daß wir Freundinnen sind, und ihn gefragt, ob ihr euch bei dieser Gelegenheit sehen würdet. Natürlich hat er mir darauf keine Antwort gegeben.«

Elsa sah sie ungläubig an. »Was sagst du da? Aber er muß doch damit gerechnet haben, daß ich es erfahre! Es scheint ihm völlig gleichgültig zu sein! Er hat es darauf ankommen lassen, mich tief zu verletzen.« Sie schüttelte den Kopf. »Was geht nur in ihm vor? Als ich hier in Berlin mit ihm zusammen war, war ich mir ganz sicher, daß er mich liebt. Und dann, in Roseburg, fühlte ich förmlich, wie er mir entglitt. Wie er manchmal gereizt war, wenn ich ihn anrief. Seine ausweichenden Antworten, wenn ich davon sprach, wo und wann wir uns wiedersehen könnten. Mein Gott, wahrscheinlich brauchte ich diesen Schock, um endlich zu begreifen.«

Es klingelte an der Tür, ein lautes, aufdringliches Läuten, das sie nicht ignorieren konnten. Thilda ging öffnen, und Elsa hielt den Atem an.

»Der Briefträger«, sagte sie, als sie wieder ins Zimmer trat und Elsas fragenden Blick sah. »O nein, du hast doch nicht etwa geglaubt, es sei Konrad?«

Elsa senkte den Kopf.

Thilda setzte sich wieder neben sie und nahm sie in die Arme. »Jetzt hör mir mal zu: Konrad wird dir nicht hinterherlaufen. Wenn er überhaupt erfährt, daß du in seiner Wohnung warst, dann wird er froh sein, daß du endlich Bescheid weißt und ihn hoffentlich nicht mehr belästigst. Glaub mir, ich kenne diesen Schlag Menschen. Die gehen jeder unangenehmen Situation aus dem Weg. Und noch etwas: Vielleicht solltest du dich fragen, ob du einen Mann mit seinem Charakter wirklich lieben kannst. Ist es möglich, daß du Liebe mit Begierde verwechselt hast?«

Elsa sah sie fragend an.

»Na ja, was habt ihr denn schon groß gemeinsam getan, außer euch körperlich zu lieben? Gibt es neben dieser körperlichen Anziehungskraft irgend etwas, was euch verbindet? Hast du dich einmal gefragt, was aus so einer Verbindung wird, wenn die Spitze des Eisbergs Leidenschaft geschmolzen ist? Ob dann noch etwas übrig ist, was für den Rest des Lebens ausreicht?«

»Woher weißt du das alles?« fragte Elsa in größter

Verwirrung. »So habe ich die Sache noch nicht gesehen. Ich will nicht sagen, daß du in allem recht hast, aber es stimmt, was du über meine Beziehung zu Konrad gesagt hast. Eigentlich kenne ich ihn gar nicht, ich weiß nur, daß er ein guter Liebhaber ist ...«

»Dagegen spricht ja auch nichts. Nur solltest du lernen, zwischen den Bedürfnissen deines Körpers und denen deines Herzens zu unterscheiden.« Mathilde stand auf. »Ich lasse dich jetzt allein. Ich muß einen Artikel in die Redaktion bringen, ich bin ohnehin schon zu spät. In zwei Stunden bin ich wieder zurück. Kommst du solange allein zurecht?«

»Ja, natürlich«, sagte Elsa. »Mach dir keine Sorgen. Ich glaube, ich muß jetzt über verschiedene Dinge nachdenken. Mathilde?«

»Ja?«

»Danke.«

Sie und Mathilde verbrachten den Abend zu Hause. Elsa spürte mehr, als daß sie es wußte: Mathilde hatte recht mit dem, was sie gesagt hatte. Sie begehrte Konrads Körper, nicht seinen Charakter. Bei dieser Erkenntnis wurde ihr etwas leichter, aber es blieb ein Gefühl der abgrundtiefen Trauer. Berlin war ihr plötzlich zum Feind geworden. Die regennassen Häuser schienen nur darauf zu warten, auf sie herabzustürzen, der Lärm tobte in ihren Ohren, und das Gelächter der amüsierfreudigen Menge klang wie schadenfrohes Gemecker.

Thilda sprach ihr Mut zu. »Erinnerst du dich noch an deine Verzweiflung damals in Wernigerode, wegen Paul?«

»Ja, natürlich«, antwortete Elsa, die wußte, worauf Thilda hinauswollte. »Ich bin darüber hinweggekommen, aber damals war ich noch ein halbes Kind.«

»Aber du hast mir erzählt, du glaubtest, es sei fürs ganze Leben. Du warst tiefunglücklich. Auch dieser Kummer wird kleiner, glaub mir.«

»Ich weiß, du willst mich aufmuntern. Aber darf ich dich an deinen Katzenjammer wegen Karen erinnern?«

»Darfst du, ja. Du weißt am besten, wie ich unter der Trennung gelitten habe, aber jetzt bin ich darüber hinweg. Es tut immer noch ein bißchen weh, wenn ich an sie denke«, sie legte die Hand auf ihr Herz, »genau hier, aber der größte Schmerz ist vorüber. Und ich bin an dieser Geschichte sogar gewachsen.«

»Ich weiß nicht, ob ich über Konrad hinwegkommen werde. Es geht nicht nur darum, daß er mich betrogen hat. Manchmal fürchte ich, daß mich nie ein Mann so lieben wird, daß er mich jeder anderen vorzieht. Paul und Konrad haben sich prompt eine andere gesucht, sobald ich nicht länger in ihrer Nähe war. Und dennoch. Zumindest an einem Tag hat Konrad mich geliebt. Als er dieses Bild von mir gemalt hat. Mein Erwachen. Aus diesem Bild spricht Liebe, zumindest für den Moment des Entstehens.«

»Dann versuch doch, aus dieser Gewißheit Trost zu schöpfen. Für eine kurze Zeit hat er dich so geliebt, daß er ein wunderschönes Bild von dir gemalt hat. Das können schließlich nicht viele Frauen von sich behaupten.«

Am nächsten Morgen fuhren Elsa und Mathilde zeitig aus Berlin weg. Thilda war am Abend zuvor auf die Idee gekommen, die Tage, die bis zu Elsas Rückkehr nach Roseburg noch blieben, in Angermünde zu verbringen. Die Aussicht auf ein Wiedersehen mit Johanna hellte Elsas Stimmung auf. Ein paar Tage Ferien, um sich von ihrem Schmerz zu erholen und Kraft zu sammeln für die

Aufgaben, die zu Hause auf sie warteten, würden ihr guttun.

»Aber nur, wenn du mitkommst«, hatte sie gesagt.

Obwohl es schon ziemlich spät am Abend war, hatten sie Johanna angerufen und ihr Kommen angekündigt.

Sie waren innerhalb weniger Stunden, die die Fahrt gedauert hatte, in einer anderen Welt gelandet. Es war kälter als in Berlin, sie meinten sogar die ersten Schneeflocken zwischen den Regentropfen zu erkennen. Elsa war erstaunt, daß Angermünde so nah bei Berlin lag, nur ungefähr achtzig Kilometer entfernt. Sie verließen die Stadt in nordöstlicher Richtung und überquerten bei Eberswalde den Hohenzollernkanal, der Oder und Havel miteinander verband. »Er ist länger als dein Elbe-Trave-Kanal«, stichelte Mathilde. »Aber dafür ist meiner älter!« konterte Elsa ungerührt. »Und schöner!« Als sie die Ufer des Parsteiner Sees hinter sich ließen, hatten sie ihr Ziel schon vor sich.

Elsa kannte das Haus von einer Aufnahme, die Johanna ihr im letzten Sommer geschickt hatte. Es war keineswegs imposant, sondern ein rotgeklinkertes Bauernhaus mit Wohnteil und anschließender Scheune.

Johanna erwartete sie in einer niedrigen, gutgeheizten Stube. Um sie herum tobten ihre drei älteren Kinder, Max, der seit Ostern in die Schule ging, Frederike und Sonja. Den Jüngsten, Hermann, der noch nicht laufen konnte, trug sie auf dem Arm.

Sie setzten sich, tranken Tee und aßen Kuchen. Sie redeten alle durcheinander, unterbrachen sich gegenseitig und lachten über ihre gemeinsamen Erinnerungen, dazu kam das Lärmen der Kinder. Mathilde starrte halb fassungslos, halb entsetzt auf das Gewusel um sie herum, bis Johanna in gutmütiges Lachen ausbrach und zu ihr sagte: »So ist das, wenn man Kinder hat. Manchmal ist es unmöglich, auch nur einen Satz zu Ende zu bringen. Aber sie gehen gleich zu Bett, dann wird es ruhiger.«

Etwas später saßen sie um den warmen Ofen herum. Die Kinder waren mit dem Dienstmädchen in der Küche und bekamen schon ihr Nachtessen. Johanna, Mathilde und Elsa lehnten sich behaglich zurück und genossen die Stille. Jede hing ihren Gedanken nach. Elsa sah sich den Raum genauer an.

»Es ist gemütlich bei dir«, sagte sie dann. »So wie bei euch in Roseburg. Alles hat seinen Platz und seinen Rhythmus. Sogar der Geruch kommt mir bekannt vor. Ich fühle mich fast ein bißchen wie zu Hause.«

Johanna sah sie erfreut an. »Schön, daß du das sagst. Für mich war es anfangs sehr fremd, ich kannte das Haus zwar schon, aber eben aus der Dienstmädchenperspektive. Damals sah es ganz anders aus. Ich habe mich bemüht, ein wenig Wärme zu schaffen. Und die Kinder haben mit ihrer Quirligkeit das nötige Leben hereingebracht. Und daß hier alles seinen gewohnten Gang gehen muß, liegt in der Natur eines Bauernhaushalts. Wir alle sind darauf angewiesen, daß bestimmte Aufgaben immer zur selben Zeit erledigt werden.«

»Ich stelle mir vor, daß das Ruhe und Sicherheit schafft«, sagte Elsa ein bißchen wehmütig.

Mathilde war dies alles natürlich ganz fremd. »Wahrscheinlich herrscht hier tödliche Langeweile! Wie kannst du nur so leben, Johanna? Ich nehme an, du stehst morgens mit den Hühnern auf und gehst auch mit ihnen ins Bett? Was für eine schreckliche Vorstellung. So wenig spontan. Was ist mit Kultur, mit Ausgehen? Sehnst du dich nicht nach schönen Kleidern und Verehrern? Ich würde verrückt werden!«

Johanna lachte sie aus. »Du glaubst, mein Leben sei

langweilig? Ich habe vier Kinder, um die ich mich kümmern muß. Max geht in die Schule, aber die Kleinen habe ich den ganzen Tag um mich. Dazu kommen meine Pflichten als Bäuerin und Hausherrin. Ich muß zwar nicht mit aufs Feld und in den Stall, aber ich bin verantwortlich für Garten und Haus. Die gesamte Vorratshaltung, Schlachten, Einmachen und so weiter sind mein Revier, und die Dienstmädchen wollen auch beaufsichtigt und angeleitet sein ... Was wird gegessen, wer kommt zu Besuch, das Übliche eben. Wir haben oft Gäste. Und die sind keineswegs alle dumm und uncharmant. Viele kommen zu Jürgen, weil sie Rat brauchen. Er wurde letztes Jahr zum Vorsitzenden der Bauernvertretung gewählt«, fügte sie mit Stolz in der Stimme hinzu. »Meistens habe ich so viel zu tun, daß mir keine Zeit für Langeweile bleibt.«

»Warum hast du nicht wenigstens ein Kindermädchen?« fragte Thilda.

»Ich brauche keins und ich will keins. Ich liebe meine Kinder und habe sie gern um mich.« Sie lachte. »Na ja, meistens jedenfalls. Und wenn es gar nicht anders geht, kann ich sie auch einem der Dienstmädchen überlassen, vorausgesetzt, die haben nichts Wichtigeres zu tun. Wieso fragt ihr eigentlich soviel? Als wäre mein Leben für euch unvorstellbar. Sieht eures denn so anders aus?«

Jetzt war es an Thilda zu lachen. »Meins schon, glücklicherweise!«

»Du wolltest ja von Anfang an etwas anderes als wir alle. Und es scheint dir zu bekommen. Du bist wunderschön, Mathilde. Wenn ich das sagen darf.« Sie wandte sich Elsa zu. »Was ich von dir allerdings nicht behaupten kann. Du siehst sehr bedrückt aus. Was ist los?«

Elsa sah hilflos von Mathilde zu Johanna und zurück. So direkt auf ihr Leid angesprochen, stiegen ihr schon wieder die Tränen in die Augen. Sie mußte erst ein Taschentuch hervornesteln, daher erzählte Thilda in knappen Worten von Elsas Liebeskummer und Konrad.

»Du Ärmste«, sagte Johanna voller Mitgefühl. »Ich wünsche dir sehr, daß du bald den richtigen Mann findest. Einen, der dich auch verdient.«

Elsa hatte sich wieder gefangen. »Ich werde schon drüber wegkommen«, sagte sie und schneuzte sich. »Ich nehme an, du weißt, was in Roseburg passiert ist?«

»Ja, meine Mutter hat es mir geschrieben.« Johanna seufzte tief. »Du bist wirklich nicht zu beneiden, Elsa.«

Zum Abendessen kam Johannas Ehemann Jürgen dazu. Als er den Raum betrat, groß und mit derben Schritten, stand Johanna auf und ging auf ihn zu. Sie küßte ihn leicht auf den Mund, nahm seine Hand und zog ihn neben sich auf das Sofa. Als Elsas fragender Blick sie traf, wurde sie ein bißchen rot. Jürgen Bode hatte sich kaum verändert seit dem Tag der Hochzeit. Er sah gesund und rotwangig aus, strotzend vor Kraft und Zufriedenheit. Neben ihm wirkte Johanna, die immer kräftiger gewesen war als Elsa, klein und schutzbedürftig. An ihm waren die Jahre spurlos vorübergegangen, an ihr nicht.

»Sie sind verliebt wie am ersten Tag«, flüsterte Elsa Thilda zu, als sie müde und satt in ihren Betten lagen, die in Schränke eingelassen waren.

»Ist nicht zu übersehen«, antwortete Thilda schläfrig. »Und irgendwo müssen die vielen Kinder ja herkommen.«

Elsa schlief bereits.

»Ich erwarte schon wieder ein Baby«, sagte Johanna plötzlich, als sie und Elsa am nächsten Morgen allein am Frühstückstisch saßen.

Thilda schlief noch, Max war in der Schule, seine Schwestern hatte Johanna in die Küche zu den Mädchen verbannt, nur der kleine Hermann schlief neben ihnen in seinem Wagen. Die beiden Frauen genossen die Ungestörtheit. Elsa wunderte sich über den tiefen und traumlosen Schlaf, der am Abend ganz mühelos über sie gekommen war. Sie fühlte sich wohl und spürte sogar so etwas wie Appetit.

»Schon wieder?« fragte sie und leckte sich einen Rest dunkelgelbes Quittengelee vom Finger. »Aber der kleine Hermann«, sie wies auf den Stubenwagen mit dem schlafenden Kind, »kann doch noch nicht einmal laufen.«

Johanna senkte den Kopf. Elsa wußte nicht, ob schuldbewußt oder kokett. »Das längste waren sechs Monate, aber meistens bin ich schon ein Vierteljahr nach der Geburt wieder schwanger.«

»Meine Güte, ist das nicht ein bißchen schnell?«

Johanna sah ihr für einen Augenblick ins Gesicht, und Elsa sah, wie es in ihren Augen flackerte. »Wir können nicht voneinander lassen, Jürgen und ich. Und dann passiert es eben, schneller, als uns lieb ist. Ich liebe meine Kinder, jedes einzelne. Aber genug ist genug. So eine Schwangerschaft ist wirklich kein Sonntagsspaziergang ...«

Elsa sagte nicht, daß sie die kleinen, scharfen Falten in Johannas Gesicht bemerkt hatte.

»Ich möchte endlich einmal wieder wissen, wie mein Körper sich anfühlt, wenn er kein Kind austrägt. In den letzten Jahren habe ich drei Zähne verloren!« Sie sagte das beinahe flehentlich. »Ich möchte nicht vor der Zeit alt werden. Ich habe Angst, daß Jürgen mich dann nicht länger attraktiv findet. Und es sind ja nicht nur die Schwangerschaften: Wenn die Kleinen da sind, fängt die Arbeit erst richtig an. Glaube ja nicht, daß ich an anderen Tagen so müßig am Tisch sitze wie heute. Ich habe mir einige freie Stunden erlaubt, solange ihr hier seid.« Johanna schwieg und bedeckte für einen Moment die Stirn mit der Hand.

»Warum tut ihr denn nichts dagegen?«

Johanna sah hoch, und Elsa bemerkte den gequälten Ausdruck in ihrem Gesicht. »Du meinst Verhütung? Jürgen meint immer, wir sollten aufpassen, und er würde sich Mühe geben ...«

»Na, diese Methode versagt offensichtlich«, warf Elsa trocken ein. »Was ist mit ...?«

»Du meinst die Erfindung von diesem Herrn Fromm? Darauf würde er sich nie einlassen. Es erscheint ihm nicht recht, und dann diese Manipulation vor der Liebe ... Er ist in diesen Dingen ziemlich altmodisch.«

»Aber ihr habt es noch nie probiert?«

»Nein, ich kann ihn nicht dazu bewegen.«

»Was sagt er dazu, daß du schon wieder schwanger bist?«

»Er ist niedergeschlagen und schuldbewußt.« Sie lächelte Elsa triumphierend an. »In den ersten Wochen ist er immer besonders aufmerksam und liebevoll zu mir, weil er sich Vorwürfe macht. Er macht mir alle Versprechungen, die ich hören will, und dann passiert es doch wieder.«

»Mein Gott, Johanna! Du bist erst vierundzwanzig. Wenn du zehn Jahre so weitermachst, kannst du dir ausrechnen, daß du mit fünfunddreißig zehn oder fünfzehn Kinder hast!«

»Das würde ich nicht aushalten. Fünf sind genug! Ich will keins mehr nach diesem.« Elsa hörte Panik in Johannas Stimme.

Sie dachte einen Augenblick nach, dann sagte sie: »Sprich mit Thilda darüber, sie weiß über diese Dinge besser Bescheid als jede andere. Außerdem kennt sie eine Menge Ärzte, die dir helfen können. Es gibt da Dinge, die eine Schwangerschaft sicher verhindern. Du müßtest allerdings dafür nach Berlin fahren, ohne Familie. Geht das?«

In Johannas Gesicht lag grenzenlose Erleichterung und Entschlossenheit, als sie sagte: »Ich werde es in jedem Fall einrichten. Dieses Kind ist mein letztes, das steht fest.«

»Ich wußte nicht, daß auch du deine Probleme hast«, sagte Elsa.

Johanna erwiderte: »Ich glaube, wir haben alle unser Päckchen zu tragen. Es wäre nur schön, wenn es auch für deine Probleme eine einfache Lösung gäbe.«

Elsa seufzte. »Mir wird schon etwas einfallen.«

Sie sprachen über andere Dinge. Johanna fragte Elsa noch einmal nach Konrad aus, fragte nach gemeinsamen Bekannten aus Roseburg und erzählte von ihrem Bruder. Paul lebte nach wie vor mit seiner Frau in Hamburg und arbeitete als Ingenieur auf einer der Werften. Johanna hatte nicht sehr engen Kontakt zu ihm. Zuletzt hatte sie ihn im Sommer gesehen, als er seine Kinder, zwei aufgeweckte, fröhliche Jungen, für die Ferien zu ihr gebracht hatte.

Für den Rest des Tages war Johanna spürbar gelöst und fröhlich. Sie küßte und umarmte ihre Kinder noch mehr als sonst und bedachte ihren Mann beim gemeinsamen Mittagessen mit Blicken, die diesen verlegen machten. Als er sie fragte, was denn los sei, antwortete sie mit der größten Selbstverständlichkeit, daß alles wie immer sei.

Die Tage in Angermünde waren im Nu vorüber. Die drei Frauen hatten ihre Freundschaft erneuert und sich in ihren Schwierigkeiten gegenseitig Trost und Beistand gegeben.

Elsa fühlte nach wie vor den Schmerz um ihre verlorene Liebe, der sich tief in ihr Herz gegraben hatte, aber sie fand Trost in dem Gedanken, daß es zwei Menschen gab, die darum wußten und mit ihr trauerten.

Kapitel 15

Das Weihnachtsfest stand vor der Tür. Niemand sprach es aus, doch Elsa wußte, die Frauen in der Roseburger Villa vertrauten darauf, sie, Elsa, würde in diesem Jahr für ein reibungsloses und prächtiges Fest sorgen. An manchen Tagen war ihr das Herz so schwer, daß sie fluchtartig das Zimmer verlassen mußte, um nicht vor den anderen in Tränen auszubrechen. An anderen Tagen fühlte sie sich matt und zerschlagen und wäre am liebsten gar nicht aufgestanden. Mit letzter Kraft rappelte sie sich hoch und nahm die anstehenden Arbeiten in Angriff. Sie war nervös, dünnhäutig und ungerecht, obwohl sie sich Mühe gab, ihren Schmerz zu vergessen.

Gleich nach ihrer Rückkehr aus Berlin beauftragte sie den Kaminsetzer, den Ofen im Salon zu reparieren. Sie wies Hulda und Fanny an, Plätzchen und Stollen zu backen, die Gänse zu rupfen und den Rotkohl zu hacken, die Früchte für den Punsch einzulegen und den Weihnachtsschmuck durchzusehen. Sie gab die gute Tischwäsche heraus, die gewaschen, gebleicht und geplättet wurde. Das Haus wurde auf Vordermann gebracht, als sei der Frühling schon da. Karolines Salon wurde auf die Sonntagnachmittage verlegt und als Adventsfeier begangen. Die Frauen hatten genug zu tun, von einem Sonntag zum nächsten alles wiederherzurichten. Aber so waren wenigstens alle beschäftigt, am meisten Elsa, die die Pflichten der Dame des Hauses übernahm, mit denen Karoline hoffnungslos überfordert war. »Wen soll ich denn sonst fragen? Deine Mutter kümmert sich nicht, und dein Vater ist nicht da ...« murrte Hulda achselzuckend.

Hulda schickte auch den Pastor, den Dorfschullehrer und einzelne Frauen der Kiesarbeiter mit ihren Weihnachtswünschen und den Klingeldosen zu ihr.

»Ist denn Herr Heller immer noch nicht zurück?« hörte Elsa Pastor Jütten an der Tür fragen.

»Nein, Herr Heller ist nicht da«, antwortete Hulda steif. »Sie müssen schon mit der jungen Frau Heller reden, wenn Sie etwas wollen.«

Als Pastor Jütten vor Elsa stand, war es ihm unangenehm, die Tochter des Hauses mit den Dingen zu belasten, die doch früher immer der Hausherr persönlich erledigt hatte. Elsa wies das Mitleid zurück.

»Machen Sie sich um uns keine Sorgen«, antwortete sie knapp und zückte ihr Portemonnaie, um ihm die jährliche Spende zu überreichen.

Als er gegangen war, ärgerte sie sich. Sie hatte ihm zuviel Geld gegeben, so als wäre ihre finanzielle Situation noch dieselbe wie im letzten Jahr. Aber sie konnte die neugierigen Blicke und das falsche Mitgefühl manchmal einfach nicht ertragen. »Alle tun so, als wenn die Anwesenheit von Papa in der Vergangenheit für schönste Harmonie gesorgt hätte! Weihnachten war doch noch nie besonders friedlich und harmonisch bei uns«, schimpfte sie, als Hulda den Pfarrer zur Tür gebracht hatte und wieder vor ihr stand, weil sie wissen wollte, was sie zum Mittagessen kochen sollte.

»Paß nur auf, wenn es deinem Vater in den Kopf kommt, dann kriegt er Sehnsucht und taucht hier unangemeldet auf.«

»Um Himmels willen, bloß nicht«, entfuhr es Elsa.

Statt dessen erschien Minna Brinckmann. Am vierten Advent saß Georgs älteste Schwester in der weihnachtlich geschmückten Veranda. Sie war eine behäbige Frau geworden, die herrische Geste hatte sie verloren. Nach dem Tod ihres Mannes hatte sie die Mühle aufgegeben und lebte in Ratzeburg bei einer Tochter. Elsa kam von einem einsamen Spaziergang zurück, und Hulda wartete an der Haustür auf sie:

»Deine Tante Minna ist da.«

Elsa prallte zurück. »Tante Minna? Was will die denn hier?«

Hulda wedelte mit den Händen, um Elsa zum Schweigen zu bringen. »Nicht so laut! Sie sitzen in der Veranda. Bisher ist alles ruhig geblieben, aber sie warten auf dich.«

Minna Brinckmann setzte ihre Teetasse ab und kommentierte Elsas Aussehen mit der Bemerkung, man sehe gleich, daß in diesem Haus alles drunter und drüber gehe, weil der Mann fehle. Dann stand sie auf, um ihre Nichte zu umarmen.

Elsa machte sich in ihren Armen steif. »Wir haben ihn nicht gezwungen zu gehen«, entgegnete sie ein bißchen zu heftig.

»Ich weiß ja, ich weiß ja«, sagte Minna und setzte sich wieder. »Obwohl ... Na, wie dem auch sei, es geht nicht an, daß ein Mann einfach seine Familie schutzlos zurückläßt. Ich habe mich schon so oft gefragt, woran es wohl liegt bei Georg. Vielleicht, wenn unsere Mutter nicht so früh gestorben wäre ...«

Elsa unterbrach sie. »Ich glaube, es ist müßig, sich über Papas Beweggründe den Kopf zu zerbrechen. Wir werden ihn doch nicht verstehen. Und was deine Sorgen uns betreffend angeht: Wir kommen schon zurecht.«

»Elsa!« sagte Karoline bittend.

»Laß nur, Karoline«, sagte ihre Schwägerin. »Wahrscheinlich wird Elsa in Zukunft einiges an Durchsetzungskraft brauchen, und da schadet es nicht, schon mal zu Hause damit anzufangen.«

Elsa sah ihre Tante überrascht an und entdeckte ein unbekanntes Lächeln auf dem Gesicht der über Sechzigjährigen, das beinahe komplizenhaft wirkte.

»Ist doch wahr!« sprach Minna weiter. »Wie es aussieht, seid ihr auf euch allein angewiesen, und da ist es ganz gut, wenn man auf die Meinung andere Leute pfeift. Deine Garderobe allerdings, liebes Kind ...« Sie warf einen sorgenvollen Blick auf die weiten Hosen, die Elsa trug.

Elsa ignorierte das. »Warum bist du gekommen?«

»Georg hat mir geschrieben.« Minna nestelte einen Brief aus ihrer schwarzen Witwenhandtasche und zeigte ihn herum. »Er hat dort drüben bereits ein Sägewerk eröffnet und baut jetzt ein großes Haus für sich. Außerdem spricht er von der Idee, Pferde zu züchten. Das kann er doch gar nicht! Aber, na ja, vom Kies hatte er vorher auch keine Ahnung ... Er schreibt, ich soll zu euch fahren und euch grüßen. Er würde viel an euch denken, besonders an Elsa, und ihr sollt versuchen, ihn zu verstehen. Und hier ...« Sie drehte das Blatt herum und suchte eine bestimmte Passage, indem sie mit dem Zeigefinger langsam über das Papier fuhr. »Hier steht es: Sag Elsa, daß es mir leid tut und daß sie sich keine Sorgen machen soll. Ich werde mich um alles kümmern.« Sie gab Elsa den Brief, die ihn an ihre Mutter weiterreichte, ohne einen Blick darauf zu werfen.

»Wir sollen uns keine Sorgen machen?« fragte sie mit gefährlich leiser Stimme. »Ich würde mir weniger Sorgen machen, wenn Papa seine Rechnungen künftig selber bezahlte, anstatt sie an uns zu schicken! Und noch weniger

Sorgen würde ich mir machen, wenn er es für nötig hielte, mit uns zu besprechen, wie hier alles weitergehen soll! Ich finde es auch nicht gerade beruhigend, daß er nicht den Mut hat, uns zu schreiben, sondern dich vorschickt!« Sie war jetzt so wütend, daß sie beinahe schrie. »Vater drückt sich vor seiner Verantwortung wie ein kleines Kind. Aber ich werde mich dadurch nicht unterkriegen lassen!« Mit einer heftigen Bewegung stand sie auf und stieß gegen den Tisch. Teetassen und Löffel klirrten, ihre Serviette fiel auf den Boden. Elsa kümmerte sich nicht darum. Sie verließ den Raum und ging hinauf in ihr Zimmer. Sie mußte allein sein, um nachzudenken.

Ein siedendheißer Schreck war ihr in die Glieder gefahren. Was, wenn auch bei ihrem Vater die geistigen Fähigkeiten nachließen? Schließlich hatte sie das Beispiel ihrer Mutter täglich vor Augen. Karoline wurde immer wunderlicher. Ihre neueste Marotte war es, daß sie darauf bestand, das Wasser, in dem die Eier zum Frühstück gekocht wurden, zur Kaffeezubereitung zu benutzen. Sie hatte sich derart auf diesen Tick versteift, daß sie morgens wie eine Furie mit aufgelöstem Haar, das ihr hüftlang hinterherwehte, und im Morgenmantel in die Küche stürmte, um den richtigen Moment abzupassen. Sie verjagte Hulda vom Herd, nahm die Eier aus dem Topf und goß das Wasser, in dem manchmal noch ausgetretenes Eiweiß schwamm, in den Kaffeefilter. Elsa ekelte sich vor den Spuren von Kalk und Hühnerfutter, die sie aus ihrem Kaffee herausschmeckte. Aber Karoline ließ sich nicht beirren. Sie sei die einzige, die in diesem Haus spare, zeterte sie immer aufs neue, während sie sich scharfen Senf fingerdick auf ihr Ei schmierte.

Bei der Vorstellung, daß ihrem Vater ein ähnliches Schicksal drohen könnte, wurde Elsa ganz schlecht vor Angst.

Karoline bestand darauf, mindestens einmal in der Woche nach Hamburg zu fahren. »Sonst kennt man mich da gar nicht mehr!« war ihre Standardantwort, wenn Elsa sie fragte, was sie dort zu erledigen habe. Karoline hatte nie gelernt, ein Auto zu fahren, einen Chauffeur hatten sie nicht mehr, also mußte Elsa ihre Mutter chauffieren. Meistens tat sie es gern, weil sie in Hamburg eigene Angelegenheiten zu regeln hatte und sie die Ablenkung genoß.

Sie war erstaunt, wie groß der Freundeskreis ihrer Mutter in den letzten Jahren geworden war. Karoline Heller war in vielen Hamburger Familien bestens bekannt. Zu den langjährigen Freunden wie den Kistners, den Hansens und den anderen, deren Bekanntschaft bereits aus Kriegstagen herrührte, waren viele neue hinzugekommen: Handelsleute, unter ihnen sogar ein Warenhausbesitzer, Schiffsausrüster, Handwerker, ein Restaurantbesitzer, eine Reiseschriftstellerin, mehrere Architekten und Ingenieure.

Während sie jetzt auf der Fahrt nach Hamburg waren, beobachtete Elsa ihre Mutter verstohlen von der Seite. Vor zwei Wochen war Karoline achtundvierzig Jahre alt geworden, und noch immer war sie eine ansehnliche Frau. Ihre leichte Fülligkeit ließ die Haut im Gesicht und am Hals glatt und rosig aussehen, die etwas derben Gesichtskonturen waren im Alter runder und lieblicher geworden. Seit sie begonnen hatte, ein wenig Lippenstift und Puder zu benutzen, sah sie viel fraulicher aus. Ihre Garderobe, auf die sie großen Wert legte, auch wenn wegen ihrer gegenwärtigen finanziellen Situation keine neuen Stücke hinzukamen, unterstrich ihre elegante, selbstbewußte Erscheinung.

Wie schaffte ihre Mutter es, sich auf dem gesellschaftlichen Parkett so perfekt zu bewegen und durch Charme und liebenswürdige Klugheit alle für sich einzunehmen? Ohne Mühe gelang es ihr immer aufs neue, ihren langjährigen Verehrer Thomas Heuer zu becircen, der regelmäßig auf größeren Festen erschien. Elsa sah es beinahe mit Eifersucht, wie er sich um Karoline bemühte, sie ständig fragte, ob er ihr etwas bringen dürfe, sofort mit ihrem Schal zur Stelle war, wenn die Abendluft kühler wurde, wie er sie mit Komplimenten bedachte und ihr vor allen anderen Frauen im Raum den Vorzug gab, und das nun schon seit Jahren.

Der Gedanke, daß ihre Hamburger Freunde keine Ahnung hatten, wie Karoline sich zu Hause aufführte, machte Elsa zornig. Sie würden wohl eher sie selbst für verrückt halten, sollte Elsa diese Dinge einmal ansprechen. Ihr kam der Verdacht, ihre Mutter setzte ihre Roseburger Verrücktheiten gezielt ein, um alle im Haus zu schikanieren. Sie gab eine unfreundliche Antwort, als Karoline sich über ihre Schweigsamkeit beklagte.

Wenn Elsa ihre Mutter in die gastfreundlichen Häuser begleitete, gesellte sie sich, wann immer es möglich war, zu den anwesenden Männern und hörte interessiert zu, wenn über Geschäfte gesprochen wurde. Daß sie sich insbesondere für alle Arten von technischen Neuerungen begeistern konnte, schmeichelte ihren Gesprächspartnern und verleitete sie dazu, mehr zu erzählen, als sie gegenüber Konkurrenten sonst getan hätten.

An anderen Tagen setzte Elsa sich in den Alsterpavillon und las die Zeitungen. Sie ging an der Börse vorbei und versuchte, aus den Mienen der Anwesenden auf die Wirtschaftsaussichten zu schließen. Sie beobachtete, in welche Läden die Menschen gingen und welche kaum besucht wurden. Wo immer ein neues Bürohaus erbaut wurde, interessierte sie sich für den Besitzer. Sie nutzte alle Möglichkeiten, um sich Informationen zu beschaffen, aber all ihr Wissen half ihr nicht, sich die Frage zu beantworten, wovon sie in Zukunft leben sollte.

Eines Tages, es war schon Frühling geworden, der Frühling des Jahres 1928, blieb sie vor dem Fenster einer Galerie in der Steinstraße wie angewurzelt stehen. In der Auslage waren Frauenporträts ausgestellt, und eines der Bilder zeigte sie selbst. Elsa wußte sofort, in welchem Augenblick die Idee zu diesem Gemälde entstanden war: Nach der Liebe hatten Konrad und sie Hunger gehabt und sich während des Essens nackt an seinem kleinen Küchentisch gegenübergesessen. Ihre Knie hatten sich unter dem Tisch berührt. Die frühe Morgensonne war durch das Fenster hereingefallen und hatte die Szene in ein beinahe unwirkliches Orange getaucht. Sie hatten sich gegenseitig die besten Bissen in den Mund geschoben, ohne sich aus den Augen zu lassen. Erleichtert registrierte Elsa, daß sie auf dem Bild einen Unterrock trug, außerdem waren ihre Ellenbogen so auf den Tisch gestützt, daß ihre Brust verdeckt war. Doch ihr Blick, in den die Sonne goldene Tupfen zauberte, war ganz lockende Versuchung, sie schien den Betrachter geradezu aufzufordern, sich auf sie zu stürzen. Die Erinnerung an die Erotik dieser Situation überfiel Elsa völlig unerwartet, und sie sehnte sich wie nie zuvor nach der Umarmung eines Mannes.

Für einen Moment schloß sie die Augen, um sich ihren Gefühlen zu überlassen. Dann fiel ihr ein, daß auch andere Leute, sogar ihre Bekannten, das Bild entdecken könnten. Was würden sie denken? Wie sollte sie ihnen diesen Ausdruck auf ihrem Gesicht erklären? Elsa zuckte mit den Schultern. Sie hatte sich unter dem Druck der Ereignisse dazu entschlossen, sich nicht mehr mit Dingen zu belasten, an denen sie ohnehin nichts ändern konnte.

Konrad war dabei, sich einen Namen zu machen. Sie mußte damit rechnen, daß weitere Bilder von ihr auftauchen würden. Warum nicht Stolz empfinden? Sie war Muse und Modell für einen Künstler gewesen, der einmal sehr erfolgreich sein würde!

Sie warf einen weiteren Blick auf die Frau auf dem Bild, und plötzlich überkam sie unendliche Trauer bei dem Gedanken, daß sie nicht länger diese Frau sein konnte – eine Frau, die die Liebe kannte.

Hätte Elsa sich in jenen Monaten nicht in einer Ausnahmesituation befunden, nie hätte sie den Mut gehabt, sich dem zu überlassen, was dann geschah.

Hermine Lüders starb, als die ersten Krokusse sich zeigten. Paul und Johanna reisten zur Beerdigung an. Elsa bot Johanna an, mit ihrem Mann und den Kindern in der Villa zu wohnen, denn Hermines kleine Wohnung im Lüdersschen Haus war zu eng für alle. Johanna stand kurz vor ihrer fünften Niederkunft. Die Anstrengungen der Reise und das Leid über den Tod ihrer Mutter machten sie mürrisch und unzugänglich. Dazu kam die Unruhe durch die vielen Menschen in der Villa. Ein ungestörtes Gespräch zwischen Elsa und Johanna war unmöglich. Die unübersehbare Entfremdung zu ihrer ältesten Freundin stimmte Elsa traurig.

Am Tag der Beerdigung waren die Wege des Kirchhofs in Siebeneichen zu schmal für die vielen Menschen, die von der Toten Abschied nehmen wollten. Der anschließende Leichenschmaus fand bei Schmaljohann statt. Elsa ging zu Paul hinüber, um ihm ihr Beileid auszusprechen. Ihre Hand lag für einen Augenblick in der seinen, und in seinen Augen las sie Wärme und ein sehnsüchtiges Wiedererkennen. Sie fühlte sich ihm so nahe, als hätten sie sich gerade gestern erst gesprochen, dabei lag ihre letzte Begegnung bei Johannas Hochzeit fünf Jahre zurück. Einem Impuls folgend, wollte sie ihn auf die Wange küssen, doch hinter ihr drängelten die nächsten, die kondolieren wollten. Sie wandte sich ab.

Bereits am nächsten Tag brachte Elsa Johanna und ihre Familie nach Hamburg zum Bahnhof. Johanna spürte, daß das Kind bald kommen würde, und wollte rechtzeitig zur Entbindung zu Hause sein. Erwachsene und Kinder quetschten sich in ihren Chrysler, und sogar Karoline sah ein, daß sie diesmal nicht mitfahren konnte, weil kein Plätzchen mehr frei war. Elsa mußte sich erbarmen und ihr versprechen, gleich am nächsten Tag mit ihr in die Stadt zu fahren.

Die Freundinnen standen noch einige Minuten traurig am Bahnsteig, in der Gewißheit, daß sie die gemeinsame Zeit nicht genutzt hatten. »Wir holen das nach«, rief Johanna ihr aus dem geöffneten Fenster zu, nachdem der Zug sich bereits in Bewegung gesetzt hatte. Elsa blieb stehen, die Hand zu einem letzten Gruß erhoben, bis ihr Arm zu schmerzen begann. Dann besann sie sich und ging sie zu ihrem Auto, um nach Hause zu fahren.

Sie war noch dabei, ihre Sachen aus dem Auto zu nehmen, als Hulda schon auf sie zugeeilt kam. Auf dem Weg zum Haus erstattete sie Elsa Bericht.

»Gut, daß du wieder da bist. Ich muß mit dir reden, bevor deine Mutter mir wieder dazwischenfunkt. Heute nachmittag kommt der Wagen von Gloger aus Mölln mit den bestellten Lebensmitteln. Er besteht darauf, daß wir gleich bezahlen. Du mußt mir Geld geben. Und Wein-Kauffmann hat angerufen. Wann du vorbeikommst, um die letzte Rechnung zu bezahlen. Sie müssen Verzugszinsen berechnen, sagen sie. Und dann war da noch ...«

Sie legte die Finger an die Stirn, um zu überlegen, wem sie noch alles Geld schuldeten.

»Jeder schmeißt hier mit dem Geld um sich. Keiner macht auch nur die kleinste Anstrengung, um zu sparen. Und immer das Haus voll! Diese Verschwendung jeden Tag!«

Das war die schrille Stimme Karolines, die in der Tür auf sie wartete und vor Empörung die Hände in die Hüften gestemmt hatte. Hulda machte eine hilflose Geste und drängelte sich mit einem »So ward dat nix!« an ihr vorbei ins Haus. Hinter Karolines Rücken machte sie Elsa wilde Zeichen.

Es war zuviel für Elsa. Mit einem lauten »Jetzt nicht!« ließ sie die beiden Frauen stehen. Sie zog sich nicht einmal um, sondern ging gleich wie sie war in den Stall, um ihr Pferd zu satteln. Sie wollte allein sein, sich bewegen, am besten bis zur körperlichen Erschöpfung, um auf andere Gedanken zu kommen.

Ganz automatisch nahm Palida den Weg die Dorfstraße hinauf, dabei den vielen Kuhfladen ausweichend. Elsa versetzte dem Pferd einen herben Tritt mit den Hacken, und es wieherte erschrocken auf. »Wenn wir soviel Geld hätten, wie hier Kuhscheiße auf der Straße liegt, wäre ich alle Probleme los«, dachte Elsa wütend. Sie erreichte den Wotersener Wald, und Palida fiel in einen leichten Galopp. Erst als ein Ast sie unsanft im Gesicht streifte, sah Elsa auf. Sie brachte Palida so abrupt zum Stehen, daß der Hengst stieg.

Vor ihr stand Paul, ein Pferd am Zügel haltend.

»Was tust du denn hier?« fragte sie, plötzlich atemlos.

»Ich reite aus. Ich habe gehofft, dir zu begegnen.«

»Aber warum stellst du dich meinem Pferd in den Weg? Ich hätte stürzen können.«

Er lachte. »Das ist nicht meine Schuld. Ich habe dich kommen sehen, aber du warst in Gedanken ganz woanders.« Er sah sie an. »Du hast da eine kleine Schramme.«

Elsa fuhr sich mit Zeige- und Ringfinger über die Stirn, betrachtete die Fingerspitzen und sah Blut. Sie holte ein Taschentuch hervor, um es abzuwischen.

»Laß mich das machen. So ohne Spiegel geht das doch nicht.«

Elsa beugte sich zu ihm hinunter, und Paul tupfte vorsichtig die Stelle ab. »Es blutet schon gar nicht mehr.«

Er saß wieder auf, und sie ritten langsam nebeneinanderher.

»Wie geht es dir?« fragte er, ohne sie anzusehen.

»Und dir?«

»So rechte Glückspilze scheinen wir beide nicht zu sein.« In seiner Stimme lag eine Sanftheit, die Elsa wütend machte.

»Tja, ich weiß nicht, wie es bei dir ist. Aber bei mir sieht es so aus, daß mich der Mann betrogen hat, von dem ich glaubte, er liebt mich. Mein Vater hat das Kieswerk hinter meinem Rücken verkauft, und das Geld ist auch weg. Ich weiß nicht mal, wovon wir leben sollen«, stieß sie verächtlich hervor.

Paul war erstaunt. »Laß doch den Zynismus. Der paßt überhaupt nicht zu dir.«

»Ach, das gefällt dir wohl nicht? Glaubst du, ich bin immer noch das kleine brave Mädchen, das alles glaubt, was man ihm erzählt? Woher willst du wissen, daß Zynismus nicht zu mir paßt? Hast du denn eine Ahnung, wie es in meinem Leben aussieht?«

»Ist ja schon gut. So habe ich es doch gar nicht gemeint! Selbstverständlich hast du das Recht, wütend und enttäuscht zu sein. Es tut mir nur leid für dich. Hat das alles mit Berlin zu tun? Ich habe gehört, daß du für längere Zeit dort warst.«

Sie sah ihn überrascht an.

Er lächelte. »In Roseburg bleibt nichts unentdeckt, und ich habe immer noch meine Quellen. Und daß dir das Werk nicht mehr gehört, stand ja sogar in der Zeitung. Laaken ist ein ziemlicher Windhund.«

»Dem werde ich es schon noch zeigen. Ich laß mich nicht unterkriegen! Von dem nicht!«

»Und was war in Berlin?« wiederholte er seine Frage.

Elsa zögerte, dann trat ein kleines gemeines Blitzen in ihre Augen, und sie erzählte ihm von Konrad. Sie wollte Paul eifersüchtig machen, doch während sie redete, spürte sie, wie falsch das war. Paul sah sie mit echtem Mitgefühl an, und sie bedauerte die bösen Gedanken, die sie eben noch gehabt hatte. »Ich habe kein Glück mit den Männern«, schloß sie. »Vielleicht sollte ich doch so jemanden wie Laaken heiraten.«

»Ein bißchen Gefühl sollte mit von der Partie sein, meinst du nicht?«

Für ein paar Minuten schwiegen sie.

»Ich habe dein Porträt in einem Hamburger Schaufenster gesehen. Ich nehme an, dieser Konrad hat es gemalt? Er hat deine besten Seiten herausgearbeitet. Du siehst wunderschön aus. Und sehr verführerisch.«

»Ich habe schon die ganze Zeit darauf gewartet, daß jemand mich erkennt. Und? Findest du mich im wirklichen Leben auch so verführerisch?« Sie drehte sich im Sattel zu ihm herum, damit er sie ansehen konnte.

Er wurde unwirsch. »Laß doch die Koketterie! Aber wenn du es hören willst, ich finde dich gerade jetzt, mit den zerzausten Haaren und den geröteten Wangen, überaus attraktiv.« Er ließ seinen Blick über sie gleiten und bemerkte so den tiefhängenden Ast nicht. Er stieß sich heftig den Kopf und fluchte.

Elsa lachte ihn aus und gab Palida die Sporen. Sie hörte, wie er hinter ihr sein Pferd ebenfalls antrieb.

Der Weg wurde immer schmaler und verlor sich schließlich zwischen den Bäumen. Sie mußten wieder Schritt reiten, um sich ihren Weg hindurchzubahnen.

»Ich glaube, hier bin ich noch nie gewesen«, sagte Elsa und sah sich um.

Paul wies mit der Hand nach vorn. »Wir reiten parallel zum Kanal, einige Kilometer vor uns liegt Lauenburg. Wir sind schon ein ganzes Stück von Roseburg weg.«

»Woher kennst du dich hier so gut aus? Du bist doch immer lieber in Hamburg gewesen als zu Hause?«

»Dieser Wald hat mal meinem Vater gehört. Er hat ihn damals verkauft, um die Beteiligung an der Kiesgrube deines Vaters zu erwerben. Als ich ein Junge war, bin ich oft mit ihm hier gewesen. Manchmal sogar über Nacht. Wir haben einfach auf dem Boden geschlafen oder in einer Waldarbeiterhütte. Das sind meine schönsten Erinnerungen. Und die Stunden, die ich mit dir verbracht habe«, fügte er hinzu, wobei seine Stimme einen leicht heiseren Ton annahm.

»Ich habe dich schon einmal darauf hingewiesen, daß du es warst, der mich verlassen hat. Und ich habe damals genug gelitten. Lassen wir das Thema. Wir haben unsere Chance gehabt und sie verstreichen lassen. Wer weiß, wofür das gut war.«

»Jetzt tu doch nicht so, als wenn zwischen uns keine Gefühle wären!« Er griff ihr in die Zügel.

Elsa versuchte sich loszumachen. »Pah, Gefühle! Davon hatte ich in den letzten Monaten mehr als genug. Und ich habe teuer für sie bezahlt! Natürlich habe ich auch für dich Gefühle, sogar eine ganze Menge. So viele, daß ich dir von meiner tiefsten Demütigung berichte! Aber es sind nun einmal nicht dieselben, die ich für Konrad empfunden habe!«

»Wann bist du so hart gegen dich und andere geworden? Unter dem Einfluß deiner neuen Berliner Freunde?«

Elsa lachte bitter auf. »Hör auf, mich zu bedrängen, es hat ja doch keinen Sinn! Sag mir lieber, wo deine Frau ist. Ich habe sie gestern bei der Beerdigung nicht gesehen.«

Paul ließ die Zügel los, als habe er sich an ihnen verbrannt. »Wir haben uns Anfang des Jahres getrennt. Wir werden uns scheiden lassen.« Er zögerte kurz, dann sagte er: »Der Wunsch nach Trennung kam von ihr.«

Ein Strahl der Hoffnung durchzuckte Elsa. Aber nur für eine Sekunde, dann hatte sie sich wieder im Griff. Sie würde diesem verrückten Impuls nicht folgen. »Das tut mir leid«, sagte sie tonlos.

»Am meisten vermisse ich die Kinder. Ich sehe sie zwar regelmäßig, aber viel zu selten. Bald werde ich für sie nicht mehr als ein netter Onkel sein.«

»Tut mir leid«, wiederholte Elsa. »Aber du hast wenigstens welche.«

»Für dich wird auch noch der Richtige kommen.«

Schon wieder mußte Elsa bitter auflachen. »Laß mich bloß mit dem Thema in Ruhe. Ich höre mir schon die täglichen Ermahnungen von Mutter und Hulda an. Sie scheinen keine anderen Sorgen zu haben, als mich unter die Haube zu bringen. Wahrscheinlich denken sie, wenn ich einen reichen Mann hätte, wären wir alle unsere Sorgen mit einem Schlag los.«

»So unrecht haben sie damit ja nicht, wenigstens was das Finanzielle angeht. Aber du kannst nicht, weil der Mann in Berlin dir noch nicht gleichgültig ist?«

»Er hat mir sehr weh getan. Es tut immer noch weh.«

Eine Zeitlang ritten sie schweigend nebeneinanderher, jeder in seine Gedanken versunken.

Elsa sog tief die Waldluft ein, die vertraut nach modriger Feuchtigkeit und prallem Leben roch. Sie mochte es, so neben Paul herzureiten. Sie redete sich ein, es geschah in alter Vertrautheit und Unschuld. Aber wenn ihr Schenkel den seinen berührte, weil der Platz zwischen den Bäumen zu eng wurde, brannte die Stelle wie mit glühenden Zangen bearbeitet, und eine Wärme, die sie noch gut von den Umarmungen Konrads her kannte, breitete sich in ihrem Unterleib aus. Ich spiele mit dem Feuer, dachte sie, aber sie genoß es auch gleichzeitig und führte ihr Pferd dichter an Pauls heran, als nötig gewesen wäre.

Sie mußten schon Stunden unterwegs gewesen sein, als der Wald am Horizont heller wurde. Kurz darauf sahen sie vor sich den Kanal im letzten Sonnenlicht glitzern.

»Wir müssen uns beeilen, wenn wir vor der Dunkelheit zu Hause sein wollen«, sagte sie, aber sie meinte es nicht so.

Und er reagierte auch nicht auf ihre Worte. »Die Pferde sind durstig«, sagte er.

Während Elsa die Tiere ans Ufer führte und sie tränkte, beobachtete sie, wie Paul Holz sammelte und es in den Wald trug. Sie band die Tiere an, damit sie grasen konnten, und ging nachsehen, was er dort tat.

»Die Hütte haben mein Vater und ich gebaut. Ich wußte gar nicht, daß sie noch steht, aber sie hat über all die Jahre gehalten, sogar das Dach ist dicht.«

Sie folgte seinem Blick nach oben und sah die Balken, die ein leicht spitzes Dach bildeten. Die Hütte bestand aus groben Holzwänden, in die lediglich eine Öffnung zum Durchschlüpfen gehauen war und eine als Rauchabzug. In der Mitte gab es eine Feuerstelle, aus der bereits die Flammen schlugen. Elsa legte die Arme um den Leib, mit der Dämmerung war auch die Kälte gekommen.

»Gleich wird's warm«, sagte Paul und verschwand nach draußen. Als er zurückkam, trug er eine Tasche und eine Decke bei sich.

»Sag nicht, du hast etwas zu essen dabei. Ich komme um vor Hunger!«

Er breitete eine Wurst, ein Stück Brot, Salz und Gewürzgurken auf einem Brett aus. Am Schluß holte er sogar eine Flasche Wein hervor.

»Leider habe ich nur ein Glas. Ich konnte ja nicht wissen, daß wir zusammen essen würden ...«

Den Rotwein hätte es nicht gebraucht. Seine berauschende Wirkung machte es nur einfacher für sie. Im Schein des Feuers, das ihre Gesichter verheißungsvoll leuchten ließ, fanden ihre Körper zueinander. Nachdem der erste Schritt getan war, wurde alles ganz leicht und selbstverständlich, weil sie etwas taten, was sie schon vor Jahren hätten tun sollen. Zuerst berührte Pauls Mund wie zufällig ihre Wange, dann fanden sich plötzlich ihre Lippen, und seine Zunge war weich und fordernd zugleich. Seine Hände berührten ihre Schultern und glitten dann zu den Brüsten hinab, die unter seinen Berührungen fest wurden. Als er ihr die Bluse aufknöpfte und sie seine Hände auf ihrer nackten Haut spürte, fühlte sie die Erregung, die ihren Körper durchflutete. Sie legte sich zurück, zog ihn mit sich, und er bedeckte ihr Gesicht, ihren Hals und das Dekolleté mit Küssen. Elsa begann, ihn auszuziehen, sie wollte seine nackte Haut auf ihrer spüren, sein Herz an ihrem schlagen fühlen. Sie wand sich in seinen Armen, bis sie beide Hemd und Bluse und Unterkleid abgestreift hatten, und sie hielten inne, um die Nacktheit des anderen im Licht des Feuers zu betrachten, die Wandlungen zu entdecken, die ihre Körper seit Kindertagen, seit den gemeinsamen Badeausflügen, durchgemacht hatten. Doch es gelang ihnen nur für einige Augenblicke, einander anzuschauen, ohne sich zu berühren, dann verlangten ihre Körper wieder die völlige Nähe des anderen.

In Pauls Armen nahm Elsa vertraute Formen und Bewegungen wahr. Die Erinnerung an Konrad kam und verging sofort wieder. Dieser Mann war ihm ähnlich und doch so ganz anders. In Pauls Umarmungen spürte sie etwas, das sie bei Konrad vermißt hatte, ohne es zu wissen: Vertrautheit und ein Wiedererkennen, welches der Liebe ein bisher ungekanntes Maß an Intensität gab.

Als Paul in sie eindrang, nach einer Zeit voller Liebkosungen, die ihr unendlich vorkam, schrie sie einen Schrei der Erlösung. Sie hob sich ihm entgegen, bis er sich seitlich wegrollen ließ und sie sich plötzlich auf ihm liegend wiederfand. Sie wußte, daß es andere Positionen als die gab, die Konrad bevorzugte, aber sie hatte sie noch nie ausprobiert. Jetzt so auf Paul zu liegen gab ihr ein berauschendes Gefühl von Macht. Sie bewegte sich abwechselnd langsam und schnell, sanft oder heftig, so wie nur sie es für richtig hielt, bis sie plötzlich das Gefühl hatte, gelähmt zu sein. Sie war unfähig, sich weiter zu bewegen, weil sie glaubte, vor Lust ohnmächtig zu werden. Paul spürte ihr Verlangen, zog sie an sich, legte sie auf die Decke und bewegte sich langsam in ihr, bis sie einen Höhepunkt hatte, der kein Ende finden wollte. Kaum war ihre Lust abgeebbt, bewegte Paul sich leicht über ihr, und eine neue Welle schwappte über sie hinweg.

Sie liebten sich bis zu Erschöpfung, kosteten und küßten sich und hielten sich umschlungen. Elsa lag in Pauls

Armen, eingehüllt in seinen Duft und die Decke, die er über sie gelegt hatte.

»Warum haben wir dieses Glück nicht schon viel früher genossen? Warum sind wir so viele Umwege gegangen?« fragte er, während er mit ihrem Haar spielte.

»Es wäre kein solches Glück gewesen, wenn wir es uns gleich genommen hätten«, murmelte sie schläfrig. »Mir waren schon immer die Dinge teurer, für die ich hart gearbeitet habe.«

»Aus dir spricht wieder einmal die Kapitalistin«, lachte er sie aus.

»Die ehemalige Kapitalistin«, flüsterte sie, und in diesem Moment störte es sie nicht einmal.

Paul legte Holz nach, weil es wieder kühl zu werden begann. Sie lagen nebeneinander und redeten, liebkosten und küßten sich. Als Elsa nach einer Weile die unglaubliche Zartheit von Pauls Männlichkeit an ihrem nackten Oberschenkel spürte, zog sie ihn erneut an sich. In dieser Nacht holten sie alles nach, was sie in den vergangen Jahren versäumt hatten.

Das Zwitschern der Vögel sagte ihnen, daß der Morgen bereits dämmerte. Sie mußten zurück und suchten ihre Kleider zusammen.

»Laß mich das machen«, sagte Paul und trat vor sie hin, um ihr die Knöpfe von Unterkleid und Bluse zu schließen. Elsa dachte an seine zarte Nähe an jenem Abend unter den Apfelbäumen, und sie floß über vor Sehnsucht nach seinen Berührungen.

Schweigend ritten sie den langen Weg nach Hause. Elsa überließ sich ihren Gedanken und der Erinnerung an die vergangene Nacht, deren Zärtlichkeiten sie immer noch spürte. Einmal griff sie nach Pauls Hand und erschrak, als er sie unwillig zurückzog. Sie bemerkte seinen verschlossenen Gesichtsausdruck, und Furcht keimte in ihr. Kurz bevor sie den Wald verließen und gesehen werden konnten, küßte Paul sie zum Abschied. Er riß sie in einer Art von Verzweiflung an sich, dann machte er sich los und preschte davon.

In der Villa herrschte panikartige Aufregung. Elsa hatte gehofft, sich unbemerkt in ihr Zimmer schleichen zu können, doch es sah so aus, als würde sie in diesem Haus keinen unbeobachteten Schritt tun können. An der Haustür kam Hulda ihr schon entgegen. Unter Tränen berichtete sie, Karoline hätte am Vorabend ihr Verschwinden bemerkt und eine Nervenkrise erlitten. Immer wieder sei sie im Nachthemd aus dem Haus gelaufen und habe draußen im Park laut nach Elsa gerufen. Fanny und Hulda hätten zusammen alle Mühe gehabt, die Tobende wieder ins Haus zu bringen. Kaum sei sie eine Minute ohne Beobachtung gewesen, sei es von vorn losgegangen. Einmal habe sie schon bis zu den Schenkeln im Mühlenteich gestanden, bevor sie sie gefunden hätten. Karoline sei vor Angst außer sich gewesen, daß nun auch Elsa sie verlassen habe. Wegen ihres nächtlichen Geschreis seien die Nachbarn zusammengelaufen, schließlich habe man den Doktor geholt, der ihr ein Beruhigungsmittel gegeben habe.

»Deern, wenn dat man gautgeiht!« schloß sie ihren Bericht.

»Wo ist sie jetzt?« fragte Elsa zutiefst beunruhigt.

»Sie ist oben. Fanny ist bei ihr. Elsa, versprich mir, daß du so was nicht noch einmal machst. Ich bin zu alt für solche Scherereien. Und deine Mutter hat genug Schweres mitgemacht. Eine so feine Frau, und so durcheinander!« Sie fing wieder an zu weinen.

Elsa ging nach oben, um nach ihrer Mutter zu sehen. Das ist die Strafe, ging es ihr dabei im Rhythmus ihrer schleppenden Schritte auf der Treppe durch den Kopf. Das ist meine Strafe. Strafe, Strafe ...

Karoline saß in ihrem Zimmer vor dem Frisiertisch, Fanny war dabei, ihr das Haar aufzustecken. Elsa hatte ein Kranke erwartet, aber Karoline war angezogen und sah aus wie immer. Keine Spur ihrer nächtlichen Eskapaden. Fanny gab ihr mit der Hand ein beruhigendes Zeichen. Es sah aus, als sei alles in Ordnung.

»Ich mißbillige dein Verhalten«, sagte Karoline scharf in den Spiegel hinein, kein Wort mehr.

»Ich auch«, antwortete Elsa, plötzlich todmüde. Sie ging ins Badezimmer und ließ Wasser in die Wanne laufen.

Als sie sich in das heiße Wasser gleiten ließ, wurde ihr bewußt, was sie getan hatte. Meine Güte, ich habe mit Paul geschlafen, dachte sie, und ein kleines triumphierendes Lächeln umspielte ihre Lippen. Er konnte sich mir nicht entziehen! Noch einmal gab sie sich der Erinnerung an diese Liebesnacht hin. Während ihre Hände Kreise in den Schaum malten, spürte sie, wie ihre Glückseligkeit sich Stück für Stück verlor.

Und nun? dachte sie. Wir haben eine gemeinsame Liebesnacht verbracht, obwohl wir beide wußten, daß es für uns keine Zukunft gibt. Ich liebe ihn ja nicht einmal mehr, ja, es stimmt, ich liebe ihn nicht mehr, wie ich ihn noch als Achtzehnjährige geliebt habe. Was habe ich dann in Pauls Armen gesucht? Eine sentimentale Erinnerung an eine vergangene Liebe? Ein wenig Zärtlichkeit und Trost gegen die Traurigkeit in meinem Leben? Rache an Konrad? Die Gewißheit, begehrenswert zu sein? Alles in allem nicht besonders ehrenwerte Gründe. Ich habe mich einfach von meinem und seinem Körper hinreißen lassen. Ich habe den gleichen Fehler begangen wie mit Konrad. Wie hat Thilda das genannt? Lust für Liebe halten? Lust für Liebe ...

Einige Tage später war Elsa nach dem Frühstück plötzlich übel. Ein Völlegefühl und ein unangenehmer Druck in der Magengegend. Sie achtete nicht weiter darauf, bis der Postbote vormittags einen Brief von Johanna brachte, die die Geburt ihres Kindes verkündigte. Elsa ließ die Geburtsanzeige sinken, ohne sie zu Ende gelesen zu haben. Von einer Sekunde auf die andere stand die Möglichkeit im Raum, sie könnte schwanger sein. Zwei Stufen auf einmal nehmend, rannte sie nach oben in ihr Zimmer und blätterte fieberhaft in ihrem Kalender vor und zurück, um sich zu erinnern, wann im letzten Monat die Zeit ihres Unwohlseins gewesen war. Sie schlug die Hände vor das Gesicht, als ihr klar wurde, daß sie zwei Tage zu spät war. Es hielt sie nicht auf ihrem Stuhl, panisch hastete sie in ihrem Zimmer von Wand zu Wand und überlegte. Sie meinte plötzlich, auch an den vorangegangenen Morgen diese Übelkeit gespürt zu haben. Ihr wurde heiß und kalt gleichzeitig, ein Schluchzen stieg in ihr auf, das Zimmer drehte sich um sie herum. Sie stürzte ins Bad, weil sie meinte sich übergeben zu müssen. Als ihr wieder besser war, betrachtete sie ihr aufgewühltes Gesicht im Spiegel: Du bist keinen Deut vernünftiger als Johanna, dachte sie verzweifelt. Deine Situation ist sogar noch auswegloser als ihre. Du hast nämlich keinen Vater für dein Kind.

Die folgenden Tage waren eine einzige Hölle. Elsas Gedanken kreisten nur darum, ob sie schwanger sein könnte. In manchen Momenten war sie sich sicher, ein Kind zu erwarten, dann wieder redete sie sich ein, es wäre nichts. Sie verfluchte Paul, der nichts von sich hören ließ. In der Nacht beschloß sie, nach Berlin zu Mathilde zu fahren. Sie würde Rat wissen. Am Morgen sagte sie sich, daß es zu früh war, um Gewißheit zu haben. Sie verfluchte ihre Weiblichkeit, die sie dazu verdammte, drei Tage voll ängstlichen Wartens und Horchens auf jedes noch so kleine körperliche Signal zu verbringen, bis endlich, endlich, unter Krämpfen, die sie stöhnend zusammenzucken ließen, ihr Menstruationsblut zu fließen begann.

Am Tag, als ihre Periode einsetzte, fühlte sie sich wie jemand, der gerade noch einmal davongekommen war. Sie machte einen langen Spaziergang, um allein zu sein und über alles nachzudenken. Die demütigende Angst der vergangenen Tage brachte eine bittere Erkenntnis mit sich. Es hätte nicht viel gefehlt, und sie hätte sich in jener Nacht, in der sie nur auf ihren Körper hörte, ihre Zukunft ruiniert. Außerdem hätte ihrer Mutter etwas zustoßen können! Nie hätte sie sich das verziehen! Durch seine bloße Körperlichkeit hatte Paul sie jedes Verantwortungsgefühl vergessen lassen, er hatte sogar Konrad beinahe völlig verdrängt. Was, wenn morgen ein anderer Mann daherkam, der diese Saite in ihr zum Klingen brachte? Würde sie wieder prompt auf ihn hereinfallen?

Elsa gab sich selbst das Versprechen, daß das in ihrem Leben nicht noch einmal geschehen würde.

Der nächste Mann würde mehr mitbringen müssen als ein ansprechendes Äußeres und die Kenntnisse eines guten Liebhabers. Sie wollte einen Mann mit Charakter, der das Leben nicht als Spiel sah oder als etwas, vor dem man weglaufen konnte, wenn es unangenehm wurde. Sie wollte mehr mit ihm teilen können als nur das Bett. Der Mann in ihrem Leben sollte ihr das zärtliche Gefühl vermitteln, daß sie ihm vertrauen konnte, er sie verstehen würde, auch in schweren Zeiten. Sie wollte mit diesem Mann gemeinsam das Leben meistern, ohne daß einer von beiden seine Ziele aufstecken mußte.

Aber eigentlich glaubte Elsa nicht mehr daran, ihn eines Tages zu finden.

Kapitel 16

Die Zeiten wurden noch schwerer und bedrückten die junge Republik. Die Bauern traf es als erste. Im Jahr zuvor waren die Preise für Schweine ins Bodenlose gestürzt. Der Nachfolger auf dem Lüdersschen Hof bekam weniger für seine Tiere, als er für Futtermittel aufgewendet hatte, und fürchtete schon, er würde den Hof verlieren. Als die Preise für andere landwirtschaftliche Güter ins Wanken gerieten, flammten überall im Land Demonstrationen auf. In Norddeutschland waren die Wut und Not der Bauern am größten. Einzelne Attentate weiteten sich in den folgenden Monaten zu einer richtigen Serie aus, die Angst und Schrecken verbreitete. Während einer Versammlung in Bählau wurde der Bauernvertreter krankenhausreif geprügelt. Die Polizei hatte angesichts der tobenden Menge nicht den Mut einzugreifen. Zwei Tage später kippten wütende Landwirte Wagenladungen vergammelter Kartoffeln von den Kanalbrücken in Berkenthin und Mölln und legten damit die Schiffahrt lahm.

In Amerika konnten die Konsumenten nicht mehr all die Produkte kaufen, die die Industrie während des Booms produziert hatte. Deutsche Fabrikate hatten es dort noch schwerer, die Exporte begannen zu stagnieren. Zuerst verloren gute amerikanische Aktien ihren Wert, dann folgten die deutschen. Gesunde Firmen, die gestern noch bequem vom Export gelebt hatten, waren heute bankrott. Die Arbeitslosenzahlen stiegen und stiegen. Dazu kamen die unsicheren politischen Verhältnisse. Fast täglich kam es in den großen Städten zu Demonstrationen und Zusammenstößen. Der Berliner Polizeipräsident Zörgiebel erließ ein Versammlungsverbot. Die Reichsregierungen wechselten zu schnell, um für Stabilität sorgen zu können.

An der Tür der Villa standen wieder wie nach dem Krieg Männer und Frauen, abgerissene Gestalten, die nach Arbeit fragten. Elsa wies Hulda an, ihnen etwas zu essen zu geben und sie fortzuschicken.

Die Feste der Hamburger Freunde wurden seltener und weniger üppig. Die Schiffsausrüster und Händler verdienten nicht mehr genug. Sie zahlten ihre Rechnungen, sie sorgten sich um ihre Zukunft, da stand ihnen der Sinn nicht nach Vergnügungen. Der Kreis der Freunde, die in fröhlicher Geselligkeit zusammentrafen, wurde immer kleiner. Unter denen, die sich dennoch aufrafften, war die Stimmung gedrückt, wenn man sich nicht in einer Art Galgenhumor bis zum bitteren Ende amüsierte. Man dachte an diejenigen, die nicht dabei waren, und fürchtete, morgen auch zu ihnen zu gehören. Alle waren vorsichtig, sie hielten ihr Geld zusammen und pumpten es in ihre Firmen, um den Ruin noch einige Wochen hinauszuschieben.

Elsa nahm die Veränderungen mit einer Mischung aus Entsetzen und Erleichterung zur Kenntnis. Erleichterung, weil sie nun mit Karoline sprechen und ihr vorschlagen konnte, auch den Jour fixe in Roseburg etwas einfacher zu gestalten.

»Ich glaube, wir müssen Rücksicht auf die Situation deiner Gäste nehmen. Du willst sie doch nicht vor den Kopf stoßen?«

Karoline legte den Kopf auf die Seite, zog die Augenbrauen so weit wie möglich zusammen und sagte: »Wir haben kein Geld mehr, stimmt's?«

»Nun ja, die Mieten aus Hamburg sind praktisch nichts mehr wert. Und an einen Verkauf ist in diesen Zeiten nicht zu denken.«

Im Dezember sah Elsa sich gezwungen, das schwere achtundvierzigteilige Silberbesteck und einen von Karolines guten Pelzen in Hamburg zum Verkauf anzubieten. Auch das große Gemälde, das so lange sie denken konnte im Salon über dem Buffet gehangen hatte, trug sie in eine Galerie. Von dem Erlös würden sie die nächsten Wochen leben müssen. Elsa spürte eine verrückte Leichtigkeit, wenn sie wieder ein Stück aus der Villa verkauft hatte. Sie machte die Erfahrung, daß nichts zu besitzen ein Gefühl von Freiheit bedeuten konnte.

Alle schimpften über die Inflationsgewinnler und Schieber, die sich am Unglück anderer bereicherten und ihren Reichtum schamlos zur Schau trugen. Als Elsa zu Ohren kam, daß auch Laaken seine Schulden günstig losgeworden war, weil er mit wertlosen Aktien bezahlt hatte, ballte sie vor Wut die Fäuste, bis ihre Fingernägel blutige Wunden in den Handflächen hinterließen. Wenn sie gehofft hatte, dort noch etwas herausholen zu können, so war diese Hoffnung über Nacht zerstoben. In diesem Punkt hatte ihr Vater, der sonst so gewiefte Geschäftemacher mit der untrüglichen Nase, den kürzeren gezogen: Die Verbindlichkeiten, die Laaken ihm gegenüber noch haben mochte, waren nichts mehr wert, aber Laaken saß auf dem Grund und Boden. Ihm gehörten die Industrieanlagen, die in diesen Tagen als einzige einen Wert darstellten.

Das Weihnachtsfest 1928 war wie das vorhergehende weder rauschend noch besonders fröhlich. Es wurde ein Fest der Frauen. Zum traditionellen Karpfenessen, für das der große Mühlteich wie jedes Jahr abgefischt wurde, kamen die Hamburgerinnen allein. Ihre Männer saßen daheim über den Büchern oder in den Clubs und versuchten zu retten, was zu retten war.

Nach dem Jahreswechsel war es eindeutig, daß sie die Villa nur noch wenige Monate halten konnte, wenn nichts geschah. In dieser Situation beschloß Elsa, zu ihrem Vater nach Ostpreußen zu fahren. Jetzt war nicht der Augenblick für gekränkte Eitelkeiten und falsche Rücksicht auf ihre Gefühle. Die Frage, ob sie den Kontakt zu ihm abbrechen sollte oder ob die Zeit für eine Erklärung, eine Versöhnung gekommen sei, war in ihrer Lage überflüssig. Sie mußte ihren Vater zur Rede stellen, ihn an seine Verantwortung erinnern und ihn um Geld bitten, oder sie würde das Haus verlieren.

Auch die deprimierende Aussicht, Ludwig zu treffen, der sich zweifellos in der Pose des Siegers geben würde, schreckte sie nicht. Sie würde sich ihm stellen müssen, genauso wie Anna Köster. Elsa lachte bitter auf und erschrak, als sie das häßliche Geräusch hörte. Sie hatte in den letzten Jahren lernen müssen, den Problemen ins Gesicht zu sehen, sie an den Haaren zu packen und sie wenn möglich zu lösen. Und so würde sie es auch diesmal halten. Sie ging nach unten ins Arbeitszimmer, und das Bild, das der Mahagonispiegel am Fuß der Treppe von ihr zeigte, gefiel ihr nicht. Er zeigte eine Frau mit dem Rücken zur Wand.

Sie schrieb ihrem Vater, und er lud sie postwendend auf Anfang Mai ein. Am Schluß des Briefes fügte er hinzu, wie sehr er sich freue, sie wiederzusehen.

Die Wochen bis zur Abreise waren für Elsa eine quälende Warterei. Sie sehnte sich nach einer sinnvollen Beschäftigung, aber ihr blieb nur die Organisation des täglichen Kleinkriegs in der Villa. Karoline und Hulda zankten sich bei jeder Gelegenheit, ständig mußte sie schlichten. Wäre Fanny nicht gewesen, sie hätte es nicht ausgehalten. Sie half Marie, die im Jahr zuvor in die Schule gekommen war, bei den Hausaufgaben und versuchte in dem Kind die Lust am Lernen zu wecken. Gemeinsam durchstöberten sie die Abecken nach alten Bilderbüchern und Spielzeug. Dabei stießen sie auf die längst vergessene Ladung Schusterleisten aus Buchenholz, die ihr Vater dort vor Jahren abgelegt hatte. Elsa versuchte sie zu Geld zu machen, aber niemand wollte sie. Schließlich trugen die Frauen die Dinger ins Erdgeschoß und verfeuerten sie im Ofen, damit sie zu etwas nütze waren.

Einmal sah sie Paul. Sie fuhr Karoline zum Friedhof, und er war auch gerade dort, am Grab seiner Eltern. Sie sagten sich höflich guten Tag, und Paul antwortete auf Karolines arglose Fragen, wie es ihm in Hamburg gehe und was die Kinder so machten. Elsa stand steif daneben und war über ihren Mangel an Gefühlen zutiefst erschrocken. Aber es war wohl so, daß sie in ihrem Leben bereits viel zu viele Gedanken an Paul verschwendet hatte und nun einfach der Meinung war, es sei genug. Wenn sie etwas fühlte, dann war es Zorn, weil er sich nach der Nacht im Wald so feige davongemacht hatte. Als sie den Friedhof verließen, erkundigte sich Karoline, warum Elsa so wortkarg geblieben war. »Du hättest etwas freundlicher sein können. Schließlich war er doch deine Jugendliebe.« Elsa entgegnete leichthin: »Ach, das ist doch jetzt schon so lange her.« Aber sie spürte ihre Anspannung an den aufeinandergebissenen Zähnen und den schmerzenden Kiefern.

An zwei langen Wochenenden, als sie meinte, es nicht mehr aushalten zu können, fuhr sie zu Mathilde nach

Berlin. Sie zog sich aufreizend an und schminkte sich, tanzte die Nächte durch und versuchte ihre Schwermut in Alkohol und Flirts zu ertränken. Es half nicht. Bereits auf dem Rückweg in Richtung Hamburg, wenn sie übermüdet und mit rasenden Kopfschmerzen im Auto saß, überfielen sie die düsteren Gedanken, von denen sie nicht einmal Thilda etwas erzählt hatte. Was sollte aus ihr werden? Wo war ihr Platz im Leben? Gab es wirklich niemanden, mit dem sie sich vorstellen könnte, ihr Leben zu teilen? Sollte es ihr Schicksal sein, so lange mit den anderen Frauen in der Villa zu hocken, bis sie sich das nicht mehr leisten konnten? Oder schlimmer noch: Bis sie sich womöglich daran gewöhnt hätte?

Thomas Heuer kündigte seinen Besuch an. Elsa fragte sich, was das zu bedeuten habe, zumal er auch um ein Gespräch mit ihr nachsuchte. Er kam in einem nagelneuen Sportwagen, tadellos gekleidet, mit vollendeten Manieren wie immer, und machte einen langen Spaziergang mit Karoline, die ihm ihren Garten zeigte. Elsa sah ihnen vom Fenster aus zu, wie sie die jetzt ungepflegten Wege in Richtung der Obstwiesen gingen. Karoline wies mit dem Arm, wahrscheinlich erklärte sie ihm, wo während des Krieges die Gewächshäuser und Beete gelegen hatten. Thomas Heuer nahm die Hand ihrer Mutter, um ihr über eine der kleinen Brücken zu helfen, die um diese Jahreszeit feucht und glitschig sein konnten. Er ließ die Hand nicht wieder los. Karoline lehnte für einen Augenblick ihre Wange an seine Schulter, dann schien sie zu lachen. Elsa spürte Wehmut angesichts der Vertrautheit der beiden. Verlegen wendete sie sich ab.

Eine Stunde später kamen sie zurück ins Haus. Karoline ging gleich in ihr Zimmer hinauf, um sich auszuruhen. Auf ihrem Gesicht lag ein Ausdruck tiefer Glückseligkeit. Elsa verursachte es einen Stich ins Herz. Vor nur zehn Jahren hatte ihre Mutter einen riesigen Garten mit Gewächshäusern unterhalten und so viel geerntet, daß sie eine ganze Anzahl Menschen mit den Früchten ihrer Arbeit ernähren konnte. Und heute mußte sie sich nach einem Spaziergang ausruhen! Sie schloß die Tür zu Karolines Zimmer, dann ging sie hinunter zu Thomas Heuer, der im Salon auf sie wartete.

Als sie den Raum betrat, sprang er auf, eine Teetasse in der Hand.

»Sie werden sich fragen, wie ich es wagen kann, Sie hier, in Ihrem Haus und dem Ihrer verehrten Frau Mutter aufzusuchen. Dies wäre mir nie in den Sinn gekommen, wenn Ihr Vater zugegen wäre ... und wenn mich nicht schwere Sorge um Ihre Mutter, für die ich bereits seit Jahren Gefühle hege, die mir vielleicht nicht zustehen, die aber aus tiefstem Herzen kommen ..., wenn mich diese Gefühle nicht dazu getrieben hätten«, begann er etwas umständlich das Gespräch.

»Bitte behalten Sie doch Platz und sagen Sie mir ohne Umschweife, was Sie herführt«, unterbrach Elsa leicht gereizt. Seine Umstandskrämerei rührte sie nur zum Teil, mehr noch ärgerte sie sich darüber. Sie war einfach nicht mehr zeitgemäß.

»Nun ja.« Er setzte sich aufrecht hin, und hinter ihm, an der Wand, sah Elsa einen großen hellen Fleck an der Tapete, die Umrisse eines weiteren Bildes, das sie verkauft hatte. »Ihnen ist bewußt, daß ich Ihre Mutter seit Jahren kenne ...«

»... seit 1921, als ich in Wernigerode auf das Internat gekommen bin«, setzte Elsa knapp hinzu.

»Ja, genau.« Er bekam für einen Augenblick einen verträumten Gesichtsausdruck. Dann gab er sich einen Ruck. »Halten Sie mich bitte nicht für einen sentimentalen Träumer. Ich liebe Ihre Mutter, und ich gestehe Ihnen, daß ich Sie mehr als einmal angefleht habe, Ihren Vater, der sie schon seit Jahren vernachlässigt, zu verlassen und eine neue Ehe mit mir einzugehen. Sie hat dem nie zugestimmt, aus Gründen, für die ich größten Respekt hege. Ich erzähle Ihnen, was Sie ohne Zweifel bereits wissen, weil ich glaube, daß meine jahrelangen tiefen Gefühle für Karoline mir das Recht geben, von meiner Besorgnis zu sprechen.«

»Ja?« fragte Elsa, die sich plötzlich vor dem fürchtete, was nun kommen würde.

Thomas Heuer sah sie an. »Karoline ist ernstlich krank«, sagte er dann, und diese knappe Feststellung klang aus seinem Mund seltsam brutal.

»Sie meinen ihre kleinen Eigenheiten? Ich dachte immer, die würde sie nur hier zu Hause pflegen. Anderswo schien sie sich immer sehr im Griff zu haben.«

»Leider nicht mehr. Auf den ersten Blick mag man über ihre Verwirrungen hinwegsehen, doch in den letzten Monaten treten ihre Zustände gehäuft auf. Sie lassen sich nicht mehr verbergen.«

»Was tut sie? Nascht sie heimlich vom Buffet? Bringt sie Sie mit ihrem Sparfimmel zur Verzweiflung?« fragte Elsa.

»Wenn es nur das wäre. Letzte Woche hat sie ihre alte Freundin Friede Kistner nicht mehr erkannt. Sie hätten sie sehen sollen, als sie ihren Irrtum später bemerkte. Sie war außer sich vor Angst und Scham.«

Elsa erinnerte sich, daß Karoline auf der letzten Rückfahrt von Hamburg Anfälle von Panik gehabt hatte.

»Ihr Zustand verschlimmert sich. Ich habe mir deshalb erlaubt, mit einem befreundeten Neurologen aus Hannover über Ihre Frau Mutter zu sprechen. Er würde sie sich gern einmal ansehen. Seiner Meinung nach gibt es viele unterschiedliche Ursachen für derartige Verwirrungen. Ein Virus, Schicksalsschläge wie die unselige Beziehung zu ihrem Mann, die ihr so zusetzt, und jetzt die finanziellen ...«, er suchte nach dem passenden Wort, »... Schwierigkeiten. Es könnte aber auch das Alter im allgemeinen sein ...«

»Sie sprechen von Demenz!«

Thomas sah sie ernst an. »Glauben Sie mir, mich betrübt dies alles ebensosehr wie Sie. Aber wir müssen den Tatsachen ins Auge sehen. Obwohl es immerhin noch die Möglichkeit gibt, daß es bei Karoline nur etwas Vorübergehendes ist. Um das zu wissen, müßten wir jedoch unbedingt so schnell wie möglich ärztlichen Rat einholen. Ich möchte Sie bitten, Ihre Erlaubnis zu einer Untersuchung zu geben. Die Medizin macht rasante Fortschritte auf diesem Gebiet. Vielleicht ist es nur eine Unterversorgung mit bestimmten Nahrungsmitteln. Mein Freund hat so etwas angedeutet ...«

»Dafür würde ihr Heißhunger auf Scharfes sprechen.« Elsa schöpfte wieder Hoffnung. »Mir und uns allen im Haus sind ihre Zustände natürlich nur allzu vertraut. Es fing alles so harmlos an, kleine Marotten, die man durchaus als liebenswert bezeichnen konnte. Aber es wurde immer schlimmer, es kamen immer neue Ticks hinzu ...« Sie schwieg für einen Augenblick, dann sah sie ihr Gegenüber entschlossen an. »Wir müssen etwas tun. Ich wäre Ihnen dankbar, wenn Sie einen Termin mit Ihrem Freund vereinbaren könnten.«

Bereits einige Tage später reisten Karoline und Elsa nach Hannover zu Dr. Hauenschild. Die Untersuchungen erstreckten sich über mehrere Tage. Ein Psychoanalytiker wurde hinzugezogen, der lange Gespräche mit Karoline führte. Nach einer Woche fuhr Elsa allein zurück nach Roseburg. Ihre Mutter würde noch einen ganzen Monat in Behandlung bleiben. Elsa ließ sie in der Obhut von Thomas Heuer, der auch vorerst für die Kosten der Behandlung aufkommen würde.

Elsa, Hulda und Fanny sahen Karolines Rückkehr mit ängstlicher Erwartung entgegen. Ihre Erleichterung war groß, als sie die Veränderung in Karolines Wesen erkannten. Die Tabletten, die sie nun in großer Zahl sehr gewissenhaft einnahm, taten ihre Wirkung. Sie war nicht mehr so streitsüchtig und hatte ihre Marotten abgelegt. Wenn sie jetzt große Portionen Senf auf ihr Brot schmierte, dann lächelte sie wissend in die Runde. Aber sie naschte nicht mehr heimlich, und der Kaffee schmeckte wieder wie früher.

Die Medikamente nahmen Karolines komischen Angewohnheiten die Spitze, aber sie brachten sie nicht zum Verschwinden. Die Untersuchungen hatten ergeben, daß sie tatsächlich an einer beginnenden Demenz litt. Die Krankheit war erst wenig erforscht, doch der bisherige Verlauf ließ darauf schließen, daß es sich bei Karoline eher um eine leichtere Form handelte, sonst wäre sie über die Jahre, die sie schon an der Krankheit litt, völlig unzurechnungsfähig geworden.

In den Tagen nach Karolines Rückkehr bewegten sich alle im Haus wie auf Zehenspitzen, es wurde nur über unverfängliche Themen geredet, ständig ermahnten sie sich gegenseitig, behutsam mit Karoline umzugehen.

Elsa konnte nicht aufhören, ihre Mutter mißtrauisch zu beobachten. Manchmal stand sie jetzt stundenlang vor dem Buffet und sortierte die Gabeln und Messer neu. Dabei murmelte sie unablässig vor sich hin. Wenn Elsa sie dabei ertappte, nahm sie an, daß Karoline das Besteck zählte. Wieder und wieder ließ sie es durch ihre Hände gleiten. Wenn man sie wegführte, zeigte sie keinerlei Widerstand, nicht einmal Bedauern. Diese neue Gleichgültigkeit, die bisweilen in Apathie überging, beunruhigte Elsa sehr.

Aber es gab auch Tage, an denen Karoline war wie früher: aufmerksam, freundlich und zielstrebig.

Eines Morgens erwachte Elsa von schrillem Geschrei. Es kam aus dem Schlafzimmer ihrer Mutter. Sie stürzte aus dem Bett und rannte nach nebenan. Was sie sah, ließ ihr das Blut in den Adern gefrieren: Ihre Mutter und Hulda waren in einen wilden Zweikampf verstrickt. Sie hielten sich gegenseitig umklammert, drehten sich im Kreis, und jede versuchte, die andere niederzuzwingen. Dabei schrie Karoline um Hilfe und »Einbrecher! Diebe!«, während Hulda fassungslos und keuchend versuchte, sie zu beruhigen: »Ick bün dat doch, Fru Heller. Se kennt mi doch! Nu lot se mi doch los!« Karoline schrie weiter aus Leibeskräften und trat um sich.

Mittlerweile war auch Fanny von dem Krach alarmiert, und gemeinsam gelang es ihnen, die kreischende Karoline von Hulda zu trennen. Sie zwangen sie aufs Bett und hielten sie dort fest. Fanny mußte sich mit ihrem ganzen Gewicht auf die bald Fünfzigjährige legen, um sie am Aufstehen zu hindern. Immer wieder wies Karoline mit dem Zeigefinger anklagend auf Hulda, die sich in einen Sessel hatte fallen lassen und ihre schmerzenden Schienbeine rieb. »Wer ist diese Frau? Was will diese Person in meinem Schlafzimmer?« Nach einigen quälenden Minuten beruhigte sie sich plötzlich, sah verwundert in die Runde und fragte, was sie denn alle zu so früher Stunde in ihrem Zimmer zu suchen hätten.

Ohne ein Wort stand Elsa auf, um die Tabletten zu holen.

Es war, als sei mit dieser Explosion Karolines Verwirrung verpufft. Während der nächsten Wochen gab es keine Zwischenfälle, in der Villa kehrte man zum Alltag zurück, und Elsa begann die Hoffnung zu hegen, daß die Krankheit ihrer Mutter zum Stillstand gekommen sei. Der Zeitpunkt ihrer geplanten Abreise nach Schippenbeil rückte näher, und wenige Tage vorher teilte Karoline Elsa unumwunden mit, sie habe nun lange genug die unwürdige Existenz der betrogenen Ehefrau geführt. Jetzt sei es auch an ihr, ein wenig Glück im Leben zu finden. Sie würde von Georg die Scheidung verlangen. Und deshalb würde sie auch mitkommen nach Schippenbeil.

Elsa war über ihren Sinneswandel mehr als überrascht. »Aber was ist mit deinen Prinzipien? Du hast mir doch einmal gesagt, du müßtest an deinen Werten festhalten, weil sie deinem Leben einen Rahmen, einen Sinn geben. Gilt das nicht mehr?«

Karoline wendete sich ihrer Tochter zu. »Ich habe in den letzten Wochen über mein Leben nachdenken können, und ich habe mir bei Dr. Hauenschild vieles von der Seele geredet. Ich glaube, daß ich damals recht gehabt habe, als ich dir sagte, man dürfe die Traditionen nicht einfach vom Tisch wischen. Vielleicht glaubte ich damals auch immer noch, daß Georg ein Einsehen haben und dieses unwürdige Verhältnis beenden würde.« Ihr Blick ging in die Ferne. »Er hat es nicht getan, und ich bin mir in all diesen Jahren meiner Liebe zu Thomas immer sicherer geworden. Außerdem weiß ich jetzt, daß ich auch ihm gegenüber eine Verpflichtung habe. Und ich habe eine Verpflichtung mir selbst gegenüber. Ich wäre beinahe an den Umständen zerbrochen. Dies alles gibt mir, so glaube ich, das Recht, meine Meinung zu ändern. Ich werde mich scheiden lassen und so schnell wie möglich Thomas heiraten. Ich weiß nicht, wie lange ich noch stabil genug dafür sein werde.« Sie schwieg und sah Elsa eindringlich an. »Ich hoffe, du bist damit einverstanden.«

»Ich werde damit zurechtkommen«, sagte Elsa. »Entschuldige, ich habe es nicht so ablehnend gemeint. Ich wünsche dir alles Glück dieser Welt, Mama.« Sie stand auf, um den Raum zu verlassen, zögerte dann und ging zu ihrer Mutter zurück. »Wie war das, wenn du krank warst? Was hast du dabei gefühlt? Hast du gewußt, wenn du Unsinn gemacht hast?«

Zu ihrem Erstaunen sprach Karoline ganz offen darüber. »Es ist, als würde ich in zwei Welten gleichzeitig leben. In der einen ist alles wie immer, aber die andere liegt versteckt hinter einem unüberwindlichen Gebirge. Dort ist alles anders, aber auch dort bin ich zu Hause. Um dorthin zu gelangen, muß ich einen Tunnel durchqueren, und wenn ich in diesen Tunnel gezogen werde, gibt es keinen Rückweg, keine Erinnerung an das, was hinter mir liegt. Als habe mir ein Dieb aus meinem Gehirn Gedanken und Erinnerungen gestohlen. Manchmal weiß ich, daß ich gerade etwas völlig Idiotisches tue, aber ich weiß nicht, was so idiotisch ist, und wenn ich versuche, der Sache auf den Grund zu gehen, dann hat der Dieb schon wieder ein Stück von mir geraubt. Wenn ich mich dann frage, worüber ich eigentlich nachdenken wollte, stehe ich vor dem Nichts.« Karolines Augen füllten sich mit Tränen, und ihre Lippen zitterten leicht. »Dann erkenne ich in euren Gesichtern, daß ich mich danebenbenommen habe, und ich schäme mich jedesmal entsetzlich.«

Auf dem Weg nach Ostpreußen machten sie für zwei Tage halt in Berlin. Sowohl Karoline, die noch nie in Berlin gewesen war, als auch Elsa, die sich über den willkommenen Aufschub vor ihrem unangenehmen Gang freute, genossen diesen Ausflug, auch als eine Erinnerung an ihre früheren Reisen. Sie stiegen in einem Hotel im Bezirk Tiergarten ab. Nach ihrer Ankunft wollte Karoline den Pergamonaltar besichtigen, Elsa einen Besuch bei Mathilde machen. Für den Abend hatten sie sich in einem Restaurant am Savignyplatz verabredet.

Sie bildeten ein vergnügliches Trio. Karoline war noch ganz erfüllt von ihrem Museumsbesuch und schwärmte von den Schätzen, die sie gesehen hatte. Thilda kannte Karoline bisher nicht und fand sie äußerst charmant und lebendig.

»Deine Mutter soll verwirrt sein?« fragte sie Elsa in einem unbeobachteten Moment. »Den Eindruck macht sie überhaupt nicht.«

»Seit einigen Wochen hat sie keine Anfälle gehabt. Ich nehme an, es liegt an ihren Medikamenten. Und wenn sie sich gut unterhält, ist sie ohnehin immer stabiler als zu Hause. Ich bete zu Gott, es möge so bleiben«, antwortete Elsa.

Am nächsten Tag hatten sie vor, einen gemeinsamen Ausflug in den Grunewald zu unternehmen, schließlich war der Erste Mai. Als Elsa aufwachte, fiel ihr die ungewöhnliche Stille auf, die über der Stadt lag. Verwundert stieg sie aus dem Bett und öffnete ein Fenster. Alles, was sie hörte, war das Gezwitscher der Vögel, ein Geräusch, das in Berlin normalerweise durch den Lärm der Autos übertönt wurde. Es war noch relativ früh, ihre Mutter schlief sicherlich noch. Elsa schrieb ihr eine kurze Notiz, dann zog sie sich an und verließ das Hotel. Sie wanderte durch die Straßen und genoß die sonntägliche Stille. Nach einer gewissen Zeit spürte sie ihren Hunger. Sie sah auf die Uhr und bemerkte verwundert, daß sie bereits zwei Stunden unterwegs war. Das Straßenschild an der nächsten Ecke zeigte ihr, daß sie ihre Schritte automatisch in Richtung der Schönhauser Allee gelenkt hatte. Sie wandte sich um und hielt nach einer Droschke Ausschau. Sie wollte weder ihre Mutter warten lassen noch – Gott bewahre! – Konrad hier über den Weg laufen. Er müßte ja glauben, sie liefe ihm nach. Immer noch waren keine Fahrzeuge auf den Straßen. Elsa machte sich in raschen Schritten auf den Weg zum Alexanderplatz, der ganz in der Nähe lag. Dort würde sie die U-Bahn nehmen oder ein Taxi finden.

Der Platz war voller Menschen, die in Reihen marschierten. Einige schwenkten rote Banner. Auch über dem Platz lag diese Stille, Elsa registrierte nur ein untergründiges Murmeln, das an- und abschwoll.

Natürlich, der Erste Mai, der Tag der Arbeit! Aber der Berliner Polizeipräsident hatte die öffentliche Maikundgebung doch verboten, das hatte Thilda am Abend zuvor empört erzählt. Und auch, daß man in der Stadt damit rechnete, die Kommunisten würden sich dem Verbot widersetzen. Dann mußten all diese Menschen verbotenerweise hier sein.

Jetzt verstand Elsa die morgendliche Stille über Berlin. Sie hatte auf einmal ein ungutes Gefühl. Sie wollte so rasch wie möglich von hier weg. Als sie sich umdrehte, sah sie berittene Polizei, ein gutes Dutzend Pferde, die in einer breiten Front auf die Menge zugaloppierten. Aus der Richtung, aus der sie gekommen war, kam sogar ein Panzerwagen auf sie zugerollt. Elsa schaute verzweifelt um sich und überlegte, in welche Richtung sie fliehen sollte. Die ersten Menschen in ihrer Nähe wurden von den Peitschen der Polizisten getroffen. Direkt vor ihr brach eine Frau unter Schreien zusammen. Elsa heulte in Panik auf, und gleich darauf noch einmal, diesmal vor Schmerz, weil ein mächtiger Hieb ihren Oberschenkel traf. Sie ging in die Knie und schlang verzweifelt die Arme um ihren Leib, um sich vor den wild trampelnden Pferdehufen zu schützen. Aus den Augenwinkeln sah sie, daß den berittenen Polizisten Beamte zu Fuß folgten, die jeden, der am Boden lag oder nicht schnell genug weglaufen konnte, ergriffen und grob in bereitstehende Mannschaftswagen stießen. Mein Gott, ich werde gleich verhaftet! Elsa spürte Verwunderung angesichts dieser Aussicht – und ohnmächtige Wut. Der Zorn verlieh ihr Kraft. Sie rappelte sich hoch und zog die Frau mit, die neben ihr zu Boden gegangen war. Sie nickten einander kurz zu, dann begannen sie zu rennen. Weg von den Peitschen und den Pferdehufen. Weg von den vereinzelten Pistolenschüssen, die jetzt zu hören waren. Die demonstrierende Menge war durch den Angriff in ihren Rücken überrascht worden. Die meisten rannten in heilloser Verwirrung in alle Richtungen davon, andere waren bereits dabei, aus mitgeführten Fahrrädern, Karren, Plakatwänden und allem, was sich sonst dafür eignete, Barrikaden zu errichten. Einige Mutige hakten sich mit den Armen zusammen und rannten den Polizisten entgegen. Elsa befand sich zwischen diesen Fronten, vor ihr die Menschenketten, die versuchten, den anderen die Flucht zu ermöglichen, hinter ihr die Polizisten, die wahllos dreinschlugen und verhafteten. Panisch sah sie nach links und rechts. Überall nur große Mietshäuser, keine Seitenstraßen, in die sie sich hätte flüchten können. Sie suchte nach der anderen Frau, wollte sehen, ob sie einen Ausweg gefunden hatte, aber sie konnte sie nirgends entdecken. Elsa wischte sich das Haar aus dem Gesicht und bemerkte, daß ihre Wangen naß von Tränen waren. Die Polizisten mit den Peitschen waren nur noch wenige Meter hinter ihr, vor ihr standen die wütenden Demonstranten, in deren Gesichtern sie grimmige Entschlossenheit und sprühenden Haß sah. Ungefähr zwanzig Schritte entfernt entdeckte sie eine riesige Litfaßsäule, über und über mit revolutionären Plakaten beklebt. Dorthin mußte sie, sie würde ihr zumindest für einen Augenblick Schutz gewähren. Unter einem ohrenbetäubenden Geschrei, den gebrüllten Befehlen der Polizei und dem Skandieren der Menge, vermischt mit dem metallischen Klappern der Pferdehufe auf dem Pflaster und dem Knallen der Peitschen, rannte Elsa auf die Litfaßsäule zu, dabei schrie sie selbst aus Leibeskräften und schlug um sich, um sich ihren Weg freizuboxen. Sie hatte die Säule fast erreicht, als jemand ihre Hand ergriff. Verzweifelt wollte sie sich losmachen und trat nach dem, der sie festhielt.

»Nicht dahin. Dort ist die U-Bahn. Alles voller Polizei. Komm mit mir! Jetzt komm schon!«

Pauls Stimme. Elsa kam nicht dazu, sich zu fragen, was er hier tat. Sie packte seine Hand wie eine Ertrinkende den Rettungsring. Er hielt sie fest am Handgelenk und zog sie hinter sich her. Elsa lief so schnell sie konnte, geriet ins Stolpern, weil er zu schnell war, und kämpfte sich wieder hoch. Nur weiter!

Nach hundert Metern, die sie gebückt rennend, über Verletzte springend, sich von zupackenden Händen befreiend, hinter sich gebracht hatten, zog Paul sie in einen Hauseingang, in dem sich bereits viele andere versammelt hatten. Einige waren verletzt und stöhnten. Elsa sah einen Mann, der fassungslos weinte und eine leblose Frau in seinen Armen hielt. Elsa schnappte nach Luft und lehnte sich an ein Treppengeländer, doch Paul zerrte sie unbarmherzig weiter. »Wir müssen hier raus. Sie werden gleich hier sein.« Er zog sie weiter zum Hinterausgang, während sie in ihrem Rücken das Splittern von Holz hörte, dann liefen sie durch ein Gewirr von ineinander übergehenden, düsteren Höfen, bis sie endlich in Sicherheit waren. Völlig erschöpft ließen sie sich auf die Stufen eines Hauseingangs fallen. Hier herrschte Stille, kein Geschrei, kein panisches Wiehern der Pferde, kein Klatschen von Stöcken und Peitschen.

»Das war knapp«, sagte Paul, nachdem er wieder zu Atem gekommen war.

»Was tust du hier?« fragte Elsa keuchend. Sie sah bunte Sterne vor den Augen, und ihre Brust schmerzte bei jedem Atemzug. Sie sah ungläubig an sich hinunter. Ihre Kleidung war völlig verschmutzt, der Saum eingerissen. Sie zog sich den Schuh aus und rieb sich ihren schmerzenden Knöchel.

»Hast du dich verletzt?«

»Ich bin gestürzt. Und ein Polizist hat mich mit der Peitsche geschlagen.«

»Tut es sehr weh?«

»Nein, im Moment spüre ich gar nichts. Zum Glück hatte ich einen Mantel an. Er hat ohne Grund zugeschlagen! Ich gehöre doch gar nicht zu den Demonstranten.«

»Sieht so aus, als wärst du zur falschen Zeit am falschen Ort gewesen.«

Aus der Entfernung schwappte eine Welle von Geschrei durch die Toreinfahrt in den stillen Hof. Dann verebbte der Lärm, es war wieder ruhig.

»Ich hätte das nicht für möglich gehalten«, sagte sie leise.

»Was?«

»Daß die einfach schießen. Mitten in die Menge hinein.«

Pauls Stimme klang zynisch. »Die Kommunisten haben Barrikaden gebaut und demonstriert, obwohl es verboten war. So etwas läßt sich die Staatsmacht nicht gefallen. Und der Polizeipräsident schon gar nicht. Besonders nicht in solchen Zeiten, wo alles auf der Kippe steht.«

Elsas Gedanken jagten sich.

»Wo sind wir hier? Ich muß unbedingt Mutter Bescheid sagen. Sie weiß nicht, wo ich bin. Und Thilda ...« Was sie in der letzten halben Stunde erlebt hatte, war einfach zuviel gewesen. Elsa zitterte am ganzen Körper. Nachträglich überfiel sie namenlose Angst davor, was alles hätte passieren können. Sie rieb sich ihr Bein, das jetzt doch in wildem Schmerz brannte, und fing an zu weinen, ein Weinen, das sie schüttelte. Wohin war sie nur geraten?

Paul legte den Arm um sie und redete mit leiser Stimme auf sie ein. »Ist ja schon gut. Jetzt kann dir nichts mehr passieren. Es ist vorbei ... Ich bin doch bei dir.«

Sie drängte sich an ihn, weil seine Nähe ihr guttat. In seinen Armen fühlte sie sich nicht mehr schutzlos. Langsam beruhigte sie sich. Sie weinte immer noch, aber nicht mehr so hysterisch wie eben noch. Sie hob ihr Gesicht und sah ihn erst jetzt richtig an.

Er lächelte beruhigend auf sie herab, sie sah sein helles Haar und das immer noch so jungenhafte Gesicht, das unbändige Lebensfreude ausdrückte und auch durch das eben Erlebte nicht verändert war.

»Was tust du hier?« fragte sie noch einmal.

»Parteiangelegenheiten«, antwortete er vage.

»Ich denke, du bist nicht mehr bei den Kommunisten?«

»Nein. Ich bin bei den Sozialdemokraten, beim Reichsbanner.«

»Du schlägst dich mit deinen ehemaligen Genossen?«

»Und mit den Nazis. Muß schließlich auch welche geben, die die Republik verteidigen.«

»Aber warum hier in Berlin, warum nicht in Hamburg?«

Paul antwortete nicht. Der Ausdruck in seinen Augen veränderte sich plötzlich. Sie las in ihnen, daß er ihre herbe, aufgewühlte Schönheit bewunderte. Er begann sie zu küssen. Er strich ihr das Haar aus dem Gesicht, küßte ihr die Tränen von den Wangen und preßte sie an sich. Dann fand er ihren Mund. Seine Lippen und Zunge wurden fordernder.

Elsa ließ die Liebkosungen geschehen. Es war, als würde dieser Ansturm der Gefühle die namenlose Angst übermalen, die sie gerade erlebt hatte.

»Elsa, Elsa, wenn dir etwas passiert wäre. Ich hätte sie alle umgebracht ... Elsa, meine Elsa ...«

Sie fühlte, wie er an den Knöpfen ihrer Bluse zu nesteln begann, und sie genoß das berauschende Gefühl, das seine Berührungen ihr verschafften.

Dann war es plötzlich, als würde sie aus einem Traum erwachen. Heftig machte sie sich los und fuhr ihn an: »Ich bin nicht deine Elsa. Hör sofort auf damit!« In ihrem Zorn kratzte sie ihn an der Wange, als sie sich ihm entwand.

Paul ließ von ihr ab. Er sank in sich zusammen. »Es tut mir leid. Wenn du wüßtest, wie ich dich vermißt habe. Seit jener Nacht im Wald ...«

»Schweig«, herrschte sie ihn an. Dann wurde ihre Stimme leiser. »Ich habe dich auch vermißt. Ich habe darauf gewartet, daß du kommen würdest. Genau wie damals, vor Wernigerode. Ich habe mehr Tränen um dich vergossen als um irgendeinen anderen Menschen. Tut mir leid, Paul, aber ich glaube, deine Gefühle sind mir zu unbeständig. Und für ein Abenteuer ist mir der Preis zu hoch.«

Er sah sie an, und seine Augen waren dunkel vor Leidenschaft. »Ich begehre dich, Elsa. Ich muß dich nur ansehen ...«

»Das ist mir zuwenig«, antwortete sie. Sie stand auf und richtete ihre Kleidung, so gut es ging. »Leb wohl, Paul.« Dann ging sie rasch davon, bevor sie es sich anders überlegen konnte.

Sie verließ den Hof durch eine Toreinfahrt und fand sich in einer kleinen Straße wieder. Ich habe ihm widerstanden, dachte sie traurig.

Natürlich war Karoline völlig aufgelöst, als Elsa gegen zwei Uhr nachmittags zurück im Hotel war. Sie hatte die ganze Strecke zurück laufen müssen, wobei sie darauf achtete, nur kleine Straßen zu benutzen.

Thilda war morgens ins Hotel gekommen, um sie zu dem geplanten Ausflug abzuholen, und versuchte seitdem, Karoline zu beruhigen. Gemeinsam hatten sie in wachsender Sorge auf Elsa gewartet. Es hatte sich herumgesprochen, was in der Stadt geschehen war. Man sprach von vielen Verletzten, von Hunderten von Verhafteten und sogar von Toten.

Als Elsa das Zimmer betrat, galt ihr erster Blick Karoline. Wie hatte sie die Angst verkraftet? War sie wieder in ihre andere Welt geflohen, weil sie es in dieser nicht aushielt? Doch Karoline war nicht verwirrt, nur voller Vorwürfe für ihre Tochter, als sie erfahren hatte, was mit Elsa geschehen war.

»Wenn ich mir vorstelle, was alles hätte passieren können. Wie siehst du überhaupt aus?«

»Aber ich wußte doch gar nichts von einer Demonstration, und ich konnte nicht ahnen, daß es zu Auseinandersetzungen kommen würde. Ich wollte einfach nur den stillen Morgen genießen. Ihr tut gerade so, als sei ich absichtlich in den Protestmarsch geraten! Thilda ist doch auch unterwegs gewesen, sonst wäre sie nicht hier.« Es waren nicht die Vorwürfe der beiden, es war der Aufruhr ihrer Gefühle, der ihr erneut Tränen in die Augen trieb. »Es war einfach schrecklich«, sagte sie unter Tränen. »Die Polizei hat auf alle eingeschlagen, sogar auf Frauen. Es waren auch Kinder dort ...« Sie stammelte hilflos vor sich hin, weil sie nichts von Paul sagen wollte. Die unverhoffte Begegnung mit ihm und der Aufruhr, den er in ihr ausgelöst hatte, brachten sie vollends aus der Fassung.

Thilda kam zu ihr herüber und legte den Arm um sie. Elsa wollte sich losmachen, doch die Freundin hielt sie mit sanftem Druck fest, und schließlich wurde Elsa ruhiger. »Ich werde dir ein Bad einlassen und etwas zu essen kommen lassen. Wenn du willst, redest du dir dann alles von der Seele.«

Im Badezimmer ließ Elsa Rock und Bluse einfach auf den Boden fallen. Für einen Augenblick meinte sie, Pauls Geruch in der Nase zu haben. Sie schüttelte den Gedanken verärgert ab. Sie würde die Sachen wegwerfen, ruiniert waren sie ohnehin.

Kapitel 17

Parallel zu den Schienen zogen sich endlos Alleen hin: Elsa sah die mächtigen Kronen jahrhundertealter Eichen, die sich aneinanderreihten, noch wenig belaubt, denn es war noch früh im Jahr. In einigen Wochen würden sie noch eindrucksvoller daherkommen. Hinter den Bäumen: Koppelzäune, weiß gestrichen, auch sie unendlich lang, unterbrochen nur von Entwässerungsgräben. Und Pferde. Trakehner. Als sie sich dem polnischen Korridor genähert hatten, waren Karoline und Elsa nervös gewesen. Sie hatten von feindseligen polnischen Grenzsoldaten gehört, die auf Leibesvisitationen bestanden und in den Koffern mit groben Händen das Unterste zuoberst wühlten. Elsa spürte den schmerzenden Oberschenkel bei jeder Bewegung. Die Erinnerung an ihren Zusammenstoß mit der Staatsmacht war noch frisch, schließlich war das alles erst gestern passiert! Um jeden Verdacht auf Spionage von vornherein auszuschließen, hatten sie die Vorhänge zugezogen. Als die Grenzbeamten dann das Abteil betraten, saßen die Frauen stocksteif da. Elsa merkte, wie sie angesichts der Uniform ein leichtes Zittern überfiel. Hoffentlich merken sie nichts, dachte sie, dann gelten wir gleich als verdächtig. Den Grenzern fiel nichts auf, aber Karoline spürte ihre Angst und legte ihr beruhigend die Hand auf den Arm und lächelte die Beamten unschuldig an. Alles ging ganz problemlos vonstatten, ihre Pässe wurden flüchtig durchgeblättert, und nach zwei Stunden befanden sie sich erneut auf dem Gebiet des Deutschen Reiches. Elsa sah gebannt aus dem Zugfenster, sie ließ keinen Blick von dieser phantastischen Landschaft und konnte es kaum erwarten, dies alles aus der Nähe zu sehen, das satte Grün zu riechen, die Pferde zu berühren und mit ihnen über die Gräben zu setzen.

Als sie die gotische Backsteinkirche von Schippenbeil, das Wahrzeichen der Stadt, vor sich liegen sah, ihre Lage an dem kleinen Fluß, die vielen grünen Alleen und die Pferde, da ahnte Elsa, daß die Erinnerungen an Schleswig-Holstein ihren Vater hierhergezogen hatten. Die Gegend war berühmt für die Trakehnerzucht, dies und die riesigen Wälder mochten für den begeisterten Reiter den Ausschlag gegeben haben.

Hier, in dem Städtchen mit seiner über siebenhundertjährigen Geschichte mitten in Ostpreußen hatte Georg Heller nach seiner Ankunft, die nun eineinhalb Jahre zurücklag, ein Sägewerk errichtet. Das Gelände hatte er schon Jahre zuvor erworben, damals noch ohne zu wissen, ob er sich tatsächlich einmal hier niederlassen würde. Sobald das Werk stand, hatte er mit dem Bau des großen Hauses begonnen. Es war dreistöckig, quadratisch und weiß, durch die hohen Fenster und die klassizistischen Proportionen wirkte es leicht und elegant. Ihm fehlten die Erker und Holzvorbauten der Roseburger Villa, die etwas Pompöses, aber auch Gemütliches ausstrahlte. Elsa fragte sich, ob dies die Handschrift von Anna Köster war, als sie zwischen den weißgestrichenen Zäunen auf das Haus zufuhren. Ein Kutscher hatte sie am Bahnhof abgeholt, Herr Heller würde im Haus auf sie warten, richtete er aus.

Als Elsa aus der Kutsche stieg und sich umsah, kehrte die Furcht vor dem Wiedersehen mit ihrem Vater zurück. Wie würde er sie empfangen? Sie warf einen Seitenblick auf ihre Mutter, die eine Sekunde zögernd stehenblieb und dann entschlossen auf das Haus zuging.

Sie hatten nicht erwartet, daß Georg ihnen persönlich die Tür öffnen würde. Doch er schien aufrichtig erfreut, seine Frau und seine Tochter zu sehen. Er reichte Elsa die Hand und zog sie dann kurz an sich. Karoline küßte er die Hand.

Er hatte sich verändert. Er war ein wenig behäbig geworden, fand Elsa, und sein Alter ließ sich an seinem Gesicht ablesen. Die Tränensäcke waren deutlich zu sehen, entweder schlief er schlecht oder er trank zuviel. Aber der imposante Schnurrbart und die massige Gestalt machten das wieder wett.

»Martha zeigt euch eure Zimmer, ihr werdet euch frisch machen wollen. Ich warte dann hier unten. Ich denke, wir haben zu reden.«

Ein Dienstmädchen im rosa-weiß gestreiften Kleid brachte die Koffer, und Elsa nahm ein frisches Kleid heraus. Dann ging sie hinüber zum Zimmer ihrer Mutter. Karoline brauchte noch einige Minuten, so ging Elsa schon voraus nach unten. Die Treppe war breiter und kühner geschwungen als die in Roseburg. Der dicke Teppich schluckte jeden Schritt. Unten war die Eingangshalle mit Fliesen in rot-schwarzem Mosaik gekachelt. Von der Decke hing ein riesiger Kronleuchter, der einen Tanzsaal hätte ausleuchten können. Durch die offene Flügeltür konnte sie in den Salon sehen und ging hinein. Schöne moderne Möbel, gediegen und teuer wie alles andere auch. Ihr Vater hatte bei der Einrichtung seines neuen Domizils nicht gespart. An den Wänden hingen zeitgenössische Bilder, in den Schränken stand teures Porzellan aus den besten Manufakturen neben glänzend poliertem Silber. Die Villa in Roseburg war ein stattliches

Haus, in dem man hervorragend repräsentieren konnte. Dies hier war dagegen reiner Prunk, dazu da, einzuschüchtern und keinen Zweifel an der Herrlichkeit seines Besitzers aufkommen zu lassen.

Ein Hausmädchen, ebenfalls im rosa-weiß gestreiften Kleid – offensichtlich trug man hier Hausuniform, dachte Elsa –, kam herein und bot ihr Tee an. Mit der Tasse in der Hand setzte sie sich in einen der bequemen Ledersessel und wartete.

Sie hörte die Stimmen von Georg und Karoline, die sich am Fuß der Treppe trafen. Sie kamen herein und setzten sich Elsa gegenüber. Das Mädchen schenkte ihnen Tee ein.

Es folgte belangloses Geplauder. Wie die Reise gewesen war, was für schönes Wetter man habe, ob sie mit den Zimmern zufrieden seien ... Schließlich räusperte Karoline sich: »Elsa, du weißt, ich habe mit deinem Vater zu reden. Ich möchte es gern jetzt gleich tun, damit ich es hinter mir habe.«

Ihr Vater erhob sich eilig. »Vielleicht kannst du dir in der Zwischenzeit alles ansehen? Geh in den Pferdestall. Ich habe dir einen Hengst gekauft, Tempelgott, er steht ganz vorn ...«

Der Hengst war das schönste Tier, das Elsa je gesehen hatte. Er war tiefschwarz bis auf die weißen Vorderfesseln. Jemand mußte ihn gerade gestriegelt haben, sein Fell glänzte, daß sie meinte, ihre Umrisse darin zu erkennen. Tempelgott war jung und nervös und blies Elsa aus den weichen Nüstern seinen Atem ins Gesicht. Sie suchte nach einem Halfter, fand ihn und legte ihn dem Tier vorsichtig um. Der Hengst warf so heftig den Kopf zurück, daß er sie am Arm traf. Sie redete beruhigend auf ihn ein, und schließlich hatte sie den Halfter befestigt. Sie wollte ihn noch nicht reiten, sondern nur ein wenig herumführen, damit er sich an sie gewöhnen konnte. Als das Tier ihr in den Sonnenschein hinaus folgte und neben ihr hertrabte, war sie vollkommen glücklich.

Beim Abendessen waren sie nur zu dritt. Es gab ein vorzügliches Essen, doch niemand schien großen Appetit zu haben. Das Gespräch kam nur stockend voran. Was sollten sie sich nach der langen Trennung erzählen? Für die wirklich wichtigen Fragen war es zu früh, um einfach unbefangen miteinander zu schweigen, zu spät. Und so redeten sie darüber, wie es allen ging: Hulda und Franz Heinrich und Fritz Rademacher und Pastor Jütten und all den anderen aus Roseburg.

Sie waren erleichtert, als die Teller endlich abgeräumt waren. Sie standen auf und folgten Georg in ein angrenzendes Zimmer, das als Rauchzimmer diente, wie er betonte. Elsa erschrak, als sie ihren Vater vor sich hergehen sah. Er wirkte kleiner als früher, was daher kam, daß er den Kopf zwischen die Schultern zog. Sein Gang war ein wenig schleppend, er ließ sich bei jedem rechten Schritt schwer auf den Fuß fallen, was seinen Bewegungen etwas Schlingerndes gab. Die Hände hatte er nach außen gedreht und auf dem Rücken übereinandergelegt. Er ist alt geworden, dachte Elsa traurig.

»Papa, was ist mit deinem Bein passiert?« fragte sie.

Georg sah an sich herab. »Schlechte Durchblutung, sagt der Arzt. Tut manchmal weh. Sind ja doch alles Quacksalber!« Er richtete sich wieder auf und streckte sich.

»Geht es dir nicht gut?« fragte sie weiter.

»Doch, natürlich, warum fragst du? Wegen dem bißchen kaputten Bein? Pah! Ist doch gar nicht der Rede wert!«

Es entstand eine neuerliche unangenehme Pause.

»Wo ist eigentlich Ludwig?« fragte Elsa, um etwas zu sagen. »Und wo ist Frau Köster?«

Ihr Vater ließ die Karaffe, aus der er Portwein einschenken wollte, klirrend auf das silberne Tablett knallen. »Anna ist nach Hamburg gefahren. Sie wollte euch die Peinlichkeit einer Begegnung ersparen. Schon wieder so ein Quatsch!«

»Also ich für mein Teil bin ihr sehr dankbar, daß sie sich hier nicht als Hausherrin aufspielt«, sagte Karoline hinter ihm.

»Was ist mit Ludwig? Warum ist er nicht da?« Elsa ließ nicht locker.

Georg beugte sich über den niedrigen Bartisch, doch an seinen Bewegungen, die auf einmal fahrig waren, konnten Karoline und Elsa erkennen, wie ihm der Gedanke an Ludwig zusetzte. »Ich danke Gott, daß er wieder gesund ist. Wir haben alle um sein Leben gefürchtet. Kein Wunder, daß er sich jetzt erst mal amüsieren will. Soll er doch! Ich kriege ihn kaum zu Gesicht. Und wenn seine Mutter nicht da ist, läßt er sich überhaupt nicht blicken. Wie junge Männer in dem Alter eben sind.« Er drehte sich zu ihnen um und zeigte ein mißglücktes Lächeln. Seine Enttäuschung war nicht zu übersehen.

Karoline reiste bereits am nächsten Abend wieder ab. Sie hatte in Schippenbeil alles erledigt, was zu tun war, und sah keine Veranlassung, länger als unbedingt nötig im neuen Haus ihres Mannes zu bleiben. Sie hatte mit ihm über die Scheidung gesprochen und ihm alle notwendigen Papiere vorgelegt. Während sie die letzten Dinge in ihren Koffer legte, berichtete sie Elsa, daß sie sich ganz vernünftig über alles unterhalten hätten. Georg hatte sich verpflichtet, Karoline eine monatliche Leibrente auszuzahlen, von der sie sehr bequem würde leben können. Außerdem überschrieb er ihr die Villa in Roseburg mit allem, was dazugehörte.

»Hat er dir das schriftlich gegeben?« fragte Elsa hastig dazwischen.

»Natürlich«, antwortete Karoline, als sei das die selbstverständlichste Sache der Welt. »Ich kenne doch meinen Mann!«

Elsa atmete erleichtert auf. Die Summe würde den Unterhalt der Villa decken und ihnen finanziell ein wenig Luft verschaffen. Sie dachte an die Arztrechnungen aus Hannover, an die Schulden, die sie bei Thomas Heuer hatte.

»Ich nehme an, du hast nichts von Herrn Heuer erzählt?«

Karoline zeigte ein boshaftes kleines Lächeln. »Nein, habe ich nicht. Ich will doch nicht, daß Georg es sich wieder anders überlegt.«

Am Nachmittag begleitete Elsa ihre Mutter zum Bahnhof, und diesmal war es ein anderer Kutscher, der sie fuhr.

»Hast du bemerkt, wie viele Hausangestellte dein Vater hat?« flüsterte Karoline.

Elsa nickte. »Ich war heute morgen zufällig in der Küche. Dort waren eine Köchin und zwei Küchenhilfen beschäftigt. Selbstverständlich alle in Rosa-Weiß!«

»Hoffentlich hat er sich nicht übernommen. Diese Frau hat ihn offensichtlich fest im Griff. Das Riesenhaus, die vielen Angestellten. Er ist nicht mehr der Jüngste ...«

»Sieht dir ähnlich, daß du dich um ihn sorgst, nach allem, was er dir angetan hat«, sagte Elsa zärtlich.

»Du hast recht, ich sorge mich um ihn«, antwortete

Karoline nachdenklich. »Aber so, wie ich mich um jeden Menschen sorgen würde. Ich habe meine Gefühle für ihn verloren, das ist mir gestern deutlich geworden, als er auf einmal wieder vor mir stand. Ich empfinde höchstens eine gewisse Genugtuung bei dem Gedanken, daß er für mich zahlen muß.« Sie lächelte fein.

»Hast du nicht auch den Eindruck, als sei er in dem Haus fehl am Platze? Es paßt nicht zu ihm. Er kommt mir so ... so verloren darin vor.«

»So ging es mir auch. Er hat ja nicht einmal vor uns damit angegeben.«

Elsa mußte lachen, dann wurde sie wieder ernst. »Und seine Gesundheit? Seine Art zu gehen? Er macht auf mich einen gebeugten Eindruck.«

Karoline sah ihre Tochter an: »Dein Vater hat nie mit seinen Kräften hausgehalten. Immer hat er alles bis zur Neige ausgekostet und sich nie zurückgenommen oder gar geschont. Ist es ein Wunder, wenn das Spuren hinterläßt?«

»Und dazu kamen noch die Sorgen um seinen Sohn. Meinst du, er wird sich erholen?«

»Ich weiß es nicht«, sagte Karoline. »Das hängt ganz entscheidend davon ab, ob er hier das Leben findet, das er sich vorgestellt hat. Vor allen Dingen braucht er Bestätigung und Erfolg. Sie helfen ihm, auch die größten Anstrengungen wegzustecken. Wenn er allerdings das Gefühl hat, daß seine Bemühungen fruchtlos bleiben oder nicht richtig gewürdigt werden, wird er schnell jähzornig – oder niedergeschlagen.«

»Ich nehme an, früher hat er seine Enttäuschung dann an dir ausgelassen?« fragte Elsa.

»An dir nicht?«

Auf dem einzigen Bahnsteig von Schippenbeil nahmen sie Abschied.

»Kann ich dich wirklich allein fahren lassen?« fragte Elsa.

»Mach dir um mich keine Sorgen. Bis Berlin ist es ein Katzensprung, und dort holt mich Thomas ab.«

Elsa sah sie verblüfft an.

»Ja, so ist es«, sagte Karoline mit einem Lächeln. Dann wurde sie wieder ernst. »Paß auf dich auf. Und rede mit Vater über dein Erbe. Er soll etwas für dich übriglassen. Und sei um Gottes willen nicht so halsbrecherisch mit diesem Pferd!«

Als sie ins Haus zurückkam, sah Elsa ihren Vater, der in einem der tiefen Sessel ein Nickerchen machte. Noch nie hatte sie ihn tagsüber schlafen sehen.

Es war, als würden sich bei ihren Eltern die Vorzeichen umkehren: Karoline fing endlich an, sich ihr Stück vom Leben zu nehmen, während Georg seine besten Jahre hinter sich hatte.

Karoline hatte erkannt, daß ihre Tochter verrückt nach Tempelgott war. Und tatsächlich konnte Elsa es kaum erwarten, sich umzuziehen und in den Stall zu gehen. Ich werde Papa ewig dankbar für dieses Pferd sein, dachte sie, als sie zum erstenmal aufsaß. Tempelgott war nervös, Elsa brauchte ihr ganzes reiterisches Können, um ihn zu führen. Schließlich lockerte sie die Zügel und ließ das Pferd die Richtung bestimmen. Der Hengst schnaubte zufrieden und wandte sich zielstrebig in Richtung des Waldes, der sich rechter Hand in leichten Schwüngen vor ihnen auftat. Sie durchquerten ihn und kamen ans Ufer eines schilfbewachsenen Sees. Außer dem Quaken der Frösche, das wieder einsetzte, nachdem die Tiere sich an die Eindringlinge gewöhnt hatten, und dem Pfeifen der Bleßhühner war nichts zu hören. Elsa saß ab und führte Tempelgott ans Wasser. Er tauchte seine samtenen Lippen so vorsichtig ins Wasser, daß es sich kaum bewegte, und sie konnte die braunen Augen sehen, die sie beobachteten, während er in tiefen Zügen trank. Als sie Stunden später wieder auf das Haus zuritt, waren sie und Tempelgott eins geworden.

Sie brachte den Hengst in den Stall, ein Bursche kam auf sie zugelaufen, um ihn ihr abzunehmen und ihn abzureiben.

»Nein, das mache ich selbst«, sagte sie.

Sie striegelte das Pferd und sprach leise mit ihm, als plötzlich Ludwig vor ihr stand. Elsa schrie leise auf, und Tempelgott warf den Kopf zurück.

Ludwig zog ein Mädchen an der Hand hinter sich her, das versuchte, sich loszumachen. Elsa erkannte Helene wieder, das Dienstmädchen, das ihr am ersten Tag den Tee serviert hatte und von allen Leni genannt wurde. Sie wurde über und über rot und lief weg.

»Wo kommst du denn plötzlich her?« stieß Elsa hervor.

»Ich war dort hinten, im Heu, hab mich ein bißchen amüsiert. In diesem Kaff ist ja sonst nichts los. Ich beobachte dich schon eine ganze Weile.«

»Offensichtlich geht es dir besser«, sagte Elsa. »Das freut mich«, fügte sie zögernd hinzu. Ludwig wirkte wie ein zu schnell gewachsener Junge, obwohl er beinahe zwanzig sein mußte. Es war, als sei sein Wachstum während der Krankheit stehengeblieben und er würde erst jetzt, nach seiner Genesung, aufholen. Er war hoch aufgeschossen, das Gesicht hatte etwas Mädchenhaftes. Er sah nicht so aus, als würde er unter unmäßigem Bartwuchs leiden. Elsa warf einen unwillkürlichen Blick auf seine Jackenärmel. Es hätte sie nicht gewundert, wenn sie ein gutes Stück zu kurz gewesen wären.

»Ach, es freut dich, wenn es mir gutgeht? Ich glaube

eher, du wärst nicht besonders traurig gewesen, wenn ich krepiert wäre!« Er sagte das mit völlig gleichgültiger Stimme, hinter der aber Gefahr lauerte. »Na, hat dein Papa seinem Töchterlein wieder mal ein kleines Geschenk gemacht? Ja, der weiß schon, wie er sich seine Günstlinge heranzieht.« Er kniff Tempelgott mit aller Kraft in die Nüstern. Der Hengst wieherte in Panik und stieg, Elsa sah das Weiße in seinen Augen.

»Du bist widerlich«, schrie sie Ludwig an, während sie versuchte, den Hengst zu beruhigen. »Widerlich und bösartig. Gibt es eigentlich Dinge in deinem Leben, die dir etwas wert sind? Wahrscheinlich nicht. Im Grunde bist du zu bedauern.«

»Mag sein, aber nicht mehr lange. Dann gehört mir hier nämlich alles, und dann wirst du keinen Fuß mehr in dieses Haus und diesen Stall setzen. Frag nur deinen Vater. Er redet heute schon von den Zeiten, in denen ich das Sägewerk führen werde.« Er brachte sein Gesicht dicht vor ihres, und Elsa wich vor seinem Atem zurück. »Du hast nie eine Chance gegen mich gehabt.«

Ihr Stiefbruder warf ihr ein obszönes Lächeln zu, dann schlenderte er aus dem Pferdestall.

»Stimmt es, daß du Ludwig alles hinterlassen willst?« fragte sie ihren Vater, als sie abends vor dem zwei Meter hohen weißen Kachelofen saßen und Wein tranken.

»Hat er das gesagt? Bisher höre ich aus seinem Mund immer nur, daß er von mir gar nichts will.«

»Nun, er hat doch wohl schon das eine oder andere bekommen«, sagte Elsa kühl.

Georg fuhr wütend auf. »Darf ich mit meinem Geld nicht machen, was mir in den Sinn kommt? Warum bin ich mit zwei Kindern geschlagen, die sich hassen?«

»Daran bist nur du allein schuld«, antwortete Elsa.

Georg drehte sein Glas in den Händen. »Wie gefällt dir das Pferd?«

Elsa lenkte ein. »Er ist wunderbar. Von all den Tieren, die du mir im Laufe meines Lebens geschenkt hast, ist er das kostbarste. Ich danke dir. Ich werde ihn vermissen, wenn ich wieder in Roseburg bin.«

»Wieso Roseburg? Ich dachte, du bleibst hier?«

Elsa sah ihn verblüfft an. »Hierbleiben? Wie kommst du darauf? Was soll ich denn hier? Und wer soll sich in Roseburg um alles kümmern? Hast du dabei auch an Mutter gedacht? Wie soll sie sich fühlen, wenn ich jetzt auch noch gehe – zu dir?« Sie schüttelte vehement den Kopf. »Ich glaube, du hast nicht den Funken einer Idee davon, was ich mir von meinem Leben erwarte. Du hast dir ja auch noch nie die Mühe gemacht, es herauszufinden. Ich kann doch hier nicht herumsitzen und nichts tun.« Sie stand auf und begann rasch auf und ab zu gehen. »Du hast keine Ahnung, woran mir etwas liegt. Ich war glücklich und zufrieden, als ich das Kieswerk geleitet habe. Ich habe gute Arbeit geleistet, gutes Geld verdient, und so wäre es auch weitergegangen. Ich hatte dort meine Zukunft gesehen, Vater! Und du hast das alles einfach weggegeben, ohne mich zu fragen oder mich auch nur zu informieren. Als hätte ich dort in all den Jahren nichts getan! Wenn du wüßtest, wie mich das verletzt hat. Ich könnte heute noch vor Wut heulen bei dem Gedanken, wie Laaken mich behandelt hat. Und dann ist da noch die Kleinigkeit, daß Mutter und ich praktisch kein Geld mehr haben. Hast du darüber auch nur eine Sekunde nachgedacht? Was ist nur in dich gefahren!« Sie hatte sich jetzt richtig in Rage geredet und konnte nicht verhindern, daß sie weinen mußte. »Ganz abgesehen davon, daß du nicht nur Mama, sondern nebenbei auch mich verlassen hast! Ohne eine Erklärung. Und wofür? Für diesen Prunkbau, für eine andere Frau und für deinen nichtsnutzigen, schlechterzogenen Sohn!«

Sie verstummte, atmete tief durch, bis sie sich wieder in der Gewalt hatte. Sie sah ihren Vater an und wartete auf energischen Protest und eine scharfe Zurechtweisung. Doch er zuckte lediglich mit den Schultern.

»Ich hatte damals keine andere Wahl.«

Elsa war verblüfft. »Wie meinst du das, keine andere Wahl?«

Georg beugte sich vor und legte die Unterarme auf seine Oberschenkel. Er legte die Hände zusammen und rieb sie, als würde er sich waschen. »Ich mußte mich damals entscheiden. Entweder für euch oder für Anna und Ludwig.«

»Willst du damit sagen, daß sie dich unter Druck gesetzt hat? Und du hast das zugelassen? Ich dachte, es wäre um Ludwig gegangen.«

Er atmete hörbar aus. »Das natürlich auch. Wir glaubten wirklich, das Sanatorium hier sei die letzte Chance für Ludwig. Und es hat ihm ja geholfen. Aber es war von vornherein abgemacht, daß wir nicht zurückkehren würden. Für Anna stand es fest ...«

»Wieso?«

»Für sie war hier die Möglichkeit, neu anzufangen, nicht als Geliebte, sondern als ehrbare Ehefrau. Hier kannte uns niemand.« Er sah plötzlich grau und müde aus, als er sie ansah. »Laß uns ein andermal weiterreden, ja?«

Umständlich stand er auf und verließ den Raum. Dabei stützte er sich schwer auf seinen Stock, der nicht länger schmückendes Beiwerk war, sondern bittere Notwendigkeit.

Am nächsten Morgen fand Elsa einen Zettel an ihrem Platz am Tisch. Die ungelenke Schrift rührte sie. *Ich möchte dir alles zeigen. Triff mich um zehn Uhr im Stall. Vater.*

Er brauchte die Hilfe des Stallknechts, um aufzusitzen, aber auf dem Rücken seines Pferdes fand er die alte Eleganz und Kraft wieder. Er ritt mit ihr hinüber nach Liesken, das ungefähr acht Kilometer in nördlicher Richtung lag.

Schon von weitem sahen sie die großen Herden auf den Weiden.

»Ich wollte dir zeigen, woher Tempelgott stammt«, sagte Georg. Sie saßen ab und sahen den grasenden Pferden zu.

»Die Zucht gehört doch nicht etwa dir? Du hast doch gesagt, du wolltest mir deine Besitzungen zeigen«, rief Elsa.

»Zum Sägewerk kommen wir später. Aber diese Schönheit war es, die mich hierhergezogen hat. Sieh dir diese prachtvollen Tiere an. Sie haben hier eine Stute, die ich gekauft habe, sie hat noch ein Fohlen, aber sobald es entwöhnt ist, kommt sie in meinen Stall. Ich werde sie im nächsten Jahr von Tempelgott decken lassen. Das gibt die prächtigsten Pferde weit und breit! Vielleicht lasse ich eine Reithalle bauen, damit man die Pferde auch bei Wind und Wetter bewegen kann ...«

»Vater, das alles wird ein Vermögen kosten und nichts einbringen. Kannst du soviel Geld erübrigen? Mußt du es nicht in das neue Werk stecken?«

Dafür hat er die Kiesgrube verschleudert, dachte sie bitter. Und daran, wie knapp bei ihnen in Roseburg das Geld war.

Georg winkte ungeduldig ab. »Ach, das Sägewerk läuft auch so. Ich habe einen tüchtigen Inspektor, der sich um alles kümmert. Du wirst ihn am Freitag kennenlernen, da essen wir immer zusammen und besprechen das Geschäftliche.«

Elsa beschlich die Ahnung, daß hier die gleichen Zustände herrschten wie am Ende in Güster: Ihr Vater kümmerte sich nicht um die Geschäfte und ging seinen privaten Vergnügungen nach.

»Ludwig brauchte mich mehr als du«, sagte Georg Heller unvermittelt, als sie aufgesessen waren und langsam weiterritten, am Saum eines unendlich scheinenden Waldes entlang, aus dem es angenehm kühl zu ihnen herüberwehte.

»Was?«

»Du bist viel stärker als er, bist es immer schon gewesen. Und er war so krank, die Ärzte hatten ihn aufgegeben. Anna und ich waren verzweifelt. Dann hörten wir von dem Sanatorium ganz hier in der Nähe, Frauenburg am Frischen Haff, wo man wahre Wunder vollbringt. Wir konnten diese Möglichkeit doch nicht ungenutzt lassen. Und wie du siehst, haben wir recht behalten. Ludwig ist vollständig geheilt.«

»Mach mir doch nichts vor! Du hast schon vor Jahren Geld hierher überwiesen, ich habe die Belege in deinen Unterlagen gefunden«, warf sie ihm vor.

Georg sah sie erstaunt an, dann lachte er laut heraus. »Hätte ich mir denken können, daß du mir auf die Schliche kommst. Hahaha! Du bist eben ganz meine Tochter!«

»Ich frage mich, was daran so witzig ist«, sagte Elsa laut.

Georg hörte auf zu lachen. »Entschuldige. Du hast recht. Ich habe schon vor Jahren hier investiert, mich ein wenig umgesehen und Ländereien gekauft. Mein Traum war, hier zu leben, aber ich hätte es vielleicht nie getan, auf jeden Fall nicht so überstürzt, wenn Ludwigs Krankheit nicht gewesen wäre.«

»Du hast doch noch nie Rücksicht auf uns genommen.«

»Versteh mich bitte! Ich wollte etwas Neues! Das Kieswerk, pah! Am Anfang hat es Spaß gemacht. Als ich der erste war, als alles noch neu war, als man ausprobieren, organisieren und tricksen mußte. Das war eine Aufgabe, die mich gereizt hat. Später wurde doch alles nur noch Routine, langweilig und kleinbürgerlich.«

»Kleinbürgerlich? Es war mein Leben! Willst du damit sagen, es war pure Abenteuerlust, die Angst vor Routine und Langeweile, die dich dazu getrieben hat, mit fast sechzig Jahren, in einem Alter, in dem andere sich zur Ruhe setzen, noch einmal von vorn anzufangen? Und nur weil du am Kies das Interesse verloren hast, weil dir das Spektakuläre, das Neue fehlte, weil du keine Lust auf das Alltagsgeschäft hattest, hast du das Werk verkauft? Dürfen es bei dir nie Alltagstugenden wie Geduld und Ausdauer sein? Mußt du immer und überall dein außergewöhnliches Genie beweisen?«

»Das auch«, antwortete er.

»Aber du hast uns dafür im Stich gelassen!«

»Komm, da vorn liegt das Sägewerk«, sagte er und trieb sein Pferd an.

Die Mühle lag hinter der nächsten Biegung. Bereits bevor Elsa sie zu Gesicht bekam, hörte sie die Geräusche, die mit jedem Schritt lauter wurden. Als sie das Werk erreicht hatten, war der Lärm der verschiedenen Sägen, ihr Kreischen, wenn sie sich durch das Holz fraßen, dazu das Poltern der Dieselmotoren, die sie antrieben, ohrenbetäubend geworden. Über einen riesigen Platz wurden Holzstämme unterschiedlicher Stärke hin und her gefahren und vor den Sägen abgelegt. Pferdefuhrwerke standen bereit, um die zersägten Stämme wegzubefördern.

»Wir liefern hauptsächlich an Privatkunden, zum Haus- und Scheunenbau. Aber in den letzten Monaten kommt verstärkt auch die Industrie auf uns zu. Weil wir so moderne Sägen haben und große Stückzahlen in passenden Maßen liefern können. Sogar die Abschnitte werden verkauft, als Brennholz.« Er mußte schreien, damit sie ihn in dem Krach überhaupt verstehen konnte. Dann ging plötzlich eine Sirene, und innerhalb von einer Minute herrschte Stille.

»Mittagspause«, lachte Heller, während er nach allen Seiten die Grüße seiner Arbeiter erwiderte.

Frauen und Kinder kamen gelaufen und brachten den Männern ihr Essen in Blechtöpfen. Sie wohnten in kleinen Häusern, die Heller für die Arbeiter gebaut hatte. Ebenso wie den Konsum und ein einklassiges Schulgebäude.

Als sie abends in ihrem Bett lag, ging ihr das Gespräch mit ihrem Vater wieder und wieder durch den Kopf. Er war erstaunlich offen zu ihr gewesen und hatte an diesem Tag viel von sich preisgegeben. Elsa glaubte, seine Beweggründe zu verstehen, auch wenn sie sie nicht billigte. Sie mußte ihm zugestehen, daß ihn nicht nur rein persönliche Motive getrieben hatten, wie Karoline vermutete. Die Möglichkeit, noch mehr Zeit mit Anna Köster und Ludwig zu verbringen, war nur ein Grund gewesen. Und wenn Anna ihn nicht vor die Wahl gestellt hätte, wäre er vielleicht doch in Roseburg geblieben. Aber es war wohl so, daß er sich beweisen mußte. Vor sich selbst und vor seiner Geliebten. Elsa konnte sich die zupackende, selbstbewußte Anna kaum neben einem kränklichen, bequem gewordenen Pensionär vorstellen. Anna war nicht gerade die Frau, die ihren Mann im Alter pflegte und umsorgte.

Er hat sich wieder seine eigene kleine Welt geschaffen, dachte Elsa an diesem Abend mit leichter Beunruhigung, kurz bevor sie einschlief. Nur scheint er nicht derjenige zu sein, der dort das Sagen hat.

Kapitel 18

In den nächsten Tagen war Elsa so glücklich wie lange nicht mehr. Sie erlebte intensive Freiheit und Unbeschwertheit. Die ostpreußische Landschaft war dazu angetan, alles Unangenehme hinter sich zu lassen. Elsa konnte verstehen, daß hier sogar Sterbenskranke gesund wurden. Der Flecken Erde war einfach zu schön, um ihn zu verlassen.

Ihr Vater hatte sie auf eine rührende Art gebeten, wenigstens noch einige Tage bei ihm zu bleiben, und sie hatte zugestimmt. Sie freute sich an der ungewohnten Zweisamkeit mit ihm. Der Gedanke, daß das entscheidende Gespräch mit ihm, in dem es um ihr Erbe gehen sollte, noch ausstand, kam ihr manchmal, doch sie schob ihn unwillig weg. Nicht jetzt daran denken, dachte sie, laß mir noch ein paar Tage Zeit. Vorerst waren ihr die gemeinsamen Ausritte und die harmlosen Plaudereien mit ihm zu kostbar, um sie nicht noch einige Tage länger auszukosten. Und dann waren da noch Tempelgott und die Landschaft, die sie völlig in ihren Bann geschlagen hatten.

Sie unternahm lange Ausritte und erkundete die Umgebung. Sie verspürte das Bedürfnis, jeden Winkel, jeden Weiler gesehen zu haben. Hinter jeder Biegung vermutete sie etwas Sehenswertes: einen der tiefen Seen, in denen sie und Tempelgott sich spiegelten, wenn sie ihren Durst löschten, eines der vielen imposanten Gutshäuser und

Schlösser, die sie in ihrer Pracht an Wotersen erinnerten. Am meisten jedoch waren es die Farben dieser Landschaft, die sie nicht losließen: das endlose Blau des Himmels, das sie manchmal, am frühen Morgen, an die Farbe von Kinderhaar erinnerte; das Grün der Bäume, welches jetzt, im Frühling, von einer unverdorbenen Frische war und ihr in den Augen brannte; das Weiß der Störche mit ihren roten Schnäbeln, die sie manchmal in Scharen aufschreckte; das verheißungsvolle, stellenweise drohende Dunkelblau der Seen. Sie suchte in der Bibliothek ihres Vaters nach den Dichtern, die diese Landschaft beschrieben hatten, um sie abends noch einmal zu erleben.

Als sie die Ostseeküste in ihrer Einsamkeit gesehen hatte, eine weitere Facette dieses Landes, war sie besiegt. Sie stürzte sich in die noch eiskalten Fluten, besuchte Königsberg und Nidden. Auf fast allen ihren Unternehmungen war sie allein, aber das störte sie nicht im geringsten. Kurz kam ihr der Gedanke, Mathilde einzuladen, doch sie ließ es sein. Thilda konnte mit Natur nichts anfangen, sie hätten sich gegenseitig den Spaß verdorben.

Von Thomas Heuer, dem sie geschrieben hatte, wußte Elsa, daß Karoline wohlbehalten in Roseburg angekommen war. In der Mühlenvilla lief alles bestens, seitdem ihre Mutter wieder in der Lage war, sich um alles zu kümmern. Trotzdem telefonierte sie heimlich mit Hulda, um zu erfahren, ob wirklich alles in Ordnung war. Hulda bestätigte das mit einem Seufzer der Erleichterung, und Elsa sah keinen Grund, ihr himmlisches Leben und Tempelgott aufzugeben. Sie blieb, wo sie war. Sie fuhr auch nicht zur Beerdigung von Franz Heinrich nach Hause, der nach einem zweiten Schlaganfall gestorben war. Sie telefonierte mit Karoline, die sie beschwor, sich diesen wohlverdienten Urlaub zu gönnen. Sie und Hulda würden die Familie bei der Beerdigung vertreten. Natürlich fuhr auch Georg nicht.

An den Abenden saß sie mit ihrem Vater zusammen, lesend oder Karten spielend. Georg Heller genoß die Anwesenheit seiner Tochter, er war aufgeräumt und fröhlich, erzählte viel und fragte sie aus. Dennoch hatte Elsa den Eindruck, daß ihr Vater still geworden war. Er kam ihr vor wie ein ungebetener Gast in seinem eigenen Haus. Dieser Gedanke, der Elsa bereits am Anfang ihres Aufenthaltes gekommen war, hatte sich verfestigt. Georg paßte nicht in dieses Haus, dessen Einrichtung und Stil ihm fremd waren. Es waren nicht seine Möbel, die hier standen, ständig lag er im Streit mit der Köchin, die nicht die Gerichte kochte, die er gern aß. Das Haus wurde über seinen Kopf hinweg geführt. Aus diesem Grund hielt er sich am liebsten in seinem Arbeitszimmer auf, das im rückwärtigen Teil des Hauses hinter der Treppe lag und auf eine Art eingerichtet war, die Elsa aus Roseburg kannte. In diesem Zimmer schien die Spannung von ihm abzufallen, er bewegte sich ungezwungener. Elsa und er machten es sich zur Gewohnheit, an den Abenden hier zu sitzen.

Am Freitag kam der Inspektor zum Abendessen, wie Georg angekündigt hatte. Elsa störte es, für diesen Abend auf die ungezwungene Privatheit mit ihrem Vater verzichten und sich zum Abendessen umziehen zu müssen. Ein wenig unwillig kam sie die Treppe herunter, gerade als es an die Tür klopfte. Sie ging öffnen, und vor ihr stand ein gutaussehender Mann, den sie auf Mitte dreißig schätzte, groß, mit breiten Schultern, den Hut in der Hand. Die Sonne stand ihm im Rücken, so konnte sie sein Gesicht nicht richtig sehen, nur einige Lachfältchen in den Augenwinkeln und sehr ebenmäßige Zähne.

»Moritz Ingersleben«, stellte er sich vor und gab ihr die Hand.

»Kommen Sie nur rein, Ingersleben. Das ist nett, daß ihr euch schon bekannt gemacht habt. Oder sind Sie meiner Tochter bereits vorher einmal begegnet? Sie ist nämlich auch ständig in der Gegend unterwegs, genau wie Sie.«

Georg kam hinter ihnen aus seinem Arbeitszimmer.

Moritz Ingersleben hielt Elsas Hand in der seinen, ein warmer, kräftiger Händedruck. Er sah sie interessiert an. »Nein, leider hatte ich noch nicht das Vergnügen. Aber dann müssen Sie die schöne, blonde Frau sein, die hier von morgens bis abends mit ihrem Pferd die Gegend unsicher macht. Man erzählt sich im Dorf von Ihnen.«

Elsa mußte lachen. »Ist das wahr?«

»Natürlich, sonst würde ich es nicht sagen.«

Stimmt, dachte Elsa, der Mann sieht nicht so aus, als würde er aus reiner Schmeichelei lügen.

»Wissen Sie, hier finden die Menschen nur selten die Zeit, sich an der Landschaft zu erfreuen. Da muß schon eine Fremde kommen, um ihre Schönheit genießen zu können.«

»Ja, ja, darüber können wir ja beim Essen reden, nicht wahr?« sagte Georg, und sie gingen hinüber ins Eßzimmer.

Während die Männer über die Arbeit sprachen, beobachtete Elsa den Inspektor. Er hatte eine dunkle, volle Stimme und redete sehr anschaulich über die Vorgänge im Werk. Elsa spürte, wie sehr ihm die Sägemühle am Herzen lag. Ingersleben wußte über jede Kleinigkeit Bescheid, kannte sich auch in den persönlichen Angelegenheiten der Arbeiter aus und konnte die tägliche Sägeleistung bis aufs Komma genau angeben. Elsa hörte ihm gern zu und fragte ihn aus.

»Es scheint Sie wirklich zu interessieren«, sagte er irgendwann leicht verblüfft und sah sie mit einem forschenden Blick an.

»Wenn Sie wüßten«, ließ sich Georg vernehmen, und Stolz lag in seiner Stimme. »Meine Tochter hat bis vor kurzem unser Kieswerk in der Nähe von Lübeck geleitet. Und mit Erfolg, wie ich betonen möchte. Elsa hat ihren Mann gestanden. Ich würde ihr ohne Zögern auch das Sägewerk anvertrauen.«

»Papa, dafür hast du doch Herrn Ingersleben«, warf Elsa ein. Aber ihr gefiel dieser launige Vorschlag, und sie nahm sich vor, mit Georg bei anderer Gelegenheit über diese Möglichkeit zu sprechen.

»Ich zeige Ihnen gern alles, wenn Sie möchten«, sagte Ingersleben.

»Ich weiß nicht, vielleicht«, antwortete Elsa zerstreut.

Der Abend wurde lebhaft, als sie anfingen, über die Gegend zu sprechen. Elsa erzählte, was sie bisher alles gesehen hatte, und Ingersleben gab Anekdoten und Geschichten aus der Vergangenheit zum besten.

Als er sich verabschiedete, sah Elsa ihm nach, wie er die lange Auffahrt hinunterging. Sie bedauerte, daß er sie nicht zu einem gemeinsamen Ausritt eingeladen hatte. Abgesehen davon, daß er ihr bestimmt Flecken zeigen konnte, die sie allein nie finden würde, wußte sie, daß sie seine besonnene Gesellschaft und die melodische Stimme gern länger für sich gehabt hätte. Sie fand diesen Inspektor sympathisch, und sie beneidete die Menschen, die ihn zum Freund hatten.

Die Idylle hatte ein Ende, als Georg am Sonntag ankündigte, Anna Köster werde am nächsten Tag eintreffen.

»Ich wollte nur, daß du vorbereitet bist.« Mit diesen

Worten drehte er sich um, um sich wieder in sein Arbeitszimmer zurückzuziehen.

»Seit wann nimmst du Rücksicht auf mich?« rief sie ihm böse nach. Sie ärgerte sich über sich selbst. Sie hätte wissen müssen, daß es selbstverständlich nur eine Frage der Zeit war, bis Anna Köster aus Hamburg zurückkehren würde, aber sie hatte das Problem einfach verdrängt. Weil sie Ludwig nicht zu Gesicht bekam, der sich irgendwo herumtrieb und nicht einmal zu den Mahlzeiten erschien, war sie davon ausgegangen, daß auch Anna Köster unsichtbar bleiben würde. Ein Fehler, wie sich jetzt herausstellte.

Am nächsten Morgen ritt Elsa früh aus und blieb für Stunden weg. Ihr war nicht wohl bei dem Gedanken, Anna wiederzusehen, und sie wollte die Begegnung so lange wie möglich hinausschieben. Eine kindische Art, das Problem vor sich herzuschieben, wie sie zugeben mußte. Als sie am frühen Abend das Haus betrat, kam Helene auf sie zu, um ihr auszurichten, in einer halben Stunde würde man sich zum Aperitif im Salon treffen. Aha, eine neue Sitte, dachte Elsa. Anna Köster hatte wieder das Regiment übernommen.

Elsa zog sich rasch um und ging in den Salon hinunter. Vor der Tür atmete sie einmal tief durch und hob das Kinn. Trotzdem erstarrte sie, als sie Ludwig in einem Sessel lümmeln sah. Er hatte sie erwartet und spielte ostentativ mit einer Taschenuhr, die Elsa sofort als die Uhr erkannte, die ihr Vater am Tag des Umzugs in die Villa zum erstenmal getragen hatte und die sein ganzer Stolz war. Sie wollte nicht glauben, daß er sich von ihr getrennt hatte. Wie angewurzelt blieb sie für eine Sekunde stehen und sah zu ihrem Vater hinüber, der damit beschäftigt war, Gläser zu füllen, und ihr Eintreten nicht bemerkt hatte. Anna Köster kam auf sie zu. Liebenswürdig gab sie Elsa die Hand, behielt sie einen Moment in der ihren und sagte, sie würde sich freuen, Georgs Tochter im Haus zu haben.

Anna Köster war noch immer eine schöne Frau, schlank und hochgewachsen, modisch und teuer gekleidet. Ihr Alter sah man ihr nicht an. Im Verlauf des Abends verstand sie es mit spielerischer Leichtigkeit, die Spannungen, die im Raum zum Greifen waren, zu entschärfen, indem sie kleine Geschichten aus Hamburg zum besten gab. Sie hatte von dort sogar ein Paar Hosen mitgebracht und forderte Elsa auf, ihr gegen Georg beizustehen, der sich dagegen verwahrte, daß sie etwas so Unweibliches anzöge.

»Sieh dir doch deine Tochter an. Sie trägt auch Hosen, und sie stehen ihr unglaublich gut. Glaubst du etwa, ich sei zu alt dafür?«

Sie bedachte ihn mit einem koketten Blick, und er gab ihr Lächeln zurück.

Elsa bemerkte verblüfft, wie verändert ihr Vater in Annas Gegenwart war. Er benahm sich ein bißchen wie ein verliebter junger Mann. Er bemühte sich, seine Steifheit und die leichte Gebrechlichkeit zu überspielen. Er hatte seine Augen nur bei ihr, sah sie bewundernd an und machte ihr Komplimente. So etwas hatte Elsa noch nie an ihm gesehen, sie fand es beinahe lächerlich. Wo war sein bestimmtes Auftreten geblieben, seine Poltrigkeit, die nicht immer charmant war, ihm jedoch jederzeit Aufmerksamkeit und Respekt verschaffte? Was machte diese Frau mit ihrem Vater, daß er derart handzahm wurde?

Sie konnte nicht einschlafen, weil diese Gedanken sie nicht losließen. Schließlich verließ sie noch einmal ihr Zimmer, um sich ein Buch aus der Bibliothek zu holen, und entdeckte ihren Vater, der Anna Köster vor ihrer Schlafzimmertür innig umarmte.

An ihrem zweiten Sonntag in Schippenbeil machte Elsa sich früh am Morgen auf den Weg. Seitdem Anna und ihr Sohn im Haus waren, verbrachte sie noch mehr Zeit als vorher auf dem Rücken von Tempelgott. Ihr Ziel war einer der kleinen Seen in den Wäldern rund um Schippenbeil. Sie war schon häufiger an dem stillen Gewässer vorbeigekommen. Heute wollte sie ein Bad wagen. Sie suchte für sich und den Hengst einen schilfbewachsenen Platz am Ufer, um vor neugierigen Blicken geschützt zu sein. Sie war allein, alle anderen waren in der Kirche. Sie zog ihre Kleider aus und stieg in das kalte Wasser. Mit kräftigen, schnellen Zügen schwamm sie, um warm zu werden. In der Mitte des Sees hielt sie inne und sah zum Ufer zurück, wo sich hinter dem Schilfgürtel der Wald erhob. Dort hatte sie Tempelgott angebunden, der den Kopf hob, um das frische Grün von den Bäumen zu zupfen. In der Ferne hörte sie Glockengeläut. Der Gottesdienst war zu Ende. Sie schwamm zurück, um sich anzuziehen. Sie war durchgefroren und klapperte mit den Zähnen, aber als sie Bluse und Hose wieder angezogen hatte und sich in die wärmende Sonne legte, fühlte sie sich wie neugeboren. Mit geschlossenen Augen lauschte sie schläfrig auf ein paar Insekten, die ihren Kopf umschwirrten, als sie Schritte vernahm. Sie war ärgerlich, daß jemand sie in ihrer Ruhe störte, und setzte sich auf.

»Sie waren schwimmen? Alle Achtung. Das Wasser ist um diese Jahreszeit doch ziemlich kalt. Und dieser See ist einer der tiefsten der Umgebung. Er hat nur im Hochsommer angenehme Badetemperaturen. Gehen Sie das nächste Mal lieber auf die andere Seite des Dorfes.«

Elsa erkannte die angenehme Stimme von Moritz Ingersleben, und ihre Laune hob sich. Sie legte die Hand an die Stirn, um die Augen vor der Sonne zu schützen, und sah zu ihm hoch. »Dort war ich schon, aber hier gefällt es mir besser. Ich dachte, im Schilf würde mich niemand sehen«, sagte sie mit einem kleinen koketten Unterton.

»Stimmt. Ist wohl besser, wenn man keinen Badeanzug dabeihat.« Ingersleben sah amüsiert auf sie herunter. »Dies ist auch mein Lieblingsplatz. Auf der gegenüberliegenden Seite hat ein Seeadler seinen Horst. Ich sitze oft hier und sehe ihm beim Fischen zu. Sie sollten ihm nicht zu nahe kommen, wenn er Junge hat. Ich habe es schon erlebt, daß er mich angegriffen hat. Eine schmerzhafte Erfahrung ...«

Ingersleben setzte sich neben sie auf die kleine Grasfläche der Bucht, die das Schilf nicht erobert hatte.

»In diesen Schilfgürteln kann es Ihnen übrigens auch passieren, daß Sie einem Elch begegnen. An sich sind die Tiere zutraulich, aber provozieren sollten Sie sie dennoch nicht.«

»Ich habe keine Angst vor Tieren«, sagte Elsa.

»Sonst würden Sie wohl auch dieses Pferd nicht reiten.«

Elsa verscheuchte eine Fliege, die sich in ihrem nassen Haar verfangen hatte. »Ich dachte, für Sie würde es nur die Arbeit geben. Das Sägewerk und sonst nichts. Ich wußte nicht, daß Sie ein Naturliebhaber sind.«

»Wie sollte man die Natur nicht mögen, wenn man in so schöner Umgebung lebt? Ich bin viel draußen, besonders am Sonntag, wenn die anderen in der Kirche sind. Da ist man meistens für sich allein.«

»Also bin ich es, die Ihre Kreise gestört hat, und nicht umgekehrt«, sagte Elsa und lächelte.

Ingersleben sah sie nachdenklich an, und sie konnte seine Augen sehen, die eine Farbe zwischen Bernstein und Honig hatten. »Es gibt hier noch einen anderen See, ein bißchen größer, aber noch versteckter. Da kommt bestimmt niemand hin. Wollen Sie, daß ich Sie hinführe?«

»Gern«, sagte Elsa und ließ sich von ihm auf die Füße helfen. »Wenn ich nicht noch einmal reinspringen muß. Für heute hatte ich nämlich genug Abkühlung.« Sie klopfte etwas Sand aus ihrer Kleidung und zog die Reitstiefel wieder an. Dann folgte sie Ingersleben, der sein Pferd etwas weiter entfernt angebunden hatte.

Sie ritten ungefähr eine halbe Stunde, immer tiefer in den Wald hinein, bis sie den See vor sich liegen sahen. Er war tatsächlich größer, und sein Ufer war noch üppiger von Schilf bewachsen. Sie ritten ein Stück um ihn herum, sahen ihn immer wieder aufblitzen, bis sie schließlich zu einer verschwiegenen Bucht kamen, wo sie sogar feinen weißen Sand fanden. Sie setzten sich nebeneinander, sahen über das Wasser, das vom Wind leicht gekräuselt wurde, und redeten. Schließlich ritten sie zurück, und beide spürten, daß sie keine Lust hatten, sich zu trennen.

»Ich wohne dort hinten, am Ortsrand. Darf ich Sie auf eine Tasse Tee einladen?«

»Gern«, sagte Elsa erleichtert.

Als sie ihm durch den eingezäunten Garten folgte, kam ihnen Ingerslebens Haushälterin entgegen.

»Ich wollte gerade gehen«, sagte sie. »Mein Bruder ist krank, und ich habe versprochen, nach ihm zu sehen. Ich habe nicht erwartet, daß Sie so früh zurück sind.«

Ingersleben sah sich nach Elsa um. »Macht es Ihnen etwas aus?« fragte er zögernd.

Elsa lachte. »Ich glaube nicht, daß wir eine Anstandsdame brauchen. Was meinen Sie?«

Er lachte ebenfalls, und die Haushälterin verabschiedete sich. »Essen steht im Ofen. Sie brauchen es nur warm zu machen.«

Elsa war noch nie in einem solchen Haus gewesen. Es entsprach in nichts dem, was sie erwartet hätte. Es war nur sehr spärlich eingerichtet, aber die wenigen Möbel waren von ausgesuchter Schönheit und Qualität. Vor den Fenstern hingen keine Vorhänge, die meisten Möbel waren aus hellem Holz, und so wirkten die Räume groß und leicht. Statt Nippes und Bildern gab es hier hölzerne Skulpturen: menschliche Köpfe und abstrakte Figuren. Beim näheren Hinsehen entdeckte sie, daß auch die Türblätter Reliefs aufwiesen. Eine Jagdszene, eine Landschaft, Frauen beim Wäschewaschen.

»Gefällt es Ihnen?« Ingersleben riß sie aus ihren Betrachtungen.

»Das haben Sie gemacht!« sagte sie in einer plötzlichen Erkenntnis. Mein Gott, schon wieder ein Künstler, dachte sie im selben Moment. Dann sagte sie: »Natürlich gefällt es mir. Die Sachen sind wunderschön.« Sie fuhr mit der Hand über einzelne Hölzer, um die kühle Glattheit zu spüren.

»Die Möbel habe ich auch alle entworfen und gebaut. Ich orientiere mich am Bauhaus, daher ist alles so schnörkellos. Früher hatte ich natürlich andere Möbel, aber nach und nach habe ich sie durch meine eigenen ersetzt. Nehmen Sie ruhig Platz. Ich mache uns inzwischen einen Tee. Haben Sie Hunger?«

Beim Essen erzählte er von sich. Er hatte begonnen, Architektur zu studieren. Nach dem Bankrott der Firma seines Vaters, der eine kleine Möbeltischlerei besessen hatte, war er gezwungen gewesen, das Studium aufzugeben. »Einige Jahre konnte ich in der Werkstatt meines ehemaligen Professors arbeiten, und dann bin ich hierhergekommen.«

»Sie überraschen mich. Nie hätte ich für möglich gehalten, daß dieses Talent in Ihnen steckt.« Sie schlug sich die Hand vor den Mund und lachte. »So meine ich das natürlich nicht ... Also, nicht, daß ich Ihnen das nicht zugetraut hätte ...«

»Ist schon gut«, antwortete er. »Ich bin für die Sägemühle zuständig. Was ich nach Feierabend mache, geht nur mich etwas an.«

Elsa wies mit der Hand durch den Raum. »Aber die Sachen sind etwas Besonderes.«

»Ja, das finde ich auch. Vor allem die Möbel. Allerdings sind Sie die erste, die derselben Meinung ist. Alle anderen, allen voran meine Haushälterin, halten sie für reine Geschmacksverirrung. Und nennen Sie mich bitte Moritz«, sagte er und reichte ihr die Hand.

Erst Stunden später kam Elsa zurück nach Hause. Die Bekanntschaft mit Ingersleben hatte sie beschwingt. Sie mochte seine aufrichtige Art und bewunderte ihn für seine vielseitigen Fähigkeiten. Sie wußte, daß sie einen Freund gewonnen hatte, und davon hatte sie ja nicht gerade sehr viele. Sie und Ingersleben hatten sich keine Geständnisse gemacht, aber sie hatten sich angeregt über viele Dinge unterhalten. Die Arbeit im Sägewerk, das Leben in der Stadt und auf dem Land, die Natur und die Kunst und und ...

Als sie die Einfahrt zum Haus hinaufritt, kam ihr eine der Hausangestellten entgegen. Das Mädchen stolperte mehr, als daß es ging, ihr Haar hatte sich gelöst und hing in langen Strähnen bis auf den Rücken. Einen Schritt hinter ihr folgte eine ältere Frau, offensichtlich ihre Mutter. Die Alte beschimpfte ihre Tochter und schubste sie vor sich her. Als sie nahe genug heran war, stieg Elsa vom Pferd.

»Aber das sind ja Sie, Helene. Was ist denn geschehen?«

Helene schluchzte auf, und ihre Mutter sah Elsa von oben bis unten an. Dann stieß sie voller Verachtung hervor: »Als wenn Sie sich ernsthaft für unsereinen interessierten! Lassen Sie uns vorbei! Saubere Gesellschaft. Und du läßt dich von denen reinlegen, du dumme Gans!« Die letzten Worte richtete sie bereits wieder an ihre Tochter, der sie dabei voller Wut auf den Kopf schlug.

Elsa sah ihnen kopfschüttelnd nach. Sie brachte Tempelgott in den Stall und überließ ihn diesmal ausnahmsweise dem Stallburschen. Dann eilte sie ins Haus hinüber. Auch hier hörte sie bereits von der Eingangstür her lautes Gebrüll. Sie erkannte die Stimme ihres Vaters. Er beschimpfte jemanden als Taugenichts und Mädchenschänder.

Sie mußten im Arbeitszimmer sein. Die Tür stand offen, und Elsa konnte bereits von der Halle aus sehen, was sich dort zutrug. Georg stand mit dem Rücken zum Fenster, im Sonnenlicht, das in staubgesättigten Bündeln von der Seite her ins Zimmer fiel. Sein Gesicht konnte sie nicht sehen. Er stand vornübergebeugt und atmete pfeifend. Seitlich vor ihm stand Ludwig, der jetzt gefährlich leise und schneidend sagte: »Spiel hier nur nicht den Moralisten. Ich tue nichts, was du nicht auch getan hast.«

In ohnmächtigem Zorn hob ihr Vater die Hand über den Kopf, um seinen Sohn ins Gesicht zu schlagen. In den umhergleißenden Staubpartikeln kam er Elsa vor wie ein Rachegott. Ludwig parierte den Schlag, beinahe nachlässig, mit erhobenen Unterarmen. Er stand da, voller Selbstvertrauen, er war nicht einmal einen Schritt zurückgewichen. Vater und Sohn standen sich gegenüber, beide den Arm noch erhoben, der eine in der Gewißheit, geschlagen zu sein und in dieser Sekunde seinen Sohn verloren zu haben, der andere in der triumphierenden Pose des Siegers.

Ohne seinen Vater eines Wortes oder auch nur eines letzten Blickes zu würdigen, verließ Ludwig den Raum. Elsa machte einen Schritt zurück, als er an ihr vorbeiging. Sie sah, wie ihr Vater sich schwer in einen Sessel fallen ließ und den Kopf in die Hände stützte.

»Vater?« Elsa roch einen eigentümlichen Geruch, als sie auf ihn zuging. Sie roch Angst und Niederlage.

Er hob den Kopf. »Ach, du bist es.« Dann ließ er ihn wieder in seine Hände sinken.

»Ja, ich bin es«, sagte Elsa. »Deine Tochter.«

»Er sollte hier einmal alles übernehmen. Ich hatte meine gesamten Hoffnungen in ihn gesetzt. Er sollte mein Nachfolger werden.« Die Stimme klang, als würde sie jeden Moment brechen.

»Ludwig ist nicht dazu in der Lage, irgendeine Art von Verantwortung zu übernehmen, das müßtest du spätestens nach dem heutigen Vorfall einsehen. Er hat weder die Durchsetzungskraft noch die Energie, um länger an einer Sache zu bleiben. Er ist ein Bonvivant ...«, Georg sah sie irritiert an, »... nur auf sein eigenes Vergnügen bedacht.«

»Du bist eifersüchtig auf ihn, deshalb versuchst du ihn schlechtzumachen.«

Elsa blieb ruhig. »Das tut er schon selbst am besten. Aber wenn es so wäre? Wundert es dich, daß ich ihn nicht mag? Hast du uns denn eine andere Möglichkeit gegeben, als uns zu hassen? Findest du es gerecht, wie du uns beide behandelst? Du bist ihm kein guter Vater gewesen, weil du ihn zu einem Bastard gemacht hast. Und deine Großzügigkeit hat er wohl als die Bestechungsversuche aufgefaßt, die sie im Grunde waren. Immer hast du versucht, andere kaufen! Mich auch!«

»Aber ich bin doch immer für dich dagewesen«, rief er hilflos aus. »Was wirfst du mir vor?«

»Ach, Vater. Je älter ich wurde, desto öfter warst du abwesend. Und wenn du zu Hause warst, waren wir alle stocksteif vor Angst, dir die Laune zu verderben. Muß ich dich an unsere Weihnachtsfeste erinnern?« Elsa dachte einen Augenblick nach, bevor sie fortfuhr: »Aber das alles ist lange her, und ich bin mittlerweile erwachsen. Es spielt keine Rolle mehr.«

Elsa sah die Erleichterung in den Augen ihres Vaters.

»Dann ist also alles in Ordnung zwischen uns?«

»Nein«, antwortete Elsa. »Ich sehe, daß du all das wegwirfst, was du aufgebaut hast. Und du gibst es ihm, obwohl du weißt, daß er es nicht zusammenhalten, geschweige denn vermehren kann. Warum hast du ihm die Taschenuhr gegeben, die du immer mir versprochen hattest? Hast du dir einmal überlegt, daß ich auch Rechte habe? Die ich notfalls einklagen kann!« Ihre Stimme wurde hart. »Ich verlange, was mir zusteht. Wenn du meine Zukunft verspielst, indem du hier alles deinem Sohn vermachst, dann werde ich mich wehren!«

»Wie redest du denn mit mir?« fragte ihr Vater, aber es lag kein Zorn, sondern Resignation in seiner Stimme.

»So, wie es angebracht ist. Ich bin hergekommen, um diese Dinge ein für allemal zu klären, bevor es zu spät ist. Fast hätte ich das über Tempelgott und dem unbeschwerten Leben hier vergessen, aber seit eben weiß ich wieder, daß du mir mehr schuldest.«

»Ich will noch nicht sterben, wenn du das meinst«, erwiderte er.

»So habe ich es nicht gemeint.«

»Was verlangst du von mir?«

Elsa holte tief Luft. »Ich will, daß du deinen Verpflichtungen mir gegenüber nachkommst. Daß du dein Erbe regelst und bestimmst, was ich bekommen soll, bevor es zu spät ist.«

»Ich habe an ihm immer seine Stärke geliebt. Die Visionen, die er hatte. Das ist mir gleich bei unserer ersten Begegnung aufgefallen. Er war so mitreißend in seinem Tatendrang, so voller Kraft. Mich hat es dabei nie gestört, daß er nicht der große Mann von Welt war. Vollendete Manieren und umfassende Bildung hatte ich selbst. In seiner Erziehung gab es nicht die Möglichkeit, diese Dinge zu lernen, und Georg hat diesen Mangel durch andere Qualitäten, auch durch seine Großzügigkeit, wettgemacht ...«

Elsa hatte Mühe, sich auf das zu konzentrieren, was Anna Köster sagte. Sie war damit beschäftigt, die Atmosphäre des Zimmers in sich aufzunehmen. Ihr war bewußt, daß sie eigentlich nicht viel über die Herkunft dieser Frau wußte, und sie hoffte aus der Einrichtung ihres persönlichen Raumes mehr über sie zu erfahren. Bereits beim Eintreten war ihr die Helligkeit des Zimmers aufgefallen: weiße Wände, helle Möbelbezüge und duftige Vorhänge, bestickt mit Rosen in leuchtenden Rot- und Grüntönen. Ein kleiner Sekretär, daneben ein Grammophon, in einer dünnbeinigen Vitrine einige Bände, deren ledergebundene Rücken sich stark von der Helligkeit des Zimmers abhoben, und verschiedene Sammeltassen. Auf dem Tisch und dem Sekretär stapelten sich Magazine für Mode und Gesellschaft. Eine der Wände war über und über mit Fotos bedeckt, in Schwarzweiß oder koloriert. Elsa sah unauffällig hin. Die meisten waren schon vor Jahrzehnten aufgenommen, es waren Aufnahmen von Anna als Kind und junges Mädchen. Auf einigen Bildern erkannte Elsa ihren Vater und ihren Stiefbruder. Andere zeigten Anna Köster auf Reisen, vor der Kulisse von großen Hotels, unter Palmen, vor Ozeandampfern. Und oft stand sie Arm in Arm mit einem Mann, der nicht Elsas Vater war. Das Zimmer strahlte Leichtigkeit und

Unbeschwertheit aus, es hatte die vergängliche Schönheit eines Feriendomizils.

»Ich habe deinen Vater sehr bewundert, Elsa«, sagte Anna Köster jetzt. »Elsa ...?«

Elsa fuhr zusammen. »Entschuldigung. Was haben Sie gesagt?«

Anna ging nicht auf ihre Frage ein. »In seiner Männlichkeit war dein Vater das Gegenstück zu meinem Sohn. Ludwig war immer labil und schwach, er ist es heute noch, auch wenn er seinem Vater vorhin die Stirn geboten hat. Es fiel ihm schon immer leichter, gegen etwas zu sein, als sich für eine Sache zu begeistern.«

Für einen Augenblick meinte Elsa Niedergeschlagenheit in ihrer Stimme zu hören.

»Ludwig hat sehr unter seinem Vater gelitten, der sich nicht offen zu ihm bekennen wollte. Es war ihm nicht genug, daß Georg ihm jeden Wunsch von den Augen abgelesen und am Ende sogar«, sie sah Elsa an, »seine Familie verlassen hat. Ich war ihm so dankbar, daß er Ludwig in all den Jahren eine Hilfe war, ihm den Weg geebnet, ihm seine Ausbildung ermöglicht hat. Ohne deinen Vater wäre mein Sohn tot. Das war der Grund, warum ich bei ihm geblieben bin, obwohl er mich nicht geheiratet hat. Ich hätte andere Männer haben können, daran hat es nicht gelegen.« Elsa warf einen verstohlenen Blick auf den fremden Mann an der Wand. Anna bemerkte es und sah ebenfalls in die Richtung.

»Interessieren dich die Fotos?« fragte sie. »Die meisten von ihnen stammen aus einem anderen Leben. Meine Eltern waren sehr wohlhabend, sie haben ein Vermögen in den afrikanischen Schutzgebieten gemacht. Mein Vater war ein hohes Tier in der Deutschen Kolonialgesellschaft. In Afrika habe ich meine Kindheit verbracht ...«, ihre Stimme wurde verächtlich, »... das heißt, meistens auf irgendwelchen Ozeandampfern zwischen Afrika und Europa. Wir waren ständig unterwegs, ein richtiges Zuhause habe ich nie gehabt. Ich glaubte es gefunden zu haben, als ich deinen Vater traf. Er hat sich um mich gekümmert, war immer da, wenn ich ihn brauchte, er verwöhnte mich, freute sich, wenn er mich sah, warb um mich. Ich glaube, er war der einzige Mensch, der sich damals wirklich für mich interessiert hat. Er gab mir das Gefühl, etwas wert zu sein. Dann war ich schwanger, ohne zu wissen, wie mir geschah. Als der Krieg ausbrach, waren meine Eltern in Afrika, ich in Hamburg. Ich habe nie wieder von ihnen gehört. Als ich nach dem Krieg nachforschte, erfuhr ich, daß von ihrem Vermögen nichts mehr übrig war. Ich blieb bei deinem Vater ...«

»Obwohl Sie wußten, daß er verheiratet war!« sagte Elsa knapp. Sie erinnerte sich an das Gespräch, das sie kurz nach dem Krieg mit Anna geführt hatte, als sie sie während ihrer Krankheit in Roseburg besucht hatte. Damals hatte Anna nur berichtet, daß sie ihrem Vater auf der Rennbahn vorgestellt worden war und sich sofort in ihn verliebt hatte. Von dem, was vorher gewesen war, erfuhr Elsa heute zum erstenmal.

»Anfangs wußte ich es nicht, dann, als ich das Kind erwartete, war es mir egal. Ich war jung und unerfahren, und ich suchte jemanden, der zu mir hielt und mich nicht fortschickte. Das war dein Vater. Ich habe auf eine bürgerliche Existenz verzichtet, um mein Leben mit ihm teilen zu können. Und ich habe deinen Vater über all die Jahre in seinen Plänen unterstützt. Wäre er ein Künstler, wäre ich seine Muse gewesen. Deine Mutter war dazu leider nicht in der Lage. Ihr Geist war, so wie ich es sehe, einfach nicht frei genug. Sie hatte Angst vor jeglicher Form von Veränderung. Ich nehme an, sie hat versucht, ihm zu folgen, konnte es aber nicht, und das hat deinen Vater bitter gemacht. Ich dagegen wollte immer Neues, um zu spüren, daß ich lebte. Ich gebe zu, daß es mir leichter fiel, unkonventionelle Entscheidungen zu treffen, weil ich ohnehin außerhalb der Gesellschaft stand. Aber ich habe es gern und mit Stolz getan.«

Elsa hatte zugehört, ohne sie zu unterbrechen. »Ich glaube, ich kann Sie ein bißchen verstehen«, sagte sie langsam. »In Ihrer Situation, jung, ohne Familie, ohne Geld ...«

»Und ich war in deinen Vater wirklich verliebt, bitte vergiß das nicht. Ich war sicher, das Richtige zu tun. Wir beide haben sehr gut zusammengepaßt.«

Elsa fragte sich, welchen Anteil seines finanziellen Erfolgs ihr Vater der Gemeinschaft mit ihr verdankte.

»Weißt du eigentlich, daß du mir sehr ähnlich bist? Als wärst du meine Tochter und nicht die von Karoline?«

»Jetzt gehen Sie zu weit!« schnitt Elsa ihr das Wort ab.

»Tut mir leid, ich wollte dich nicht verletzen. Aber ist es nicht so? Was du in den letzten Jahren in Roseburg und Güster geleistet und aufgebaut hast, erinnert mich sehr an deinen Vater, als er anfing. Deine Mutter wäre dazu nie imstande gewesen. Ich war genauso wie du. Ich wollte ein Ziel, auf das ich hinarbeiten konnte, eine Aufgabe, die mich forderte.«

Elsa fand, daß diese Unterredung eine zu vertrauliche Wendung nahm. Sie stand auf. »Was wird jetzt geschehen?«

Um Annas Mundwinkel zeigten sich bittere Fältchen. »Georg ist alt geworden. Sein Elan hat ihn verlassen. Die Sägemühle und dieses Haus waren das letzte, das er angepackt hat. Ich weiß nicht, was kommen wird.«

Elsa konnte nicht vergessen, was Anna gesagt hatte. Für sie hatte es wie eine Abschiedsrede geklungen, wie ein Abgesang auf die Gemeinschaft, in der sie und ihr Vater über die Jahrzehnte gelebt hatten. Anna Köster hatte Georg Heller gefördert, ihn mit den richtigen Leuten bekannt gemacht, war seine Ideengeberin gewesen, hatte ihn in seinen ehrgeizigen, manchmal riskanten Plänen bestärkt. Sie hatte ihn eingekleidet und ihm vieles beigebracht, was er auf dem gesellschaftlichen Parkett wissen mußte. Und sie hatte das nie besserwisserisch oder von oben herab getan, weil sie von Grund auf demokratisch war. Sie gab nichts auf das Recht der gehobenen Geburt. Für sie zählten allein Intelligenz und Tatkraft sowie der Mut, eine Chance zu ergreifen, wenn sie sich bot. Was sie nicht ertragen konnte, war Schwachheit und Ängstlichkeit – wenn man von ihrem Sohn absah. Dafür, daß sie Georg Heller unbedingt und rückhaltlos unterstützte, bot er ihr materielle Sicherheit und ein angenehmes Leben. Ihm verdankte sie die Rettung ihres Sohnes. Aber was noch viel wichtiger war: Georg Heller war der Mann, zu dem sie aufsehen konnte. Er war stark und unabhängig genug, um in der Öffentlichkeit zu ihr zu stehen. Er hatte die Zeit der Mißachtung gemeinsam mit ihr durchgestanden, bis die anderen nachgegeben und sie in ihren Salons aufgenommen hatten.

»Gut möglich, daß diese Standfestigkeit deines Vaters ein Relikt seiner Herkunft aus einer Familie von Müllern ist. Die Mühle stand schließlich in früheren Zeiten unter einem besonderen Recht, dort begangene Verbrechen wurden schärfer geahndet, durch den Standort der Mühle außerhalb der Dorfgrenzen wehte in ihren Mauern aber immer auch ein besonders freier Geist«, hatte Anna Köster ihr erzählt. Elsa war sehr erstaunt über diese Erklärung, die sie zum erstenmal hörte.

Natürlich waren auch Zuneigung und Erotik im Spiel, aber ohne diese andere Verbundenheit wäre ihre Affäre nicht über die ersten Monate hinausgekommen.

Dies glaubte Elsa während der langen Unterhaltung in Anna Kösters Zimmer verstanden zu haben. Und sie fragte sich ängstlich, was geschehen würde, wenn ihr Vater Anna Köster all das nicht mehr bieten könnte.

Kapitel 19

Georg litt unter dem Zerwürfnis mit seinem Sohn wie ein geprügelter Hund. Wenn ihm früher etwas nicht in den Kram gepaßt hatte, dann hatte er lautstark herumgepoltert und die Schuld bei anderen gesucht. Jetzt war er in sich gekehrt und schlich durch das Haus. Elsa sah förmlich sein Zögern, wenn er zu den Mahlzeiten im Eßzimmer erschien. Mehr als einmal fing sie einen hilfesuchenden Blick auf, den ihr Vater auf Anna richtete. Sie tat, als bemerkte sie ihn nicht. Wenn Georg nicht im Stall oder in der Sägemühle war, zog er sich in sein Zimmer zurück und grübelte vor sich hin. Die Steifheit in seinem rechten Bein, die seinen Gang so abgehackt wirken ließ, verstärkte sich.

Ludwig war für einige Wochen an die Kurische Nehrung gereist. Um auf Anraten seines Arztes einem erneuten Ausbrechen der Krankheit vorzubeugen, wie es offiziell im Haus hieß. Er hatte sich nicht von seinem Vater verabschiedet – und auch nicht von Helene, die weiterhin im Haus Dienst tat, bis eine Lösung gefunden war. Elsa war froh, ihrem Stiefbruder nicht mehr über den Weg laufen zu müssen. Dennoch war die Leichtigkeit der ersten Zeit ihres Aufenthalts verflogen. Sie erwog den Gedanken abzureisen, doch dann sagte sie sich, daß sie ihren Vater nicht ausgerechnet jetzt allein lassen durfte. Dabei war sie allerdings nicht ganz aufrichtig. Es war nicht nur ihr Vater, der sie in Schippenbeil hielt.

Elsa verbrachte soviel Zeit wie möglich in der wundervollen Umgebung. Abends ritt sie manchmal wie zufällig an Moritz Ingerslebens Haus vorbei, und er war wie zufällig im Garten beschäftigt und bat sie herein.

»Sie werden Schippenbeil bald verlassen, habe ich recht?« fragte er sie eines Abends, als sie bei einem Glas Rotwein die letzten warmen Sonnenstrahlen genossen.

»Sie wissen mehr über meine Familie, als Sie zugeben«, sagte sie statt einer Antwort.

»Es geht mich nichts an, und es interessiert mich auch nicht. Aber ich würde es bedauern, auf Ihre Gesellschaft verzichten zu müssen.«

Elsa sah Aufrichtigkeit in seinen honigfarbenen Augen.

»Mir würde es auch so gehen. Aber ich kann nicht ewig hierbleiben. Ich muß zurück nach Hause. Meine Mutter wartet auf mich.«

»Frau Köster ist nicht Ihre Mutter, und Ludwig ist Ihr Stiefbruder?«

»Ja.«

»Ich mache mir Sorgen um Ihren Vater. Er weicht mir aus, wenn es darum geht, übers Geschäft zu sprechen. Wenn ich nachhake, wird er unwirsch. Seit Ludwig weg ist, ist es noch schlimmer. Er kommt zwar ins Werk und sitzt hinter seinem Schreibtisch, aber er ist nur körperlich anwesend. Es hat keinen Sinn, mit ihm reden zu wollen.«

»Ich weiß«, sagte Elsa. »Es ist nicht das erste Mal.«

»Was?«

Elsa nahm einen großen Schluck Rotwein, dann erzählte sie Moritz von dem Kieswerk und warum es nicht mehr ihr gehörte.

»Es ist schwer, meinen Vater als Vater zu haben und

ihn zu lieben. Er verlangt eine Menge dafür. Manchmal frage ich mich, ob es nicht unmöglich ist.«

»Haben Sie keine schönen Erinnerungen an ihn?«

»Als erstes kommen mir immer die unangenehmen ins Gedächtnis.«

Elsa fragte sich unvermittelt, wie es wohl wäre, in Ingerslebens Armen zu liegen, die gebräunt und wunderbar kräftig waren. Sie ahnte, daß es unglaublich tröstlich sein mußte. Bei dem Gedanken wurde sie über und über rot. In ihrer Verwirrung wußte sie nicht, was sie sagen sollte. Hastig stand sie auf und verabschiedete sich.

Am nächsten Tag kam er ihr entgegen, als sie das Haus verlassen wollte. Er war auf dem Weg zu ihrem Vater, um die monatlichen Abrechnungen durchzugehen. Er entschuldigte sich für seine Neugier. Er glaubte, sie sei am Abend vorher so überstürzt gegangen, weil er indiskret gewesen sei.

Jetzt hatte Elsa ein schlechtes Gewissen. »Nein, ich versichere Ihnen, so ist es nicht. Ich habe Ihnen nicht mehr erzählt, als ich wollte. Ich ... ich mußte so schnell gehen, weil ich eine Verabredung vergessen hatte.«

Er sah sie auf seine merkwürdig forschende Art an. »Begleiten Sie mich dann heute abend an die Bucht am See? Die ich Ihnen am ersten Tag gezeigt habe? Wir werden einen prächtigen Sonnenuntergang bekommen.«

»Gern«, sagte sie.

»Am Ende war es Frau Köster, mit der ich die Bücher durchgegangen bin und die die Entscheidungen getroffen hat. Zu ihrem Vater bin ich nicht durchgedrungen. Er hat die ganze Zeit von einer Stute geredet, die er kaufen will.« Ingersleben machte eine Pause und sah Elsa nachdenklich an. »Es sollte Ihnen nicht egal sein, was mit dem Sägewerk geschieht und wer dort das Sagen hat.

Schließlich haben Sie schon einmal ein Werk geführt und wären durchaus in der Lage, auch hiermit zurechtzukommen.«

»Was wollen Sie damit sagen?« fragte Elsa.

Er legte ihr die Hand auf den Unterarm und ließ sie einen Augenblick dort ruhen. »Wenn Sie ein Interesse an der Sägemühle haben, dann sehen Sie nach dem Rechten. Verschaffen Sie sich einen Überblick. Bevor es zu spät ist.«

Elsa seufzte tief auf. »Ich weiß nicht, was ich tun soll.«

»Kommen Sie ins Sägewerk und sehen Sie sich alles an. Ich erkläre es Ihnen. Ich möchte Ihnen helfen, Elsa.«

Mehr sagte er nicht dazu, sondern wies zum Himmel, in dem Wolkenfetzen in allen Schattierungen von Violett bis Lachsrot leuchteten. Das Schauspiel wiederholte sich im Wasser, das blank vor ihnen lag.

Die Sonne ging unter, und die Dämmerung senkte sich über den stillen See. Um sie herum war das Quaken der Frösche und der vereinzelte Schrei des Seeadlers. Sie saßen eine Zeitlang stumm nebeneinander, dann erhoben sie sich, um zurückzureiten, bevor es zu dunkel wurde. Moritz half ihr auf das Pferd, und für einen Moment gestattete sie sich, sich an ihn zu lehnen. Beinahe gierig sog sie den Duft ein, den seine Brust verströmte. Er machte sich mit einem Räuspern von ihr los.

Dann ging alles sehr schnell. In den Tagen darauf fuhr Elsa jeden Morgen um acht gemeinsam mit ihrem Vater in die Sägemühle und ließ sich von ihm und von Moritz Ingersleben durch das Werk führen und sich alles erklären. Am Fluß stand die wasserkraftgetriebene Säge, genau an der Stelle, an der bereits zweihundert Jahre zuvor eine Sägemühle gelaufen war, wie Ingersleben wußte. Hundert Meter weiter hatte ihr Vater eine dieselgetriebene Anlage aufgestellt, die schneller und gleichmäßiger arbeitete. Elsa erfuhr, wer die Hauptabnehmer des Holzes waren und wer die Lieferanten. Sie begutachtete verschiedene Holzarten und informierte sich in Büchern über ihre Vor- und Nachteile. Sie inspizierte die meterlangen, unterschiedlich gezackten Sägeblätter, fragte nach ihren technischen Besonderheiten, der Leistungsfähigkeit und dem Preis und nach neuen Entwicklungen auf diesem Gebiet. Sie sprach mit den Arbeitern und fragte sie, ob sie gern in der Mühle arbeiteten.

Sie stellte fest, daß Sägespäne ganz unterschiedlich riechen konnten, abhängig davon, von welcher Holzart sie stammten und wie heiß das Sägeblatt geworden war. Meistens wurden Kiefern geschnitten, aber manchmal war auch eine Zeder mit ihrem herben Duft dabei. Elsa liebte es, das feingemahlene Mehl durch ihre Finger laufen zu lassen. Moritz ertappte sie einmal dabei.

»Eine sehr schöne, sinnliche Art, sich mit dem Werk vertraut zu machen«, sagte er, und Elsa wurde warm unter seinem Blick, aus dem tiefe Zuneigung sprach.

Nachdem sie die Arbeitswege kennengelernt hatte, warf sie einen Blick in die Bücher. Sie freute sich schon am Abend vorher auf diesen Moment der Konzentration über Zahlen und Geschäftsberichten. Sie hatte nicht gewußt, wie sehr ihr das gefehlt hatte.

Das Werk stand gut da. Natürlich waren die Investitionen, die notwendig gewesen waren, noch nicht wieder verdient, schließlich stand das Werk erst eineinhalb Jahre. Aber sie verfügten über neuestes technisches Gerät, und die Umsätze waren in den letzten Monaten kontinuierlich gestiegen. Wenn der Betrieb so weiterlief wie bisher, würden sie in einigen Jahren schuldenfrei sein. Um so erstaunter war sie, als sie in den Büchern sah, daß Anna Köster einen großen Betrag aus dem Werk abgezogen hatte. Sie habe ein Ferienhaus in Nidden an der Kurischen Nehrung gekauft. »Gleich neben dem von Thomas Mann«, sagte sie stolz, als Elsa sie darauf ansprach.

Als sie ihren Vater fragte, ob er darüber informiert sei, sah er sie überrascht an und nickte dann.

»Das glaube ich dir nicht«, sagte Elsa laut.

Georg antwortete: »Anna verfügt über mein Geld wie ich selbst. Ich vertraue ihr.«

»Darum geht es nicht. Sie kann nicht einfach solche Riesensummen aus dem Werk abziehen, die fest eingeplant sind. Wie kannst du das zulassen? Du hast es nicht einmal bemerkt.« Elsa holte tief Luft, dann sagte sie: »Ich weiß jetzt, was ich will. Ich möchte, daß du mir die Sägemühle überschreibst. Laß Anna meinetwegen das Haus. Es scheint ihr ohnehin zu gehören.«

Er zuckte ergeben die Schultern. »Wie du willst.«

Elsa war erschrocken über die Leichtigkeit, mit der er sich von seinem Besitz trennte. Fast hätte sie abgewehrt, sie habe es nicht so gemeint, sie wolle die Mühle nicht, doch dann sagte sie sich, lieber soll sie mir gehören, ich kümmere mich richtig um sie.

Der Notar kam bereits zwei Tage später, und alles wurde besiegelt. Als er gegangen war, übergab Georg seiner Tochter die Besitzurkunde über das Sägewerk.

»Ich weiß, du wirst es gut machen«, sagte er mit unverkennbarem Stolz in der Stimme. »Vielleicht sogar besser als ich.«

Er ging um seinen Schreibtisch herum und öffnete eine Schublade.

»Ich habe noch etwas für dich.« Mit diesen Worten übergab er Elsa eine Bernsteinkette. In einem der taubeneigroßen Steine war eine Fliege eingeschlossen.

»Ich habe die Steine selbst an der Ostsee gesucht und dabei die ganze Zeit an dich gedacht«, sagte er.

Daß er das für sie getan hatte, rührte Elsa beinahe zu Tränen. Sie legte die Kette um, und die Steine gaben ein leises, melodisches Klacken von sich.

»Ich bin dir sehr dankbar, Papa«, sagte sie.

»Jetzt sind Sie mein Chef. Das verändert die Situation ganz entscheidend«, sagte Ingersleben zu ihr, als sie nach einem gemeinsamen Bad im See nebeneinander im Gras lagen.

»Wenn Sie meinen«, entgegnete sie keck und hob kurz den Kopf, um ihn anzusehen. Aber ihre Forschheit war nur gespielt. Sie hatte sich in Moritz verliebt. In den ersten Tagen hatte sie belustigt an einen Flirt geglaubt, den sie sicher im Griff hatte. Doch die Intensität, mit der sie sich nach seiner Gesellschaft sehnte, das Kribbeln im Bauch, wenn sie ihn auf sich zukommen sah, das ständige Bemühen, sich mit seinen Augen zu sehen und ihm zu gefallen, all dies sagte ihr, daß aus einem harmlosen Flirt längst tiefe Liebe geworden war. Wann war das geschehen? Sie lag auf dem Bauch, den Kopf auf den verschränkten Unterarmen, weil sie ihn so ungestört beobachten konnte. Mit den Augen folgte sie einigen Tropfen, die sich aus seinem dunkelbraunen Haar lösten und den glatten, breiten Rücken hinabrannen. Sie mußte sich zusammenreißen, um sie nicht wegzuküssen. Am liebsten hätte sie sich ihm hingegeben, gleich hier, so stark war ihr Verlangen nach ihm. Es hätte ihr auch nichts ausgemacht, auf eine vielleicht unweibliche Art die Initiative zu ergreifen. Ihr ging es nicht um falsche Moral oder den Anschein von Tugendhaftigkeit, den sie bewahren wollte. Was sie zurückhielt, war die Furcht vor dem, was dann kommen würde. Noch eine Zurückweisung, nach Paul und Konrad, würde sie nicht verkraften.

Sie hatte bereits manche Nacht wachgelegen, den

Mond an ihrem Fenster vorüberziehen sehen und sich gefragt, ob ihr Mißtrauen Moritz gegenüber nicht unangebracht sei. Ingersleben wirkte auf sie wie die Vertrauenswürdigkeit selbst. Er hatte weder Konrads Überheblichkeit noch Pauls jugendliches Getriebensein. Sie mußte lachen, wenn sie sich vorstellte, daß Ingersleben wie die beiden anderen von Selbstzweifeln gequält würde. Ein solcher Gedanke war absurd. Moritz war ein Mann, der mit sich und der Welt zufrieden war, der für seine Arbeit und für seine Möbel lebte, der sich an der Natur freuen konnte, ein Menschenfreund und Genießer. So wie er die Sägemühle führte, voller Ernsthaftigkeit und zielstrebigen Vertrauens in seine Fähigkeiten, genauso packte er sein Leben an. In seinen Augen konnte Elsa keine Spur von Argwohn entdecken. Statt dessen sah sie seine starken runden Schultern und die schmalen Hüften, den kraftvollen Gang und den großen Mund mit den weichen Lippen, und sie wußte, daß sie all dies berühren wollte.

Einen solchen Mann gibt es nicht, sagte sie sich dann und warf sich in ihrem Bett herum. Wahrscheinlich stimmt mit ihm etwas nicht, er hat ja noch nicht einmal versucht, mich zu küssen, obwohl ich mich ihm beinahe an den Hals werfe. Vielleicht liebt er eine andere, ich habe ihn nie danach gefragt. Oder er hat generell kein Interesse an Frauen.

Er will mir Zeit geben, will, daß ich mich von ganzem Herzen für ihn entscheide, sagte die andere Stimme in ihr.

Aber wie soll ich mich entscheiden können, wenn er mir nicht einen winzigen Schritt entgegenkommt?

Vielleicht fehlt ihm der Mut, schließlich hat er selbst gesagt, die Tatsache, daß ich seine Chefin sei, würde alles ändern.

Und? Willst du so jemanden? Der keinen Mut hat?

Spätestens hier begann der Kreislauf ihrer Gedanken wieder von vorn.

Nun, da der Zweck ihrer Reise nach Schippenbeil erfüllt war, gab es keinen zwingenden Grund für Elsa, ihre Abreise hinauszuzögern. Ihr Erbe war beschlossene Sache, und es war zu einer Aussprache und einer vorsichtigen Wiederannäherung mit ihrem Vater gekommen. Karoline hatte bereits mehrfach angedeutet, sie würde sich freuen, wenn Elsa nach Hause käme. Notwendige Reparaturen am Haus und gewisse andere Dinge würden ihre Anwesenheit erfordern. Also besprach Elsa mit Moritz Ingersleben, wie er sich in ihrer Abwesenheit um die Mühle kümmern sollte. In diesem Punkt vertraute sie ihm völlig.

Nachdem sie sich einmal entschlossen hatte abzureisen, konnte es Elsa nicht schnell genug gehen. Plötzlich erschien ihr die räumliche Trennung von Ingersleben als einzig richtige Möglichkeit. Sie war froh, ihm zukünftig aus dem Weg gehen zu können, weil sie glaubte, so der Verwirrung in ihrem Herzen ein Ende zu machen.

Es war noch mehrfach zu Situationen gekommen, in denen sie sich körperlich sehr nahe gewesen waren. Einer von beiden hatte immer im letzten Moment gezögert, den nächsten Schritt zu tun. Sie waren auseinandergefahren, hatten eine Entschuldigung gestammelt und sich den Rest des Tages verdorben.

Vater und Tochter hatten die Pferde gesattelt und waren zu einem ihrer häufigen gemeinsamen Ausritte aufgebrochen. Ihr Vater fühlte sich in den Stunden, die er mit Elsa verbrachte, ganz offensichtlich wohl. Er taute aus seiner Apathie auf und wurde lebhaft.

Als sie wie üblich vor den grasenden Trakehnern abgesessen waren, um ihnen zuzusehen, wurde er bleich, als Elsa ihm sagte, sie würde in einigen Tagen nach Roseburg fahren. Fast befürchtete Elsa, er würde sie anflehen, ihn nicht allein zu lassen.

»Ich werde in regelmäßigen Abständen herkommen. Schließlich gehört die Mühle jetzt mir, und ich muß nach dem Rechten sehen«, versuchte sie ihn zu beruhigen. Sie zögerte. »Du hast alles weggegeben. Dir gehört hier nichts mehr. Hast du dir das auch gut überlegt?«

Er lachte plötzlich, sein altes, dröhnendes Lachen, strotzend vor Überheblichkeit. »Für wen hältst du mich? Ich habe mein Schäfchen im trockenen. Und außerdem ist doch Anna bei mir.«

»Wie geht es mit der Scheidung voran?«

»Oh, alles nur noch reine Formsache. Deine Mutter hat mir die Papiere geschickt, ich muß sie unterschreiben und vom Notar beglaubigen lassen, dann ist das erledigt.«

»Tut es dir nicht leid?«

Ihr Vater sah sie nachdenklich an. »Weißt du, wenn eine Sache unausweichlich wird, kommt man zwangsläufig noch mal ins Grübeln, ob man alles richtig gemacht hat.«

Zwei Tage darauf fand ein Abschiedsessen für Elsa statt. Sie ging davon aus, daß nur ihr Vater, Anna und Moritz Ingersleben daran teilnehmen würden, und wunderte sich, als sie sah, daß Helene fünf Gedecke auf die vornehm geschmückte Tafel stellte.

»Ist Ludwig zurück?« fragte sie.

»Nein«, entgegnete das Dienstmädchen erschrocken. »Ein Herr Wegener aus Hamburg wird kommen, ein alter Freund von Frau Köster.«

Elsa zuckte die Achseln.

Sie war nervös. Sie stand vor ihrem Spiegel und überlegte, was sie anziehen sollte. Überrascht stellte sie fest, daß sie in den Wochen in Schippenbeil zugenommen hatte. Das Kleid, das sie sich für den heutigen Abend aufgehoben hatte, war in der Hüfte zu eng. In einem Anfall von Zorn wühlte sie in den Koffern, die das Mädchen bereits gepackt hatte, und schlüpfte in ein helles Kleid mit heruntergezogener Taille. Vorn war es hochgeschlossen, im Rücken jedoch bis auf die Hüfte ausgeschnitten. Sie wickelte eine lange Perlenkette mehrfach um den Hals und legte die passenden Ohrringe dazu an. Jetzt noch die Schuhe mit den hohen Hacken und zu guter Letzt ein dunkelroter Lippenstift. Die Franzosen nennen ihn nicht umsonst *stylo d'amour*, dachte sie mit einem Lächeln, und die Erinnerung an den Abend in Otto Schulz' Atelier stieg in ihr auf. Seit damals trug sie immer einen Lippenstift bei sich. Hier in Schippenbeil hatte sie ihn jedoch noch nie aufgelegt. Ein letzter Blick in den Spiegel, und sie mußte zugeben, daß sie für einen Abend im Berliner Cabaret passender angezogen war als für ein gediegenes familiäres Abendessen in der ostpreußischen Provinz.

Macht nichts, dachte Elsa und warf den Kopf zurück. Sie wollte, daß Moritz Ingersleben sie einmal so, als verführerische Frau sah. Er soll merken, was er verpaßt hat, dachte sie. Ihr wurde bewußt, daß sie ihm seine Zurückhaltung übelnahm. Warum hatte er nie versucht, sie zu küssen? War sie etwa nicht anziehend genug für ihn?

»Elsa, ich wußte ja gar nicht, daß du auch Kleider in deinem Gepäck hast. Bisher habe ich dich nur in Hosen gesehen. Wen willst du denn mit der Aufmachung provozieren?« fragte Anna sie, als sie gemeinsam die Treppe hinuntergingen. »Doch nicht etwa Ingersleben?«

Elsa lächelte statt einer Antwort. Sie ließ Anna vorausgehen, damit sich alle um den Tisch versammeln konnten, bevor sie selbst als Ehrengast den Raum betreten würde.

Wenn Ludwig plötzlich dort am Tisch gestanden hätte, Elsa hätte nicht mehr erschrocken sein können. Aber dort, neben Moritz, befand sich der Mann, den Elsa von den vielen Fotos in Anna Kösters Zimmer kannte. Elsa hatte das sichere Gefühl, daß das nichts Gutes bedeutete. Sie warf Anna einen fragenden Blick zu, doch die gab ihn kühl zurück.

»Elsa Heller. Anton Wegener. Herr Wegener ist auf Urlaub hier in Ostpreußen. Wir kennen uns aus Hamburg. Ist es nicht schön, daß man auch so weit entfernt von der Heimat noch ab und zu alte Freunde am Tisch begrüßen und so eine Brücke schlagen kann?« sagte sie liebenswürdig.

Elsa gab Wegener zögernd die Hand. Er war der Mann, den Anna vor der Kulisse des Mailänder Doms umarmt hatte, mit dem sie am Strand unbeschwert gelacht hatte. Er war in die Jahre gekommen, aber immer noch besaß er das pechschwarze Haar und den ebenso schwarzen Schnauzbart über dem sinnlichen Mund, die ihr auf dem Foto gleich ins Auge gefallen waren und ihm das Aussehen eines Italieners, eines Spaniers oder Südamerikaners gaben. Der Mann küßte ihr formvollendet die Hand.

Erst dann hatte Elsa Augen für Moritz Ingersleben. Sie wandte sich zu ihm um, und dabei fiel ihr auf, wie groß er war. Moritz sah sie an, als hätte er eine Erscheinung vor sich. Bewunderung und Bestürzung wechselten sich in seinem Blick ab. Er hielt Elsas Hand ein bißchen zu lange fest, sie mußte sie ihm entziehen, um zu ihrem Vater auf die andere Tischseite hinüberzugehen und ihm leicht die Hand zur Begrüßung auf die Schulter zu legen.

Dann nahm sie ihren Platz am Kopfende des Tisches ein, und das Mädchen brachte die Suppe. Die Unterhaltung kam erst bei der zweiten Flasche Wein in Gang. Um den Tisch herrschte eine Spannung, die durch den Alkohol gelockert werden mußte. Elsa fühlte den verwirrten Blick von Moritz Ingersleben auf sich ruhen. Sie bedachte ihn einige Male mit einem provozierenden Augenaufschlag und ließ ihre Perlen klicken. Er sah sie an, als würde er sich auf sie stürzen wollen, er aß kaum etwas, trank dafür aber hastig von dem schweren roten Wein. Immer wenn sie wie zufällig in seine Richtung sah, waren seine Augen auf sie gerichtet, fragend, brennend. Elsa war ganz auf ihn konzentriert, auf die Wirkung, die sie auf ihn ausübte, gleichzeitig versuchte sie aus Gesprächen und Körperhaltung herauszufinden, was für eine Beziehung zwischen Anna und Anton Wegener bestehen mochte. Er hing an ihren Lippen und lachte am lautesten über ihre Bonmots. Einmal glaubte sie bemerkt zu haben, daß der Hamburger unter dem Tisch Annas Bein streifte, weil er dabei aus Versehen ihres berührte. Anna ließ sich nichts anmerken, sie war liebenswürdig und wie immer die perfekte Gastgeberin. Georg schien von der erotischen Aufgeladenheit am Tisch nichts zu bemerken. Er verhielt sich wie üblich wortkarg, nur als das Gespräch auf die Pferdezucht kam, mischte er sich ein und bot an, seine Pferde vorzuführen.

»Aber doch nicht jetzt«, rief Anna ungeduldig aus.

»Warum denn nicht?« antwortete Wegener eifrig und sprang auf. »Das Dessert kann warten!« Er bat Anna mit einer Geste, zuzustimmen, doch sie weigerte sich.

»Lieber Wegener, nein. Es ist dunkel. Wenn wir jetzt in den Stall hinübergehen, dann werden Sie noch darauf bestehen, einen Ausritt zu machen. Lassen Sie uns die Sache auf morgen vormittag verschieben. Was meinst du, Georg?«

Heller nickte, und Wegener setzte sich wieder, offensichtlich schwer enttäuscht.

Es war bereits gegen Mitternacht, als die Tafel aufgelöst wurde. Man ging ins Rauchzimmer hinüber, um dort ein letztes Glas Champagner zu trinken. Elsa nahm sich die Frechheit heraus, sich auf die Lehne von Ingerslebens Sessel zu setzten. Mit Befriedigung spürte sie die Unruhe, in die sie ihn versetzte, weil ihr Arm bei jeder Bewegung seine Schulter streifte. Für Elsa fühlten sich die nicht ganz zufälligen Berührungen an wie leichte Stromstöße. Schließlich stand Moritz in einer heftigen Bewegung auf, um sich zu verabschieden. Elsa erbot sich, ihn bis an die Haustür zu begleiten. Sie achtete darauf, vor ihm herzugehen, damit er ihren halbnackten Rücken betrachten konnte. Entzückt vernahm sie, wie er hinter ihr hörbar einatmete. Seine Stimme war heiser, als er sagte: »Sie sehen heute abend ganz besonders anziehend aus.«

Sie hatten die Eingangshalle durchquert, die in einem diffusen Dunkel lag, und standen an der Haustür. Elsa drehte sich halb zu ihm herum, langsam, damit er die Form ihres Busens und den Schwung ihrer Hüfte ahnen konnte. Plötzlich war ihr alles egal, und sie sagte: »Ich wollte dich aus deiner Reserve locken. Offensichtlich ist mir das nicht gelungen. Schade.«

»Elsa«, stöhnte er auf und riß sie an sich. Elsa warf sich ihm entgegen. Die Perlenkette hielt einem derartigen Sturm der Gefühle nicht stand. Sie riß, und um sie herum war das heftige Prasseln der Perlen auf den gemusterten Fliesen zu hören. Weder Moritz noch Elsa kümmerten sich darum. Elsa glaubte lediglich, daß er sie für jede fallende Perle einmal küßte, in ihr Gesicht und auf den Hals, mit einer ungezügelten Leidenschaft, die sie aufs höchste erregte. Plötzlich machte er sich los, ebenso unvermittelt, wie er sie an sich gerissen hatte.

»Die schönen Perlen, du meine Güte!«

Jetzt bemerkte Elsa Helene, die sich bereits bückte, um die Perlen aufzuheben. »Vielen Dank, Herr Ingersleben«, sagte sie etwas atemlos. »Ich wäre wohl ausgerutscht, wenn Sie mich nicht aufgefangen hätten.«

Moritz war zu aufgewühlt, um etwas zu sagen. Schwer atmend stand er vor ihr. Er sah Helene mit einem Gesichtsausdruck an, aus dem Mordlust sprach.

»Helene, lassen Sie das. Ich mache das schon!« sagte Elsa ein wenig zu scharf. Helene sah sie mißtrauisch an, ging dann aber achselzuckend zurück in die Küche.

Als sie allein waren, preßte Moritz Elsa wieder an sich, so sehr, daß ihr die Luft wegblieb. Er vergrub sein Gesicht in ihrem Haar, dicht an ihrem Ohr, und flüsterte atemlos: »Ich warte bei den Pferden auf dich. Ich kann dich so nicht gehen lassen! Bitte komm!«

»Sobald ich kann«, flüsterte Elsa. Sie küßte ihn noch einmal auf den Mund und wünschte sich, für immer in seinen weichen Lippen zu versinken.

Nachdem Moritz das Haus verlassen hatte, blieb sie noch einen Moment stehen, um wieder zu sich zu kommen. Sie ordnete ihr Haar und überprüfte den Sitz ihres Kleides. Es hätte sie nicht gewundert, wenn sie eine aufgerissene Naht festgestellt hätte, aber es war alles in Ordnung. Sie war dabei, die Perlen aufzusammeln, als ihr Vater aus dem Speisezimmer trat, um nach ihr zu sehen.

»Wo bleibst du? Meine Güte, was ist denn hier passiert? Warum hast du nicht Bescheid gesagt?« Schwerfällig ließ er sich auf die Knie herab, um ihr zu helfen, eine ungewohnte Geste der Fürsorglichkeit, die für immer in Elsas Gedächtnis eingebrannt blieb.

Zurück bei den anderen, trank sie noch ein weiteres Glas Champagner, vielmehr stürzte sie es hinunter. Dies und ihre geröteten Wangen veranlaßten Anna Köster zu der Frage, was denn mit ihr los sei.

»Ach, nichts. Ich fürchte, ich habe ein bißchen zuviel getrunken. Ich werde ins Bett gehen, bevor ich anfange, mich schlecht zu benehmen.«

Sie verabschiedete sich und ging hinauf in ihr Zimmer, holte sich ein warmes Schultertuch und hastete die Treppe wieder hinunter. Was würde sie sagen, wenn jemand sie überraschte? Ach, irgendeine Ausrede würde ihr schon einfallen.

Im Stall suchte sie vergebens nach Moritz Ingersleben. Sie stand an der Box von Tempelgott und rief leise nach ihm. Nach einer halben Stunde, mit wachsender Angst im Herzen, ging sie zu seinem Haus. Auch dort war er nicht, jedenfalls reagierte er nicht auf ihr Klopfen und Rufen. Schließlich ging sie zurück ins Haus ihres Vaters, starr vor Trauer und Entsetzen. Es war wieder passiert: Sie hatte sich in einen Mann verliebt und war bereit, sich ihm hinzugeben, und er hatte sie zurückgewiesen und sich aus dem Staub gemacht. Warum nur geriet sie immer an den Falschen?

Kapitel 20

Corinna Hansen heiratete wieder. Im August 1929, sechs Jahre nachdem ihr Mann aus dem Leben geschieden war, trat sie zum zweitenmal vor den Traualtar. Es gab eine Feier im kleinen Kreis, zu der Elsa eine Einladung bekommen hatte. Karoline sollte Trauzeugin sein, und sie war aufgeregt, als handele es sich um ihre eigene Hochzeit.

Nach der Trauung versammelten sich die Gäste von Corinna Hansen, die jetzt Tiedgen hieß, im Uhlenhorster Fährhaus an der Alster, wo schon der Kaiser diniert und vom Balkon aus dem Feuerwerk über dem Wasser zugesehen hatte. Während des Essens war Elsa neben einem Neffen des Bräutigams plaziert. Alexander Tiedgen war Ende dreißig. Er kam gerade aus New York zurück, wo er in den letzten Jahren ein großes Delikatessengeschäft aufgebaut hatte. Er hatte etwas Lässiges, Fröhliches an sich und war bar jeder Steifheit, ein halber Amerikaner eben. Er unterhielt Elsa geistreich und charmant, häufte ihr Essen auf den Teller, wobei er bei jedem Gericht wort- und gestenreich davon erzählte, wie die Zutaten in seiner Küche verarbeitet wurden, und sorgte dafür, daß sie sich während des Fünf-Gänge-Menüs ausgezeichnet unterhielt.

Während das Brautpaar seinen Ehrentanz auf dem berüchtigten spiegelglatten Parkett des Fährhauses bekam, stand Elsa neben ihrer Mutter und Thomas Heuer an der Tanzfläche. Seitdem Karoline ihre Scheidung und die Absicht, Heuer zu heiraten, bekanntgegeben hatte, machten die beiden sich nicht mehr die Mühe, ihre Liebe zu verstecken.

»Er ist nach Deutschland zurückgekommen, um in Hamburg ein Geschäft zu eröffnen, erste Lage, hat mir Corinna erzählt. Etwas ganz Neues soll das werden, etwas Besonderes. Und gutaussehend ist er, findest du nicht?« Karoline wies auf Alexander Tiedgen, der ihnen gegenüber auf der anderen Seite des Raumes stand und ihnen zuwinkte. »Er hat sogar die Empfänge der New Yorker Börse ausgerichtet. Corinna sagte, er ...«

»Mutter!« Elsa lachte. »Du preist ihn an, als sollte ich ihn morgen heiraten!«

Karoline sah sie nachdenklich an. »Er ist auf der Suche nach einer Frau, was ist daran verwerflich? Und es gibt wahrlich schlechtere Männer, findest du nicht?«

Elsa wußte darauf nichts zu antworten. Statt dessen sah sie Tiedgen an, der zu ihr herüberkam und sie zum Tanzen aufforderte, weil die Tanzfläche jetzt für alle freigegeben war. Natürlich gab es schlechtere Männer. Tiedgen sah gut aus, er war groß und kräftig, mit einem ebenmäßigen Gesicht und eleganten Bewegungen. Aber sein Aussehen war Elsa zu glatt, die Perfektion seiner Züge ließ sie gleichgültig, wenn sie sie nicht gar langweilte.

Als die beiden Heller-Frauen am nächsten Tag in Roseburg eintrafen, wartete dort bereits ein riesiges Bouquet aus roten Rosen und Lilien, die noch nicht aufgeblüht waren und deren Duft unter den hellgrünen Blättern man erst erahnen konnte. Zartgrün und dunkelrot waren doch die Farben von dem Kleid, das ich gestern anhatte, dachte Elsa. Hulda war ganz aus dem Häuschen, weil der Blumenbote extra aus Hamburg zu ihnen herausgefahren war, so wie in früheren Zeiten ... Sie hatte ihm ein viel zu hohes Trinkgeld gegeben. Elsa freute sich für ihre Mutter, doch Hulda meinte, nein, die Blumen seien für sie, von einem Herrn Tiedgen.

Tiedgen hatte sich offensichtlich in Elsa verliebt. Am Tag nach der Hochzeit rief er an und fragte, ob er sie zu einem Ausflug abholen dürfe. Zur Eröffnung seines Delikatessengeschäfts am Gänsemarkt, die zwei Wochen später stattfinden sollte, lud er sie als Ehrengast ein. Der Stellvertretende Hamburger Bürgermeister würde den offiziellen Teil übernehmen. Tiedgens Familie pflegte offenbar beste Beziehungen zur politischen Klasse Hamburgs.

Am Morgen dieses Tages brachte der Postbote mehrere Briefe. Der erste stammte von Martina Döpfer. Ihre Freundin aus Schultagen schrieb überschwenglich und wortreich. Sie war endlich Mutter geworden, nach acht Jahren des vergeblichen Wartens. Ihr und dem Kind ging es gut, und auch das Verhältnis zu ihrem Mann Wilhelm war wie neu, seit sie einen Sohn hatten. Elsa freute sich über die guten Nachrichten. Daß es ihrer Freundin gutging, machte auch sie ein bißchen froh. Auch Johanna hatte geschrieben, die nach ihrem letzten Kind nicht wieder schwanger geworden war und deren Glück genau aus diesem Umstand resultierte. Nur was Mathilde in Berlin trieb, wußte sie nicht so genau, denn sie hatte länger nicht von ihr gehört. Sie dachte so intensiv an ihre drei Freundinnen, daß sie meinte, von Thilda müßte auch ein Brief in der Post sein. Rasch sah sie den Stapel durch. Ein Brief aus Schippenbeil! Elsa erkannte die große, sehr moderne Schrift von Moritz Ingersleben. Ungeöffnet warf sie ihn ins Feuer des Küchenherdes.

Verdammt, verdammt, verdammt! dachte sie, während sie die Lippen zusammenbiß und versuchte, die Tränen zurückzuhalten. Es tat zu sehr weh, darüber nachzudenken, warum Moritz in jener Nacht ihr Treffen versäumt hatte. Jeder Gedanke an ihn tat mehr weh, als sie aushalten konnte. Sie weigerte sich, ans Telefon zu gehen, wenn er anrief, und sie verbrannte seine Briefe. Sie wußte, daß diese Handlungsweise absolut kindisch war und sie eines Tages mit ihm würde reden müssen, schließlich war er der Verwalter ihrer Sägemühle, aber jetzt, wo die Wunde noch so frisch war, fand sie nicht die Kraft dazu.

Statt dessen ließ sie sich von Alexander Tiedgen umwerben. Und der konnte das zugegebenermaßen sehr gut. Sie sagte ihm niemals ab, wenn er sie einlud, ins Theater, zum Essen oder zu einem Sonntagsausflug. Er mußte glauben, daß sie seine Gesellschaft allen anderen vorzog. Dabei tat sie das alles nur, um nicht an Moritz Ingersleben denken zu müssen.

Aber es half nicht. Beinahe jede Nacht trieben sie ihre Träume in die Arme von Moritz. Am Morgen erwachte sie mit tränennassem Gesicht. Sie verfluchte diese nächtlichen Heimsuchungen – und sie vermißte sie, wenn sie sich nicht einstellten.

In seiner Art, ihr den Hof zu machen, war Tiedgen die Zuverlässigkeit in Person. In seinem Werben war er sehr gewissenhaft – »Da kannst du die Uhr nach stellen«, befand Hulda anerkennend –, hier fand sich nichts von seiner sonstigen Lässigkeit. Wenn sie zusammen ausgegangen waren, rief er am nächsten Morgen bei ihr an, um ihr für den Abend zu danken. Um zwölf erschien der Blumenbote und brachte einen üppigen Strauß mit einem Kärtchen von ihm. Elsa hätte lügen müssen, wenn sie behauptet hätte, sie wäre nicht gern mit ihm zusammen.

Sie schätzte seine unkomplizierte Art, die sie nach wie vor die amerikanische nannte. Tiedgen gab wenig auf Konventionen, bei manchen weckte er Argwohn durch seine kumpelhafte Art, auf Menschen zuzugehen. Er war witzig und brachte Elsa oft zum Lachen, er kam auf die verrücktesten Ideen und sagte dann immer ganz unschuldig, in Amerika sei das so üblich.

Vielleicht am meisten an ihm schätzte sie, daß er trotz seines Charmes und seiner Verliebtheit keinerlei körperliche Anziehungskraft auf sie ausübte. Elsa konnte dicht neben ihm sein, ohne daß dieses unerklärliche, elektrisierende Kribbeln sie überfiel, wie sie es bei Moritz gespürt hatte. In Elsas Augen war das ein nicht zu unterschätzender Vorteil, den Alexander Tiedgen hatte. Er würde ihr nicht weh tun können.

Während der Vizebürgermeister seine Rede hielt – von Unternehmergeist und amerikanischen Tugenden, gepaart mit deutscher Gründlichkeit –, standen der frischgebackene Geschäftsinhaber rechts und Elsa links von ihm. Ihr sollte die Aufgabe obliegen, nach der Eröffnungsrede mit einer überdimensionalen Schere, die Alexander eigens aus New York mitgebracht hatte, ein Band zu durchschneiden und den Weg auf das Buffet freizugeben.

Tiedgens Idee, die die Mittagspause der Angestellten aus den umliegenden Bürohäusern revolutionieren sollte, bestand in einem Automatencafé. Die Kunden würden an den mannshohen, verglasten, mit einem amerikanischen System gekühlten Vitrinen entlangschlendern und die Waren in Ruhe betrachten, bevor sie sich entschieden. Dann würden sie eine der mit blitzendem Chrom umrandeten kleinen Schubladen öffnen. Sie würden das Gewählte herausnehmen, die Klappe wieder schließen und sich zu einer hochmodernen Registrierkasse begeben, hinter der eine schöne Kassiererin saß.

Im zur Straße liegenden Teil des Restaurants standen einige einfache Tische und Stühle, ebenfalls in glänzendem Chrom und rotem Leder gehalten. Die Einrichtung war minimalistisch. Sie sollte die Philosophie des Geschäfts verdeutlichen: So wenig Service wie möglich, dafür aber beste Qualität, Frische und angemessene Preise. »Ich will auch die Männer und Frauen anlocken, die bisher ihr Mittagsbrot von zu Hause mitbringen, weil sie es sich nicht leisten können, in ein Restaurant zu gehen«, hatte Alexander ihr erklärt.

Hinter den Vitrinen arbeiteten ein Koch, der ebenfalls aus Amerika stammte, eine Kaltmamsell in gestärkter Schürze und eine Schar von Küchenmädchen daran, die Gerichte vorzubereiten und die gläsernen Fächer zu füllen. An diesem Eröffnungstag sahen die Sandwiches womöglich noch appetitanregender aus als gewöhnlich. Zwischen allen erdenklichen Sorten von Brot und Brötchen fand sich Bratenfleisch, Wurst oder Käse, Salat, Tomaten, Gurken, dazu verschiedene Soßen, alles in allem die abenteuerlichsten Kombinationen: Schinken mit Gurken und einer scharfen Soße, gebratenes Schweinefleisch mit Beerenkonfitüre, Erdnußbutter mit Banane und Chili ... Der Phantasie waren keine Grenzen gesetzt.

Für das Eröffnungsbuffet waren alle diese Köstlichkeiten in winzige Häppchen geschnitten, die der Koch zu farblich sortierten Mosaiken gelegt hatte. Jeder Gast sollte möglichst viele Gaumenfreuden genießen können. Elsa hatte allerdings Mühe, zum Essen zu kommen, weil sie als Ehrengast ständig irgendwelchen Leuten Rede und Antwort stehen mußte. Aus den Augenwinkeln beobachtete sie ihre Mutter, die von den Chilisandwiches nahm und ungerührt einen nach dem anderen von den höllisch scharfen Bissen in sich hineinstopfte. Thomas Heuer fing ihren warnenden Blick auf. Er legte Karoline die Hand auf den Arm und machte sie auf einen frei werdenden Platz an einem der Tische aufmerksam. Karoline schenkte ihm ein Lächeln und folgte ihm.

Dankbar wandte sich Elsa wieder Corinna Tiedgen zu. Die Freundin ihrer Mutter schwärmte von der Modernität und Zweckmäßigkeit des Ortes. »Genau das Richtige für unsere Zeit«, wiederholte sie. »Schnell, günstig, gesund – genau das brauchen wir. Einfach phantastisch!« Elsa wollte ihr nicht die Laune verderben und ließ die Schmähbriefe unerwähnt, die Alexander nach wie vor erhielt. Darin wurde die zunehmende Amerikanisierung verdammt und eine Rückkehr zur deutschen Eßkultur gefordert. Natürlich waren diese Machwerke nicht unterschrieben. Statt dessen prangten Hakenkreuze auf dem Papier. Alexander hatte verächtlich die Achseln gezuckt, als er ihr die Briefe gezeigt hatte. Doch Elsa beunruhigten sie.

Im vorderen Teil des Raumes gab es in diesem Augenblick einen Tumult, der die allgemeine Aufmerksamkeit auf sich zog. Erschrocken sah Elsa, wie Thomas Heuer plötzlich beide Arme in die Luft warf, um sie ebenso schnell wieder sinken zu lassen. Er drehte sich halb um sich selbst, dann sackte er zusammen, wobei er von zwei umstehenden Männern mehr schlecht als recht aufgefangen wurde. Elsa hörte Karoline schreien, ein Ton höchster Verzweiflung, der ihr in den Ohren gellte. Als sie sich zu Thomas Heuer durchgekämpft hatte, kniete bereits ein Arzt bei ihm und stellte den Tod fest.

Glücklicherweise war Corinna bereit, sie nach Hause zu fahren. Elsa und Karoline saßen im Fond des Wagens, Elsa legte fürsorglich den Arm um ihre Mutter und streichelte ihr den Rücken. Karoline war bis auf diesen einen Schrei stumm geblieben. Wortlos und schlaff wie eine Puppe hatte sie sich zum Auto führen lassen und sich hineingesetzt. In Roseburg stieg sie wieder aus, man brachte sie in ihr Zimmer hinauf, sie ließ sich widerstandslos auskleiden und ins Bett legen. Elsa versuchte sie anzusprechen, zu ihr durchzudringen, es war zwecklos.

»Sie wird einen Schock haben.« Corinna wollte Elsa beruhigen. »Laß sie schlafen, morgen früh werden die Tränen kommen.«

Doch auch am nächsten Morgen kamen keine Tränen. Als Elsa, weil sie gegen neun Uhr immer noch nichts aus dem Zimmer ihrer Mutter hörte, schließlich hineinging, bot sich ihr ein Bild des Entsetzens: Karoline Heller hatte sich das hüftlange Haar abgeschnitten. Was sie noch auf dem Kopf hatte, stand in wirren Büscheln ab und hing ihr ins Gesicht. Sie hockte in einem dantesken Inferno aus langen Strähnen ihres Haars und den Resten ihrer Collagen, die sie in kleinste Schnipsel zerrissen hatte. Blüten, Blätter und sonstige Materialien, die sie für ihre Klebebilder benutzt hatte, waren aus den Schachteln und Schubladen gerissen und lagen inmitten von geborstenen Holzrahmen und Glasscherben über den Fußboden verstreut. Elsa dankte dem Himmel für die Fügung, daß, aus welchem Grund auch immer, die Pallas Athene ihrer Zerstörungswut entgangen war. Sie hing noch in ihrem Rahmen an der Wand und blickte auf das menschliche Unglück herab.

Dieses Bild und die Collage von der Villa, die sie schon vor langer Zeit Elsa geschenkt hatte, waren alles, was von Karolines jahrzehntelanger künstlerischer Leidenschaft übriggeblieben war.

Der hinzugezogene Arzt, der Nachfolger von Dr. Burmester, und ein Telefonat mit Dr. Hauenschild in Hannover bestätigten, was Elsa bereits befürchtet hatte: Der schwere Schock, verursacht durch den plötzlichen Tod ihres Geliebten, hatte Karolines Demenz einen weiteren, irreparablen Schub versetzt. Sie würde nie wieder die alte werden.

Von diesem Tag an verließ sie kaum noch ihr Zimmer. Meistens war sie in ihrer anderen Welt. Sie lag in ihrem Bett und naschte, oder sie starrte von ihrem Sessel, den man ans Fenster gerückt hatte, hinaus auf den See, in den sie sich wohl gestürzt hätte, wenn ihre geistigen Kräfte dazu ausgereicht hätten.

Zwei Tage nach Karolines Verlust kam das *Hamburger Fremdenblatt* ins Haus. Auf der dritten Seite, unter der Rubrik »Hamburger Wirtschafts- und Börsenblatt« fand Elsa ein Foto, das sie beim Zerschneiden des Bandes anläßlich der Neueröffnung von »Tiedgens Automatencafé« zeigte. Als sie weiterblätterte, stieß sie auf die Todesanzeige für Thomas Heuer. Elsa fuhr allein zur Beerdigung nach Hannover und war froh, daß Karoline dies alles nicht mehr begriff.

In diesen schweren Tagen voll Sorgen und Trauer hatte sie oft den beinahe schmerzhaften Impuls, Moritz Ingersleben anzurufen. Sie war überzeugt, daß er Worte des Trostes finden würde. Und noch ein anderer Wunsch war in ihr, immer wieder und immer stärker, seitdem sie ihn kennengelernt hatte.

Sie brauchte ihn zum Freund. Sie hatte ein nicht zu benennendes Gefühl, daß er ein Recht hatte, alles über sie zu wissen, über ihre Lebensumstände, über die Trauer, die sie über den Verlust ihrer Mutter empfand – denn Karoline war nicht länger die Frau, die sie als ihre Mutter gekannt hatte. Auch über Alexander Tiedgen wollte sie ihm alles sagen. So als ob sie seine Absolution brauchte. Vielleicht würde er Klarheit in ihre Gedanken bringen. Natürlich versagte sie sich den Wunsch. Durch sein Nichterscheinen hatte er deutlich gemacht, daß er kein Interesse an ihr hatte. Er hatte an dem Abend zuviel getrunken und sich in einem Moment der Leidenschaft hinreißen lassen, das war alles.

Statt dessen wartete sie, schwankend zwischen Ungeduld und Verzweiflung, auf die Träume, in denen er zu ihr kommen würde.

Sie rief in Schippenbeil an, um ihrem Vater zu berichten, was mit Karoline passiert war. Bevor das Dienstmädchen ihn endlich an den Hörer geholt hatte, hörte Elsa das Schlurfen seiner Schritte auf den Fliesen. Seine Stimme klang schleppend, sie mußte mehrfach nachfragen, um zu verstehen, was er gesagt hatte. Sie schob es auf die schlechte Verbindung.

Alexander sah sie in den nächsten beiden Wochen nur einmal. Sie konnte Karoline und Hulda nicht allein lassen, denn mittlerweile war auch Fanny nicht mehr im Haus.

Fanny hatte sich neu verheiratet, wieder mit einem Kiesarbeiter, der für Laaken arbeitete. Sie müsse an sich und ihre Tochter denken, sagte sie, als Elsa sie vorsichtig nach ihren Gründen fragte. Denn bei diesem Mann war es keine Liebe wie bei Johann, das sah Elsa, als Fanny ihn eines Tages vorstellte. Aber er sah zuverlässig aus, und er liebte Fanny und Marie. Eine gute Entscheidung, dachte Elsa. Nach der Hochzeit kam Fanny weiterhin an zwei Tagen der Woche ins Haus, um die Wäsche zu machen und die gröberen Arbeiten zu verrichten, sonst war Karoline auf die Hilfe der altersschwachen Hulda und eben auf Elsa angewiesen.

Elsa saß im Keller der Mühlenvilla, aber nicht einmal die angenehme Kühle, die hier unten herrschte, während es draußen glühend heiß war, konnte ihr die Arbeit versüßen. Sie war dabei, die Eier nach ihrer Größe zu sortieren, und sie haßte alles von Herzen, was mit der Hühnerzucht zu tun hatte. Das hatte sich seit Wernigerode nicht geändert. Aber die Arbeit mußte erledigt werden, auch jetzt, wo ihre Mutter sie nicht mehr tun konnte. Zweimal die Woche verbrachte Elsa seitdem Stunden in der muffigen Düsternis des Kellers, bevor der Händler kam, um die Eier abzuholen. Elsa ekelte sich vor dem alles durchdringenden säuerlichen Geruch der Vögel, der in jeder Ritze des Raumes und in den Ställen hing, vor Hühnerdreck und Federresten, die an den Eiern und an ihren Schuhen klebten, und sie fürchtete sich vor den Ratten, die durch die Nähe der Teiche und die Küken angelockt wurden. Wenn sie die Ställe betrat, von denen Karoline im letzten Jahr fünf am Rand der Obstwiese aufgestellt hatte, sah sie immer einige der widerlichen Tiere. Sie blieben sitzen und starrten Elsa aus bösen Augen träge an. Hier im Keller waren sie auch. Elsa trat immer erst kräftig mit dem Fuß auf, bevor sie den Raum betrat.

Die Arbeit ging ihr nicht gut von der Hand, beim Einsammeln und Sortieren rutschten die Eier weg, nicht selten glitt eines auf den Fußboden. Elsa hatte Eidotter auf der Schürze und auf den Schuhen. Sie fluchte, als ihr Blick auf die großen Kartons fiel, die sie noch zu füllen hatte.

»Na, amüsierst du dich?« fragte Alexander, der plötzlich neben ihr stand.

Elsa zuckte vor Schreck zusammen, und das Knickei in ihrer Hand wurde vollends zerdrückt. Der weiche Dotter rann ihr warm durch die Finger und sammelte sich auf dem Fußboden. Wütend wischte sie sich die

Hände an der Schürze ab. »So ein Mist. Warum schleichst du dich so an? Ich habe auch ohne das schon eine Todesangst hier unten.«

»Entschuldige, das war nicht meine Absicht. Aber Hulda sagte mir, daß du hier bist. Was in Gottes Namen tust du da?«

Elsa sah zu ihm hoch und lächelte gequält. »Eier sortieren. Meine Mutter hat diese Hühnerzucht im letzten Jahr angefangen, und jetzt muß sich jemand um die Tiere kümmern.«

»Warum, um Himmels willen, tust du das?«

»Ich kann doch die Viecher nicht unversorgt lassen.«

»Lohnt sich das denn, ich meine, finanziell?«

Sie schnaubte. »Natürlich bringt der Verkauf der Eier etwas, und wenn wir schlachten, nehmen uns die Gastwirtschaften aus Mölln und Güster das Fleisch ab. Aber viel ist es nicht. Schließlich fressen die Viecher auch. Und eines weiß ich: Ich werde keine Hühner schlachten und rupfen. Und ich werde erst recht keine Küken sortieren. Woher soll ich wissen, ob ich ein Hahn- oder ein Hennenküken vor mir habe? Ich habe das nie gelernt. Ich würde vor Widerwillen sterben!«

»Hör mir zu«, sagte Alexander. »Du bist nicht verpflichtet, dies hier«, er wies auf das Durcheinander von Eierpappen, Körben und Eierschalen, das neben der Sortiermaschine stand, »zu machen, wenn du es nicht willst. Das bist du auch deiner Mutter nicht schuldig. Ich schicke dir zwei meiner Küchenmädchen, die schlachten und rupfen dir die Tiere. Wie viele sind es?«

Elsa sah ihn hoffnungsvoll an. »Hundertzwanzig. In jedem Stall gut zwanzig Viecher.«

Tiedgen rechnete kurz. »Gut, in zwei Tagen müßte das zu schaffen sein. Du organisierst Abnehmer für das Fleisch, und ich bekomme dreißig Hühner als Bezahlung.

Dann gibt es im Automatencafé Hühnchen in Gelee. Einverstanden?«

Elsa stand auf, wischte sich nochmals die Hände ab und reichte ihm ihre Rechte. »Einverstanden«, sagte sie erleichtert.

»Und dann bestellst du den Kammerjäger. Und jetzt rück ein Stück zur Seite, ich helfe dir.«

Elsa sah ihn verblüfft an. »Kannst du das denn?«

Er lachte. »In den ersten Jahren in Amerika habe ich auf einer Farm gearbeitet. Aber ich versichere dir: Auch ich hasse diese Arbeit. Ich tue sie nur dir zuliebe.«

»Er ist ja so ein netter Mann«, sagte Hulda, als Alexander am frühen Nachmittag wieder gefahren war. »Patent und hilfsbereit. Und er sieht gut aus ...« Hulda schlich schon eine geraume Zeit um Elsa herum. Es war offensichtlich, daß sie auf eine passende Gelegenheit wartete, um Tiedgens Vorzüge zu preisen. »So einen könnten wir hier gut brauchen, der würde den Laden schmeißen, und wir müßten uns keine Sorgen mehr um nichts machen. Ich kann sowieso nicht mehr lange. Meine Knochen wollen einfach nicht mehr so ...«

Elsa lächelte sie zerstreut an. »Die Botschaft ist angekommen, liebe Hulda. Ich weiß selbst, daß Tiedgen eine gute Partie ist.«

»Und er würde dir nicht das Herz brechen wie die anderen«, setzte die alte Frau nach.

Elsa fuhr hoch. »Was redest du da?«

»Das solltest du nicht unterschätzen, Kind. Wenn die Leidenschaft verflogen ist, sollte noch etwas übrig sein. Ich möchte nicht noch einmal erleben, wie du hier nachts durch das Haus geisterst, weil du Liebeskummer hast. Ich bin schließlich fünfundsechzig und brauche meinen Schlaf.«

Elsa ging zu ihrer alten Kinderfrau hinüber und nahm sie seit langer Zeit mal wieder in die Arme. Der schwache Geruch nach Pomade, den sie schon kannte, seit sie ein ganz kleines Mädchen war, ließ sie plötzlich schwindlig werden. »Du läßt mich doch nicht im Stich, Hulda?« fragte sie leise.

Kapitel 21

Die Nachricht verbreitete sich in Roseburg wie das Feuer auf den abgeernteten Kartoffelfeldern bei Wind. Wenn der Kaiser dem Dorf die Ehre gegeben hätte, das Interesse hätte nicht größer sein können: Georg Heller war wieder da. Ohne großen Bahnhof stieg er eines Nachmittags aus dem Zug, der aus Berlin gekommen war. Kein Kutscher wartete, um ihn abzuholen, aber der alte Bruhns sah ihn, als er an seinem Fenster vorbeikam. Der Friseur riß sich die Schürze ab, stürzte nach draußen und fragte Heller, was denn los sei, wieso er wieder da sei, wo er denn hinwolle. Als er keine Antwort erhielt, dachte er sich sein Teil und lief zu Schmaljohanns Gastwirtschaft, um dort die Neuigkeit zu verbreiten. Beinahe wäre es so weit gekommen, daß die Nachricht von seiner Ankunft die Villa eher erreicht hätte als er selbst.

Georg betrat das Haus, als habe er es erst am Morgen verlassen. Er ließ sich ächzend auf den großen Stuhl fallen, der in der Eingangshalle stand, um sich die Stiefel auszuziehen. Hulda lief aufgeregt um ihn herum, auch sie hielt er keiner Antwort für würdig. Er stieg die Treppe hinauf, um in das Zimmer seiner geschiedenen Frau zu gehen. Karoline sah ihm freundlich entgegen und sagte: »Thomas, Lieber, wie schön, daß du mich endlich wieder einmal besuchst.« Rotgesichtig polterte Heller die Treppe wieder hinunter und holte sich eine Flasche

Gebrannten aus dem Küchenschrank. Jetzt erst bemerkte Hulda, daß er bereits schwer getrunken hatte.

Als Elsa eine Stunde später nach Hause kam, fand sie ihren Vater schnarchend auf dem Sofa im Arbeitszimmer.

Am nächsten Morgen war Georg wieder nüchtern. Elsa und er saßen am Frühstückstisch, doch keiner von beiden rührte das Essen an. Georg zerzupfte gedankenlos eine Scheibe Brot. Er sah Elsa nicht an, während er in dürren Worten berichtete, daß Anna Köster ihm schlicht und ergreifend die Tür gewiesen hätte. Sie würde heiraten, und zwar Anton Wegener, um endlich eine anständige und geachtete Frau zu sein.

»Ich muß sie angestarrt haben, als käme sie geradewegs von einem fremden Stern. Ich glaube, ich habe es immer noch nicht verstanden. Und dann bin ich einfach aufgestanden und gegangen.«

»Du hast dich nicht gewehrt? Aber sie hat dich aus dem Haus gejagt. Mein Gott, Papa, früher hättest du dir so etwas nie gefallen lassen!«

Ihr Vater sah sie mit einer irritierenden Ruhe an. »Das Haus gehört ihr ... Im Grunde habe ich immer gewußt, daß das eines Tages passieren würde. Wahrscheinlich bin ich selber schuld. Ich hätte sie heiraten müssen.«

»Es ist so gekommen, weil du alles haben mußtest und nicht bereit warst, dich zu entscheiden«, sagte Elsa heftig.

»Ich glaube, auch mit einem Ehering am Finger hätte sie mich verlassen, wenn sie es für richtig gehalten hätte ...«

»Ja, sie ist eine Frau mit einem starken Willen. Und sie hat gelernt, auf die gesellschaftlichen Konventionen zu pfeifen. Da seid ihr beide euch sehr ähnlich.«

Elsa hätte ihren Vater gern gefragt, ob er Anna Köster noch liebe, aber sie wagte es nicht.

»Nach dem Streit mit Ludwig war alles vorbei, auch zwischen Anna und mir«, sagte Georg, als hätte er ihre Frage auch unausgesprochen verstanden. »Da brauchte es gar keinen schönen Wegener mehr.«

»Und was willst du jetzt hier?« fragte Elsa. »Wie stellst du dir das vor? Du hast dieses Haus verlassen. Es gehört dir nicht länger.«

»Willst du etwa, daß ich Miete zahle?« knurrte er.

»Darum geht es nicht«, rief sie ärgerlich. »Nach allem, was gewesen ist, kannst du nicht einfach wieder hierher zurückkommen und da weitermachen, wo du aufgehört hast. Was geschehen ist, ist geschehen, und zwar, weil du es so wolltest. Du bist nicht länger mit Mama verheiratet, dies ist nicht länger dein Haus. Du kannst nicht einfach die Zeit zurückdrehen und dich hier wieder ins gemachte Nest setzen. Wovon willst du eigentlich leben? Du hast alles weggegeben. Dir gehört nichts mehr!«

»Du und deine Mutter, ihr werdet mich schon nicht auf die Straße setzen. Und außerdem«, er richtete sich auf und erhob die Stimme, »werde ich mir alles zurückholen. Ich habe da so ein paar Ideen im Kopf. Ihr sollt mal sehen, in sechs Monaten bin ich wieder wer!« Für eine Sekunde war der alte siegesgewisse Zug um seine Lippen, der ihm die Mundwinkel leicht nach unten zog. Sein Blick wurde hart, er ballte die Faust um das winzige Buttermesser.

Am Abend, als Elsa bei ihr war, um ihr eine gute Nacht zu wünschen, richtete sich Karoline plötzlich in ihrem Bett auf und packte Elsa hart am Arm. »Meinetwegen laß ihn hier wohnen. Aber solange er bei uns ist, zahlt er Miete und Kostgeld. Sorge dafür! Ich verlasse mich auf dich!« Sie hatte Mühe, die Worte herauszubringen und sprach nuschelnd, aber dennoch unmißverständlich.

»Aber Mama!« Elsa wußte nicht, was sie mehr verwirrte: Karolines Wunsch oder die plötzliche Entschlossenheit, mit der sie ihn vorbrachte.

»Ich meine es so, wie ich es sage. Er hat uns genug angetan, aber er ist immerhin dein Vater. Wenn er hier wohnen will, soll er zahlen. Auf Heller und Pfennig.« Sie kicherte über ihren kleinen Witz, dann wurde sie wieder ernst. »Hol ihn her, dann sage ich es ihm selbst. Hol ihn, ich will mit ihm reden.«

Am Tag darauf fand Hulda einen großen Geldschein auf dem Küchentisch.

Die Situation war grotesk, und die Leute hatten mal wieder zu reden. Doch die Bewohner der Mühlenvilla arrangierten sich. Georg bewohnte sein altes Zimmer und trug seine alten Sachen, die immer noch im Schrank hingen. Abends saß er manchmal bei Karoline, und die beiden redeten leise miteinander, aber weder Elsa noch Hulda wußten, worüber und ob Karoline ihn überhaupt erkannte. Wie früher verließ Georg das Haus sehr zeitig und war schon fort, wenn Elsa am Morgen herunterkam. Es schien, als habe er seine alte Kraft zum Teil zurückgewonnen. Elsa stellte erleichtert fest, daß sein Gang aufrechter und weniger schleppend war als noch in Schippenbeil.

In den ersten Tagen fuhr er nach Güster, um mit den dortigen Kiesbaronen über seinen Wiedereinstieg zu verhandeln. Die fünf Güsteraner Kiesgrubenbesitzer, die die Veränderungen der letzten Jahre überstanden hatten, wiesen sein Angebot zurück, allen voran Laaken, der seinem einstigen Chef kühl die Tür wies. Damit hatte

Georg nicht gerechnet. Er fühlte sich betrogen und wurde verbittert. Er pöbelte in der Gastwirtschaft herum und verprellte so auch die, die ihm noch wohlgesinnt waren.

Der ehemalige Kiesbaron fing Streit an, wenn man ihm nicht den gebührenden Respekt entgegenbrachte. Mit einem über dem Kopf erhobenen Stock jagte er die Dorfjungen, die mit ihren feinen Nasen den Duft seiner Niederlage rochen, und machte sich durch seine ungelenken Bewegungen, die von dem halbsteifen Bein herrührten, zum Gespött.

Überall wähnte er jetzt abschätzige Blicke, wie am Anfang seines rasanten Aufstiegs. Diese Blicke, wenn er sich nicht *comme il faut* benahm, die Belustigungen hinter seinem Rücken, aber auf seine Kosten. Früher hatte er mit einem Geldschein gewinkt und darüber gelacht, bis die Schandmäuler verstummten. Jetzt trafen ihn die Beleidigungen tief und verletzten seinen Stolz. Es kam vor, daß er am späten Nachmittag zu trinken begann und um die Abendessenszeit bereits seinen Rausch ausschlief.

Alexander Tiedgen gab sich Mühe, ihn nett zu finden, aber die großspurige Art, die Heller an den Tag legte, machte ihm das nicht leicht.

»Automatencafé, sagen Sie? Kann man denn damit Geld verdienen?« Heller wanderte im Zimmer auf und ab. »Ein bißchen unmännlich, das Geschäft, finden Sie nicht? Schmieren Sie da die Brötchen, oder was?«

»Papa!« mischte Elsa sich ein.

»Nein, nein, laß nur«, unterbrach Alexander. »Wissen Sie, die gesellschaftlichen Neuerungen aus Amerika kommen über kurz oder lang auch nach Deutschland. Service heißt das Zauberwort.«

Heller sah ihn fragend an.

»Den Menschen zu Diensten sein, ihnen das Leben

angenehm machen, bestimmte Aufgaben abnehmen, für den kleinen Luxus im Alltag sorgen. Hier liegt das große Geld, Sie werden sehen.«

»Andere Menschen bedienen ... Soll ich etwa so mein Geld verdienen?«

»Nun, vielleicht eher nicht. Verzeihen Sie meine Offenheit, aber ich glaube, daß Sie für eine solche Tätigkeit ... wie soll ich mich ausdrücken ... zu wenig diplomatisch sind.«

Heller lachte dröhnend und gutgelaunt.

»Da haben Sie wohl recht, junger Mann.«

»Haben Sie mal mit meinem Onkel gesprochen?«

»Hermann Tiedgen, der zweite Mann von Corinna Hansen«, warf Elsa erklärend ein.

»Ich weiß, ich weiß«, sagte Georg Heller. »In welcher Branche ist er?«

»Im- und Export, im Moment etwas schwierig, aber das kann ja nicht immer so bleiben. Reden Sie mit ihm. Ich mache Sie gern bekannt.«

»Mal sehen«, entgegnete Heller. »Ich muß ohnehin in den nächsten Tagen nach Hamburg.«

Auch in der Hansestadt lief die Sache nicht gut für ihn. Als Heller sich zwei Jahre zuvor über Nacht nach Ostpreußen abgesetzt hatte, hatte er nicht nur seine Familie vor vollendete Tatsachen gestellt, sondern auch Geschäftsfreunde und die Mitglieder seines Herrenclubs. Viele nahmen ihm dies persönlich übel, so benahm man sich nicht unter Freunden, und es warf kein gutes Licht auf seine Zuverlässigkeit in geschäftlichen Dingen. Wären die Zeiten besser gewesen, vielleicht hätte man ihm gegen eine kleine Beteiligung Unterschlupf gewährt, aber die Zeiten waren nicht gut, die Geschäfte liefen nicht, und da konnte man einen unsicheren Kandidaten wie Heller, der zudem oft nicht wußte, wie er sich zu benehmen hatte, nicht brauchen. Und so hielt man ihn hin, versprach, sich umzuhören, empfahl dies und das, aber es geschah nichts.

Also fing er an wie schon einmal: Er versuchte sich im Holzhandel.

Der Herbst rückte näher, und mit ihm die Zeit der Holzeinschläge. Georg Heller investierte sein gesamtes verbliebenes Kapital in ein Stück Wald hinter Wotersen, dessen Besitzer bankrott gegangen war. Es war kein schöner, mächtiger Wald, keine hundertjährigen Buchen oder Eichen, sondern eine Fichtenmonokultur. Das hatte den Vorteil, daß die Bäume alle gleich hoch und stark waren und man sie leicht schlagen konnte. Ein Großteil des Holzes war bereits gefällt und gestapelt und wartete darauf, abtransportiert zu werden. Georg ließ seine alten Beziehungen spielen und hatte einen Käufer in Lübeck an der Hand, der ihm die Stämme abnehmen wollte.

Wenn er das Haus betrat, war jetzt oft ein Duft von Harz und Späne um ihn, der Elsa anfangs wie ein Hammerschlag traf, weil er sie an Moritz Ingersleben erinnerte. In Schippenbeil hatte dieser Duft über allem gelegen, und sie hatte ihn nur halb registriert, doch nun witterte sie ihn sofort. Manchmal hoffte sie, Moritz müßte im Haus sein, wenn sie beim Heimkommen den Duft wahrnahm, und dann war es doch nur ihr Vater.

Nach wie vor warf sie Moritz' Briefe ungeöffnet weg. Von ihrem Vater wußte sie, daß die Sägemühle gut lief. Die monatlichen Abrechnungen, die sie auf ihrem Bankkonto verfolgte, wiesen in dieselbe Richtung, und das genügte ihr. Das Geld reichte vorerst, um das Haus zu halten und ein angenehmes Leben zu führen. Es gab keinen Grund für sie, mit Moritz zu sprechen. Keinen, der die Geschäfte betreffen würde.

Thilda war für einige Tage aus Berlin nach Roseburg gekommen. Es war das erste Mal, daß sie Elsa hier besuchte. Sie war begeistert von der Villa und vor allem vom Park mit den Teichen. Karolines alten Pavillon erklärte sie zu ihrem Lieblingsplatz. Obwohl die Luft gegen Abend bereits empfindlich kühl war, saßen die Freundinnen dort, schauten auf das dunkle Wasser unter ihnen und unterhielten sich. Die Farbe auf dem Holz war über die Jahre abgeblättert, unter den Bänken sammelte sich das Herbstlaub, es gab auch niemanden mehr, der die Wege harkte und die Decken und Kissen auflegte, seitdem Karoline sich nicht mehr darum kümmerte, dennoch hatte der Ort etwas Magisches. Elsa war Mathilde dankbar dafür, daß sie ihr diesen Platz wieder nahebrachte. Sie selbst hatte schon lange nicht mehr hier gesessen. Als am Sonnabend die Sonne herauskam, unternahmen sie die gemeinsame Anstrengung, Karoline hierherzubugsieren. Nachdem sie endlich in einem alten Sessel saß, sah Karoline glücklich aus, fuhr mit der Hand über das Geländer und lauschte auf das leise Plätschern des Wassers. Sie schien diesen Aufenthalt in ihrem alten Refugium in vollen Zügen zu genießen.

»Danke«, sagte Elsa zu Mathilde, während sie ihre Mutter ansah, »danke, daß du diese Idee gehabt hast. Ich hätte mich allein nicht getraut.«

»Ist schon gut«, antwortete Thilda. »Ich hatte keine Ahnung, daß es ihr so schlecht geht.«

»Es ist sehr schnell gegangen. Der Schock, den ihr der Tod von Thomas Heuer versetzt hat, war zuviel. Manchmal bin ich froh, daß sie nicht mehr mitbekommt, was um sie vorgeht. Aber sie wirkt befremdlich auf Leute, die sie nicht kennen, nicht wahr?«

»Sie kann einem angst machen«, antwortete Mathilde.

In den wenigen Tagen, die Mathilde zu Besuch war, brachte sie das Haus mit ihrer quirligen Art in Aufruhr. Sie erinnerte Elsa schmerzhaft daran, daß sie ihre Tage mit Alten und Kranken verlebte. Mathilde, das war pure Lebensfreude. Und sie war womöglich noch schöner als früher. Die leicht vorstehenden Augen sahen groß und verheißungsvoll in die Welt, die dunklen Ringe der Erschöpfung waren verschwunden. Die Haut war wie Alabaster, das dunkle Haar wie eine Mähne um den Kopf. Dazu kam eine neue Sportlichkeit, die sich in Zähigkeit und Beweglichkeit ausdrückte. Seit einigen Monaten hatte Mathilde ihren Alkohol- und Zigarettenkonsum stark reduziert und verzichtete ganz auf ihr magisches weißes Pulver. Sie berichtete, daß es in Berlin mittlerweile Clubs gab, in denen der Konsum von Kokain nicht länger gestattet war. Jetzt war es Mode, ohne auszukommen. Vielleicht hing es damit zusammen, daß alle Welt seit kurzem intensiv Sport trieb. Elsa wollte nicht glauben, als Mathilde ihr erzählte, sie habe mit dem Boxen angefangen. »Doch, doch! Das ist absolut schick. Ich trainiere im berühmtesten Studio von Berlin. Manchmal treffe ich dort Vicki Baum, du weißt schon, die Schriftstellerin. Nach dem Training bin ich zwar halb tot, aber es ist gut für die Linie.« Sie sprang auf und zeigte einige irrsinnig schnelle Schlagabfolgen, bei denen Elsa ihre Figur bewundern konnte.

Die Männer verdrehten immer noch die Köpfe nach ihr, das ging gleich auf dem Hamburger Bahnhof los, wo Elsa Mathilde abholte. Die Kofferträger rissen sich darum, sie bedienen zu dürfen, es gab bewundernde Pfiffe und offene Münder. Sogar Georg wurde launig und charmant, als er sie sah. Elsa und Mathilde wollten sich ausschütten vor Lachen über die Verrenkungen, die ausgerechnet Männer machten, um Thilda zu imponieren.

Mathilde kam am Donnerstag nachmittag an, am Freitag war ein weiterer Brief von Moritz in der Post.

»Willst du ihn nicht aufmachen?« fragte sie Elsa.

»Nein.«

»Findest du nicht, daß er eine Chance verdient hat?«

»Nein.«

»Wenn ich sagen würde, daß alle Männer gleich sind und daß man ihnen nicht trauen kann, dann würde das Sinn machen. Wenn du dasselbe tust, dann ist das dumm.«

Elsas Gesicht nahm einen gequälten Ausdruck an. »Ich will nicht wieder zum Opfer werden, zum Opfer meiner Gefühle und meiner Liebe. Ich habe mir Moritz Ingersleben aus dem Herzen gerissen, aber noch habe ich nicht die Kraft, diese Wunde wieder aufzureißen, indem ich seine Briefe lese.«

»Du meine Güte, wie pathetisch!« rief Mathilde spöttisch und schlug die Hände zusammen. »Ich glaube, du liest in deinem Seniorenheim zu viele Liebesromane. Aber jetzt mal im Ernst: Du weißt doch gar nicht, was damals passiert ist, Herrgott noch mal! Du hast ihm nicht die winzigste Chance einer Erklärung gelassen. Vielleicht hat ihn irgend etwas gehindert, in jener Nacht auf dich zu warten.«

»Er hätte am nächsten Morgen am Bahnhof sein können.«

»Aha, du hast also doch gehofft!« rief Thilda triumphierend.

»Er war aber nicht da.«

»Weißt du, was dein Problem ist? Du hast den Glauben an die Liebe verloren. Du traust niemandem mehr und rennst womöglich am Glück deines Lebens vorbei.«

Elsa fühlte sich in die Enge gedrängt und wurde heftig. »Nennst du das Glück deines Lebens, wenn dir der Kummer das Herz zerreißt? Wenn du nicht schlafen kannst und dir gleichzeitig nichts sehnlicher wünschst als Schlaf, weil du hoffst, daß er dann in deinen Träumen zu dir kommt, nur damit du am Morgen aufwachst und erkennen mußt, daß er doch nicht neben dir liegt? Ich will nie wieder einen Mann so lieben, das habe ich mir geschworen! Das hatte ich mir schon nach der Enttäuschung mit Konrad geschworen, aber ich bin meinen eigenen Prinzipien untreu geworden, und jetzt habe ich die Quittung dafür bekommen.«

»Aber der Schmerz gehört doch dazu! Wie willst du wissen, ob du wirklich liebst, wenn du nicht weißt, was der Verlust bedeutet?«

»Ich habe bisher leider nur ganz wenig Glück und dafür viel Verlust erfahren. Ich fürchte, bei mir sind die Gewichte äußerst ungerecht verteilt.« Plötzlich kam ihr ein Gedanke in den Sinn, und ohne zu überlegen, sprach sie ihn aus: »Wenn Alexander mich fragt, ob ich seine Frau werden will, dann nehme ich seinen Antrag an.«

»Aber du liebst ihn doch gar nicht!« Jetzt war auch Thilda verärgert.

Elsa sah sie nachdenklich an. »Erinnerst du dich an unser Gespräch in Berlin? Nachdem ich Konrad mit dieser anderen Frau überrascht hatte? Damals hast du mir doch gesagt, ich soll daran denken, daß es neben der Leidenschaft auch noch etwas anderes geben sollte, was mich zu einem Mann hinzieht. Ich habe darüber nachgedacht, und ich glaube, unsere Mütter und Großmütter hatten recht. Eine Vernunftehe hat ihre Vorteile: Du erlebst keinen Taumel der Gefühle, aber auch kein böses Erwachen. Du behältst dein Innerstes für dich, und niemand kann es gegen dich verwenden, wenn die Liebe vorbei ist. Wenn ich Alexander heirate, dann gebe ich ihm nur so viel Liebe und Zuneigung, wie ich ihm geben will.«

»Du willst unter allen Umständen die Kontrolle behalten. Aber was ist mit dem anderen?« fragte Mathilde leise. »Mit dem Schmetterling, der in deinem Bauch ganz zart mit den Flügeln schlägt? Was mit der Veränderung, die ein einziger Blick bedeuten kann? Wenn dir alles egal ist, wenn du nicht mehr an gestern und auch nicht an das Morgen denkst? Hast du die Glückseligkeit vergessen, die eine vollkommene Nacht schenkt? Elsa, erinnere dich doch! Willst du wirklich auf das alles verzichten?«

»Der Preis ist mir zu hoch«, antwortete Elsa spröde und senkte den Blick. »Und außerdem ist es jetzt ohnehin zu spät.«

»Dir ist nicht zu helfen«, schimpfte Mathilde. In einem unbeobachteten Moment nahm sie den Brief von Moritz Ingersleben an sich.

Nachdem Mathilde abgereist war, hatte Elsa Angst, die Decke würde ihr auf den Kopf fallen. War sie eigentlich die einzige Frau, an der das Leben vorüberging? Kurz entschlossen rief sie Alexander Tiedgen an und bat ihn, sie groß auszuführen. An diesem Abend küßten sie sich zum erstenmal. Elsa spürte eine Mischung aus Enttäuschung und Befriedigung. Es gab also auch Männer, deren Lippen keinen Duft verströmten, deren Umarmung schal war, ohne jedes Prickeln – brüderlich! dachte Elsa –, und bei denen man kein Bedauern spürte, wenn es vorüber war.

In der folgenden Woche wurden Tempelgott und Halwa geliefert, die Stute, die ihr Vater in Ostpreußen gekauft hatte. Die Pferde waren das einzige, was von seinem finanziellen Engagement in Schippenbeil übrig war. Sie waren durch den Transport verängstigt und nervös. Elsa war vollauf beschäftigt, die Tiere an ihre neue Umgebung zu gewöhnen. Es war typisch für ihren Vater, daß er nichts gesagt hatte. So mußte sie erst in aller Eile den Stall herrichten, in dem seit einem Jahr, seit Palida gestorben war, kein Pferd mehr gestanden hatte. Aber sie war glücklich, als sie Tempelgott rief und er mit einem Schnauben auf sie zukam und sein Maul in ihrem Haar rieb. Die Pferde machten Arbeit, sie mußten bewegt und versorgt werden, und sie verschafften Elsa Ablenkung und Abwechslung.

Georg begleitete sie nur selten auf einem Ausritt. Resigniert stellte Elsa fest, daß er das Interesse an den Pferden verloren hatte. Jetzt gehörte er mit Haut und Haar dem Holzhandel. Doch ihm gingen die Geschäfte nicht mehr so leicht von der Hand wie früher. Für alles brauchte er viel Zeit, und Dinge, die sich früher wie von selbst erledigt hatten, liefen nun schief. Er haderte mit seinem Schicksal.

»Da habe ich nun ein Sägewerk, aber ich muß mein Holz nach Lübeck schaffen und Geld dafür bezahlen, daß es geschnitten wird«, polterte er eines Abends, als sie zu zweit am Tisch saßen.

»Es ist meine Sägemühle«, entgegnete Elsa scharf. »Und mir wäre es auch lieber, wenn sie hier wäre und nicht Hunderte von Kilometern entfernt.« Sie vertrieb mit aller Macht den Gedanken an Moritz, der sich ihr aufdrängte.

Ihr Vater sah sie beleidigt an. »Ich weiß selbst, daß ich einen Fehler gemacht habe. Das gibt dir aber nicht das Recht, mich so anzufahren. Ich bin dein Vater.«

Elsa winkte müde ab. »Ich weiß. Und du weißt, daß du dich nicht immer wie ein guter Vater benommen hast.«

Er wollte aufbrausen, doch nach einem Blick in Elsas Augen fehlte ihm die Kraft dazu.

»Laß doch, Papa. Wir sollten wirklich aufhören, uns gegenseitig Vorwürfe zu machen. Es ist, wie es ist, wir können es nicht ändern. Solange wir hier unter einem Dach zusammenleben, wollen wir uns vertragen. Sonst halte ich es nicht aus.«

»Wie du meinst«, antwortete er.

Sie seufzte: »Brauchst du Geld?«

In seinem Gesicht zeigte sich Erschrecken, dann kehrte sein breites Grinsen zurück: »Woher weißt du ...? Na ja, ich erziele einen viel höheren Erlös, wenn ich das Holz geschnitten verkaufe. Dafür muß ich aber vorher die Sägerei bezahlen. Es gibt da jemanden in Lübeck, der hat mir einen guten Preis gemacht, aber er will Geld sehen, bevor er anfängt.«

»Wieviel?«

»Nicht viel.«

Elsa sah, daß er überlegte, an die Summe dachte, die er benötigte, und dann noch etwas drauflegte.

»Fünftausend Mark«, sagte er schließlich, und es sollte leichthin klingen.

»So viel?« fragte Elsa erschrocken. Dann setzte sie sich gerade hin und stemmte die Ellenbogen vor sich auf den Tisch. »Ich kann mich leider nicht mit Mutter besprechen. Also muß ich die Entscheidung allein treffen. Ich werde dir die fünftausend Mark leihen, gegen einen Schuldschein.« Georg schnappte nach Luft, doch Elsa blieb ungerührt. »Als Sicherheit wirst du mir Halwa anbieten. Und ich werde dir keinen weiteren Kredit ...«

»Kredit? Ich bin dein Vater!«

Elsa schüttelte unwillig den Kopf, weil er sie unterbrochen hatte. »Ich werde dir keinen weiteren Kredit geben, wenn dieser nicht pünktlich zurückgezahlt wird. Weil ich es mir nicht leisten kann. Wie lange brauchst du das Geld?«

»Vier Wochen, länger nicht.«

»Also gut. Ich schreibe einen Schuldschein aus.« Elsa stand auf und ging ins Arbeitszimmer, um Papier und Stift zu holen. Die Beine zitterten ihr. Sie wußte, daß sich gerade eben etwas Ungeheuerliches vollzogen hatte. Als wären die Seiten vertauscht. Ihr Vater kam zu ihr, weil er Hilfe in seinen Geschäften brauchte. Und sie konnte sie ihm geben und diktierte die Bedingungen. Leider machte sie diese Erkenntnis nicht stolz. Aber sie mußte an sich und an Karoline denken. Sie durfte nicht zulassen, daß er auch noch das verlor, was von ihrem Erbe übrig war.

Als sie zurück ins Eßzimmer kam, hatte ihr Vater die Flasche mit dem besten französischen Cognac geholt, die Alexander Tiedgen ihr geschenkt hatte. Er hatte bereits eingeschenkt.

»Auf dich. Auf die Geschäftsfrau, die du geworden bist. Denk immer dran, wem du das zu verdanken hast!« Er unterschrieb das Papier, das Elsa ihm hinlegte. Dann kippte er das Glas, stand schwer atmend auf und verließ den Raum. Elsa blieb vor ihrem Glas sitzen, ohne es zu berühren.

»Als wenn du alles nur ihm zu verdanken hast«, hörte sie plötzlich Hulda sagen.

Wo kam sie auf einmal her?

»Was habe ich wem zu verdanken?« fragte Elsa, während Hulda anfing, Teller und Schüsseln ineinanderzustellen.

Hulda hielt in ihrer Beschäftigung inne. Elsa bot ihr einen Cognac an, doch die alte Kinderfrau lehnte ab. Aber sie setzte sich an den Tisch, auf den Platz, wo eben noch Georg Heller gesessen hatte.

»Glaubt er wirklich, du hast alles nur von ihm?«

Jetzt verstand Elsa, worauf sie hinauswollte. »Na ja«, antwortete sie. »Wie man sich in Geschäften durchschlägt, das habe ich mir bei ihm abgeguckt, bei wem sonst? Mein Verhandlungsgeschick, die Festigkeit, auch unangenehme Forderungen gleich zu stellen und nicht aus lauter Menschenfreundlichkeit auf sie zu verzichten, das habe ich von ihm. Und daß ich gut rechnen und blitzschnell im Kopf überschlagen kann, wie groß eine Summe wird, wenn man sie auf drei Jahre verleiht. Und er hat mir beigebracht, wie man auch in langen Verhandlungen, in denen es drunter und drüber geht, alle Fäden der Entscheidungsfindung in der Hand behält und keinen vergißt.« Sie verstummte und ging in Gedanken die vielen Gespräche durch, die sie mit ihrem Vater geführt hatte oder bei denen sie zugegen gewesen war. »Und dann der Mut, sich für oder gegen eine Sache zu entscheiden und zu diesem Entschluß zu stehen, auch wenn er unbequem ist: Das verdanke ich Papa. Wenn er mir nicht schon als Kind jeden Tag das Gefühl gegeben hätte, daß ich mal seine Nachfolgerin werde, wäre ich nie selbstbewußt genug geworden, um eine Firma zu führen. Durch sein tägliches Beispiel war es für mich normal, mit Angestellten zu sprechen, Anweisungen zu geben, Entscheidungen zu fällen ...«

»Na, seine Nachfolgerin bist du denn ja doch nicht geworden. Zumindest nicht im Kieswerk«, warf Hulda bissig ein.

»Du magst ihn nicht, stimmt's?«

»Ach, mögen ...« Hulda zuckte mit den Schultern. »Früher mochte ich ihn, als ich hier anfing. Da war er ein Herr, ein guter Herr. Ich war stolz, hier zu arbeiten, in dem großen Haus mit den edlen Möbeln und den vielen Gästen. Alle wollten das! Und dann warst schließlich du da. Wenn man selber keine Kinder hat ...«

»Warum hast du nie geheiratet?«

»Das sind alles alte Geschichten. Es sollte eben nicht

sein. Wer weiß, wozu es gut war.« Für einen Moment verlor sich ihr Blick, dann richtete er sich wieder auf Elsa. »Aber darum geht es nicht. Ich möchte, daß du dir bewußt machst, wieviel du deiner Mutter zu verdanken hast. Du hast nämlich nicht nur von ihm etwas geerbt.« Mit diesem Satz war das Gespräch für sie beendet. Sie nahm sich einen Stapel Geschirr und trug ihn langsam in die Küche hinaus.

Als Elsa kurze Zeit später bei ihrer Mutter am Bett saß, ging ihr durch den Kopf, was Hulda gesagt hatte. Plötzlich überkam sie eine große Welle der Dankbarkeit. Ihre alte Kinderfrau, die die Verhältnisse im Haus so genau kannte wie kaum ein anderer, hatte recht: Karoline hatte ihr vorgelebt, wie man zäh an einem Plan festhielt, auch wenn er beinahe die eigenen Kräfte überstieg, wie man sein Ziel durch eine Politik der tausend kleinen Schritte erreichte, wie man standhaft blieb und nie die Realitäten aus den Augen verlor. Wie sonst hätte sie durch die Kriegsjahre hindurch ihren Garten bewirtschaften können, gegen alle Widrigkeiten und stets am Rande der Erschöpfung? Und ihre Collagen? Entstanden die nicht im Laufe eines ganzen Jahres, durch das geduldige Sammeln und Konservieren der Blüten und Blätter, eine Zeit, in der die Idee für ein Motiv reifte, um erst Monate später umgesetzt zu werden? War diese Leidenschaft nicht geradezu ein Sinnbild für Langmut und Beharrlichkeit? Und noch etwas hatte sie von Karoline gelernt: Den Respekt vor den Regeln, die man für sein eigenes Leben aufgestellt hat. Ihre Mutter war nie den einfachen Weg gegangen, sie hatte auf ihre Liebe verzichtet. Und dennoch war sie nicht halsstarrig. Als die Umstände sich geändert hatten, hatte sie ihre Entscheidung revidiert.

Elsa wünschte sich, es möge am mäßigenden Einfluß ihrer Mutter liegen, daß sie sich in Geschäften von anderen Motiven leiten ließ als ihr Vater. Bei ihm wußte man nie, was er im nächsten Moment tun würde. Er hatte die genialsten, aberwitzigsten Ideen und setzte sie durch, völlig immun gegen noch so berechtigte Einwände. Er war unbeständig und hitzköpfig, während sie ihre Entscheidungen reiflich überlegte und zeigte, daß sie den günstigsten Moment abwarten konnte. Ihr fehlte jeder Hang zum Größenwahn, den ihr Vater zweifellos hatte. Ihn interessierten mitunter die Auswirkungen nicht, die seine Entscheidungen auf andere hatten, bei ihr kam das Herz hinzu. Elsa war sich sicher, daß ihr Vater abgelehnt hätte, hätte er vorhin über den Kredit entscheiden müssen. Die Aussichten, das Geld zurückzubekommen, waren nicht sehr groß.

Elsa drückte ihrer Mutter, die eingeschlafen war, leicht die Hand. Sie fühlte sich seltsam getröstet durch ihre Gedanken. Sie würde durchhalten, egal wie lange ihre Lage noch so hoffnungslos aussehen würde wie jetzt. Sie würde in Roseburg bei Karoline bleiben, das Geld zusammenhalten und darauf warten, daß Alexander Tiedgen ihr einen Heiratsantrag machte. Wenn sich ihr eine Gelegenheit bieten sollte, ein Stück vom Glück zu fassen zu bekommen, dann würde sie zugreifen, schnell und entschlossen.

Fünf Wochen später verkaufte sie Halwa an einen Hamburger Stallbesitzer. Sie kannte ihn noch aus den Tagen, als sie mit ihrem Vater in Horn auf der Rennbahn gewesen war und zum Spaß auf Pferde gewettet hatte. Der Mann wollte nicht glauben, daß sie die Stute wirklich abgeben wollte, doch Elsa sah ihn an und sagte, sie würde das Geld brauchen.

Das stimmte nicht ganz. Sie hätte den Verlust der

fünftausend Mark auch so verkraftet, aber sie wollte sich nicht mit dem Pferd belasten. Es mußte bewegt und versorgt werden, es war zu wertvoll, um einfach im Stall zu stehen, und Elsa hatte genug mit Tempelgott zu tun. Sie wollte Halwa so schnell wie möglich loswerden, bevor die Auswirkungen des Schwarzen Freitags es völlig unmöglich machten, einen Käufer zu finden. Und ganz nebenbei wollte sie ihrem Vater mit dem Verkauf verdeutlichen, daß er von ihr kein Geld mehr zu erwarten hatte.

Der Mann seufzte tief und schimpfte auf die schlechten Zeiten, aber, doch, ja, wenn er ihr damit helfen könne ...

Als ihr Vater sah, was sie getan hatte, zog er sich zurück. Er wußte, daß er verloren hatte. Als die Waldarbeiter in den ersten geschlagenen Stämmen die Fraßgänge des Borkenkäfers entdeckten, dachten sie sich noch nichts dabei. Es gab immer einzelne Bäume im Bestand, die von den gefürchteten Käfern und ihren Larven befallen waren. Doch bei jedem weiteren Baum, der gefällt wurde, zeigten sich die Gänge unter der Rinde, dicht an dicht. Im Grunde wären die Stämme gut zu verkaufen gewesen, denn die Pilze, die nach den Käfern kamen, waren noch nicht da, das Holz war gut brauchbar. Doch der Sägereibesitzer und noch mehr der Holzhändler fürchteten, sich die Schädlinge auf ihre Plätze zu holen, und weigerten sich, die Stämme abzunehmen. Es gab schließlich genügend andere Waldbesitzer, deren Bestand nicht befallen war. Georg mußte die gesamte Ladung auf seine Kosten wieder abtransportieren lassen.

Er würde frühestens in dreißig Jahren, wenn die nächste Generation Bäume herangewachsen war, Geld mit seinem Stück Wald verdienen.

Die Abende nach der Katastrophe verbrachte Elsas Vater bei Schmaljohann, und die Roseburger lachten nicht mehr über ihn. Nicht einmal mehr die Kinder wagten sich ihm zu nähern. Sie machten es wie ihre Eltern, die an ihm vorbeisahen oder höchstens einen lahmen Gruß in seine Richtung murmelten. Nur Bruhns traute sich, ihm auf die Schulter zu hauen und aufmunternd zu sagen: »Wird schon wieder!« Man erinnerte sich in Roseburg der guten Taten, die er für das Dorf getan hatte, und fürchtete, seine Pleite hätte Auswirkungen auf die Gemeinde.

Daß die Leute Mitleid mit ihm hatten, ertrug er nicht. Er blieb zu Hause. Er saß jetzt oft am Bett seiner geschiedenen Frau und stierte vor sich hin. Elsa fragte ihn, was in ihm vorgehe, über was er nachdenke, doch er gab keine Antwort.

Kapitel 22

Der Montag im März des Jahres 1930 brachte eine erste Ahnung des nahenden Frühlings. Nachdem es in den Wochen zuvor beinahe unaufhörlich geregnet hatte, schien an diesem Tag die Sonne und ließ die aufgeweichten Rasenflächen, die in sanften Schwüngen zu den Teichen hin abfielen, dampfen.

Elsa sah aus dem Fenster und war dem Himmel dankbar, daß es endlich aufgehört hatte zu regnen. Sämtliche Spuren waren zwar durch die Sintflut verwischt, aber wenigstens würden die Männer jetzt besser sehen können. Sie folgte mit den Augen einem Sonnenstrahl, der sich golden am Rand einer riesigen Wolkenfront brach und von dort auf das Wasser zeigte. Wie ein Fingerzeig Gottes, dachte sie. Der Gedanke durchzuckte sie, ob ihr Vater vielleicht hier zu suchen sei, im Mühlenteich? Sie schüttelte energisch den Kopf, als müßte sie ein unsichtbares Gegenüber von der Absurdität des Gedankens überzeugen. Ein Georg Heller würde niemals ins Wasser gehen, das wäre ihm viel zu unmännlich.

Drei Tage war es jetzt her, daß ihr Vater verschwunden war, und seitdem herrschte lähmende Angst in der Villa. Der prasselnde Regen und die Dunkelheit, die den ganzen Tag über nicht richtig wichen, lagen wie eine Decke über allem. Es war, als würden sie ersticken.

Drei Tage zuvor, am Freitag, hatte Georg Heller frühmorgens das Haus verlassen. Nur Hulda, die das

Frühstück vorbereitete, hatte ihn gehen sehen, gekleidet in seinen guten pelzbesetzten Mantel. Sie hatte sich gewundert, wieso er bei dem Wetter keinen Regenumhang mitgenommen hatte. Erst als er Stunden später noch nicht zurück war und sie den Gewehrschrank überprüft hatte, war ihr bewußt geworden, daß das lange Etwas, das er unter dem Mantel trug, ein Gewehr gewesen war.

Elsa stieß die Fensterflügel auf, um einige Züge der klaren Luft einzuatmen. Ihre Kinderzeit kam ihr in den Sinn, als sie frühmorgens am Fenster gestanden hatte, um ihrem Vater nachzusehen und ihn mit ihrem Blick zu beschützen. Der Zauber war schon lange verflogen.

Ihr erster Gedanke nach Georgs Verschwinden war, er müsse in Wotersen sein, bei Anna Köster, genau wie früher. Wider besseres Wissen fuhr sie durch den schweren Regen zu dem kleinen Haus und suchte ihn dort, aber natürlich war keine Spur von ihm zu finden. Die neuen Mieter sahen ihr kopfschüttelnd nach, als sie zu ihrem Auto hastete und davonfuhr. Auch am Kanal, in den Gastwirtschaften von Roseburg, Güster und sogar in Mölln, überall, wo sie in den nächsten Stunden nachfragte: Niemand hatte Georg Heller gesehen.

Sie befürchtete das Schlimmste. In den letzten Monaten war er so still geworden, nicht wiederzuerkennen. Elsa und Hulda konnten zusehen, wie jeden Tag ein Stückchen Lebensmut aus ihm wich.

Elsa warf einen letzten Blick auf die dampfende Landschaft vor ihr, dann wandte sie sich entschlossen um und ging ins Speisezimmer hinunter, in dem die Männer auf sie warteten.

»Ist Ihnen noch etwas eingefallen?« fragte Bründel, der Roseburger Polizist, ein hagerer Mann mit einem fusseligen Schnauzbart. Seine Stimme schwankte zwischen beruflicher Strenge und väterlicher Besorgnis. Neben ihm stand ein zweiter Mann, ein Hilfspolizist, der aus Mölln hinzugezogen war. Elsa kannte ihn bereits. Er sagte nie ein Wort.

»Nein«, entgegnete Elsa müde. »Ich weiß nicht, wo er sein könnte. Ich habe ihn überall gesucht. Und das Kieswerk hat die Polizei durchgekämmt. Vielleicht ist er in Hamburg, in irgendeinem Hotel, ich weiß es nicht.« Sie verstummte, dann faßte sie sich an die Stirn. »Warten Sie, vielleicht gibt es noch eine Möglichkeit.« Sie beschrieb Bründel den Weg zu dem Waldgrundstück, welches ihr Vater im letzten Jahr gekauft hatte. Warum war sie nicht eher darauf gekommen? Sie wollte mitfahren, doch er lehnte ab.

Als die Männer das Haus verlassen hatten, ging sie zum Telefon und wählte die Nummer in Schippenbeil. Sie wußte, daß es zwecklos war, dort nach ihm zu fragen, aber sie hielt die Warterei nicht länger aus. Während sie dem Klingeln am anderen Ende zuhörte, schlich sich die irrwitzige Hoffnung ein, daß er doch dorthin gefahren war.

Anna Köster kam selbst ans Telefon. Elsa hielt sich nicht mit langen Höflichkeitsfloskeln auf.

»Ist mein Vater bei Ihnen?« Sie mußte sich räuspern, um ihrer Stimme genug Kraft zu geben.

Annas Verblüffung war förmlich zu spüren. »Nein, wieso? Was ist passiert?« fragte sie dann hastig.

»Er ist seit drei Tagen nicht nach Hause gekommen. Die Polizei sucht ihn. Wir befürchten das Schlimmste.«

»Was heißt das, das Schlimmste? Daß er sich etwas angetan hat? Georg?«

»Er war so niedergedrückt in den letzten Monaten.«

»Mein Gott«, entfuhr es Anna. »Ich hatte keine Ahnung, daß es ihm so schlecht geht. Obwohl, gerade um diese Zeit ...«

»Wieso? Was meinen Sie?«

»Vor drei Tagen war Ludwigs Geburtstag ...«

Elsa fühlte eine Welle heißen Blutes in ihrem Kopf pulsieren. »Am Freitag?«

»Ja, am Freitag. Ludwigs zwanzigster Geburtstag. An diesem Tag war Georg immer deprimiert. Jedes Jahr erhoffte er sich die große Versöhnung mit seinem Sohn, und beinahe jedes Jahr endete es in einem häßlichen Streit.« Es knackte ein paarmal im Hörer. »Ich war der Meinung, er würde sich wieder fangen, wenn er ihn nicht mehr täglich um sich hätte. Ich dachte, daß er sein altes Leben wiederaufnehmen würde ...«

»Sein altes Leben? Das waren doch zum großen Teil Sie und Ludwig.«

»Was wirfst du mir vor?« Die Frage kam wie aus der Pistole geschossen.

Elsa schwieg für einen Augenblick. »Ach, es hat doch keinen Sinn, wenn wir uns jetzt gegenseitig die Schuld zuweisen. Sie haben ihm nichts angetan, was er nicht auch uns angetan hätte.« Sie holte tief Luft. »Wie geht es Ludwig?«

»Oh, gesundheitlich gut, danke. Er lebt wieder hier, seitdem ... Georg nicht mehr hier ist.«

»Und Helene?«

»Sie hat vor ein paar Wochen einen kleinen Heinrich geboren. Sie wird eine neue Stellung in der Stadt annehmen, sobald der Junge entwöhnt ist. Er wird hier in Schippenbeil bleiben, bei ihrer Mutter. Ich sehe den Kleinen ab und zu. Und ich unterstütze die Familie natürlich.«

»Hat Ludwig nach dem Streit mit meinem ... mit seinem Vater noch einmal mit ihm gesprochen? Vielleicht vor kurzem?«

Annas Stimme war fest. »Soweit ich weiß, haben sie

sich weder gesehen noch gesprochen nach jenem Abend. Aber ich werde ihn fragen, noch heute, und ich werde mich umhören, ob ich etwas erfahren kann. Vielleicht ist Georg doch irgendwo in der Gegend? Vielleicht hat ihn die Sehnsucht nach den Pferden hierhergetrieben, wer weiß?«

»Von seinem Interesse für Pferde ist nichts mehr zu spüren«, sagte Elsa mutlos. »Ich habe Halwa verkauft, es hat ihn ziemlich gleichgültig gelassen.«

Sie hörte, daß Anna am anderen Ende der Leitung erschrak. »Gib die Hoffnung nicht auf, hörst du! Und halte mich auf dem laufenden. Ich möchte wissen, was mit Georg ist. Schließlich habe ich ihn einmal geliebt. Und er ist der Vater meines Sohnes.«

»Wissen Sie, daß ich in manchen Augenblicken daran gezweifelt habe?«

Anna lachte bitter. »Du glaubst, ich hätte ihm das Kind eines anderen untergeschoben? Da bist du nicht die einzige.« Sie wurde ernst. »Du kennst mich nicht, Elsa. Ich bin keine männermordende Hetäre. Schade, daß wir nie die Gelegenheit hatten, uns wirklich kennenzulernen.«

»Ja«, sagte Elsa ohne große Überzeugung.

»Übrigens, hier wird gemunkelt, daß Ingersleben weggehen will. Stimmt das?«

Elsa meinte einen Unterton aus der Frage herauszuhören, etwas Lauerndes, oder sollte es vorsichtiges Mitgefühl bedeuten? »Davon weiß ich nichts«, antwortete sie steif. Das Blut rauschte plötzlich in ihren Ohren, sie mußte sich an der Kante des Tisches festhalten.

»Na, dann wird es nur Gerede sein. Wenn ich etwas über Georg höre, dann rufe ich dich an. Elsa ...?«

Elsa hatte bereits aufgelegt.

Es war erst gegen Mittag, als Bründel wiederkam. Sein Gesichtsausdruck verhieß nichts Gutes, als er hinter Hulda in den Salon trat.

»Wir haben ihn gefunden«, sagte er und knetete dabei seinen Hut in den Händen.

»Wo?« fragte Elsa atemlos, während Hulda einen Schrei ausstieß und die Hände vor den Mund preßte.

»Er saß auf einem Holzstoß, dort, wo Sie sagten. Er hatte seinen Mantel an und sein Gewehr noch in der Hand. Aus der Entfernung sah es so aus, als würde er einfach dasitzen. Aber er war tot. Er hat sich erschossen.«

Hulda fing an zu schluchzen, und Elsa ging zu ihr hinüber und legte ihr den Arm um die Schulter. Es war das einzige, wozu sie im Augenblick in der Lage war. Hulda trösten.

»Wo ist er jetzt?«

»Wir haben ihn gleich in die Totenhalle auf dem Friedhof gebracht. Wir wollten ihn nicht hier ins Haus ...« Der Hut wurde noch stärker bearbeitet. »Er ist kein schöner Anblick.«

Hulda machte sich aus Elsas Umarmung los und trat einen Schritt vor.

»Ich werde ihn waschen, meine Schwester hilft mir. Diesen letzten Dienst werde ich Herrn Heller erweisen. Schließlich war ich mehr als ein Vierteljahrhundert hier im Haus.« Ihre Stimme ließ keinen Widerspruch zu.

Während Hulda sich vorbereitete, ging Elsa zu ihrer Mutter nach oben. Karoline schien zu spüren, daß etwas nicht in Ordnung war. Sie war sehr unruhig. Unablässig fuhr sie mit den Händen über den Halssaum ihres Nachthemds. Dann schlug sie die Bettdecke zurück. »Ich will aufstehen«, sagte sie und wiederholte ihre Worte, bis Elsa nachgab. Schwer auf sie gestützt, schaffte sie es bis zu ihrem Sitzplatz am Fenster. Sie sah, wie Hulda das Haus verließ und der Polizist ihr folgte. Die ersten Neugierigen versammelten sich auf der Straße vor dem Haus. Die Nachricht hatte sich bereits herumgesprochen.

»Was ist los?« fragte Karoline ihre Tochter. Elsa sah in ihren Augen, daß sie einen ihrer klaren Momente hatte. »Er ist tot, nicht wahr?«

Elsa nickte. Sie meinte, so etwas wie ein trauriges Lächeln auf dem Gesicht ihrer Mutter zu sehen. Dann erlosch es wieder. Karoline zeigte mit dem Finger auf die Leute, die draußen standen, und winkte ihnen zu.

»Wer sind die alle? Wollen die zu mir? Sich alle durchfressen, stimmt's? Laß sie bloß nicht ins Haus!«

Elsa dachte an die vielen Pflichten, die sie jetzt zu erledigen hatte. Sie mußte die Angehörigen benachrichtigen, eine Todesanzeige aufgeben, mit dem Pfarrer über die Beerdigung sprechen. Hatten Selbstmörder überhaupt ein Anrecht auf eine christliche Beerdigung? Bald würden die ersten Trauergäste eintreffen, sie würde ihnen etwas anbieten müssen.

Aber bevor sie sich diesen Aufgaben stellen konnte, mußte sie etwas anderes tun. Sie bat Fanny, die sofort gekommen war, als sie die Nachricht gehört hatte, auf Karoline zu achten und die Leute hereinzulassen, wenn sie auf sie warten wollten.

Dann sattelte sie Tempelgott und machte sich auf den Weg an den Ort, an dem ihr Vater seinem Leben ein Ende gesetzt hatte. Verwundert, fast unbewußt registrierte sie, wie nahe das Waldstück an der Hütte lag, in der sie und Paul ihre einzige Liebesnacht verbracht hatten. Sie nahm einmal eine falsche Abzweigung, und plötzlich sah sie den Kanal vor sich und rechter Hand die kleine Hütte. Sie warf einen gleichgültigen Blick darauf, dann machte sie kehrt, um den richtigen Weg zu suchen. Am Todesort ihres Vaters war der Möllner Polizist dabei, die Gegend abzusuchen. Als er sie erkannte, entfernte er sich ein paar Schritte.

Elsa ging auf den Holzstoß zu, auf dem ihr Vater sich erschossen hatte. Sie sah kein Blut auf den Stämmen, wahrscheinlich hatte der dicke Mantel alles aufgesogen, und den Rest hatte der schwere Regen weggewaschen. Nichts deutete auf die Tragödie hin, die sich hier abgespielt hatte.

Elsa wußte nicht, was sie zu finden gehofft hatte. Einen Abschiedsbrief? Es wäre das erste Mal gewesen, daß ihr Vater eine Rechtfertigung für seine Handlungen gegeben hätte. Nein, er hatte seine Entscheidungen einsam getroffen, aber ebenso einsam war er nun auch gestorben. Ihr fiel wieder ein, was er vor vielen Jahren, nach dem Freitod von Ole Hansen, gesagt hatte: Der Selbstmord war die einzige Möglichkeit gewesen, seine Ehre zu retten.

Erst auf dem Rückweg konnte Elsa um ihren toten Vater weinen. Trauer und Verzweiflung packten sie mit gierigen Fängen. Die ersten Tränen wurden innerhalb von Sekunden zu einem wilden, wütenden Schluchzen. Über Tempelgotts Rücken gebeugt, schrie sie und schlug um sich, so daß das Tier erschrocken den Kopf hochwarf.

Die Beerdigung war die größte, die der kleine Friedhof in Siebeneichen bisher gesehen hatte. Ganz Roseburg war da, die Bauern, der Pfarrer und Bürgermeister Schmaljohann, der seinen ewigen Konkurrenten mit versteinertem Gesicht zu Grabe trug, Friseur Bruhns mit seiner Frau, die man sonst nie zu Gesicht bekam, die Chefs der Güsteraner Kieswerke und Hellers ehemalige Arbeiter, einige Prominenz aus der Hamburger Wirtschaft, Abordnungen der Stadt und des Hochbahnamtes, der Reederei, an der Heller beteiligt gewesen war, Waldarbeiter aus Wotersen ... Dazu diejenigen, die von der großen Familie übriggeblieben waren: die Geschwister, allen voran Minna, die als einzige eine Rolle im Leben des Toten gespielt hatte, dann sein Bruder Wilhelm und Emma-Louise. Die zweitälteste Schwester Emilie war bereits tot. Die Menschenschlange, die an Elsa vorüberging, um ihr zu kondolieren, wollte nicht abreißen. Alle kamen, um Georg Heller die letzte Ehre zu erweisen. An einem fragenden Tuscheln erkannte Elsa diejenigen, die nicht wußten, was mit Karoline war, und sich fragten, warum sie nicht an der Beerdigung teilnahm. Wenn sie dann bis zu ihr vorgedrungen waren, las sie Bestürzung oder rührseliges Mitleid in ihren Augen. Sie ließ sich von Unbekannten die Hand drücken und unverständliche Worte zumurmeln und war froh, als endlich alles vorüber war.

Einige Menschen hatte sie vermißt: Allen voran Paul Lüders. Niemand wußte, wo er steckte, wahrscheinlich hatte er nicht einmal erfahren, daß Georg Heller tot war. Anna Köster war nicht gekommen, und auch Ludwig, Georgs Sohn, nicht. Elsa war dankbar dafür, als sie einige Tage später einen großen Kranz mit ihrem Namen auf dem Grab sah. Er war ganz frisch, Anna mußte eben erst hiergewesen sein.

Auch Alexander Tiedgen war nicht erschienen. Dies traf Elsa am meisten. Sie hätte ihn sich an diesem schweren Tag an ihrer Seite gewünscht, doch er war in unaufschiebbaren Geschäften nach Paris gereist.

Am Abend erlitt Karoline einen Schlaganfall. Ohne das Bewußtsein wiederzuerlangen, starb sie in derselben Nacht. Vergeblich fragte sich Elsa, welche Gedanken

Karoline ausgerechnet an diesem Tag in den Hirnschlag getrieben haben mochten: daß ihr erster Mann heute begraben worden war oder daß dieser Tag der Tag ihrer zweiten Hochzeit hätte sein sollen?

Die Szenen am Grab wiederholten sich. Die kaum verwelkten Kränze wurden zur Seite geräumt, um Platz für ein weiteres Grab zu machen, dann wurden sie wieder zurückgelegt und von anderen, farbenprächtigeren zugedeckt. Wieder kamen viele Leute. Diesmal waren es die Frauen der Kiesarbeiter, die erschienen, und viele junge Leute, ihre Kinder, denen Karoline eine Schulbildung ermöglicht hatte. Elegant verschleierte Frauen aus Hamburg standen am Grab neben den Frauen des Kirchenchors. Wer fehlte, das waren die Sensationsjäger und die Schaulustigen, die Neider, die mit einer gewissen Befriedigung und Schadenfreude gekommen waren, um über einen Widersacher zu triumphieren.

Von einem Tag auf den anderen gab es niemanden mehr, um den Elsa sich zu kümmern, an den sie zu denken hätte. Hulda kam zu ihr, um ihr zu sagen, sie würde zu ihrer Schwester ziehen, die in Mölln lebte und deren Mann vor kurzem gestorben war.

»Alle sterben«, sagte Elsa traurig.

»So ist das nun einmal«, war die einfache Antwort.

»Was ist, wenn ich dich brauche?«

»Du weißt ja, wo ich zu finden bin. Aber du brauchst mich nicht. Ich glaube, du solltest dich jetzt mal um dich kümmern. Wird Zeit. Such dir endlich einen Mann und heirate und bekomm Kinder!«

»Das sagst ausgerechnet du? Die nie verheiratet war?«

»Mußt du meine Fehler wiederholen? Du hast eine Verpflichtung gegenüber deinem Erbe.«

Elsa seufzte nachsichtig. »Was soll ich schon vererben. Den Namen, der nicht immer einen guten Klang hatte? Geld? Haben wir nicht mehr, jedenfalls nicht viel. Ein Sägewerk irgendwo im hintersten Ostpreußen, von dem noch nie jemand gehört hat? Das ist doch Unsinn!«

Hulda zuckte die Achseln. »Wenn du das so siehst. Ich für meinen Teil finde, daß du die besten Eigenschaften deiner Eltern in dir versammelst. Und du solltest sie nicht verkümmern lassen, sondern etwas draus machen – sie weitergeben an deine Kinder. Wenn man mit einem goldenen Löffel im Mund geboren wird, dann bedeutet das auch eine Pflicht.«

Elsa wunderte sich immer mehr. »Woher nimmst du solche Gedanken? Seit wann philosophierst du?«

»Ich philosophiere nicht, ich sage, wie es ist – oder wie es sein sollte. Hier ist übrigens noch ein Brief für dich. Aus Schippenbeil. Soll ich ihn gleich ins Feuer werfen?«

Elsa wußte nicht, was sie überkam. Aber plötzlich brach sie in ein befreiendes Lachen aus, das kein Ende nehmen wollte. Ihre Eltern waren erst einige Tage tot, ihre Zukunft war mehr als unsicher, und sie stand hier, umarmte ihre alte Kinderfrau und tanzte mit ihr durch den Raum und lachte aus vollem Halse.

Das Gespräch mit Alexander war so niederschmetternd wie selten etwas in ihrem Leben. Er kam in die Mühlenvilla, eine Woche nachdem ihre Eltern tot und begraben waren. Den riesigen Blumenstrauß wie einen Schutzschild vor sich hertragend, stand er vor ihr. Als er jedoch einmal angefangen hatte, brachte er es schnell hinter sich.

Er hatte Angst vor einer Verbindung mit ihr, obwohl er durchaus Gefühle für sie hegte. Durchaus? Gefühle?

dachte Elsa höhnisch. Genau das wollte ich, einen Mann, der einige »Gefühle« für mich übrig hat. Doch Alexander sprach schon weiter. Die fatale Neigung in ihrer Familie, die Mutter wahnsinnig, der Vater ein Selbstmörder ... Er müsse an seinen Namen denken, an die Firma, die er schließlich nicht für sich, sondern für die Nachkommen aufbaue. Da müsse er sich auf gesunde, starke Kinder verlassen können.

Elsa traute ihren Ohren nicht. Dies sagte ausgerechnet Alexander mit seinen modernen Ideen, der Amerikaner, der nichts auf Konventionen gab? Sie hatte Mühe, es zu glauben.

»Hier geht es um mein Vermächtnis, Elsa, bitte versteh das«, schloß er seine Rede.

»Ja, das ist wohl auch Teil meines Erbes«, murmelte Elsa, mehr zu sich als zu ihm.

»Was meinst du?« fragte er.

»Ich glaube, du gehst jetzt besser«, sagte sie mit gepreßter Stimme.

»Können wir trotzdem Freunde bleiben?«

Die Frage war derart unverschämt, daß ihr das Blut in den Kopf schoß. »Geh!« schrie sie. »Verlaß sofort mein Haus! Ich will dich nie wiedersehen, hörst du?«

Sie schlug die schwere Eingangstür hinter ihm zu und brach in heilloses Schluchzen aus.

Als sie sich wieder beruhigt hatte, sah sie sich in dem großen Haus um und fragte sich, was um Himmels willen sie jetzt tun sollte.

Sie war frei von allen Verpflichtungen, aber sie war auch allein.

Kapitel 23

Als Elsa die Tür öffnete, schlug ihr der Geruch eines ungelüfteten Zimmers entgegen. Sie ließ ihre Augen durch den Raum wandern, doch da war nichts mehr, was an Hulda erinnerte. Die Bettstelle war leer, die Schranktür stand auf traurige Art offen. Elsa schloß die Tür und wandte sich zur Treppe. Ein Spinnenfaden streifte sie und legte sich klebrig über ihr Gesicht. Sie wischte ihn gedankenlos fort. Die Räume ihrer Eltern, im Stockwerk darunter, waren so, wie sie sie verlassen hatten. Im Zimmer ihres Vaters das Bett, der Arbeitstisch, der Spazierstock mit dem elfenbeinernen Griff, der zu ihm gehörte, so lange Elsa denken konnte, an den Wänden einige Fotos von Pferden. Und Karolines Zimmer, gegenüber? Wohl das deprimierendste, mit dem leeren Lehnstuhl am Fenster, ohne die vielen bunten Collagen, ohne den Duft der Blüten, das leise Knistern, wenn man auf ein heruntergefallenes Blatt trat. Ausgestorben, leblos, ebenso wie die Küche, in der nicht mehr gekocht wurde, und der Salon, in dem die Bilder fehlten und die anderen Insignien der Großbürgerlichkeit. Elsa hätte wieder die Mittel gehabt, sie behutsam zu ersetzen, das eine oder andere Stück zurückzukaufen, doch wozu sollte das gut sein? Für wen?

Beinahe täglich unternahm sie ihre einsamen Wanderungen durch das stille Haus, von einem Zimmer ins nächste, faßte hier etwas an und dort, zögernd, und legte es wieder zurück. Was suchte sie hier? Eine liebe Erinnerung, einen Anstoß, eine Erklärung? Sie wußte es nicht, aber am nächsten Tag strich sie wieder durch die leeren Räume.

Es war praktisch das einzige, was sie tat. Sie sah niemanden, selbst Fanny hatte sie freigegeben, obwohl das Haus dringend einen Frühlingsputz nötig hätte. Aber warum sollte sie das Haus unterhalten, wenn sie sich nicht einmal um ihr eigenes Äußeres kümmerte? Elsa trug tagaus, tagein dieselbe Hose und einen alten Pullover. Ihr Haar war ungewaschen und nachlässig im Nacken zusammengebunden. Morgens ließ sie Tempelgott aus dem Stall, damit er zwischen den Teichen grasen konnte, die zu versanden drohten, weil umgestürzte Bäume und die wuchernde Uferbepflanzung nicht entfernt wurden, abends holte sie ihn wieder rein. Ein Verbrechen an dem Tier, dessen Fähigkeiten verkümmerten, sie wußte es, aber ihre Kraft reichte nicht für mehr. Die Tage reihten sich endlos aneinander, einer wie der andere.

Sie war in ein großes Loch der Einsamkeit und der Mutlosigkeit gefallen.

Bürgermeister Schmaljohann erschien, gebeugt vom Alter, und redete auf sie ein. Die Villa sei immer ein Aushängeschild für Roseburg gewesen, die Familie habe viel Gutes für das Dorf bewirkt. Ob Elsa sich nicht der Verpflichtung bewußt sei, die der Name Heller nun einmal mit sich bringe. Ob man ihr irgendwie helfen könne? Elsa wies ihn ungeduldig ab.

Hulda kam und schimpfte mit ihr. Sie betrat das Haus und zog sich eine Schürze über. Dann begann sie die gröbste Unordnung zu beseitigen.

»Eine Schande ist das«, schimpfte sie dabei ununterbrochen. »Wie sieht das hier aus? Du läßt alles verkommen, Haus und Garten. Du solltest dich schämen.«

»Ach, Hulda, laß doch. Es hat ja keinen Sinn.«

Hulda drehte sich zu ihr herum und funkelte sie aus faltenumkränzten Augen an. »Deine Mutter hätte so etwas nie zugelassen. Niemals hätte sie sich so gehenlassen wie du! Die hatte verdammt noch mal mehr Mumm!«

Elsa wußte, daß sie recht hatte.

Die Welt drehte sich weiter, auch wenn sie nicht länger an ihr teilnahm. Nur drei Monate nachdem er sich von ihr getrennt hatte, heiratete Alexander Tiedgen die Tochter eines Grafen. Die Zeitung brachte ein Foto von der Hochzeit, die im Hotel Atlantic gefeiert wurde. Ungerührt betrachtete Elsa die blasse Schönheit der jungen Braut.

Eines Abends, es war bereits Sommer geworden, saß Elsa mit einer Flasche Wein vor dem Haus und starrte auf den See. Sie dachte an einen anderen See, an einen anderen Sommer, in dem sie glücklich gewesen war.

Als plötzlich Fanny Mertens vor ihr stand, reagierte sie unwillig. Doch Fanny ließ sich nicht abweisen. Sie war nicht allein gekommen. Ihr Mann war bei ihr, dahinter der alte Gustav Hölker und zwei andere Männer, die sie nicht kannte. Sie kamen als Abordnung der Arbeiter der ehemaligen Hellerschen Kieswerke. Elsa nickte ihnen zu, dann stand sie etwas schwerfällig auf, und sie gingen ins Haus, wo sie sich den Bericht der Leute anhörte.

Elsa erfuhr, daß die Dinge im Werk nicht gut liefen. Laaken war immer schon ein jähzorniger und ungerechter Chef gewesen, doch in den letzten Monaten hatte sich die Situation noch einmal verschärft. Laaken hatte die

Wirtschaftskrise genutzt, um die Löhne zu kürzen und die Arbeitszeit zu verlängern. Er warf jeden raus, der sich nicht widerspruchslos fügte. Es war zu Streiks und Aussperrungen gekommen. Die Arbeiterschaft wechselte rasch, wer konnte, ging so schnell, wie er gekommen war, das führte zu Unruhe bei der Arbeit, weil niemand sich auskannte. Durch die vielen Fremden in den Unterkünften kam es auch dort zu Streit. Im Werk waren sie mit einigen Aufträgen in Verzug geraten, die Kunden begannen etwas von den Schwierigkeiten zu merken.

»Mensch, Hölker, daß Sie immer noch dabei sind«, sagte Elsa, als sie geendet hatten. »Ich hatte geglaubt, Sie seien längst wieder in Köln.«

Hölker schüttelte den Kopf. »Nee, nee, ick mütt noch een halftet Johr, und denn bünn ick wech hier.«

»Und warum machen Sie sich dann noch die Mühe und kommen hierher?« fragte Elsa.

Die anderen sahen sie verständnislos an, und Elsa schämte sich, weil sie das gesagt hatte.

»Wenn Gustav auch noch geht, haben wir niemanden mehr, der den alten Schwimmbagger in- und auswendig kennt. Wenn der nicht will, ist er der einzige, der Bescheid weiß«, sagte Henry Stankowitz, Fannys Mann, der besonnen und intelligent wirkte.

»Laaken macht die Firma kaputt, und uns mit«, rief der eine der beiden Männer, die Elsa nicht kannte, wütend aus.

»Und was habe ich damit zu tun?« fragte Elsa. »Mir gehört das Werk nicht mehr, ich habe dort nichts mehr zu sagen.«

»Wir haben gedacht, Sie könnten mit Laaken reden«, sagte Fanny.

Elsa lachte ungläubig. »Ihr wißt doch, was für ein Charakter er ist. Und wir sind im Streit auseinandergegangen. Er würde mir nicht einmal zuhören, geschweige denn einen Rat von mir annehmen. Er hat mir ja sogar verboten, das Gelände zu betreten.«

Hölker trat von einem Fuß auf den anderen. »Na ja, Ihnen hat das Werk doch mal gehört, Sie kennen sich dort aus, für Sie würden die Leute wieder zur Arbeit gehen. Und Laaken macht es nicht mehr lange, ich glaube, dem steht das Wasser bis zum Hals ...«

»Ja? Und?« Elsa verstand nicht, was er sagen wollte.

»Kaufen Sie das Werk von ihm zurück«, sagte jetzt Henry Stankowitz und trat entschlossen einen Schritt vor.

Wieder lachte Elsa laut und bitter heraus, und gleich danach tat es ihr leid. »Sie verkennen meine finanzielle Situation. Sehen Sie sich doch hier um. Da ist nichts mehr zu holen.« Sie wies auf das beinahe leere Zimmer und die häßlichen Flecken an der Wand, wo einmal die Bilder gehangen hatten.

Mit dem Einwand schien Stankowitz gerechnet zu haben. »Wir haben mit den Männern geredet. Sie würden im Anfang auf einen Teil ihres Lohns verzichten, so lange, bis Sie wieder im Geschäft sind. Natürlich müßten sie die gestundeten Löhne verzinsen ...«

»Hören Sie auf, Stankowitz! Das geht nicht. So viel Geld, wie Laaken verlangen würde, habe ich nicht.«

»Es gibt doch noch das Sägewerk in Ostpreußen. Sie könnten es verkaufen ...« warf Fanny schüchtern ein.

Elsa sah sie überrascht an, dann sagte sie, nachsichtiger: »Selbst wenn ich das Geld hätte, Laaken würde niemals an mich verkaufen, dazu haßt er mich viel zu sehr. Ich hätte damals übrigens auch nie an ihn verkauft, wenn man mich gefragt hätte.«

Das letzte Wort hatte der alte Hölker. »Denken Sie darüber nach«, sagte er. »Denken Sie auch daran, was das für Sie persönlich bedeuten könnte, wenn Sie das Werk zurückhätten. Wenn ich mir das hier so ansehe ...« Er ließ den Blick durch den Raum schweifen, dann folgte er den anderen nach draußen.

Als sie weg waren, schenkte Elsa sich ein weiteres Glas Wein ein und trank es rasch aus. In dem Nebel, der sich in ihrem Kopf ausbreitete, empfand sie nicht einmal Empörung über das, was Hölker zu ihr gesagt hatte. Er hatte ja recht, man mußte sich hier bloß umsehen ... Was hatten sie gesagt? Es gebe vielleicht die Möglichkeit, das Kieswerk zurückzukaufen? Der Gedanke nistete sich verführerisch ganz hinten in ihrem Kopf ein. Sie stellte sich vor, wie es wäre, in Güster zu sein und das Werk wieder voranzubringen, Laaken vor die Tür zu setzen ...

Dann schüttelte sie energisch den Kopf. Das Vertrauen, das die Männer in sie setzten, schmeichelte ihr, doch sie überschätzten ihre Möglichkeiten komplett. Sie bekam ja nicht einmal ihr eigenes Leben in den Griff, wie sollte sie da für so viele andere verantwortlich sein? Ganz abgesehen von den finanziellen Hürden. Der Vorschlag, das Sägewerk in Schippenbeil zu verkaufen, hatte etwas Bestechendes. Es würde ihr nicht schwerfallen, sich von dem Werk zu trennen, denn dorthin zurück wollte sie ohnehin nicht.

Allerdings würde sie mit Moritz Ingersleben sprechen müssen, und bei dem Gedanken sank ihr der Mut. Bis vor kurzem hatte sie keine Kraft für Herzensdinge gehabt, weil sie sich um ihre Mutter und das Haus kümmern mußte. Nun gab es diese Verpflichtungen nicht länger, und sie wäre bereit gewesen, die Briefe von Moritz zu lesen. Aber er schrieb nicht mehr. Kein Wunder, daß er nach all den Monaten aufgegeben hatte. Unter den monatlichen Bilanzen der Sägemühle fand sie seine charakteristische, schwungvolle Unterschrift, das war alles, was von ihm geblieben war. Er kam auch in ihren Träumen nicht mehr zu ihr.

Sie hatte auch das vermasselt, was hatte es da für einen Sinn, sich aufzuraffen? Wütend hob sie die Hand und schleuderte ihr Glas an die Wand. Der Wein rann in einem häßlichen roten Rinnsal an der Tapete hinab. Das Glas allerdings war heil geblieben. Nicht einmal dazu reicht es, dachte sie und fing leise an zu weinen.

Wenn sie doch einmal das Haus verließ, dann ging sie auf den Friedhof.

Heute hatte sie einen Strauß Pfingstrosen im Garten gepflückt. Die Blumen wucherten überall, an den unmöglichsten Stellen, seit der Garten nicht mehr gepflegt wurde. Aber sie waren wunderschön, so als würden sie sich über ihre ungestörte Freiheit freuen, und sie waren Karolines Lieblingsblumen gewesen.

Sie stand am Grab ihrer Eltern, starrte auf die Blumen hinab und war tief in Gedanken versunken.

»Seltsame Orte, an denen wir uns begegnen«, hörte sie eine Stimme sagen, die wie aus alten Zeiten zu ihr sprach. Elsa drehte sich um und sah Paul vor sich stehen.

»Paul«, sagte sie überrascht und gab ihm die Hand. Sie war froh, so etwas wie Sympathie und Vertrautheit für ihn in sich zu entdecken. Immerhin teilte sie mit ihm ganz entscheidende Momente ihres Lebens, Momente, in denen es um das Leben und um den Tod gegangen war. Sein Gesicht strahlte wie immer jugendliche Unbekümmertheit aus, doch die Fältchen um seine Augen sahen nicht mehr so aus, als stammten sie nur vom Lachen. Sein Haar stand ihm aber noch genauso blond und dick wie früher vom Kopf

»Tut mir leid, das mit deinen Eltern«, sagte er. »Es muß schlimm sein, wenn man Vater und Mutter so schnell hintereinander verliert.«

»Ja«, antwortete sie.

»Wie geht es dir?«

»Nicht gut«, sagte sie, und an seinem Blick erkannte sie, daß er sie durchschaute. Zum erstenmal war es ihr unangenehm, daß jemand sie in diesem vernachlässigten Zustand sah. Sie fuhr sich mit der Hand ordnend durchs Haar, obwohl sie wußte, daß es sinnlos war.

Ein verlegenes Schweigen trat ein. Elsa schaute neugierig die Frau an, die hinter Paul stand. Er bemerkte ihren Blick und schien sich an etwas zu erinnern.

»Das ist meine Frau, Charlotte«, beeilte er sich zu sagen. Er zog sie an der Hand einen Schritt nach vorn, so daß sie neben ihm stand.

Seine Frau war jünger als er, sie mochte höchstens Anfang zwanzig sein, hübsch und offensichtlich voller Liebe und Bewunderung für ihn. Und sie war schwanger. Paul bemerkte nicht die unruhigen Blicke, die sie ihm von der Seite her zuwarf. Sie mußte sich in diesem Augenblick sehr überflüssig vorkommen, denn es war unübersehbar, daß Paul und Elsa etwas verband, von dem sie nie etwas wissen würde.

Elsa aber hatte diese Blicke sehr wohl gesehen, und sie empfand es plötzlich als Verrat, daß Paul eine Frau geheiratet hatte, die er nicht von ganzem Herzen liebte. Er brachte diese junge Frau um ihre Liebe. Wann würde sie bemerken, daß ihr Mann ihre Gefühle nicht erwiderte? Wann würde diese ernüchternde Erkenntnis sie treffen? Und was würde dann aus ihrer Ehe werden, aus den Träumen, die sie sich für ihr Leben zurechtgelegt hatte?

»Ich muß gehen«, sagte sie plötzlich.

»Aber so bleib doch wenigstens noch ein paar Minuten. Wir haben doch noch gar nicht miteinander gesprochen.«

»Es geht nicht«, sagte Elsa.

Paul hielt ihre Hand eine Sekunde zu lang in der seinen, während Charlotte einige Schritte entfernt auf ihn wartete. Elsa machte sich abrupt los und entfernte sich ohne ein weiteres Wort.

Während sie langsam unter den glitzernden Pappeln am Kanal zurück nach Roseburg ging, dachte sie über das nach, was sie eben gesehen hatte. Im Grunde bestand zwischen Charlotte und Paul eine ähnliche Beziehung wie zwischen Karoline und Georg: Nur eine Seite liebte voller Hingabe, für die andere Seite waren ganz andere Motive ausschlaggebend. Und für ihre Mutter war es eindeutig das Unglück ihres Lebens gewesen, daß sie einen Mann geheiratet hatte, der sie nicht wiederliebte. Sie wünschte für Charlotte, daß sie die nötige Kraft finden würde, dieser Falle zu entkommen, bevor es für einen Neuanfang zu spät war.

Wäre es nicht zwischen ihr und Alexander Tiedgen beinahe zu einer ebensolchen Ehe gekommen? Es war müßig zu fragen, wie ernsthaft Alexanders Gefühle für sie gewesen sein mochten, von ihrer Seite wäre jedenfalls nicht die große Liebe der Grund für die Heirat gewesen. Elsa war plötzlich unendlich dankbar, daß sie diesem Schicksal entronnen war.

Plötzlich fiel ihr das Porträt ein, das Konrad drei Jahre zuvor von ihr gemalt hatte. Es stand seitdem im hintersten Winkel der Abecke neben ihrem Zimmer. Auf einmal erschien es ihr absolut dringlich, es hervorzuholen und zu betrachten. Sie ging schneller.

Kaum in der Mühlenvilla angekommen, lief sie hinauf in ihr Zimmer und kroch in den Zwischenraum zwischen Wand und Dach. Wenn sie kniete, war das Porträt beinahe so hoch wie sie selbst. Mit Mühe zerrte sie es ans Licht und entknotete die Schnur über der staubigen Wolldecke, in die sie es damals zum Schutz eingewickelt hatte. Sie suchte nach einem Platz, wo sie das Bild aufhängen konnte, fand keinen und lehnte es kurzerhand auf einen Stuhl, der neben ihrem Spiegel stand. Sie schlug die Decke über dem Bild zurück.

Der Anblick traf sie wie ein Blitz. War sie das, diese sinnliche Frau, aus deren Augen die Gewißheit sprach, die Welt läge ihr zu Füßen? War sie damals wirklich so schön und voller Glück gewesen? Und vor allem: Wo war dieses Gefühl der Unverwundbarkeit, der Allmacht geblieben? Sie trat an die Leinwand heran, in der Hoffnung, einen letzten Rest der Ölfarbe zu riechen und so die Erinnerung zu intensivieren. Dabei wanderte ihr Blick zur Seite und sie entdeckte ihren Anblick im Spiegel. Elsa prallte förmlich zurück vor der ganz anderen Elsa, die sie anstarrte. Eine Elsa mit einem bitteren Zug um den Mund und den Schatten der Trauer um die Augen, aus denen jedes Leuchten gewichen war. Das war aus ihr geworden: eine verblühte, mißtrauische, hoffnungslose Frau, die vom Leben nichts mehr erwartete. Ihrem wütenden Impuls folgend, wollte sie das Bild wieder verhüllen, um es zu vergessen. Doch sie konnte den Blick nicht von ihm nehmen. Immer aufs neue glitten ihre Augen zwischen dem Gemälde und ihrem Bild im Spiegel hin und her, und das, was sie sah, brachte Elsa schließlich zum Weinen. Sie ließ sich einfach auf den Boden gleiten, vor ihre beiden Abbilder, die so verschieden waren, und weinte ihre ganze Trauer heraus. Ihre Tränen wirkten wie eine Reinigung der Seele, und als sie einige Stunden später schließlich aufstand, fühlte sie sich zum erstenmal seit Monaten erleichtert.

Sie trug das Bild hinunter ins Erdgeschoß und hängte es am Fuß der Treppe auf, dorthin, wo früher der große geschliffene Mahagonispiegel hing, der auch längst ein anderes Haus schmückte. So würde sie es jedesmal ansehen müssen, wenn sie die Treppe herunterkam. Sie hatte beschlossen, gerade nicht zu vergessen, wer sie einmal gewesen war, welche Möglichkeiten sich ihr einmal eröffnet hatten. Das Bild sollte ihr eine Mahnung sein, sich erneut auf die Suche nach ihrem Glück zu machen, und ein Versprechen an sich selbst, daß sie es auch finden würde.

Als sie diese Aufgabe erledigt hatte, ging sie in die Küche und kochte sich seit langem wieder eine richtige Mahlzeit.

Das Telefon klingelte ziemlich früh am Morgen. Als Elsa Anna Kösters Stimme erkannte, war sie jedoch auf einen Schlag hellwach.

»Ich würde dich gern sehen. Ich bin noch zwei Tage in Hamburg, bevor ich nach Schippenbeil zurückfahre. Es gibt etwas zu besprechen. Wenn du möchtest, komme ich nach Roseburg ...«

»Nein, nein«, wehrte Elsa ab. Anna Köster im Haus ihrer Eltern zu empfangen schien ihr nicht gerecht zu sein. Und außerdem war das Haus im Augenblick nicht gerade repräsentativ. »Ich komme heute nachmittag nach Hamburg. Treffen wir uns im Alsterpavillon. Um drei?«

»Einverstanden.«

Als Elsa den Hörer aufgelegt hatte, wunderte sie sich über sich selbst, weil sie ohne Zögern zugesagt hatte. Noch vor ein paar Tagen, bevor sie das Bild gesehen hatte, hätte sie jede Aufforderung, ihre Höhle zu verlassen, entschieden abgelehnt. Was immer Konrad ihr angetan hatte, für seine Kunst, die ihr den Lebensmut wiedergegeben hatte, mußte sie ihm dankbar sein.

Während Elsa sich badete, das Haar richtete und sich sorgfältig ankleidete, fragte sie sich, was Anna mit ihr zu besprechen haben mochte. Insgeheim hoffte sie, sie hätte auch Nachrichten von Moritz.

Elsa durchquerte den großen Saal des Kaffeehauses, um wie früher einen Tisch an der Wasserseite zu wählen. Der Alsterpavillon war immer ein Ort gewesen, den sie mit ihrem Vater verbunden hatte. Jetzt war sie schon lange nicht mehr hiergewesen. Aber es erschien ihr passend, genau hier auf Anna Köster zu warten. Schließlich hatte sie sie in diesem Café zum erstenmal gesehen. Damals war sie noch ein Kind gewesen und war Annas Charme und ihrer selbstbewußten Schönheit vom ersten Augenblick an verfallen. Wie lange war das alles her? Wie lange kannte sie diese Frau schon, die ihr Leben so entscheidend verändert hatte! Elsa rechnete kurz nach: Jetzt hatte man Sommer 1930, den ersten Ausflug mit ihrem Vater nach Hamburg hatte sie kurz nach ihrem neunten Geburtstag, im September 1912 gemacht. Also beinahe achtzehn Jahre!

»Hoffentlich sind es angenehme Gedanken, in die du da versunken bist.« Elsa sah auf und erblickte Anna Köster, die bereits dabei war, Platz zu nehmen.

»Ich habe gerade nachgerechnet, wie lange wir uns schon kennen!«

Anna sah sie eindringlich an. »Na ja, kennen ist vielleicht doch etwas zuviel gesagt. Ich hätte es gern gesehen, wenn wir uns nähergekommen wären, wie du weißt.«

»Dazu hätten die Umstände andere sein müssen«, antwortete Elsa mit einem aggressiven Unterton.

Erst jetzt gaben sie sich über den Tisch hinweg die Hand. Elsa stellte fest, daß Anna wie gewöhnlich nach der letzten Mode und teuer gekleidet war. Es war ein beiläufiger Gedanke, ohne Hintersinn. Für sie selbst hatten diese Dinge im Augenblick keine Wichtigkeit.

»Du siehst mitgenommen aus. Ich nehme an, es geht dir nicht besonders gut?« fragte Anna.

Elsa hörte echtes Interesse und Mitgefühl heraus.

»Nun ja, gut geht es mir gerade nicht. Ich bin allein in dem großen Haus. Weil ich kaum ausgehe, habe ich Zeit, den ganzen Tag über zu grübeln.«

»Und dich in deinem Selbstmitleid zu suhlen? Vielleicht ein Gläschen Wein dazu, damit die Welt ein bißchen erträglicher wird?«

Elsa wurde rot. »Ich glaube nicht, daß Sie das Recht haben, so mit mir zu reden«, sagte sie aufbrausend.

Anna blieb ruhig. »Und wer sollte es deiner Meinung nach sonst tun? Es ist niemand mehr da, dem du weh tust, wenn du mit mir sprichst. Und ich mag dich sehr. Wie lange, hast du gesagt, kennen wir uns jetzt?«

»Ich habe es noch gar nicht gesagt. Achtzehn Jahre.«

»Eine lange Zeit. Zeit genug, daß wir einander vertrauen können. Du mußt meinen Ratschlag ja nicht befolgen, aber ich versichere dir, daß ich es gut mit dir meine.«

»Sie waren in Siebeneichen auf dem Friedhof? Nach der Beerdigung, meine ich?«

»Ja. Ich wollte mich von ihm verabschieden. Dein Vater war ein großartiger Mann, der viel in seinem Leben geleistet hat. Leider hat ihn am Ende die Kraft verlassen ... Du kannst stolz auf ihn sein, und ebenso auf deine Mutter. Ich habe selten eine so warmherzige Frau getroffen.«

»War Ludwig auch dabei?« Elsa hoffte für ihren Vater, daß es so gewesen war, doch Annas Blick wurde finster.

»Nein. Er hat es abgelehnt mitzukommen.« Sie seufzte tief auf. »Mein Sohn hat leider keinen besonders guten Charakter und kaum Manieren. Es tut weh, das zugeben zu müssen. Wenn ich es doch nur verstanden hätte, ihm verständlich zu machen, was Georg und mich verbunden hat, in was für einem Zustand ich war, als dein Vater anfing, sich um mich zu kümmern.«

»Das haben Sie mir schon einmal erzählt«, sagte Elsa, um dann sanfter fortzufahren: »Aber jetzt kann ich es besser verstehen.«

»Tatsächlich? Das freut mich. Und es zeigt mir, daß du klüger bist als mein Sohn.«

Zum erstenmal lächelten sie sich an wie zwei Frauen, die sich mögen. Dann bestellten sie Kaffee und Cognac.

»Was wollten Sie mir eigentlich erzählen? Sie sagten am Telefon, es gäbe etwas zu besprechen?«

Anna zündete sich eine Zigarette an, nachdem sie sie auf eine goldene Spitze gesteckt hatte. Für einen Augenblick spielte sie mit der Zigarette in ihrer Hand, so lange, bis einige Herren an den Nebentischen bereit schienen, aufzuspringen und ihr Feuer anzubieten. Anna lächelte und zündete sich ihre Zigarette selbst an.

»Der Inspektor«, sagte sie dann, »Moritz Ingersleben«, und pustete energisch den Rauch in die Luft.

Elsa fuhr auf. »Was soll das heißen ...?« fragte sie eine Spur zu laut.

»Ich habe sehr wohl bemerkt, daß du dich in ihn verliebt hast. An diesem letzten Abend in Schippenbeil hattest du nur Augen für ihn.«

»Aber ...«

Anna schnitt ihr das Wort ab. »Das war unübersehbar, liebe Elsa. Nun, seit dem Tag ist Ingersleben mürrisch und unausstehlich. Zugegeben, mir gegenüber war er nie besonders freundlich, er mag Frauen wie mich wohl nicht besonders. Aber das heißt nur, daß er noch mehr Respekt für seinen Schritt verdient.«

»Ich verstehe kein Wort«, sagte Elsa ungeduldig.

»Er ist zu mir gekommen, ausgerechnet zu mir, um mich um Hilfe zu bitten. Er hat mich zu dir geschickt, um für ihn zu sprechen. Er hat mir erzählt, daß du nicht auf seine Briefe reagierst ...«

Elsa saß stocksteif auf ihrem Stuhl. »Ich habe sie nicht einmal gelesen.«

»Entschuldige, aber das war dumm von dir. Ingersleben war kurz davor aufzugeben ...«

»Ich weiß, er schreibt nicht mehr.«

»... doch offensichtlich gelingt ihm das nicht. Also ist er zu mir gekommen, damit ich mit dir rede.«

»Das glaube ich einfach nicht!«

»Elsa, dieser Mann liebt dich. Er hat Himmel und Hölle in Bewegung gesetzt – in meinem Fall würde er wohl sagen, daß er sich mit dem Teufel verbündet hat –, um dich zu bekommen. Was soll er noch tun, um dir zu beweisen, daß er es ernst meint? Soll er Männchen vor dir machen wie ein dressierter Affe?«

Elsa bemerkte mit Entsetzen, wie ihr die Tränen in die Augen stiegen. Es waren Tränen der Erschöpfung. Aber Anna ließ nicht locker.

»Liebst du ihn denn?«

»Ich liebe ihn von ganzem Herzen. Aber es ist nicht das erste Mal, daß ich mich verliebe. Und bisher sind es grundsätzlich die falschen Männer gewesen, die meine Gefühle geweckt haben. Ich war bereit, alles für sie zu tun, und sie haben mich verlassen.«

»Nun, für so jemanden halte ich Ingersleben nicht.«

»Wir waren verabredet, in jener letzten Nacht in Schippenbeil, und er ist nicht gekommen«, stieß Elsa hervor.

»Und seitdem hast du kein Wort mehr mit ihm gewechselt?«

»Nein.«

»Ihm auch nicht die Möglichkeit einer Rechtfertigung gegeben?«

»Nein. Was sollte es da für eine Entschuldigung geben?«

Anna sah sie an, und Elsa glaubte, der wilde Zorn in ihren Augen gelte ihr.

»Dann hör mir jetzt gut zu: In dieser Nacht war auch Ludwig in Schippenbeil. Natürlich nur, weil er Geld brauchte.« Ihre Lippen wurden schmal, als sie das sagte. »Ludwig hat Ingersleben im Stall überrascht, es kam zu einem Wortwechsel, und er hat ihn niedergeschlagen. Wenn du wüßtest, wie die beiden sich hassen! Ludwig hat Ingersleben unterstellt, er habe eines der Pferde stehlen wollen. Er wußte selbst, daß der Vorwurf völlig absurd war, aber er hat einen Grund gesucht, sich an Ingersleben zu rächen ...«

»Aber wofür wollte Ludwig sich denn an Moritz rächen?« rief Elsa aus. »Ich verstehe das nicht!«

»Ingersleben hat Ludwig seine Verachtung spüren lassen. Er hielt ihn für einen Nichtsnutz und Feigling. Und als dann die Sache mit Helene passiert war, hat Ludwig abgestritten, sich je mit ihr eingelassen zu haben. Aber Ingersleben hat die beiden einmal überrascht und gedroht, das notfalls auch vor Gericht anzugeben. Das konnte Ludwig nicht vergessen, und in jener Nacht im Stall hat er wohl die Stunde seiner Rache schlagen sehen. Ingersleben hat sich nicht einmal gewehrt, als Ludwig mit einer Schaufel auf ihn losgegangen ist. Er hatte

Angst, er könnte ihn in seiner Wut umbringen. Also hat Ludwig ungehindert zuschlagen können ...«

»Was ist dann passiert?«

»Ingersleben ging bewußtlos zu Boden. Ludwig hat ihn in eine leere Box geschleift und dort liegen lassen. Der Stallknecht hat ihn erst am nächsten Morgen gefunden. Da hast du bereits im Zug gesessen.«

»Ist ihm ... etwas passiert?« Elsa hatte Mühe, den Satz herauszubringen.

Anna lächelte. »Nein. Er hatte zwei Wochen lang ziemliche Kopfschmerzen, aber jetzt ist er wieder wie neu.«

»Und Ludwig? Ist er etwa davongekommen? Er hätte ihn umbringen können!«

Anna senkte den Blick. »Ingersleben hat auf eine Anzeige verzichtet. Ich nehme an, er glaubte, Ludwig sei nicht einmal das wert. In der Zwischenzeit hat Ludwig sich noch einige unschöne Dinge zuschulden kommen lassen, über die ich lieber nicht sprechen will, und jetzt ist er auf dem Weg nach Amerika. Ich habe ihn heute morgen auf sein Schiff gebracht ...«

»Das hört sich an, als würden Sie ihn verbannen«, sagte Elsa erschrocken.

»Nenn es, wie du willst. Aber ich bin es leid, ständig für ihn die Kohlen aus dem Feuer zu holen. In Amerika bekommt er seine letzte Chance. Bei einem Schwager von Anton. Wenn er auch dort versagt, kann ich nichts mehr für ihn tun.«

»Tut mir leid, ich kann nicht verhindern, froh darüber zu sein, einen Ozean zwischen ihm und mir zu wissen. Ludwig haßt mich, er hat mich von dem Tag an gehaßt, als er wußte, daß ich seine Stiefschwester bin.«

»Wahrscheinlich ist deine Angst begründeter, als dir lieb ist. Ludwig wußte nämlich, daß ihr damals im Stall verabredet wart. Er hat euch in der Eingangshalle beobachtet und wollte verhindern, daß ihr euch trefft.«

Elsa schnappte nach Luft. »Woher wissen Sie das? Hat Ludwig Ihnen das etwa erzählt?«

»Ja, und er hat wenig schmeichelhafte Ausdrücke dabei verwendet.«

Elsa konnte sich ziemlich gut vorstellen, wie Ludwig ihr Stelldichein mit Moritz durch abfällige Äußerungen in den Dreck gezogen hatte. »Da konnte er mit einem Schlag uns beiden eins auswischen, Moritz und mir!«

»Ich könnte versuchen, Entschuldigungen für sein Verhalten zu finden. Aber ich würde mir wie eine Heuchlerin vorkommen. Ich denke, Ludwig kann sehr bösartig und nachtragend sein.« Für einen Moment sah es so aus, als würde Anna anfangen zu weinen. Dann richtete sie sich auf und trank ihren Cognac in einem einzigen großen Schluck.

Elsa brachte es über sich, Annas Hand zu ergreifen und leicht zu drücken, nur für eine Sekunde. Die Hand fühlte sich kühl und zart an.

Anna sah sie überrascht an. »Vielen Dank für dein Mitgefühl«, sagte sie. »Tja, nun weißt du, warum Moritz Ingersleben damals nicht zu eurem Rendezvous erschienen ist. Als er mich gebeten hat, für ihn ein gutes Wort bei dir einzulegen, habe ich ohne Zögern eingewilligt. Alles, was ich tun kann, ist, die Missetaten meines Sohnes wiedergutzumachen. Und ich sage es noch einmal: Es zeugt von Ingerslebens absolutem Willen, daß er ausgerechnet mich darum bittet. Er hat ein Recht darauf, daß du ihn anhörst, Elsa. Und auch in deinem Interesse solltest du es tun. Wenn du ihn liebst, dann mußt du mit ihm reden. Sonst bereust du diese verpaßte Chance für den Rest deines Lebens.«

Elsa nickte langsam. »Danke«, sagte sie. Sie hob ihr Glas und prostete Anna Köster zu.

Mehr gab es zwischen ihnen nicht zu sagen. Elsa wußte nicht, ob sie Anna Köster noch einmal begegnen würde, ob sie es überhaupt wollte. Anna hatte in ihr Leben eingegriffen, es beeinflußt auf vielfältige Weise, und jetzt verhalf sie ihr vielleicht zu ihrem Glück. Und doch war es ihnen unmöglich, Freundinnen zu werden. Elsa war dankbar, daß Anna Köster nicht allzu vertraulich geworden war. Gleichzeitig spürte sie, daß sie diese Frau vermissen würde. Sie stand als erste auf und ging, nachdem sie ihr und Anton Wegener Glück gewünscht hatte.

Erst als Elsa das Cafe verließ, wurde ihr so recht bewußt, was Anna gesagt hatte. Ihre Knie gaben nach, und die Hände waren feucht. Wellen von Glück und heiße Scham durchströmten abwechselnd ihren Körper. Ein zweiter Cognac hätte ihr geholfen, sich zu beruhigen. Sie wollte aber nicht umkehren, um Anna nicht noch einmal zu treffen.

Anna, das war Vergangenheit.

Sie wandte sich nach links, Richtung Mönckebergstraße. Aber sie achtete nicht darauf, wohin sie ging. Die Gedanken in ihrem Kopf jagten sich. Moritz! Sie würde ihn wiedersehen. Er liebte sie, alles war nur ein Mißverständnis gewesen. Ihre hastigen Schritte stockten, beinahe wäre sie über den Bordstein gestolpert. Und wenn er ihr das mangelnde Vertrauen doch übelnahm? Wie war sie nur auf die Idee gekommen, er hätte sie verraten? Wie konnte sie ihm eine derartige Schlechtigkeit überhaupt zutrauen? Bei der Vorstellung, wie die erste Begegnung mit ihm sein würde, wurde ihr heiß und kalt. Würde er ihr Vorwürfe machen? War seine Liebe inzwischen vielleicht doch erkaltet? Ob er sich verändert hatte? Und wie würde sie selbst sich fühlen, wenn sie vor ihm stünde? Würde sie wieder dieses wunderbare Gefühl der Geborgenheit erleben, das sie in seiner Nähe gekannt hatte? Und den dringlichen Wunsch, seinen Körper zu spüren? Sie mußte stehenbleiben und ein Taschentuch hervorholen, um das Schluchzen niederzukämpfen, das in ihrer Kehle aufstieg.

Abwechselnd lief sie fast, dann blieb sie plötzlich stehen, weil ihr die Beine zu versagen drohten. Jemand fragte, ob er ihr helfen könne, Elsa murmelte etwas Unverständliches und lief weiter. Kein Wunder, daß sie Leute sie für verwirrt hielten.

Sie sah etwas aufblitzen, ging weiter und hielt dann inne, drehte sich um und lief einige Schritte zurück. Sie hatte richtig gesehen. An einer Litfaßsäule hing ein Plakat, das auf eine Ausstellung mit Bildern von Konrad Lührssen hinwies. Die Galerie lag ganz in der Nähe, und Elsa wußte augenblicklich, daß sie hingehen mußte. Dieser Zufall kam wie ein Wink des Schicksals daher.

Als sie die Galerie auf der anderen Straßenseite entdeckte, war sie wieder ein wenig zu sich gekommen. Vor dem ersten Gemälde blieb sie stehen und zwang sich, ruhig durchzuatmen und es anzusehen.

»Aber natürlich sind Sie das. Ich habe Sie gleich erkannt, als Sie reingekommen sind. Siehst du, ich habe es dir doch gesagt!« Die letzten Worte waren an jemand anderen gerichtet.

Elsa fand sich einem Ehepaar im Alter ihrer Eltern gegenüber. Der Mann zeigte abwechselnd auf sie und ein Bild an der Wand, das einige Meter entfernt hing.

»Meinen Glückwunsch. In Wirklichkeit sind Sie noch hübscher als auf der Leinwand«, sagte der ältere Herr mit einem Augenzwinkern zu ihr. Dann tätschelte er seiner Frau liebevoll den Arm, und sie gingen weiter.

Elsa machte ein paar Schritte auf die beiden Gemälde zu, auf denen sie selbst zu sehen war, zwei Brustporträts, eines frontal, das andere im Halbprofil gemalt. Sie mußten aus Skizzen entstanden sein, denn Elsa hatte sie vorher nie gesehen. Der Pinselstrich war wie immer kräftig und farbig, ihr Kinn hatte Konrad sehr ausgeprägt dargestellt. Es verstärkte den zielstrebigen Ausdruck. Ruhig und besonnen, beinahe nachdenklich ruhten ihre schönen Augen auf dem Betrachter. Mittlerweile wurden auch andere Besucher aufmerksam, und sie bemerkte ihre Blicke: bewundernd, abschätzend, mit einer Spur Neid.

In diesem Augenblick überkam Elsa ein Gefühl der Unverwundbarkeit. Die Aussicht, Moritz wiederzusehen, und die Gewißheit, daß er sie liebte, ließen sie über sich selbst hinauswachsen. So kam es, daß sie sich genau in die Mitte zwischen die beiden Bilder stellte, mit dem Rücken zur Wand, und sich von den Anwesenden anstarren ließ. Sie warf den Kopf zurück, und ihre Augen bekamen den gleichen zielgerichteten Ausdruck wie auf den Porträts. Ja, sie wußte wieder, was sie vom Leben wollte. Sie warf den Besuchern einen letzten triumphierenden Blick zu und rauschte durch die Tür davon, während hinter ihr ein wildes Getuschel einsetzte.

Sie hatte begonnen, sich der Frau, die Konrad auf seinen Bildern festgehalten hatte, wieder anzunähern. Die Kraft der Bilder war ein Versprechen, das sie mitnahm nach Roseburg.

Kapitel 24

Mit dem Erlös aus dem Verkauf des Waldgrundstücks hatte Elsa einen Hilfsarbeiter eingestellt, der ihr bei den Arbeiten zur Hand ging.

Sie hatte sich alles genau überlegt, während sie auf der Rückfahrt von Hamburg nach Roseburg war. Ihrem ersten Impuls, sofort im Anschluß an das Gespräch mit Anna nach Schippenbeil zu fahren, hatte sie nicht nachgegeben. Sie wollte erst Ordnung in ihr Herz und in das Haus bringen.

Allerdings hatte sie ihn gleich angerufen, als sie zu Hause angekommen war. Mit zitternden Fingern hatte sie seine Nummer gewählt. Er hatte nach dem ersten Klingeln abgenommen, so als habe er auf ihren Anruf gewartet. Er sagte seinen Namen, und sie konnte keinen Ton herausbringen, als sie seine geliebte Stimmte hörte.

»Elsa?«

»Ja«, flüsterte sie.

Sie hatten lange miteinander gesprochen. Moritz hatte ihr erzählt, daß Mathilde ihm geschrieben und von Elsas Kummer berichtet hatte.

»Als ich hörte, daß du meine Briefe nie gelesen hast, habe ich neue Hoffnung geschöpft. Du wußtest nicht, was in jener Nacht, als du Schippenbeil verlassen hast, geschehen war, und ich hoffte, dich zurückzugewinnen. Als ich dann erfuhr, daß Anna Köster nach Hamburg wollte, habe ich sie gebeten, für mich zu sprechen. Ich mag sie nicht besonders, aber ich hätte alles getan, um dich wiederzubekommen. Elsa, wenn du wüßtest, wie ich in den vergangenen Monaten gelitten habe.«

Elsa dachte an ihren eigenen Schmerz, und plötzlich mußte sie weinen. »Ich habe alles verdorben, weil ich kein Vertrauen zu dir hatte. Was mußt du für eine Meinung von mir haben nach dem, was ich dir unterstellt habe? Ich schäme mich!«

Moritz tröstete sie. »Du hast alles richtig gemacht, glaub mir. Dein Verhalten beweist mir, wie sehr du auf mich gewartet hast. Ich werde dich glücklich machen, hörst du?« sagte Moritz am anderen Ende der Leitung in ihre Tränen hinein. »Du sollst nie wieder unglücklich sein, wenn ich es verhindern kann.«

Sie verabredeten, daß er im nächsten Monat, sobald eine große Ladung Tropenholz verarbeitet war, kommen würde. Auf eine Woche kam es jetzt, wo sie wußten, daß sie zusammengehörten, nicht mehr an.

In der Zwischenzeit telefonierten sie täglich und versicherten einander, wie sehr sie sich liebten und sich vermißten. Sie sprachen manchmal auch darüber, wie sie ihre gemeinsame Zukunft gestalten wollten. Elsa spielte mit dem Gedanken, das Sägewerk zu verkaufen. Weder wollte sie in Annas Nähe sein, noch konnte sie sich vorstellen, Roseburg zu verlassen. Warum nicht mit dem Erlös tatsächlich das Kieswerk zurückkaufen, es in den nächsten Jahren ausbeuten, bis die Vorkommen versiegt waren, und dann den alten Traum ihres Vaters von der Sommerfrische erfüllen? Der Gedanke gefiel ihr immer mehr, aber sie wollte die Entscheidung nicht treffen, ohne alles mit Moritz besprochen zu haben.

Vorläufig steckte sie ihre wiedergewonnene Kraft in die Instandsetzung von Haus und Garten.

Der Pavillon über dem Bach lag bereits in neuem Glanz da. Das Holz war frisch gestrichen, die Fenster waren geputzt, und Elsa hatte neue Kissenbezüge nähen lassen. Das Gras rund um die Teiche war gemäht, die Blumenbeete waren vom Unkraut befreit und frisch bepflanzt, die Wege geharkt – alles sah aus wie früher. Elsa sah zur Villa hinüber. Auch sie war renoviert. Die teilweise feuchte Holzfassade und die Balkongeländer waren erneuert und gestrichen worden, ebenso sämtliche Fensterrahmen und -sprossen, deren Weiß im Sonnenlicht blendete. Die Fenster zum See hin waren geöffnet, und die Vorhänge wehten sanft im Wind.

Elsa hatte in den letzten Wochen geschuftet wie ein Tier, aber die Arbeit war ihr leicht von der Hand gegangen. Morgens war sie mit einem Lächeln aufgestanden und abends müde, aber zufrieden ins Bett gegangen. Sie hatte die Villa wieder in ihren Besitz genommen, sie sich wieder einverleibt. Sie hatte den Mauern ihr altes Leben wiedergegeben, dafür beschenkte das Haus sie wie früher mit einem Gefühl der Geborgenheit. Besonders am frühen Morgen, wenn das Licht ganz klar war und über den Seen leichter Dunst lag, lud alles zum Träumen ein. Während sie im Garten beschäftigt war, hielt Elsa oft in der Arbeit inne und dachte an ihre Mutter. Karoline fehlte ihr, und Elsa hoffte, daß sie einverstanden gewesen wäre mit den Veränderungen, die sie im Garten vornahm. Sie hatte lange gezögert, aber schließlich faßte sie den Entschluß, die Hühnerställe abreißen zu lassen. Ihre Mutter war eine praktisch veranlagte Frau gewesen. Sie hätte Verständnis gehabt, daß Elsa jetzt, wo sie sie nicht länger brauchte, sich die verhaßten Ställe vom Hals schaffte. Sie setzte neue Obstbäume an die Stelle, so wie es vorher gewesen war. Die alten Bäume ließ sie beschneiden. Im nächsten Jahr würden sie hoffentlich wieder so reich tragen wie ehemals.

Nach dem Obstgarten wandte sie sich dem verfallenen Gewächshaus zu. Von ihm standen nur noch einige Mauerreste. Der größte Teil war schon vor Jahren abgerissen worden. Elsa dachte an die Tage, die sie hier mit ihrer Mutter und Hulda gearbeitet hatte. Für Karoline war es ein erster Schritt in Richtung Unabhängigkeit gewesen. Unter der üppigen Überwucherung waren die Mauern kaum noch zu erkennen. Elsa hatte überlegt, alles niederzureißen, doch dann ließ sie die Reste stehen. Sie boten Schutz vor Wind und Regen und waren ein idealer Platz für die Pfingstrosen, die sie Karoline zum Gedenken hierher pflanzen wollte.

Den ganzen Nachmittag hatte Elsa damit zugebracht, die Mauer von weißwucherndem Knöterich und den zähen Ranken der Waldrebe zu befreien. Sie wollte einen Teil der alten Steine freilegen, um Platz für die Päonien zu schaffen. Und eine Bank sollte hier stehen. Sie stellte sich vor, wie es sein würde, hier mit Moritz zu sitzen, im Duft der Blumen. Die Pflanzen waren bereits geliefert worden und mußten in die Erde. Die Arbeit war mühselig, besonders der Schlingknöterich ließ sich nur mit größter Anstrengung von der Mauer und aus dem Boden reißen. Elsa war verschwitzt, ihre Finger taten ihr weh, die Haut war an vielen Stellen aufgeplatzt. Doch sie wollte unbedingt heute noch fertig werden. Es gab noch andere Dinge zu tun, bis Moritz eintreffen würde.

Sie richtete sich auf, um den schmerzenden Rücken zu entlasten, und sah über den Mühlenteich, der im Spätsommerlicht glänzte. Von der anderen Seite des Sees kam ein Mann in ihre Richtung, einen Mantel über dem Arm und eine Tasche in der anderen Hand. Er schien sie gesehen zu haben, denn er wandte sich nach rechts, auf die Brücke zu, die die Rasenfläche vor dem Haus mit der Obstwiese verband. Elsa starrte ihn an, wie er auf sie zuging, in großen, kräftigen Schritten. Sie ließ die Augen nicht von ihm, und obwohl sie ihn längst erkannt hatte, wollte sie nicht glauben, daß er es war. Sie sah an sich herunter, sie war voller Staub, ihr Haar steckte unter einem Tuch, bestimmt war ihr Gesicht von Schweiß und Dreck verschmiert. Sie putzte sich die Hände an ihren Hosen ab und wischte sich mechanisch über die Wangen.

Moritz war jetzt auf ihrer Seite der kleinen Brücke angelangt. Ungefähr dreißig Meter trennten sie noch voneinander. Elsa sah seine hohe Gestalt, den wiegenden Gang, das Spiel seiner Muskeln, dann den sinnlichen Mund mit den vollen Lippen, die ein zärtliches Lächeln umspielte. Und seine Augen, in denen sie alles las, was sie sich wünschte.

»Ich bin hier, Elsa«, hörte sie ihn sagen, als er vor ihr stehenblieb.

Elsa hielt den Atem an. Sie spürte seine Anwesenheit so deutlich, daß sich ihr die Nackenhärchen aufstellten und sie trotz der Wärme fror.

Sie stand nur einen kleinen Meter von ihm entfernt. Wann würde er endlich den Mantel und seine Tasche fallen lassen, um die Arme für sie frei zu haben?

Er machte den letzten Schritt auf sie zu und riß sie in seine Arme, wobei er immer wieder ihren Namen flüsterte. Während der nächsten Minuten küßten sie sich voller Leidenschaft und hielten sich wortlos umklammert.

»Wieso heute?« fragte Elsa endlich zwischen zwei Küssen.

»Ich habe es einfach nicht länger ohne dich ausgehalten. Schließlich haben wir bereits genug Zeit verloren. Ab jetzt lasse ich dich nicht mehr allein.«

»Du hättest Bescheid sagen sollen, ich hätte mich ein bißchen zurechtgemacht«, sagte Elsa kokett.

Er ließ sie für einen Augenblick los und schob sie auf Armlänge von sich weg, um sie anzusehen. »Du bist noch schöner, als ich dich in Erinnerung hatte«, antwortete er. Dann sah er sich um. »Komm, das haben wir gleich.« Er zog seine Jacke aus, und gemeinsam beseitigten sie die letzten Reste des Knöterichs und setzten die Pfingstrosen.

Es war, als wären sie nie getrennt gewesen. Ganz selbstverständlich taten sie gemeinsam die Dinge, die getan werden mußten. All die Befürchtungen, sie könnten sich fremd geworden sein, der mißlungene Abschied in Schippenbeil könnte zwischen ihnen stehen, erwiesen sich als unbegründet.

»Ein schöner Platz zum Träumen«, stellten sie fest, als alles fertig war. Eng umschlungen gingen sie zum Haus hinüber.

Dort tranken sie gierig, denn sie waren erhitzt und erschöpft, Moritz von der langen Reise, Elsa von der Arbeit im Garten.

Elsa wollte hinauf ins Bad, um sich frisch zu machen, und Moritz fragte, ob er ihr helfen dürfe. Sie wußte nicht, wie ihr geschah, als er ihr mit einem nassen Schwamm über Arme und Gesicht, über das Dekolleté und den Rücken fuhr. Für Elsa waren diese zarten Berührungen mit dem kühlen Wasser, das ihre Haut zum Brennen brachte, das Sinnlichste, was sie bisher erlebt hatte. Sie hatte Mühe, sich auf Moritz' Fragen zu konzentrieren. Sie legte den Kopf weit in den Nacken und schloß die Augen, um sich den Zärtlichkeiten noch mehr hinzugeben. Sie wünschte sich, er würde nie damit aufhören.

In ihrer ersten Nacht mit Moritz fühlte sich Elsa wie eine Prinzessin. Moritz näherte sich ihr mit einer Aufmerksamkeit und Sanftheit, die an Andacht grenzte. Er zog sie aus, langsam und zärtlich, strich mit seinen Händen über jede Stelle neueroberter Nacktheit. Sie glaubte bereits, ihre Haut stünde in Flammen, als er sie auf das Bett legte und über sie kam. Er schien sie mit seinem Körper und seinem Duft, in dem sie feine Spuren von Harz und Holz fand, einzuhüllen. Elsa lag da und spürte ihn in sich und über sich und auf sich, und auf einmal kamen ihr die Tränen wie einem Kind, das in einer belebten Menge seine Mutter aus den Augen verloren und sie nach angstvollen Minuten endlich wiedergefunden hat.

»Bleib bei mir. Für immer. Geh nicht weg.« Er hob den Kopf, um ihr in die Augen zu sehen.

»Bleibst du denn bei mir?« fragte sie atemlos zurück.

»Mich wirst du nicht wieder los.«

Sie fuhr mit dem Zeigefinger die Konturen seiner scharfgeschnittenen, vollen Lippen nach. »Wie kommt es, daß ein Mann mal leidenschaftlich und wild sein kann, so wie in Schippenbeil, als du mir die Perlenkette zerrissen hast, und dann wieder unendlich sanft, so wie eben, daß ich weinen muß?« Sie wußte nicht, woher sie den Mut zu dieser Frage nahm.

Moritz setzte sich auf und zog sie auf seinen Schoß. Er nahm ihr Gesicht in beide Hände. »Du hast offensichtlich keine Ahnung, wie herausfordernd du sein kannst. An diesem letzten Abend in Schippenbeil hast du mich beinahe verrückt gemacht. Ich habe dich schon vorher begehrt, von dem Augenblick an, als wir uns am See getroffen haben. Ich hatte Mühe, nicht über dich herzufallen. Du hättest dich sehen sollen, wie du dalagst, mit geschlossenen Augen, die Sonne in deinem Haar ... Wie eine Königin.«

Elsa unterbrach ihn. »Ich will aber nicht deine Königin sein! Mir hat deine Leidenschaft sehr gefallen. Du sollst dein Leben mit mir teilen, mich nicht bewundern wie eine kostbare Vase!«

Er sah sie aus seinen dunklen Augen belustigt an. Dann trat Begehren in seinen Blick.

»Ich habe ja auch nicht gesagt, daß ich mich immer zurückhalten würde ...« Und er zog sie an sich und liebte sie ein weiteres Mal, diesmal besitzergreifend und bestimmend.

Und seine Liebe versetzte nicht nur ihren Körper in Ekstase, sondern erfüllte ihr Herz und ihre ganze Seele.

Irgendwann schlief Moritz ein, und Elsa stand leise auf und ging ans Fenster. Sie hob die Gardine an, und vor ihr lag der Mühlenteich, in dem sich der Mond und einige scharfkantige Wolkenformationen spiegelten. Sie sah zurück zum Bett, und die Zärtlichkeit, die sie für Moritz empfand, nahm ihr den Atem. Sie ging zu ihm und strich vorsichtig eine Locke aus seinem Gesicht, um es im Mondlicht besser betrachten zu können. Ein tiefer Friede überkam sie.

Sie war endlich zu Hause angekommen.

Nachbemerkung

Die Person, die in diesem Roman Georg Heller heißt, hat ein reales Vorbild, nämlich meinen Urgroßvater Gustav Duncker, der drei Jahrzehnte vor meiner Geburt aus dem Leben geschieden ist. In groben Zügen hat sich sein Leben so abgespielt, wie es in diesem Buch beschrieben ist. Über Beweggründe seines Handelns konnte ich dabei nur spekulieren.

Was die übrigen Personen des Romans angeht, so sind sie allesamt frei erfunden, auch wenn ich ihnen Gehörtes und Gelesenes angedichtet habe.

Die Orte Roseburg, Siebeneichen, Büchen usw. gibt es tatsächlich, sie haben einen derart verzaubernden Klang, daß ich der Versuchung nicht widerstehen konnte, sie beizubehalten. Wer kann sich solche Ortsnamen ausdenken?

Die im Buch beschriebene Villa steht noch. Sie beherbergt seit Mitte der sechziger Jahre ein Buddhistisches Zentrum. Auch die Mühle und die Teiche sind noch da.

Ich möchte mich bei allen bedanken, die mir ihre Zeit geopfert und mir von der Vergangenheit erzählt haben, besonders Gert und Heidi Schlie, Werner und Gesa Schmidbauer, Hertha Gellers, Ute Oelkers, Annemarie Koch, Christian Lopau vom Stadtarchiv Mölln/Ratzeburg, Bürgermeister Brügmann aus Güster und dem Ehepaar Wesendahl vom Haus der Stille in Roseburg.

Und bei all den anderen, die einzelne Kapitel gelesen haben und mir mit ihrem Fachwissen zur Seite gestanden haben, insbesondere Volker Gehr und Hans-Ludwig Schubert, Katrin Traoré, Susanne Lorinser und Maria Niermann-Schubert, Johannes Thiele und Monika Boese.